I

Lieber

Viel

Lesefreude.

Dein Thomas

14.9.15

Berlin

papego

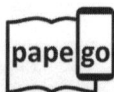

kostenlos mobil
weiterlesen

Eine ausführliche Erklärung zur Nutzung von Papego
finden Sie am Ende des Buches.

THOMAS ELBEL

der todes meister

THRILLER

blanvalet

Der Verlag weist ausdrücklich darauf hin, dass im Text
enthaltene externe Links vom Verlag nur bis zum Zeitpunkt
der Buchveröffentlichung eingesehen werden konnten.
Auf spätere Veränderungen hat der Verlag keinerlei Einfluss.
Eine Haftung des Verlags ist daher ausgeschlossen.

MIX
Papier aus verantwor-
tungsvollen Quellen
FSC® C014496
FSC
www.fsc.org

Verlagsgruppe Random House FSC® N001967

1. Auflage
Copyright © 2017 by Blanvalet
in der Verlagsgruppe Random House GmbH,
Neumarkterstr. 28, 81673 München
Dieses Werk wurde vermittelt durch die
Literarische Agentur Thomas Schlück GmbH, 30827 Garbsen.
Redaktion: René Stein
Umschlaggestaltung: © Johannes Wiebel | punchdesign
Umschlagmotiv: inga dpunkt/photocase.de;
happykanppy/Shutterstock.com
WR · Herstellung: sam
Satz: Uhl + Massopust, Aalen
Druck und Bindung: GGP Media GmbH, Pößneck
Printed in Germany
ISBN 978-3-7341-0414-5

www.blanvalet-verlag.de

Für Chris, Jascha und Niklas

Prolog

Die Tür ging mit einem Knall auf, und gleißendes Licht erfüllte die Zelle. Schlagartig verscheuchte das Adrenalin den Halbdämmer aus ihrem Kopf. Strampelnd drängte sie sich in eine der Ecken des Raums, den drohenden Schatten des Eindringlings über sich. Die Luft stank nach Alkohol und männlichem Schweiß. Es war der mit dieser komischen Ringermaske, wie aus dem mexikanischen B-Movie, das sie sich einmal heimlich mit Therese angeschaut hatte.

Er packte sie an den Beinen des Arbeitsoveralls, in dem sie steckte. Sie wusste, was ihr bevorstand, aber sie war zu ausgemergelt und schwach, um sich ernsthaft zu wehren. Stattdessen schloss sie die Augen und versuchte nichts zu fühlen.

* * *

Die Tür fiel krachend in den Rahmen, und das Licht verlosch. In diesem Moment war die Finsternis eine Gnade, denn sie verbarg ihren geschundenen Körper vor ihr selbst. Der Schmerz zwischen ihren Beinen brannte schon widerlich genug.

Vorsichtig richtete sie sich auf und tastete nach dem Overall. Ein plötzlicher Schmerz ließ sie zusammenzucken. Der Stumpf, an dem bis vor wenigen Tagen noch ihr kleiner Finger gewesen war, bevor sie ihn mit einer Astschere einfach abgeschnitten hatten, pulsierte brennend. Panik packte sie. Was, wenn sich die Wunde entzündet hatte? Die Zelle war schmutzig. In all der langen Zeit hatte nie jemand sauber gemacht. Aus dem offenen Abfluss in der Raummitte drang der Gestank von Fäkalien und mischte sich mit dem Geruch des Hundefutters, von dem sie ihr einmal täglich eine Dose hinstellten. Plötzlich rebellierte ihr Magen. Sie musste sich übergeben, schaffte es aber gerade noch, sich bis zu dem Kloakenloch hinzutasten.

Anschließend lag sie eine Weile auf dem Boden und weinte stumm, bis sie auch dafür zu erschöpft war. In der Stille und Dunkelheit hatte sie bald wieder das Gefühl, sich völlig aufzulösen, zu einem Geist zu werden. Die Zelle war eiskalt. Oder kam es ihr nur so vor?

Mit der allerletzten Kraft, die sie aufbieten konnte, begann sie sich an der Wand in den Stand zu drücken. Mühsam fischte sie mit einer Hand nach dem Blaumann. Vorsichtig trat sie erst mit dem einen Fuß in ein Hosenbein, dann mit dem anderen. Doch als sie versuchte hineinzuschlüpfen, merkte sie, dass der Stoff sich verheddert hatte. Stolpernd verlor sie das Gleichgewicht, kippte zur Seite und prallte mit der Schulter gegen die Wand.

Die Wand gab nach.

Die Aufregung ließ sie allen Schmerz vergessen. Fieberhaft betastete sie die kühle Glätte der Oberfläche, gegen die sie eben gefallen war, und realisierte, dass es die Zellentür sein musste. Sie drückte fester dagegen und spürte erneut, wie sich die Tür bewegte.

Sie stand offen.

Ein paar Sekunden lang war sie von dieser Erkenntnis wie gelähmt.

Was, wenn es eine Falle war? Würde der Mann mit der Maske hinter der Tür auf sie warten, nur um sie zu verhöhnen? War es vielleicht eine von deren Inszenierungen, und sie würde die Tür öffnen, nur um in das Licht der Scheinwerfer und das erbarmungslose Auge der Kamera schauen zu müssen?

Ihre Gedanken begannen so schnell zu kreisen, dass ihr davon schwindlig wurde. Sie war wie gelähmt, ihre Hand verharrte auf der glatten Fläche. Vor lauter Angst vor dem Unbekannten ertappte sie sich bei dem Wunsch, sie möge sich wieder verschließen. Für immer. Konnte sie jemals wieder das Licht der Welt ertragen, nach allem, was sie mit ihr gemacht hatten?

»Nein.«

War das ihre Stimme gewesen? Plötzlich übernahm ihr Körper die Kontrolle. Als führte er ein Eigenleben, streckte sich ihr Arm und presste die Tür weiter auf.

Kein Licht. Was immer dahinterlag, es war genauso dunkel und still wie ihre Zelle.

Und dann fiel mit einem Mal alles von ihr ab. Sie hastete los, stolperte kopflos in die Finsternis, eine Hand an der Wand eines langen Ganges. Der Boden unter ihren Füßen war weich, und der Gestank ihrer Zelle ebbte ab, je weiter sie vorankam.

Plötzlich stieß sie mit ihren Zehen auf etwas Hartes und fiel kopfüber nach vorn. Für einen Moment schien die Welt nur aus stählernen Kanten zu bestehen. Sie unterdrückte einen Schmerzensschrei. Es gelang ihr, sich zu fangen und ihre Umgebung zu betasten.

Eine Treppe.

Sie war an der untersten Stufe gestolpert und gegen die Treppe geprallt. Ängstlich lauschte sie in die Dunkelheit. Was, wenn er sie gehört hatte? Sicher befand er sich irgendwo in der Nähe. Doch da war nur ihr eigener keuchender Atem. Sie rieb sich die schmerzenden Schienbeine, richtete sich vorsichtig auf und tastete die Wände links und rechts neben sich ab. Tatsächlich war dort ein Geländer. Sie zog sich hoch und bahnte sich mit unsicheren Schritten den Weg nach oben, als ein Laut hinter ihrem Rücken das Blut in ihren Adern gefrieren ließ.

»Hilfe!«

Es klang stark gedämpft, so als ob jemand durch eine Wand geschrien hatte, aber in der Stille war das Wort gut zu verstehen.

Sie erstarrte. Nie hatte sie in Betracht gezogen, dass sie nicht die Einzige war.

Dumpfe Schläge.

Irgendwer trommelte gegen eine Zellentür, so wie sie es selbst vor so vielen Tagen getan hatte. Damals, als sie noch die Hoffnung hatte, jemand könne sie hören.

»Helfen Sie mir, bitte!«

Einen Augenblick starrte sie in die Dunkelheit, aus der sie gekommen war, und versuchte, einen klaren Gedanken zu fassen. Ein Luftzug wehte den Gestank ihrer Zelle herüber. Und mit dem Gestank kamen das Elend und die Angst und drohten, sie zu überwältigen.

Sie drehte sich um und rannte weiter. Hinter ihr verebbten die Schreie und das Klopfen.

* * *

Frei.

Endlich frei.

Ihre Augen tränten, aber sie konnte nicht sagen, ob es die frostige Nachtluft war oder das überwältigende Gefühl, entkommen zu sein.

Für einen kurzen Moment glaubte sie, wieder die Stimme von eben zu hören, kläglich und flehend. Schuldgefühle keimten in ihr auf. *Nein,* sagte sie sich, *ich kann dir jetzt nicht helfen. Erst muss ich mich selbst in Sicherheit bringen. Aber dann komme ich zurück zu dir. Ganz bestimmt.*

Trotzig wischte sie sich über die Augen und schaute sich um. Eine schmale Straße, auf der das Kopfsteinpflaster im Mondlicht glänzte. Zögerlich wandte sie sich dem Gebäude zu, aus dem sie gerade geflohen war, und keuchte vor Erstaunen. Was immer sie erwartet hatte, es war etwas völlig anderes als das, was sie jetzt vor sich sah.

Von außen war ihr Gefängnis ein unscheinbares Haus mit Satteldach. Nur zwei Stockwerke, kaum größer als eine Schrebergartenlaube. Weiße Wände, die im Mondlicht bläulich schimmerten. Kleine, mit dunklen Gardinen verhängte Fenster. Auf ihrem Weg in die Freiheit war sie durch einen langen Gang geschlichen und zum Schluss eine steile Treppe hinaufgestiegen. Das Gebäude musste einen Keller haben. Und der Zeit zufolge, die es sie gekostet hatte, von ihrer Zelle bis zu dieser Tür zu gelangen, musste es ein weitläufiger Keller sein. Viel weitläufiger, als die kargen Dimensionen an der Oberfläche es vermuten ließen.

Am Straßenrand lagen noch die Überreste von Böllern und Raketen. Es musste kurz nach Silvester sein, was bedeutete, dass sie ungefähr drei Wochen gefangen gehalten worden war.

Über ihr verdunkelten ein paar vorüberziehende Wolkenfetzen den Mond, die die kleine Straße kurzzeitig in eine dämmrige Halbwelt voll dunkler Nischen verwandelten. War da eine Bewegung in ihrem Augenwinkel?

Die Panik, die sie bis hierhin unterdrückt hatte, durchströmte ihren Körper. Mühsam überwand sie den Impuls, mit weichen Knien schreiend loszurennen. Weg, nur weg von der Tür, weg von der bizarren Hölle und dem Ungeheuer, das seine hungrigen Tentakel nach ihr ausstreckte.

Fast instinktiv begann sie, am Bürgersteig entlang der Grundstücksmauer einen Fuß vor den anderen zu setzen. Irgendwo da vorn würde eine Hauptstraße sein. Und das bedeutete Autos oder sogar Passanten, die sie ansprechen konnte.

Links und rechts des Pflasters entdeckte sie mehrere kleine Gebäude auf umfriedeten Grundstücken. Hinter einem zerbeulten Maschendrahtzaun türmten sich verrostete Autowracks. Eine Art heruntergekommenes Gewerbegebiet, wie sie sich oft in der Peripherie von Ortschaften befanden hier in Berlin, bevorzugt in der Nähe von Bahngleisen. Hässliche Kalkablagerungen an den eisernen Arterien der großen Stadt. Jetzt war ihr so, als ob sie irgendwo in der Ferne tatsächlich das vertraute Kreischen von Stahlrädern auf Schienen hörte.

Nur weiter.

Keine Laterne erhellte die Straße. Der Bürgersteig links und rechts des Kopfsteinpflasters bestand hier nur aus festgetrampelter Erde. Unwillkürlich drehte sie sich wieder um. So makellos weiß leuchtete das kleine Haus im Mondlicht, als wollte es sie verhöhnen. Heiße Wut überflutete ihr Bewusstsein.

»Leckt mich«, flüsterte sie im Rückwärtsgehen.

Eine plötzliche Veränderung der Umgebung ließ sie vor Schreck innehalten. Schlagartig war alles von grellem Licht überstrahlt. Sie fuhr herum und blickte in die Scheinwerfer einer großen Limousine. Warum hatte sie das Brummen des Dieselmotors nicht vorher schon bemerkt?

Knarrend öffnete sich eine der hinteren Türen, ein Schatten erhob sich aus dem Fond des Wagens. Noch einer von denen? Ihre Panik meldete sich zurück. Sie bemühte sich, im blendenden Lichtschein irgendetwas Genaues zu erkennen.

Lauf!, schrie alles in ihr.

Doch ihr Körper war schockstarr. Langsam löste sich der Schatten von der Tür und bewegte sich in den Kegel des Scheinwerferlichts. Der Ankömmling war klein, drahtig und dunkel. Ein Basecap beschattete seine Augen.

»Alles in Ordnung, junges Fräulein?«, fragte der Mann mit starkem slawischem Akzent.

Sie tat einen unsicheren Schritt zur Seite. Heraus aus den unbarmherzigen Strahlen der Frontscheinwerfer. Langsam kehrte die Welt außerhalb des gleißenden Lichts wieder zurück. Ängstlich wanderte ihr Blick über den Mann und sein Gefährt. Dann tat ihr Herz einen Freudensprung.

* * *

Minuten später erreichte der Wagen eine der größeren Berliner Magistralen und flog nun nahezu geräuschlos über den Asphalt. Während draußen die nächtliche Großstadt vorbeidriftete, fiel die Angst, die sie so lange beherrscht hatte, ein wenig von ihr ab.

»Ist Ihnen schlimme Sache passiert?«, erklang es von vorn.

Seine Augen musterten sie im Rückspiegel. Zwar war ihr kaum nach einer Unterhaltung zumute, aber sie war dem Mann unglaublich dankbar und wollte ihn nicht vor den Kopf stoßen.

»Ja«, sagte sie und hoffte, dass er es damit bewenden ließ.

»Jetzt ist vorbei«, sagte er, das »R« raspelnd wie ein Sägewerk.

Die Reflektion seines Grinsens im Rückspiegel schien in der Luft zu schweben wie das der Katze in ihrer Bilderbuchausgabe von *Alice im Wunderland*. Sie quittierte seine Feststellung mit einem stummen Nicken und merkte, wie sich ihr Mund fast gegen ihren Willen zu einem zittrigen Lächeln verzog. Gleichzeitig füllten sich ihre Augen mit Tränen. Bevor sie es verhindern konnte, entfuhr ihr ein Schluchzen.

»Na, na, na«, ertönte es von vorn. »Jetzt wird alles gut. Vergiss Sorgen.«

Sie fuhr sich übers Gesicht und wandte den Blick zum Fenster hinaus. Der Wagen hielt vor einer roten Ampel. Der Blinker tickte unaufdringlich vor sich hin. Irgendeine Frage oder Bemerkung lag ihr auf der Zunge, aber ihre Gedanken zerfaserten immer wieder zu düsteren Erinnerungen.

»Was ist passiert mit deine Hand?«

»Ich, äh…«

Sie hielt inne. Wie sollte sie erklären… Wollte sie überhaupt? Sie schwieg. Wusste nicht, was zu sagen war. Unruhig rutschte sie auf dem Polster herum. Plötzlich hüllte sie eine Wolke von abgestandenen Schweiß und schlimmeren Gerüchen ein. War sie das selbst? Konnte er das auch riechen? Die Sekunden dehnten sich zu Minuten. Die Augen im Rückspiegel ruhten auf ihr. Neugierig. Beharrlich. Dann ertönte hinter ihnen ein Hupen. Die Ampel war grün.

»Ist ja gut«, rief der Fahrer und hob die Hand zu einer Geste der Beschwichtigung.

Der Wagen bog in eine Seitenstraße. Das Kopfsteinpflaster grollte unter den Reifen. Eine hübsche Nachtschwärmerin huschte durch die Kegel der Scheinwerfer und verschwand zwischen zwei parkenden Transportern. Interessiert blickte der Fahrer hinter ihr her, während er einen haltenden Bus überholte. Die Spannung hatte sich gelöst. Sie atmete innerlich auf. Schwelgte in dem Gefühl neu gewonnener Freiheit, dem Glück, am Leben zu sein.

Ihr Leiden, die Düsternis ihres Gefängnisses, die Grausamkeit ihrer Peiniger… Mit dem Rücken auf dem beheizten Rücksitz einer deutschen Luxuslimousine wirkte das auf einmal absurd und surreal. Als ob ihre Erinnerungen nur der Blick durch das Schlüsselloch auf eine bizarre Traumwelt waren. Doch dann spürte sie wieder die zahllosen Wunden an ihrem Körper, die sie wieder in ihr Verlies hinter die Tür zurückzogen. Zurück in die Hölle.

»Wie war es für dich?«

»Wie bitte?«

Sie fühlte sich wie beim Auftauchen aus großer Tiefe. Was hatte die Stimme an der Wasseroberfläche gesagt? Wie lange war sie dort unten gewesen? Sie blickte umher. Die Straße war jetzt etwas schmaler. War es überhaupt dieselbe? Schlagartig fiel ihr ein, was sie eigentlich die ganze Zeit hatte sagen wollen.

»Ich möchte bitte zur nächsten Polizeiwache.«

Der Fahrer umrundete einen dieser Blumenkübel, die den Verkehr in 30er-Zonen auf Schrittgeschwindigkeit bremsen sollten. Ganz im Kontrast zu seinen klobigen Abmessungen huschte das Auto um die Hindernisse wie eine Katze. Hatte sie ein Nicken übersehen?

Sie nahm einen erneuten Anlauf.

»Fahren Sie mich bitte zur Polizei. Ich muss eine Anzeige erstatten.«

Der Mann drehte den Kopf. Nur so wenig, dass sie gerade eben den Schwung seines Wangenknochens im Gegenlicht eines vorüberziehenden Motorrads sehen konnte. Der Anblick kam ihr unangenehm vertraut vor.

»Haben dir die Schmerzen gefallen?«

»Was?«

Eine innere Alarmglocke begann leise zu läuten.

»Hast du es genossen?«

Es waren nicht nur die Worte, die sie irritierten. Da war noch etwas anderes.

»Schmerz ist so rein. Die purste Erfahrung, die man schenken kann.«

Es durchfuhr sie wie ein Blitzschlag.

»Ihr Akzent.«

»Was ist damit?«

Das Grinsen im Rückspiegel. Seine Zähne. Viel zu makellos für einen typischen Taxifahrer.

»Nein. Bitte nicht«, wimmerte sie.

»Willkommen im Grand Guignol«, sagte er. »Das Kabarett des Schreckens.«

Sein Wangenknochen. Glänzend und weiß im Gegenlicht eines entgegenkommenden Fahrzeugs. Glänzend und weiß wie Theaterschminke im Licht der Bühnenscheinwerfer.

Hektisch langte sie nach dem Türgriff, doch noch im selben Moment sanken die Verriegelungsstifte mit einem mechanischen Surren in das Innere der Wagentüren herab.

Donnerstag, der 5. Januar

1

Erich Richter, Doktor der Soziologie und seit fünf Jahren Chef der Behörde, war eine beeindruckende Persönlichkeit. Klein und eher filigran gebaut, strahlte er etwas überaus Energisches aus. Alles an seinem Gesicht schien diesen Punkt zu unterstreichen, von den stechend grauen Augen bis zu den deutlich sichtbaren Schläfenadern unter den kurz geschorenen Haaren. Die Bestimmtheit in seinen Bewegungen ließ ihn jünger wirken als die fünfzig Jahre, die Viktor aus einer Pressemeldung recherchiert hatte.

An der Wand hinter ihm hing ein großformatiges Foto, darauf Richter in jüngeren Jahren. Er trug legere Kleidung und stand mit Zigarette im Mundwinkel inmitten einer Gruppe dunkelhäutiger Männer arabischer Herkunft vor einem Wüstenhintergrund.

»Setzen Sie sich«, befahl Richter und wandte seine Aufmerksamkeit der Akte zu, die auf der schlichten Kiefernplatte seines ansonsten klinisch reinen Dienstschreibtisches lag. Viktor tat wie geheißen. Mit Sicherheit handelte es sich um seine Personalakte aus dem Innenministerium, die ihm natürlich vorausgeeilt war.

Das Kinn auf die gefalteten Hände gestützt, vertiefte sich Richter für einige Minuten vollständig in das Unterlagenstudium. Dann hob er ruckartig den Kopf und lehnte sich zurück. Sein Blick bohrte sich in Viktors, als gälte es, dessen Innerstes nach außen zu kehren. Blinzelte der Mann eigentlich nie?

»Ihr Ministerium hat Sie mit dem Ziel Versetzung zu uns abgeordnet, quasi als vorläufige Leihgabe zum Ausprobieren. Wissen Sie, warum man gerade Sie ausgesucht hat?«

Er zog die Augenbrauen zusammen und sah damit wie die moderne Version eines Großinquisitors aus.

»Man sagte mir«, Viktor räusperte sich, »der Austausch von Kräften zwischen dem Innenministerium und den Landespolizeibehörden hat seit dem Wechsel des Regierungssitzes eine gewisse Tradition. Dadurch sollen das gegenseitige Verständnis und die Fähigkeit zur Kooperation…«

Richters erhobene Hand schnitt Viktors Redeschwall jäh ab.

»Danke. Dieses Faltblattgewäsch aus der Agitpropabteilung des Ministers kann ich auswendig deklamieren.«

Viktor korrigierte seine Meinung über die Mitarbeiter der Polizei leicht nach oben – der hier hatte Format. Zeit, etwas persönlicher zu werden. »Ich hab mich schon in meiner Jugend für Polizeiarbeit interessiert«, log Viktor mit dem gewinnendsten Lächeln. »Die Wahlstation meiner Referendarzeit leistete ich auf eigenen Wunsch beim BKA in Wiesbaden ab. Ich bin seit vier Jahren Referent für Schwerstkriminalität im Referat ÖS I 2 bei Doktor Schladming. Dort…«

Wieder fiel ihm Richter barsch ins Wort. »Ihr stromlinienförmiger Lebenslauf hier…«, er tippte mit seinem langen Zeigefinger auf die Akte, »klang schon bei der Lektüre langweilig. Das wird beim Erzählen nicht besser.«

Richter starrte Viktor eine Weile schweigend an und massierte sich dazu die Schläfen, als ob Viktors Anblick ihm Kopfschmerzen bereitete. Schließlich lehnte er sich zurück und legte die Fingerspitzen beider Hände aneinander.

»Entweder erzählen Sie mir jetzt den wahren Grund, dessentwegen ich mich hier mit einem wohlstandsgepuderten Internatszögling ohne jegliche Ermittlungserfahrung abgeben soll, oder ich schicke Sie postwendend wieder ins Ministerium.«

Viktor hakte seine Mundwinkel irgendwo knapp unter den Ohrläppchen ein und überlegte, welche Lüge er einem erfahrenen Polizisten wie Richter auftischen konnte. Denn eines stand fest: Die Wahrheit war tabu, oder seine »Polizeikarriere« würde enden, bevor sie überhaupt begonnen hatte. Es waren bereits einige Sekunden verstrichen, und er fühlte, wie das ihm gegenübersitzende Energiebündel merklich ungeduldig wurde. Eine Lebensweisheit seines Großvaters kam ihm in den Sinn: Die beste Lüge kleidet sich in das Gewand eines Geständnisses.

»Mein Referatsleiter«, antwortete Viktor. »Herr Schladming. Er hat mich gehasst. Schon von der ersten Minute an, die ich für ihn gearbeitet habe.«

Seine Worte hallten eine Weile durch den Raum, wie das Piepen, das ein lauter Knall im Ohr erzeugt. Richters Blick war jetzt kaum zu deuten. Unversehens stand er auf.

»Und warum hasst er Sie so, der liebe Kollege Schladming?«, fragte Richter, während er sich auf das große Fenster rechts von seinem Schreibtisch zubewegte, hoch aufgerichtet, die Hände hinterm Rücken gefaltet. Der

Köder war bereits halb geschluckt. Viktor musste nur noch einmal an der Leine ruckeln.

»Weil ich ein wohlstandsgepuderter Internatszögling bin und er ein proletenhafter Emporkömmling ohne Stil und Manieren.«

Richter drehte sich ruckartig um. Viktor legte alle Treuherzigkeit in sein Lächeln, derer er fähig war. Nahm sein Chef in spe ihm die Lüge ab? Immerhin war sie nicht allzu weit von der Wahrheit entfernt, jedenfalls, was das Verhältnis zwischen ihm und seinem Noch-Boss Schladming anging. Allerdings hätte der ihn niemals freiwillig ziehen lassen, Viktor weiter zu demütigen war mehr nach seinem Geschmack. Nur dank der Verbindungen eines alten Bekannten seines Großvaters saß er jetzt hier.

Richter hatte ihn eine Weile angestarrt, als ob er ihn hypnotisieren wollte. Tatsächlich begann Viktor, sich langsam wie das sprichwörtliche Kaninchen vor der Schlange zu fühlen. Einer Schlange in einem ebenso schlichten wie eleganten Maßanzug.

Doch dann wandte Richter sich abrupt von ihm ab. »Ja, das ist eine recht treffende Beschreibung, denke ich.«

Während Viktor sich noch fragte, ob sich diese Bemerkung eher auf Schladming oder ihn selbst bezog, glitt Richter zurück in seinen Stuhl und begann wieder in der Akte zu blättern.

»Deutscher Meister 1998 mit der Schnellfeuerpistole. Vizemeister 1999 und 2001«, las er laut vor. »Schießen Sie noch?«

»Fast jedes Wochenende, wenn ich die Zeit finde«, antwortete Viktor.

Auch das war etwas geschönt.

»Hier steht, Sie haben außer Rechtswissenschaften mit anschließender Promotion sogar mal Medizin studiert.«

»Sechs Semester«, bestätigte Viktor hoffnungsvoll.

»Ein Semester Auslandsstudium an der Columbia in New York. Und während des Referendariats waren Sie an der deutsch-chilenischen Handelskammer.«

»Ein Jahr lang.«

»Könnte nützlich sein«, murmelte Richter mehr zu sich selbst.

»Wie auch immer«, fuhr er dann etwas lauter fort. »Sie haben nicht die geringste praktische Erfahrung in der Polizeiarbeit. Ich wüsste also wirklich nicht, wofür ich Sie brauchen könnte. Meine Kommissare sind keine Gouvernanten. Und Ihr Ärger mit Schladming in allen Ehren, aber wir sind hier ja keine Auffangstation für gescheiterte Ministerialkarrieren.«

Viktor schluckte. Fast hatte er schon geglaubt, es hätte geklappt. Nun schien ihm alles wieder unter den Fingern zu zerrinnen. Aber er musste unbedingt zur Polizei. Es war der einzige Weg, endlich die Wahrheit... Er unterdrückte den Gedanken und atmete tief durch.

»Ich wusste gar nicht, dass wir dort mit von der Partie waren«, sagte er.

»Was?«, fragte Richter irritiert.

Viktor wies auf das Foto an der Wand hinter Richter. »Im zweiten Irakkrieg.«

Richters Mund verzog sich zu einem kaum merklichen Lächeln. »Waren wir auch nicht... offiziell.«

»Worin haben Sie die Männer auf dem Foto ausgebildet? Verhörtechniken?«, fragte Viktor.

»Nett geraten.«

»Musste ich fast gar nicht. Sehen Sie die Zigarettenschachtel in Ihrer Brusttasche. Miami. Die ist im Mittleren Osten ziemlich beliebt.«

»Das sind ein paar mehr Länder als nur der Irak«, warf Richter ein.

»Auf dem Foto stehen Sie alle in der prallen Sonne, aber der Himmel im Hintergrund ist ziemlich dunkel, ungewöhnlich für so eine Wüstenregion. Das sieht eher nach mächtigen Bränden aus, wie es sie im zweiten Irakkrieg gab, als Saddam die Ölquellen anzünden ließ.«

»Das hat er in Kuwait auch schon gemacht«, entgegnete Richter.

»Da waren Sie ausweislich Ihres Onlinelebenslaufs Anfang zwanzig. Viel jünger als auf diesem Foto.«

Richter faltete die Hände und stützte sein Kinn darauf.

»Weiter«, sagte er.

»Sie stehen im Zentrum des Bildes. Die anderen haben sich alle um Sie herumgeschart. Mehr als die Hälfte schaut Sie direkt an. Sie sind der Einzige, der nicht lächelt. So verhält sich eine Führungsperson. Im Internet stand, dass Sie in den Neunzigern Forschungen zu Verhörtechniken beim FBI in Quantico durchgeführt haben. Es liegt nahe, dass es diese Fähigkeiten waren, die Sie in den Irak brachten.«

Einige stille Sekunden vergingen, während Richter ihn anstarrte, bis die ganze Welt nur noch aus seinem Blick zu bestehen schien.

Dann drückte er eine Taste auf seiner Telefonanlage.

»Ja, Herr Doktor Richter«, erklang die Stimme seiner Sekretärin gut hörbar.

»Doktor Puppe wird dem Dezernat 11 zugeordnet. Veranlassen Sie Einkleidung, Ausweis, Waffenübergabe und alle erforderlichen Einweisungen. Er wird sich danach bei Herrn Tokugawa melden.«

»Selbstverständlich, Herr Doktor Richter. Soll ich …«

Ein erneuter Druck mit dem Zeigefinger, und das Gerät verstummte, noch bevor die Sekretärin den Satz beendet hatte.

»Sie bleiben bis auf Weiteres hier, wie Sie spätestens jetzt gemerkt haben dürfen. Warum, weiß ich nicht ganz genau. Vielleicht nur, um dem Kollegen Schladming eins auszuwischen. Nehmen Sie jedenfalls einstweilen zur Kenntnis, dass ich wegen der schweren Erkrankung von Herrn Koschinsky, seines Zeichens Dezernatsleiter von LKA 11 – Delikte am Menschen, zurzeit in Personalunion Ihr direkter Vorgesetzter bin. Und vergessen Sie lieber Ihre A 14. Dort gibt es nur Stellen für Oberkommissare.«

Richter klappte die Akte zu und hielt sie ihm entgegen, ohne ihn anzuschauen. Viktor stand auf, nahm die Akte an sich und wartete unschlüssig eine Weile, bis Richter schließlich aufblickte.

»Ist sonst noch was?«

Viktor öffnete den Mund und suchte nach irgendeiner sinnvollen Entgegnung, aber Richter sah nicht so aus, als ob er eine erwartete. Er schüttelte den Kopf.

»Dann dürfen Sie jetzt gehen«, sagte Richter.

Sein neuer Vorgesetzter zog sich einen anderen Vorgang aus seiner Eingangsbox, schlug ihn auf und begann darin zu lesen. Wortlos drehte Viktor sich um und verließ den Raum. Gerade als er die Tür schließen wollte, ertönte noch einmal Richters Stimme.

»Sollte ich jemals herausfinden, dass Sie mich über Ihre wahren Motive für Ihren Wechsel zu uns angelogen haben, und ich habe da so ein seltsames Bauchgefühl, dann gnade Ihnen Gott, Herr Puppe.«

***

Viktor stieg am Wittenbergplatz aus der U-Bahn aus. Die meisten Zeitungen am Bahnsteigkiosk titelten zu Donald Trump, dessen Amtseinführung als US-Präsident dem Planeten in zwei Wochen drohte. Der U-Bahnhof Wittenbergplatz lag unmittelbar am Ostende des Tauentzien, Westberlins traditioneller Shoppingmeile. Schräg gegenüber vom Bahnhofsgebäude, das auf einer kleinen Verkehrsinsel lag, erhob sich grau und mächtig die Fassade des KaDeWe.

Er wandte dem Gebäude den Rücken zu und ging die Kleiststraße hinunter. Zwar befand sich der Hauptsitz des LKA am Tempelhofer Damm im gleichnamigen Bezirk direkt gegenüber vom stillgelegten Innenstadtflughafen, aber die Abteilung 1, zuständig für »Delikte am Menschen«, war hier in Charlottenburg gut fünfhundert Meter vom Wittenbergplatz entfernt in der Keithstraße untergebracht.

Rechts von Viktor zogen ein paar klobige Bausünden der Siebzigerjahre vorüber. In der Ferne leuchtete das rote Emblem der Urania, eines Veranstaltungszentrums mit über hundertjähriger Tradition, in dem wissenschaftliche Fachvorträge für die Öffentlichkeit dargeboten wurden. Zu Zeiten der Berlinale diente es als einer der Nebenstandorte des Filmfestivals. Letztes Jahr im Februar hatte er sich dort mit Paula einen Film angeschaut. *Jeder stirbt für sich* oder so ähnlich, doch er hatte kaum etwas davon mitbekommen. Paula war Studentin im Fach Drehbuch an der Filmhochschule Babelsberg in Potsdam. Er war gerade knapp zwei Jahre mit ihr zusammen und sich sicher, dass sie die Liebe seines Lebens war. Es war einer der heißesten Abende gewesen, die er je erlebt hatte, was weniger an dem Film lag, sondern eher an Paulas Fingerfertigkeit und der Tatsache, dass ihre Plätze in der hintersten Reihe lagen. Es war einer ihrer letzten gemeinsamen Momente gewesen.

In der Keithstraße angekommen, hielt er nach Hausnummer dreißig Ausschau. Wenige Schritte später stand er unvermittelt davor.

Der wuchtige Altbau war zwischen zwei modernen Mietskasernen eingeklemmt und wirkte ein wenig wie ein UFO, das zufällig hier gelandet war.

»Ehemalje Landesversicherungsanstalt der Provinz Brandenburg.«

Viktor drehte sich zur Quelle der Stimme um. Vor ihm stand ein hutzeliges Männchen in einer undefinierbaren blauen Uniform, eine Hand in der Tasche, einen billigen Zigarillo in der anderen.

»Bau von 1908, ausjeführt von Hermann Rohde nach einem Entwurf der Architekten Solf und Wichards.«

Der Alte berlinerte so stark, dass *Architekten* bei ihm eher nach einer neuen Wortschöpfung für Darmausgang klang.

»Der Mittelbau is durch eene massive Kalksteinrustika mit kolossalen Säulen betont.«

Es hörte sich jetzt so an, als ob der Mann einen Fremdenführer auswendig gelernt hatte. Viktor gab sich redlich Mühe, so etwas wie Interesse auszustrahlen.

»Und wat wolln Sie hier, junga Mann?«, sagte der Alte mit einem kritischen Blick auf Viktor.

»Viktor Puppe. Ich wurde mit heutiger Wirkung der Unterabteilung 11 zugeteilt. Sind Sie hier der Pförtner?«

»Gebäudefachdienst heeßt ditt, junger Mann.« Der Alte wies auf seine Schirmmütze, als ob diese dafür irgendeine Relevanz hätte. »Soso, *Sie* sind ditt also«, fügte er mit einem erneut skeptischen Blick auf Viktor hinzu. »Na, dann komme ma mit. Herr Koschinsky, Ihr Abteilungsleiter, is allerdings dauerkrankjeschrieben.« Dazu machte er einen verschwörerischen Gesichtsausdruck, als ob Erkrankungen im Dienst etwas Obszönes seien.

»Ick soll Sie gleich zu Ihra neuen Kommission bring, wa?! Die Kollejen warten schon.«

Mit Akribie drückte er den verbliebenen Stummel in einem Ascheimer vor dem Hauptportal aus und winkte Viktor, ihm zu folgen.

Der Eingang mündete in ein Foyer, dessen neoklassizistische Pracht sich über mehrere Stockwerke erstreckte. Hinter Viktor fiel die Tür krachend in den Rahmen.

***

Der kahlköpfige Mann zog den nackten Körper eines Mädchens aus dem Kofferraum der cremefarbenen Limousine und warf ihn sich über die Schultern. Gerd Czogalla hielt den Atem an. Durch die Ritzen des kleinen Bretterverschlags konnte er trotz des strömenden Regens alles sehr gut erkennen.

Er erstarrte, denn jetzt ging der Kahlköpfige nur ein paar Meter an seinem Bretterverschlag vorbei an die

Böschung. Die Hand des Mädchens baumelte bei jedem Schritt hin und her. Es musste bewusstlos oder tot sein.

Gerd sah, wie der Mann das Mädchen auf den Boden fallen ließ, als sei es ein nasser Sack.

Der Kahlköpfige ging zurück zum Kofferraum seines Wagens und begann, darin zu wühlen. Jetzt konnte Gerd das erste Mal sein Gesicht erkennen. Ein hässliches, ein böses Gesicht. Es passte zu der Bomberjacke, die der Mann trug.

Erst das Motorengeräusch seines Wagens hatte Gerd geweckt. Wie war der Kahlköpfige mit dem Auto nur hier hereingekommen? Er sah kaum wie jemand aus, dem so ein Grundstück gehörte. Aber irgendwie hatte er das Schloss überwunden. Denn einen anderen Weg gab es nicht. Die zwei Meter hohe Mauer, die Gerd überstiegen hatte, umschloss das gesamte Gelände, bis hin zur steil abfallenden Böschung, die wiederum mit einem Zaun aus Maschen- und Stacheldraht gesichert war.

Der Kahlköpfige hatte inzwischen eine Plastikplane aus seinem Kofferraum geholt, die er nun neben dem Mädchen am Rand der Böschung ausbreitete. Dann hockte er sich hinter sie und rollte ihren regungslosen Körper in die Mitte der Plane. Der Kahlköpfige stand auf, wischte seine Stirn ab und ließ seinen Blick schweifen, bis er schließlich an dem Bretterverschlag hängen blieb. Gerd gefror das Blut in den Adern. Schnell zog er den Kopf von der Ritze weg, durch die er bis jetzt geschaut hatte.

Er nahm nur den strömenden Regen und das laute Pochen seines eigenen Herzens wahr. Seine Hände zitterten. Er sehnte sich nach einem Schluck Schnaps. Als er endlich wagte, wieder durch den Schlitz zu schauen, war der Kahlköpfige seinem Blickfeld entschwunden. Doch ein Stück weiter hinten stand immer noch das Auto, und vorn lag das reglose Mädchen auf der Plane, die mittlerweile von kleinen Pfützen übersät war.

Ein Geräusch schreckte ihn auf. Vom Fabrikgebäude her kam wieder der Kahlköpfige, der nun schwere rote Ziegel heranschleppte und über der Schulter ein aufge-rolltes Seil trug. Sein Ächzen und Fluchen war trotz des prasselnden Regens gut zu hören. Er ließ die Steine auf die Plane fallen, kniete sich nieder und begann, sie rund um das Mädchen zu verteilen. Das Seil legte er neben der Plane ab.

Schließlich setzte er sich neben das Mädchen, zog eine Packung Zigaretten aus seiner Bomberjacke hervor und zündete sich in aller Ruhe eine an. Gerd ertappte sich bei dem Gedanken, später den Stummel aufsam-meln zu wollen. Sein Körper schmerzte fast vor Sehn-sucht nach einem tiefen Zug, doch zu seinem Bedauern schnippte der Kahlköpfige die Zigarette in hohem Bogen in die Spree. Dann griff der Mann erneut in seine Jacke und zog ein großes Messer hervor, dessen Klinge an einer Seite gezackt war wie aus einem dieser Rambo-Filme.

Gerd zog entsetzt die Luft ein, als er sah, wie der Kahl-köpfige mit seiner Linken ihren Bauch und ihre bloßen Brüste betatschte. Eine Weile fummelte er so an ihrem Körper herum, als handele es sich dabei um eine Sache. Kniend richtete er dann seinen Oberkörper auf, ergriff das Messer mit beiden Händen, hob es über seinen Kopf und...

»Nein!«

Der Kahlköpfige wirbelte herum und sprang auf die Füße. Gerd presste die Hände vor den Mund, aber es war zu spät. Mit erhobenem Messer kam der Mann auf den Bretterverschlag zu.

»Komm da raus!«, bellte er heiser.

Bevor Gerd sich entscheiden konnte, ob es besser war, die Flucht anzutreten, flog schon die Tür des Verschlags auf. Der Fremde packte ihn grob am Kragen, schleifte ihn mühelos ins Freie und warf ihn auf den Boden, wo er zappelnd liegen blieb.

»Was hast du hier zu suchen?«, brüllte der Kahlköpfige ihn an.

Gerd suchte verzweifelt nach einer sinnvollen Antwort, aber ihm fiel keine passende ein.

»Abschaum«, zischte der Kahlköpfige schließlich verächtlich. Sein Blick wanderte zwischen Gerd und dem Mädchen hin und her. Dann kroch ein böses Lächeln über sein Gesicht.

»Steh auf!«, sagte er.

Als Gerd nicht sofort reagierte, unterstrich der Kahlköpfige seine Forderung mit einem schmerzhaften Tritt in die Rippen.

Keuchend rollte Gerd zur Seite und richtete sich umständlich auf. Sofort packte ihn der Kahlköpfige, zog ihn zu sich und setzte ihm das Messer an die Kehle.

»Du wirst mir jetzt helfen«, sagte er mit einem Kopfnicken in Richtung des Mädchens. »Dann lasse ich dich vielleicht am Leben. Verstanden?«

Gerd spürte die Spitze des Messers an seiner Gurgel.

»Ob du mich verstanden hast, Abschaum?«, gellte es direkt neben seinem Ohr.

Gerd zwang sich zu einem Nicken. Der Griff an seinem Kragen löste sich, und der Kahlköpfige senkte das Messer.

»Hier. Nimm!«

Ungläubig starrte Gerd auf die Klinge, die ihm der Kahlköpfige jetzt mit dem Heft voraus hinhielt.

»Jetzt nimm schon«, brüllte er.

Unsicher ergriff er das Messer und blickte dann zu dem Kahlköpfigen.

Der Mann grinste. »Dumme Gedanken? Die hier wird sie dir schnell abgewöhnen.« Der Kahlköpfige griff hinter seinen Rücken und zog eine Pistole hervor. Mit einem Klacken legte er den Sicherungshebel um und hielt Gerd die Mündung an die Schläfe.

»Und jetzt rüber.«

Er wackelte mit dem Lauf in Richtung des Mädchens.

Unsicher setzte Gerd sich in Bewegung, das Messer in der Hand. Sein Leben fühlte sich auf einmal wie ein absurder Albtraum an.

»Hierhin. Knie dich neben sie.«

Gerd sank neben dem Mädchen auf die Knie. Jetzt erst sah er, dass ihre Augen weit geöffnet waren. Ein bitterer Verdacht keimte in ihm auf.

»Und jetzt«, sagte der Kahlköpfige neben ihm, während er mit dem linken Daumen auf sein Brustbein drückte und ihn langsam runter bis zum Bauch zog, »schneid sie auf.«

Gerd glaubte, seinen Ohren nicht zu trauen. Ungläubig starrte er auf das Messer in seiner Hand, dann auf den Kahlköpfigen, dessen Gesicht vor Wut rot geworden war.

»Mach schon, du Penner. Wir haben nicht den ganzen Tag Zeit«, befahl er ihm aufs Neue.

Als Gerd immer noch nicht reagierte, riss er die Waffe hoch.

Der Schlag traf ihn etwas oberhalb der Schläfe. Zuerst

verspürte er keinen Schmerz. Die Wucht des Schlages holte ihn von den Knien, er drohte, die Böschung hinunter in den Fluss zu fallen. Verzweifelt griff er um sich, als er über das nasse Gras rutschte, bis er endlich etwas Festes zu fassen bekam und mit beiden Händen umklammerte.

Er wandte den Kopf nach oben und schaute voller Entsetzen in zwei ausdruckslose Augen. Er hatte das Fußgelenk des Mädchens erwischt, dessen Körper nun ebenfalls ins Rutschen geriet. Gemeinsam glitten sie unaufhaltsam auf die steinerne Befestigung am Ende der Böschung zu. Über ihm stieß der Kahlköpfige wüste Flüche aus. Plötzlich spürte er einen Schlag in den Rücken, der ihn herumwirbelte. Für einen Moment fühlte er überhaupt nichts, dann umfing ihn das eiskalte Wasser der Spree.

Die Kälte nahm ihm den Atem, als ob eine eisige Faust das Leben aus ihm herauspresste. Strampelnd kam er an die Oberfläche. Sein schwerer Wollmantel drohte, ihn zurück in die Tiefe zu ziehen, doch gelang es ihm, sich aus den Ärmeln zu winden. Plötzlich hörte er einen ohrenbetäubenden Knall. Dann platschte es neben ihm. Instinktiv tauchte er unter. Der Fluss umfing sein Gesicht mit tausend eisigen Nadeln. Dicht vor ihm durchschnitt die Leiche des Mädchens die trübe Flüssigkeit, sank ein wenig, um dann langsam wieder an die Oberfläche zu steigen, wo sie sich auf den Rücken drehte.

Als er schließlich wieder auftauchte, sah er oben an der Böschung den Kahlköpfigen stehen, der mit der Pistole auf ihn zielte.

Erneut tauchte Gerd unter. Irgendwann in einem früheren Leben war er ein guter Schwimmer gewesen, aber die Kälte gefror seine Muskeln zu einer trägen Masse. Trotzdem gelang es ihm, ein paar Meter tauchend zurückzulegen, bevor die Atemnot ihn wieder an die Oberfläche trieb. Der Kahlköpfige war ihm oben am Böschungsrand gefolgt, aber entweder war ihm die Munition ausgegangen oder die Waffe hatte Ladehemmung, denn er fuchtelte nur wild mit der Pistole herum.

Mittlerweile war er auf Höhe der Grundstücksgrenze angekommen, und das Brüllen entfernte sich zusehends. Nebenan war eine große Brache mit einer richtigen Kaimauer, an der in etwa zwanzig Meter Entfernung eine kleine Anlegestelle zu erkennen war. Für Gerds Geschmack viel zu nah an dem Kahlköpfigen, aber die Kälte ließ ihm keine Wahl. In wenigen Minuten würde er kaum noch einen Finger bewegen können. Während er sich anschickte, ans Ufer zu schwimmen, sah er etwas voraus einen nackten Körper auf den Wellen nach Westen in Richtung Oberbaumbrücke treiben.

2

Das Gelächter dröhnte Viktor schon entgegen, als er noch fünf Türen von dem Büro entfernt war. Der hutzlige Wachmann, der ihm den Weg wies, drehte sich im Gehen um und zwinkerte ihm grinsend zu. Das Lachen dauerte an, es klang satt und voll. Während er dem Wachmann folgte, stellte er sich dazu unwillkürlich Jabba aus *Krieg der Sterne* vor. Fast erwartete er hinter der Tür eine dämmrige Höhle mit einem glupschäugigen, dicken Fleischklops auf einem Podest. Er hätte kaum weiter von der Wahrheit entfernt sein können.

Nach dem eher düsteren Flur wartete der Raum dank der großen Altbaufenster mit hellem Licht auf. Ein typisches Berliner Dienstzimmer, wie es sie in den hauptstädtischen Behördenaltbauten zu Tausenden gab.

Hohe Decken. Funktionale, etwas in die Jahre gekommene Möbel auf engstem Raum. In einer Ecke neben dem Fenster die obligatorische Zimmerpalme kurz vorm Verdursten. Ein wuchtiger Aktenschrank in Natureichenfurnier an der einen Wand, die andere übersät mit angeklebten oder -gehefteten Dokumenten ... Gebäudegrundrisse, großformatige Fotos von Lebenden und Toten, ein verblichenes Poster der Polizeigewerkschaft und unzählige kleine und große Notizzettel. Im winterklaren Sonnenlicht, das durch die Fenster fiel, tanzte Staub. Eine antike

37

Kaffeemaschine auf einem noch antikeren Heizungsrost blubberte und erfüllte die Luft mit dem Aroma drittklassiger Filterbrühe. Außerdem schmückte die Wand ein Kalender vom alten Jahr.

Zwei Schreibtische standen quer und leicht versetzt zueinander in der Mitte des Raums. Darauf die übliche Büroausstattung aus Flachbildschirm, ergonomischer Tastatur, überproportionierter ISDN-Anlage, diversen Ablagekörben in verschiedenen Stadien der Verwahrlosung und etlichen Stapeln Ermittlungsakten, unverkennbar an ihren rosaroten Heftmappen.

Der Mann, der an einem der beiden Schreibtische saß, lachte jetzt nicht mehr, und er glich ganz sicher nicht Jabba, dem Hutten. Durchaus ein wenig korpulent, wozu die schmalen Hände und das fein geschnittene Gesicht in einem seltsamen Kontrast standen. Er war asiatischer Abstammung und passte nicht so recht in das Dienstzimmer einer Berliner Polizeibehörde: Das blauschwarze Haupthaar war am Hinterkopf achtlos zu einem wirren Dutt zusammengebunden. Die Seiten ausrasiert, also wohl das, was Viktors Schöneberger Szenefriseur als »Undercut« zu bezeichnen pflegte. Das Gesicht des Mannes hatte etwas Aristokratisches, wie aus einem alten Samurai-Schinken, mit einem feinen goldfarbenen Teint und einem dünnen Bart. Sein Oberkörper steckte in einem verwaschenen Longsleeve, auf dem ein »Dead Kennedys«-Logo prangte. Dazu trug er Cargopants mit Camouflage-Musterung und gammelige Kampfstiefel.

Als ob das nicht schon faszinierend genug war, trieb die andere Seite der Tische Viktors Puls erst richtig in die Höhe. Spanierin? Italienerin? Irgendetwas Südländisches jedenfalls. Tiefschwarze Augen von der Sorte, die denjenigen verzehren, den sie wollen, aber denjenigen versengen, den sie hassen. In einer anderen Zeit wäre sie die Favoritin im Harem eines Sultans gewesen. In der Gegenwart trug sie eine schwarze Jeans, ein enges, ebenso schwarzes Top und eine Sig-Sauer im Schulterholster. Etwas zu figurbetonte Kleidung für Viktors Geschmack, aber er musste ihr zugestehen, dass sie sich das leisten konnte.

»Hey, Mister. Nimm mal lieber die Stielaugen aus dem Dekolleté der Kollegin!«, sagte sein neuer Kollege grinsend.

Viktor spürte, wie ihm die Hitze ins Gesicht stieg. Aus den Augenwinkeln bemerkte er ihr hämisches Grinsen. Jetzt war entweder höfliches Abstreiten gefragt oder …

»Wieso?«, fragte er so unschuldig wie möglich. »Sieht für mich so aus, als ob da genug Platz ist.«

Ein paar Sekunden zeichnete sich auf den Gesichtern der anderen echte Verblüffung ab, und Viktor fragte sich, ob er den Bogen überspannt hatte. Dann brach sein neuer Kollege wieder in jenes dröhnende Gelächter aus, das er schon auf dem Flur gehört hatte. Die Schönheit stimmte in sein Lachen ein, und beide ließen die Hände über die Tische hinweg zu einem High-Five zusammenklatschen.

»Nice return«, rief sein neuer Kollege und schürzte anerkennend die Lippen. »Passt gar nicht zu diesem piefigen Gymnasiastenoutfit. Lässt glatt auf mehr hoffen.«

»Na, man scheint sich ja schon prächtig zu verstehen. Denn empfehle ick mir ma zu Jelejenheitspreisen«, sagte der Pförtner hinter Viktor etwas säuerlich und verschwand durch die Tür.

»Die Scheiß-Hertha hat mal wieder verkackt, und du schuldest mir jetzt nen Zehner, Schmiddie«, brüllte dor

Mann dem Pförtner hinterher, bevor er seinen Blick erneut Viktor zuwandte. Eine Weile schwieg er und starrte ihn mit leichtem Amüsement an. »Laufsteg-Casting heute erst ab zwölf«, feixte er dann.

Viktor entschloss sich, diesmal nicht darauf einzugehen. »Viktor Puppe«, sagte er stattdessen. »Ich bin Ihr neuer Kollege.«

»Der siezt mich«, sagte der Mann am Schreibtisch an seine Kollegin gerichtet.

Dann stand er auf und streckte Viktor mit einem breiten Grinsen seine schmale Hand entgegen. Viktor schlug ein.

»Kenji Tokugawa. Kannst mich Ken nennen. Und die Frau mit der einladenden Auslage ...«

»... tritt dir gleich voll in die Eier«, schnitt ihm die Schönheit das Wort ab. »Ich heiße Begüm Duran. Kannst mich Frau Oberkommissarin nennen«, sagte sie dann mit einem ungnädigen Gesichtsausdruck und hob widerwillig ihren Arm.

»Begüm, die Prinzessin«, sagte Viktor und ergriff ihre Hand. »Wie reizend.«

Er bemerkte, dass sich ihre Augen ein wenig weiteten. Ihre Hand lag einen Sekundenbruchteil zu lang in seiner, lange genug für eine gehörige Portion Bauchschmetterlinge.

»Hört auf. Mir wird schlecht«, dröhnte es von der Seite.

Sie zog ihre Hand etwas schneller weg als unbedingt notwendig. Die Schmetterlinge legten eine Bruchlandung hin.

»Dann sag mal, Vicky ...«

»Viktor. Der Name ist Viktor.«

»Sagtest du nicht, dein Nachname sei Puppe? Ich werde dich Püppi nennen. Das passt ausgezeichnet zu ihm, findest du nicht, Begüm? Oder vielleicht rufe ich dich stattdessen *Snape*, weil du so voll cool düsterbleich aussiehst wie der Typ aus *Harry Potter*. Und dann dieser Fummel. Begüm! Kommt er nicht rüber, wie so ein Unternehmensberatungsheini? Also eventuell auch Heini. Oder doch lieber Püppi?«

Die Adressatin der Frage zuckte gelangweilt mit den Schultern. Viktor unterdrückte seinen Ärger, während er gleichzeitig fieberhaft nach irgendeiner schlagfertigen Antwort suchte. Aber Ken war einfach schneller.

»Also Püppi ist akzeptiert.« Er erhob sich etwas träge aus seinem Schreibtischstuhl. »Da wir das also geklärt haben, schlage ich Mittagessen vor.«

***

Die Kantine des LKA in der Keithstraße war von erwartbarer Freudlosigkeit. Speckige Linoleumböden, Wandvertäfelung aus lackierter Eiche und ein Menüplan aus dem neunten Kreis der Cholesterinhölle. Möbel und Wände zeugten noch vom Raucherparadies, das dieser Raum bis vor einigen Jahren gewesen sein musste. Viktor hatte sich für die Linsensuppe »Charlottenburger Art« entschieden und löffelte lustlos darin herum.

»Und wie war dein Treffen mit El Scheffe?«, fragte Ken, der ihm gegenüber an einer Bratwurst rumsäbelte und nebenbei Pommes von Begüms Teller stibitzte.

»Denkwürdig«, antwortete Viktor. »Er ist sehr äh… speziell.«

»Getrommelt und gepfiffen. Eigentlich sollten wir

ihn gar nicht zu Gesicht bekommen, aber seit Koschinsky, unser Dezernatsleiter, einen Schlaganfall hatte, leitet Richter auch noch das Dezernat. Das geht schon fast zwei Jahre so«, sagte Ken.

»Da war dieses Foto ...«

»Afghanistan?«, fiel ihm Ken, den Mund voller Pommes, ins Wort.

»Es ist aus dem Irak. Irgendwie spannend, aber irgendwie auch gruselig.«

»Weißt du denn, was er dort drüben gemacht hat?«, fragte Ken, der die Antwort offensichtlich schon kannte.

Viktor entschied, für sich zu behalten, was er bei der Analyse des Fotos in Richters Büro herausgefunden hatte.

»Verhörspezialist«, warf Begüm zwischen zwei Wurstscheiben ein.

Viktor gönnte ihr einen verstohlenen Blick und fragte sich, wie man so essen und gleichzeitig wie eine Rekordsprinterin aussehen konnte.

»Richter hat eingeborene Polizisten und Geheimdienstler darin ausgebildet, wie sie Leute so befragen, dass keine Antwort offen und kein Auge trocken bleibt«, setzte Ken die Beschreibung fort. »Und ich weiß, wovon ich verdammt noch mal rede.«

»Wie meinst du das?«, fragte Viktor neugierig.

Begüm grinste schweigend ihren Teller an. Offensichtlich wusste sie bereits, worauf Ken hinauswollte.

»Na ja, ich hatte da mal Ärger mit der Dienstaufsicht.«

»Mal?«, warf Begüm ein.

»Halt die Klappe, Prinzessin. Also jedenfalls, es ging da um Betäubungsmittel und Asservatenkammer und so, wenn du verstehst.« Ken zuckte verschwörerisch mit einer Augenbraue.

Drogen aus der Asservatenkammer?!

Gerne hätte Viktor weiter nachgebohrt, doch er nickte stattdessen verständnisvoll. Schließlich wollte er es sich mit den neuen Kollegen nicht gleich am ersten Tag durch übertriebene Neugier verderben.

»Der Chef bestellt mich und den Heini von der Dienstaufsicht also in sein schmuckes Büro. Du kennst es ja jetzt. Eine geschlagene Viertelstunde haben wir beide da gesessen und ihm dabei zugeschaut, wie er in aller Seelenruhe die Unterschriftenmappe abreitet. Dann ist dem Dienstaufsichtsheini der Kragen geplatzt. Er habe seine Zeit nicht gestohlen, und überhaupt unterstehe er direkt dem PolPräs und so weiter. Der Chef hat ihn nicht mal angeschaut und in aller Ruhe seine Unterschriftenmappe zu Ende gerödelt, bevor er zum Telefon gegriffen und die Sekretärin gebeten hat, ihn mit dem PolPräs zu verbinden. Dazu muss man wissen, dass Richter und der Pol-Präs Militärbuddys sind und Richter den PolPräs Willi nennen darf.«

»Du wolltest wohl sagen, der PolPräs darf Richter Erich nennen«, warf Begüm mit halb vollem Mund ein.

»Stimmt«, sagte Ken, »man sollte die faktische Rangordnung nicht außer Acht lassen. Auf jeden Fall hat der Erich dann dem Willi am Telefon gesagt, wenn dem Willi seine Dienstaufsicht nicht ihre, ich zitiere, *Wichsgriffel*, von Erichs Spitzenkräften lässt, dann kann sich der Willi einen neuen Erich suchen. Danach war das Gespräch mehr oder weniger zu Ende.«

»Wow«, sagte Viktor.

»Das habe ich auch gedacht und der Typ von der Dienstaufsicht bestimmt ebenso. Der Chef hat sich dann eine zweite Unterschriftenmappe genommen und wei-

tergekrakelt, was das Zeug hält. Als der Dienstaufsichtsheini nach fünf Minuten immer noch dasaß, hat
Richter ihn gefragt, ob er Wurzeln geschlagen habe und
ob er wohl ein Sprengkommando rufen müsse, um ihn
vom Sitz zu lösen. Der Dienstaufsichtsheini hatte da
schon eine Gesichtsfarbe im äußersten Violettbereich der
Farbpalette. Er hat dann irgendwas von ›Frechheit‹ und
›man sieht sich noch‹ gemurmelt und ist aus dem Zimmer gestürmt.«

Ken ertränkte mit versonnener Miene ein Stück Bratwurst im Curry-Ketchup-Tümpel und schob es sich in
den Mund. Irgendwie war er Viktor jetzt schon sympa-
thisch. Und bei dem Gedanken schlich sich sofort ein
Anflug von schlechtem Gewissen ein. Die Leute hier
brachten dem »neuen Kollegen« gerade Vertrauen entgegen. Wie sie wohl über ihn denken würden, wenn sie
wüssten, dass er in Wahrheit seine ganz eigene Agenda
verfolgte?

»Und du warst aus dem Schneider?«, fragte er, um seinen inneren Konflikt zu übertönen.

Ken und Begüm tauschten bedeutungsschwangere Blicke aus. Dann entblößte Ken eine Reihe blendend weißer Zähne. »Kennst du das schon, wenn er sich hinter
dich stellt?«, fragte Ken in einem Dramatik heischenden
Flüsterton.

»Nein, aber du erzählst es mir bestimmt gleich«, sagte
Viktor schmunzelnd.

»Der ist so lange in meinem visuellen Off verschwunden, dass ich mich schon gefragt habe, ob der überhaupt
noch im Raum ist. Doch irgendwie traut man sich ja
nicht mehr, sich umzudrehen, weil der dann vielleicht
den afghanischen Genickkracher anwendet.«

»Irakischen Genickkracher«, verbesserte Viktor.

»Oder den. Na ja, und dann hat der mich voll auseinandergenommen. Reid-Methode rauf und runter.«

»Reid-Methode?«, fragte Viktor.

Begüm verdrehte die Augen.

»Oh, Mann. Was sollen wir bitte mit so einem Anfän-
ger?«

»Ich dachte, wir sind uns einig, dass es eher um seine
äußerlichen Werte geht«, sagte Ken. Er gabelte sich eine
weitere Fritte von ihrem Teller, was sie mit einer türkischen Verwünschung quittierte.

*Okay. Sie hat offensichtlich irgendein Problem mit
mir*, vermutete Viktor. Da lag noch viel Arbeit vor ihm.
Vielleicht war es auch einfach nur so eine Art Revier-
kampf. Nichts jedoch, was er an seinem ersten Tag lösen
konnte.

»Hey, hörst du mir überhaupt zu?«

Kens empörter Zwischenruf riss ihn aus seinen Gedanken. Sein neuer Kollege hatte wohl schon eine Weile
auf ihn eingeredet.

»Natürlich«, sagte Viktor in der Hoffnung, nichts Gra-
vierendes verpasst zu haben.

»Oh, Mann«, sagte Ken zu Begüm. »ADHS hat er auch
noch.«

»Wenn schon, dann ADS«, korrigierte ihn Viktor.

»Und einen penetranten Hang zur Besserwisserei.
Püppi, ich fürchte, von deinem Knackarsch abgesehen
bist du für uns ziemlich nutzlos«, sagte Ken mit einem
theatralischen Seufzer.

»Reid-Methode«, erinnerte ihn Viktor.

»Langweilig.«

Begüm verdrehte abermals die Augen und verkündete, pinkeln zu müssen. Es kostete Viktor einige Willensstärke, ihrem perfekten kleinen Hintern nicht hinterherzustarren.

»Psychotricks«, antwortete Ken. »Erfundene Beweise. Wechsel von Belanglosigkeiten mit knallharter Konfrontation. Geheucheltes Verständnis. Die komplette Klaviatur. Als wir fertig waren, hatte seine Sekretärin schon seit Stunden Feierabend und ich die alleinige Verantwortung für den Holocaust eingeräumt. Das Schrägste ist, dass ich die ganze Zeit gemerkt habe, wie der Alte sich an meinem Angstschweiß aufgegeilt hat. Der war wie auf Droge. Ein Piranha auf Urlaub in einer Lachszucht. Die Reid-Methode…«

»…ist in Deutschland nicht mit Paragraf 136 a der Strafprozessordnung vereinbar, wie Ihnen sicherlich bekannt ist, Hauptkommissar Tokugawa.«

»Allmächtiger«, entfuhr es Ken, der genau wie Viktor erst in diesem Augenblick bemerkt hatte, dass sich die Objektperson ihres Gesprächs direkt neben ihrem Tisch befand.

»Leitender Kriminaldirektor genügt völlig«, entgegnete Richter trocken.

»Sie haben mir aber jetzt einen Heidenschrecken eingejagt«, bestätigte Ken das Offensichtliche. »Stehen Sie schon lange da, Boss?«

Richter überging die Frage mit einem wölfischen Grinsen.

»Haben Sie Ihr Handy beim Poker verspielt?«, fragte er.

»Wieso?«

Ken begann, in der Beintasche seiner Hose zu wühlen. Mittlerweile war auch Begüm wieder aufgetaucht. An der Art, wie sie sich allzu unauffällig in ihren Stuhl gleiten ließ, war spürbar, dass ihr Respekt vor Richter Kens in nichts nachstand.

»Weil Sie meine Anrufe ignorieren«, stellte Richter fest.

Kens Gesicht begann verräterisch zu glänzen. »Stimmt«, murmelte er betreten. »Liegt noch im Büro.«

»Diensthandy immer am Mann!«

Begüm, die mit dem Rücken zu Richter saß, feixte in Kens Richtung.

»Das gilt auch für Sie, Frau Oberkommissarin.«

Offensichtlich konnte Richter um die Ecke gucken. Viktor musste sich das Feixen verkneifen.

»Was steht an, Boss? Oder hatten Sie einfach nur Sehnsucht nach Ihren besten Pferden?«, plapperte Ken etwas zu leutselig für Viktors Geschmack.

»Wenn mir der Sinn nach einem Ausritt stünde, hätte ich Sattel, Sporen und Gerte mitgebracht.«

Die Binnentemperatur von Richters Stimme lag etwa bei Stufe Trockeneis. Eine Weile starrte er Ken an, bis diesem der Sinn nach Scherzen vergangen war.

»Wir haben eine Wasserleiche«, sagte er schließlich. »Der Körper hat sich an der Oberbaumbrücke an einem Pfeiler verhakt. Ein Touristenehepaar hat sie entdeckt. Junge Frau, Anfang zwanzig. Noch nicht lange im Wasser.«

»Selbstmörderin?«, fragte Ken. »Kann doch Bredow von der Vermisstenstelle machen.«

Richter beugte sich zu Ken herunter. Es war keine freundliche Geste.

»Aber nicht«, sagte er fast flüsternd, »wenn es sich um die entlaufene Nichte des Justizsenators handelt.«

***

Der Sektionsraum des Landesinstituts für gerichtliche und soziale Medizin im Bezirk Moabit war ein nüchterner Ort. Durch eine lindgrüne Schiebetür von der Größe eines Scheunentors betrat man einen länglichen, lichtdurchfluteten Saal. Der Raum strahlte eine sterile Sachlichkeit aus. An der Fensterseite reihten sich in großzügigen Abständen fünf Sektionstische aneinander. Auch Tote waren Fließbandarbeit.

Jeder der Tische ruhte auf einem massiven Stahlfuß. Die Tischplatten und die riesigen Waschbecken am Fußende bestanden aus rötlichem Marmor. Abgesehen von der niedrigen Decke war der Raum komplett gekachelt. Oberlichter sorgten bei Tage für ausreichende Helligkeit. Ein Gemisch von Karbolsäure und anderen Gerüchen, die Viktor nicht genauer definieren konnte, erfüllte die spärlich beheizte Luft.

Am letzten Tisch hatte das Team bereits Stellung bezogen. Im überhellen Licht der Sektionslampen wirkten die beiden Ärzte in ihren weißen Kitteln und der Sektionsassistent genauso bleich wie der Körper vor ihnen.

Viktor hatte ein flaues Gefühl im Magen. Nicht wegen der bevorstehenden Begegnung mit dem Tod, er hatte im Medizinstudium genug Leichen zu Gesicht bekommen. Dennoch stieg sein Puls spürbar an, kalter Schweiß stand ihm auf der Stirn.

Durch eine Lücke zwischen den Umstehenden konnte er den Bauch der Toten und ein Stück des bleichen Busens erkennen. Eine ältere Schnittwunde verunstaltete die sanfte Rundung der Brust. Das Wasser hatte den Wundschorf aufgelöst, sodass die Schnittkanten die Sicht auf das rohe Fleisch freigaben. Viktor bemerkte, dass Begüm ihn aufmerksam von der Seite betrachtete. Peinlich berührt wandte er den Blick ab und fragte sich sogleich, warum eigentlich.

Mittlerweile hatten sie den Tisch erreicht. Einer der Ärzte, der Viktor wegen seiner Körpergröße zuvor schon aufgefallen war, drehte sich um und entpuppte sich zu Viktors Überraschung als Frau.

»Morjen, Stella-Schätzchen«, grüßte Ken. »Was macht das Geschäft? Viel Stress?«

Die Frau in dem weißen Kittel schüttelte seine Hand.

»Ach, du weißt doch«, antwortete sie. »Meine Kundschaft bringt viel Zeit mit. Hallo, Begüm.«

»Hallo«, murmelte die Angesprochene fast unhörbar. Beide Damen tauschten ein säuerliches Lächeln aus, offensichtlich waren sie sich nicht grün. Dann wandte sich die Ärztin Viktor zu. Sie war sehr hochgewachsen und auf eine elegante Weise schön. Höheretöchterinternatsschön. Papihatmirzumbestandenenstaatsexameneinenporschege kauftschön. Patenter Kurzhaarschnitt über blauen Augen und Weißgoldohrringen. Edler Kaschmirpulli unter dem Kittel. Sie beäugte Viktor, als sei er ein Schmetterling hinter dem Schauglas eines Insektenforschers.

»Und wen bringt ihr mir hier?«, sagte sie.

Ken grinste über beide Wangen. »Das ist unser neuer Kollege Viktor Puppe.«

Sie zog eine Augenbraue nach oben und musterte Viktor von oben bis unten. »Hat Richter auf einmal guten Geschmack entwickelt?«, fragte sie, ohne den Blick von ihm zu lassen.

Ken lachte dröhnend. »Benimm dich, Stella. Er ist eine großzügige Leihgabe des Innenministers.«

Die Augenbraue wanderte noch ein Stück höher. »Lassen Sie mich raten, mein Lieber. Abteilung Bürgerbesänftigung?«

Jetzt musste sogar Viktor lächeln. »Referat Kriminalitätsbekämpfung«, stellte er richtig.

»Hm, da möchte man gleich zum Verbrecher werden. Und Ihr Name ist Viktor Puppe?«, fragte sie mit forschendem Blick. »Irgendwie klingelt da was bei mir, wenn ich Sie so ansehe. Kann es sein, dass wir uns schon einmal begegnet sind?«

»An eine Begegnung mit Ihnen würde ich mich sicherlich erinnern.«

Sie lächelte pflichtschuldig und geschmeichelt.

»Leute, duzt euch um Himmels willen«, flehte Ken. »Von diesem Hamburger Senatorenfamilienslang krieg ich nämlich Migräne.«

Sie streckte die Hand aus. Ihr Lächeln war verführerisch, aber auf eine aufreizend unverbindliche Art. Viktor stellte sie sich als Croupière an einem Roulettetisch vor. Er hätte alles gesetzt.

»Also dann, seltsam bekannter Unbekannter im eleganten Nadelstreifen. Ich heiße Stella«, sagte sie.

»Und ich Viktor.«

»Der Name ist Programm, hoffe ich«, sagte sie.

»Vincit qui se vincit«, erwiderte er lächelnd.

»Hör dir die beiden an«, sagte Ken zu Begüm. »Klub der Einserabiturienten. Da muss ich gleich dringend mal einen abseilen.«

»Tu dir keinen Zwang an. Du kennst dich ja aus«, sagte Stella. »Ich hoffe, es stört dich nicht, wenn ich hier schon mal beginne.«

»Leg los. Begüm hat das absolute Gedächtnis, quasi unser Superhirn«, sagte er an Viktor gewandt.

»Na, ist denn das zu fassen?«, sagte Stella mit unüberhörbarem Spott in der Stimme.

Für einen Moment verhakten sich die Blicke der beiden Frauen ineinander wie die zweier Boxer beim Starrwettbewerb nach dem Wiegen. Viktor gefielen die schwarzen Funken, die Begüms Augen dabei versprühten, aber Stellas kokette Herablassung war noch weitaus beeindruckender.

»Bleibt friedlich, Mädels. Ich bin für diese Zickenkacke viel zu empfindsam«, rief Ken und verschwand durch eine kleinere Tür, die sich in der nächstgelegenen Ecke des Saals befand.

Stella schaute ihm gedankenvoll hinterher. »Ein Sensibelchen. Wer hätte das gedacht?«, murmelte sie, bevor sie mit einer fein manikürten Hand den zweiten Arzt und den Assistenten heranwinkte, die sich zum Rauchen an ein offenes Fenster zurückgezogen hatten. Die beiden entsorgten ihre halb gerauchten Zigaretten und kamen zu ihnen herüber.

»Darf ich vorstellen, lieber Viktor: Doktor Kevin Mühe, mein Kollege. Er wird mir bei der Obduktion auf die Finger schauen, wie es die Strafprozessordnung verlangt.«

Ein blasses Jüngelchen grüßte mit schüchtern zum Gruß erhobener Hand.

»Und der Mann hier ist die vielleicht erfahrenste Kraft an diesem Tisch. Sektionsassistent Marius Urzendowski.«

Der so Bezeichnete reichte Viktor eine schmale, aber kräftige Rechte.

»Ist mir ein echtes Vergnügen, Herr Puppe«, sagte der Mann. Für einen Assistenten sah Urzendowski viel zu intelligent aus, weshalb Viktor sich unweigerlich fragte,

welche Geschichte sich hinter diesen wachen bernstein-
farbenen Augen verbarg. Seine Gedanken wurden von
einem lauten Türknallen unterbrochen.

Ken erschien wieder im Seziersaal und stellte sich neben Viktor. »Boah, das war gut«, raunzte er. »Hab ich
was verpasst?«

»Nein, wir wollten gerade erst anfangen«, sagte Stella.
»Nun also zu unserem Neuzugang.«

Viktors Blick fiel auf die Leiche. »Heiliger Himmel«,
entfuhr es ihm.

Sofort richteten sich alle Augen auf ihn. Er bemerkte,
wie die Überraschung in den Blicken der Umstehenden zunehmend umschlug. In Irritation. In Misstrauen.
Krampfhaft suchte er nach einer plausiblen Erklärung
für sein seltsames Verhalten.

»Entschuldigung. Der Anblick... Ich glaube, das ist
mir ein wenig auf den Magen geschlagen.«

An Kens und Begüms Blicken konnte er erkennen,
dass das nicht gerade die Antwort war, die sie von einem
zukünftigen Kollegen erwartet hatten.

»Ist doch kein Problem. Das ist mir am Anfang auch
so gegangen. Man gewöhnt sich dran.«

Es war der Sektionsassistent, der ihm zu Hilfe gekommen war. Er hätte den Mann küssen können. Stattdessen
nickte er nur stumm.

»Wie auch immer...«, sprach Stella und nahm das
Diktiergerät zur Hand, das neben der Leiche auf dem
Seziertisch lag. Sie drückte eine Taste und begann mit
ihrem Bericht, die Umstehenden wandten die Aufmerksamkeit nun ihr zu. Viktor atmete auf.

»Institut für Rechtsmedizin der Charité. Obduzen-
tin Doktor Stella Samson. Außerdem anwesend: Dok-

tor Kevin Mühe, Sektionsassistent Marius Urzendowski, Hauptkommissar Tokugawa, Oberkommissarin Dogan und ebenfalls vom LKA Herr Viktor Puppe.«

»Duran«, zischte Begüm ihren korrekten Nachnamen dazwischen, doch Stella fuhr einfach fort, als habe sie sie nicht gehört.

»Obduktionsnummer 4 aus 2017. Katharina Racholdt. Geburtsdatum 11. Februar 1999. Identifikation durch Herkunftsfamilie. Weiblich. Unbekleidet. Körpergröße 173 Zentimeter. Körpergewicht 53 Kilogramm. Asthenischer Habitus. Deutlich reduzierter Ernährungszustand. Hautfarbe leicht anämisch. Gesichtshaut etwas gedunsen und zyanotisch.«

Emotionslos ratterte die Ärztin ihre ersten Untersuchungsergebnisse in das Diktiergerät. Viktor folgte ihrer Bestandsaufnahme des Körper des Opfers, wobei ihm die sechs Semester Medizin gut zupasskamen. Er konnte dem Fachchinesisch einigermaßen folgen, was wiederum seine überspannten Nerven beruhigte.

»Abdomen ein wenig unter Thoraxniveau. Keine Ödeme. Eine ältere, gut verheilte Narbe am rechten Unterbauch, offensichtlich nach erfolgter Appendektomie. Ansonsten keine sichtbaren Operationswunden. Über den Körper verteilt multiple Schnittverletzungen jüngeren Datums in verschiedenen Stadien der Heilung. Näheres siehe Befund. Ausgeprägtes Strangulationstrauma am Hals. Der Form nach wahrscheinlich Würgemale. Lymphknoten ohne Befund. Kein Dekubitus. Am kleinen Finger links fehlt das oberste Glied nach fachgerechter und noch nicht völlig verheilter Amputation. Fingernagel des rechten Zeigefingers größtenteils abgerissen. Wahrscheinlich post mortem. Ansonsten oberc und un-

tere Extremitäten Normalbefund. Konjunktiva: Stau-
ungsblutungen. Weiße Sklera. Keine Petechien. Mammae
Normalbefund.« Mit geschäftsmäßiger Kühle betastete
Stella die Schamlippen des Mädchens. »Jüngere Abrasi-
onen der Labia«, stellte sie fest.

»Ist sie vergewaltigt worden?«, fragte Ken.

»Werden wir herausfinden.«

Stella griff nach einem Röhrchen aus durchsichtigem
Plastik, dem sie eine Art verlängertes Wattestäbchen ent-
nahm. Sie führte es in die Vagina ein, drehte es ein bisschen und steckte es wieder in das Röhrchen.

»Und nun den Hinterausgang«, sagte sie geschäftsmäßig. »Dr. Mühe, Marius, wenn ich bitten dürfte.«

Der blasse Arzt und der Assistent rollten die Tote auf
den Bauch. Der Körper war steif wie eine Schaufenster-
puppe.

Stella spreizte mit zwei Fingern die Pobacken auseinander und wiederholte die Stäbchenprozedur am »Hinterausgang«.

»Ist es euch mit den Ergebnissen eilig?«, fragte sie
Ken, während sie noch drehte.

»Dringendst.«

»Na dann, schnell ab damit zum Labor. Doktor Mühe,
wenn Sie so freundlich wären?«

Der Angesprochene lief dunkelrot an. Bestimmt gehörten derlei Aufgaben nicht in das Tätigkeitsfeld seiner
Besoldungsgruppe, dachte Viktor.

»Aber das kann ich doch machen«, fiel der Sektionsassistent ein, der das ähnlich zu sehen schien.

»Ach, der Herr Doktor sieht so aus, als könnte er ein
bisschen körperliche Ertüchtigung gut vertragen«, sagte
Stella und lächelte maliziös.

54

Doktor Mühes Gesicht färbte sich noch ein wenig dunkler, doch falls dies der herablassenden Behandlung geschuldet war, so behielt er es für sich. Mit verkniffenen Lippen ergriff er die beiden Röhrchen, drehte sich um und verschwand durch die große Tür am Ende des Raums. Stella folgte ihm mit einem geradezu genießerischen Blick. Als sie bemerkte, dass Viktors Augen auf ihr ruhten, lächelte sie. Dann wandte sie sich wieder der Leiche zu.

»Normal gefärbte Leichenflecken an der hinteren und etwas schwächer an der rechten Körperseite, vermutlich nach seitlicher Lage mit angezogenen Knien. Mittlerweile voll ausgeprägte Leichenstarre. Fundort laut Bericht ...« Stella drückte den Knopf an ihrem Diktiergerät und warf ihrem Assistenten einen fragenden Blick zu.

»Die Spree. Sie hatte sich an einem Brückenpfeiler der Oberbaumbrücke verhakt«, sagte er.

»Warum ist die eigentlich nicht abgesoffen? Ist ja noch ziemlich frisch. Sonst sehen die ganz anders aus, sobald sie an die Oberfläche kommen«, fragte Begüm dazwischen.

Stella schaute sie mit gelangweilter Nachsicht an. Genauso hatte Viktors Mutter ausgesehen, wann immer er als Kind ihre Zopfpatience durcheinandergebracht hatte.

»Leichen gehen im Wasser nicht jedes Mal sofort unter, vor allem dann nicht, wenn sie nicht ertrunken sind«, hörte er sich sagen.

Fünf Augenpaare richteten sich schlagartig auf ihn. Viktor musste zugeben, dass er die Aufmerksamkeit genoss, insbesondere die der beiden Frauen. Auch die Überraschung in Kens Blick fühlte sich gut an.

»Nicht schlecht, mein lieber Viktor«, kommentierte Stella. »Es befand sich wohl noch Luft in der Lunge«, dozierte sie weiter. »Daraus können wir in der Tat zweierlei schließen. Zum einen, dass sie nicht ertrunken ist, was angesichts der Strangulationsmale keine große Überraschung ist. Zum anderen wird sie wahrscheinlich erst seit kurzer Zeit im Wasser getrieben sein, sodass die Luft aus ihrer Lunge noch nicht entweichen konnte.«

»Und woher weißt du so was?«, fragte Begüm an Viktor gerichtet und schaute ihn dabei an, als sei derartiges Wissen verboten und sie im Begriff, ihn festzunehmen.

Er zuckte so unschuldig wie möglich mit den Schultern. »Hab ein paar Semester Medizin studiert, da muss ich es wohl irgendwo aufgeschnappt haben.«

»Bravo, Viktor. Rechtsmedizinische Grundkenntnisse schaden auch unseren Damen und Herren Kommissaren durchaus nicht«, sagte Stella und zwinkerte ihm zu. In ihrem Blick lag in diesem Moment mehr als reines Lob, eher so etwas wie ein geheimes Einverständnis, das Viktor nicht genau deuten konnte.

»Boah. Nerd-igall, ick hör dir trapsen«, sagte Ken und tippte mit dem Finger auf seine Uhr, eine klobige Festina. »Wir müssen in anderthalb Stunden zum Innensenator und vorher vielleicht noch Kriegsrat im Büro halten. Hast du schon irgendwas für uns, Schätzchen?«

»Hm.« Stella zog die Stirn kraus, legte das Diktiergerät an ihre Unterlippe und bedachte die Leiche mit einem brütenden Blick, bevor sie fortfuhr. »Ist natürlich alles noch unter Vorbehalt, doch ich würde sagen: Tod durch Strangulation. Den Abdrücken nach mit den Händen von vorn. Voll ausgebildeter Rigor Mortis. Aber als wir sie vorhin um etwa dreizehn Uhr reinbekommen haben, konnten wir sie uns sogar noch auf den Tisch zurechtbiegen. Das ist allerdings nur in einem Zeitraum von ungefähr vierzehn bis achtzehn Stunden nach dem Tod möglich. Jetzt ist es kurz vor fünfzehn Uhr. Todeszeitpunkt in den vergangenen sechzehn bis zwanzig Stunden.«

»Also starb sie gestern, am 4. Januar, und zwar irgendwann zwischen neunzehn und dreiundzwanzig Uhr«, stellte Ken fest.

»Ich betone: Das ist alles Pi mal Daumen. Hängt nämlich stark von den Temperaturverhältnissen ab, außerdem war sie ja einen unbekannten Zeitraum im kalten Wasser. Interessant sind die vielen Schnittverletzungen und das fehlende Fingerglied. Ist alles prämortal und stammt aus den letzten zwei Wochen. Wurde ihr aber zu verschiedenen Zeitpunkten beigebracht.«

»Man hat sie tagelang immer wieder gefoltert«, stellte Begüm fest, den Blick auf die Leiche gerichtet. Ihre Augen waren dunkle Abgründe. »Perverses Arschloch.«

»Wie sehen die Schnitte für dich aus?«, fragte Ken Stella.

»Ich weiß, was du meinst«, antwortete sie. »Alles sehr präzise. Er hat nicht gezögert.«

»Wissen wir denn schon, dass es ein Mann ist?«, fragte Viktor.

»Nein.« Stella schüttelte den Kopf. »Reine Vermutung von meiner Seite aufgrund statistischer Wahrscheinlichkeit.«

»Denkst du, er hat das zum ersten Mal gemacht?«, bohrte Ken nach.

»Was glaubst du, lieber Viktor?«, wandte sich Stella unversehens an ihn.

»Ich?«

»Ja, mein Bester. Zeig uns doch mal, wie gut die Anatomiekurse sind am...«

»...Benjamin-Franklin«, vollendete er ihren Satz. Dann ließ er seine Augen über die Leiche wandern. »Wie du schon erklärt hast, sieht das recht präzise aus«, begann er schließlich. »Er oder sie wusste, wie man mit einem Skalpell oder feinen Messer Schmerzen zufügt, ohne zu töten.«

»Anatomische Kenntnisse?«, hakte Ken nach.

»Möglich bis wahrscheinlich«, antwortete Viktor.

Stella nickte anerkennend. Ihr Blick verursachte bei ihm mehr als nur ein leichtes Kribbeln in der Magengegend.

»Also wahrscheinlich ein Serientäter«, stellte Ken fest. »Und das hier ist nicht sein erstes Opfer.«

»Nun, das ist dein Metier, lieber Ken«, erwiderte Stella. »In meinem Obduktionsbericht werde ich mich sicherlich nicht so weit aus dem Fenster lehnen.«

»Alles gut. Ich habe für so was einen sechsten Sinn«, sagte Ken. »Was meinst du?«, fragte er, diesmal an Begüm gerichtet.

»Dass das jedenfalls ein maximales Arschloch war.«

»Welch filigrane Analyse«, sagte Stella, ohne Begüm dabei auch nur einen Blick zu gönnen. Begüms Augen hingegen schienen gleich ein Loch in Stellas Kittel brennen zu wollen.

»Prinzessin. Machst du bitte ein Foto von ihr«, sagte Ken. Etwas widerwillig wandte sie den Blick von Stella ab. Dann zückte sie ihr Handy, hielt es über das Gesicht der Toten und löste aus. Das Aufflackern des Blitzes erzeugte eine kurze Illusion von Bewegung. Dann war der Spuk wieder vorbei.

»Passt«, murmelte Begüm nach einem kurzen Kon-
trollblick auf ihr Handy.

»Kommt. Den holen wir uns, Leute«, sagte Ken.
»Folge mir, junger Padawan.« Er zog Viktor am Ärmel
vom Sektionstisch weg.

»Na dann, auf Wiedersehen, Kollegen.«

Stella winkte mit dem Diktiergerät in der Hand ein
Adieu, hinter ihr stand reglos der Sektionsassistent.
Viktor riss seine Augen nur mit Mühe von der bleichen
Gestalt auf dem Tisch los. Es war, als ob der tote Körper
eine Art Anziehungskraft auf ihn ausübte, als besäße er
eine Gravitation, die nur Viktor galt. Er spürte sie selbst
dann noch, als er dem Tisch endlich den Rücken zuwandte.

3

Jenny Steenbergen erblickte die beiden Männer erst, als sie direkt vor ihr standen. Schlabbrige dunkelblaue Uniformjacken. Der eine trug einen fettigen Vokuhila, der andere war unglaublich dick, ein Klops geballte Adipositas. BVG-Sicherheitsdienst, unverkennbar.

»Könnten wir bitte mal Ihren Fahrschein sehen?«

»Aber ich will gar nicht fahren.«

Der Fettsack setzte ein hämisches Grinsen auf. »Die U-Bahnhöfe sind nur für den Aufenthalt zum Zweck des Ein- oder Aussteigens bestimmt.«

Hast du fein auswendig gelernt, dachte Jenny. »Oh, das wusste ich nicht«, sagte sie stattdessen und legte so viel kindliches Schuldbewusstsein in ihre Stimme, wie sie konnte. »Komm, Lukas! Wir gehen.«

Sie zupfte ihren kleinen Bruder, der neben ihr auf der Bank geschlafen hatte, an dessen Kapuze. Er blinzelte und rieb seine Augen. Dann sah er die beiden Männer und richtete sich mit einem Schlag kerzengerade auf.

»Komm, wir gehen!«, sagte sie noch einmal und griff mit der einen Hand ihre Rucksäcke und mit der anderen Lukas' Hand.

»Nicht so schnell, junge Dame.«

Der Fettsack drückte sie auf die Bank zurück. Für

einen kurzen Moment stellte sie sich vor, wie es wäre, in seine wurstige Pranke zu beißen.

»Ich möchte gerne mal deinen Ausweis sehen.«

»Dazu haben Sie kein Recht.«

»Wie bitte?« Er beugte sich zu ihr herunter, wobei Schuppen aus seinen Haaren rieselten und sich auf Jennys Jeans niederließen.

»Nur die Polizei darf verlangen, dass man sich ausweist.«

Das hatte vor ein paar Monaten ein Kommissar erzählt, als er in ihrer Schulklasse Werbung für seinen Beruf gemacht hatte. Jenny hatte schon damals das Gefühl gehabt, dass diese Information ihr irgendwann einmal von Nutzen sein konnte.

Die beiden Sicherheitstypen tauschten einen vielsagenden Blick aus. Dann zog der Vokuhila ein Funkgerät aus seinem Mehrzweckgürtel.

»Hallo, Zentrale. Hier drei einundzwanzig in der Schönleinstraße. Zwei Bahnhofsschläfer, vermutlich Ausreißer. Schickt mir bitte ne Streife vorbei. Kommen.«

Aus dem Gerät quäkte eine Stimme unverständliches Zeug. Egal. Jenny hatte ihre Entscheidung längst gefällt. Ohne Lukas anzuschauen, legte sie ihre linke Hand auf seinen Oberschenkel und kreuzte Zeige- und Mittelfinger. Sie spürte ihren Herzschlag bis zum Hals hinauf. Ihre rechte Hand fasste die beiden Rucksäcke etwas fester. Dann zählte sie innerlich bis drei.

»Los!«, schrie sie.

Ohne sich umzuschauen, sprang sie auf und rannte in Richtung des Ausgangs an der Südseite des Bahnhofs. Hinter sich hörte sie die beiden Kerle keifen. Lukas rannte in die entgegengesetzte Richtung. Es brach ihr das

Herz, aber sie konzentrierte sich mit aller Macht darauf, nicht langsamer zu werden. Erst als sie schon fast an der Treppe angekommen war, wagte sie einen Blick zurück. Es hatte geklappt. Der Trick, den sie sich für diese Situationen zurechtgelegt hatten, funktionierte tatsächlich. Statt sich ebenfalls aufzuteilen, um ihnen zu folgen, waren die beiden Kerle einfach wie angewurzelt vor der Bank stehen geblieben. Eigentlich war sie so weit von ihnen entfernt, dass sie nicht mehr rennen musste, aber vielleicht bestand die Chance, Lukas auf der anderen Seite abzufangen, bevor die Stadt ihn verschluckte.

Sie hastete die Treppe hinauf in das fahle Licht des Nachmittags. Eine Gruppe Mädchen strömte ihr entgegen und war ihr im Weg. Saubere Kleidung. Funkelnagelneue Rucksäcke mit Motiven aus *Die Eiskönigin*. Noch vor ein paar Wochen hatte sie selbst so ausgesehen. Jetzt ging die Farbe ihrer Jeans langsam in ein fleckiges Grau über, und ihr Haar roch nach altem Schweiß.

Atemlos zog sie sich am Geländer ins Freie und drehte sich in die Richtung des gegenüberliegenden Ausgangs. Irgendwo weit hinten im Alltagsgewimmel auf dem Bürgersteig war das blaue Schild mit dem weißen U zu erkennen. Sie warf sich die beiden Rucksäcke über die Schulter, klemmte den Daumen hinter die Riemen und rannte los, so schnell sie nur konnte. Der schneidende Winter wind an ihren Ohren erinnerte sie daran, wovor sie und ihr Bruder im U-Bahnhof Zuflucht gesucht hatten.

An ihr zog das pralle Kiezleben vorbei. Drei Frauen in Kopftuch und Regenpelerine um einen Kinderwagen versammelt. Ein Alki, der einen öffentlichen Mülleimer mit rissigen Fingern auf Pfandflaschen untersuchte, so wie sie es in den vergangenen Tagen selbst schon unzählige Male getan hatte. Ein Vorstadtproll im schwarzen Ledermantel, der seinen hormongemästeten Pitbull auf den Bürgersteig kacken ließ. Sie fühlte sich nackt und einsam. Die Sorge um Lukas drohte ihr Herz zu sprengen. Sie versuchte, sich zu beruhigen. Selbst wenn er bereits weg war, hatten sie immer noch ihren Treffpunkt.

Langsam kam die Beschilderung des zweiten Bahnhofseingangs näher. Sie hielt nach Lukas' blauer Pudelmütze Ausschau, aber bei dem ganzen Betrieb war es fast unmöglich, einen achtjährigen Jungen auszumachen, der für sein Alter auch noch viel zu klein war. Wahrscheinlich war er längst über alle Berge, ganz so, wie sie es vorher abgemacht hatten. Sie spürte bei diesem Gedanken die Angst wie eine ätzende Säure in sich aufsteigen.

Ein nur allzu bekannter Vokuhila hinter dem Treppengeländer ließ sie abrupt stoppen.

Die Sicherheitstypen!

Jeden Moment würden sie das Ende der Treppe erreichen. Wenn sie sich dann in ihre Richtung drehten ...!

Panisch schaute sie sich nach irgendeinem Versteck um. Ihr blieben nur Sekunden. Sie entdeckte einen Hauseingang in einem jener großzügigen Bürgerhausportale, wie es sie zuhauf in Berlin gab. Sie presste sich an die Seite der Einfassung, die vom U-Bahnhof aus nicht einsehbar war. Gleichzeitig wurde ihr bewusst, dass sie in der Falle saß, wenn die Sicherheitsfuzzis ihre Richtung einschlagen würden.

Lukas.

Der Gedanke daran, dass er allein an ihrem Treffpunkt vor sich hin fror, während sie auf irgendeiner Polizeiwache darauf wartete, von ihrem Stiefvater abgeholt zu werden, trieb ihr die Tränen in die Augen. Für einen

Moment war sie sich nicht mehr sicher, ob das überhaupt das Schlimmste war. Schläge schienen doch wohl immer noch erträglicher, als zu erfrieren oder zu verhungern.

Ein Ruck an ihrem Ärmel ließ sie zu Eis erstarren. Schon halb in ihr Schicksal ergeben, drehte sie ihren Kopf nach links in der Erwartung einer blauen Uniform.

»Jenny. Hier rein.«

Ein Flüstern. Eine blaue Pudelmütze im Spalt der schweren Tür. Ihr Herz tat einen Sprung. Erleichtert ließ sie sich von Lukas in den Eingang ziehen und sah ihm zu, wie er die Tür vorsichtig zurück ins Schloss drückte. Eine halbe Ewigkeit lang standen sie dann lauschend an die graffitiübersäte Wand des Hausflurs gedrückt, die undurchlässigen Scheiben der Türfenster fest im Blick, hinter denen sich die vorbeiziehenden Passanten in groben Umrissen abzeichneten.

Schließlich drehte sich der Kleine zu ihr.

»Ich glaube, die sind weg.«

Sie spürte, wie eine Welle tief aus ihrem Innern an die Oberfläche drängte. Sie sank vor Lukas auf die Knie, fiel ihm um den Hals und begann zu schluchzen.

»Oh, mein Gott. Ich hatte solche Angst«, flüsterte sie tränenerstickt. Zitternd klammerte sie sich an seinen kleinen warmen Körper, den einzigen Halt, den ihre Welt noch kannte.

»Hab ich was falsch gemacht?« fragte er. »Ich hab doch genau das getan, was du gesagt hast.«

Sie biss sich auf die Lippen und herrschte sich innerlich an, sich zusammenzureißen. Dann löste sie die Umklammerung, wischte sich die Tränen ab und stand auf.

»Nein. Alles in Ordnung. Du hast alles richtig gemacht.«

Lukas zog die Stirn kraus. »Warum bist du dann so traurig?«

»Ich bin nicht traurig, kleiner Mann.«

»Warum weinst du dann?« Er legte einen kleinen Finger auf ihre nasse Wange.

»Nichts. Ich bin nur etwas müde und fertig.«

»Leg dich doch hier ein bisschen hin. Ich bewache dich«, sagte er mit trotzigem Stolz.

Jenny ließ ihre Augen durch den ranzigen Hausflur wandern. Tatsächlich war sie so ausgelaugt, dass sie sicherlich sofort eingeschlafen wäre, selbst in dieser Umgebung. Aber das kam nicht infrage. Irgendjemand würde die Polizei rufen.

»Mir geht's schon wieder besser. Komm, lass uns schauen, ob die Luft rein ist.«

Lukas' Gesicht hellte sich auf. Er ergriff seinen Kinderrucksack, der die Form eines Krokodils besaß. »Ich guck mal nach.« Auf Zehenspitzen, als sei er ein Geheimagent in einer Trickfilmserie, pirschte er zur Tür und öffnete sie einen Spalt.

»Alles okay«, sagte er dann und winkte ihr zu.

Gemeinsam huschten sie zurück auf den Bürgersteig. Nirgendwo war eine Uniform zu sehen. Nur ein paar Halbwüchsige im Rapperoutfit, die sie neugierig begafften.

»Komm. Wir gehen.« Sie ergriff Lukas' Hand, fragte sich, wie oft sie diesen Satz in den vergangenen Tagen schon zu ihm gesagt hatte, und setzte sich in Bewegung. Sehnsüchtig warf sie dem Abgang zur U-Bahn, der bis vor einer Viertelstunde Wärme bedeutet hatte, einen letzten Blick hinterher.

»Wohin gehen wir jetzt?«

Sie zuckte mit den Schultern. »Keine Ahnung. Irgendwohin, wo es warm ist.«

Schweigen. Die beiden trotteten den Bürgersteig entlang, vorbei an Kneipen, Hauseingängen, Sonnenstudios, Handyläden, Kiezgalerien.

»Ich habe Hunger.«

Jenny seufzte. Auszureißen war schon schwierig genug, aber noch schwieriger, wenn man sich nicht nur um sich selbst kümmern müsste. »Ich auch.«

»Was machen wir?«

»Lass uns das Kennzeichenspiel spielen wie auf der Reise zu Tante Heidi«, sagte sie, um ihn von dem heiklen Thema Essen abzulenken. »Guck mal das da vorne.« Sie wies auf ein parkendes Auto.

»OPR-GD 83?«, vergewisserte sich Lukas.

Sie nickte.

»Hmm.« Lukas dachte kurz nach. Dann hellte sich sein Gesicht auf. »Opas Pups riecht ganz dolle«, sagte er mit einem stolzen Lächeln.

Jenny lachte. »Du bist so gut«, sagte sie und wuschelte ihm über die Mütze.

»Stimmt, aber ich habe immer noch Hunger.«

Jenny seufzte. Die Ablenkung war fehlgeschlagen. »Hab noch ein paar Pfandflaschen im Rucksack. Schätze, wir tauschen sie ein und kaufen uns Burger bei McDoof.«

»Juchhuuu. Das klingt super.«

Der Kleine begann vorauszuhüpfen. Jenny sah ihm wehmütig zu. Für ihn war alles die meiste Zeit irgendwie ein grandioses Abenteuer, eine Art Märchenland, in dem sie die gute Fee war, die seine Wünsche erfüllte. Vor ein paar Wochen, als sie sich ihre große Flucht nachts im eigenen Bett ausgemalt hatte, hatte sich das so leicht und spannend angehört. Jetzt wuchs es ihr mehr und mehr über den Kopf. Vor allem die Verantwortung für Lukas lastete immer schwerer auf ihr. Dabei war in erster Linie er es, den sie durch ihre Flucht hatte schützen wollen. Noch waren die blauen Flecke auf seinem Rücken nicht völlig verblasst. Während sie ihm hinterherstarrte, schwor sie sich, ihn nie wieder ihrem Stiefvater auszuliefern, koste es, was es wolle.

* * *

»Dann rekapitulieren wir mal«, sagte Ken und ließ sich in den ältlichen Freischwinger plumpsen. Begüm und Viktor taten es ihm nach.

Sie saßen in einem kleinen Besprechungszimmer nicht weit von Kens und Begüms Büro, das jetzt auch Viktors war. Leider hatte noch niemand daran gedacht, ihm Schreibtisch und Stuhl zu organisieren. »So ist der öffentliche Dienst«, hatte Ken gefeixt. Immerhin hatte Begüm zugestimmt, dass er vorerst mit an ihrem Tisch sitzen durfte, der etwas größer war als der von Ken. Allerdings hatte sie dabei ein Gesicht gemacht, als ob allein der Gedanke ihr Zahnschmerzen verursache.

Ken stützte die Ellenbogen auf den kleinen Konferenztisch und begann mit der Aufzählung ihrer bisherigen Erkenntnisse, wobei er die Finger zu Hilfe nahm.

»Wir haben eine siebzehnjährige Tote, zufällig oder vielleicht auch gar nicht so zufällig die Nichte des amtierenden Justizsenators. Gefunden in der Spree an der Oberbaumbrücke, nachdem sie wahrscheinlich einige Zeit flussabwärts getrieben ist. Püppi! Wie lange trieb sie da wohl?«

»Der Name ist Viktor, und ich schätze, nicht viel mehr als ein paar Minuten bzw. kaum eine Stunde. Je nachdem, wie ruhig oder unruhig der Fluss war, würde ihre Lunge wohl recht zügig mit Wasser volllaufen. Aber das müsste Doktor Samson genauer sagen können.«

»Also kann der Ort, wo sie eingeschifft wurde, nicht so weit entfernt sein. In welche Richtung fließt noch mal die olle Spree?«, fragte Ken.

»Von Osten nach Westen«, antwortete Begüm.

»In trockenen Sommern manchmal auch rückwärts«, warf Viktor ein.

Begüm starrte ihn fassungslos an, als sei er geistesgestört.

»Das liegt an den Schleusen«, ergänzte Viktor.

»Sieht das da draußen nach Sommer aus, Schlauberger?«, fragte Begüm gereizt.

»Ich wollte es nur erwähnt haben.«

»Vertragt euch, Kinder«, mischte sich Ken ein, während Begüm die Hand über die Augen legte und den Kopf schüttelte.

»Also halten wir fest, dass sie wahrscheinlich irgendwo östlich der Oberbaumbrücke von Kreuzberg oder Friedrichshain aus reingeplumpst wurde. Püppi, du als Flussexperte bekommst den Auftrag, Stella nochmals zu dem Zeitraum zu interviewen und das dann mit den Kollegen vom Wasserschutz rückzukoppeln, von wegen Fließgeschwindigkeit und so. Vielleicht ist das so weit eingrenzbar, dass man die Leichenspürhunde loslassen kann.«

»Mit dem größten Vergnügen. Es sind übrigens neun Zentimeter pro Sekunde.«

Ken grinste, während Begüm nur stumm die Augen

rollte. Viktor zückte sein Smartphone und begann, sich eine Notiz zu machen. Er fühlte sich auf einmal wie ein richtiger Polizist. *Gewöhn dich nicht zu sehr dran*, zügelte er sich im Stillen.

»Begüm!«, fuhr Ken fort. »Kümmerst du dich bitte um das ganze Handy- und Social-Media-Gesumse des Opfers?«

Begüm hob die Hand zum militärischen Salut an die Stirn. »Und was machst du?«, fragte sie dann.

»Na, ich koordiniere euch Honks«, entgegnete Ken vergnügt, lehnte sich zurück und verschränkte die Arme im Nacken.

Begüm öffnete den Mund zu einer Retoure, doch orientalisches Klingeltongedudel kam ihr zuvor. Sie zog ein Handy aus der Westentasche ihrer Lederjacke. Der Anrufer auf dem Display war offensichtlich nicht erfreulich, denn sie machte ein missmutiges Gesicht und eilte aus dem Raum.

Viktor und Ken tauschten einen verdutzten Blick aus. Eine Minute lang war vom Flur hinter der Tür ihre Stimme zu hören, ohne dass man die Worte verstehen konnte. Dann kam sie wieder herein.

»Was ist los, Schätzchen? Gibt's ein Problem?«, rief Ken ihr zu.

Sie tippte eine Weile schweigend auf das Handy ein, bevor sie das Gerät wieder in die Innentasche der Jacke steckte und sich in ihren Stuhl fallen ließ.

»Das war die Scheiß-Kita. Suhal hat gerade ihr Mittagessen ausgespuckt, und die verfickte Babysitterin geht nicht ans Handy.«

»Oh«, sagte Ken.

»Oh«, äffte Begüm ihn wütend nach. »Was Besseres

69

fällt dir nicht ein?« Eine türkische Verwünschung ausstoßend trat sie gegen ein Tischbein.

»Beruhig dich, Baby«, sagte Ken und legte ihr eine
Hand auf die Schulter. »Ich sag dir was. Du fährst jetzt
zu deiner Kleinen und tust, was getan werden muss. Ich
und der kleine Lord Fauntleroy hier schaukeln das Ding
beim Senator schon, okay?«

Eine Weile starrte Begüm nur auf den Boden. Waren
das Tränen in ihren Augen? Viktor kam sich wie ein Be-
obachter vor, der uneingeladen in eine sehr intime Szene
reinplatzt.

»Danke«, flüsterte sie schließlich. »Bist ein Schatz.«

»Ist doch selbstverständlich. Willst du den BMW?«,
fragte Ken.

»Nicht nötig«, sagte sie und wischte sich übers Gesicht. »Ich fahre mit der U-Bahn. Ist ja sowieso bei mir
um die Ecke.«

»Du lässt dein Kind im Wedding zur Kita gehen?
Warum nicht gleich in Kanakenhausen?«

»Fick dich, Kommissar Schlitzauge«, sagte sie grinsend.

»Fick dich härter, Importbraut«, erwiderte er.

Sie zeigte ihm den Mittelfinger und wandte sich zum
Gehen. Plötzlich wirbelte sie herum.

»Was ist noch, Prinzessin?«, fragte Ken.

»Nichts. Es ist nur... Alles nur wegen diesem däm-
lichen Arschloch.«

»Vergiss ihn einfach, Begüm. Er ist es nicht wert.«

»Hast recht«, sagte sie trotzig, drehte sich um und verschwand.

Ken sah ihr eine Weile gedankenvoll hinterher.

»Und jetzt?«, fragte Viktor schließlich.

Ken schaute auf seine Uhr.

»Ab zum Innensenator«, sagte er dann.

* * *

Das Dienstgebäude des Innensenators lag in der Klosterstraße im Bezirk Mitte. Der Weg führte sie über einige
der belebtesten Magistralen der Hauptstadt.

Die Straßen brummten vor Betriebsamkeit. Auf der
Invalidenstraße überholten sie eine schwarze Limousine,
die von einem weiß-grünen Motorradkorso begleitet
wurde, der sich wahrscheinlich auf dem Weg zu irgendeinem Staatsakt befand. Dann bogen sie in den Tiergartentunnel ein und verschwanden unter der Stadt.

»Sie ist fünf Jahre alt«, sagte Ken unvermittelt.

»Was?«, fragte Viktor, der in Gedanken wieder bei der
Toten aus der Rechtsmedizin war.

»Suhal. Die Kleine von Begüm, falls du dich das gefragt hast«, erläuterte Ken.

Das hatte er in der Tat, auch wenn es ihm jetzt erst
bewusst wurde.

»Und wer ist das Arschloch, von dem sie sprach?«,
fragte Viktor.

»Na, wer wohl. Der Kindsvater natürlich.«

»Sind die beiden …«

»… verheiratet?«, vollendete Ken seinen Satz. »Jetzt
nicht mehr. Begüm hat eine Instant-Scheidung bekommen, nachdem er versucht hatte, Suhal in die Türkei zu
entführen.«

»Scheint schiefgegangen zu sein«, mutmaßte Viktor.

»Yep. Verdienst vom Chef.«

»Richter?«, fragte Viktor. »Wie hat er das angestellt?«

71

»Na ja. Eines Tages war der Penner mit der Kleinen verschwunden. Hat nen Brief hinterlassen. Begüm soll ihren verruchten westlichen Lebensstil aufgeben und in die Türkei ziehen und so weiter.«

»Und das wollte sie nicht.«

»Kannst du sie dir mit Hidschab und knöchellangem Mantel in einem anatolischen Bergdorf beim Schnellfeuergebären vorstellen?«

Viktor schüttelte den Kopf.

»Ich auch nicht. Auf jeden Fall hat sie vier Wochen lang Himmel und Hölle in Bewegung gesetzt, um die Kleine zu lokalisieren. Aber der Typ war abgetaucht. Irgendwann ist sie montags im Dienst zusammengebrochen, nachdem sie gerade das ganze Wochenende auf irgendwelchen Amtsstuben in Istanbul verbracht hatte. Richter hat das mitbekommen. Eigentlich hatte sie sich vorgenommen, die Geschichte aus der Arbeit rauszuhalten. Sie war damals noch Beamtin auf Probe, aber er hat keine fünf Minuten gebraucht, um die Wahrheit aus ihr rauszubekommen. Du weißt ja, er kann sehr überzeugend sein.«

»Ich erinnere mich.«

»Na ja, auf jeden Fall macht der Alte also ein paar Telefonate. Und zwei Tage später sitzt die Kleine im Flieger nach Berlin.«

»Wow.«

»Genau. Hat wahrscheinlich irgendwelche supercoolen Interpolkontakte genutzt. Trotzdem ein Wunder, wenn man eine Vorstellung davon hat, wie solche Dinge da drüben normalerweise ablaufen.«

»Klingt, als ob er eigentlich gar nicht so übel wäre.«

»Niemand hat behauptet, dass Richter ein schlechter

Mensch ist. Tatsache ist, dass er sich, wenn es drauf ankommt, den Arsch für uns aufreißt bis zur Halskrause, aber dafür erwartet er eben dasselbe von uns. Das Dumme ist halt nur, dass verglichen mit dem Chef selbst Chuck Norris nur ein Turnbeutelvergesser ist, falls du verstehst, was ich meine.«

Viktor nickte.

Es war alles gesagt. Ken lenkte den Wagen über die Karl-Liebknecht-Straße. Vor ihnen ragte bereits die Silhouette des Fernsehturms auf, der »Telespargel«, wie die Berliner ihn voll märkischer Liebenswürdigkeit nannten. In den letzten Strahlen der untergehenden Wintersonne leuchtete der Beton orangerot.

Kurz darauf erreichten sie die Senatsverwaltung für Inneres, wie die Behörde offiziell hieß. Das Gebäude verbarg sich in einer ruhigen Seitenstraße in Steinwurfweite vom Alexanderplatz. Ken parkte das Auto vor dem Eingang einer hübschen Barockkirche, die für diese Umgebung viel zu klein aussah. Tatsächlich war das zu Beginn des achtzehnten Jahrhunderts geweihte Gotteshaus eines der ältesten Bauwerke der Stadt, entstanden zu einer Zeit, als die »Churfürstliche Residenzstadt Berlin« kaum zwanzigtausend Einwohner zählte. Viktors Großvater hatte ihm vor langer Zeit bei einem ihrer häufigen Stadtspaziergänge die Grabplatte eines entfernten Vorfahren auf dem alten Kirchhof gezeigt.

Schräg gegenüber der Kirche ragte die dunkelgraue Steinfassade der Senatsverwaltung auf. Einige Raucher standen in Grüppchen vor dem Hauptportal.

Ken und Viktor überquerten die Straße und betraten das Gebäude. Hinter der Glasscheibe der Pförtnerloge lehnte sich eine etwas verlebte Blondine in ihrem

Drehstuhl nach vorn und drückte den Mikrofonknopf. In ihrem Rücken stand ein hagerer Kollege. Er inspizierte die Neuankömmlinge mit dem glasigen Blick einer Flussforelle.

»Morjen, Herr Hauptkommissar und seine Begleitung«, tönte es blechern aus dem Lautsprecher über ihren Köpfen.

»Morgen, Cindy. Was macht die Kunst?«

»Keine Ahnung. Hat sich mir noch nicht vorgestellt.« Die Blondine lehnte sich wieder zurück und grinste. Hinter ihr griff die Flussforelle zum Telefon.

»Dein Herr und Gebieter erwartet uns«, sagte Ken.

»Ich weiß. Vorzimmer wird gerade verständigt und ist dann unterwegs. So lange müsst ihr hier mit mir vorliebnehmen.«

»Das Meeting war sowieso nur ein Vorwand, um dich endlich wiederzusehen, Schätzelein«, säuselte Ken.

»Sind die Herren bewaffnet?«

»Durchsuch mich ganz fest, bitte.«

»Packt mal lieber eure Spielzeuge brav in die Durchreiche hier!«

Ken knöpfte die Pistolentasche von seinem Schulterholster ab und legte sie in die Stahlschublade und klopfte Viktor anschließend generös auf die Schulter. »Der Kollege hier hat ausschließlich footmontierte Schießwerkzeuge am Mann.«

»Da wette ich drauf.«

Die Pförtnerin gönnte Viktors Körpermitte einen mehr als eindeutigen Blick.

»Guten Tag, meine Herren. Ich bin Heidrun Meyer-Weber, die persönliche Assistentin des Innensenators. Würden Sie mir bitte folgen?«

Viktor drehte sich zu der Stimme um. Ihre Besitzerin war ein menschliches Statussymbol. Jung, ausnehmend hübsch und auf unaufdringliche Weise elegant.

Auf ihren hohen Absätzen catwalkte sie zielsicher durch das Geviert eines länglichen Saals, dessen Seiten von rötlichen Marmorsäulen begrenzt wurden. Am Ende des Gangs führte eine unscheinbare Tür sie in ein ebenso unscheinbares Treppenhaus. Fünf Büroflure, zwei Fahrstühle und etliche Treppen später hatte Viktor schließlich jegliche Orientierung verloren.

»Kommt es öfter vor, dass Bürger sich in diesem Gebäude verlaufen?«, fragte er.

»Erst gestern haben wir wieder eine ausgemergelte Leiche in einem Putzmittelraum gefunden.«

Hinter dem Rücken der Assistentin knuffte Ken Viktor in die Seite. Offensichtlich gab es persönliche Assistentinnen auch in gehobener intellektueller Kampfklasse.

Nach schier endlosen Abzweigungen standen sie schließlich vor einem breitschultrigen Anzugträger, der seine Profession aus allen Poren schwitzte. Er begrüßte die Assistentin mit einem Nicken seines Stoppelschädels, bevor er die Tür hinter sich öffnete und den Blick auf ein sehr modern ausgestattetes Vorzimmer freigab. Begrenzt wurde es von einer Fensterfront zu einem hellen Innenhof auf der einen und einer ledernen Lounge-Ecke auf der gegenüberliegenden Seite. Vor ihnen drohte dunkel und mächtig die Durchgangstür zum Zimmer des Hausherrn, daneben befand sich der Arbeitsplatz der Assistentin. Ken und Viktor lümmelten sich aufforderungsgemäß auf die Ledercouch.

»Der Senator ist augenblicklich noch in einem Termin. Darf ich Ihnen etwas anbieten?«

Ken und Viktor entschieden sich für Espresso. Die Assistentin verschwand in einem kleinen Nebenraum, aus dem kurz darauf das Geräusch eines Mahlwerks ertönte. Ein paar Minuten später servierte die Assistentin die zwei Espressi mit routinierter Noblesse. Der Crema nach zu urteilen war auch die Kaffeemaschine des Senators gehobensten Ansprüchen gewachsen.

»Kann ich sonst noch etwas für Sie tun?«

Ken und Viktor verneinten, also setzte sie sich an ihren Schreibtisch und ließ die schlanken Finger über die Tastatur ihres Computers fliegen. Wenige Minuten später öffnete sich die Tür zum Büro des Innensenators, und ein Paar schlüpfte hindurch. Der Mann hatte seinen Arm um die Schultern der Frau gelegt, in deren Zügen Viktor eine deutlich ältere Version der Toten erkannte. Sie hielt ein Taschentuch vor ihren Mund gepresst. Im Vorbeigehen konnte er sie leise schluchzen hören, während der Mann, der ebenfalls deutliche Ähnlichkeit mit dem Opfer aufwies, flüsternd auf sie einredete. Viktor merkte, wie seine Kehle sich verengte. Er wusste gut genug, was diese Art von Verlust bedeutete. Und trotzdem beneidete er die beiden auch um die Gewissheit, die sie nun hatten.

»Der Senator wäre jetzt bereit, Sie zu empfangen.«

Die Assistentin winkte Ken und Viktor heran. Fast widerwillig löste er seinen Blick von den Trauernden und erhob sich aus der Ledercouch.

Der Raum hinter der Tür war noch um einiges beeindruckender als das Vorzimmer. Wenn man davon ausging, dass der Senator die Möblierung selbst bestimmt hatte, war er im Herzen Spartaner. Alles strahlte eine kühle Funktionalität aus. Gläserne Schreibtischplatte auf

Stahlbeinen. Grauer Veloursteppich. Halogenstrahler. Stahlstreben unterteilten die breite Fensterfront zum Hof in senkrechte Elemente. Sogar eine Zwischendecke war nachträglich eingezogen worden, was dem Altbau die Atmosphäre einer Unternehmensberatung einhauchte. Aber an einer Wand zog ein chinesischer Sekretär die Blicke an, der sehr alt sein musste. Neben dem Möbel stand die mächtige Bronzeskulptur eines Löwen im nämlichen Stil.

Vor dem Tisch des Senators saßen drei Männer in Freischwingern. Bei ihrem Eintritt drehten sich alle zu ihnen um. Auf der linken Seite begegneten Viktor sofort Richters eiskalte Augen. In der Mitte saß ein großer ergrauter Herr, dessen eingefallene Brust in einem etwas abgetragenen Wollsakko steckte.

Der Kontrast zu seinem Sitznachbarn zur Rechten hätte nicht deutlicher sein können. Der Mann war ungefähr in Viktors Alter. Mit blauem Maßzweireiher, dem roten Einstecktuch und der kunstvoll gelierten Lockenpracht sah er wie die Karikatur des Juniorpartners einer Anwaltskanzlei aus. Bei Viktors Eintritt hatte er sich ebenfalls zu ihnen umgedreht und musterte ihn und Ken jetzt durch seine Designerhornbrille. Auf den zweiten Blick erkannte Viktor in ihm den Chef des Justizressorts.

Hinter seinem Tisch hatte sich Doktor Ulrich Urbschat, der Innensenator, erhoben. Er war ein mittelgroßer Mann, dessen Bauch ebenso kugelig war wie die glänzende Platte seines kahlen Schädels. Über der Stupsnase saß ein Paar flinke braune Augen. Er begrüßte Ken und Viktor mit kräftigem Handschlag, dann wies er auf die anderen Anwesenden.

»Ich darf Ihnen meinen Senatskollegen Herrn Doktor Max Stade vorstellen.«

Er wies auf den Geschniegelten, der ein spiegelglattes Politikerlächeln aufsetzte und die Hand zum huldvollen Gruß hob.

»Die Tote ist die Tochter seiner Schwester. Sie haben sie und ihren Mann wahrscheinlich eben beim Hinausgehen gesehen. Unnötig zu sagen, dass die rasche Aufklärung des Falles meinem geschätzten Kollegen ein besonderes persönliches Anliegen ist. Er hat uns Herrn Oberstaatsanwalt Sydow mitgebracht, der die Ermittlungen in Sachen Racholdt leiten wird.«

Der betagtere Mann in der Mitte zwischen Richter und dem gegelten Justizsenator nickte knapp. Dabei zog er ein Gesicht, als ob er an Zahnschmerzen litt.

Mit einer Geste, die Gehorsam gewohnt war, forderte Innensenator Urbschat die beiden Neuankömmlinge auf, auf zwei weiteren Freischwingern Platz zu nehmen, die mit dem Rücken zur Fensterfront standen.

»Danke auch an Ihren Direktor, Herrn Doktor Richter, der sich die Zeit genommen hat, zu uns zu stoßen. Vielleicht möchten Sie beide sich jetzt kurz vorstellen und uns dann die neuesten Ermittlungsergebnisse mitteilen. Wir hörten, Sie seien bereits im rechtsmedizinischen Institut gewesen.«

Ken sprach als Erster. »Ich bin Hauptkommissar Kenji Tokugawa. Zuallererst möchte ich dem Herrn Justizsenator und seiner Familie mein tief empfundenes Beileid aussprechen.«

Der Angesprochene nickte gnädig und mit einem angemessenen Ausdruck persönlicher Betroffenheit im toskanagebräunten Senatorengesicht. Viktor hatte das Gefühl, einen völlig neuen Ken zu erleben. Kein Vergleich zu dem jovialen Sprücheklopfer, den er bis hierhin kennengelernt hatte.

»Guten Tag, meine Herren«, begann er, als er erkannte, dass Ken nicht weitersprechen würde. »Ich bin Viktor Puppe und seit heute für ein Jahr ans LKA abgeordnet worden.«

»Ein Quereinsteiger?«, fragte der Hausherr mit unüberhörbarer Skepsis in der Stimme. »Aber Ihr Gesicht kommt mir irgendwie bekannt vor.«

»Ich war bis zu diesem Zeitpunkt beim Bundesministerium des Innern im Referat Schwerstkriminalität unter Herrn Ministerialrat Schladming tätig. Vielleicht sind wir uns dort einmal im Rahmen einer Bund-Länder-Konsultation begegnet«, erwiderte Viktor schnell.

»So, so, der Kollege Schladming also«, sinnierte Urbschat, den Blick immer noch auf Viktor gerichtet. »Hervorragender Mann. Ich hoffe, man hat sich im Guten getrennt?« Eine hochgezogene Augenbraue signalisierte, dass der Satz als Frage gemeint war.

Viktor holte Luft, doch Richter kam ihm zuvor. »Es ist mir mit einiger Überredungskunst gelungen, Herrn Schladming davon zu überzeugen, Herrn Puppe, der ohne Zweifel eine hervorragende Ergänzung des Bereichs Schwerstkriminalität im LKA darstellt, gehen zu lassen. Wenn ich mich nicht irre, müsste Ihnen der Versetzungsvorgang auch zur Mitzeichnung vorgelegen haben.«

»Selbstverständlich«, sagte Urbschat, ohne dabei zu verbergen, wie ahnungslos er war. »Nun ja, wie dem auch sei. Vielleicht könnte Hauptkommissar Toshiba uns ja jetzt auf den letzten Stand bringen.«

Ken überhörte die Verballhornung seines Nachnamens ungerührt und räusperte sich. »Fest steht immerhin, dass die Tote nicht ertrunken ist. Man hat sie aller Wahrscheinlichkeit nach erwürgt. Der Tod ist wohl gestern Abend frühestens um neunzehn und spätestens um dreiundzwanzig Uhr eingetreten. Zuvor hat man Frau Racholdt über einen Zeitraum von mehreren Tagen bei diversen Gelegenheiten Schnittwunden am ganzen Körper beigebracht. Das oberste Fingerglied der linken Hand wurde entfernt. Die Tote war unterernährt.«

»Wurde sie gefangen gehalten?«, fragte der Innensenator.

»Das steht, angesichts der zeitlichen Abfolge der Verletzungen, zu vermuten«, antwortete Ken.

»Also hat sie jemand eingesperrt und wiederholt gefoltert«, resümierte Urbschat. »Hat man sich an ihr auch … äh, vergriffen?«

Viktor konnte sehen, wie der geschniegelte Justizsenator bei dieser Frage das Gesicht verzog. Eigentlich hatte er vom Onkel der Toten Betroffenheit erwartet, doch Stades Miene spiegelte eher so eine Art peinliches Berührtsein wider. Es sah fast so aus, als empfände er den Mord an seiner Nichte als »Missgeschick«, das ihn in seiner Würde herabsetzte.

»Es gibt gewisse Anzeichen, aber ein genaueres Ergebnis liegt uns erst nach der abschließenden Obduktion vor«, beantwortete Ken die Frage des Innensenators.

Viktor war immer mehr von der professionellen Sachlichkeit fasziniert, mit der Ken seine Fakten vorbrachte. Sein Gehabe als sprücheklopfender Dead-Kennedys-Fan war offensichtlich nur eine von vielen Seiten, die der Hauptkommissar zu bieten hatte.

»Gibt es bereits konkrete Ermittlungsansätze?«, meldete sich nun der Oberstaatsanwalt mit brüchiger Stimme das erste Mal zu Wort.

»Nun, die Folterung lässt auf einen sadistischen Hintergrund schließen«, fuhr Ken fort. »Erwürgen ist zudem eine äh… sehr persönliche Art des Tötens. Im Augenblick würde ich auf das typische Profil eines sadistischen Einzeltäters tippen. Also männlich, weiß, zwanzig bis vierzig, nach außen hin gut an seine Umwelt angepasst, tatsächlich aber Soziopath. Aber das sind in diesem Stadium nur vage Vermutungen.«

»Könnte der Fundort der Leiche Gegenstand irgendeiner perversen Inszenierung gewesen sein?«, hakte der Staatsanwalt nach.

»Der Beschreibung der Kollegen von der Wasserschutzpolizei zufolge möchte ich lieber von einer Art Zufall ausgehen. Ich vermute eher, dass der Täter den Leichnam in der Spree versenken wollte«, antwortete Ken.

Aber der Staatsanwalt war noch nicht zufrieden. »Warum hat er sie dann nicht irgendwie beschwert?«

Ken zuckte mit den Schultern. Noch bevor er antworten konnte, fiel ihm der geschniegelte Justizsenator ins Wort.

»Vielleicht wurde der Täter gestört. Dann könnte es einen Zeugen geben«, dozierte er.

»Ein ex-zel-len-ter Hinweis, Herr Kollege«, lobte der Innensenator begeistert, doch der Adressat winkte gnädig ab. »Wir sollten dem nachgehen«, sagte Urbschat dann an Ken gerichtet.

»Selbstverständlich«, stimmte Ken zu. »Darf ich dem Herrn Justizsenator vielleicht selber eine Frage stellen?«

»Nun?« Stade faltete die Hände und hob erwartungsvoll eine Augenbraue, als wäre er Mitglied einer Talkrunde.

»Wir gehen wie gesagt davon aus, dass die Tote mehrere Tage, vielleicht sogar Wochen eingesperrt wurde. Das Mädchen war siebzehn. Ihre Meldeadresse ist identisch mit dem Wohnort ihrer Eltern. Eine kurze Anfrage bei der Vermisstenstelle hat ergeben, dass dort zu Ihrer Nichte keine Suche lief. Ist denn ihr Verschwinden zu Hause gar nicht bemerkt worden?«, fragte Ken.

Die beiden Senatoren tauschten einen gequälten Blick aus. Offensichtlich hatte er einen wunden Punkt berührt, und Viktor spitzte gespannt die Ohren.

»Das ist leider eine etwas delikate Angelegenheit, und ich muss Sie und Ihren Kollegen vor meiner Antwort um unbedingte Diskretion bitten, gerade gegenüber den Medien«, sagte Stade.

»Selbstverständlich, Herr Senator«, versicherte Ken.

Stade rutschte ungemütlich auf seinem Sitz hin und her. Viktor fiel auf, wie Richters Blick diesmal mit kaum verhohlenem Vergnügen auf Stade ruhte.

»Katharina war, wie soll ich sagen… in letzter Zeit etwas schwierig.«

»Schwierig? Könnten Sie das eventuell ein wenig präzisieren?« hakte Ken nach.

»Nun ja«, begann er. »Sie war gerade siebzehn. Mädchen in dem Alter sind ja mitunter etwas eigensinnig. Noch vor fünf Jahren war sie ein Engel. So freundlich und vertrauensvoll. Wir waren die besten Freunde. Sie nannte mich immer Onkel Maxi.« Er hielt inne und wischte sich kurz über die Augen.

Viktor hatte einmal mehr das Gefühl, Zeuge einer aal-

82

glatten Inszenierung zu werden. Stade sah nicht gerade wie ein Familienmensch aus. Bestimmt hatte der Kerl sich bis zu ihrem Verschwinden nicht für das Mädchen interessiert und fürchtete lediglich den Skandal.

»Aber dann hat sie sich fast vom einen auf den anderen Tag völlig verändert«, fuhr Stade fort. »Ich kann Ihnen allerdings versichern, dass ihre Eltern alles Notwendige getan haben.«

»Selbstverständlich. Doch offensichtlich gab es Irritationen«, warf Ken ein.

»Ja. Genau, Irritationen«, sagte Stade leise.

»Und welcher Art waren diese Irritationen? Sie müssen mir schon ein bisschen mehr geben.« Als die Antwort ausblieb, setzte Ken nach. »Ich könnte natürlich auch die Eltern vernehmen, wenn Ihnen das lieber ist.«

Stade schnellte wie von der Tarantel gestochen aus dem Sitz. »Was erlauben Sie sich eigentlich?«, brüllte er.

»Er tut nur seine Arbeit«, antwortete Richter mit der allergrößten Seelenruhe.

»Nun, es gibt schon Grenzen«, wandte der Oberstaatsanwalt mit erhobenem Zeigefinger ein.

Stades Augen suchten seinen Senatskollegen. »Ulrich«, rief er.

Der Innensenator stand mit beschwichtigender Geste aus seinem Ledersessel auf. »Bitte setz dich doch wieder, mein lieber Max.«

Stade hielt kurz inne und plumpste dann in den Freischwinger, als hätte ihm jemand die Luft herausgelassen.

»Der Hauptkommissar hat schon recht. Die Polizei braucht mehr Informationen zum Verschwinden deiner Nichte«, sagte Urbschat.

Der Justizsenator sah ihn ungläubig an. Ungerührt

wandte sich Urbschat Ken zu. »Und Sie, lieber Herr Toshiba, muss ich dringend ersuchen, etwas Zurückhaltung an den Tag zu legen. Sie reden hier mit einem Mitglied des Berliner Senats und nicht mit einem maghrebinischen Taschendieb.«

»Ich bitte um Verzeihung. Manchmal geht der Beruf mit einem durch«, sagte Ken in Stades Richtung. Kens schauspielerische Fähigkeiten waren denen des Angesprochenen weit überlegen. Selbst Viktor hätte ihm in diesem Moment echte Zerknirschung zugebilligt.

»Nun, dann können wir ja alle zu den Dringlichkeiten des Tages zurückkehren«, stellte Urbschat befriedigt fest. »Lieber Max, ich versichere dir, was immer du hier und heute berichtest, wird den Raum nicht verlassen.«

Der Angesprochene fügte sich seufzend in sein Schicksal. »Also schön. Es gab da ein paar Vorfälle, unangenehme Vorfälle, die meine Schwester und meinen Schwager in große Sorge versetzten. Drogen. Eine etwas aus dem Ruder gelaufene Party, während die Eltern im Urlaub waren. Und dann diese Fotos.«

»Was für Fotos?« Ken saß jetzt auf der Kante seines Stuhls, Viktor wartete ebenfalls gespannt. Der Senator wand sich in sichtlicher Qual.

»Freizügige Fotos?«, fragte Ken fast im Flüsterton.

Alle außer Stade verharrten gebannt in ihrer jeweiligen Körperhaltung. Im Zimmer hätte man eine Nadel fallen hören können.

Der Senator blickte kurz auf und suchte die Augen seines Kollegen. »Ein Reporter der *B.Z.* ist zufällig darauf im Internet gestoßen und hat in meinem Büro angerufen. Gott sei Dank ist der Chefredakteur im selben Golfklub.«

»Was ist mit den Fotos passiert?«, fragte Ken.

»Gelöscht«, antwortete Stade. »Ich habe eine von diesen Firmen beauftragt, die das Internet nach so etwas durchpflügen.«

»Dann wollen wir mal hoffen, dass Ihre Freunde wenigstens eine Sicherungskopie der Inhalte aufbewahrt haben«, sagte Ken.

»Wieso?«, fragte Stade misstrauisch. Auch in Oberstaatsanwalt Sydows Gesicht konnte Viktor lesen, dass er wohl nicht mal verstand, wovon Ken redete.

»Weil derartige Fotos oft die erste Anlaufstelle für irgendwelche Perversen sind«, antwortete Ken. »Vielleicht hat unser Täter sie dort zuerst gesehen. Wenn wir Pech haben, haben Ihre Internetputzer gleich ein paar wertvolle Spuren ausradiert.«

»Das war ich meinem Ruf schuldig«, brauste Stade auf. »Ich konnte doch nicht ahnen…« Er brach ab, zog sein Einstecktuch aus der Brusttasche und tupfte sich die Stirn.

Ken wartete, bis der Mann sich beruhigt hatte. »Und dann ist sie weggelaufen?«, ergänzte er schließlich im Frageton.

Der Justizsenator nickte wiederum. »Es war nicht das erste Mal. Sie ist in den letzten Monaten immer mal wieder weggeblieben. Zuerst haben Ilse und Diethard jedes Mal Himmel und Hölle in Bewegung gesetzt. Meist war Katharina dann einfach bei irgendeiner Freundin abgetaucht oder hat sich die Nächte in irgendwelchen Klubs um die Ohren geschlagen. Manchmal wochenlang, das wurde fast zur Tagesordnung. Zur Schule ist sie schon lange nicht mehr gegangen. Irgendwann im Spätherbst, ich glaube, es war so Mitte November, hat Diethard ihr gesagt, dass sie entschieden haben, Katharina nach Bayern auf ein Internat zu schicken. Ilse hat mir erzählt, dass die Kleine völlig hysterisch geworden ist. Einen Tag später war sie erneut verschwunden.«

»Ich bitte Sie um Verständnis, wenn ich unter solchen Umständen darauf bestehen muss, direkt mit Ihrer Schwester und Ihrem Schwager zu sprechen«, sagte Ken.

»Auf gar keinen Fall«, empörte sich Stade, schnellte erneut von seinem Sitz hoch und fuchtelte mit dem Zeigefinger in Kens Richtung. »Die beiden haben schon genug gelitten. Erst so ein schrecklicher Verlust, dann die unselige Vorstellung bei diesem Eisklotz von einer Pathologin.«

»Rechtsmedizinerin, Herr Justizsenator«, verbesserte Richter genüsslich.

»Von mir aus«, ereiferte sich Stade. »Ein bisschen mehr Takt hätte ihr jedenfalls gut zu Gesicht gestanden. Das war ja eine Vorstellung wie… wie beim Fleischbeschauer.«

Ken blinzelte Viktor verstohlen zu.

»Beruhig dich, Max«, beschwichtigte der Innensenator, bevor er sich wieder an Ken wandte. »Ich muss Sie bitten, den Wunsch des Justizsenators bis auf Weiteres zu respektieren, Kommissar Toshiba.«

»Ich dachte, die Aufklärung der Sache hätte höchste Priorität«, entgegnete Richter. Der Spott in seiner Stimme war kaum zu überhören.

Viktor zog innerlich den Hut. Der Mann hatte Courage.

»Das ist aber noch lange kein Grund, einen Skandal heraufzubeschwören«, antwortete der Senator ungnädig. »Herr Toshiba hat auch ohne direkte Mitwirkung der Eltern ein paar interessante Ermittlungsansätze.«

Der Satz war im Ton einer Feststellung vorgebracht

worden, die keinen Widerspruch duldete. Schweigen legte sich auf die Runde.

Viktor ließ seinen Blick über die Anwesenden wandern. Stade hatte sich mittlerweile wieder gesetzt und funkelte Ken aus den Augenwinkeln verstohlen an. Im Blick des Justizsenators schien eine dunkle Wut zu lodern oder... war es nicht vielmehr Angst?

4

Als Viktor und Ken das Gebäude wieder verließen, wurde es bereits dunkel. Viktor sog die kalte Luft durch die Nase ein. Es roch nach Schnee. Davon hatte es diesen Winter nicht allzu viel gegeben.

»Wo ist Frau Duran?«

Ken und Viktor fuhren herum. Richter war nach ihrem Abschied noch bei den anderen geblieben, doch offensichtlich nur kurz.

»Sie bearbeitet bereits erste Spuren, Boss. Telefon und soziale Medien des Opfers«, antwortete Ken.

Richter schob sich etwas dichter an Ken heran. »Sagen Sie ihr, dass es zukünftig disziplinarische Konsequenzen haben wird, wenn sie wegen privater Probleme derart wichtige Termine versäumt«, sagte er.

Ken plusterte sich zu einem Einwand auf, doch dann ließ er die Schultern sacken. »Ich sag's ihr, Boss.«

Richter griff in die Innentasche seines Mantels und zog eine Zigarette daraus hervor. Ken tat es ihm gleich. Im Schein der Glut sah Richters hageres Gesicht über dem hochgeschlagenen Mantelkragen wie die Holzmaske einer jener skurrilen Faschingsfiguren aus, die man in mancher süddeutschen Stadt zum Narrenstreich zu sehen bekam.

»Wie werden Sie vorgehen?«, fragte er.

»Hm. Das Mädchen war seit einiger Zeit verschwunden. Jetzt ist ihre Leiche in Berlin aufgetaucht. Ich würde mich zuerst einmal im Streunermilieu umhören. Vielleicht hat irgendwer sie in der Stadt gesehen und Kontakt mit ihr gehabt«, sagte Ken.

»Und die Eltern?«, fragte Richter.

»Aber Boss, vorhin in der Konferenz...«

»Scheiß auf Urbschat und Stade«, fiel Richter ihm barsch ins Wort.

Viktor war baff, und Kens Gesichtsausdruck zeigte, dass es ihm ähnlich ging.

»Und wenn die sich nachher bei ihm beschweren? Der Innensenator war da recht deutlich«, sagte er.

»Dann lassen Sie sich halt was einfallen«, knurrte Richter.

»Natürlich, Boss«, antwortete Ken und warf Viktor einen verstohlenen Seitenblick zu.

»Die Mutter schien mir ein wenig gesprächiger. Passen Sie sie allein ab und schauen Sie, wie weit Sie bei ihr kommen.«

»Das wäre was für mich, denke ich«, sagte Viktor schnell.

Ken und Richter schauten ihn etwas irritiert an.

»Ich bin ein Schwiegermuttertraum«, fügte Viktor achselzuckend hinzu. »Hat jedenfalls meine letzte Freundin immer gesagt.«

Richter musterte ihn von oben bis unten. »Da könnte was dran sein«, meinte er schließlich mit einem Gesichtsausdruck, der keinen Zweifel ließ, dass es alles andere als ein Kompliment war. Dann wandte er sich Ken zu: »Lassen Sie ihm den Vortritt, Herr Tokugawa.«

»Jawoll, Chef«, salutierte Ken.

»Was weiter?«, fragte Richter ungerührt.

»Senator Stades Internetputzerfisch«, antwortete Ken. »Wir sollten uns bei der Firma erkundigen, was mit den Fotos passiert ist und wo die herkamen.«

»Was ist mit möglichen Zeugen nach ihrem Verschwinden aus dem Elternhaus?«

»Frau Duran wird sich in der Junkie- und Ausreißerszene umschauen.«

Richter nickte. Dann warf er seine halb gerauchte Zigarette auf den Boden, trat sie aus und ging ohne ein Wort des Abschieds davon. Ken schaute ihm eine Weile hinterher. Schließlich drehte er sich um und zuckte lächelnd mit den Schultern.

»Er ist der Oberhäuptling, Mann.«

»Aber eher Crazy Horse als Sitting Bull.«

»Was?«

»Nicht so wichtig.«

Ken griff ihn an der Schulter und zwang ihn, sich zu ihm zu drehen. »Jetzt pass mal auf, Püppi, wer in so einem Job anfängt, kann ein paar Freunde gut gebrauchen, aber mit dieser Schlaumeiertour schaffst du dir eher das Gegenteil.«

Viktor lag schon eine spitze Retoure auf der Zunge, aber dann beschloss er, sich zu zügeln. Man musste die neuen Kollegen ja nicht gleich am ersten Tag vor den Kopf stoßen.

»Pardon«, sagte er mit angemessener Betretenheit in der Stimme. »Ich werde mich am Riemen reißen.«

Ken ließ seine schwarzen Augen eine Weile auf Viktors Gesicht ruhen, als wollte er ihn hypnotisieren. Doch dann klopfte er ihm auf die Schulter. Viktor atmete innerlich auf.

»Ich sag dir was«, sagte Ken. »Es ist jetzt halb sechs durch. Du hast einen aufreibenden ersten Tag hinter dir. Mach Feierabend. Geh nach Hause, und wir sehen uns morgen früh in alter Frische.«

Viktor schaute seinen Kollegen etwas zweifelnd an. Meinte Ken das ernst, oder war es nur eine geschickte Taktik, den vorlauten Neuling loszuwerden? Kaum hatte er sich die Frage gestellt, merkte er, wie recht Ken doch hatte. *What the heck?*, dachte er und rang sich ein Lächeln ab. »Morgen früh in alter Frische.«

Ken hob die Hand zum High-Five. Viktor schlug ein.

»Soll ich dich irgendwo hinbringen?«, fragte Ken.

»Nein. Ein bisschen Frischluft kommt jetzt ganz gut, glaube ich.«

»Ah, die Einsamer-Wolf-Nummer«, sagte Ken.

Viktor legte den Kopf in den Nacken und stieß ein lang gezogenes Jaulen aus.

»Na fein, junger Padawan«, lachte Ken. »Aber denk an meine Worte. Falls du mir irgendwas mitteilen willst, tu es lieber früher als später.«

Viktor nickte gequält und fragte sich zugleich, ob das nun als Eingeständnis zu werten war.

Ken winkte einen stummen Abschiedsgruß, drehte sich um und ging in Richtung Dienstwagen davon. Viktor blickte ihm hinterher. Er war mindestens fünf-undvierzig U-Bahn-Minuten von seiner Wohnung im Bayerischen Viertel entfernt. Irgendwie schreckte er in-nerlich vor dem Gedanken an das grelle Licht und das Feierabendgetümmel in den Waggons zurück. Für einen Moment dachte er daran, Ken zurückzuwinken, aber der war schon außer Sichtweite. Er entschloss sich, seiner feierabendlichen Menschenscheu nachzugeben.

Am Alexanderplatz würde sich bestimmt ein Taxi finden.

Mit bedächtigen Schritten spazierte er die Klosterstraße Richtung Westen hinunter, bis ihm die vierspurige Otto-Braun-Straße mit reichlich Feierabendverkehr den Weg abschnitt. Links von ihm erhob sich das Rote Rathaus, Amtssitz des Regierenden Bürgermeisters. Im Tross der anrollenden Blechkolonne konnte er auf dem Dach eines hellen BMW das vertraute gelbe T erkennen, als plötzlich sein Handy klingelte. Die Mobilfunknummer auf dem Display war ihm unbekannt. Einen Moment lang zögerte er. Dann kam ihm die Idee, Ken könne etwas vergessen haben oder vielleicht Begüm? Vor allem der zweite Gedanke beflügelte seine Fantasie.

»Viktor Puppe. Hallo?«

Für einen Moment war nur statisches Rauschen in der Leitung zu hören, dann eine weibliche Stimme.

»Hallo, Viktor, mein Lieber.«

Er hatte diese Stimme schon gehört.

»Erkennst du mich nicht?«, fragte sie mit leicht vorwurfsvollem Unterton. »Ich gebe dir einen Tipp: Ich bin die Herrscherin der Toten. Mein Zepter ist ein Diktiergerät.«

»Dr. Samson.«

»Stella!«, insistierte sie.

»Ja, natürlich. Stella. Woher… äh, ich meine, wie…«, stotterte er.

»Deine Behörde hat mir deine Nummer gegeben. Ich hab gesagt, es sei dringend. Passt es gerade nicht?«

»Äh, nein. Wie, äh… was gibt's denn so Dringendes?«

»Ich sitze hier gerade in meiner Lieblingscocktailbar

am Savignyplatz und halte mich an einem Daiquiri fest. Du könntest mir dringendst dabei helfen.«

»Oh«, entfuhr es Viktor.

»Oh ja oder oh nein?«

War es wirklich denkbar, dass sie gerade versuchte, ihn anzubaggern? Offensichtlich. Plötzlich sah er sie wieder bildlich vor sich. Eine schöne Frau. Wie sich wohl ihre schimmernden Lippen anfühlten?

»Wow. Das hört sich klasse an…«

»Auf Sätze, die so beginnen, folgt meist ein Aber.«

Sie hatte recht. Ein Teil von ihm wollte instinktiv Nein sagen. Er hatte schon so lange nichts mehr mit einer Frau gehabt. Außerdem wusste er, es würde sich wie ein Verrat an Paula anfühlen, auch wenn das natürlich lächerlich war.

»Ich glaube, ich wäre heute ein eher langweiliger Gesprächspartner.« Eine lahme Ausrede, aber sie war immerhin nicht allzu weit von der Wahrheit entfernt.

»Wer sagt denn, dass ich auf *deine Unterhaltungskünste* setze?«

Viktor rang innerlich um eine endgültige Abfuhr, die keine Erde verbrennen würde, doch Stella kam ihm zuvor.

»Würde es dich motivieren, wenn ich dir erzähle, dass ich dein kleines Geheimnis kenne?«

Ihre Worte fegten mit einem Schlag die Müdigkeit aus seinen Gliedern. Er spürte ein Prickeln auf seinem Gesicht. Aber das war doch unmöglich, oder? Andererseits hatte sie als Rechtsmedizinerin sicherlich die notwendigen Kontakte zur Polizei. Und jetzt erinnerte er sich wieder, wie deutlich sie aufgehorcht hatte, als Ken ihn bei der Sektion vorgestellt hatte.

»Ich deute dein Schweigen mal vorsichtig als frisch gewecktes Interesse«, fuhr Stella fort. »Darf ich also mit deiner baldigen Ankunft rechnen? Allein trinken ist so bourgeois, und mein Daiquiri wird langsam schal.«

Er hatte keine Wahl. Sollte sie tatsächlich etwas darüber wissen, warum er wirklich bei der Polizei gelandet war, musste er irgendwie verhindern, dass sie mit ihrem Wissen hausieren ging.

»Bin in einer halben Stunde da«, hörte er sich sagen.

»Ist schon deprimierend, zu welchen Mitteln eine Frau heutzutage greifen muss, um sich einen Mann gefügig zu machen. Du wirst einiges tun müssen, um mein angeknackstes Selbstbild wieder aufzubauen, lieber Viktor.«

»Wie gesagt, ich bin heute vielleicht nicht mein gesprächigstes Selbst.«

»Wer hat denn von Sprechen geredet?«

* * *

»Wen haben wir denn hier?«

Schwester Inge schob den Vorhang beiseite. Der Mann dahinter regte sich in seinem Bett, murmelte irgendetwas, war aber noch nicht bei Bewusstsein. Der Monitor zeigte normale Puls- und Blutdruckwerte. Auch die Sauerstoffsättigung schien okay. Allerdings hatte er verdammt hohes Fieber.

»Den hat die Frühschicht aufgenommen«, meldete sich Pfleger Edgar hinter ihr zu Wort. »Der Rettungsdienst hat ihn irgendwo in Kreuzberg am Spreeufer gefunden. Sah aus, als ob er ein Bad genommen hat. Ist ihm wohl nicht gut bekommen. Scheint obdachlos zu sein, den Klamotten nach zu urteilen.«

»Hatte er irgendwelche Papiere dabei?«

»Einen uralten, abgelaufenen Personalausweis. Liegt alles in der Nachttischschublade.«

Inge zog die Schublade auf. Ein bisschen Kleingeld, ein Feuerzeug, einige Rabattkarten, keine Schlüssel und der Personalausweis.

»Gerd Czogalla. Geboren am 23. Juni 1963. Also ist der gute Mann 53 Jahre alt«, murmelte sie mehr zu sich selbst und legte das Dokument zurück in die Schublade. »Ja, da sollte man um die Jahreszeit von einem Bad im Fluss lieber Abstand nehmen.«

Sie nahm das Klemmbrett mit dem Krankenblatt in die Hand und überflog die Eintragungen, die die Frühvisite hinterlassen hatte. »Verdacht auf akute bakterielle Pneumonie. Chronischer Abszess an der linken Wade. 0,8 Promille bei Einlieferung. Rhinophym, Palmarerythem. Verdacht auf chronischen Alkoholabusus.« Sie fuhr mit Zeigefinger weiter runter zu den Therapieempfehlungen. »Drei Mal ein Gramm Amoxicillin. Nach Erwachen Schnaps ad libitum und eventuell Eröffnung des Abszesses. Eine Flasche Ringer-Lactat hat er auch schon bekommen«, stellte sie fest.

»Der kriegt Schnaps?«, fragte Edgar ungläubig.

»Wenn der schwerer Alkoholiker ist, haben wir gar keine andere Wahl. Sonst nippelt der uns noch ab«, erklärte Inge.

»Wow«, staunte Edgar. »Und was ist, wenn ein Heroinabhängiger…«

»Pst«, fiel Inge ihm ins Wort, bevor er den Satz beenden konnte. »Schau mal, sein Mund regt sich. Ich glaube, er sagt was.«

Tatsächlich bewegte der Mann die aufgesprungenen

Lippen und begann irgendetwas zu wispern, ohne dass sich dabei seine Augen öffneten. Angestrengt lauschte Inge seinem Geflüster, das in rhythmischen Abständen vom Piepen der Pulsmessung unterbrochen wurde. Doch sosehr sie sich auch konzentrierte, es blieb unverständlich. Plötzlich ging an anderer Stelle ein Alarm los. Eilige Schritte quietschten irgendwo in der Nähe über das Linoleum. Helga, ihre Kollegin, war schon unterwegs. Sie sah Edgar an und zuckte mit den Schultern. Der Mann hatte wahrscheinlich Fieberträume.

»Ole von der Frühschicht hat mir gesagt, dass er der Notfallwagenbesatzung was von schwimmenden Leichen erzählt hat.«

Inge zog die Augenbrauen zusammen. »Schwimmende Leichen?«

Edgar nickte. »Sollen wir vielleicht die Polizei verständigen?«

Sie sann kurz über die Frage nach, schließlich schüttelte sie den Kopf. »Alkoholiker. Hohes Fieber. Das sind mit einiger Wahrscheinlichkeit Hirngespinste. Da brauchen wir die Herren von der Polizei jetzt nicht mit zu belästigen, denke ich. Der soll erst mal wieder zu sich kommen. Wenn seine Temperatur runter ist, er seine Tagesration intus hat und trotzdem von schwimmenden Leichen redet, dann können wir immer noch die Staatsmacht rufen. Jetzt ist erst mal Zeit fürs Abendbrot, denke ich.« Sie winkte Edgar, ihr zu folgen, und huschte durch den Vorhang zurück in den Flur.

***

* PeepingTom (webirc@AN-dkk.4c7.mnta56.IP) has joined #GrandGuignolSupport

[17:31:48] <PeepingTom> Hallo!

[17:34:01] <PeepingTom> Hallo!

[17:38:52] <PeepingTom> Hallo, sind Sie da???

[17:39:22] <Grand_Guignol> Wir sind online. Tut uns leid für die Verspätung. Wir waren kurz weg vom Rechner. Was können wir für Sie tun?

[17:40:32] <PeepingTom> Ich will meinen Token zurück.

[17:41:20] <Grand_Guignol> Sie meinen, Sie wollen eine Kopie?

[17:42:42] <PeepingTom> Nein. Ich will ihn zurück.

[17:44:23] <Grand_Guignol> Wir verstehen Sie so, dass Sie die Löschung des Tokens verlangen. Das ist leider gegen unsere Regeln, denen Sie zu Beginn unserer Geschäftsbeziehung zugestimmt haben.

[17:47:22] <Grand_Guignol> Sind Sie noch da?

[17:49:32] <PeepingTom> Ja. Musste kurz raus. Meine Tochter ist zu dämlich, einen Topf Wasser aufzusetzen.

[17:50:48] <Grand_Guignol> Bitte keine privaten Details in unserer Kommunikation. Es dient Ihrem und unserem Schutz.

[17:51:52] <PeepingTom> Ist mir scheißegal. Sie sind nicht mal in der Lage, die Leichen ordentlich verschwinden zu lassen. Können Sie sich eigentlich vorstellen, was hier los ist?

[17:53:56] <Grand_Guignol> Wenn Sie nicht aufhören, Derartiges zu posten, müssen wir Sie leider für diese Kommunikation sperren.

* GirlCrusher69 (webirc@AN-dkk.e53.94qrb3.IP) has joined #GrandGuignolSupport

[17:54:05] <GirlCrusher69> Hallo, Support.

[17:54:26] <Grand_Guignol> Hallo, GirlCrusher69

[17:54:59] <GirlCrusher69> Kompliment zur letzten Vorstellung. Das war echt rattenscharfes Material.

[17:55:15] <Grand_Guignol> Danke, GirlCrusher69.

[17:55:47] <PeepingTom> Ich will jetzt mein Token zurück. Sofort. Sonst ziehe ich hier andere Seiten auf.

[17:55:49] <GirlCrusher69> Seid ihr offen für Ideen zur nächsten Vorstellung. Ich hätte da was.

[17:56:48] <Grand_Guignol> @GirlCrusher69 Für Ideen sind wir immer dankbar.

[17:57:23] <Grand_Guignol> @PeepingTom Noch einmal: Der Token dient als gegenseitige Rückversicherung unter Geschäftspartnern.

[17:57:51] <PeepingTom> ICH STEIGE AUS. HÖRT IHR?

[17:58:19] <Grand_Guignol> Das ändert nichts an der fortgesetzten Erforderlichkeit des Tokens.

[17:58:26] <GirlCrusher69> Ist mir zu heiß hier. Ich bin dann mal weg. Bis nächste Woche.

* **GirlCrusher69 (webirc@AN-dkk.e53.94qrb3.IP) has quit #GrandGuignolSupport (Connection closed)**

[17:58:35] <PeepingTom> Wenn ich meinen Token nicht innerhalb einer Stunde wiederhabe, dann werdet ihr euch wünschen, ihr hättet mich nie aufgenommen. Ich bin hier ein mächtiger Mann. Verstanden?

[17:58:58] <Grand_Guignol> Jetzt hör mir mal zu, du kleiner Pisser. Du kannst mir drohen, so lange du willst. Dein hässliches kleines Geheimnis bleibt hier. Aber auch nur, wenn du dich benimmst und keine Dummheiten machst. Andernfalls findest du es auf YouTube wieder. Und was wird man wohl sagen, wenn sie sehen, wer darauf außer dir noch zu sehen ist? Vielleicht kommen die dann ja von selbst drauf, von wem die Empfehlung stammt. Und jetzt sagt dir mein Bot auf Nimmerwiedersehen.

* Hal sets ban on *!*@AN-dkk.4c7.mnta56.IP
* Hal has kicked PeepingTom from #GrandGuignolSupport
  (Requested (Grand_Guignol))

* * *

»Haben Sie vielleicht ne Zigarette für mich?«

Das Pärchen zog an Jenny vorüber, ohne sie eines Blickes zu würdigen. Sie konnte es den beiden kaum verübeln. Früher hatte sie sich selbst oft genug über die Schnorrer ereifert, die Berlins Bürgersteige bevölkerten.

Früher.

Das war drei Wochen her. Eine Ewigkeit.

Sie schaute auf ihre Uhr. Lukas war schon zehn Minuten überfällig. Um achtzehn Uhr vor dem Dönerstand am Kottbusser Tor. Das war ihr Treffpunkt, wenn sie aus irgendeinem Grund getrennt wurden, so wie heute Nachmittag. Den zwei Sicherheitsmännern in der U-Bahn waren sie zwar glücklich entkommen, aber dann hatten sie die Aufmerksamkeit von jugendlichen Abzockern erregt, die es auf ihre Rucksäcke abgesehen hatten. Jenny hatte sie aufgehalten, während Lukas Fersengeld gegeben hatte. Nach ihrem Zusammenbruch im Treppenhaus war es nicht leicht gewesen, die Typen in Schach zu halten und gleichzeitig ihren Bruder davon zu überzeugen, dass es das Beste sei, sie ein weiteres Mal allein zu lassen.

Und danach war es dann so richtig schlimm geworden. Der Anführer der Gang, ein aufgepumpter Spasti, hatte sie begrapscht. Erst als Jenny anfing, laut zu kreischen, und dadurch die Blicke ein paar neugieriger Passanten auf sich zog, hatten er und seine Kumpels von ihr abgelassen. Aber ihren Rucksack hatten die Typen mitgenommen und damit etliche Schätze: ihr Smartphone, ein Feuerzeug, eine halbe Packung Tampons, ein uneingelöster Pfandbon über fast fünf Euro als Notration, ein paar T-Shirts zum Wechseln und eine Wolldecke. Immerhin hatte Lukas seinen Rucksack und damit die andere Hälfte ihrer lebenswichtigen Habseligkeiten retten können.

Lukas.

Beklommen drehte sie sich im Kreis, immer auf der Suche nach der vertrauten blauen Pudelmütze. *Zwei Mal an einem Tag kann man kein Glück haben*, flüsterte eine böse Stimme in ihrem Kopf.

Ein Mädchen, das ungefähr in ihrem Alter war, kam mit Zigarette auf sie zu. Grüne Haare. Auf einer Seite ausrasiert. Nasenflügelpiercing. Eine auffällige Tätowierung auf dem Handrücken. Sie bemerkte Jennys Blick und lächelte spitzbübisch. Jenny überwand abermals ihre Scham und stellte sich ihr in den Weg. Das Mädchen blieb stehen.

»Sorry, hast du vielleicht ne Kippe für mich?«

Das Mädchen begann wortlos in seiner Filzhandtasche zu kramen, um dann eine etwas zerknautschte Packung Gauloise Légère hervorzukramen. Sie hielt Jenny mitleidig lächelnd die Zigaretten unter die Nase. Jenny wäre am liebsten im Boden versunken. Aber wenn man nichts hatte, war Schamgefühl ein Luxus, das hatte sie nur allzu schnell gelernt. Also zog sie scheu eine Zigarette aus der Packung, bedankte sich murmelnd und mit einem Knicks.

Ein Knicks? Wie bescheuert war das denn? Wie eine dämliche Dienstmagd im Kindermärchen. Mit einem Gefühl restloser Demütigung steckte sie sich die Zigarette in den Mund und griff nach dem Riemen an ihrer Schulter. Dann fiel es ihr wieder ein.

Kein Rucksack.

Kein Feuerzeug.

Das Mädchen war bereits weitergezogen, also klemmte sie sich die Zigarette hinter das Ohr.

Mittlerweile war es 18:23 Uhr. Die Zahlen auf dem Zifferblatt ihrer Casio Reverse leuchteten wie weißes Feuer. Das war mehr als nur eine einfache Verspätung. Ihr war, als ob sich eine eisige Hand um ihre Kehle legte, um den letzten Rest Zuversicht aus ihr herauszupressen. Wieder sah sie sich um. Weit und breit nichts von ihm zu sehen. Konnte es sein, dass er den Treffpunkt falsch verstanden hatte? Nein. Ausgeschlossen. Sie hatten ihre Verabredung genau hier getroffen.

Jenny konzentrierte sich auf die Fußgänger in ihrer Umgebung. Die U-Bahn-Station spie eine neue Welle Feierabendheimkehrer aus. Hastig durch die Kälte eilend zerstreuten sich die Menschen über den Platz, jeder von ihnen auf dem Weg in eine warme Wohnung, in der ein gut gefüllter Kühlschrank auf sie wartete. Keine Pudelmütze zu sehen. Jenny verbot sich einen weiteren Blick auf die Uhr. Es würde sowieso nichts ändern.

Ein vorbeifahrender Polizeiwagen lenkte ihre Gedanken auf eine Möglichkeit, die sie bis jetzt ausgeschlossen hatte, die sie aber früher oder später in Betracht ziehen musste. Ihre letzte Option. Doch das bedeutete unweigerlich die Rückkehr zu ihrem Stiefvater, mehr Schläge für Lukas und seine widerlichen Hände auf ihrer Haut. Nein. Das konnte sie auf keinen Fall mehr ertragen.

Ein Blinken.

Aus einer heruntergelassenen Fensterscheibe reckte sich ihr eine Hand entgegen. Ein Zigarettenanzünder. Erst jetzt erinnerte sie sich wieder an die Zigarette hinter ihrem Ohr.

Sie fröstelte. Langsam hielt sie auf das Auto zu.

5

Stella glitt von ihm herunter. Sie legte sich neben ihn und spielte mit seiner Brustbehaarung.

Viktor ließ es sich gefallen. Sein Blick wanderte durch ihr Schlafzimmer. Es war sehr deutlich, dass sowohl die Wohnung als auch die Einrichtung finanziell weit über den Möglichkeiten des Gehalts einer gewöhnlichen Staatsdienerin lag. Offensichtlich gründete ihr Wohlstand auf mehr als nur ihrem Beruf. Wohlstand, der über Generationen erworben worden war, wenn er nach den Möbeln urteilen sollte.

Viktor gefiel das. Auch er selbst war der letzte Spross einer alten und wohlhabenden Familie. Paula gegenüber, die sich wohl gegen ihre einfache, aber gutbürgerliche Herkunft mit naivem Künstlersozialismus abgrenzen wollte, hatte er das immer herunterspielen müssen. Als er ihr nach einem Streit zur Versöhnung eine gemeinsame Reise nach Mauritius geschenkt hatte, zerriss sie die Tickets vor seinen Augen mit den Worten, dass er sich sein schmutziges Geld sparen könne. Ihre Liebe sei nicht käuflich. Sehr theatralisch. Sehr Paula. Aber auch wenn er sich ein neues Smartphone oder einen Maßanzug leistete, hatte sie das immer zum Anlass für eine ideologische Grundsatzdiskussion über den Zustand der Welt im Allgemeinen und seine Verantwortung dafür im

Besonderen genommen. Schließlich hatte er es eingesehen und ihr gegenüber so tief wie möglich gestapelt.

Plötzlich wurde ihm bewusst, dass er sich das erste
Mal seit langer Zeit erlaubte, nicht nur positiv über
Paula zu denken. Dabei war ihre Beziehung alles andere
als konfliktarm gewesen.

Sein Blick fiel wieder auf Stella. Sie hatten miteinander geschlafen, und es war heiß hergegangen. Mit Paula
hätte er sich das nie getraut.

Schon wieder Paula.

Verdammt noch mal!

»Woran denkst du?«

»Die Kommode dahinten neben dem Kamin? Ist das
echtes Empire?«

Stella lächelte und bohrte einen Zeigefinger in sein
Brustbein. »Da kennt sich einer aus.«

»Ich habe mir mal ein paar ähnliche Möbel angeschaut.«

»Da wette ich drauf.«

»Das kauft man nicht vom Gehalt im öffentlichen
Dienst, vermute ich.«

»Ganz bestimmt nicht«, sagte Stella. »Wir Rechts-
mediziner sind grandios unterbezahlt.«

»Man reiche mir die Tränenamphore.«

»Spotte du nur. Mein armer Sektionsassistent hat sogar ein Nebengewerbe in der Personenbeförderung angemeldet.«

»Das ist nichts Unehrenhaftes«, widersprach Viktor.
»Erst neulich chauffierte mich ein promovierter Histo-
riker.«

Stella lächelte und wickelte sich gedankenverloren
einige Brusthaare um den Zeigefinger. »Apropos. Willst

du mir jetzt mal davon erzählen?«, fragte sie unvermittelt und schaute ihm geradewegs in die Augen.

»Wovon?«, fragte Viktor zurück, der ahnte, welche Richtung das Gespräch nahm, aber lieber ein bisschen Zeit schinden wollte. Er würde über Paula sprechen müssen, und das fühlte sich in diesem Augenblick ziemlich unangenehm an.

»Ich rede von deinem kleinen Geheimnis.«

»Ah.« Viktor fixierte einen schmucken Silberkandelaber, der ein zierliches Nachtkästchen mit pseudo-chinesischen Perlenintarsien schmückte. Wo würde er anfangen? Einfach mit der Tür ins Haus fallen? *Also, meine Freundin ist ...*

Stella klatschte mit der flachen Hand auf seine Brust. »Nun lass dir nicht so die Würmer aus der Nase ziehen.«

Eigentlich keine schlechte Idee. Sie mochte sexy sein, aber es fiel ihm schwer, ihre Vertrauenswürdigkeit einzuschätzen. Er würde vorsichtig sein müssen. Salamitaktik. Erst mal sehen, wie sie die Wahrheit vertrug, wenn sie in Häppchen serviert würde.

Was, wenn sie sein »Geständnis« an ihre Kollegen weitertratschte? Sie machte einen durchaus redefreudigen Eindruck. Auf dem Weg zu ihrer Wohnung hatte sie ihn ungefragt und flächendeckend in die gesammelten Peinlichkeiten aller Mitarbeiter des rechtsmedizinischen Instituts eingeweiht.

Ein schmerzhafter Ruck an seinen Familienjuwelen brachte ihn in die Gegenwart zurück.

»Wenn du jetzt nicht mit der Sprache rausrückst, probiere ich an dir ein neues Verfahren zur Orchidektomie aus, was nebenbei gesagt ein echter Jammer wäre.«

»Was genau willst du denn wissen?«

»Na, wie er so war, will ich wissen.«

»Wer, er?«, fragte Viktor verdutzt.

»Na, dein Großvater.« Stella legte den Kopf in den Nacken und seufzte. »Freiherr Wilhelm Georg von Puppe, Assistent von Doktor Josef Mengele. Genialer Pathologe und hundertfacher Kindsmörder, über dessen Hypothermieforschung ich meine Doktorarbeit verfasst habe. Ich muss einfach alles über ihn wissen.«

***

Er lenkte den Wagen durch die allerletzten Ausläufer des Feierabendverkehrs. Auf der Rückbank lag unter einer Decke sein neuester Fang. Die Betäubung war überhaupt kein Problem gewesen, lediglich eine vage Andeutung in Bezug auf den Jungen war nötig. Danach hatte er einfach das Sevofluranfläschchen nach hinten gereicht. Anschließend hatte er im Rückspiegel mit einigem Amüsement den inneren Kampf im Gesicht seines Gastes betrachtet. Natürlich hatte sie darüber nachgedacht zu fliehen, aber schließlich resigniert. Aus ihrer Perspektive hatte er eben das ultimative Druckmittel.

Der Gedanke ließ ihn verächtlich schnauben. Wie schwach die Menschen doch waren. Statt ihr Leben zu retten, vergeudete sie es für diese lächerliche Made.

Ein Klopfen an der Scheibe riss ihn aus seinem Tagtraum.

»Grüner wird's nicht.«

Ein Vorstadtprolet mit Bürstenschnitt, dessen künstliche Bräune sogar in der nächtlichen Straßenbeleuchtung gut zu erkennen war.

Ruhig setzte er das Fahrzeug in Bewegung und ließ

den Kerl einfach stehen. Ein Blick über die Schulter sagte ihm, dass sein Fang immer noch betäubt auf der Rückbank lag. Während er die Spree auf der Oberbaumbrücke überquerte, schaltete er das Radio ein und suchte sich einen Klassiksender. Mitten in die Suche kam ein Anruf herein. Sein Handy war über Bluetooth mit dem Wagen verbunden, weshalb das Display nun *Ralf E* anzeigte.

Der Anblick der Buchstaben fegte sekundenschnell jeden Rest wohliger Gelassenheit aus seinem Körper. Er hatte diesen Moment kommen sehen. Ärgerlich drückte er die Annahmetaste.

»Ey, scheiße, ich bin's«, schallte es ihm nach einigen Sekunden Rauschen entgegen. »Bei der Entsorgung ist was schiefgegangen.«

Dann Schweigen. Er spürte die Angst am anderen Ende, spürte, wie sie eine heiße Welle durch seine Adern pumpte, verbot sich aber zu sprechen. Hörte der Angst beim Wachsen zu.

»Ey, ich schwöre, ich habe echt…«

»Halt die Klappe!«, bellte er, bevor der Anrufer den Satz zu Ende bringen konnte.

Er kniff kurz die Augen zusammen und konzentrierte sich auf seinen Atem, bemühte sich um Fassung. Er hasste es, wenn jemand ihn so in Rage brachte. Geschrei war etwas für Proleten, die sich nicht unter Kontrolle hatten, und zu denen zählte er sich nicht.

»Hör mir jetzt genau zu«, sagte er schließlich. »Ich weiß Bescheid. Bist du auf dem Grundstück?«

»Ja«, erklang es nach einigem Zögern.

»Dann bleib, wo du bist. Ich bin unterwegs.«

Er legte auf, bevor der andere antworten konnte. Für

einen Moment genoss er die Wut, die durch ihn hindurchrauschte. Er drehte sich zu dem Bündel auf der Rückbank. Seine Wut mischte sich mit Begehren. Ein wohlbekanntes Gefühl. Während die linke Hand das Steuer bediente, fand seine Rechte den Weg zum Hosenknopf. Der Vorzug eines Automatikgetriebes war, dass man beim Fahren jederzeit eine Hand frei hatte. Er lenkte den Wagen auf die Auffahrt zur Stadtautobahn, stellte den Rückspiegel so ein, dass er die Rückbank im Blick hatte, und begann, seinen Schwanz zu massieren.

* * *

Viktor ließ das Wasser in der Dusche auf sich herabprasseln. In seinen Gedanken ließ er die letzte halbe Stunde Revue passieren. Er hatte erwartet, Stella wisse etwas über seine wahren Motive für seine Versetzung. Doch sie war einem viel dunkleren und besser gehüteten Geheimnis auf die Schliche gekommen.

Sein Großvater gehörte zu den widerlichsten Repräsentanten jener Clique von Medizinern, die die Herrschaft der Nationalsozialisten für menschenverachtende Experimente an den Gefangenen der Konzentrationslager genutzt hatten. Ein persönlicher Assistent des berüchtigten KZ-Arztes Josef Mengele. Dutzende Tote gingen auf das Konto seines Großvaters, darunter nicht wenige Kinder. Im Kontext von Mengeles Programm hatte er sich speziell mit den Auswirkungen von Unterkühlung auf den menschlichen Körper befasst, was der Verbesserung der Wehrmachtsuniformen dienen sollte. Aber in ihrer exzessiven Grausamkeit wirkten sie auf Viktor eher wie eine Spielart für akademisch verbrämten Sadismus.

Die Verbindung zu seinem Großvater war für Viktor umso schmerzlicher, weil er ihn nach dem Selbstmord seines Vaters und dem psychischen Zusammenbruch seiner Mutter aufgezogen hatte. Ein gütiger Opa, so war er Viktor in der Zeit seiner Jugend erschienen. Ein stattlicher Adliger vom alten Schlag, wohlhabend und weltläufig. In hohen Jahren immer noch rüstig und geistig rege. Für Viktor in jeder Hinsicht ein Vorbild, bis etwa eine Woche vor Viktors achtzehntem Geburtstag zwei Polizisten und ein Staatsanwalt vor der Tür standen und ihn in Viktors Beisein verhafteten. Viktor hatte bis heute nicht den letzten Blick seines Großvaters vergessen. Alle Arten von Gefühlen spiegelten sich darin wider, nur eine einzige nicht: Überraschung.

Mit zunehmender Fassungslosigkeit hatte Viktor miterleben müssen, wie die Presse über das drohende Verfahren berichtete und immer wieder lästige Reporter auf dem großväterlichen Anwesen aufkreuzten. Zu seinem Glück überlagerte die Berichterstattung über das Ende des Kosovokrieges und die letzte Bundestagssitzung in Bonn schnell die Meldungen zu seinem Großvater, sodass das öffentliche Interesse daran bald abflaute.

Zu dieser Zeit hatte er seinen Adelstitel auch auf amtlichem Wege abgelegt und sich anschließend eine eigene Wohnung in Berlin gesucht. Nur auf seinen bürgerlichen Nachnamen mochte er seinem verstorbenen Vater zuliebe nicht verzichten.

Der Trubel um seinen Großvater erreichte den zweiten Höhepunkt, als er – zum Erstaunen der Medien – aus der Untersuchungshaft entlassen wurde und kurz darauf vom Erdboden verschwand, als hätte er nie existiert.

Viktor hingegen war weniger überrascht. Er wusste, dass sein Großvater über ein Netzwerk verfügte, von dem andere Menschen nur träumen konnten. In der Nachkriegszeit war er politisch aktiv gewesen, auch wenn er sich sehr subtil stets im Hintergrund gehalten hatte. Nicht selten hatte Viktor ihn abends im Herrenzimmer in gemütlicher Runde mit Gästen gesehen, deren Gesichter anderntags in der Zeitung standen.

Wahrscheinlich hatte der Alte irgendeine seiner alten Verbindungen aktiviert und sich ins Ausland abgesetzt. Viktor hatte nie wieder von ihm gehört. Ob er noch lebte? Viktor wusste es nicht, aber falls doch, würde Wilhelm in diesem Jahr seinen neunundneunzigsten Geburtstag feiern.

Stella hatte ihre Doktorarbeit über Wilhelm von Puppe verfasst. Verständlich, dass sie Viktor über das Objekt ihrer Forschung ausquetschen wollte, so gut sie konnte. Für ihn war es allerdings eine Qual, all dieses Wissen wieder hervorkramen zu müssen. Die Scham darüber, was sein Großvater unter dem Pseudonym eines »Doktor Erwin Scharbeutz« angerichtet hatte, ließ sich kaum beschreiben. Die Wahl seines Decknamens ging auf den Geburtsort seiner Frau zurück, Viktors Großmutter.

Wieder und wieder hatte Viktor sich gefragt, wie sein eigener Großvater Menschen oder sogar Kinder derart hatte quälen und zugleich so normal wirken können. Wie konnte man solch eine Monstrosität vor den Menschen, die einen liebten, im Innern verbergen? Nach diesen Ereignissen hatte er begonnen, den Selbstmord seines Vaters in einem anderen Licht zu sehen.

Die Gründe dafür konnten niemals aufgeklärt werden. Sein Vater hatte eines Tages – Viktor war neun Jahre alt –

einen alten Armeerevolver aus seinem Nachttisch genommen, sich ihn an die Schläfe gesetzt und abgedrückt. Kein Abschiedsbrief, es gab einfach nichts, was die Tat erklärte.

Die Ungewissheit über die Gründe hatte Viktors Mutter in den Wahnsinn getrieben. Kaum ein halbes Jahr nach seinem Selbstmord erlitt sie einen Nervenzusammenbruch, seitdem befand sie sich in geschlossener psychiatrischer Behandlung; es bestand wenig Aussicht, sie jemals wieder verlassen zu können.

Konnte es sein, hatte sich Viktor damals gefragt, dass sein Vater von der Geschichte seines Großvaters Wind bekommen hatte? War es umgekehrt überhaupt denkbar, dass er nichts darüber wusste? Hatte er dieses Geheimnis bis zu jenem Tag mit sich herumgeschleppt in der ständigen Erwartung, seine Familie würde davon irgendwann eingeholt werden? War er vielleicht erpresst worden? Fragen, auf die Viktor nie eine Antwort erhalten würde. Eines Tages hatte er beschlossen, jeden Gedanken an all das aus seinem Kopf zu verbannen, auch wenn er geahnt hatte, dass ihn seine Herkunft eines Tages einholen würde.

»Hallo, Matrose. Stört es Sie, wenn ich mit an Bord komme?« Stella war unversehens im Badezimmer aufgetaucht und stand jetzt vor dem offenen Eingang ihrer luxuriös großen Duschkabine. Viktors Augen glitten an ihrem Körper herab. Makellos war das Wort, das ihm als Erstes in den Sinn kam.

»Ich denke, das heißt Ja«, sagte sie und trat zu ihm unter den Strahl. Sie drehte ihm den Rücken zu, schmiegte sich an ihn und führte seine Hände langsam abwärts. »Ich glaube, da will jemand Nachschlag.«

Etwas später lagen sie entspannt auf ihrer Couch. Das Wohnzimmer bot einen atemberaubenden Blick auf das Gelände rings um den Hauptbahnhof. Eines war klar: Genau wie er übte Stella ihren Beruf nicht zum Lebensunterhalt aus.

»Ken hat übrigens ein nicht unähnliches Problem.«

»Wie bitte?«

Stella grinste und gönnte sich einen Schluck Martini, den Viktor für sie beide gemixt hatte. »Da habe ich ja nicht mehr viele Gehirnzellen übrig gelassen.«

»Ich war dabei, im Geiste eine Ode an dich und deine Liebeskünste zu verfassen.«

»Sehr schmeichelhaft. Sei nicht schüchtern und stimm an. Aber bitte nicht enttäuscht sein, wenn mein Applaus nur mäßig ausfällt. Ich bin derlei Lobpreisungen gewohnt.«

»Ich war – wie gesagt – erst mittendrin. Gibt es ein Wort, das sich auf Flötenspiel reimt?«

»Scheint ein wirklich feinfühliges Stück Dichtkunst zu werden. Die Reime überlasse ich da mal getrost dir.«

Er neigte gehorsam den Kopf. Dann kam ihm ihre Bemerkung zu seinem Kollegen wieder in den Sinn. »Was war das mit Ken?«

»Ah, er hat doch zugehört.«

»Ich bin Multitasker.«

»Das ist mir vorhin auch schon aufgefallen.«

Jetzt war es an Viktor zu grinsen. Stella hob das Glas, und beide nahmen einen Schluck. Wohnungen wie diese, weit über der dunklen Stadt, hatten etwas von Weltraum-Shuttles. Man erwartete fast, dass sie sich dann und wann in den Orbit erhoben, um an das Mutterschiff anzudocken.

»Ken entstammt einer alten japanischen Samurai-familie«, begann sie zu erzählen. »Und wenn ich alt sage, meine ich uralt. Sie lässt sich bis ins elfte Jahrhundert zurückverfolgen.«

»Wow. Ich bin zwar alter Adel, aber da kann nicht mal ich mithalten.«

»Das gleichst du auf anderen Gebieten locker aus. Glaub mir.« Sie kicherte. »Sein alter Herr war Botschafter in Deutschland. Bei denen da drüben musst du einer alteingesessenen Familie angehören, die einen Namen hat, um solche Ämter zu bekleiden.«

»Das ist hier gar nicht so anders. Ich habe einen Cousin beim Auswärtigen Amt. Die Quote an Blaublütern liegt von jeher weit über dem Bevölkerungsdurchschnitt.«

»Siehst du! Genau darum bin ich überzeugte Demokratin. Meine Familie ist nämlich allenfalls Industrieadel. Aber wie auch immer, zurück zu Ken. Sein Vater ist irgendwann aus dem Staatsdienst ausgeschieden und hat die Berliner Niederlassung von irgendeinem dieser japanischen Konzerne übernommen… Hitachi, Toyota, Sony, ich hab's vergessen, und hat dann eine Deutsche geheiratet. Daher ist Ken hier aufgewachsen.«

»Du meinst, er ist nur halb und halb?«, fragte Viktor ungläubig.

»Genetik führt nicht zwangsläufig zu vermeintlich-logischen Ergebnissen, mein Lieber. Andererseits, wenn du seine Mutter gesehen hättest, würdest du doch die eine oder andere Übereinstimmung entdecken.«

Viktor wunderte sich immer mehr, wie gut Stella Ken kannte.

»Einige Zeit nach Kens Geburt setzte sich in Ken

senior offensichtlich der alte Familientraditionsfimmel durch. Hast du schon mal von Yukio Mishima gehört?«

»Der Mann, der den Samuraikult wiederbeleben wollte? Ich habe *Geständnisse einer Maske* gelesen.«

»Ja, der Typ war eine wirklich verdrehte Existenz. Warte mal… Ich hab da was, glaube ich.« Mit elegantem Schwung sprang sie von der Couch herunter und ging zum Bücherregal, das fast die ganze Wand gegenüber der Fensterseite bedeckte.

»Hier.«

Sie ergriff eines der Bücher, einen wahren Totschläger von einem Taschenbuch, ließ sich wieder neben ihn plumpsen und begann darin zu blättern. Schließlich zog sie einen etwas zerknitterten Zettel hervor, offensichtlich ein Ausschnitt aus einer Illustrierten. Er zeigte ein Foto mit einer Handvoll japanischer Männer in ihren besten Jahren. Kantige Gesichter über Uniformkragen starrten den Fotografen hochmütig an. In der Mitte ein kahl geschorener Schädel, der sich irgendwo zwischen Yul Brynner und Lieutenant Sulu ausnahm. Sein Charisma war sogar auf dem alten Schwarz-Weiß-Foto sichtbar, von Natur aus eine majestätische Erscheinung, die die Männer um ihn herum überstrahlte und deren Glanz zugleich auf sie abfärbte.

»Der in der Mitte, das ist Mishima. Es ist 1970, und sie haben gerade das Parlamentsgebäude in Tokio besetzt, um für die Wiederherstellung des Reiches zu protestieren. Drei Tage nach der Aufnahme waren fast alle Männer auf diesem Foto tot. Seppuku.«

»Du meinst den Selbstmordritus in Japan? Aber warum?«

»Weil man ihren Forderungen nicht entsprochen hat,

was im Übrigen allen Beteiligten von Anfang an klar war. Sterben war Teil des Plans. Es sollte ein heroisches Fanal sein, geeignet, die Massen wachzurütteln.«

»Idioten«, entfuhr es Viktor.

»Richtig. Aber immerhin Idioten mit Stil«, entgegnete Stella.

»Und wo kommt jetzt Kens Vater ins Spiel? 1970 kann Ken noch gar nicht geboren sein.«

»Gut aufgepasst. Auf den Tag genau achtzehn Jahre später hat eine Gruppe alter Gefolgsleute von Mishima, die Tatenokai, im Nippon Kaidanren, dem Hauptquartier des japanischen Wirtschaftsverbandes, fünfzig Geiseln genommen. Sie wollten damit gegen die Amerikanisierung und Ökonomisierung der Gesellschaft protestieren. Erst hieß es, die Geiseln würden ausnahmslos umgebracht werden, wenn man die Forderungen der Gruppe nicht erfüllt. Die waren aber auch diesmal von vornherein so formuliert, dass die Regierung sie gar nicht erfüllen konnte. Letztendlich haben sie alle Geiseln freigelassen, sich in einem Konferenzsaal verbarrikadiert und dort Seppuku begangen, wie damals ihr Anführer.«

»Scheinen ja elende Sturköpfe zu sein, diese Japaner.«

»Wenn du wüsstest«, sagte Stella grinsend. »Warte mal, ich habe hier noch ein Foto von der Pressekonferenz, die die Tatenokai vor der Freilassung der Geiseln gegeben haben. Der am Mikro ist ihr Anführer, Shunichi Ito.«

»Der sieht auch wirklich verbissen aus.«

»Siehst du den da, zwei Köpfe rechts neben Ito, mit dem Spitzbart?«

Viktor schaute sich das Gesicht konzentriert an. Ihm

fiel die Ähnlichkeit sofort auf, die aristokratische Nase, das markante Kinn. Eine schlankere Version von Ken.

»Er war einer von zwei Überlebenden. Sie haben ihn wieder zusammengeflickt, nur dass sein Darm danach halb so lang war wie vorher.«

»Und Ken?«, fragte Viktor. »Was hat er davon mitbekommen.«

»Ken ging noch in die Grundschule. Vater Tokugawa hat alles stehen und liegen gelassen und ist spontan nach Japan. Nach der Geiselnahme haben sie ihn erst mal zu zehn Jahren Gefängnis verurteilt. Seine Frau und Ken standen auf einmal allein da. Immerhin wollte sein Keiretsu…«

»Sein Konzern?«, unterbrach Viktor fragend.

»Genau. Also sein Konzern wollte ihnen das Gehalt weiterzahlen. Die da drüben halten ja alle zusammen wie Pech und Schwefel. So eine verschworene Bruderschaft. Aber Anneliese hat abgelehnt. Sie wollte nichts mehr von ihm oder seinen Kumpanen wissen. Auch nicht, als er drei Jahre später begnadigt wurde, hier unvermittelt wieder auftauchte und weitermachen wollte, als sei nichts gewesen. Erst hat er von ihr verlangt, ihm nach Japan zu folgen. Da hat sie sich schlicht geweigert. Dann hat er ihr angedroht, nicht für ihren Unterhalt aufzukommen. Doch Anneliese hatte schon längst ihren Beruf als Krankenschwester wieder aufgenommen. Das Gehalt war natürlich bescheiden, aber sie war nicht mehr auf ihn oder jemand anders angewiesen. Schließlich hat er probiert, seine politischen Kontakte zu nutzen, um das Sorgerecht zu bekommen, aber Gott sei Dank haben wir in diesem Land unabhängige Gerichte. Ihm blieb nichts anderes übrig, als sich eine Wohnung in Mitte zu mieten und zu versuchen, Ken aus der Ferne mit zu erziehen.«

»Ist ihm nicht gelungen, würde ich vermuten.«

»Aber so was von gar nicht. Manchmal wünschte ich mir ja, der alte Mann hätte ihm wenigstens diesen Neuköllner Proletencharme und sein Faible für zweifelhafte Freunde aberzogen. Sag mal, seid ihr mit dem Fall schon weiter? Die Medien haben bereits Lunte gerochen. In der *Abendschau* hieß es, die enge Verwandte eines Regierungsmitglieds sei Opfer eines Kapitalverbrechens geworden. Sie beriefen sich auf interne Quellen.«

»Das ging aber schnell.«

Stella zuckte mit den Schultern. »Irgendwer plaudert immer. Also, wie war euer Termin beim Senator?«

Viktor überlegte kurz. Durfte er ihr überhaupt davon erzählen? Andererseits schienen Ken und sie sich wirklich nahezustehen, und irgendwie gehörte sie ja auch zum Team.

»Ken hat sich mit dem Justizsenator angelegt. Offensichtlich ist das Mädchen schon häufiger abgehauen und hat auch Drogen genommen.«

»Stimmt. Marius hat, nachdem ihr gegangen wart, ein paar Einstichstellen gefunden. Blutwerte stehen noch aus.«

»Scheint ein guter Mann zu sein, dieser Marius.«

»Glaub mir. Der kriecht persönlich unter jeden Fingernagel und in jede Körperöffnung. Ist geradezu unheimlich manchmal.«

»Und habt ihr sonst noch was gefunden?«

»So was wie Fremd-DNA, meinst du? Kann ich noch nicht sagen. Darum kümmert sich wie gesagt Marius, und der arbeitet noch daran. Steht dann aber alles in meinem Obduktionsbericht. Wenn es gut läuft, könnt ihr ihn euch morgen abholen, schätze ich.«

»Aber sagtest du nicht auch, Wasser würde solche Spuren wegwaschen?«

»Hab ich das? Kann mich nicht daran erinnern. Aber könnte sein.«

»Also meinst du, ihr werdet keine DNA oder so was finden?«

»Das habe ich nicht gesagt. Hängt davon ab, wie lange sie wirklich im Wasser war und welcher Art genau die Rückstände sind, denke ich. Scheint dich ja sehr zu beschäftigen das Thema.«

»Na ja, ein Hinweis auf den Täter wäre wundervoll. Wir stehen ziemlich unter Druck«, erklärte Viktor.

»Natürlich«, sagte Stella. »Wir tun, was wir können.«

Doch Viktor brannten eigentlich Fragen zu einem ganz anderen »Fall« unter den Nägeln. Doch bevor er die stellte, musste er erst einmal ein besseres Gefühl dafür kriegen, ob er ihr wirklich trauen und wie weit er gehen konnte.

Immerhin besaß auch er etwas, das sie interessierte.

»Du sagst, du hast deine Doktorarbeit über meinen Großvater geschrieben?«, fragte er.

»Oh ja, parallel zur Facharztausbildung am rechtsmedizinischen Institut.«

»Kennst du seine?«

»Natürlich. Hab sie mir aus der Nationalbibliothek bestellt, nachdem mir die Versuche, sie mir antiquarisch zu beschaffen, recht unangenehme Gesellschaft beschert haben.«

»Nazis?«

»Nein, Mitarbeiter einer Behörde aus Köln, wie sie sich mir vorstellten. Offensichtlich macht man sich sicherheitspolitisch verdächtig, wenn man die Arbeit liest, vor allem als Staatsdienerin. Also habe ich lieber den offiziellen Weg beschritten.«

»Würde dich vielleicht sein Kriegstagebuch interessieren?«

Stella richtete sich auf und rückte noch näher an ihn heran. Sein Köder hatte funktioniert, auch wenn er sich deswegen ganz schön billig vorkam.

»Sein Kriegstagebuch?«, fragte sie.

»Ja, er hat eins geführt, von März '43 bis kurz nach Kriegsende.«

»Kennst du es?« Sie hing jetzt förmlich an seinen Lippen.

»Nein. Ehrlich gesagt habe ich mich nicht getraut, darin zu lesen, aus Angst, dass ich die andere Seite in ihm nicht ertragen könnte.«

»Ah.« Es klang verständnisvoll, aber ihr Gesicht spiegelte eher Enttäuschung wider. »Wo ist es?«, bohrte sie weiter.

»In seinem Militärkoffer, zusammen mit ein paar anderen Erinnerungsstücken.«

Er sah den Inhalt vorm inneren Auge. Darunter ein Karton mit vergilbten Schwarz-Weiß-Fotografien, den er sofort wieder verschlossen hatte, als er begriff, was darauf abgebildet war. Die Uniform eines Stabsarztes der SS. Eine Schatulle mit chirurgischem Besteck. Ein Packen alter Briefe und Postkarten, Dienstausweis, Zeugnisse und eine rostige Luger in schwarzem Lederholster. Die verdammte Wahrheit über seinen Großvater, sauber in einer Kiste verstaut.

»Und wo befindet sich dieser ominöse Koffer?«, hauchte Stella in sein Ohr.

»In Großvaters Villa auf Schwanenwerder.«

»Eine Villa? Auf Schwanenwerder?« Stella stieß einen anerkennenden Pfiff aus.

»Unser Familiensitz seit vier Generationen.«

»Sagtest du nicht, du wohnst in einer Mietwohnung in Schöneberg?«

»Mein Großvater ist de jure nur verschwunden«, erklärte er ihr. »Ich hab's nicht über mich gebracht, ihn für tot erklären zu lassen, obwohl er es bestimmt längst ist. Also gehört das Grundstück und alles darauf immer noch ihm. Ich hab zwar einen Schlüssel, aber ich war seit fast zwei Jahren nicht mehr dort. Zu viele böse Erinnerungen.« Er seufzte bei dem Gedanken an das Haus und all das, was er damit verband.

»Ein adeliges Geisterhaus. Wie faszinierend.« Stella war augenscheinlich völlig elektrisiert. Für einen Moment starrte sie aus dem Fenster, während ihre Finger den Stiel ihres Martinikelches massierten. »Lass uns hinfahren.«

Viktor brauchte eine Weile, um den Sinn ihrer Worte zu erfassen.

»Wie? Du meinst … jetzt sofort?«, stotterte er unsicher. Er schielte verstohlen auf seine Uhr. Es war fast neun.

»Ja, natürlich. Ist das nicht eine blendende Idee? Lass uns in das Haus deiner Vorväter fahren, und dann zeigst du mir die dunkle Vergangenheit deines Großvaters.« Sie sprang auf.

Viktor verfluchte sich dafür, dieses Thema überhaupt aufgebracht zu haben. Mit Sicherheit die dämlichste Idee des ganzen Abends. Jetzt hatte er das Gefühl, eine unkontrollierbare Lawine in Gang gesetzt zu haben. Selbst im Halbdunkel war das begehrliche Leuchten in Stellas Augen erkennbar.

»Es wird eiskalt sein«, wandte er ein. Es klang genau nach der lahmen Ausrede, die es war.

»Dann heizen wir halt, so eine alte Villa hat doch bestimmt einen Kamin. Oder wir wärmen uns gegenseitig…«

»Mehrere.«

Sie klatschte in die Hände und jauchzte wie ein kleines Mädchen. »Fantastisch. Wir klauben irgendwo unterwegs ein bisschen Holz zusammen.«

»Das wird nicht nötig sein, es gibt so eine Art Hausmeister, der ab und zu nach dem Rechten sieht. Er sorgt dafür, dass immer ein Holzvorrat im Gartenschuppen ist.«

Stella beugte sich zu ihm herunter und gab ihm einen Kuss. »Zieh dich an. Ich hole zur Feier des Tages meinen Nerz aus dem Schrank.«

Sie ging ein paar Schritte in Richtung Flur, dann drehte sie sich um. Ihre Haut schimmerte im Licht eines Halogenstrahlers.

»Mehr brauche ich doch nicht, oder?« Sie zwinkerte ihm zu.

6

Er drückte den Knopf der Fernbedienung, und das Tor öffnete sich fast geräuschlos. Die Scharniere hatte er erst vor ein paar Tagen mit einem besonders teuren Grafitöl geschmiert. Das hätte er sich sparen können, wie er missmutig feststellte.

Der Wagen rollte über eine bröckelige Zementplatte bis kurz vor die Werkstatt. Linker Hand ragte im Mondlicht das kleine Wohnhaus auf. Wenn er darüber nachdachte, wie viel Geld und Arbeit er hier investiert hatte, wurde ihm übel vor Wut.

Er öffnete die Fahrertür und trat heraus in die Nacht. Hinter ihm schloss sich das Tor. Einen Moment lang genoss er mit geschlossenen Augen die eiskalte Nachtluft auf der Haut. Dann zog er die Tür zur Rückbank auf. Das Mädchen war noch immer bewusstlos. Auf dem Weg hierher hatte er sich ein kleines Abendessen in einem seiner Lieblingsrestaurants gegönnt und sie im Auto gelassen. Der Nervenkitzel hatte ihm gefallen.

Er schaute auf die Armbanduhr. Viertel zehn. Seiner Berechnung nach würde ihre Betäubung noch etwa zwei bis drei Stunden anhalten. Lange genug für das, was er hier zu erledigen hatte. Später würde er ihr vielleicht noch eine Ladung verpassen müssen. Aber für den Moment musste sie erst einmal in den Keller. Zwar

war die Chance für ungebetenen Besuch hier gleich null, doch er wollte kein Risiko eingehen, gab es doch einiges zu erledigen. Und es würde mindestens eine Stunde dauern. So lange war sie in einer schallisolierten Zelle unter der Erde besser aufgehoben.

Vorsichtig zog er die Decke von ihr herunter. Dabei rutschte ihre Jacke nach oben und gab den Blick auf ein Stück Haut frei. Das blanke Fleisch weckte in ihm den Impuls, sie auszuziehen, ihre »Qualität« zu prüfen und sich selbst zu vergewissern, welch großartigen Fang er da gemacht hatte. Er spürte den Schweiß der Erregung auf der Stirn, als er ihre Jacke noch ein wenig höher schob.

»Was machste da?«

Er fuhr herum. Eine riesige Silhouette war direkt hinter ihm aufgetaucht mit einem runden, kahl geschorenen Schädel.

»Guten Abend, Ralf«, sagte er in ein Gesicht, das man in früheren Zeiten schlicht als Visage bezeichnet hätte.

»Is die neu?« Der Geruch nach Schnaps schwängerte die Luft.

Sein Partner hatte eine Fahne! Auch das noch. Zwar hatte er die Intelligenz weiß Gott nicht mit Löffeln gefressen, aber er war skrupellos, empathisch wie ein Hai und Eigentümer dieses Geländes. Vor allem Letzteres hatte ihn für die Partnerschaft qualifiziert.

Hatte!

»Mein Gefühl sagte mir, dass wir Nachschub brauchten, nachdem uns ein Gast etwas unerwartet verließ.«

Falls Ralf den Unterton bemerkt hatte, ließ er es sich nicht ansehen. Er lugte mit seinem Schädel in den Wagen, um einen besseren Blick auf das Mädchen zu bekommen.

»Bisschen dürr, das Ding«, grunzte er missmutig.

»Ich bedaure zutiefst, dass sie dir nicht so behagt wie ihre Vorgängerin.«

In Ralfs Gesicht blitzte für eine Sekunde so etwas wie Schuldbewusstsein auf. »Hör mal, wegen der Entsorgung, also, das war echt nich meine Schuld. Da war so ein alter Penner, der…«

»Interessiert mich nicht«, unterbrach er ihn ruhig. Am liebsten würde er seine Daumen in die Augen seines Partners bohren. Er sah es vor sich: den schockierten Ausdruck, das Zappeln, Ralfs Wimmern, während er immer fester drückte, bis das Blut an seinen Finger vorbei aus den Lidern quoll und die Augäpfel platzten.

Er schüttelte den Kopf, und das Traumbild verschwand. Immer noch starrte Ralf auf das Mädchen. Er überlegte kurz, seinen Partner zur Rede zu stellen.

Wie hatte sie überhaupt entkommen können?, war die Frage, die ihm auf der Zunge lag. Aber sie war den Atem nicht wert. Er kannte die Antwort auch so. Es war nicht das erste Mal, dass Ralf eine der Türen offen stehen ließ. Da war dieser Rotschopf im letzten Jahr. Es war die Art, wie Ralf sie in ihrer Zelle angesehen hatte, da hatte er gleich gewusst, dass es Ärger geben würde. Als er ihr dann eines Morgens das Essen brachte, war die Tür nur angelehnt gewesen. Die Frau dahinter hatte Ralf so übel zugerichtet, dass sie für weitere Vorstellungen nicht mehr zu gebrauchen war. Sie zu töten hatte ihm kein Vergnügen bereitet, er hatte kurzen Prozess gemacht. Eine elende Verschwendung.

Schon zuvor hatte er den Verdacht gehabt, dass Ralf sich in seiner Abwesenheit heimlich bediente. In diesem Moment war es zur Gewissheit geworden.

Rasend vor Zorn hätte er am liebsten Ralf mit seiner FN Five-Seven durchsiebt. Doch dann war ihm der Gedanke gekommen, wie viel Aufwand er in dieses Grundstück gesteckt hatte, das aber leider nicht ihm, sondern seinem Partner gehörte. Damals war er noch nicht so weit gewesen, all das wegen dieses grobschlächtigen Trottels aufzugeben. Jetzt allerdings war Ralf die Leiche abhandengekommen. Und damit bestand die Möglichkeit, dass sie die Bullen zu seinem Partner und dem Grundstück führen würde.

»Was starrst du mich so an?«

»Bring die Kleine in den Keller!«

Ralf zog das Mädchen ruppig an den Armen und hob sie hoch.

»Du sollst sie runterbringen und nicht vierteilen«, sagte er. *Noch nicht*, fügte seine innere Stimme sogleich hinzu. Was für ein charmanter Gedanke.

Ralf lud sich das Mädchen wie einen Sack Kartoffeln auf den Rücken. Was ihm an Intelligenz fehlte, besaß er an Stärke; außerdem war er hässlicher als ein Warzenschwein. *Die Schöne und das Biest* hatte eine ihrer gemeinsamen Inszenierungen geheißen, doch anders als im Märchen hatte es für die Schöne kein Happy End gegeben. Die Kunden waren begeistert gewesen.

Er griff sich eine Rolle Nylonseil aus seinem Kofferraum, stopfte es in die Tasche seines Trenchcoats, verschloss das Auto und folgte seinem Partner. Durch eine Seitentür betraten sie das Haus, das im Erdgeschoss nur aus einem winzigen Zimmer mit Küchenzeile, einem Flur und dem Treppenabgang bestand, der seitlich des Flurs hinter einer grau lackierten Stahltür lag. Aus dem Vorderzimmer führte eine enge Wendeltreppe in das obere Stockwerk, in dem neben Ralfs Bett auch ein Teil der Technik installiert war, die sie für den Stream benötigten.

Hier im Erdgeschoss war alles ranzig und schmierig. Das Mobiliar stank nach Ralfs billigen Selbstgedrehten. Aber als sich die Stahltür zum Keller öffnete und das Licht anging, lag dahinter das sterile Innere eines Bunkers. Tatsächlich hatten sie eine auf derartige Bauten spezialisierte Firma aus Russland beauftragt. Die Arbeiter waren Tausende von Kilometern gereist und hatten das komplette Material mitgebracht. Ein paar Wochen lang war der Hof eine lärmige Baustelle gewesen, aber in diesem Viertel stellten die Nachbarn keine dummen Fragen. Am Ende waren die Arbeiter wieder zurück in ihre ferne Heimat gefahren.

Von oben sah das Grundstück genauso aus wie zuvor, aber darunter gab es nun ein weitläufiges Untergeschoss mit drei Zellen und dem »Studio«. Alles komplett schalldicht, künstlich belüftet und mit einer eigenen Sickergrube ausgestattet. Die Baugenehmigung, die Ralf zur Sicherheit beantragt hatte, war auf einen Umbau des Dachgeschosses ausgestellt, der zur Tarnung auch tatsächlich vorgenommen wurde. Ein Keller existierte offiziell überhaupt nicht.

Während Ralf einige Meter vor ihm das Mädchen durch den unterirdischen Flur zu einer der Zellen trug, ließ er seine Fingerspitzen über die Wände gleiten. Glatt und makellos weiß schimmerten sie im hellen Licht der Deckenleuchte. Die äußeren Grenzen einer Welt, die nur ihm gehörte, wenn man von dem tumben Fleischberg vor ihm absah. Es war Zeit, von beidem Abschied zu nehmen.

Ralf, der in einem kleinen Vorraum am Ende des Ganges angekommen war, öffnete die Tür zur linken Zelle, in der eine gleißend helle Deckenleuchte anging. Der Schalter war an die Tür gekoppelt. Ein Insasse, der Stunden in vollkommener Finsternis verbracht hatte, hatte ein paar Sekunden lang mit der Blendwirkung zu kämpfen. Im grellen Schein wirkte der Raum irgendwie seltsam, seine Dimensionen blieben verborgen. Das Loch in der Mitte des Bodens, ein Blecheimer und ein Haken an der Decke stachen dafür umso schärfer hervor. Kurz verdeckte Ralfs Umriss die Sicht auf die Zelle. Er folgte ihm durch die Tür in den winzigen Raum.

Die Decke lag kaum eine Armlänge über der feucht schimmernden Glatze seines Partners. Er sog die Luft ein. Die Zelle roch noch intensiv nach der Vorgängerin. Er konnte sie förmlich vor sich sehen. Kniend. Seine Hände um ihren Hals. Die Augen weit aufgerissen vor Entsetzen und der Erkenntnis, dass es keine Hoffnung mehr gab.

Ralf ließ das Mädchen von seinen Schultern gleiten. Offensichtlich war die Narkose noch immer tief.

Schließlich richtete Ralf sich wieder auf und wischte sich den Schweiß von der Stirn. Im weißen Licht sah er aus wie ein brutales urzeitliches Relikt, den scheinbar leblosen Körper des Mädchens zu seinen Füßen. Zu schade.

»Zieh sie aus«, befahl er Ralf und griff in seine Manteltasche.

***

Im Winterdunkel erschien das Haus als drohendes Monstrum. Einsam stand es auf dem Hügel über dem Seeufer, umringt von ein paar Bäumen, deren Äste in den Kronen zu dieser Zeit wie knöchrige Hände in den Nachthimmel griffen. Vor seinem geistigen Auge erschienen Bilder von den Wintern seiner Kindheit. In diesen Erinnerungen bedeckte der Schnee das Haus und die Bäume und schuf eine Märchenlandschaft. Sein Großvater in der Eingangshalle vor dem Weihnachtsbaum, der bis in den zweiten Stock hinaufragte. Berge von Geschenken türmten sich auf dem alten Eichenparkett. Bentham, der betagte, halb blinde Schäferhund, schnarchte friedlich auf dem Wildschweinfell vor dem Kamin. Das Feuer erfüllte die Halle mit warmem Knistern. Mama, leuchtend schön in ihrem Kleid aus dunkelrotem Samt. Vater mit seiner Feiertagsfliege, die Pfeife im Mund. Ein Trugbild, schon damals.

»Wow, was für ein grandioser Kasten«, sagte Stella, nachdem sie eingetreten waren. Sie klatschte in die Hände. »Wie kannst du nicht hier leben?«, fragte sie.

Sie hatte Wort gehalten. Außer dem Mantel trug sie nur ein paar verschwenderisch plüschige Pelzstiefel. Viktor musste sich förmlich zwingen, sich von ihr abzuwenden.

»Ich drehe mal die Sicherungen rein. Mir ist nach etwas Licht.« Ein schmaler Durchgang zu seiner Rechten führte neben der Treppe zum ersten Stock in die Küche, wo sich der Sicherungskasten befand.

»Schlechte Erinnerungen? Ist es wegen deines Großvaters?«

Viktor seufzte. »Nicht nur«, sagte er.

»Was für eine Verschwendung. Du solltest die alten Geister hinter dir lassen.«

»Ja«, murmelte er ohne echte Überzeugung. »Vielleicht sollte ich das.«

Sie waren vor dem Sicherungskasten in der Küche angekommen. Mit einem abgegriffenen Schlüsselchen öffnete er den Deckel und stutzte.

»Was ist?«, fragte Stella.

»Keine Ahnung. Betätigst du bitte mal den Schalter? Dort. Der große gleich neben der Tür.«

Stella tat wie ihr geheißen. Eine einfache Deckenlampe sprang an. Sogar die Birne war uralt. Ein technisches Fossil von jener Sorte, bei der man jede Windung des Glühdrahts zu erkennen glaubte. Sie tauchte alles in ein warmes Licht. Mit einem Mal war das Geisterhafte verschwunden. Nur eine alte Küche in einer Villa aus der Jahrhundertwende mit riesigem Spülbecken aus Granit sowie Schüsseln und Sieben aus Emaille mitsamt allerhand Kochgeschirr fein säuberlich an der Wand.

»Stimmt was nicht?«

Beim Klang ihrer Stimme zuckte er unwillkürlich zusammen. »Äh… nein. Es ist nur. Die Sicherungen. Eigentlich sollten sie gar nicht…« Er stockte.

Stella schlang die Arme um seinen Hals. »Vielleicht gibt es hier Geister, die es gern hell haben«, flüsterte sie in sein Ohr.

»Seidel, der Hausmeister. Möglicherweise war er hier und hat vergessen, sie wieder rauszudrehen«, sagte Viktor mehr zu sich selbst.

»Stimmt. Der Herr hat ja sogar Bedienstete.«

Viktor rang sich ein Lächeln ab. »Nicht wirklich. Ob du es glaubst oder nicht, aber er macht das für Gotteslohn. Aus alter Verbundenheit sozusagen. Er ist auf der

Insel hier aufgewachsen. Früher hat er mit meinem Großvater im Grunewald Wildschweine gejagt.«

»Verstehe«, sagte Stella. Sie löste sich von ihm und betastete neugierig die Platte des Tisches in der Mitte des Raums, deren Oberfläche von unzähligen Messerschnitten zernarbt war. Sie fröstelte.

»Ich kümmere mich mal um Holz für den Kamin.«

»Das wäre sensationell, mein Lieber. Ich warte hier auf dich.«

Sie setzte sich auf einen Hocker.

Der Weg zu dem kleinen Holzschuppen draußen im Park führte ihn durch den hinteren Teil des Hauses in den Wintergarten, den seine Mutter früher als Atelier verwendet hatte. Während er sich durch eine Herde altersschwacher Thonetstühle hindurchzwängte, fiel sein Blick auf ihre Staffelei und den großen Spiegel, den sie für Selbstporträts benutzte. Anfangs waren die Gemälde voller Lebensfreude gewesen. Eine wunderschöne Frau in der Blüte ihrer Jahre. Doch dann hatte ihr aller Leben Risse bekommen, und die Bilder waren immer düsterer geworden. Äußerlich sah man seiner Mutter ihre inneren Verwerfungen nicht an, aber die Porträts bildeten trefflich ihr Inneres ab. Eines Tages hatte sie aufgehört zu malen und den Wintergarten nie wieder betreten, das war kurz vor dem Tod seines Vaters.

Im Spiegelbild erkannte er die Tür zu dessen Arbeitszimmer, das sich rechts hinter ihm befand.

Plötzlich blieb er wie angewurzelt stehen. Deutlich zeichnete sich in der Reflexion der Tür ein Gesicht auf Augenhöhe ab.

Er fuhr herum.

Nichts.

Hastig kämpfte er sich durch die ungeordnet umher-
stehenden Möbel der Tür entgegen. Mit lautem Poltern
fiel ein Stuhl zu Boden. Endlich hatte er den Durchgang
zum Zimmer erreicht, drückte die Klinke herunter und
riss die Tür auf. Die Luft in dem Zimmer roch nach alten
Möbeln. Es dauerte eine Weile, bis seine Augen sich an
das Dämmerlicht gewöhnt hatten. Langsam ließ er seinen Blick über die Einrichtung gleiten. Der imposante
Eichenholzschreibtisch. Die Bücherregale, voll mit alten
Folianten und angestaubten Leitzordnern. Ein stummer
Butler und eine lederne Récamière. Schräg gegenüber
die mächtige Eingangstür. Obwohl er die Intarsien im
Halbdunkel nicht erkennen konnte, sah er sie klar vor
seinem inneren Auge. Der Raub der Diana in einer sze-
nischen Abfolge.

»Hallo?«, rief er unsicher in den Raum hinein.

Nichts bewegte sich.

»Viktor.«

Er schreckte zusammen, als sich Stellas Hand auf
seine Schulter legte.

»Hey, was ist denn mit dir los, junger Mann? Doch alte
Geister? Ich friere mir in der Küche meinen Hintern ab,
und du wolltest längst Holz geholt haben.«

Viktor drehte sich um. Stellas Atem bildete kleine
Wölkchen.

»Sorry, ich dachte, ich hätte hier jemanden...« Er
stockte, schüttelte den Kopf. »Ach was. Du hast recht.
Bestimmt nur alte Geister. Hopp, ab in die Küche. Ich
kümmere mich um das Holz.«

Sie grinste und verschwand wieder im Durchgang.

Viktor setzte seinen ursprünglichen Weg fort, bis er
die zweiflügelige Gartentür erreicht hatte. Ein paar

Stufen führten herab in den Garten, der erst sanft und dann immer steiler zum Seeufer abfiel. Draußen empfing ihn nieseliger Schneeregen. Auf halbem Wege lag rechts die kleine Holzhütte, in der die Gartengeräte aufbewahrt wurden. Auf der ihm zugewandten Seite sprang das Schindeldach etwas weiter nach außen. Darunter erkannte er die vertrauten Formen gestapelten Kaminholzes.

Als er einige Scheite vor seinem Bauch aufstapelte, fiel sein Blick auf den See, in dessen sanft gewellter Oberfläche sich der Mond spiegelte, bevor Wolkenfetzen die helle Scheibe verhüllten.

Wie musste es wohl ausgesehen haben, als die Polizei die blasse Leiche des Mädchens in der Spree gefunden hatte? Gedankenverloren machte er sich mit den Scheiten auf den Rückweg, den Blick immer noch auf den See gerichtet, der jetzt nur noch eine ungewisse, dunkle Fläche war.

Ein Schrei zerriss die Nacht. Er fuhr herum. Das kam eindeutig aus dem Haus.

Stella.

Er ließ die Holzscheite fallen und spurtete los. Doch das nasse Gras war rutschiger als frisch gebohnertes Parkett. Er glitt aus, konnte sich gerade noch mit einer Hand abstützen, bevor er vollends hingeschlagen wäre. Hastig lief er weiter, während Panik böse Bilder vor seinem inneren Auge zeichnete. Waren es doch Einbrecher gewesen? War Stella in Gefahr?

Endlich hatte er wieder die Tür zum Wintergarten erreicht und nahm den kürzesten Weg zur Küche. Seit dem Schrei war kein Laut mehr aus dem Haus gedrungen.

Die Küche war leer, aber aus der Halle jenseits des

kleinen Flurs drang jetzt helles Licht. Er stieß die Tür auf und erstarrte.

Zuerst fiel sein Blick auf die Pistole, dann auf Stella, die trotz der auf sie gerichteten Waffe noch eine gehörige Portion Snobismus versprühte. Hoch aufgerichtet stand sie da, die Arme fest um ihren Pelz geschlungen.

Der Mann, der die Waffe hielt, drehte sich zu Viktor um.

»Seidel.«

»Herr von Puppe.«

Seidel senkte seine Pistole. Der Ausdruck seines hageren Gesichtes war voller Verachtung. So lange Viktor sich erinnern konnte, hatte der Mann immer nur diesen Blick für ihn übriggehabt.

»Man kennt sich. Wie schön. Könntest du mich bitte ins Bild setzen, Viktor?«

»Das ist Gundolf Seidel. Ich habe dir von ihm erzählt. Er kümmert sich seit dem Verschwinden meines Großvaters um das Haus. Die beiden kennen sich aus... alten Zeiten.«

Stella nickte langsam. Sie hatte verstanden und starrte Seidel nun mit unverhohlener Neugier an.

»Wird Ihr Aufenthalt länger in Anspruch nehmen?«

Der Seitenblick, den Seidel Stella bei dieser Frage gönnte, war an Unverschämtheit kaum zu überbieten. Für einen Moment lag Viktor eine wütende Bemerkung auf den Lippen, doch dann wurde ihm klar, dass er damit sicher nur die Erwartung seines Gegenübers erfüllt hätte. So abgöttisch der Mann seinen Großvater geliebt hatte, so inbrünstig hatte er Viktor gehasst. Wahrscheinlich hielt sich der zehn Jahre ältere Seidel selbst für den besseren »Enkel«.

»Machen Sie sich keine Umstände, Seidel«, sagte er

möglichst ungerührt. »Ich kümmere mich schon um alles.«

Ein Schatten von Enttäuschung huschte über das Gesicht des Mannes. Schließlich stopfte er die Pistole in die Tasche seines Wintermantels und deutete eine knappe Verbeugung an. »Wie der junge Herr wünscht.«

Er drehte sich um und verließ die Halle, ohne die beiden noch eines Blickes zu würdigen. Knarrend fiel die mächtige Tür hinter ihm ins Schloss.

Viktor schaute zu Stella und ging zu ihr. Sie zitterte, als er sie umarmte.

»Tut mir unendlich leid. Ich sagte ja, dass dieses Haus von bösen Geistern bewohnt wird. Seidel ist einer davon. Er war so eine Art Faktotum meines Großvaters und ist ein echt schräger Zeitgenosse.«

»Ist mir gar nicht aufgefallen«, erwiderte Stella mit erregter Stimme.

»Ich könnte mir vorstellen, dass dir das den Appetit auf diesen Ort verdorben hat. Sollen wir lieber wieder zurück zu dir?«, sagte er, bemüht, es nicht allzu hoffnungsvoll klingen zu lassen.

Doch Stella legte die Stirn in Falten und schüttelte den Kopf. »Du Weichei«, sagte sie, zog ihn an sich und küsste ihn auf eine Weise, dass es in seinem ganzen Körper prickelte.

»Auf mich war gerade eine Pistole gerichtet«, flüsterte sie schließlich in sein Ohr. »Und das hat mich ja so was von scharf gemacht. Wenn du mich nicht auf der Stelle vögelst, ist unsere kurze Freundschaft vorbei, bevor sie richtig begonnen hat.«

* * *

Viktors Hand lag auf dem Griff der Kiste.

»Was ist?«, fragte Stella ungeduldig.

Er seufzte und hob den Deckel hoch. Genau wie das letzte Mal, als er die Kiste vor vielen, vielen Jahren geöffnet hatte, ertappte er sich bei der Erwartung, dass etwas Magisches passieren würde.

Doch nichts dergleichen. Nicht mal ein Knarren.

Im Schein der Lampe, die einsam unter dem Dachfirst baumelte, waren zuallererst die Ärmel einer Uniformjacke zu sehen. Am Kragenspiegel befanden sich die verräterischen Abzeichen. Das Böse in Form eines Runenzeichens.

Unter dem Ärmel schimmerte die Luger hervor.

»Wow«, sagte Stella. »Ist die original?«

Viktor nickte.

»Wo ist das Tagebuch?«, fragte sie.

»Unter der Uniform«, gab er zurück und war selbst ein wenig überrascht, wie frisch seine Erinnerung an diese Dinge nach all den Jahren war.

»Darf ich?«, fragte Stella und streckte bereits ungeduldig ihre Hand aus.

Für einen Moment wollte er ihr in den Arm fallen, doch er besann sich und hob stattdessen die Uniform an, sodass das wohlbekannte Leder des Einbands darunter sichtbar wurde. Atemlos ergriff Stella das Notizbuch mit den Kriegserinnerungen seines Großvaters. Das bereits aufgeschlagene Buch in der Hand ließ sie sich nach hinten gegen einen Stützbalken sinken und begann zu lesen.

»Wir sollten hier nicht bleiben«, sagte er nach einigen Momenten und wiederholte den Satz, als Stella nicht reagierte. Ihre Augen sahen aus, als ob er sie mitten aus einem tiefen Traum aufgeweckt hätte.

»Was hast du gesagt?«

»Lass uns wieder runtergehen. Es ist eiskalt, und hier ist alles voll Fledermauskot.«

»Oh.« Flüchtig sah Stella sich um.

»Komm, ich helfe dir«, sagte Viktor und streckte ihr seine Hand entgegen.

Wortlos folgte sie ihm zu der alten Klappstiege, die vom riesigen Dachgewölbe des Hauses in das obere Stockwerk führte. Während er die Stiege mit einer Stange nach oben klappen ließ und arretierte, war sie bereits wieder auf dem Weg zu seinem alten Schlafzimmer. Dort fand er sie eine Minute später, im Schneidersitz auf dem Bett, das Gesicht in die Hände gestützt und tief über das Buch gebeugt.

Er legte sich neben sie und sah ihr zu. Ihr Gesichtsausdruck war jetzt der eines Zauberlehrlings beim Studium des geheimsten aller magischen Sprüche. Halb Unglaube, halb unbezähmbare Neugier, verschlang sie das Tagebuch förmlich, ab und an begleitet von einem Keuchen oder einem erstaunten Murmeln.

Demonstrativ gähnte Viktor und rekelte sich. Falls sie es überhaupt bemerkt hatte, zeigte sie keine Reaktion. Wieder vergingen ein paar Minuten. Schließlich wurde es Viktor zu bunt.

»Es ist schon spät. Elf Uhr durch wahrscheinlich. Was hältst du von ein bisschen Schlaf?«, fragte er.

Mit leichter Verzögerung wandte Stella sich ihm zu. Ihr Blick war jetzt der einer Mutter, die von ihrem Kind gerade bei ihrer Lieblingsfernsehsendung gestört wurde. Sie strich sich eine Haarsträhne aus dem Gesicht und zwang sich zu einem Lächeln. »Schlaf du ruhig. Ich lese noch ein wenig.«

Viktor schaute sich um. Das Zimmer war durch die Deckenlampe, einen prachtvollen Lüster, hell erleuchtet. Immerhin schien Stella dieses Mal seinen Wink begriffen zu haben, denn sie klappte das Buch zusammen.

»Wie wäre es denn nun mit ein bisschen Afterglow?«, fragte Viktor und schlug die Decke neben sich zur Seite, doch zu seiner Überraschung stand sie auf und ging zur Tür.

»Sorry«, sagte sie. »Aber das ist einfach zu spannend. Ich verziehe mich damit noch ein bisschen ans Kaminfeuer und komme dann später.«

Sie warf ihm eine Kusshand zu, schlüpfte durch die Tür und war verschwunden.

Konsterniert lag Viktor auf seinem Bett und starrte die geschlossene Zimmertür an. Hatte sie ihn wirklich gerade für das Buch sitzen lassen, das sie genauso gut später lesen konnte?

Missmutig schlurfte er zur Tür und löschte das Deckenlicht. Einige Minuten danach lag er im Halbdunkel auf seinem Bett und starrte an die Decke. Durch das Mansardenfenster fiel ein schräger Streifen Mondlicht auf das Parkett. Im Wind knarrte und ächzte das alte Dachgewölbe über seinem Zimmer wie ein lebendiges Wesen.

Sollte er ihr folgen? Nein, besser nicht, er würde ihr nur wie ein liebeskranker Pennäler erscheinen. Und Stella wirkte nicht wie eine Frau, die auf so etwas stand. Zur Bekräftigung seines Entschlusses wickelte er sich fest in die Decke ein.

Über ihm ächzte das Gewölbe.

Freitag, der 6. Januar

7

Ein Schnarren riss Viktor aus dem Schlaf. Für einen Moment war er orientierungslos. Dann hörte er das schläfrige Seufzen einer Frau neben sich.

Stella.

Sein altes Schlafzimmer. Die etwas muffelige Bettwäsche, die sie gestern aus dem Schrank gezogen hatten. Sein Smartphone auf dem Nachttisch warf einen bleichen Schein an die Decke. *Kenji Tokugawa* leuchtete es ihm auf dem Display entgegen.

Widerwillig berührte er das Annahmesymbol.

»Alter, wo bist du? Ich stehe vor deiner Tür und klingle mir die Finger wund«, krächzte der Apparat.

Viktor setzte sich ruckartig auf und zog an der Kette der Nachttischlampe. Kens Stimme hatte alle Schläfrigkeit aus seinen Gliedern vertrieben. »Sorry, ich bin nicht zu Hause.«

»Komisch. Gerade jetzt hört es sich auf einmal an, als ob sich hinter deiner Wohnungstür was bewegt. Sind vielleicht Einbrecher«, sagte Ken. »Bist du bei irgendeiner Muschi?«

Viktor öffnete den Mund zu einer Erwiderung, doch ein paar schlanke Finger zogen ihm das Smartphone weg.

»Gönn einer Lady doch mal ein bisschen Spaß, alter

Freund.« Stella rekelte sich, während sie sich sein Smartphone ans Ohr presste und den Blick auf ihre Brüste freigab.

»Stella!« In der Stille des Schlafzimmers war für Viktor auch Kens Stimme deutlich zu hören. »Dir gönn ich natürlich alles, aber seit wann stehst du auf Knaben?«

Stella grinste Viktor breit an. »Die sind viel formbarer«, sagte sie.

»Verstehe. Na, wenn dir mal wieder der Sinn nach einem richtigen Kerl steht, weißt du jedenfalls, wo du mich findest.«

»Vielleicht will ich ja beides auf einmal«, entgegnete Stella, ohne dabei Viktor aus den Augen zu lassen.

»Jetzt verschreck mir den armen Kerl nicht. Ich brauche ihn heute in Topform. Reich ihn mir mal wieder rüber.«

Stella tat wie geheißen, während sich ihre Linke langsam in Viktors tiefere Körperregionen vorarbeitete.

»Hallo?«, sagte Viktor. Seine Stimme klang so dünn, als wollte sie Kens Spott bestätigen.

»Herzlichen Glückwunsch, Kollege.«

Mit Stellas Hand am Schwanz wollte Viktor partout keine intelligente Replik einfallen.

»Hör mir zu«, fuhr Ken fort. »Rein zufällig weiß ich, dass der Vater des Opfers demnächst das Haus verlässt und sich auf den Weg zur Arbeit macht. Gelegenheit, uns mal die trauernde Mutter vorzunehmen, wie es der Boss befohlen hat. Dein Auftritt als Schwiegermuttertraum. Ich hol dich ab, wenn du mir sagst, wo ihr eigentlich seid.«

»Äh…« Viktor zögerte. Irgendwie fühlte er sich noch nicht bereit, das volle Geheimnis seiner Herkunft mit seinem Kollegen zu teilen, aber er hatte wohl keine Wahl. »Ich schick dir die Koordinaten per Handy«, sagte er schließlich und begann zu tippen. Sekunden später hörte er einen Glockenton von Kens Gerät, gefolgt von einem überraschten Grunzen.

»What the …? Schwanenwerder? Na schön. Die Straßen sind noch leer, und ich weihe mal mein neues Blaulicht ein. Das heißt, ich bin in etwa einer halben Stunde bei euch. Schaffst du es bis dahin, gestiefelt und wie aus dem Ei gepellt vor der Tür zu stehen?«

»Ich denke schon.«

»Guter Junge.«

Die Verbindung war weg. Konsterniert von alledem starrte Viktor ein paar Sekunden auf das Display, dann fiel sein Blick auf Stella, die ihn gedankenvoll betrachtete, ohne ihre Massage zu unterbrechen. Konnte es sein, dass sie auch mit Ken …

»Die Antwort ist Ja«, sagte sie. Offensichtlich war sein Gesichtsausdruck ein offenes Buch. »Ist das ein Problem für dich?«

Ihre Hand hielt inne.

»Nein«, log er schnell.

»Dann ist ja gut«, lächelte sie breit. »Kleingeister kann ich nämlich nicht leiden.« Sie rückte näher und presste ihren warmen Körper an Viktor. »Wie viel Zeit haben wir, bis du unten sein musst?«, flüsterte sie in sein Ohr.

Viktor überlegte kurz. »Zwanzig Minuten vielleicht.«

Sie setzte sich rittlings auf ihn. »Das schaffe ich.«

* * *

Es war einer dieser Tage, an dem ein dunkler Himmel so tief und schwer auf dem Land lastete, dass die ganze Welt wie ein Zimmer mit zu niedriger Decke wirkte – bedrückend und trostlos. Sanft schwebte Kens Dienst-BMW über die Landstraße. Vor einer Viertelstunde hatten sie die Stadtgrenze hinter sich gelassen. Das Haus der Familie Racholdt lag in Wandlitz. Ehemals abgeschottetes Refugium der ranghöchsten Bonzen, hatte sich die Ortschaft im Norden Berlins nun in ein schmuckes Dorf verwandelt, woran eine stetig anschwellende Flut wohlhabender, stadtmüder Exwessis schuld war.

Die Racholdts aber waren Alteingesessene, wusste Ken zu berichten. Zur Wende und für einige Zeit danach hatte Diethard Racholdt sogar den Ortsbürgermeister gegeben. Als ehemaliges Mitglied einer Blockpartei war es ihm möglich gewesen, seine politische Karriere mit allenfalls geringen Dellen fortzusetzen. Derzeit arbeitete er als Referatsleiter im brandenburgischen Innenministerium. Seine Frau Ilse war bis zur Geburt ihres einzigen Kindes, des Mordopfers, als promovierte Chemikerin bei einem ehemaligen volkseigenen Betrieb in Bitterfeld beschäftigt gewesen. Aber mit Katharinas Geburt, bei der Ilse Racholdt schon Anfang vierzig war, hatte sie sich offensichtlich für die Hausfrauenrolle entschieden. Der derzeitige Justizsenator von Berlin war ihr deutlich jüngerer Bruder.

»Da werden die Kontakte seines Schwagers sicherlich nicht hinderlich gewesen sein«, mutmaßte Viktor.

Ken zuckte mit den Schultern. »Wahrscheinlich. Ich hab dir jedenfalls alles erzählt, was ich über die Familie weiß. Den Rest müssen wir vor Ort rausfinden.«

»Ist dir aufgefallen, wie seltsam er sich bei dem Treffen gestern benommen hat?«, fragte Viktor.

»Was meinst du?«

»Na ja, seine Nichte landet als Leiche auf unserem Seziertisch, aber er scheint mir allenfalls besorgt um sein Image.«

»Der Typ ist zweifellos ein Arschloch. Aber das sind viele.«

»Hm.« Viktor schwieg nachdenklich. Irgendwie hatte er den Eindruck, dass sich hinter dem skurrilen Verhalten von Max Stade mehr verbarg als nur narzisstische Egozentrik eines karrieregeilen Politikers.

»Was ist mit diesen gelöschten Fotos?«, fragte er schließlich.

»Habe heute Morgen schon bei Stades Internetausputzern angerufen. Angeblich wurden auf sein Geheiß nicht mal Back-ups angefertigt.«

»Also wie du vermutet hast.«

»Yep«, sagte Ken schulterzuckend. »Ist aber auch nicht strafbar. Das ist schon ein Weilchen her. Da wusste noch keiner, dass sie mal ein Mordopfer sein wird.«

»Du siehst das alles aber sehr gelassen.«

»Ohne Gelassenheit landest du in diesem Beruf in der Klapsmühle.« Ken lenkte den Wagen um ein Schlagloch herum. »Wenn wir Glück haben, bekommen wir ja jetzt ihren Laptop und vielleicht ein Handy. Möglicherweise finden wir darauf etwas«, sagte er dann.

»Stimmt.« Die Möglichkeit hatte Viktor noch gar nicht in Betracht gezogen. Es wurde Zeit, dass er anfing, mehr wie ein Polizist zu denken. »Was wollen wir eigentlich genau von ihr wissen? Von der Racholdt, meine ich«, fragte er.

Ken bedachte ihn mit einem spöttischen Seitenblick, bevor er antwortete. »Auf die Gefahr hin, dass meine

Serienmördertheorie Humbug ist, müssen wir erst mal ausschließen, dass ihr Tod irgendwas mit ihrem Umfeld zu tun hat. Außerdem wäre es wichtig zu wissen, was sie auf die Straße getrieben hat. Täter setzen bei der Kontaktaufnahme oft bei den Schwächen der Opfer an, die müssen wir herausfinden. Nennt sich Viktimologie, Püppi.«

Viktor nickte und schaute aus dem Fenster. Eine Reihe alter Alleebäume säumte die Landstraße. Schwächen der Opfer. Sein altes Leben hatte ihn wieder eingeholt. Die Nacht mit Stella war auf einmal meilenweit entfernt.

»Hey, du musst jetzt sagen: Nenn mich nicht so, du Affenarsch von einem Partner«, sagte Ken.

Viktor seufzte. »Man soll dem Affenarsch keinen Zucker geben.«

»Sagt wer?«, fragte Ken.

»Mein… äh, ein Verwandter«, sagte Viktor nach kurzem Zögern.

»Zufällig derselbe, dem dieses Inselschloss gehört, aus dem ich dich gerade abgeholt habe?«

Viktor nickte.

»Scheint ein interessanter Kerl zu sein. Gibt's da eine Geschichte zu?«, hakte Ken nach.

Viktor überlegte kurz, wie er das Thema am besten loswerden konnte. Schließlich entschied er sich für ein Stückchen Wahrheit. »Sicher, aber keine, über die ich gerne spreche.«

Aus den Augenwinkeln bemerkte er, dass Ken ihn eine Sekunde lang taxierte. Dann wandte sich sein Partner wieder der Fahrbahn zu.

»Kein Stress, Püppi. So was kenn ich gut.«

Viktor musste daran denken, was Stella ihm über

Kens Vater erzählt hatte. Vielleicht war von allen Menschen auf der Welt sein Partner sogar derjenige, dem er die Geschichte seines Großvaters am ehesten anvertrauen konnte.

Aber hier waren nicht die Zeit und der Ort dafür.

»Was macht Begüm? Will sie bei so was nicht dabei sein?«, fragte er.

»Ich hab ja jetzt dich, Püppi.« Ken zwinkerte ihm zu. »Nein, im Ernst, ihre Kleine ist wohl ordentlich krank, und sie muss sie deswegen heute Morgen erst mal bei Großmama Duran vorbeibringen. Danach geht sie ins Büro und checkt, ob es in der Vermisstenkartei vielleicht andere aktuelle Meldungen gibt, die ins Opferprofil passen. Du weißt schon. Wegen meiner Serienmördertheorie, auf die ich übrigens alle meine drei Eier verwette. Außerdem hatte sie doch Telefondaten und soziale Medien übernommen. Wir treffen uns dann nachher mit ihr.«

»*Die* Vermisstenkartei? Existiert so was nicht bei jedem Polizeiabschnitt?«

»Melden kann man Vermisste natürlich überall. Aber gesammelt wird das bei den Kollegen von der Vermissstenstelle, LKA 124.«

»Aha.« Viktor hoffte, dass es nicht halb so interessiert klang, wie es gemeint war. Draußen tanzten nun vereinzelte Schneeflocken durch die Luft. Der Himmel über den vorbeiziehenden Baumkronen war ein undurchdringliches Grau. Weit vor ihnen kam eine Ampelkreuzung ins Blickfeld. Ken tippte den Bildschirm seines Handys an.

»In vierhundert Metern geschmeidig links einfädeln, du geiler Stecher.«

»Was zum Teufel ist das denn?«, entfuhr es Viktor.

Ken grinste breit. »Ist ne neue App, die sich automatisch in den Routenplaner integriert«, erklärte er.

»Kann es sein, dass die Stimme mir irgendwie bekannt vorkommt?«, fragte Viktor.

»Stella.«

»Stella?«

»Ich habe von ihr eine Stimmprobe aufgenommen. Die App simuliert ihre Klangmuster. Vielleicht nicht perfekt, aber nah genug dran, finde ich.«

Viktor schwieg. Wie viel gemeinsame Vergangenheit die beiden wohl hatten? Unwillkürlich musste er sich die erstaunlich schlanken Hände seines Partners auf Stellas Brüsten vorstellen. Schnell verbannte er den unwillkommenen Kopfporno wieder aus dem Hirn.

»Und? Wie war's?«

»War was?«, fragte Viktor, obwohl er genau wusste, worauf sein Partner anspielte.

»Na, Stella. Ist sie nicht der Hammer?«

Viktor blickte Ken aus den Augenwinkeln an. Wollte er ihm wirklich ein derart pubertäres Schulhofgespräch aufnötigen? Er hatte es schon damals gehasst, wenn seine Kumpels auf der Pausenwiese die sexuellen Fertigkeiten ihrer Freundinnen diskutierten, als seien es Fahrzeugeigenschaften beim Autoquartett. Das meiste davon war sowieso nur hemmungslose Aufschneiderei.

»Och. Sag jetzt bloß nicht, du gehörst zu den Gentlemen, die genießen und schweigen.«

Viktor zuckte die Achseln. »Schätze schon.«

»Langweiler.«

Ken begann, mit seinen Händen auf dem Lenkrad herumzutrommeln und fröhlich zu pfeifen. »Hat sie mit dir auch die Liebesschaukel ausprobiert?«

Viktor verzog ob der Bilder, die sogleich wieder vor seinem geistigen Auge entstanden, schmerzlich das Gesicht. Ken, dem das offensichtlich nicht entgangen war, lachte lauthals los.

»Hey, das war ein Scherz, okay? Hab ich mir eben ausgedacht. Liebesschaukel? Wir leben doch nicht in einem Siebziger-Porno. Krieg dich wieder ein, Püppi.«

Viktor rang sich ein gequältes Grinsen ab. Hinter einer Kurve kam ein Ortsschild in Sicht.

»Willkommen in Honnis Paradies«, sagte Ken.

Die Landstraße verwandelte sich in eine breite Chaussee, die auf beiden Seiten von schmucken kleinen Villen gesäumt wurde. Nach ein paar Hundert Metern bog Ken auf Geheiß der digitalen Stella links ab und fuhr jetzt am Ufer des Wandlitzsees in Richtung Westen.

Die Wasseroberfläche schimmerte ebenso unergründlich grau wie der Winterhimmel. Unvermittelt erschien jenes bleiche Gesicht auf dem Seziertisch vor Viktors geistigem Auge, und der Himmel schien noch etwas tiefer zu sinken. Ein alter Mann am Straßenrand schaute ihnen neugierig zu, während sie ihn passierten. Er war der erste Fußgänger, seit sie Berlin vor etwa einer Dreiviertelstunde verlassen hatten. So geschäftig die Hauptstadt war, so gottverlassen konnte ihr Umland erscheinen.

Der BMW folgte dem Verlauf einer Kurve und ließ das Seeufer zurück. Die Besiedlung wurde zusehends dünner. Dichte Bewaldung füllte die größer werdenden Lücken.

»In zweihundert Metern ganz scharf rechts in den Peeneweg einfädeln, mein Hengst.«

Viktor schüttelte halb genervt, halb amüsiert den Kopf,

während Ken grinsend in eine Straße einbog, die aus grobem Kopfsteinpflaster bestand. Weiter vorn war wieder das Seeufer sichtbar. Linker Hand erkannte Viktor am Wasser einen Flachdachbungalow, vor dem Ken den BMW zum Stehen brachte.

»Und, mein Lieber?«, fragte er. »Ready for some action?«

»Allzeit bereit«, antwortete Viktor.

»Prima. Denn du handelst das jetzt. Und ich gucke zu«, sagte Ken grinsend.

»Warum das denn?«, fragte Viktor konsterniert.

»Weil du eben der Schwiegermuttertraum bist und Richter das so wollte. Schon vergessen?«

Ohne die Antwort abzuwarten, stieg sein Kollege aus. Mit leichtem Lampenfieber folgte Viktor ihm aus dem Wagen. Die Kälte trieb ihm die Tränen in die Augen. Von der Straße führte sie ein Kiesweg bis zur Haustür. Der Bungalow bestand aus einer verwinkelten Anordnung mehrerer Quader. Irgendwie wirkte es zugleich modern und zeitlos, nicht gerade das Klischee, das er über die DDR-Architektur pflegte. Rechts schloss sich ein schlichter, aber penibel gepflegter Rasen an, der schließlich ohne jede Art von Einfriedung direkt am Waldsaum endete. Hinter dem Gebäude fiel das Gelände sanft ab bis zum Rand des Sees. Ein Streifen strohig grauer, fast mannshoher Schilfrohre markierte den Uferbereich.

An der Haustür hing auf Augenhöhe eine von diesen selbst gemachten Steingutplaketten mit grauvioletter Emaillierung. Darin eingekerbt die Vornamen der Bewohner: Diethard, Ilse und Katharina.

Unter den Buchstaben ein schlichtes Herz, das unter diesen Umständen hoffnungslos trist wirkte.

Viktor zuckte zusammen, als Ken läutete und ein

tiefer Gong ertönte. Drinnen waren alsbald Schritte zu hören. Mit jedem Fußtritt machte sich das nervöse Summen in seiner Magengegend deutlicher bemerkbar.

Die Tür öffnete sich.

Ilse Racholdt war eine ehrfurchtgebietende Erscheinung. Zierlich, aber hoch aufgerichtet. Nicht mehr die gramgebeugte Mutter, die er gestern im Vorzimmer des Senators kurz hatte vorüberziehen sehen.

Sie betrachtete die beiden Männer vor ihrer Tür ruhig mit dem Gesichtsausdruck einer gestrengen Schulrektorin.

»Entschuldigen Sie bitte die Störung, Frau Racholdt«, fasste Viktor sich ein Herz. »Ich bin Viktor von Puppe, und das ist mein Kollege Kenji Tokugawa. Wir ermitteln im Todesfall Ihrer Tochter und…«

»Ermordung«, unterbrach sie ihn.

»Wie bitte?«

»Ermordung. Meine Tochter ist ermordet worden.«

»Selbstverständlich. Verzeihung«, stammelte er. »Genau darüber wollten wir mit Ihnen sprechen.«

»Da müssen Sie später noch einmal wiederkommen. Mein Mann hat vor einer halben Stunde das Haus verlassen. Ich rechne nicht vor acht Uhr abends mit seiner Rückkehr.«

Viktor stockte kurz. Mit einer derart raschen Abfuhr hatte er nicht gerechnet.

»Wenn Sie mich dann bitte entschuldigen würden, meine Herren. Ich muss die Beerdigung meines einzigen Kindes vorbereiten.« Sie machte Anstalten, die Tür zu schließen.

»Einen Moment bitte, Frau Racholdt«, rief Viktor aus.

Sie hielt mit gerunzelter Stirn inne. Viktors Gehirn

arbeitete fieberhaft, aber er hatte keine Ahnung, was er sagen sollte, bis hinter ihr etwas seine Aufmerksamkeit erregte.

»Ist sie das?«, fragte er.

Fast mühsam löste sie sich aus ihrer Starre und drehte sich um. Im Flur hing auf halber Höhe ein Foto. Drei Gesichter unter blauem Himmel. Links unverkennbar Ilse Racholdt, hier mit Urlaubsbräune, dunkler Sonnenbrille und einem gelösten Lächeln, das Viktor ihr so niemals zugetraut hätte. In der Bildmitte, an ihre Wange geschmiegt, die Tochter. So fröhlich, so lebendig und jung. Etwas kindlicher als in seiner Erinnerung und Lichtjahre entfernt von dem gemarterten, eingefallenen Gesicht auf dem Seziertisch. Im Hintergrund war, leicht verdeckt von Katharina und Ilse Racholdt, mit windzerzaustem Vollbart und Strohhut der Vater zu sehen.

»Sie sehen alle so glücklich aus«, sagte Viktor und war fast selbst ein wenig erstaunt über die Ergriffenheit in seiner Stimme.

Ilse Racholdt wandte sich ihm wieder zu. Ihr Gesicht hatte nichts von seiner Strenge verloren, aber ihre Augen schwammen. *Zeit für den Gnadenstoß*, sagte eine Stimme in ihm. Die Stimme klang wie sein Großvater.

»Katharina, Ihr einziges Kind, ist Opfer eines grausamen Verbrechens geworden. Für uns als Ermittler ist es von immenser Wichtigkeit zu erfahren, was für ein Mensch Ihre Tochter war. Wir hatten die Hoffnung, dass gerade Sie als ihre Mutter uns ein Bild von Katharina vermitteln können, das über die mageren Fakten hinausgeht, die wir in den Akten finden. Vielleicht erhalten wir dadurch Hinweise, die uns zu ihrem Mörder führen.«

Völlig regungslos verharrte Ilse Racholdt vor ihnen, doch nun liefen ihr Tränen die Wangen herab. Für einen kurzen Moment verlor ihr Gesicht etwas an Härte, und die trauernde Mutter kam zum Vorschein. Geistesabwesend zog sie ein Taschentuch aus ihrer grauen Baumwollhose und betupfte ihre Wangen. Schließlich straffte sie ihren Rücken, und die Strenge kehrte in ihren Blick zurück. Sie trat zur Seite.

»Kommen Sie bitte herein und folgen Sie mir.«

Durch den Flur führte Racholdt sie über einen Gang zum Wohnzimmer, einem großen und hellen Raum, der von einer quer verlaufenden Stufe in zwei Ebenen geteilt wurde. Die gegenüberliegende Wand des Zimmers wurde fast komplett von einem riesigen Fenster eingenommen, dessen eine Hälfte zugleich eine Schiebetür war, welche auf die Veranda des Hauses herausging. Im Hintergrund war wiederum der See zu sehen.

»Viktor *von* Puppe?«, wisperte Ken neben ihm.

»Später«, flüsterte Viktor.

Ilse Racholdt führte sie über die Stufen in den unteren Teil des Raums, wo im Schatten eines hohen Bücherregals eine elegante Couchgarnitur stand. Schwarz, Weiß und Grau waren die vorherrschenden Farben. Alles schien seinen korrekten Platz zu haben im Kosmos der Racholdts.

Die Hausherrin setzte sich mit dem Rücken zum Fenster und bot ihnen Sitzgelegenheiten auf einer Bank quer gegenüber der Bücherwand an. Auf der gegenüberliegenden Seite des Zimmers hing ein riesiges Gemälde, eine allegorische Darstellung technischer Berufe. Die Gestaltung strahlte die für die sozialistische Malerei der Sechziger typische heroische Sachlichkeit aus.

»Ein Werk meines Vaters, Erich Rechlin. Aus seiner Zeit als Vizepräsident der Akademie der Künste der Deutschen Demokratischen Republik. Früher hing es im Foyer des Sitzes des Bezirksrats von Neubrandenburg. Aber nach der Wende war es dort wohl nicht mehr... opportun.«

»Zeit ist wie ein Wirt nach heut'ger Mode, der lau dem Gast die Hand drückt, wenn er scheidet, doch ausgestreckten Arms, als wollt' er fliegen, umschlingt den, welcher eintritt«, sagte Viktor.

Verdutzt blickte Ilse Racholdt ihn an. »Schön zitiert, Herr...«

»...von Puppe.«

Sie nickte ihm anerkennend zu. Ein Adelsprädikat verfehlte in diesem Land nie seine Wirkung, nicht mal im ehemals sozialistischen Osten. Das hatte Viktor schnell gelernt.

»Kann ich Ihnen etwas zu trinken anbieten?«

Ihre Augen waren nur auf ihn gerichtet. Ken schien für sie in diesem Augenblick nicht mehr zu existieren.

»Nur zu gerne.«

»Was darf es denn sein? Ein Tee vielleicht?«

»Das hört sich ganz hervorragend an«, antwortete er wie ein strebsamer Musterschüler.

»Marisol!«

Aus einer Tür in der hinteren rechten Ecke des Raums tauchte eine junge voluminöse Frau mit dunklem Teint und einer Schürze über dem schwarzen Kleid auf. Schüchtern und neugierig zugleich betrachtete sie die beiden Männer auf dem Sofa.

»Würdest du uns bitte einen Tee kochen?«

»Selbstverständlich, Señora«, antwortete das Mädchen

mit starkem spanischem Akzent und verschwand wieder hinter der Tür.

»Marisol kommt aus Guatemala. Sie ist letzten Februar für ein Jahr als Au-pair zu uns gekommen. Katharina wollte einmal Romanistik studieren und hatte in der Schule Spanisch als Leistungsfach gewählt. Marisol sollte ihr ein bisschen auf die Sprünge helfen.«

»Verstehe«, sagte Viktor.

»Sie sagten, Sie hätten Fragen zu Katharina?«

Viktor biss sich kurz auf die Lippen. Was kam, würde ihm nicht leichtfallen.

»Ja. In der Tat«, sagte er dann. »Ihr Bruder hat uns bereits mitgeteilt, dass Ihre Tochter in letzter Zeit etwas schwierig gewesen sein soll. Können Sie uns dazu ein bisschen mehr erzählen?«

Sie zog hörbar die Luft durch die Nase ein, bevor sie antwortete. »Es fing vor etwa einem halben Jahr an…«, begann sie etwas zögerlich, als ob es ihr große Mühe bereitete, sich zu erinnern. Sie lehnte sich zurück und schaute über die Schulter auf das Gemälde ihres Vaters. »Wissen Sie, früher, da waren wir ein Herz und eine Seele. Unzertrennlich geradezu. Aber dann haben mein Mann und ich über den August eine vierwöchige Mittelmeerkreuzfahrt gemacht. Eigentlich sollte Katharina mitkommen, doch sie hatte sich dafür entschieden hierzubleiben.«

»Wissen Sie, warum?«, fragte Viktor.

»Sie sagte, dass sie lieber bei ihren Freunden bleiben möchte. Es waren Sommerferien, und sie wollte mit ihrer besten Freundin ein Rockkonzert besuchen. Außerdem hatte sie sich gewünscht, mehr Zeit mit ihrem Pflegepferd zu verbringen. Sie war Anfang des Jahres siebzehn geworden. Mein Mann mochte sie nicht alleine hier zurücklassen, aber ich habe zu ihm gesagt: Lass sie machen. Sie musste doch lernen, auf eigenen Beinen zu stehen.«

Der letzte Satz klang fast wie eine Frage, als ob sie Viktor um Zustimmung bat.

»Gab es irgendjemanden, der während ihrer Abwesenheit nach ihr sah?«

»Mein Bruder.« Wieder traten ihr Tränen in die Augen. »Er gehört zum Vorstand des Wandlitzer Reitvereins, in dem ihr Pflegepferd steht. Die beiden haben sich immer ausgezeichnet verstanden. Er hat mir versprochen, ein wenig auf sie zu achten.«

»Sie sagten eben, es gäbe da eine Freundin, mit der sie auf ein Konzert wollte«, schaltete sich Ken endlich in das Gespräch ein. »Wir würden auch gerne mit ihr reden. Haben Sie ihren Namen und ihre Anschrift?«

»Petra Dircksen«, sagte sie, als ob der Name einen schlechten Geschmack habe. »Ihr Vater hat einen Baubetrieb. Er liegt am nördlichen Ortsausgang direkt an der Einhundertneun. Das Firmenschild ist nicht zu übersehen.«

Mit klapperndem Tablett betrat Marisol das Wohnzimmer. Vorsichtig stieg sie die Stufe in den unteren Teil des Raums. Viktor konnte ihr die Erleichterung ansehen, als sie das Tablett mit dem Teeservice wohlbehalten auf dem Rauchglas des Couchtisches abgestellt hatte. Sie zündete ein Teelicht an, goss ein und stellte die Teekanne auf das Stövchen.

»Danke, Marisol.«

»Kann ich dann mit dem Silber weitermachen?«, fragte das Mädchen fast hoffnungsvoll.

»Ja, bitte. Aber sei vorsichtig mit dem Besteck.«

»Claro que si, Señora. Como siempre«, sagte Marisol im Hinausgehen

»Wie bitte?«, sagte Ilse Racholdt irritiert.

»Entßuldigung, Señora. Ich wollte ßagen ßelbstver-ßtändlich, Señora.«

Jetzt wusste Viktor, mit welcher lautlosen Arbeit Marisol bei ihrem Eintreten beschäftigt gewesen war. Und dass Spanisch offensichtlich nicht zu Ilse Racholdts Fähigkeiten zählte.

»Muchísimas gracias, Señorita«, rief er Marisol hinterher.

Über die Schultern warf sie ihm ein überraschtes Lächeln zu. »De nada, Señor.«

Viktor langte nach seinem Tee und schlürfte genüsslich daran. »Hm. Lapsang Souchong. Chinesischer Rauchtee. Echt. Nicht dieses billige Importzeug«, sagte er mit ehrlicher Bewunderung in der Stimme.

»Mein Bruder reist häufiger nach China. In Fouzhu in der Provinz Fujian hat er eine kleine Firmenbeteiligung. Dann bringt er uns jedes Mal welchen mit.«

»Sie sagten, Ihr Bruder hat während Ihrer Kreuzfahrt ein Auge auf Katharina gehabt. Gab es nach Ihrer Rückkehr irgendetwas Besonderes zu berichten?«, kam Viktor wieder zurück auf das Wesentliche.

Ilse Racholdt zuckte mit den Schultern. »Nein. Er hat nichts dergleichen erzählt.«

»Und Katharina? Sie sagten, es hätte eine Veränderung gegeben. Welcher Art war die?«

Ihre Augen suchten wieder das Gemälde, als gäbe es ihr irgendeine Art von innerem Halt. »Ich weiß nicht. Es war, als ob...« Sie rang sichtlich nach Worten. »Als ob ich es mit einem völlig anderen Monschen zu tun hatte.

Vorher war sie immer so offen und fröhlich gewesen. Nun war sie auf einmal total verschlossen. Und diese Stimmungswechsel. Mal war sie fürchterlich aufgekratzt, geradezu manisch, dann war sie todtraurig und sperrte sich tagelang in ihrem Zimmer ein, ohne dass es irgendeinen erkennbaren Grund gab.«

»Haben Sie sie darauf angesprochen?«

»Natürlich«, antwortete sie entrüstet. »Immer wieder. Aber sie hat mich abblitzen lassen, als wäre ich irgend so eine lästige Gluckenmutter. Dabei waren wir bis dahin fast wie Freundinnen gewesen. Ein paar Mal hat sie mich richtig angeschrien. Und dann passierte diese... diese Sache in ihrem Zimmer.«

Sie legte die Hand vor die Augen, als könnte sie die Erinnerung nicht ertragen.

»Welche Sache?«, hakte Viktor nach.

»Ich war etwas früher als geplant von meiner Bridgerunde nach Hause gekommen, da hörte ich diese unsäglichen Geräusche. Ich dachte zuerst, es sei irgendjemand eingebrochen. Also bin ich sofort zu ihr rauf. Als ich die Tür öffne, lümmelt sie sich halb nackt auf dem Bett mit diesem... diesem Dorfflegel. Und er hat seine schmutzigen Hände überall auf ihr. Auf dem Nachttisch standen zwei Gläser und eine Flasche Schnaps. Und dann der Rauch im Zimmer. Sie hatte nie geraucht, und plötzlich ist da dieser komische Geruch. Und ihre Augen. Wie sie mich angeschaut hat. Als ob sie mich überhaupt nicht erkennen würde.«

Sie saß jetzt kerzengerade auf der Kante des Sofas, die Stirn zerfurcht, den Blick nach innen gewandt.

»Wissen Sie, wer der Junge war?«

»Wer?«, fragte sie irritiert. »Ach so, der. Keller, Holger

Keller heißt er, glaube ich. Er hat sich in unserem Reitverein ein bisschen Taschengeld verdient. Kommt aus
Biesenthal oder so. Vielleicht kann mein Bruder Ihnen
sagen, wo er wohnt.«

»Wie ging es dann weiter?«, fragte Viktor.

»Na, ich habe ihn rausgeschmissen, ihr eine Woche
Hausarrest gegeben und ihren Vater angerufen. Mein
Mann kam sofort nach Hause. Es gab natürlich ein Rie-
sendonnerwetter. Wir haben gedacht, es wäre eine einma-
lige Geschichte, aber am nächsten Morgen war sie weg.
Einfach weg. Tagelang haben wir sie überall gesucht. Sie
sogar als vermisst gemeldet. Und vier Tage später taucht
sie wieder auf, als sei nichts gewesen. Kommt da durch
die Haustür, spaziert in ihr Zimmer und schließt sich
ein. Diethard hat eine halbe Stunde lang an ihre Tür ge-
klopft. Dann kam sie heraus und hat uns angeschaut. Mit
diesem… diesem Blick. Sie stank nach irgend so einem
billigen Fusel und Zigaretten. Mein Mann hat ihr eine
Standpauke gehalten, aber sie hat einfach nur gelacht.
Am nächsten Morgen kam sie zu mir in die Küche, fiel
mir schluchzend um den Hals und entschuldigte sich
für alles. Drei Tage später war sie wieder verschwunden.
Diesmal für mehr als eine Woche. Ab dann ging es immer
so weiter. Auch von der Schule kamen unmittelbar nach
Ende der Schulferien Anfang September die ersten Be-
schwerden. Drogen. Unentschuldigtes Fehlen. Aber das
Schlimmste war, dass sie sich irgendwelchen Kerlen einfach an den Hals geworfen hat. Ich habe sie zum Schluss
gar nicht mehr wiedererkannt. Als ich sie einmal fragte,
warum sie sich selbst behandle wie ein Stück Dreck, sagte
sie nur: ›Das ist es, was ich bin, Mutter. Ein Stück Dreck.‹
Dabei hat sie gelacht. *Gelacht*. Verstehen Sie das?«

Sie ließ ihre Hände auf die Knie sinken. Diesmal rollten ihr die Tränen ungehemmt über die Wangen. Viktor wandte pietätvoll den Blick ab, doch sie hatte sich schnell wieder in der Gewalt. Selbst mit rot verweinten Augen und zerlaufenem Make-up strahlte sie diese strenge Würde aus.

»Wann haben Sie sie das letzte Mal gesehen?«, fragte er.

»Das war Ende November am ersten Advent. Ich weiß es noch wie heute.«

»Warum?«, fragte Viktor. »War irgendetwas Besonderes an dem Tag?«

»Ja«, antwortete sie. »In der Tat. Für vielleicht zwei Stunden war sie wieder die Alte. Mein kleines Mädchen. Dann hat sie sich verabschiedet und mir dabei so seltsam in die Augen geschaut. So, als ob es ein ganz außergewöhnlicher Abschied wäre. Am Ende hat sie ihren Vater umarmt und ist gegangen. Sie hat nicht gesagt, wohin. Wir haben sie nie wiedergesehen.«

Ihre Worte hallten im Raum nach. Donnernde Stille hatte Viktors Mutter solche Momente genannt, von denen es in seinem eigenen Leben einige gegeben hatte. Ilse Racholdt saß da, jetzt eingesunken, den Blick leer und die kraftlosen Hände, die noch eben mit der Luft gerungen hatten, in den Schoß gebettet. Das einzige Geräusch war Kens Stift, der eifrig über das Papier seines Notizbuchs kratzte. Aber sie schien es nicht zu bemerken. Ihren Augen nach zu urteilen war sie ganz allein mit ihrem Schmerz. Irgendwann hörte auch das Kratzen auf. Zu Viktors Überraschung erhob sich jetzt Ken.

»Es tut mir leid, dass wir diese unangenehmen Erinnerungen wieder heraufbeschwören mussten, Frau

Racholdt«, sagte er. »Ich denke, damit haben wir Sie dann auch lange genug belästigt. Nur eine Bitte hätte ich noch.«

Langsam, fast wie in Zeitlupe, wandte sie ihm den Kopf zu und betrachtete ihn aus müden, fragenden Augen.

»Wir würden uns gerne das Zimmer Ihrer Tochter anschauen.«

Ohne eine Antwort stand sie auf und drückte das Rückgrat durch. »Marisol.«

Das freundliche rundliche Gesicht erschien im Türrahmen. »Sí, Señora?«

»Würdest du die Herren Kommissare bitte in Katharinas Zimmer führen?«

»Naturalmente, Señora.«

Sie trat aus der Küche und winkte die beiden in den Flur.

»Folgen Sie mir bitte, Señores.«

* * *

Wenn Katharina Racholdt in den Monaten vor ihrem Tod eine seltsame Wandlung durchgemacht hatte, so ließ sich das nicht an ihrem Zimmer ablesen. Dies war nicht das Reich eines unkontrollierbaren Teenagers mit Hang zu starken Stimmungsschwankungen. Auf einer geschmackvoll gemusterten Papiertapete wimmelte es nur so von Pferdebildern und Postern von Stars. Ebenso die obligatorischen selbst gemalten Bilder, nicht völlig ohne Zeichentalent, aber naiv und mädchenhaft. Der Schreibtisch – ein hübscher antiker Sekretär – war peinlich genau geordnet. Im Schrank lag die Kleidung säuberlich gefaltet, die Bücher standen im Regal nach Größe aufgereiht.

»Wurde das Zimmer aufgeräumt?«, fragte Viktor.

»Solamente un poquito, Señor. Die Señora wollte, dass es so aussieht wie in bessere Zeit.«

Irgendwo im Wohnzimmer klingelte ein Telefon. Wenig später war Ilse Racholdts Stimme zu hören. Viktors Augen glitten über das Bücherregal. Alles die heile Welt eines Mädchens aus der gehobenen Mittelschicht. Ein bisschen Harry Potter neben Hunger Games, Hobbits neben Vampiren und jede Menge mit Pferden.

Ken wühlte sich derweil durch den Nachttisch am Bett, während das Au-pair-Mädchen in der Tür stand und unsicher von einem Fuß auf den anderen trat.

Er ließ seinen Blick das Regal herabwandern. Weiter unten standen Schulbücher, ein paar Hefte und Notizblöcke, eine Mappe, wie man sie zum Transportieren von großformatigeren Zeichnungen benutzte. Daneben eine edle Kladde in Größe DIN A5 aus echtem Leder. Sie sah nicht mehr ganz neu aus. Viktor zog sie heraus.

»Ist das Tagebuch von Señorita Katharina«, sagte Marisol hinter ihnen.

»Sí, gracias«, erwiderte er und begann darin zu blättern.

»Hatte sie keinen Computer, Laptop oder Handy?«, fragte Ken.

»Su tío. Er es hat genommen.«

»Ihr Onkel?«, fragte Viktor.

Marisol nickte.

»Hat er gesagt, warum?«, fragte Ken.

»Er hat gesprochen sehr schnell mit la señora. Ich

nicht habe gut verstanden. Ich glaube, er hat gesagt, wegen la prensa.«

»Wegen der Presse?«, hakte Ken nach.

»Sí, Señor«, bestätigte Marisol.

Ken und Viktor warfen sich einen vielsagenden Blick zu.

Unversehens erschien Ilse Racholdt in der Tür und schob sich an Marisol vorbei. »Ich muss Sie bitten, jetzt unverzüglich mein Haus zu verlassen.«

Die Schärfe ihres Tonfalls wurde nur noch von dem wütenden Flackern ihrer Augen übertroffen. Wie eine antike Rachegöttin funkelte sie sie an.

»Es tut mir leid, wenn wir Sie über Gebühr beansprucht haben…,« begann Viktor, doch sie schnitt ihm mit einer Handbewegung das Wort ab.

»Nichts mehr davon. Mein Bruder hat mich soeben unterrichtet, dass Sie überhaupt nicht hier sein dürften.«

Ken stand vom Nachttisch auf und wandte sich ihr zu, die Hände zur Beschwichtigung erhoben. »Ihr werter Herr Bruder mag das anders sehen, doch unser Besuch bei Ihnen ist für die Ermittlungen absolut notwendig. Ich bin sicher, Sie haben uns dem Täter ein gewaltiges Stück näher gebracht. Wenn Sie uns nur ein bisschen mehr Zeit in diesem Zimmer geben könnten. Es gibt hier sicher noch wertvolle Hinweise.«

»Das wage ich sehr wohl zu bezweifeln«, sagte sie.

Irgendetwas in ihrer Stimme schien jetzt auch Ken zu verunsichern. »Wie meinen Sie das?«, fragte er.

»Der Täter ist von Ihren Kollegen bereits gefunden worden. Es scheint, als hätte er sich selbst gerichtet. Sie sehen also, dass jede weitere Ermittlung hier überflüssig ist. Mein Bruder lässt Ihnen außerdem ausrichten, dass Ihr Vorgehen disziplinarische Konsequenzen haben wird.«

Mit diesen Worten riss sie Viktor das Tagebuch aus der Hand.

8

Eine Stunde dauerte die Rückfahrt von Wandlitz zu irgendeinem obskuren Sträßlein im Niemandsland rund um das Ostende der Revaler Straße im Bezirk Friedrichshain. Dort war der vermeintliche Mörder von Katharina Racholdt laut Einsatzleitstelle aufgefunden worden.

Den größten Teil der Strecke über herrschte Schweigen, nur unterbrochen von den Fahrtrichtungsanweisungen der digitalen Stella und einem kurzen Telefonat zwischen Ken und Begüm. Viktor hatte keine Ahnung, was in Kens Kopf vorging, aber der Aufenthalt bei den Racholdts hatte ziemlich auf seine Stimmung gedrückt. Missmutig betätigte er den Fensterheber, um die Luft im Auto etwas aufzufrischen.

»Alter, lass den Winter draußen«, schnauzte Ken.

»Sorry.« Er ließ die Scheibe wieder hochfahren.

»Coole Show, übrigens«, sagte Ken unvermittelt.

»Was meinst du?«

»Na bei der Alten. Sogar mit Lyrikeinlage und so.«

»Das war Shakespeare.«

Ken warf ihm einen fragenden Seitenblick zu, bevor er wieder nach vorn auf der Straße blickte. Dann räusperte er sich theatralisch und legte seine rechte Hand auf Viktors Schulter.

»Nie hoffe Wert für das, was war, den Lohn«, raunte er

bedeutungsschwanger. »Denn Schönheit, Witz, Geburt, Verdienst im Kriege, Kraft der Sehnen, Geist, Freundschaft, Wohltat, alle sind sie Knechte der neidischen, verleumdungssücht'gen Zeit.«

Jetzt war es an Viktor, verdutzt zu gucken. Ken legte die Rechte zurück auf das Lenkrad und ließ wieder sein dröhnendes Lachen ertönen.

»Troilus und Cressida. Ich hab in der Schule den Achilles gespielt, damals in der Theater AG«, sagte er schließlich. »Und Ulysses vergaß immer seinen Text. Da hab ich den gleich mitgelernt.«

Viktor brauchte einige Sekunden, bis er die Sprache wiederfand.

»Sorry«, war alles, was ihm dann einfiel.

»Unterschätze nie einen schlitzäugigen Punkbullen.«

Viktor legte die Hand an die Stirn.

»Jawohl, Sir.«

Heimlich studierte er Ken aus dem Augenwinkel. Etwas wirrer Undercut, Fishtailparka, ein Hemd mit Psychobilly-Motiven, Secondhand-Nadelstreifenhose, dunkelrote Doc Martens. Zum ersten Mal kam ihm der Gedanke, dass hinter diesem fast clownesken Aufzug auch Kalkül stecken könnte.

»Ganz scharf rechts, du Hengst«, säuselte die digitale Stella.

Das Fahrzeug rollte um die Kurve auf ein Kopfsteinpflaster. Am westlichen Ende bei dem berüchtigten RAW-Gelände war die Revaler Straße eine linksalternative Partymeile, »Techno-Strich« genannt, die seit einiger Zeit Schlagzeilen machte. Es hatte Messerstechereien zwischen Drogendealern und den immer aggressiver werdenden Taschendieben gegeben, die sich dort um das

Geld betrunkener Eventtouristen stritten. Hier aber, im hinteren Teil, zum Ostkreuz hin, lag eine ruhige Wohngegend, die der Hype um den Szenekiez am nördlich gelegenen Boxhagener Platz noch nicht erreicht hatte.

Sie waren von der Revaler in eine der kleinen Querstraßen eingebogen. Dort gab es keine Wohnbebauung. Nur mickrige Gewerbehöfe hinter mannshohen, mit Graffiti überkleisterten Mauern und Stahltoren. Normalerweise lag diese Straße zu jeder beliebigen Tageszeit völlig ausgestorben da. Niemandsland. Zu nah am breiten Bett der S-Bahn-Gleise, die die Stadt in Nord und Süd teilten.

Jetzt quoll das Kopfsteinpflaster des Sträßleins über von Amtsträgern und ihren Vehikeln. Ein Einsatzleitwagen, ein Löschzug, ein Notarztwagen der Feuerwehr und diverse Polizeiautos säumten die Bürgersteige. Die Kollegen hatten der Einfachheit halber den mittleren Teil der Straße in beide Richtungen mit Flatterband und zwei Einsatzwagen gesperrt. Ein paar Schaulustige tummelten sich auf Viktors und Kens Seite, der den Wagen in diesem Moment außerhalb der Absperrung abstellte.

Sie stiegen aus. Trotz der Kälte war ein deutlicher Brandgeruch wahrnehmbar. Jetzt konnte Viktor halb verdeckt von dem Löschwagen hinter einer Mauer ein kleines Haus mit Satteldach erkennen. Die wenigen Fenster waren von Ruß umrahmt. Auch das Dach war recht mitgenommen. An der Rückseite des Hauses bestand es nur noch aus dem nackten Dachstuhl, dessen hölzernes Gerippe verkohlt war.

Auf der Straße vor der Grundstücksmauer sammelten ein paar Feuerwehrmänner gerade ihre Ausrüstung wieder ein. Ken und er hatten die Absperrung erreicht und drängelten sich durch die Gaffer, deren Atem in der kalten Winterluft Dampfwolken bildete. Mit gezücktem Ausweis hob Ken das Flatterband an, winkte Viktor durch und grüßte eine Beamtin, die man offensichtlich als Wache abgestellt hatte.

»Monique, mein Schatz. Alles im Lack?«

Die Angesprochene grinste statt einer Antwort, bevor sie ein paar allzu Neugierige von dem Flatterband wegscheuchte. Viktor konnte an den Mienen und Gesten sehen, dass sich ihre Gespräche neidisch um ihn und Ken drehten. Der Anblick weckte schlechte Erinnerungen an die Entlarvung seines Großvaters. Seine bis dahin behütete Jugend fand ein abruptes Ende im grellen Licht der Öffentlichkeit. Die alte Villa war von Reportern und Kamerawagen umlagert gewesen. In den Zeitungen hatte er Titel wie »Dr. Eiskalt und sein Enkel« oder »Nazi-WG auf Schwanenwerder« lesen müssen.

Plötzlich rutschte er aus und konnte sich nur mit Mühe auf den Beinen halten. Beinahe wäre ihm eine riesige Lache Löschschaum zum Verhängnis geworden.

»Allet noch dranne, junga Mann?« Ein Feuerwehrmann grinste ihn mitleidig an.

Viktor nickte und beeilte sich, wieder auf trockenen Grund zu kommen. Ken hatte bereits die Toreinfahrt zum Grundstück erreicht. Dahinter erwartete sie ein Boden aus bröckeligem Zement. Gegenüber befand sich so eine Art kleine Werkshalle, in der offensichtlich Autos repariert wurden, denn rechts von ihnen stand ein halbes Dutzend Fahrzeuge und rostete in verschiedenen Stadien der Zersetzung vor sich hin. Die Tore der Halle waren geschlossen. Durch die Drahtgitterscheiben konnte man das unbeleuchtete Innere nicht erkennen.

Links von ihnen lag das winzige Haus, das auch gut in eine Berliner Laubenkolonie gepasst hätte. Die Grundfläche mochte kaum mehr als vierzig Quadratmeter umfassen. Das Dachgeschoss schien zugleich der erste Stock zu sein. Die Fenster waren durch die Hitze des Feuers geborsten.

Aus der kleinen Wohnungstür kam gerade ein Beamter im weißen Overall der Spurensicherung. Er zog die Kapuze runter und zündete sich eine Zigarette an.

»Hey, Henner«, grüßte Ken. »Das hier ist unser neuer Kollege Viktor Puppe. Aber nenn ihn nicht Püppi. Das darf nur ich.«

Der so Angesprochene ließ Viktor eine ausgestreckte Hand nebst freundlichem Lächeln zuteilwerden. Er war ein etwas knittriger Mittfünfziger mit langem angegrautem Haar und Schnurrbart und gehörte nach Viktors Auffassung zu jener Sorte, die in der Freizeit mit seitenverschnürten Lederhosen, Holzfällerhemd und Cowboyhut rumliefen und mit ihrer »Anjetrauten« in einer Tempelhofer Countrykneipe Squaredance schwoften.

»Hendrik Schmulke ist unser Spurenguru. Hodgins, Dexter und Doktor Mark Benecke, alles in einer Person. Und? Was geht ab da drin?«

Henner lehnte sich an die Wand neben der Tür, aus der nach und nach die Feuerwehrleute herauskamen. Er nahm einen bedächtigen Zug von seiner Selbstgedrehten, bevor er antwortete.

»Ist echt der Hammer. Aber schaut selbst. Nicht, dass ich euch Profis noch die Überraschung verderbe. Auf jeden Fall hat jemand ziemlich gründlich sauber gemacht.«

Ken warf Viktor einen bedeutungsschwangeren Blick zu und stapfte mit militärischen Salut vorbei an

Schmulke ins Haus. Viktor folgte ihm mit einem mehr als mulmigen Grummeln im Bauch.

Gemeinsam gelangten sie zunächst in einen winzigen Flur, der sich auf beiden Seiten zu kleinen Zimmern öffnete. Gegenüber der Tür wurde der Flur vom Treppenhaus begrenzt, das nach oben ins Dachgeschoss führte. Beständig blies ein kalter Wind durch die geborstenen Fenster vom einen Ende des Gebäudes ins andere. Trotzdem war der Brandgeruch atemberaubend.

»Der spannende Teil ist der Keller«, rief Schmulke ihnen hinterher.

Viktor wandte sich der Stahltür leicht rechts neben ihnen zu. Ihre Farbe war genauso diskret dunkelbraun wie die Ummantelung des Treppenhauses, in die sie eingelassen war. Ein paar Kabel, die von einem Dieselgenerator außerhalb des Gebäudes in den Flur hinein und durch die Tür verliefen, hielten sie einen Spalt breit offen.

Genau in diesem Moment öffnete sie sich vollends, und ein weiterer Feuerwehrmann trat heraus. Viktor und Ken sprangen schnell zur Seite.

»Allet sicher da unten. Keene Brandschäden. Hier im Erdjeschoss ooch. Aber in det Dachjeschoss bitte nur mit Bejleitung von uns«, sagte er im Vorbeigehen.

»Jawoll, Herr Brandoberamtsrat«, rief Ken ihm hinterher und hielt mit einer Hand die Tür fest. Dahinter führte eine steile Treppe in das Kellergeschoss. Gleißend helles Licht strahlte von unten herauf. Irgendjemand – die Spurensicherung? – hatte Scheinwerfer nach da unten geschleppt.

»Nach dir, Sportsfreund.« Ken grinste und hielt die Tür auf.

Innerlich gab sich Viktor einen Tritt in den Allerwertesten und stieg die Stufen hinunter. Das Licht wurde immer heller. Auch hier unten roch es stark verbrannt.

Am Fuß der Treppe angekommen, entfuhr ihm ein Ausruf des Erstaunens. Hier begann ein Gang von unerwarteter Länge. Bedachte er die Abmessungen des Hauses über ihnen, musste der Gang zu mindestens zwei Dritteln über die Grundmauern hinausragen. Nach rechts öffnete eine Tür sich in einen Raum, der demnach wohl unter der Freifläche hinter dem Haus lag. Je näher er der Tür kam, desto stärker wurde der Brandgeruch. Offensichtlich befand sich in dem Raum dahinter ein weiterer Brandherd, der aber nicht auf den Gang übergegriffen hatte. Nach der Tür führte der Gang noch etwa acht Meter weiter und erweiterte sich schließlich zu einem kleinen Flur oder Vorraum. Was dahinter war, konnte er nicht erkennen, denn Begüm versperrte ihnen die Sicht.

»Da seid ihr ja endlich.« Im Licht der hinter ihr stehenden Scheinwerfer blieb sie so lange ein Schattenriss, bis sie knapp vor ihnen stand. Ein kurzes Kopfnicken in Viktors Richtung, dann in Kens. Unleserlicher Gesichtsausdruck. Nachtschwarze Augen.

»Wie geht's deiner Tochter?«, fragte Viktor.

»Ganz okay«, murmelte sie, offensichtlich irritiert über seine Anteilnahme.

Viktor seufzte still. Einen Versuch war es wert.

»Kommt mit«, sagte sie, drehte sich um und stapfte wieder dahin, woher sie gekommen war. »Ist voll das Freakverlies hier«, rief sie über ihre Schulter.

Das Ende des Ganges mündete tatsächlich in einen kleinen Vorraum, an dessen Rückseite sich zwei Türen befanden. Die Scheinwerfer in diesem Vorraum beleuchteten die Räume dahinter. Winzige, völlig nackte Kammern hinter schweren Stahltüren. Zellen. In einer von ihnen hing eine riesenhafte Gestalt an einem Nylonseil von der Decke und drehte sich kaum merklich um ihre Achse.

***

»Auch?« Begüm hielt Viktor eine Schachtel Marlboro hin.

»Danke, ich rauche nicht mehr«, sagte er.

Sie bedachte ihn mit einem Blick, als sei Nichtrauchen eine peinliche Krankheit, und drehte die Schachtel zu Ken, der sich wortlos bediente.

Sie standen auf der bröckeligen Zementplatte vor der Tür des kleinen Hauses. Viktors Gefühl nach hatten sie eine Ewigkeit im Keller verbracht und danach auch noch den Dachboden inspiziert oder vielmehr das, was davon übrig war.

»Fuck.« Ken hatte den Blick in den Himmel gerichtet.

»Was denn?«, fragte Begüm.

»Es schneit, verdammte Hacke. Aber so richtig«, sagte er.

Auch Viktor drehte sein Gesicht nach oben. Ken hatte recht. Schneeflocken, dick wie Käfer, rieselten auf sie nieder. Der Winter war am Ende doch noch in Berlin angekommen.

»Henner«, brüllte Ken in Richtung der kleinen Werkshalle, die das Grundstück nach hinten begrenzte. »Mach mir ein paar Fotos vom Boden, bevor alle Reifenspuren verschwunden sind. Und irgendwer soll das Loch im Dach abplanen.«

»Aye, aye, Käpt'n«, tönte es von drinnen.

Einige Sekunden später erschien jemand von der Spurensicherung, eine große Kamera mit einem noch größeren Blitz in der Hand. Bald wurde der Boden von hellem Blitzlicht erleuchtet.

Plötzlich ertönte eine Hupe. Alle drehten sich zur Toreinfahrt um, durch die jetzt ein grüner Kastenwagen auf das Grundstück rollte. »Gerichtsmedizin« stand in weißen Lettern darauf.

»Na, das wurde aber auch Zeit«, kommentierte Ken.

Ein flaues Gefühl machte sich in Viktors Magen breit, doch seine Erwartung wurde enttäuscht. Es war nicht Stella, die aus dem Wagen stieg, sondern ihr Sektionsassistent Urzendowski. Freundlich grüßend kam er durch den Schnee auf sie zu.

»Guten Tag, die Dame und Herren Kommissare.«

Sie grüßten zurück.

»Und, Herr Puppe, haben Sie sich ein wenig eingelebt?«, fragte er.

»Ich fühle mich immer noch wie ein Erstklässler«, gestand Viktor.

Urzendowski lachte. »Ja, Strafverfolgung ist kein Sommerausflug«, schmunzelte er. »Da müssen Sie sich für ein wenig Anpassungsschwierigkeiten gar nicht schämen.«

Viktor lächelte schweigend. Der Mann war definitiv klüger, als es seine Position vermuten ließ.

»Wo ist denn Frau Samson?«, fragte er so, dass es nicht allzu neugierig klang.

»Wir haben heute Morgen telefoniert«, antwortete Urzendowski. »Sie schien ein wenig indisponiert. Deswegen müssen Sie jetzt erst mal mit mir vorliebnehmen.«

»Oh. So war das nicht gemeint«, beeilte sich Viktor zu versichern. Er fragte sich, ob Stellas *Indisposition* etwas mit einem gewissen Tagebuch zu tun hatte.

»Selbstverständlich. Ich wollte Sie auch nur ein bisschen foppen«, sagte Urzendowski freundlich.

»Weiter so«, schaltete Ken sich ein. »Vielleicht rutscht ihm dann endlich dieser Stock aus dem Arsch.«

Falls Urzendowski Kens Bemerkung genauso unflätig fand wie Viktor, so ließ er sich das nicht anmerken. Sein höfliches Lächeln geriet jedenfalls keine Sekunde ins Wanken.

»Na, dann will ich mal nach unten meine Arbeit machen«, bemerkte er schließlich. »Ist die Spurensicherung bereits fertig?«

»Mit der Leiche schon«, erklärte Ken. »Da ist noch so ein Nebenraum, der ist wirklich *strange*. Der ist nur so übersät von Spuren. Leider an einer Seite stark verbrannt. Aber auf jeden Fall nichts Totes.«

»Ich verstehe. Na dann, weiter frohes Schaffen«, verabschiedete sich der Sektionsassistent.

Sie schauten ihm hinterher. Viktor hatte das Gefühl, ihn noch irgendetwas fragen zu wollen, als Kens Stimme seinen Gedankengang unterbrach. »Erzähl mir mal, was du da unten gesehen hast.«

Er drehte sich um. Kens Blick war auf ihn gerichtet. »Im Keller?«, fragte Viktor leicht konsterniert.

»Nein, im Taj Mahal, du Honk«, sagte Ken und deutete einen leichten Klaps auf Viktors Hinterkopf an. »Natürlich im Keller.«

Viktor vermied jeden Blick zu Begüm, doch er wusste auch so, dass sie grinste.

»Hm.« Er sammelte seine Gedanken. »Einen Toten.«

»Guter Anfang, aber kannst du das ein bisschen aus-
detaillieren?«, fragte Ken.

»War gerade dabei. Leiche, männlicher Weißer. Etwa
vierzig. Kahl. Hässlich wie eine Seegurke. Hat sich in
einer dieser Zellen sauber mit einem Nylonseil an einem
Deckenhaken aufgeknüpft. Zumindest behauptet das
sein Abschiedsbrief.«

»Aber du glaubst nicht dran«, stellte Ken mit einem
Seitenblick zu Begüm fest.

»Irgendwie nicht«, sagte Viktor.

»Warum nicht?«, fragte Ken.

Viktor zuckte mit den Schultern. »Rein technisch
passt das schon. Er könnte auf dem Eimer gestanden
haben, der neben ihm lag. Aber der Abschiedsbrief ist
ziemlich komisch.«

»Komisch also«, bemerkte Ken, die Augen immer
noch auf Begüm gerichtet. Er hielt ihm das Schriftstück
in einer Klarsichthülle hin. »Lies noch mal vor.«

Viktor fand Kens Tutorium etwas anmaßend, aber
wenn es das brauchte…

Hey, Bullen,

ich weiß, ihr seid hier, weil ihr da was in der Spree gefunden
habt. Die kleine Racholdt. Lasst mich euch sagen: Die
Schlampe hatte es nicht anders verdient. Hab sie mir ordentlich vorgenommen. Hat sie wohl nicht vertragen, da musste
ich sie loswerden. Aber das Miststück hat mir ne Nase gedreht. Konnte sie nicht ordentlich entsorgen wie die anderen.
Jetzt habt ihr sie. Scheiß drauf. Mich kriegt ihr nicht.
Live fast, die young.
Ralf

Viktor betrachtete das Blatt.

»Keine handschriftliche Unterschrift«, sagte er. »Stand im ersten Stock nicht so was wie ein fast komplett geschmolzener Drucker? Vielleicht wurde der darauf ausgedruckt. Könnte jeder geschrieben haben. Aber nicht ein einziger Rechtschreibfehler. Perfekte Orthografie. Finde ich irgendwie seltsam. Der Typ sah eher nach Hauptschulabschluss im Wedding aus.«

Begüm bedachte ihn mit einem finsteren Blick. Viktor bemerkte seinen Fauxpas, aber es war zu spät. Hauptschulabschluss im Wedding. Sie musste ihn für einen totalen Schnösel halten. Und wahrscheinlich hatte sie damit sogar recht.

»Begüm? Schon irgendwas zur Identität?«, fragte Ken.

Sie löste ihre Augen von Viktor, der innerlich durchatmete. »Ralf Dehner. Achtundvierzig. Single. Wohnhaft in der Gryphiusstraße achtundzwanzig, keine drei Minuten von hier. Kollegen sind bereits vor Ort. Ausbildung zum Kfz-Mechaniker noch in der DDR. Unmittelbar nach der Wende zwei Jahre bei Opel Hetzer. Ab Mitte der Neunziger selbstständig, obwohl er nur nen Gesellenbrief hatte. Irgendso eine Sondervorschrift aus der Wendezeit. Das Grundstück hier hat er wohl von Opa geerbt. Zuerst lief es nicht so richtig, aber später hat er angefangen, sich auf Taxen zu spezialisieren. Ab diesem Zeitpunkt kam er so einigermaßen über die Runden.« Begüm holte kurz Luft. »Krass pralles Vorstrafenregister. Einbruchdiebstahl, versuchter Raub, sexuelle Nötigung. Eine Anzeige wegen Vergewaltigung wurde vom Opfer zurückgezogen. Hat insgesamt etwa viereinhalb Jahre in Moabit verbracht. Das letzte Mal vor vier Jahren wegen gefährlicher Körperverletzung. Kneipenschlägerei. Vor zwei

Jahren wurde das letzte Drittel wegen guter Führung zur Bewährung ausgesetzt. Die Bewährungsfrist endete vor einem halben Jahr. Seitdem keine Auffälligkeiten mehr.«

»Aber auf dem Abschiedsbrief stimmt jedes Komma«, sagte Viktor. »Formuliert ist er eher so, als ob jemand versucht hat, möglichst wie ein Prolet zu klingen. Und warum ist es ihm so wichtig, den Namen des Opfers zu nennen? Und dann all das hier.« Er beschrieb mit der Hand einen Kreis. »Das Grundstück ist aufwendig umgestaltet worden. Dieser Keller, die zwei Zellen, das kleine Filmstudio in dem halb verbrannten Kellerraum. Das ist alles das Ergebnis komplexer Planung. Passt irgendwie nicht zum Werdegang von dem Typen.«

Vor seinem inneren Auge sah Viktor wieder den Mann am Nylonseil baumeln. Ein grobschlächtiger Kerl, dem ein ungezügeltes Leben tiefe Furchen in die aknezerfressene Haut getrieben hatte. Selbst im grellen Strahl der Scheinwerfer war sein Gesicht so dunkelviolett wie eine Aubergine, was am Blutstau lag, den die Strangulation der Halsvene im Kopf verursacht hatte.

Mit seinen Augen fixierte er Ken. Er beschloss, den Spieß einmal umzudrehen. »Und wo ist der Rechner?«, fragte er.

»Da war doch einer. Oder vielmehr die kläglichen Reste davon«, entgegnete Ken. »Im Zimmer zur Straße oben im Dachgeschoss.«

»Ja. Aber nur ein uraltes Teil mit Röhrenbildschirm aus der mittleren Kreidezeit. Unten dagegen ein supermodernes Ministudio mit professioneller Beleuchtung und allerhand Bühnentechnik. Jedoch kein Rechner, mit dem er die Streifen bearbeiten kann. Diverse Stative, doch nirgendwo eine Kamera«, entgegnete Viktor.

»Vielleicht hat er all das Material entsorgt«, warf Ken ein.

»Mag sein. Nur warum?«, fragte Viktor. »Er beseitigt Beweismittel, nur um dann ein Geständnis abzulegen und sich umzubringen? Nein, das hat der mitgenommen, der ihn dort unten als Sündenbock aufgeknüpft hat. Der, der auch diesen schrägen Abschiedsbrief geschrieben hat.«

Ken schürzte die Lippen und betrachtete Viktor eine Weile mit unbestimmtem Gesichtsausdruck. »Und was meinst du?«, fragte er schließlich an Begüm gewandt.

»Keine Ahnung. Warum ist der Typ nicht einfach abgehauen?« Sie versenkte ihre Zigarette im Schnee, der mittlerweile schon eine daumendicke Schicht auf dem Boden gebildet hatte.

»Das haben Sie jetzt nicht wirklich gemacht, Frau Kollegin, oder?«, rief Schmulke, der gerade an ihnen mit zwei weiteren Overallträgern im Gefolge vorbeikam, wohl wieder auf dem Weg zurück in den Keller.

»Sorry«, murmelte sie, hob den Stummel auf und steckte ihn in die Schachtel.

»Ich meine, der hätte sich in sein Auto setzen können und wäre jetzt schon in Warschau oder Amsterdam«, fuhr sie dann fort. »Stattdessen nimmt er sich da unten den Strick. Warum? Schuldgefühle? Bei dem Vorstrafenregister? Angst vor uns? Nicht wirklich, oder?«

Sie schürzte ihre vollen Lippen, schöne Lippen, wie Viktor wiederum feststellen musste.

Ken nahm einen genießerisch langen Zug von seiner Zigarette, bevor er sie über die Mauer jenseits des Grundstücks schnippte. »Also sind wir uns einig«, sagte er und lächelte wie ein Buddha. »Da versucht jemand, uns zu verarschen. Der Kerl da unten ist nur ein Bauernopfer. Die Frage ist höchstens, ob er überhaupt etwas mit dem Fall Racholdt zu tun hat.«

»Das Grundstück gehört ihm«, wandte Begüm ein. »In der Werkstatt finden sich ein paar frische Aufträge. Nicht viel, aber er scheint hier in den letzten Monaten aktiv gewesen zu sein. Und wie er schon sagte«, sie nickte in Viktors Richtung, »irgendjemand hat den Keller extra für irgendwelche Schweinereien umgestaltet. Das wird ihm wohl kaum entgangen sein. Ich sage, er ist ein Komplize.«

»Und was für Filmchen haben die da unten gemacht?«, fragte Ken. »Foltervideos? Vergewaltigungen? Vielleicht sogar Snuff?«

»Wir haben einen halb verkohlten Raum voller Filmutensilien und Blutspuren und eine weibliche Leiche mit Schnittwunden und einem amputierten Fingerglied«, stellte Viktor fest. »Passt, würde ich sagen. Katharina Racholdt war wochenlang verschwunden, und da unten sind zwei Zellen, die dem Geruch der Sickerlöcher nach vor nicht allzu langer Zeit bewohnt waren. Würde mich nicht wundern, wenn man hier Spuren von ihr findet.«

Schweigend standen die drei eine Weile im immer dichter werdenden Schneetreiben.

Viktor fröstelte und sinnierte über Kens Frage. Snuff? Das sagte sich so leicht. War es für ihn bisher ein Begriff aus schlechten Fernsehkrimis oder B-Movies gewesen, hatte er da unten in dem Verlies mit der Bühne schaudernd verstanden, was das Wort wirklich bedeutete. Der Forensiker Schmulke hatte das Licht ausgemacht und dann den nicht verbrannten Teil der Bühne mit Luminol ausgesprüht. Auch so etwas, das Viktor schon einmal im

Fernsehen gesehen hatte. Aber dort unten hatte es ihm den Atem verschlagen. Es war schier unglaublich, wie viel Blut in diesem kleinen dunklen Raum unter der Erde geflossen sein musste. Man brauchte nicht viel Fantasie, um sich auszumalen, was passiert war. Das Interieur ließ keine Fragen offen: Handschellen an der Wand, Ketten von der Decke, ein Stahltisch mit Fesselungswerkzeug, eine Art Pranger, ein Galgen, ein leeres Regal. Viktor mochte sich nicht vorstellen, welche Gerätschaften es wohl mal beherbergt haben musste. Und alles, was das Feuer nicht erreicht hatte, war übersät mit Blutspuren.

Der Brandgeruch, das Halbdunkel des Raums und der bläuliche Schimmer des Luminols raubten ihm buchstäblich den Atem. Er hatte den Ort fast panisch verlassen, mochten die anderen denken, was sie wollten. Doch weder Ken noch Begüm hatten seine Flucht kommentiert. Vielleicht hätten sie am liebsten dasselbe getan.

Viktor vertrieb die Bilder aus seinem Kopf.

»Hallo.« Unversehens kam der Feuerwehrmann auf sie zu, den sie schon zuvor im Hausflur getroffen hatten. »Wir machen uns alsbald von dannen«, sagte er zu Ken, doch dieses Mal auf Hochdeutsch. »Besteht Ihrerseits weiterer Informationsbedarf, bevor ich meinen schriftlichen Bericht abgebe?«

»Kann nicht schaden«, erwiderte Ken.

»Oben war reichlich Brandbeschleuniger im Spiel«, begann der Feuerwehrmann. »Stehen ja auch noch genug Benzinkanister in der Werkstatt. Dort im hinteren Zimmer war auch der Brandherd, wie Sie gut an dem beschädigten Dach sehen können. Betreten nur auf eigene Gefahr. In der Zwischendecke hatten wir einen Schmorbrand, der rausgesägt werden musste. Im Erdgeschoss halten sich die Schäden ziemlich in Grenzen. Es scheint ihm nicht unbedingt drauf angekommen zu sein, das Haus komplett zu zerstören. Auch im Keller haben wir einen Brandherd in dem großen Raum, aber da es dort keine vernünftige Belüftung gibt und die Zugangstür während des Brandes geschlossen war oder zugefallen ist, ist das Feuer auch mangels allzu viel Brandlast recht schnell wieder erloschen. Und dann hätte ich da noch was für Sie.«

Alle schauten ihm gespannt zu, während er in der Brusttasche seiner Uniformjacke kramte und schließlich ein Stück Papier zutage förderte.

»Das hat sich irgendwo an meinem Stiefel festjepappt. Vielleicht ist das ja wichtig für Sie.« Er drückte Viktor den Zettel in die Hand.

»Was ist das?«, fragten Ken und Begüm, fast unisono.

»Keine Ahnung«, sagte Viktor, der das Papier nun zwischen zwei Fingerspitzen hielt. »Sieht aus wie eine Buchseite.«

»Brauchen Sie mich noch?«, fragte der Feuerwehrmann ungeduldig.

»Nur noch eine Frage. Wissen Sie, woher das stammt?«, fragte Viktor.

Der Mann zuckte mit den Schultern. »Ist mir im Obergeschoss aufgefallen. Wir mussten da oben ein paar Möbel verrücken, bevor wir das Loch in die Zwischendecke sägen konnten. Eventuell ist es irgendwo rausgefallen.«

»Aber da war doch sonst nichts? Keine Bücher, Kataloge oder so was, meine ich«, hakte Viktor nach.

»Nee, aber wie gesagt. Vielleicht klemmte ditt irjendwo dazwischen«, sagte der Feuerwehrmann gereizt. Der Ärger schien seinen Dialekt wieder hervorzubringen.

»Beweise? Lieber gleich eintüten, Herr Kollege«, ertönte es hinter Viktor.

Schmulke, der »Spurenguru«, hielt ihm eine geöffnete Klarsichtfolie entgegen, und Viktor tat wie geheißen.

»Kann ick jetz jehn, oda wat?«, fragte der Feuerwehrmann.

»Wenn Sie keine Beweise von meinem Tatort schmuggeln ...«, antwortete Schmulke.

»Durchsuch mir doch, Kolleje«, patzte der Feuerwehrmann zurück und stapfte ärgerlich davon. »Aufsitzen! Es geht los«, brüllte er dann in Richtung Mauer.

Sie wandten sich nun dem Papier in Viktors Hand zu. Es sah aus, als ob man es aus einem Buch herausgerissen hätte. Auf beiden Seiten war unten in der Ecke die Seitenzahl erkennbar.

»Was steht da?«, fragte Begüm.

»Es ist Französisch«, murmelte Viktor geistesabwesend.

»Das seh ich auch«, herrschte sie ihn an.

Viktor fuhr ob der Schärfe in Begüms Stimme zusammen. Sie war dunkelrot angelaufen.

»Sorry«, stammelte er. »Ich wollte nicht ... ich meine ...«

»Und was steht da also, Püppi?«, fiel Ken ihm ins Wort.

»Das ist ein Dialog zwischen zwei Personen. Hier ...« Er tippte auf das Papier. »Eine Frau namens Jeanne und ein Mann namens Henri. Vielleicht aus einem Theaterstück.«

»So weit war ich auch schon«, brummte Ken.

Viktor seufzte. »Also gut. Zunächst spricht Jeanne. *Avec un cri terrible. – A!* ...«, begann er vorzulesen. »Darauf sagt Henri: N'est-ce pas que c'est effroyable?... Mais ce n'est...«

»Also, ich hab Französisch nach der Mittelstufe abgewählt«, fiel im Ken ins Wort. »Gib mir ne Zusammenfassung.«

Viktor überflog das Blatt, dann die Rückseite. »Hm. Es ist – wie gesagt – ein Dialog zwischen einem Mann und einer Frau. Ein Teil von einem Theaterstück, zusammen mit den Regieanweisungen für die Schauspieler. Der Mann fügt ihr irgendwie Schmerzen zu. Er zerstört ihr Gesicht, ihre Augen. Er sagt, dass er sie zurichtet, wie er selbst zugerichtet ist. Er scheint sich für etwas zu rächen.«

»Woraus könnte das sein?«, fragte Ken.

Viktor zuckte mit den Schultern. »Das Französisch klingt etwas pathetisch. Altbacken. Sehr melodramatisch...« Er zögerte und dachte nach.

»Was?«, fragte Ken ungeduldig.

»Ich hab da so eine Idee«, begann Viktor. »Aber das müsste ich mal kurz...«

Ein Läuten unterbrach ihn. Ken zog sein Handy aus der Tasche und schaute kurz aufs Display. Dann hob er es an, um es Viktor und Begüm zu zeigen.

Das Wort »Richter« blinkte vor ihren Augen.

9

Richter drehte den Monitor seines Rechners so, dass auch Viktor, Ken und Begüm den Bildschirm sehen konnten. Dann rief er einen Beitrag aus der Mediathek des *rbb* auf.

Fr 06.01.17 | 12:30 | Pressekonferenz zum Fall Katharina Racholdt

»Pressekonferenz, Chef? Jetzt schon?«, fragte Ken. »Warum interessieren die sich für eine einzelne Tote?«

Begüm kam Richter zuvor. »Weil sie nicht irgendeine Tote, sondern die Nichte von Mr. Hotshot Justizsenator ist.«

»Aber das ist doch noch viel zu früh«, erwiderte Ken. »Ich meine, wir haben den Typen ja mal eben erst gefunden. Wahrscheinlich läuft der gerade bei Stella ein. Was wollen die denen da jetzt schon erzählen?«

Begüm zuckte nur still mit den Schultern. Richter ging auf Kens Einwände gar nicht ein. Schweigend und mit undurchdringlichem Blick setzte er den Beitrag mit einem Mausklick in Gang.

Die Kamera zeigte zunächst einen Reporter mit Mikrofon des *rbb* vor dem Hintergrund eines holzgetäfelten Raums inmitten eines Pulks aus Journalisten und Kameramännern vor einer holzvertäfelten Wand. Der Reporter erläuterte, dass man sich im Presseraum des LKA am

Platz der Luftbrücke befände. Also, dachte Viktor, hatte die Pressekonferenz vor ein paar Stunden nur wenige Stockwerke unter ihnen stattgefunden.

Nach einer kleinen Einführung des Reporters schwenkte die Kamera auf einen langen Tisch mit Sichtblende, in deren Zentrum das Wappen der Berliner Polizei prangte. In der Mitte saß der Innensenator Ulrich Urbschat. Rechts neben ihm hatte Oberstaatsanwalt Sydow Platz genommen, zu seiner Linken Uwe Gerwinski, der Pressesprecher der Berliner Polizei. Ganz links außen noch ein Herr in Zivil, den Viktor nie gesehen hatte. Nur der Onkel des Opfers, Justizsenator Stade, war nirgendwo zu sehen, wie Viktor feststellte.

Gerwinski stellte zunächst alle Personen am Tisch vor. Viktor erfuhr nun, dass es sich bei dem ihm Unbekannten um den Polizeipräsidenten Wilhelm Rothert handelte. Er schämte sich ein bisschen dafür, nicht einmal seinen obersten Chef zu kennen.

Der Pressesprecher übergab das Wort an Innensenator Urbschat, der ebenfalls zunächst die familiäre Tragödie seines abwesenden Kollegen und Parteifreundes beschwor. Katharinas erratisches Verhalten fand natürlich nicht die geringste Erwähnung. Dafür wurde die Entdeckung ihrer Leiche in der Spree und die Folter, die sie erlitten hatte, in der blumigsten Sprache, die das glatte Beamtendeutsch zuließ, ausgemalt. Es war von einem »grausigen Fund«, »malträtierten Körper« und »niedersten Motiven« die Rede.

Schließlich kam der Innensenator zur Sache: »Vor diesem tragischen Hintergrund bereitet es mir immerhin eine gewisse Befriedigung, Ihnen mitteilen zu können, dass der mutmaßliche Täter dieses widerwärtigen Verbrechens von der Polizei bereits identifiziert und gefunden wurde. Der Anlass war ein Hinweis auf ein Feuer auf einem kleinen gewerblich genutzten Grundstück im Südosten Friedrichshains. Nachdem die Kollegen der Feuerwehr den Brand gelöscht hatten, wurde auf dem Gelände eine komplexe unterirdische Anlage entdeckt, deren einziger Zweck augenscheinlich in der Einkerkerung und Folter von Menschen bestand. In dieser Anlage wurde dann auch der Beschuldigte gefunden. Er hatte sich dort selbst gerichtet, nachdem er offensichtlich zuvor Teile seines Grundstücks in Brand gesetzt hatte. Bei dem Beschuldigten handelt es sich um einen achtundvierzig Jahre alten deutschstämmigen Kfz-Mechaniker, der auf dem ihm gehörenden Gelände eine kleine Autowerkstatt betrieb. Er hinterließ einen Abschiedsbrief, in welchem er sich ausdrücklich zur Entführung und Ermordung von Katharina Racholdt bekennt.« Der Innensenator faltete die Hände und räusperte sich geräuschvoll. »So weit die Fakten, meine Damen und Herren. Ich möchte dann jetzt um Ihre Fragen bitten, erwarte aber zugleich etwas Verständnis, wenn wir hierfür aus terminlichen Gründen nicht mehr als zehn Minuten vorsehen können.«

Sofort erhob sich unter der nicht im Bild sichtbaren Reporterschar ein vielstimmiges Rufkonzert. Der Innensenator hob die Hand, und das Stimmengewirr beruhigte sich ein wenig. »Herr Lüdtke vom *Tagesspiegel*, bitte.«

Die anderen verstummten, als sich aus dem Off die Stimme des Angesprochenen erhob.

»Gehen Sie denn von einem Einzeltäter aus?«

Viktor konnte sehen, wie Ken sich neben ihm auf dem Stuhl nach vorn lehnte.

»Diese Frage möchte ich gerne an Herrn Oberstaatsanwalt Sydow weitergeben, der die Ermittlungen im Fall
Racholdt leitet«, sagte Urbschat. »Herr Sydow, bitte.«

Der hagere Staatsanwalt war in demselben abgewetzten Sakko erschienen, in dem Viktor ihn schon am Tag
zuvor (war das wirklich erst einen Tag her?) im Büro
des Innensenators getroffen hatte. Er zog sein vor ihm
stehendes Tischmikro zu sich. »In der Tat deutet im
Moment alles darauf hin, dass ...«

»Was für ein Vollhorst«, fuhr Ken dazwischen, weshalb der Rest des Gesagten unterging. Richter funkelte
ihn böse an, aber er stoppte den Beitrag.

Ken setzte neu an. »Ich meine, der Herr Oberstaatsanwalt redet doch totalen Unsinn. Nie im Leben war
der armselige Tropf ein Einzeltäter, da sind wir uns alle
einig.«

Hilfesuchend schaute er sich zu Viktor und Begüm
um, und Viktor fühlte sich verpflichtet, seinem Partner
beizuspringen. »Ich denke, er hat recht, Herr Direktor.
Wir glauben nicht, dass der Tote im Keller des Grundstücks für den Tod von Katharina Racholdt allein verant-
wortlich ist.«

Richters Blick brachte nun auch ihn zum Schweigen.
»Von Herrn Tokugawa bin ich ja mittlerweile gewohnt,
dass er seinen Mund nicht halten kann, aber bei Ihnen
hatte ich mir anderes erwartet, Herr Puppe. Habe ich
mich getäuscht?«

Viktor wusste nicht, was er darauf entgegnen sollte. Er
hatte das unangenehme Gefühl, unter dem Blick seines
Vorgesetzten immer kleiner zu werden. Endlich wandte
Richter sich ab und setzte mit einem Mausklick den Beitrag wieder in Gang. Das Gesicht des Oberstaatsanwalts –

eben noch eingefroren – erwachte mitten im Satz wieder zum Leben. »Mit dem Tod des Beschuldigten endet jedes Ermittlungsverfahren. Falls die Obduktion seiner Leiche keine gegenteiligen Erkenntnisse bringt, wovon ich mal ausgehen will, werde ich das Verfahren gemäß Paragraf 170 der Strafprozessordnung einstellen.«

Viktor hörte Ken neben sich leise aufstöhnen. Begüms Gesicht hingegen war undurchdringlich. Auf dem Monitor konnte man nun sehen, wie Sydow sich dem Innensenator mit fragendem Blick zuwandte. Der nickte. Offensichtlich hatten Sydows Worte seine Gnade gefunden. Urbschat drückte die Taste des Tischmikros. »Gibt es weitere Fragen?«

Erneut erhob sich ein Stimmengewirr, das auf Handzeichen des Innensenators wiederum verstummte. »Herr Müller-Berg vom *rbb*, bitte«, sagte er.

Die Stimme des Reporters vom Beginn der Aufzeichnung ertönte. »Ist das genaue Motiv des Täters schon bekannt? Ich meine, wissen wir, warum er Frau Racholdt entführt und getötet hat?«

»Der Keller, in dem der Leichnam des Beschuldigten gefunden wurde, enthielt einen Raum mit Folterapparaturen aller Art«, übernahm es Sydow wieder zu antworten. »Es ist also anzunehmen, dass der Beschuldigte Frau Racholdt gequält und letztendlich getötet hat, weil es ihm irgendeine Art von perversem Vergnügen bereitete.«

Der Reporter war noch nicht zufrieden. »Sie sagten, dass Sie das annehmen, Herr Oberstaatsanwalt. Aber haben die Angehörigen von Frau Racholdt, einschließlich Ihres Dienstherrn, nicht die volle Wahrheit verdient?«

»Es mag für die Öffentlichkeit unbefriedigend sein«, fuhr Sydow fort. »Doch die Aufgabe der Staatsanwaltschaft ist es eben nicht, unter allen Umständen die vollständige Wahrheit zu ermitteln, sondern die Täter ausfindig zu machen. Wenn nun allerdings der Schuldige, wie in diesem Fall, nicht mehr unter den Lebenden weilt, endet damit, wie ich ja soeben bereits erläutert habe, unsere Aufgabe.«

Der Innensenator schaltete sich ein. »Und weil von Ihnen ja eben auch auf die Verwandtschaftsbeziehung des Opfers zu Herrn Doktor Stade angespielt wurde, möchte ich betonen, dass diese Entscheidung von ihm natürlich voll mitgetragen wird.«

»Und warum sagt er das nicht selbst?«, erscholl aus dem Off eine weibliche Stimme.

»Frau Geigulat von der *Jungen Welt*, wenn ich mich recht erinnere«, sagte der Innensenator mit einem falschen Lächeln und unverhohlener Verachtung in der Stimme. »Ich denke, jeder vernünftige Mensch hier im Raum wird einsehen, dass es dem Herrn Justizsenator unter den gegebenen Umständen nicht zuzumuten ist, an dieser Pressekonferenz teilzunehmen. Und jetzt freue ich mich auf noch ein paar angemessene Fragen.«

Aber die Reporterin ließ sich von der Missbilligung des Innensenators nicht beirren. »Stimmt es, dass Katharina Racholdt ihren Eltern unmittelbar vor ihrer Ermordung mehr oder weniger entglitten war? Gab es Familienstreitigkeiten? Es ist von Drogen die Rede. Könnten Personen aus ihrem privaten Umfeld in die Sache verstrickt sein?«

Alles schwieg gebannt, während der Innensenator die Reporterin einen Moment mit ärgerlichem Blick fixierte.

Dann zog er das Mikrofon noch etwas näher heran und räusperte sich. »Da es offensichtlich keine weiteren Fragen gibt, die der Sache dienen, schließe ich diese Pressekonferenz«, sagte er betont leise.

Vom aufkeimenden Tumult aus der gegenüberliegenden Raumhälfte unberührt, erhob er sich und strebte in Richtung eines zweiten Ausgangs. Die anderen Amtsträger taten es ihm nach. Das Bild gefror. Der Beitrag war zu Ende.

Richter drehte den Bildschirm wieder zu sich und lehnte sich zurück.

»Haben die Sie einbezogen, Chef? Warum waren Sie nicht dabei?«, fragte Ken immer noch hörbar aufgewühlt.

Richter hob einen Brieföffner vom Tisch und wendete ihn vor seinen Augen hin und her, als wollte er die Beschaffenheit der Klinge prüfen. »Die Antwort auf Ihre Frage ist mir nicht bekannt, Oberkommissar Tokugawa.«

»Aber das ist eine Sauerei. Die können Sie doch bei so was nicht einfach so übergehen.«

»Es ist sicherlich nicht an Ihnen, diese Vorgänge zu bewerten«, sagte Richter spitz, ohne seinen Blick von dem Brieföffner zu wenden.

Viktor sah, wie Ken unruhig auf seinem Sitz hin und her wackelte. Offensichtlich wollte er sich mit alledem nicht zufriedengeben. Viktor selbst ging es ähnlich. Auch wenn er sich nicht genau erklären konnte, was wohl die Hintergründe für die PK sein mochten, sie stank jedenfalls zum Himmel. Man wollte sie auf diese Weise ausbremsen. Der Gedanke machte ihn wütend, und plötzlich wurde ihm auch der Grund dafür klar. Er hatte dieses Ohnmachtsgefühl schon einmal empfunden.

»Lassen Sie uns weiterermitteln«, sagte er mit einer

Leidenschaft, die ihn selbst ein bisschen überraschte. »Das sind wir dem Mädchen schuldig.«

Richters Augen richteten sich mit der Intensität eines Leuchtturmstrahls in tiefster Nacht auf ihn. »Als Beamter dieser Behörde sind Sie in allererster Linie Gehorsam schuldig, Herr Puppe. Der Oberstaatsanwalt hat angekündigt, das Verfahren einzustellen. Damit ist jeder weiteren Ermittlung die Grundlage entzogen, haben Sie das alle verstanden?«, sagte er und ließ den Blick auch zu Ken und Begüm schweifen, die ihn nur betreten anstarrten.

»Ob Sie das verstanden haben?«, wiederholte er mit unterdrückter Wut in seiner Stimme.

Ken rang sich ein verdrücktes »Ja, Chef« ab, während Begüm und Viktor nur nickten.

»Dann raus hier«, sagte er, den Kopf bereits wieder über einen Vorgang gesenkt. Irgendwie wurde Viktor den Eindruck nicht los, dass Richters Wut keinesfalls nur ihnen galt, aber was änderte das schon.

Schweigend erhoben sie sich aus ihren Stühlen und verließen das Büro.

Erst im Fahrstuhl durchbrach Ken die Stille. »Ich weiß nicht, wie es euch geht, aber ich brauch jetzt einen Schnaps.«

* * *

Das »Zur Quelle« war eine urige Kneipe in Alt-Moabit. Am Dekor hatte sich mit Sicherheit seit hundert Jahren nichts geändert. An den breiten Eichentischen mischte sich die Moabiter Urbevölkerung mit zugezogenen Studenten und Mitarbeitern der umliegenden Behörden.

Viktor, Ken und Begüm waren mit dem Dienstwagen in die Keithstraße gefahren und dann auf Kens Auto umgestiegen, einen schrottreifen Toyota.

Nun saßen sie um einen runden Ecktisch, dessen wuchtiger Aschenbecher von einer Zinnbanderole überkrönt war, auf der in altdeutschen Lettern das Wort »Stammtisch« stand. In der Ecke dudelte eine Jukebox Musik von der Festplatte. Ken hatte bei Kati, einer üppigen Brünetten, für sie alle eine Runde Raki bestellt.

»Bitte schön, die Dame, die Herren«, sagte sie und stellte drei randvolle Schnapsgläser auf den Tisch.

»Neue Frisur, Kati?«, fragte Ken.

»Gefällt sie dir?«

»Ich stehe auf kurze Haare bei Frauen. Sieht so kampfbereit aus«, antwortete Ken.

»Also, ick kämpfe hier nur um mein schmalet Trinkgeld, Schätzelein«, erwiderte Kati und verschwand wieder hinter der Theke. Begüm, die draußen vor der Tür noch kurz telefoniert hatte, gesellte sich zu ihnen.

»Und? Alles im Lot zu Hause?«, fragte Ken.

»Yep. Mama passt auf Suhal auf«, antwortete Begüm »Es geht ihr schon besser.«

»Na denn, cheerio.« Ken hob sein Glas. Sie stießen an und leerten die schmalen Stampfer in einem Zug. Der Raki brannte Viktor beinahe ein Loch in die Kehle, aber es fühlte sich ungemein gut an. Ihm wurde wieder bewusst, wie sehr er sich wegen der Sache mit Paula von seinem Umfeld isoliert hatte. Irgendwann hatte man ihn gar nicht mehr zu Partys oder Abendessen eingeladen. Er konnte es seinen Freunden nicht verdenken. Monatelang hatte er nur ein einziges Thema gekannt. Bald wollte das keiner mehr hören.

Begüm unterbrach seine Gedankengänge. »Das ist verdammt noch mal Scheiße. Die vertuschen doch was.«

Ihre schwarzen Augen glühten.

»Noch einen Raki für die Dame«, ertönte es hinter Viktor.

Unbemerkt von ihm war die Kellnerin wieder an den Tisch gekommen und stellte ein zweites Schnapsglas vor Begüm ab.

»Ich hab nichts bestellt«, sagte Begüm unwirsch.

»Du nicht, Süße, aber der Herr da«, entgegnete Kati.

Alle Augen folgten ihrem Finger. Von einem Barhocker winkte aus einer Gruppe von Männern ein braungebrannter Schnösel in sandfarbenem Marco-Polo-Schick mit Pornobrille. Begüm hob das Glas in seine Richtung. Für einen Moment dachte Viktor, sie wolle dem Idioten zuprosten. Doch dann kippte sie den Inhalt mit genüsslicher Langsamkeit auf die Fliesen. Die Männer neben dem Spender johlten und pfiffen.

»Hey. Und wer wischt das jetzt auf?«, fragte Kati entrüstet.

»Setz es auf die Rechnung«, entgegnete Begüm und zuckte mit den Schultern.

Die Kellnerin verschwand, leise Verwünschungen ausstoßend, wieder in Richtung Theke.

»Manchmal machst du mir richtig Angst«, sagte Ken leise zu Begüm.

»Ich schlage keine Mädchen. Also entspann dich«, erwiderte sie.

»Dann ist ja gut«, murmelte Ken in sein leeres Glas.

»Und jetzt…?«, stellte Viktor die Frage, von der er glaubte, dass sie allen auf der Zunge lag.

»…bestellst du die nächste Runde!«, sagte Ken.

»Nein, im Ernst«, sagte Viktor.

»Das ist mein voller Ernst«, entgegnete Ken ungerührt und schaute ihn mit großen Augen an. Widerwillig erhob sich Viktor und bewegte sich zur Theke, an der die Kellnerin gerade Biergläser spülte.

»Noch eine Runde Raki, bitte«, sagte er.

Sie stellte ein Glas ab, stemmte die Arme auf den Tresen und schaute ihn müde an. »Nur wenn ihr ihn diesmal auch trinkt.«

»Versprochen«, versicherte Viktor.

Sie drehte sich um und angelte eine Flasche aus dem Spirituosenregal. »Hier sind deine Rakis.«

Erleichtert ergriff er das kleine Tablett, das die Kellnerin hinter ihn gestellt hatte, und trug es zurück zu Ken und Begüm.

»Brav, Püppi«, sagte Ken gnädig.

»Gerne, Schlitzi«, erwiderte Viktor.

Ken erhob den Zeigefinger. »Bloß nicht frech werden.«

»Ich versuche doch nur, mich auf eure Wellenlänge einzuschwingen«, protestierte Viktor.

»Kann sein, aber Regel Nummer eins im Frotzel-Business lautet: Wenn der Kanake über die Kartoffel frotzelt, ist es Humor, wenn die Kartoffel über den Kanaken frotzelt, ist es Rassismus«, sagte Ken im Tonfall eines Grundschullehrers.

»Oh ... okay. Werde ich mir merken«, sagte Viktor mit schiefem Lächeln.

»Besser is das«, sagte Ken. »Skol.«

Wieder klickten die Gläser. Der Raki schmeckte nicht mehr so scharf. Viktor nahm einen erneuten Anlauf. »Und jetzt?«

Ken zuckte mit den Schultern. »Du hast Richter doch gehört. Verfahren eingestellt. Klappe zu, Affe tot.«

»Und wollt ihr euch damit zufriedengeben?«, fragte Viktor ungläubig.

Ken und Begüm tauschten einen Blick aus, den Viktor nicht deuten konnte.

»Was stellst du dir denn vor, Püppi?«, fragte Ken, während er einen winzigen Rest Raki in seinem Glas kreisen ließ.

»Weiß ich nicht«, antwortete Viktor ungehalten. »Irgendwie weitermachen halt. Da draußen läuft möglicherweise ein Killer frei rum. Einer, der Mädchen foltert, tötet und das Ganze wahrscheinlich auch noch filmt. Das können wir doch nicht einfach ignorieren.«

»Eieiei. Der kann ja richtig Feuer entwickeln«, sagte Ken zu Begüm.

»Findet ihr das etwa lustig?«, fragte Viktor, den Kens seltsam verhaltene Reaktion zunehmend in Rage brachte.

»Ganz bestimmt nicht, mein Freund.« Kens Blick war jetzt todernst. Er wandte sich wieder Begüm zu. »Was meinst du, Prinzessin? Ist er reif für den Klub?«, fragte Ken.

Begüm gönnte Viktor einen kurzen Blick aus den Augenwinkeln, dann zuckte sie mit den Schultern.

»Ich interpretier das mal als Ja«, stellte Ken fest.

»Klub? Wovon redet ihr?«, fragte Viktor irritiert.

»Kati, noch drei Raki, bitte!«, rief Ken in Richtung Theke.

»Kommen«, schallte es zurück.

Ken wandte seinen Blick nicht von der Kellnerin ab, die die Schnäpse einschenkte. Auch Begüm schien mehr mit ihren Fingernägeln beschäftigt als mit ihm oder dem

Gespräch, das sie gerade führten. Na gut, dachte Viktor, könnt ihr haben.

»Auf den Klub«, sagte Ken, nachdem Kati die Rakis auf den Tisch gestellt hatte.

Sie stießen an und tranken. Ken knallte sein Glas auf die Tischplatte und grinste ihn breit an.

»Und? Was ist jetzt dieser Klub?«, fragte Viktor.

»Gemach, gemach, junger Freund. Bevor ich dir das sagen kann, musst du dich erst würdig erweisen«, winkte Ken ab.

»Aha. Und wie das?«, fragte Viktor.

Wieder tauschte Ken mit Begüm einen langen Blick aus. Dann wandte er sich Viktor zu und verschränkte die Arme. »Da der Klub auf dem gegenseitigen Vertrauen der Mitglieder basiert, muss man für die Aufnahme so eine Art soziales Pfand abgeben.«

»Wie soll ich das verstehen?«, fragte Viktor misstrauisch.

»Erzähl uns etwas Superpeinliches über dich. Oberhochnotpeinlich. Etwas, was dich in den Augen jeder beliebigen Person total kompromittieren würde«, sagte Ken mit genüsslichem Grinsen.

Viktor spürte, wie ihm eine Mischung aus Ärger und Alkohol das Blut ins Gesicht trieb.

»Wollt ihr mich vergackeiern?«, fragte er gereizt.

Ken hob die Hände. »So sind die Regeln. Take it or leave it.«

Viktor versuchte, Kens Mienenspiel zu lesen. War das wirklich sein Ernst? Andererseits: Spielte das überhaupt eine Rolle? Sein weiteres Schicksal bei der Polizei hing auch davon ab, dass seine neuen Kollegen ihm vertrauten. Und offensichtlich ging es jetzt genau darum. Vielleicht war das eine gute Gelegenheit, Boden zu gewinnen. Er warf Begüm einen Seitenblick zu, doch alles, was er sehen konnte, war ihre übliche Mischung aus Langeweile und aufreizender Blasiertheit.

Also schön.

Doch was sollte er erzählen? Er könnte ihnen eine Lüge auftischen, aber vor ihm saßen Leute, die darin geschult waren, die Unwahrheit aufzudecken. Er könnte ihnen die Wahrheit über sein Motiv für den beruflichen Wechsel verraten. Aber konnte er ihnen auch vertrauen? Andererseits war das wohl kaum peinlich.

»Also gut«, sagte er. »Hier kommt's. Seid ihr bereit?«

Ken und Begüm blickten sich kurz an. Dann nickten sie beide.

»Okay, das habe ich wirklich noch niemandem erzählt.« Die kleine Lüge musste erlaubt sein. »Mein Großvater ist Doktor Wilhelm Georg von Puppe. Er war einer von Mengeles Assistenten in Auschwitz.«

Er machte eine Pause, um die Wirkung seiner »Enthüllung« abschätzen zu können.

»Mengele?«, fragte Begüm. »Und wer soll das sein?«

»Ein Naziarzt«, antwortete Ken.

»Na und?«, fragte Begüm. »Sein Opa ist also ein Nazi. So what? Ist doch bei allen Kartoffeln so, oder?«

»Aber Mengele war einer von den ganz Schlimmen«, entgegnete Ken. »Der hat Menschen für seine Experimente zu Tode gefoltert. Kinder sogar. Und dein Großvater hat echt für dieses Monster gearbeitet?«, fragte er an Viktor gerichtet.

Viktor schluckte. Es klang viel härter, wenn jemand anders es aussprach. Er begann bereits, sein Geständnis zu bereuen.

»Hat er«, sagte er leise.

Ken schürzte die Lippen und blies die Backen auf. »Das ist wirklich harter Tobak.«

»Findest du echt?«, fragte Begüm ungläubig. »Dann ist sein Opa halt der Obernazi. Na und? Meine Mama sagt, der Cousin meines Onkels in Anatolien hat lieber Schafe gefickt als seine Frau.«

Ken wandte sich ihr zu.

»Nee, glaub mir. So was ist oberscheiße. Färbt voll auf dich ab, in den Augen der anderen«, beharrte er.

Viktor war klar, dass Ken aus eigener Erfahrung sprach. Aber ob Begüm das wohl auch wusste?

»Also was mich angeht, ist er im Klub«, ergänzte Ken.

Begüm zuckte mit den Schultern, als wollte sie sagen: Ist mir doch egal. Aber sie widersprach nicht.

»Und was ist jetzt dieser Klub?«, fragte Viktor.

»Der Wir-machen-nicht-immer-was-der-Chef-sagt-Klub«, antwortete Ken.

»Echt?«, fragte Viktor. »Klingt ziemlich griffig.«

»Immerhin sprechen wir über Richter«, entgegnete Ken. »Du hast ja gesehen, wie der sein kann. Und ich für meinen Teil hänge an meinem Job und brauche meine Pension vollständig für den Table-Dance-Schuppen, den ich dann in Koh Samui eröffnen werde, okay?«

»Verstanden«, sagte Viktor. »Und jetzt? Ermitteln wir weiter im Fall Katharina Racholdt?«, fragte Viktor.

Ken und Begüm schauten sich an und nickten dann.

»Wir müssen natürlich auch an anderen Fällen arbeiten, damit es nicht weiter auffällt. Aber davon abgesehen: Ja«, resümierte Ken.

»Ich hätte da schon ein paar Ideen«, sagte Viktor.

»Lass hören, du Streber«, erwiderte Ken grinsend.

»Ich hatte das Gefühl, dass die Au-pair der Racholdts mehr weiß. Vielleicht könnten wir die noch mal befragen«, schlug Viktor vor.

»Klingt gut, aber dann müssen wir sie irgendwie alleine erwischen«, warf Ken ein.

»Und was ist mit dieser Freundin?«, entgegnete Viktor. »Möglicherweise kann sie was darüber sagen, warum Katharina sich über die Sommerferien so verändert hat. Oder der Typ, mit dem ihre Mutter sie im Bett erwischt hat.«

»Alles gute Ansätze, aber auch alles etwas risikobehaftet. Könnte zu den Racholdts durchdringen, und dann wären wir am Arsch«, erwiderte Ken. »Begüm. Hast du schon im Internet gefischt?«

Die Angesprochene lehnte sich zurück. »Der übliche Kram. Facebook, Twitter und Instagram. Einige Posts auf einem Pferdeforum. Der typische Teeniescheiß.«

»Irgendwelche Spuren von den Nacktfotos?«

»Nein.« Begüm schüttelte den Kopf. »Da haben diese Internetputzer des Senators wohl gründlich aufgeräumt.«

»Sonst was Auffälliges?«

»Eigentlich nichts«, sagte sie. »Außer, dass das alles im Sommer plötzlich abreißt, so als hätte sie von einem Tag auf den anderen so eine Art Internetdiät angefangen.«

»Das deckt sich mit dem, was die Mutter erzählt hat«, sinnierte Ken. »Da muss irgendwas vorgefallen sein. Was ist mit Telefonverbindungen?«

»Scheinen alles Leute aus ihrem Umfeld zu sein«, antwortete Begüm. »Aber auch hier gibt's zum selben Zeitpunkt einen Einbruch. Danach hat sie eigentlich nur noch eine Nummer angerufen. Die allerdings ziemlich häufig.«

»Und welche?«

»Die von ihrem Onkel, dem Justizsenator.«

Ken und Viktor tauschten einen Blick aus.

»Und ausgerechnet an den können wir jetzt nicht mehr ran«, sagte Ken verärgert.

»Auch diese Anrufe enden ungefähr zum Zeitpunkt ihres Verschwindens. Danach hat sie mit dem Smartphone nur noch sporadisch gesurft. Anfang Dezember hat sie es für immer abgeschaltet.«

»Standort?«, fragte Ken.

»Sie hat sich wohl zum Schluss in Berlin aufgehalten. Die meisten Abrufe sind in der ersten Dezemberwoche aus Tiergarten erfolgt. Oft vom Bahnhof Zoo.«

»Ausreißer«, stellte Ken fest.

»Ich könnte mich mit einem Foto von ihr in der Szene umhören. Vielleicht kennt sie jemand und weiß, mit wem sie sonst noch Kontakt hatte«, sagte Begüm.

Ken schüttelte den Kopf. »Du hältst die Füße still, Prinzessin. Denk an Suhal, und lass uns das machen.«

»Und euch den ganzen Spaß überlassen?«, protestierte sie. »Das könnte euch so passen.«

»Irgendjemand muss ja auch an unseren anderen Fällen arbeiten«, erwiderte Ken.

Begüm winkte ab. »Pfff. Da ist nur der erstochene Türsteher vom Berghain. Ist bestimmt so ein Bandending. Mach ich mit links.«

Ken sah sie mit gerunzelter Stirn an. »Na gut«, sagte er schließlich. »Aber dir ist schon bewusst, dass Straßenkinder eine Bullizistin nicht gerade mit offenen Armen empfangen werden.«

»Weiß ich selber. Aber ich habe da schon eine Idee, glaube ich«, erwiderte sie.

»Echt?«, fragte Ken. »Lass mal hören.«

»Der Passagier. Ich könnte ihm mal das Foto schicken«, sagte Begüm.

Ken schürzte die Lippen und nickte. »Gute Idee.«

»Was noch?«, fragte er dann an sie beide gerichtet.

»Was ist mit ihrem Laptop?«, warf Viktor ein.

Ken zuckte die Schultern.

»Ich denke, da kommen wir nicht ran, ohne ungewollte Aufmerksamkeit zu erregen.«

»Aber die Gerichtsmedizin und die Spurensicherung müssten doch irgendwelche Ergebnisse haben«, grübelte Viktor weiter. »Vielleicht gibt es da Hinweise auf einen Komplizen.«

»Falls die da überhaupt noch dran arbeiten«, gab Ken zu bedenken. »Wenn das Verfahren wirklich eingestellt wird, haben die wahrscheinlich was Besseres zu tun, als auf tote Pferde einzudreschen.« Nach kurzem Nachdenken fügte er hinzu: »Aber fragen kostet natürlich nichts.«

Er leerte einen Rest Raki aus seinem Glas. Viktor warf einen Blick auf seine Uhr. Es war fast sechs.

»Okay«, schaltete Ken sich wieder ein. »Also Begüm hört sich in der Streunerszene um. Aus Wandlitz halten wir sie komplett raus. Dich hätte ich aber gerne dabei, diese Latinobraut hatte an dir irgendwie einen Narren gefressen. Um die Spusi kümmere ich mich. Und du könntest Stella wegen der Autopsie von Katharina Racholdt und dem Verdächtigen fragen, wo ihr euch doch jetzt so nahesteht.«

Viktor bemerkte, wie ihm Bogüm bei Kens letzter Bemerkung einen raschen Blick zuwarf. Aber der Moment war zu schnell vorbei, um etwas darin lesen zu können.

»Apropos Stella. Haben eigentlich deine fließologischen Studien schon was ergeben?«, fragte Ken.

»Sie sagte, dass der genaue Zeitraum, den eine nicht ertrunkene Leiche an der Wasseroberfläche treiben kann, kaum sicher zu bestimmen ist«, erklärte Viktor. »Aber ich hab noch einen Freund beim strömungsphysikalischen Institut der Technischen Universität. Der hat die Spanne unter den Wetterbedingungen an diesem Tag auf höchstens eine halbe Stunde bis Stunde geschätzt. Allerdings sagte er auch, dass die Spree im Winter etwas schneller fließt, als ich vermutet habe, das heißt eher so bei zwölf Zentimeter pro Sekunde.«

»Das wäre ja im Höchstfall fünfhundert Meter von der Oberbaumbrücke flussabwärts entfernt«, sagte Ken. »Da könnte man ja glatt mal die Leichenspürhunde von der Leine lassen und das Ufer absuchen.«

»Auf welchen Fall willst du die denn buchen?«, fragte Begüm.

»Scheiße.« Ken schlug sich mit der Hand vor die Stirn. »Hast recht, verdammte Hacke. Da kommen wir nicht weiter.« Er verschränkte die Arme und massierte sein Kinn zwischen Daumen und Zeigefinger. »Umso wichtiger, dass du dich um diese Buchseite kümmerst, Püppi«, sagte er schließlich.

»Äh... das habe ich schon«, sagte Viktor nicht ohne inneres Vergnügen.

Die beiden anderen schauten ihn ungläubig an.

»Na, jetzt bin ich aber gespannt«, sagte Ken.

»Ich habe den Text vorhin einfach bei Google eingegeben.«

»Ach so einer bist du«, feixte Ken.

»Die Seite ist aus einem Stück des Grand Guignol«, fuhr Viktor ungerührt fort.

»Gronji-was?«, fragte Begüm.

»Grand Guignol«, korrigierte Viktor. »Wörtlich: Großes Kasperle. Das war ein auf Horror spezialisiertes Theater im Paris des frühen zwanzigsten Jahrhunderts. Die Vorstellungen waren für ihre realistischen Spezialeffekte berühmt, bei denen die Zuschauer gleich reihenweise umkippten. Habt ihr *Interview mit einem Vampir* gesehen? Das Theater der Vampire aus dem Teil, der in Paris spielt, ist eine filmische Anspielung auf das Grand Guignol.«

Ken zuckte mit den Schultern. »Hab den Streifen gesehen, glaube ich. Kann mich aber kaum noch erinnern. Wo ist die Verbindung zum Fall?«

»Die Stücke waren meist auf spektakuläre Splatterszenen hin geschrieben. Historisch gab es da auch eine sexuelle Komponente«, ergänzte Viktor. »Das Theater residierte in einer alten Kapelle in Pigalle. Vor der Bühne standen mannsgroße Holzkisten, von denen aus früher die Nonnen dem Gottesdienst folgten, ohne sich den profanen Blicken des Volkes auszusetzen. Im Grand Guignol waren diese Kisten für Pärchen gedacht, denn manche Zuschauer fühlte sich von den drastischen Gewaltdarstellungen zum Sex animiert. Mitunter soll es in den Kisten so laut zur Sache gegangen sein, dass die Schauspieler auf der Bühne aus ihrer Rolle fielen und um Ruhe flehten.«

»Kommt der heut noch mal zum Punkt?«, moserte Begüm.

»Gegen ADHS soll's ja so Pillen geben«, sagte Viktor, dem so langsam die Hutschnur riss.

Begüm sprang auf und hob drohend eine Faust in seine Richtung. »Alter, pass bloß auf.«

Ken hob beschwichtigend die Hände.

»Seid bitte beide ein bisschen weniger prämenstruell, Ladys.«

Zu Viktors Erstaunen setzte sich Begüm wieder, auch wenn sie sich ein letztes bösartiges Funkeln in seine Richtung nicht verkneifen konnte. Was hatte Ken noch über Humor unter »Kartoffeln« und »Kanaken« gesagt? Zwischen Ken und Begüm galten jedenfalls andere Maßstäbe als für ihn.

»Und jetzt komm zum Punkt, Püppi«, sagte Ken.

»Bin schon fast so weit«, sagte er mit einem möglichst neutralen Lächeln. »Das Stück, aus dem die Seite stammt, heißt *Le baiser dans la nuit*, also der Kuss in der Nacht, eines der bekanntesten Werke des Grand Guignol. Es geht um einen Mann, dem seine Mätresse das Gesicht mit Säure entstellt hat. Statt in dem anstehenden Strafprozess gegen sie auszusagen, beschließt er, lieber eigenhändig Rache zu nehmen.«

»Und du meinst…«, begann Ken.

»…dass der Täter das vielleicht als so eine Art Vorlage verwendet hat«, beendete Viktor den Satz.

Ken schlug mit der flachen Hand auf den Tisch. »Also Snuff, wie ich es vermutet habe«, sagte er triumphierend.

»Deutet ziemlich viel darauf hin«, sagte Viktor.

»Aber das Gesicht der kleinen Racholdt war noch ganz«, warf Begüm ein.

Viktor zuckte mit den Schultern. »Vielleicht hatte er weitere Opfer. Vielleicht diente es nur der Inspiration, die jedoch nie in die Tat umgesetzt wurde.«

»Woher weißt du all diesen Scheiß?«, fragte Begüm. Es klang fast wie eine Anklage.

Viktor atmete tief durch. »Zwei Semester Theaterwissenschaften an der Sorbonne«, antwortete er dann.

»In echt?«, fragte Ken entgeistert.

»Ich habe doch gesagt, ich hab's vorhin gegoogelt«, entgegnete Viktor und zwinkerte ihm zu.

»Scheiße. Ich hätt's dir fast geglaubt.« Ken nickte anerkennend.

»Also ich brauch noch einen Schnaps«, sagte Begüm. Sie wandte sich der Theke zu und hob die Hand.

»Ich glaube, ich habe genug«, sagte Viktor schnell.

Begüm schaute ihn mit einem Blick an, als hätte er gerade zugegeben, in seiner Freizeit Babykätzchen zu quälen.

»Der Mann kommt aus Dahlem. Was erwartest du?«, fragte Ken Begüm und zuckte entschuldigend mit den Schultern.

Hilfesuchend hob Viktor die Augen zur Kneipendecke.

»Guck mal, jetzt macht er uns den Don Camillo«, feixte Ken.

Auch wenn Begüm nun grinste, bezweifelte Viktor mittlerweile, dass sie überhaupt wusste, wovon Ken redete.

»Was machen wir also mit diesem Blutkasperletheaterding?«, unterbrach Ken seine Gedanken.

»Falls da wirklich Foltervideos à la Grand Guignol gedreht wurden, sind vielleicht auch die Originaltitel verwendet worden. Man könnte das Darknet gezielt nach Videos mit den Namen alter Stücke durchforsten«, schlug Viktor vor.

Ken klopfte ihm auf die Schulter. »Danke. Dein Arbeitsangebot ist angenommen. So, und die nächste Runde geht auf mich.«

Viktor wollte gerade protestieren, doch dann kreuzte sich sein Blick mit Begüms, die ihn herausfordernd anblitzte, weshalb er es sich anders überlegte. Plötzlich fiel Viktor eine Frage ein, die ihm schon die ganze Zeit auf der Zunge gelegen hatte. »Und was ist nun eure Peinlichkeit?«

»Hä?« Ken blickte ihn verständnislos an.

»Na, das oberpeinliche Geheimnis. Die Beichte für die Aufnahme in den Klub«, hakte Viktor nach.

»Ach so, die«, sagte Ken und hob das Glas, das Kati gerade vor ihn hingestellt hatte. Eingehend inspizierte er den trübweißen Inhalt.

»Ich glaube, die Regel gilt erst ab Mitglied Nummer drei aufwärts, oder, Begüm?«, bemerkte er schließlich.

Statt einer Antwort ließ sie nur zwei Reihen blendend weißer Zähne blitzen.

»Ach so ist das.« Jetzt musste auch Viktor grinsen. »Na denn, Prost.«

»Kanpai!«, sagte Ken.

»Şerefe!«, sagte Begüm, und diesmal klang es fast freundlich.

Samstag, der 7. Januar

10

Während in Berlin Autos und Menschen den Schnee auf Straßen und Bürgersteigen an diesem Wintermorgen wieder in grauen Matsch verwandelten, war hier draußen noch alles von einem dicken weißen Pelz überdeckt.

Viktor fröstelte in Kens Toyota. Vor einer Stunde waren sie in Wandlitz eingetroffen, kurz vor Einbruch der Morgendämmerung. Langsam ging ringsherum hinter vereinzelten Fenstern das Licht an – die Gemeinde erwachte zum Leben.

Es war Kens Idee gewesen, gleich am Samstagmorgen weiterzumachen, weil es keine Konflikte mit irgendwelchen dienstlichen Terminen gab. Die Personen, die sie befragen wollten, würden wahrscheinlich zu Hause anzutreffen sein. Im Internet hatten sie recherchiert, dass Diethard Racholdt über das Wochenende nach Prag gefahren war und dort einen Vortrag halten sollte. Wenn sie Glück hatten, wurde er von seiner Frau begleitet, sodass die Chance bestand, Marisol allein abzupassen. Also hatten sie den Wagen an der letzten großen Weggabelung vor dem Grundstück der Racholdts geparkt. Ken hatte Viktor vorgeschlagen, bei den Racholdts anzurufen. Meldete sich Ilse Racholdt – Pech. Aber falls Marisol ans Telefon ging, konnte er sie fragen, ob sie allein und bereit war, Viktor noch einmal hereinzulassen.

Ken hatte sich dann verabschiedet. Um etwas Zeit zu sparen, wollte er parallel versuchen, Holger Keller zu vernehmen, jenen Jungen, mit dem Ilse Racholdt ihre Tochter Katharina im Bett erwischt hatte.

Jetzt saß Viktor allein im Auto. Unschlüssig starrte er das Smartphone in seiner Hand an. Dann steckte er es wieder in seine Hosentasche und beschloss stattdessen, noch eine Weile zu beobachten. Oder wollte er sich nur ein bisschen vor dem Anruf drücken? Egal. Auf ein paar Minuten mehr oder weniger kam es sowieso nicht an.

Seine Gedanken drifteten zum gestrigen Abend in der »Quelle«. Nach ihrem gemeinsamen Entschluss, im Fall Racholdt weiterzuermitteln, war ihr Treffen bald zu Ende gewesen. Begüm wollte so schnell wie möglich zu ihrer Tochter. Beim Hinausgehen hatte der Hipster sie an der Jacke festgehalten und versucht, ihr ein Gespräch aufzudrängen. Als er sie trotz einer unmissverständlichen Abfuhr nicht losließ, war Viktor dazwischengegangen und hatte die Situation entschärft.

Begüm hatte ihn anschließend noch in der Kneipe zur Sau gemacht. Sie könne auf sich allein aufpassen, hatte sie gefaucht, während im Hintergrund der Geck und seine Freunde feixten. Danach hatte sie ihn einfach stehen lassen. Er war so perplex, dass Ken ihn schließlich aus dem Laden bugsierte und Viktor nach Hause fuhr. Offensichtlich musste man sich als Polizist nicht vor Alkoholkontrollen fürchten.

In seiner Wohnung hatte Viktor dann noch eine Weile gedankenverloren im Dunkeln auf dem Sofa gesessen. Irgendwann hatte er es nicht mehr ausgehalten und Stellas Nummer gewählt. Ihr Anrufbeantworter sprang an, ohne dass es auch nur einmal klingelte. Er hinterließ ihr eine Nachricht wegen der Obduktionsergebnisse und kam sich dann selbst peinlich vor. Ob man ihm anhörte, dass er immer noch einen leichten Schwips hatte?

Danach hatte er zu allem Überfluss ein altes Fotoalbum von sich und Paula aus dem Regal genommen und darin geblättert, bis er irgendwann auf der Couch eingeschlafen war. Manchmal gab es diese Momente, in denen seine Seele sich unbedingt im eigenen Elend suhlen wollte.

Ein Klopfen an die Scheibe des Autos riss ihn aus seinem Tagtraum. Er blickte auf und schaute in die wütenden Augen von Ilse Racholdt.

Es bedurfte noch eines weiteren Klopfens, um ihn aus seiner Schreckstarre zu lösen. Um etwas Zeit zu gewinnen, ergriff er seinen Mantel vom Beifahrersitz und stieg aus. Ilse Racholdt erwartete ihn bereits mit grimmigem Gesichtsausdruck. Hinter ihr stand Marisol, der eigentliche Grund seines Besuchs. Beide Frauen hatten Joggingkleidung an.

»Guten Tag, Frau Racholdt. Buenos dias, Señora.« Noch mit Mantel und Mütze unter dem Arm verbeugte er sich leicht. Ilse Racholdt zeigte keine Neigung, seinen Gruß irgendwie zu erwidern. Immerhin war auf Marisols Gesicht ein – wenn auch etwas verdrucktes – Lächeln zu sehen.

»Was haben Sie noch hier zu suchen? Hat sich mein Bruder nicht klar ausgedrückt?«, herrschte ihre Dienstherrin Viktor an.

»Nun ja«, stammelte Viktor im verzweifelten Bemühen, seine Gedanken zu ordnen. Kurz kam es ihm in den Sinn, dass es nicht von großem Spürsinn zeugte, diese Situation nicht einkalkuliert zu haben. Noch dümmer war es allerdings, sich erst jetzt mit diesem Versäumnis zu beschäftigen, doch in seinem Innern formte sich bereits eine Idee.

»Es ist mir wirklich fürchterlich peinlich, Frau Racholdt, aber ich vermute, dass ich bei unserem abrupten Abschied gestern leider mein Handy bei Ihnen habe liegen lassen.«

Sie schaute ihn verdutzt an. »Und da kommen Sie an einem Samstagmorgen extra hier heraus?«, fragte sie misstrauisch.

»Es ist ein Diensthandy, das unter keinen Umständen in die falschen Hände geraten darf«, erwiderte er schnell.

»Wo wollen Sie es denn gelassen haben?« Das Misstrauen war nicht aus ihrer Stimme gewichen.

»Es ist wie gesagt nur eine Vermutung, aber ich glaube, es könnte noch im Zimmer Ihrer Tochter sein. Wenn ich dort vielleicht einmal kurz nachsehen dürfte?«, bat Viktor.

Wieder dieser prüfende Blick. In einem früheren Leben hätte sie die Leiterin eines Mädchenpensionats in einem Brontë-Roman sein können.

»Nein. Das kann Marisol machen«, sagte sie dann knapp.

Nun gut, dachte Viktor. Es wäre auch zu schön gewesen. Aber er hatte diese Möglichkeit bereits vorausgesehen. Schnell wandte er sich an Marisol.

»Perdone, Marisol, pero tiene que ayudarme sin falta. Escúcheme bien. No he perdido mi teléfono móvil, pero, por favor, haga como si lo estuviese buscando. Vuelva y diga que no lo ha encontrado. Traigame el diario de Katharina. Escóndalo de alguna forma bajo su vesti-

212

mento. Lanzelo en el arbusto de atrás. Después lo retiro cuando este en casa otra vez. Se lo ruego: hagalo por Katharina.«

»Was soll das? Was erzählen Sie denn da?«, fragte Ilse Racholdt ärgerlich.

»Oh, ich bitte um Entschuldigung«, sagte Viktor. »Wie unhöflich von mir. Ich hatte ganz vergessen, dass Sie kein Spanisch sprechen, gnädige Frau. Ich wollte ihr nur möglichst genau beschreiben, wo ich das Handy eventuell liegen ließ.«

Er wandte sich wieder Marisol zu. Ihr Gesicht war wie versteinert. Trotz ihres dunklen Teints wirkte ihre Haut ganz bleich. Verlangte er zu viel?

»Na los, Marisol«, sagte Ilse Racholdt gereizt. »Beeil dich. Es ist kalt, und wir müssen gleich noch die Katzen der Leberts füttern.«

Langsam wandte Marisol sich um, den Blick immer noch auf Viktor geheftet. Dann verschwand sie in Richtung des Hauses der Racholdts. Was folgte, waren die vielleicht zähesten und unangenehmsten fünf Minuten, die Viktor seit Langem erlebt hatte. Ilse Racholdt schien keine Schwierigkeiten zu haben, die Wartezeit schweigend zu verbringen. Ihm wollte beim besten Willen kein sinnvolles Konversationsthema einfallen. Also standen sie still beisammen und atmeten weiße Wölkchen in die winterliche Luft.

»Wollen Sie das nicht lieber mal anziehen?«, fragte sie schließlich und wies auf Mütze und Mantel unter seinem Arm.

Fieberhaft suchte Viktor nach einer gewieften Antwort, als weit hinter Ilse Racholdt der erlösende Anblick Marisols auftauchte.

»Sie haben recht. Es ist wirklich recht kalt«, sagte er und begann, in den Mantel zu schlüpfen, wobei seine Mütze in den Schnee rutschte.

»Achtung«, sagte Ilse Racholdt, bückte sich und reichte sie ihm.

»Wie ungeschickt von mir. Vielen Dank«, sagte er.

Mittlerweile war Marisol neben ihnen angekommen.

»Haben Sie es gefunden, Señorita?«, fragte er.

»Unglücklischerrweise nischt, Señor. Perdon.«

»Tja, dann war Ihr Weg wohl umsonst«, sagte Ilse Racholdt mit einer gehörigen Portion Genugtuung in der Stimme.

»Trotzdem vielen Dank für Ihre Hilfe und Geduld«, sagte er.

»Gute Fahrt und viel Glück bei der Suche«, sagte Ilse Racholdt. »Komm, Marisol.« Ungeduldig signalisierte sie dem Au-pair, ihr zu folgen.

»Adiós, Señor. Mucha suerte«, sagte Marisol im Umdrehen und zwinkerte ihm zu.

Er lächelte und winkte. Dann wartete er und schaute den beiden hinterher, wie sie den Weg hinunterliefen und schließlich in ihrem Haus verschwanden.

***

»Blöder Penner«, fluchte Ken.

Der Luftstrom der vorbeirasenden Limousine brachte den Toyota auf der verschneiten Fahrbahn kurz ins Schlingern.

»Ich glaube, das war derselbe wie letztes Mal. Können wir so jemanden anhalten?«, fragte Viktor neugierig.

»Alter, hast du sonst keine Probleme? Wir sind doch keine Schupos«, antwortete Ken.

»Und?«, wechselte Viktor das Thema. »Was hast du rausgefunden bei diesem Holger Keller?«

»Nicht viel«, begann Ken zu erzählen. »Hab ihn in diesem Reitverein abgepasst. Wie die Racholdt sagte, arbeitet er dort wohl für ein Taschengeld als so eine Art Mädchen für alles. Konnte lediglich berichten, dass sie ihm früher eigentlich immer die kalte Schulter gezeigt hat. Aber von einem Tag auf den anderen war sie auf einmal sehr entgegenkommend, wenn du verstehst, was ich meine. Sie sei abgegangen wie eine Rakete – seine Worte. Offensichtlich hat sie ihn dann ein paar Mal rangelassen, um ihn irgendwann wieder abtropfen zu lassen.«

»War das, nachdem sie von ihrer Mutter erwischt worden waren?«, fragte Viktor.

»Habe ich auch gefragt. Aber er sagte, das hätte sie sogar eher noch ermutigt. Nein. Er meinte, der erneute Stimmungswandel sei genauso aus heiterem Himmel gekommen wie zuvor auch.«

»Hm.« Viktor bedachte kurz das Gehörte. Irgendwie bestärkte es ihn darin, dass Katharina etwas Schlimmes widerfahren war. Erratisches Sexualverhalten bei Teenagern war manchmal das Ergebnis einer traumatischen Erfahrung. Das hatte er in einer Vorlesung in klinischer Psychologie für Mediziner gehört.

»Wusste er sonst noch was zu berichten?«, fragte er schließlich.

»Nein. Wie gesagt, es war eher unergiebig. Aber rate mal, wer bei ihm war«, forderte Ken ihn auf.

»Keine Ahnung. Sag du es mir.«

»Petra Dircksen. Laut Ilse Racholdt Katharinas beste

Freundin. Die beiden waren gerade gemeinsam beim Stallausmisten. Zuerst dachte ich an Zufall, aber dann wurde mir klar, dass die jetzt was miteinander haben. Wär ja nicht das erste Mal, dass sich zwei auf diese Art über einen Verlust trösten. Wahrscheinlich war er auch deswegen so verschlossen in Bezug auf seine Erfahrungen mit dem Opfer – sie hörte ja die ganze Zeit mit. Er kam mir jedenfalls so vor, als würde er gerne mit schlüpfrigen Details aufwarten. Ich konnte förmlich spüren, wie er mir erzählen wollte, was die beiden alles so Scharfes angestellt hatten. Aber jedes Mal, wenn er etwas konkreter wurde, hat er sich von ihr Blicke gefangen.«

Ken setzte den Blinker. Die Landstraße führte sie in einer großen Schlaufe auf die A 114. Die Landesgrenze lag bereits hinter ihnen. Tief über der Autobahn hing eine dichte Wolkendecke.

»Dafür hatte sie interessante Dinge zu erzählen. Offensichtlich war Monsieur Keller nicht der Einzige, den sie beglückt hat«, erzählte er weiter.

»Tatsächlich?«, fragte Viktor.

»Kommt mir auch spanisch vor, aber die Dircksen war sich ganz sicher. Keller dagegen schien davon nichts gewusst zu haben, und seinem Gesicht nach zu urteilen gefiel ihm die Vorstellung überhaupt nicht.«

»Und wer war's?«

»Das konnte sie nicht sagen. Die kleine Racholdt hat ihr gegenüber nur Andeutungen gemacht. Dircksen wusste nur mit Sicherheit, dass es ein *Erwachsener* war. So jedenfalls ihre Worte. Auch soll es wohl nicht völlig freiwillig passiert sein.«

»Sie wurde vergewaltigt?«

»Das war wohl nicht so ganz eindeutig. Die Dircksen

hat gesagt, dass auch Alkohol im Spiel war. Mr. Unbekannt hätte dann irgendwie die Situation ausgenutzt. Die kleine Racholdt war deswegen total verstört. Hat geheult, als sie davon erzählte, meinte die Dircksen.«

»Und sie hat nicht gesagt, wer?«

»Nein. Die Dircksen erzählte, sie hätte echt nachgebohrt, aber Katharina wollte nichts dazu sagen.«

»Warum nur?«, rätselte Viktor.

»Keine Ahnung, aber die Dircksen sagte auch, es sei ihr irgendwie so vorgekommen, als hätte die Racholdt für diesen Typen Gefühle gehabt.«

»Echt? Dann ist es vielleicht jemand aus ihrem Umfeld.«

»Vermute ich auch«, sagte Ken. »Umso besser, dass wir jetzt das Tagebuch haben. Irgendwie müsste sich davon doch irgendwas darin niedergeschlagen haben, oder was meinst du?«

»Steht zu hoffen«, sagte Viktor.

Ken hatte recht. Ihnen stand eine aufschlussreiche Lektüre bevor. Sie näherten sich dem Ortsrand. Die ersten Gebäude der Vorstadt wurden kalt und grau im trüben Licht des Wintertags sichtbar.

»Hat sie sonst irgendwas gesagt, was helfen könnte?«

»Nein. Als Dircksen später noch einmal versucht hat, das Thema anzusprechen, hat die Racholdt abgeblockt. Und nicht nur das. Dircksen musste heilige Eide schwören, niemand anders von der Sache zu erzählen.«

»Merkwürdig. Und dann vögelt sie mit diesem Keller im Haus ihrer Eltern.«

»Yep«, bestätigte Ken. »Und das muss kurz nach dieser anderen Geschichte gewesen sein. Die Dircksen konnte sich noch erinnern, dass die Kleine sich ihr ein paar Tage nach einem Reitturnier offenbart hatte, bei dem die beiden wohl bei der Orga geholfen hatten. Keller war dort auch, und der wusste noch, dass sie es ungefähr zwei Wochen später das erste Mal getrieben haben, und zwar im Hinterzimmer des Vereinshauses. Er wollte es eigentlich irgendwo heimlich tun, aber es musste unbedingt dieses Zimmer sein. Der Keller hat Blut und Wasser geschwitzt, weil da jederzeit einer hätte reinkommen können. Aber das schien ihr egal zu sein. Ach ja. Und sie wusste ganz genau, was sie von ihm wollte. Das war der kleine Saftsack wohl nicht gewohnt. Er hat's nicht so deutlich gesagt, aber ich glaube, er hatte deswegen sogar Schwierigkeiten, einen hochzukriegen.«

Ken setzte den Blinker und überholte einen Lkw. Sie hatten die Stadtgrenze mittlerweile hinter sich gelassen. Graue Plattenbauten wechselten sich mit Gewerbegebieten ab.

Eine mögliche Vergewaltigung – denn das war es, wenn ein Erwachsener eine Siebzehnjährige betrunken machte, um mit ihr Sex zu haben – passte ins Bild, grübelte Viktor vor sich hin. Sie erklärte Katharinas seltsames Verhalten gegenüber ihren Eltern und Holger Keller. Traumatisierte reinszenieren mitunter ihr Trauma. Genau so hatte es ihr Psychologiedozent damals im Medizinstudium erklärt.

»Wo fahre ich dich denn jetzt hin? Zu deinem Schloss auf Schwanenwerder?«, fragte Ken mit spöttischem Unterton.

»Ähm, nein danke«, antwortete Viktor leicht peinlich berührt. »Das war nur eine Ausnahme. Eigentlich wohne ich im Bayerischen Viertel. Kyffhäuser Straße.«

»Schöneberg«, stellte Ken fest. »Ich wusste doch, dass du ein Spießer bist. Und jetzt zeig mal her.«

»Was?«, fragte Viktor.

»Na, deine Beute.«

Viktor zog Katharina Racholdts Tagebuch hervor.

»Wow, Alter«, sagte Ken anerkennend. »Und wie hast du das hingekriegt?«

Viktor begann, von seiner Finte mit dem verlorenen Handy zu berichten und wie er Marisol auf Spanisch angefleht hatte, ihm das Tagebuch mitzubringen und draußen im Vorbeigehen in einen Busch auf dem Grundstück der Racholdts zu werfen. Nachdem die beiden Frauen wieder im Haus waren, hatte er es heimlich aus dem Busch geklaubt.

»Tolles Mädchen«, bemerkte Ken.

»Ja, das ist sie wirklich«, sagte Viktor, der selbst noch nicht ganz glauben konnte, wie gut sein Plan funktioniert hatte.

»Und du bist echt teuflisch, Püppi.«

»Ich deute das mal als Kompliment.«

»Darfst du, Püppi. Darfst du. Und? Hast du schon reingeschaut?«

Viktor blickte auf die kleine Kladde in seinem Schoß.

»Nein«, sagte er. »Wollen wir?«

»Aber doch nicht, wenn ich am Lenker sitze«, sagte Ken mit einem missbilligenden Seitenblick.

»Sagt der Mann, der mich gestern mit vier Raki intus nach Hause gefahren hat«, erwiderte Viktor.

»Das scheint ja ein bisschen umfangreicher zu sein das Teil«, sagte Ken mit einem Blick auf die Kladde.

»Dann also in der Keithstraße«, schlug Viktor schließlich vor.

»Geht nicht.« Ken winkte ab. »Meine Mama hat heute Geburtstag. Bin sowieso schon zu spät.«

Viktor starrte ihn ungläubig an.

»Was denn?«, sagte Ken, der Viktors Blick bemerkt hatte. »Sie ist an Silvester sechzig geworden. Das feiert sie traditionell am zweiten Samstag des neuen Jahres nach.«

»Okay?!«, sagte Viktor halb ungläubig.

»Und ihr Zupfkuchen ist weltberühmt«, setzte Ken hinzu.

Viktor schüttelte schmunzelnd den Kopf.

»Juckt's dir nicht in den Fingern?«, versuchte er Ken aufzuziehen.

»Lohnt sich nicht, damit jetzt noch anzufangen. Wir sind in zehn Minuten bei dir. Ich sag dir was«, sagte Ken ungerührt. »Schau es dir doch in Ruhe an und ruf mich heute später mal an. Dann reden wir drüber, okay?«

»Okay«, sagte Viktor.

Ein paar Minuten später blieben sie vor dem Haus stehen, in dem er seit Paulas Verschwinden wohnte. Ein hübscher Altbau. Hier in Schöneberg begrünten die Leute sorgfältig ihre winzigen Vorgärten. Jetzt waren die Büsche von dickem Schnee bedeckt. Ken hielt in zweiter Reihe.

»Danke, Partner«, sagte Viktor.

»Dafür nicht. Rufst du mich an, sobald du dich durch das Tagebuch gefräst hast?«, fragte Ken.

»Versprochen«, beeilte sich Viktor zu versichern.

»Hast du auch schon Stella kontaktiert?«

»Habe ihr aufs Band gesprochen.«

»Versuch's doch vielleicht noch mal mit ein bisschen mehr Körpereinsatz.«

Viktor schwieg. Für heute hatte er seine Lektion gelernt.

»Wie auch immer«, fuhr Ken fort. »Ich fahr jetzt zu
meiner Mutter.«

»Fein«, seufzte Viktor.

»Lass uns später am Abend telefonieren. Vielleicht
hast du dann ja schon unseren großen Unbekannten
identifiziert.«

»Meinst du, er hat was mit ihrem Tod zu tun?«

Ken zuckte mit den Schultern. »Wäre zumindest möglich. Und jetzt ab, junger Padawan. Ich will nicht zu spät
kommen.«

Viktor stieg aus, sammelte das Tagebuch und seinen
Rucksack ein und schloss die Tür. Ken warf ihm eine
Kusshand zu und setzte den Wagen in Bewegung.

Viktor schulterte den Rucksack und suchte in seiner
Manteltasche nach dem Schlüssel. Sein Blick fiel dabei
auf die Beute in seiner Hand.

»Rinas Tagebuch 2014 bis …« stand in hübscher Mäd-
chenschrift auf dem Etikett. Am liebsten hätte er sofort
damit angefangen. Doch angesichts der gähnenden Leere
in seinem Kühlschrank würde die Lektüre noch etwas
warten müssen.

* * *

Mo, 18. April 2016
Deutschtest bei Frau Doktor Miesel-Peter). Das mit den
Kommas lerne ich wohl nie. I don't like mondays.
Nachmittags mit Therese und Petra zum Reiten. Endlich
schönes Wetter. Abends alle Cola-Trinken auf der Veranda

vom Verein. Therese hat gestern mit Marvin Schäfer Schluss gemacht. Geschieht dem Noob recht. Onkel Max und der Papa von Petra kamen dazu. Wir haben zu fünft gegrillt. Sonnenuntergang vom Feinsten.

Therese hat Onkel Max so was von geblickfickt. Ich habe mich voll weggeschmissen. Er ist aber auch echt ein Dadster.

Do, 21. April 2016

Fußball. Mädchen gegen Jungen. Marvin ist Therese voll in den Lauf gegrätscht. Innenbandriss. Der Typ ist so ein Alpha-Säckchen. Der gehört echt weggesperrt. Therese kann jetzt mindestens einen Monat nicht reiten. Was wird jetzt aus unserem Dressurteam????

Am Abend Treffen der Theater-AG. Kostümprobe. Jonas hat was zu trinken mitgebracht irgendwas mit Wodka. Ich glaube Frau Mehrow hat es gemerkt aber sie hat trotzdem nichts gesagt. Die ist echt voll in Ordnung.

Auf jeden waren wir nach dem Alk alle ziemlich storno. Mum hat abends ein bisschen komisch geguckt aber nichts gesagt.

Fr, 22. April 2016

Nachmittags Spanisch-Doppelstunde.

Yo amo español.

Habe für Therese das Kursmaterial eingesammelt. Die Arme kann erst in zwei Wochen wieder zur Schule. Sie hat uns ein SickbaySelfie von zu Hause geschickt.

Monika Sunde war auch mal wieder da. Sie ist jetzt mit Raffael zusammen. Die ist so eine Wanderhure. Petra hat erzählt dass Monika schon vor zwei Jahren von einem aus der Zwölften entjungfert wurde. Was für eine Evolutionsbremse.

Yannick Regener aus der Theater-AG hat mich in der Pause gefragt ob ich Samstag in einer Woche mit ihm zu einer Geburtstagsparty gehen will. Sein Kumpel Lenne wird 21. Der studiert schon in Berlin. Wohnt aber noch bei seinen Parents. Ich weiß nicht, ob ich hingehen will. Yannick ist echt knusprig und kawai, aber ich glaube er hält mich für ne Tinderella oder so. Da hebe ich meine Jungfernschaft dann doch lieber für was Besseres auf. Ich wüsste da schon jemanden.

Nachmittags war ich bei Therese. Die Arme hängt die ganze Zeit mit so nem Sturmtrupplerbeinchen auf dem Sofa rum. Hält sich nur mit Facebooken und Whatsappen über Wasser. Sie hat ganz schön wegen Marvin rumgepusst. Toll. Der Beta bricht ihr fast das Bein und sie jammert ihm hinterher. Sie kann echt ne krasse Problemikerin sein. Musste ihr den Kopf waschen.

Viktor legte das Tagebuch kurz beiseite. Er kam sich auf einmal recht alt vor. *Dadster. Geblickfickt.* Ein ums andere Mal hatte er das Gefühl, eine Art Wörterbuch für Jugendslang in der Hand zu halten. Ansonsten hatte er bis jetzt nichts Ungewöhnliches gelesen: ein durchschnittliches Mädchen mitten in der Pubertät.

Er fragte sich, warum ihm das so bemerkenswert er-

schien. Irgendwie hatte er wohl Vorzeichen dafür erwartet, wie dieses Mädchen ein paar Monate später als
Leiche mit grauenhaften Folterspuren auf einem Sektionstisch landen konnte. Irgendetwas, das Katharina
von ihren Altersgenossen, denen derart grausame Dinge
nicht passierten, von Anfang an unterschied. Aber das
war natürlich eine unsinnige Erwartung. Gott würfelt
eben doch, und das Schicksal hat es nicht so mit dem
Sinn. Wer wusste das besser als er selbst.

Viktor machte weiter und arbeitete sich durch die Seiten. Zwei bis drei Einträge hatte sie jede Woche verfasst.

Fast hatte er das Gefühl, die Tote zu stalken. Doch er
musste sich eingestehen, dass es ihn faszinierte, sich
so in das Leben eines anderen Menschen zu versenken.
Wenn also das Polizeiarbeit war, konnte er sich durchaus
damit anfreunden.

Plötzlich kam ihm Stella in den Sinn. Ob sie jetzt gerade genauso gespannt über dem Tagebuch seines Großvaters brütete? Das Leben hielt manchmal ironische
Parallelen bereit. Eigentlich könnten sie gemeinsam
lesen und danach vielleicht... Er widerstand dem Impuls, sie anzurufen und zu fragen.

Die Zeit verstrich. Nach ein paar Einkäufen hatte er
am späten Nachmittag mit dem Lesen angefangen. Zuerst hatte er ein bisschen in Katharinas Einträgen zu den
Jahren 2014 und 2015 herumgeschmökert, um ein besseres Gefühl dafür zu bekommen, mit wem er es eigentlich
zu tun hatte. Nun wurde es über seinem Fenster zunehmend dunkler, derweil Viktor akribisch Eintrag um Eintrag las.

Die Aussage von Ilse Racholdt legte nahe, dass – was
immer Katharinas Leben so radikal verändert hatte – es

wahrscheinlich während der Kreuzfahrt der Eltern im August passiert sein musste. Er war jetzt bis Mitte Juli 2016 gekommen. Seite um Seite immer noch ein völlig normales Teenagerleben.

Katharina hassliebte die Schule, schwärmte für Pferde und ihren – aus der Sicht eines Teenagers – mondänen Onkel. Sie interessierte sich durchaus für Jungs, auch wenn sie den zahlreichen Avancen gegenüber eher zurückhaltend war. Offensichtlich hatte sie im Gegensatz zu manch anderem Mädchen aus ihrer Umgebung ein gesundes Selbstwertgefühl.

Noch …

Erstaunlich war für Viktor, wie sonnig und warm Katharinas Mutter im Spiegelbild des Tagebuchs wirkte. Nicht die strenge, kühle Person, die ihn heute Morgen zum zweiten Mal verscheucht hatte. Entweder sie besaß ein zweites Gesicht, oder erst der Tod ihrer Tochter hatte sie so verhärtet.

Die Eintragung, die er gerade gelesen hatte, stammte aus der letzten Juliwoche. Er bemerkte, dass er die Seiten mit einem immer flaueren Gefühl umblätterte.

Sa, 6. August 2016
Die Parents nach Schönefeld begleitet. Fliegen nach Rom zur Kreuzfahrt. Irgendwie doch ein bisschen neidisch. Aber ich gönne den beiden die Auszeit …
… und mir die sturmfreie Bude. ;-P
Nachmittags wieder zu Hause. Ist irgendwie auf einmal total leer. Dabei ist ja Marisol noch da. Die fliegt aber in einer Woche zu ihrer Family nach Guatemala. Muss noch ein

Abschiedsgeschenk kaufen. Sie kommt erst wieder, wenn die Schule anfängt und ich bin nicht da, wenn sie abreist, weil... WEIL... W E I L

6 Tage und dann fahre ich mit Petra und Therese übers Wochenende zum M'era Luna. JUCHHUUUUUU.

Ihr Bruder fährt auch hin und nimmt uns mit. Within Temptation ist Headliner. Das wird einfach endgeil. Habe mir ein supersexy Fangirloutfit bestellt komplett mit Vampirella-Kontaktlinsen. Wenn Mama das sehen würde gäbe es sicher Hausarrest bis zur Rente.

Ach morgen ist übrigens die große Sommerparty auf dem Reiterhof. Therese und ich haben uns verabredet den Fummel für das Konzert dort schon mal zu testen. Sie hat nämlich auch bestellt. Wir werden bestimmt das outfitoftheday und die ganzen Dorfnoobs bekommen einen Herzkasper. Onkel Max ist zwar auch da, aber der verrät mich sicher nicht.

Wowdypowdy. Draußen geht gerade ein Mordssommergewitter los. Hoffentlich ist morgen kein Nippelwetter! Oder hoffentlich doch :-D

Der Eintrag endete. Viktor stutzte. Die nächste Seite war herausgerissen worden. Ein schmaler Streifen hing noch in der Bindung. Darauf waren hier und da Buchstaben und Wortfetzen zu erkennen, aber nichts, was ihm irgendeinen Hinweis auf den Inhalt gab. Allein ein S gefolgt von einem C oder eher halben O ganz in der ersten Zeile deuteten an, dass der entfernte Text möglicherweise über den Folgetag verfasst wurde: Sonntag, den

7. August 2016. Der Tag der Party auf dem Reiterhof. Die paar Buchstaben, die lesbar waren, wirkten im Vergleich zu ihrer sonstigen Handschrift krakelig und fahrig. Was immer ihr geschehen war, er war sich fast sicher, dass es an diesem Tag passiert war.

Die folgende Seite war weiß geblieben. Das erste leere Blatt überhaupt. Erst danach hatte sie wieder zu schreiben begonnen. Wollte sie durch das unbeschriebene Papier einen Schnitt in ihrem Leben symbolisieren?

Mit einer Mischung aus Beklommenheit und Neugier blätterte er zur nächsten Seite.

Do, 18. August 2016

stand da. Mehr als eine Woche später. Sonst lagen zwischen ihren Einträgen höchstens mal drei Tage. Begierig sog er die Buchstaben ein.

Regen. Nur Mist in der Glotze.
Petra klingelt am Nachmittag. Hab sie durchs Küchenfenster gesehen. Keinen Bock sie zu sehen. Sie will bestimmt nur wegen dem Konzert fragen. Keine Lust irgendwas zu erklären.
Er hat WIEDER nicht angerufen. Dabei habe ich ihm bestimmt jeden Tag zehn Whatsapps und zwanzig SMS geschickt. Er war auch nicht auf dem Reiterhof. Hab Rita angerufen. Hat ihn dort seit der Party nicht mehr gesehen. Hab heute wieder geblutet. Kann eigentlich noch nicht sein. Es tut auch immer noch ein bisschen weh. Will nicht zu

Doktor Hübner. Die würde vielleicht was sehen und sofort alles Mama erzählen.

Aber was ist, wenn... Ich habe solche Angst. Weiß nicht mehr ob er irgendwie was getan hat. Ich war voll neben der Spur. Kann mich nicht an alles erinnern. Keine Ahnung wie viel Schnaps wir getrunken haben.

Gestern habe ich in den Spiegel geschaut. Wollte sehen, ob vielleicht irgendwas anders ist. So, wie in diesen Scheiß-mädchenromanen. Keine Ahnung. Sehe bratzig aus. Ich würde mich auch nicht anrufen.

Das Blatt hatte sich gewellt, hier und da war die Tinte verwischt. Fieberhaft blätterte er weiter zur nächsten Seite.

Fr, 19. August 2016

Warum ruft er mich nicht an?

Heute habe ich bei ihm zu Hause angerufen. Seine Frau war dran. Fast hätte ich ihr alles erzählt. Irgendetwas in mir wollte alles rausschreien. Stattdessen habe ich aufgelegt. Hatte auch die Rufnummer unterdrückt.

Aber wenn er sich morgen nicht meldet...

Sa, 20. August 2016

Heute stand er vor der Tür. Er hatte Blumen dabei. So Rosen. Irgendwie voll facepalm-kitschig. Aber ich musste trotzdem heulen. Aber nicht wegen der Blumen. Oder doch? Scheiße ich weiß es nicht.

Dann hat er sich entschuldigt. Es täte ihm voll leid. Er

hätte das nicht gewollt und dass er ja verheiratet sei und lauter so ein Zeug. Scheiße es klang so als ob er sich entschuldigt, dass er mein Fahrrad ausgeliehen hat ohne zu fragen. Ich hab ihm irgendwann gar nicht mehr zugehört. Stattdessen hab ich mich einfach nur ausgezogen. Keine Ahnung warum.

Jedenfalls war er dann endlich still.

Als er fertig war, hat er mir gesagt, wie schön ich bin. Ach, und dass ich natürlich Mama nichts erzählen darf. Als ob das irgendwas wäre, was ich Mama erzählen könnte. Aber er hat das dauernd wiederholt. Du bist so schön und sag Mama nichts. Sag Mama nichts und du bist ja so schön. Ich musste die ganze Zeit nur an das komische Gesicht denken, dass er kurz vorher gemacht hat. Er sah total rot aus, so als ob er gerade einen abseilt. Und so komisch gejapst hat er. Das werde ich echt nie vergessen. Ob das bei Yannick Regener auch so aussehen würde? Lustiger Gedanke.

Er hat auch erzählt, dass ich mir keine Sorgen zu machen brauche weil er dafür gesorgt hat dass er keine Kinder mehr kriegen kann. Immerhin ein Problem weniger.

Später habe ich wieder ein bisschen Schmerzen gehabt, aber es hat wenigstens nicht mehr geblutet.

Mo, 22. August 2016

Hab Monika Sunde gesehen. War beim Edeka am Bahnhof zum Zigaretten kaufen. Da stand sie vor mir an der Kasse wieder mit so nem anderen Typen. Irgendso ein Tom mit

Gesichtsflokati und Waschbrett. Ist aus Bernau oder so. Ich musste sie einfach geiern. Und sie hat mich auch gesehen. Dann hat sie so komisch gelächelt. Fast so als ob sie sehen könnte was passiert ist.

Ich hab sie gefragt was so abgeht und sie hat gesagt sie wollen einen schnorcheln.

Hab ihr gesagt dass ich sturmfreie Bude habe also sind wir dann alle zu mir. Sie hat dann angefangen mit dem Typen rumzuknutschen. Und er ist ihr dabei unter die Bluse gegangen und dann hat er ihr die Hand in die Hose gesteckt und sie hat angefangen so komisch rum zu stöhnen.

Sie hat mich beim Geiern erwischt und da hat sie wieder so komisch gelächelt. »Mach doch mit«, hat sie gesagt. Ich dachte irgendwie WTF und hab mich dazugesetzt. Ich wollte wissen ob es sich bei dem irgendwie anders anfühlt. Ob ich dann auch so stöhne wie Monika. Aber da war einfach nichts. Ich musste echt aufpassen, dass ich mich nicht totlache weil Monika ihn so voll pornomäßig angefeuert hat. Als sein Schwanz in meinem Mund war, hab ich nur darüber nachgedacht, ob ich ihm später etwas Gras rausleiern kann damit ich was habe, wenn die beiden weg sind aber irgendwie war mir das dann zu asig.

Später haben wir alle noch einen geraucht. Dann sind sie gegangen. Zum Abschied hat sie mich voll auf den Mund geknutscht so mit Zunge und so. Hat gesagt dass wir jetzt Schwestern sind.

Später war mir dann schlecht. Hab den Geschmack von

seinem Zeug einfach nicht aus dem Mund gekriegt, bis ich
mir den Finger in den Hals gesteckt habe.
In einer Woche fängt die Scheißschule an.

Mi, 24. August 2016
Therese war da. Hat sich nicht abwimmeln lassen. Sie wollte
mir endlich die Fotos von der Aufführung zeigen. Ich als
Abigail und Yannick Regener als John Proctor. Ich hab voll
geflennt. Später war mir ganz heiß. Therese wollte mich ins
Krankenhaus bringen aber ich habe ihr gesagt dass sie eine
hysterische Kuh ist und hab sie rausgeschmissen.
Später hab ich mir irgend so ein Zeug aus Papas Bar
genommen. Irgendsoein Brandy. Hat nach Aprikosen ge-
schmeckt. Absturz.
Irgendwann hab ich dann vollbreit seine Büronummer
gewählt. Die Sekretärinnenschlampe war dran. Ich habe
gesagt, ich bin von der Presse. Die hat mich glatt durch-
gestellt, die Dumpfkuh. Als er dran war, hab ich einfach
nur gesagt er soll kommen und es mir wieder besorgen. Ich
weiß jetzt, wie man's mit dem Mund macht hab ich gesagt.
Dann musste ich total ablachen.
Er ist voll ausgerastet. Hat gesagt ich soll ihn nie wieder
irgendwo anrufen und so. Da hab ich ihn angeschrien. Hab
gesagt, dass ich jetzt seine Frau anrufe und ihr alles
erzähle. Dann habe ich aufgelegt. Zwei Sekunden später
hat das Telefon geklingelt und er war dran. Ich hab ihm
einfach nur gesagt er soll sofort vorbeikommen. Dann habe
ich wieder aufgelegt. Hat sich voll gut angefühlt.

Viktor legte das Tagebuch beiseite und atmete tief durch. Es fiel ihm zusehends schwerer zu lesen, wie Katharina Racholdt immer weiter abglitt. Längst hatte er begriffen. Er wusste, wer sie bei der Party auf dem Reiterhof vergewaltigt hatte.

Trotzdem zwang er sich, die weiteren Beiträge zu überfliegen, in der Hoffnung, irgendwo einen eindeutigen Beweis für seine Vermutung zu finden. Doch Katharina gab ihrem Peiniger nirgendwo einen Namen. Stattdessen erfuhr er immer mehr Details aus ihrer Abwärtsspirale, die Viktor sich eigentlich gerne erspart hätte.

Der 20. August war offensichtlich nicht das letzte Mal, dass Katharina mit ihrem Vergewaltiger geschlafen hatte. Entgeistert las Viktor Beitrag um Beitrag und konnte nicht begreifen, was das Mädchen dazu trieb. Fairerweise musste er allerdings sagen, dass ihr Verhältnis zu ihm mehr als ambivalent war. Oft genug beschimpfte sie ihn, drohte ihm immer wieder, alles auffliegen zu lassen, aber zugleich schien sie ihn herbeizusehnen, als könnte sie ihr Leid ungeschehen machen, indem sie die schlimme Erfahrung ständig wiederholte.

Selbst die Rückkehr ihrer Eltern änderte nichts. Die beiden setzten ihre Treffen einfach auf dem Reiterhof fort.

Dabei wurde der Sex zwischen den beiden offensichtlich zusehends rabiater. Einmal lieferten sie sich eine Art Prügelei, die für sie schließlich mit dem Rücken auf einem Schreibtisch endete. Ein anderes Mal beschrieb Katharina, wie er sie beim Sex schlug und dann fast bis zur Bewusstlosigkeit würgte. Gleichzeitig erpresste sie ihn immer wieder mit Enthüllungsdrohungen. Es erschien so, als ob sich die beiden eine Art Machtkampf

lieferten, bei dem sie ihm die Überlegenheit demons-
trierte, die sie als Objekt seiner Begierde offensichtlich
besaß, und er dies wiederum mit immer gewalttätigerem
Sex quittierte.

Der Rest der Einträge bestätigte die Geschichte, die
Viktor und Ken schon von Ilse Racholdt gehört hatten.
Drogen, falsche Freunde, noch mehr wahlloser Sex. Zwischendurch redete sie jetzt häufiger davon, ihrer Familie, der Schule und dem Dorf zu entfliehen. Was früher
ihre Welt bedeutet hatte, war ihr zu eng geworden. Mal
träumte sie von einer Karriere als Model oder Filmschau-
spielerin, dann wollte sie auf einem Schiff anheuern.
Das Tagebuch endete völlig abrupt eine Woche vor jenem
ersten Advent, an dem ihre Mutter sie das letzte Mal gesehen hatte. Ein Drittel der Seiten hatte sie nicht mehr
gefüllt.

Viktor ließ die leeren Blätter durch seine Finger gleiten und klappte das Buch langsam zu. Er fühlte sich erschöpft wie nach einem Marathon. Über seinem Fenster
stand ein bleicher Mond, vor dem kleine Wolkenfetzen
vorüberzogen.

Er griff nach dem Smartphone, das neben ihm auf
einem Beistelltisch lag. Kurz vor halb neun. Er war aus-
gebrannt, leer und hundemüde. Gleichzeitig erfüllte ihn
eine nur allzu bekannte innere Unruhe. Er wusste, dass
er für lange Zeit keinen Schlaf finden würde.

Wie von selbst glitten seine Finger über das Display
des Smartphones. Ein Freizeichen ertönte.

»Na endlich, Püppi«, ertönte Kens Stimme dröhnend.
»Ich dachte schon, du rufst gar nicht mehr an.«

Sonntag, der 8. Januar

11

»Alter, du siehst echt scheiße aus.« Ken starrte ihn mit gerunzelter Stirn an. »Und dieses Dingsda«, sagte er dann und zog ihn kräftig an der Krawatte. »Heilt so was von selber?«

»Guten Morgen, Herr Kollege. Ich freu mich auch, Sie zu sehen«, knurrte Viktor.

Das tat er eigentlich wirklich. Wie befürchtet lag eine ziemlich üble Nacht hinter ihm. Irgendwann gegen drei Uhr hatte er beim rastlosen Herumzappen auf dem Sofa zu allem Überfluss Kopfschmerzen bekommen, doch zwei Ibuprofen, hinuntergespült mit Rex-Pils, wirkten Wunder. Während er auf dem Sofa langsam in den Schlaf glitt, hatte sein Geist fiebrige Traumgemälde gezeichnet. Katharina Racholdts Tagebuch, Paula und der Keller im Friedrichshain waren auf seiner inneren Leinwand zu einem wirren, sadomasochistischen B-Movie verschmolzen. Es war einer dieser Träume, aus denen man voller Erleichterung erwachte.

Sie hatten gestern vereinbart, dass Ken ihn abholen sollte. Ken war nach Viktors Bericht irgendeine Idee gekommen, über deren genauen Inhalt er sich aber beharrlich ausschwieg. Voller Spannung zwängte Viktor sich in das Auto. Kaum hatte er die Tür zugeschlagen, fuhr Ken auch schon los.

Draußen regnete es. Die Temperaturen waren in der Nacht wieder über den Gefrierpunkt gestiegen und der Schnee war fast vollständig verschwunden. Dies war wohl die mieseste Wintervariante, die sich in Berlin denken ließ: nass, kalt, grau.

»Bist du dir sicher?«, fragte Ken, während er auf die Hohenstaufenstraße Richtung Osten einbog.

»Womit?«, fragte Viktor.

»Womit wohl, Püppi.«

Viktor verstand. »Ziemlich sicher«, sagte er.

»Ziemlich sicher ist immer noch ziemlich relativ, wenn man dem amtierenden Justizsenator vorwirft, seine eigene Nichte vergewaltigt zu haben.«

»Kannst es nachlesen.« Viktor hielt ihm das Tagebuch hin.

»Dafür ist jetzt keine Zeit. Wir haben gleich einen Termin.«

»Bei wem?«, fragte Viktor.

»Hat sie ihn direkt beschuldigt?«

Viktor seufzte. Offensichtlich hatte Ken immer noch nicht vor, ihn ins Bild zu setzen. »Nicht namentlich«, antwortete er. »Aber es steht zwischen den Zeilen.«

»Zwischen den Zeilen ist verdammt wenig bei dem, was wir jetzt vorhaben.«

»*Wir* vorhaben? Es ist offensichtlich, dass *du* etwas vorhast, aber ich weiß ja gar nicht, was das ist. Wenn du mich vielleicht endlich einweihen würdest, könnte ich einschätzen, ob ich ausreichend sicher bin.«

Ken lächelte. »Wir besuchen ein Alien«, sagte er, den Blick fest auf die Fahrbahn gerichtet.

Viktor rieb sich entnervt den Nasenrücken. »Okay. Ich geb's auf.«

»Also, die Racholdt nennt seinen Namen nicht. Dann erklär mir doch mal, wie du darauf kommst, dass er es ist.«

Viktor lehnte sich in den Sitz und zog die Bilanz seiner Lektüre. »Lass mal sehen. Es ist bei einer Party auf dem Reiterhof passiert. Er ist dort Vorstand und war bestimmt dabei.«

»So wie wahrscheinlich ein paar Dutzend anderer Leute.«

»Sie hat ihn einen Dadster genannt. Keine Ahnung, was das genau ist, aber ich glaube, sie findet... äh, ich meine, sie fand ihn cool. Sie sagt, ihre beste Freundin hätte ihn geblickfickt. Also war es leicht für ihn, sich ihr zu nähern.«

»Weiter.« Ken schien immer noch völlig unbeeindruckt.

»Der Typ, der sie vergewaltigt hat, hat Frau und Kinder, schreibt sie. Ist Stade nicht verheiratet und hat Kinder?«

»Kinder haben viele.«

»Und er hat eine Sekretärin – die hat aber nicht jeder. Katharina kannte offensichtlich seine Dienst- und Privatnummer. Und er wusste wohl ihre Adresse.«

»In so einem Kaff kennen die sich alle besser als das Schwarze unter ihren eigenen Fingernägeln.«

»Er hat ihr buchstäblich eingebläut, dass sie ihrer Mutter nichts sagen soll.«

»Das sage ich auch immer, wenn ich Siebzehnjährige abfülle und sie danach vögele. Sonst noch was?«, fragte Ken.

»Herrgott. Dann lies es halt selbst.«

»Ich denke, ich vertraue deinem Instinkt, Püppi. Und

solltest du falschliegen, feuert Richter dich bestimmt zuerst.«

Viktor verspürte ein unbezähmbares Verlangen, seinen Partner zu würgen, doch er zwang seine Aufmerksamkeit auf die Strecke. Ken war auf der Achse Pallas-, Goeben- und Yorckstraße nach Osten gefahren, Teil des alten Gürtels, den der kaiserliche Baustadtrat James Hobrecht anno dazumal um den damaligen Stadtkern geplant hatte.

»Ist natürlich die Frage, inwieweit das etwas mit unseren bisherigen Ermittlungen zu tun hat«, murmelte Ken.

»Wie meinst du das?«, fragte Viktor.

»Na, der Folterkeller im Friedrichshain und dein Bluttheaterdingsda.«

»Keine Ahnung«, musste Viktor bekennen. »Immerhin scheint er der Grund gewesen zu sein, dass sie sich so verändert hat und … dass sie von zu Hause ausgerissen ist.«

»Das macht ihn noch nicht zu ihrem Mörder«, warf Ken ein.

»Aber es kann doch kein Zufall sein«, sagte Viktor. »Und dann die Art, wie er sich nach ihrem Verschwinden verhalten hat. Das Löschen der Fotos. Die Behinderung unserer Versuche, ihre Familie zu vernehmen. Die Beendigung der Ermittlungen. Der versucht doch irgendwas zu vertuschen.«

»Ich bin da ganz bei dir, Kollege. Aber unser Wort in Richters Gehörgang.«

Schließlich bog Ken in nördlicher Richtung auf den Mehringdamm ein. Links tummelten sich vor der »Curry 36« schon munter die Touristen. Und selbst bei dem ausgesucht kalten Winterniesel war die Schlange vor »Mustafa's Gemüse Kebap« fast fünfzig Meter lang, wie praktisch immer, außer vielleicht am Tag des Jüngsten Gerichts. Gerüchten zufolge besaß der Eigentümer mittlerweile einen Maserati und eine Fünfhundert-Quadratmeter-Villa am Marmarameer.

»Was macht eigentlich Begüm?«, fragte Viktor.

»Du kennst bestimmt keine Leute, die kleine Kinder haben, oder?«

»Was soll das denn jetzt heißen?«

Ken zuckte mit den Schultern. »Nur so ne Frage, Alter. Am Wochenende wollen die süßen Monsterchen halt beschäftigt werden. Ist bei Suhal nicht anders.«

»Okay.« Viktor kam sich nun wirklich etwas ignorant vor. Allerdings hatte er bei näherem Nachdenken tatsächlich niemanden mit kleinen Kindern in seinem Freundeskreis, eigentlich sogar überhaupt niemanden mit Kindern. Er fragte sich, was das über ihn aussagte.

»Und versuch mal, ihr gegenüber ein bisschen weniger schnöselig zu sein.«

»Wie bitte?« Viktor war sich nicht sicher, ob er seinen Kollegen richtig verstanden hatte. »Ich wollte ihr bei diesen Aufschneidern nur helfen«, erwiderte er schließlich gereizt.

»Erstens kann sie gut auf sich selber aufpassen, und zweitens meine ich was anderes.«

»Was denn?«

»Na zum Beispiel dein Vortrag über die Schwimmfähigkeit von Wasserleichen. Du hast sie wie eine dumme Provinznuss aussehen lassen.«

»Ich habe doch nur ihre Frage beantwortet«, protestierte Viktor.

Ken schaute ihn mit einem Blick an, der besagte, dass er das seiner Großmutter erzählen könne.

»Alter, vor allem hast du dir einen auf dein Trivial-Pursuit-Wissen runtergeholt und vor Stella den Pfau gemacht.«

»Soll ich in Zukunft lieber die Klappe halten, wenn ich was zu den Ermittlungen beitragen kann?«, fragte Viktor empört. »Dann sag's mir am besten gleich.«

»Von mir aus kannst du so viel smartscheißen, wie du willst. Wenn du aber so weitermachst, wirst du bei Begüm voll verkacken, was irgendwie blöd für den Teamspirit wäre, if you know what I mean.«

Viktor schwieg ärgerlich. Er verstand wirklich nicht, was falsch daran sein sollte, bei der Lösung des Falles mitzuhelfen. Dumme Provinznuss. Vielleicht war Begüm tatsächlich genau das in ihren stets tiefstmöglich ausgeschnittenen Oberteilen und mit ihrer Mascara, die sie wahrscheinlich bei Rossmann kaufte. Misslaunig verschränkte er die Arme und drückte sich tiefer in seinen Sitz, während Ken zuerst an der Hochbahnstrecke entlang Richtung Norden fuhr, um dann nach Norden auf die Prinzenstraße einzuschwenken.

Kurz vor der Spree bog Ken abrupt rechts in eine kleinere Seitenstraße ein. Offensichtlich näherten sie sich ihrem Ziel, dem Alien, was auch immer das sein mochte. Zweihundert Meter vor ihnen strebten die Zwillingstürme eines Kraftwerks in den Himmel wie stählerne Geschütze. Kurz vor dem Kraftwerksgelände parkte Ken den Wagen.

»Das ist ein Behindertenparkplatz«, protestierte Viktor.

Ken zuckte nur die Schultern. »Komm mit.«

Viktor musste sich erst noch daran gewöhnen, dass derart triviale Verkehrsregeln für die Hüter des Gesetzes nicht galten – oder jedenfalls nicht für Ken.

»Komm mit.« Sein Kollege stieg aus und steuerte auf ein Tor mit einer zweiflügligen Eisengittertür aus der Zeit des Fin de Siècle zu. Eine enge Durchfahrt führte sie auf einen Gewerbehof, an dessen rückwärtigem Ende eine zweite Durchfahrt sie auf einen weiteren, etwas größeren Hof führte. Viktors Verwirrung stieg von Sekunde zu Sekunde. Was zur Hölle hatten sie auf einem Hinterhof in einer Sackgasse irgendwo am Spreeufer zu suchen?

Auch hier hatte der Nieselregen den Schnee geschmolzen, sodass auf dem Hof nur hier und da ein paar schmutzige Haufen rumlagen. Ken hielt nun auf eine graffitiübersäte, blaue Werkstür auf der hinteren Seite des Hofes zu.

c-base
culture communication carbonite

stand in dicken silbernen Buchstaben darauf. Seitlich neben der Tür war eine Computermaus angebracht. Ein darüber geklebtes Pappschild verdeutlichte, dass es sich dabei um die Klingel handelte, die Ken jetzt betätigte.

Es dauerte ein paar Momente, bis sich der breitere der beiden Türflügel öffnete und den Blick auf einen etwas dicklichen jungen Mann mit eckiger Brille und langen Haaren freigab. *I don't want a relationship, I want a starship* verkündete sein T-Shirt. Viktor räumte ihm bei näherem Hinsehen für Letzteres eindeutig die besseren Chancen ein. Der T-Shirt-Besitzer musterte die beiden Neuankömmlinge ebenso neugierig wie grußlos.

»Futanari erwartet uns«, sagte Ken.

Der Dicke fixierte Viktor und zog dabei kritisch eine Augenbraue nach oben. Wer immer dieser Futanari war, Viktor war für ihn wohl kein passender Umgang, jedenfalls nach Meinung des Empfangspersonals. Schließlich drehte der Mann sich wortlos um und verschwand im Halbdunkel hinter der Tür. Ken folgte ihm, und Viktor tat es seinem Partner nach.

Auf der anderen Seite der Tür erwartete ihn zweifellos der seltsamste Ort, den er je erblickt hatte. Später würde ihm Ken erzählen, dass die Menschen, die sich an diesem Ort aufhielten, ihren Besuchern erklärten, es handele sich dabei um einen Teil einer vor Tausenden von Jahren abgestürzten Raumstation, die heute unter Berlin begraben liege. Und tatsächlich sah der Ort so aus wie eine Mischung aller Raumschiffe, die Viktor aus Science-Fiction-Filmen der Achtziger kannte, von der *Nostromo* bis zur *Dark Star*, vom *Millennium Falken* bis zum *Heighliner* der Raumfahrergilde.

An den Wänden war kaum ein Plätzchen, das nicht mit Technik behangen war. Auf mehreren Hundert Quadratmetern über zwei Stockwerke verteilt gab es prähistorische Schalttafeln mit exotischen Beschriftungen, Serverracks, scheinbar willkürlich verlaufendes Kabelgewirr, Versorgungsleitungen, skelettierte Passagierstuhlreihen, exzentrische Roboter- und Alienskulpturen zu bestaunen. Alles von unzähligen Strahlern, blinkenden LEDs, Glühbirnchen, Neonröhren und Lichterketten in die unterschiedlichsten Farben getaucht. Hätten sich nicht auch einige abgewetzte Ledersofas, profane Rippenheizkörper und ein paar blasse Informatikdiplomanden in die Räumlichkeiten verirrt, die Fassade wäre perfekt gewesen.

Kaum hatten sie dieses skurrile Reich betreten, hatte sich der Torwächter schon in eines der vielen Nebenzimmer zurückgezogen. Doch Ken wusste offensichtlich, wohin er wollte. Viktor folgte ihm durch eine röhrenförmige, blau beleuchtete Metallschleuse, die sich just aus Kubricks *2001* hierher verirrt zu haben schien. Der Raum dahinter unterschied sich kaum von denen, die Viktor bis jetzt gesehen hatte, mit der Ausnahme, dass sich an seiner Rückseite eine Bar befand, die es jederzeit mit der Mos Eisley Cantina aus *Krieg der Sterne* hätte aufnehmen können.

Aus irgendeinem Lautsprecher blubberte das »Mezzanine«-Album von Massive Attack.

Was sonst?, dachte sich Viktor.

Unvermittelt blieb Ken an einem der runden Tische vor der Bar stehen. Auf dem davor postierten Freischwinger saß eine einzelne Gestalt, die Viktor sofort fesselte. Egal, wie lange er sie in der folgenden Stunde betrachten würde, es war unmöglich zu entscheiden, ob es sich um einen Mann oder eine Frau handelte.

Die Figur des Wesens glich einem mittelgroßen Teenager von zartem Körperbau. Make-up und falsche Wimpern waren vorhanden, trugen aber nichts dazu bei, das Pendel in die eine oder andere Richtung schwingen zu lassen. Echt war in jedem Fall der vornehme Bartschatten, aber eben auch der Busen unter dem engen Tanktop und der knackige Po in der Pluderhose. Genauso unbestimmt wie das Geschlecht war wiederum die Herkunft. Afrikanisch? Asiatisch? Karibisch? Irgendwo dazwischen? Jedenfalls handelte es sich um Kens Alien. Ganz ohne Zweifel.

Das Wesen stand auf und legte zwei makellos schimmernde Hände auf Kens Schultern. Küsschen links, Küsschen rechts. Große Armreifen klingelten melodisch.

»Hallo, mein Lieber. Was für ein Vergnügen, dich wiederzusehen.«

Tadelloses Deutsch. Auch die Stimme war überaus kurios. Tief und doch nicht eindeutig männlich, aber mit einem so wundervoll warmweichen Timbre ausgestattet, dass Viktor sich darin am liebsten eingewickelt hätte wie in eine kuschelige Decke. Viktor entschied sich, sie aus Gründen der Praktikabilität als weiblich zu betrachten.

»Vergnügen ist ganz bei mir, Futanari«, sagte Ken.

»Und wer ist dieser hübsche junge Herr an deiner Seite?«, fragte sie mit der Gestik einer Vierzigerjahre-Hollywood-Diva.

»Unser neuer Kollege Viktor Puppe.«

»Enchanté.«

Eine Hand streckte sich ihm entgegen. Viktor entschied sich mitzuspielen, ergriff sie und hauchte den obligatorischen Kuss.

»Und Manieren hat er auch. So lob ich mir das. Setzt euch doch, ihr Süßen. Kann ich euch etwas zu trinken anbieten?«

»Hast du eine Empfehlung?«, fragte Ken.

Futanari legte die Zeigefinger an die Lippen und grübelte einen Moment lang. Schließlich lächelte sie und ließ eine Hand mit perfekt gestylten Fingernägeln auf Kens Oberschenkel sinken.

»Natürlich. Der Zitronengras-Hibiskus-Bubblee ist ein Gedicht.«

»Dann ist unsere Wahl getroffen.«

»Steve? Wärst du so lieb?«

Ein etwas in die Jahre gekommener Joe-Strummer-Verschnitt hinter der Theke holte drei Flaschen aus einer Kühlvitrine, goss den Inhalt in drei Seemannsbecher aus gebürstetem Blech und servierte die Getränke.

»Zum Wohl, meine Lieben.«

Sie erwiderten mit erhobenem Becher. Viktor nahm einen vorsichtigen Schluck. Das Getränk war in der Tat fantastisch.

»Und womit kann ich euch nun helfen?«

»Wir brauchen deine schwarze Magie, Futanari.«

Kens Feststellung wurde mit einem maliziösen Lächeln quittiert.

»Was sonst, Süßer. Die Frage ist doch vielmehr, wen soll ich denn für euch behexen?«

Ken sog hörbar die Luft ein und ratterte dann die Ereignisse der letzten achtundvierzig Stunden herunter: vom Leichenfund in der Spree bis zu Viktors Erbeutung des Tagebuchs.

»Das ist ja grauenhaft. Und was stand nun darin?«

Ken lehnte sich zurück und wies auf Viktor. Zwei riesige Augen richteten sich auf ihn und brachten ihn kurz aus dem Konzept. Er räusperte sich und begann.

»Die Tote war die Nichte des Justizsenators. Für mich deutet vieles darauf hin, dass er sie vergewaltigt hat, was letztlich wiederum der Grund dafür war, dass sie von zu Hause ausriss.«

»Ein Onkel, der sich an seiner eigenen Nichte vergreift? Das ist ja entsetzlich. Grauenhaft. Und du musstest diesen Schmutz lesen, du armer Schatz?«

Bei jedem anderen Menschen hätte Viktor hinter diesem Satz Spott oder irgendeine pathologische Art von Humor vermutet. Aber in Futanaris Blick lag nichts als ehrliche Betroffenheit.

»Ja. Das war ziemlich heftig.«

Es war nur als Floskel gemeint, bis er merkte, dass seine Augen zu schwimmen begannen.

Dieses Gesicht.

Pures Mitleid.

Er wollte sein ganzes Herz ausschütten.

Verdammt. Was passierte hier eigentlich?

»Lo siento, mi corazón.«

Futanari legte die Hand auf seine. Eine Berührung, die Viktor normalerweise unangenehm gewesen wäre.

»Was genau wollt ihr nun von mir wissen?«

»Ich will wissen«, übernahm Ken die Antwort, »ob was auf seinem Rechner ist, was die Vergewaltigung belegt. Noch wichtiger ist mir aber der Mord. Dass er etwas mit ihr hatte, heißt zwar nicht notwendigerweise, dass er auch in ihre Ermordung verwickelt ist. Andererseits könnte das natürlich durchaus möglich sein. Wenn du da irgendwas findest, wäre das toll.«

»Reden wir jetzt über seinen privaten oder seinen dienstlichen Rechner?«

»Also ich würde solche Sachen sicher nicht auf meinem Dienstrechner machen, wo eventuell irgendein IT-Admin der Senatsverwaltung mitschneidet«, sagte Viktor.

Ken hatte ihm schon die Wange getätschelt, noch bevor er zur Gegenwehr ansetzen konnte. »Das ist mein Junge.«

»Ken, du bist unmöglich«, sagte Futanari.

»Jetzt klingst du wie meine Mutter.«

»Sie scheint eine sehr weise Frau zu sein.«

»Ich weiß. Das hat sie von mir.«

Futanari rollte mit den großen Augen und seufzte. »Nun gut. Also den Privatrechner. Das klingt in der Tat recht plausibel.«

»Ist das gut oder schlecht?«, fragte Viktor neugierig.

»Erst einmal gut, denke ich«, antwortete Futanari. »Der Dienstrechner eines Senators dürfte Teil eines Netzwerks und durchaus aufwendig geschützt sein. Ein privater Rechner hat wahrscheinlich nur das Übliche: eine Firewall, bisschen Virenschutz. Schlimmstenfalls Verschlüsselung. Wenn überhaupt.«

»Also eine leichte Sache?«, bohrte Viktor weiter.

»Das kommt darauf an, welche Ansatzpunkte ihr mir bietet.«

»Eigentlich dachte ich, du holst deinen Zauberstab raus, und wir lehnen uns gepflegt zurück«, sagte Ken.

Futanari lächelte spitzbübisch. »Natürlich kann ich mich für euch vor seine Wohnung setzen, nach seinem WLAN oder seiner kabellosen Maus scannen und ihm dann irgendwas Nettes aufspielen.«

»Man kann eine kabellose Maus hacken?«, fragte Viktor.

»Oh ja, Schätzchen. Das ist der letzte Schrei«, erklärte Futanari in einem Ton, als sei die Rede von der neuen Dior-Kollektion. »Die Kommunikation von kabellosen Keyboards ist meist verschlüsselt. Bei den Mäuschen ist das aber in aller Regel nicht so. Da kann ich mich mit so einem Funk-Dongle für siebzig Euro und ein paar Zeilen Code aus hundert Metern Entfernung einhacken, sodass dein PC mein Dongle dann für deine Maus hält.«

Futanari wühlte in einer großen Handtasche, die über ihrer Stuhllehne hing, und zog daraus eine Art USB-Stick mit einer winzigen Platine und einer aufgeschraubten Antenne. Beides legte sie vor Viktor und Ken auf den Tisch.

»Was will ich denn mit einer gehackten Maus? Würde

der Besitzer nicht merken, wenn die sich auf einmal selbstständig macht?«, fragte Viktor.

»Mal ehrlich, mein Lieber. Wie oft lässt du dein kleines Spielzeug zu Hause einfach weiterlaufen, während du gerade mal mit deiner neuesten Flamme telefonierst?«

Viktor nickte stumm. Sein Rechner war in der Tat oft stundenlang mit sich selbst beschäftigt.

»Siehst du. Und aus deiner Maus mache ich dann in Sekundenschnelle ein Keyboard, indem ich einfach die entsprechenden Impulse generiere. So kann ich deinen Rechner in zehn Sekunden auf eine Website dirigieren, von der er sich schließlich einen Trojaner herunterlädt. Hat aber natürlich auch Haken.«

»Welche?«, schaltete sich Ken wieder ein.

»Ich meine mich dunkel an so ein kitschiges Familienfeature über Stade in der *Berliner Zeitung* erinnern zu können. Und da stand drin, dass euer Senator in einer luxussanierten Altbauwohnung in Tiergarten wohnt. Das heißt, ich müsste erst mal stundenlang Nagetiere sortieren, weil er in hundert Metern Umkreis nicht der Einzige mit kabelloser Maus sein dürfte. Das gleiche Problem habe ich übrigens, wenn ich versuche, mich ganz rustikal in sein WLAN zu hacken. Es sei denn natürlich, er war so dumm, seinem Netz irgendeinen vielsagenden Namen zu geben. Ich müsste also Stunden vor Ort verbringen, und du weißt, wie sehr ich es hasse, diese heiligen Hallen zu verlassen.«

»Falls deine Konditionen noch ungefähr dieselben sind wie bei der Hells-Angels-Geschichte, ist das kein Problem.«

Viktor hätte zu gerne erfahren, worin diese Konditionen genau bestanden, aber Futanari winkte ab.

»Danke, mein Lieber, aber nimm es mir bitte nicht übel. Es gibt wirklich spannendere Hacks, wenn du verstehst, was ich meine. Nicht, dass es mir eure Angelegenheit nicht wert ist, aber vielleicht ist da ja ein viel einfacherer Weg.«

»Und der wäre?«, fragte Ken.

»Ihr verschafft mir seine private E-Mail-Adresse, und dann machen wir die gute alte Malware-Attachment-Nummer. Irgendetwas, dem er nicht widerstehen kann.«

»Seine Privatmail? Reicht nicht seine dienstliche?«, fragte Ken.

»Sein Dienstaccount wird garantiert auf relativ hohem Niveau gefiltert. Nein. Es muss die private sein. So ein bisschen Virenschutz von der Stange kann ich viel leichter aushebeln.«

Ken runzelte die Stirn. »Okay. Und wie sollen wir daran kommen?«

Futanari lächelte ein makelloses Lächeln und zuckte die ebenso makellosen Schultern. »Das wäre dann eure Sache. Nehmt es als Hausaufgabe.«

Kens Blick war die Enttäuschung deutlich anzusehen. Offensichtlich hatte er damit gerechnet, stante pede mit irgendwelchen konkreten Ergebnissen herauszugehen.

»Ich könnte es probieren«, sagte Viktor.

»Was probieren, Püppi?«

»Na, die E-Mail-Adresse.«

»Du meinst, jetzt und hier?«

»Ich war früher ja auf so einem Schnösel-Internat«, sagte Viktor nicht ohne eine gewisse Häme. »Da hatten wir nachmittags viel Langeweile, und die haben wir manchmal mit Telefonstroichen totgeschlagen.«

Futanari klatschte in die Hände. »Dein Partner steckt voller angenehmer Überraschungen.«

»Das merke ich auch gerade«, sagte Ken und ließ sich wieder in den Sitz plumpsen. »Dann zeig mal, was du draufhast, Püppi.«

»Unter einer Bedingung.«

»Ich darf dich nicht mehr Püppi nennen.«

»Erraten.«

»Tut weh, aber ist geritzt.«

Viktor zog sein Smartphone aus der Tasche.

»Was hast du vor?«, fragte Ken neugierig.

»Internetrecherche, lieber Kollege.«

»Aha, und was beliebst du zu recherchieren?«, fragte Ken.

»Ha«, triumphierte Viktor. »Hier habe ich's ja.«

Er tippte auf den Touchscreen, und das Telefon sprang an. Dann stellte er das Gespräch auf laut.

Ein paar Mal erklang der Freiton. Dann wurde das Telefon abgenommen.

»Hallo«, meldete sich schließlich eine atemlose Männerstimme. »Reitverein Wandlitz. Wedemeyer am Apparat.«

Viktor räusperte sich.

»Ja, ditt is Marc Olschewski, Fürma Equitrend Reitsportbedarf, Berlin. Ick wollte mitteilen, ditt der Vielseitischkeitssattel Marke Waldhausen für Herrn Stade jetz bei uns bereitliescht.«

»Meinen Sie unseren Vorstand, Herrn Max Stade?«

»Lassen Se mir ma schauen. Stade, Max. Ja, ditt issa.«

»Ja, dann sagen Sie ihm das doch am besten selbst. Ich bin nämlich nur der Zeugwart, und Herr Stade ist heute nicht hier.«

Viktor räusperte sich erneut, während Ken und Futanari neben ihm still in sich hineinlachten.

»Wissense«, sagte er. »Jenau da bejinnt nämlisch ditt Problem. Ick hab mer hier zwar ne Mobiltelefonnumma uffjeschriem, aba die stümmt wohl nich. Jedenfalls meldet sisch da imma irjendne Omma aus Köln. Vielleicht nen Zahlendreher oda so. Aba weil ick den Herrn Stade ja schon öfta bei uns bejrüßen durfte und deshalb weeß, ditt der bei Ihn reitet, dachte ick, ick probier et mal.«

»Aha. Und was erwarten Sie da jetzt von mir?«

»Na, vielleicht hättense ja die unfassbare Jüte«, sagte Viktor, während er versuchte, Kens Feixerei zu ignorieren, »mir mit da rischtijen Numma dienlisch zu sein, juta Mann.«

»Na, ich werde einen Teufel tun, Ihnen mir nichts, dir nichts die private Mobilnummer von Herrn Stade herauszugeben. Da könnte ja jeder kommen.«

»Na, ditt is ja ne schöne Bescherung«, sagte Viktor. »Weil, wenn der Sattel nich in spätestens eena Woche abjeholt wird, jehta wieda retour an den Händla. Jeschäftspolitik. Vastehn Se? Und der Herr Senator freut sisch doch bestimmt schon mächtich uff seim neuen Sattel. Hamse denn nich wenischstens ne Mail-Adresse für mir?«

Einen Moment lang herrschte am anderen Ende Schweigen, und Viktor hielt gespannt die Luft an. Dann erklang wieder die Stimme seines Gesprächspartners. »Haben Sie etwas zu schreiben?«

»Na aba selbstmurmelnd.«

Viktor zeigte stumm auf Ken, der sofort sein Notizbuch zückte.

Kaum dass Viktor aufgelegt hatte, brach Ken in sein

dröhnendes Gelächter aus. »Ach, du lieber Gott«, brüllte er. »Ist ja irre. Du kannst ja klingen wie Juhnke selig.«

»Der war ein Saufkumpan meines Vaters.«

Ken vergrub das Gesicht in den Händen und schüttelte nur stumm den Kopf.

»Das war grandios«, sagte Futanari und klatschte Beifall, dass ihre Armreifen nur so klingelten. »Prächtig«, kommentierte Ken und wandte sich dann an Futanari. »Und jetzt?«

»Habe ich fast alles, was ich brauche. Den Trojaner zu verschicken ist nur ein Knopfdruck. Ich habe hier ein paar Varianten von der Stange auf dem Rechner. Hier ist zum Beispiel einer in einem schlichten Word-Dokument. Wir sollten uns jetzt nur noch einen schönen Dateinamen oder Begleittext ausdenken. Irgendetwas, dem er nicht widerstehen kann.«

»Etwa so was wie: Wissenschaftler wollen es Ihnen nicht sagen. Dieser neue Wirkstoff kombiniert Viagra mit Fettreduktion und Haarkonservierung. Klicken Sie hier!«, flachste Ken.

»Vielleicht eine Nuance subtiler«, antwortete Futanari.

»Ich weiß, was du letzten Sommer mit deiner Nichte gemacht hast…«, schlug Viktor vor.

Futanari und Ken tauschten einen kurzen Blick aus.

»Akzeptiert, Kollege«, sagte Ken grinsend.

* * *

Viktor stand auf dem Hinterhof der c-base und sah Ken beim Rauchen zu.

Futanari hatte sofort mit der E-Mail begonnen. Viktor

hatte bei dieser Gelegenheit gelernt, dass es ebenso einfach war, einen falschen Absender zu kreieren (sie hatten sich der größeren Schockwirkung wegen für »Ilse Racholdt« entschieden), wie auch, den Sendeweg der Mail zu verschleiern.

Jetzt stand er gedankenverloren im Sprühregen.

»Frag mich einfach«, sagte Ken unvermittelt zwischen zwei Zügen.

»Was denn?«

»Na, was du mich schon die ganze Zeit fragen willst.« Offensichtlich besaß Ken Psi-Kräfte.

Viktor überwand sich. »Futanari. Ist er… äh, ich meine, ist… also…«

»Männlein oder Weiblein?«, ergänzte Ken seinen Satz.

»Genau.«

»Gegenfrage: Gibt es irgendein Universum, in dem das wirklich maßgeblich ist?«

Viktor überlegte. »Nein«, sagte er schließlich.

»Prima. Ich dachte schon, wir können keine Freunde mehr sein.« Er warf seine Kippe weg und schlug den Jackenkragen hoch. »Komm«, sagte er. »Darauf gebe ich dir den besten Hotdog der Stadt aus.«

12

Draußen vor dem Hotdog-Laden erwarteten sie wiederum kalter Niesel und Temperaturen knapp über dem Gefrierpunkt. Viktor und Ken hatten beim Essen beschlossen, sich noch einmal den verwaisten Tatort anzuschauen. Ken hatte die Hoffnung, noch irgendein Detail zu finden, dass sie in dem ganzen Trubel unmittelbar nach dem Brand übersehen hatten.

Berlin glich heute einer grauen Steinwüste. Die Straßen hier im Ostteil waren eng und karg. Kaum hatte man den Partydistrikt rund um den Boxhagener Platz verlassen, starb der Kiez mit jedem Meter ein bisschen mehr ab.

Sie hatten sich zu Fuß auf den Weg gemacht. Plötzlich erkannte Viktor die Gegend wieder. Noch eine Biegung weiter, und sie standen wieder in jener Straße.

Kein Schnee, kein Löschschaum. Lediglich ein wenig Flatterband vor der Toreinfahrt und der ausgebrannte Dachstuhl zeugten davon, dass hier etwas Besonderes vor sich gegangen war.

Sie näherten sich dem Doppelflügel des Tors, als der Wind ihnen eine Stimme zutrug.

»Kommt das von drinnen?«, fragte Ken.

Viktor spitzte die Ohren. »Kann sein. Ich kann's nicht sagen.«

»Ich glaube, da ist wer«, flüsterte Ken und schob die Hand unter die Jacke, wo sein Holster saß.

Mit einer Behutsamkeit, die Viktor ihm nicht zugetraut hätte, schob er einen der Torflügel auf.

»Warum ist das überhaupt offen?«, wisperte Viktor.

»Die Kollegen Feuerwehrleute haben das Schloss aufgebrochen, und nachher hat's keinen mehr gekümmert. Leider typisch.«

Als der Spalt groß genug war, beugte Ken sich unter dem Flatterband durch und winkte Viktor, ihm zu folgen. Angespannt betraten sie den Hof.

Die Inhaber der Stimmen entpuppten sich als ein Hipsterpärchen, das wohl ein bisschen Kriminaltourismus betreiben wollte.

»Haut ab, oder ich fiste eure Bronies«, herrschte Ken sie an und hielt ihnen seine Dienstmarke vors Gesicht. Mit blassen Gesichtern verschwanden die beiden durch die Toreinfahrt.

»Komm«, sagte Ken und wandte sich dem Gebäude zu. »Lass uns ein bisschen rumstöbern.«

Die nächste Stunde verbrachten sie damit, sich alles noch einmal anzuschauen. Viktor gefiel die Arbeit. Nach Kleinigkeiten Ausschau zu halten, hatte fast etwas Meditatives. Ken hatte ihm ein paar von den Beweisbeutelchen gegeben. Viktor begann das Haus zu durchsuchen, während Ken auf dem Hof und in der Werkstatt stöberte.

Jetzt, ohne das Gewimmel von Feuerwehr, Spurensicherung und Schaulustigen vor der Tür, wirkte der Ort ganz anders. Der kleine Raum nach vorn diente als Küche, die allerdings nur aus einer Spüle bestand. Auf dem nackten Tisch stand ein Kaffeekocher. Alles war alt und verkalkt. Die Gardinen vor dem Fenster zur Straße waren gelbgrau vom Zigarettenrauch.

Viktor drehte sich wieder um zum Flur, von dem die Treppe nach oben führte. Der offene Dachstuhl sorgte für ausreichend Tageslicht. Selbst hier unten war der Brandgeruch immer noch durchdringend.

Die Feuerwehr hatte davor gewarnt, in das Dachgeschoss hochzugehen. Viktor verzichtete lieber darauf, sein Glück auf die Probe zu stellen, auch wenn es ihn durchaus in den Fingern juckte.

Der hintere Raum bestand aus einer Kammer mit einem uralten, abgewetzten Sofa. Eine weitere Tür führte in eine Kammer mit Stehklo. An der Wand war ein kleines Bücherregal. Als Viktor das letzte Mal hier hereingeschaut hatte, war es voller alter Zeitschriften gewesen. Jetzt war es leer.

Er kniete sich hin, um unter das Sofa zu schauen, und kam sich dabei etwas dumm vor. So fahrlässig würde die Spurensicherung sicherlich kaum sein. Andererseits: Wer konnte das schon wissen? Doch da war nichts außer ein paar Staubflusen.

Er merkte, dass er sich innerlich ein bisschen vor dem drückte, was jetzt eigentlich anstand: der Keller. Er spürte förmlich die Präsenz der Stahltür unter ihm. Immer noch fühlte es sich so an, als ob das Böse, das dort unten passiert war, eine Art verstörendes Echo hinterlassen hatte. Er stand auf und drehte sich um. Drei Schritte bis zur Tür. Als Viktor die Tür öffnete, schien es ihm, dass die Finsternis dahinter nach ihm ausgriff.

Er tastete an der rechten Wand entlang, wo sich der Lichtschalter befand. Doch als er ihn umlegte, passierte nichts. Er ging noch einmal zurück zu dem hinteren

Zimmer und betätigte den Schalter für die Deckenlampe. Wiederum nichts. Wahrscheinlich hatte die Feuerwehr die Sicherungen herausgenommen. Das bedeutete, dass der Keller komplett im Dunkeln lag.

Es gab also keine Möglichkeit, das Untergeschoss noch einmal in Augenschein zu nehmen. Viktor überkam Erleichterung und Enttäuschung zugleich. Doch dann fiel ihm die Taschenlampe an seinem Smartphone ein. Nicht viel, aber es würde reichen.

Verdammt.

Er nahm die App in Betrieb und bahnte sich vorsichtig seinen Weg die Treppe hinunter. Schnell hatte er den Gang am Sockel der Stufen erreicht, an dessen Ende sich nun der Lichtstrahl verlor. Schritt für Schritt ging er weiter in Richtung der Zellen. Bald war er bei den Türen angekommen, die beide einen Spalt offen standen. Sie waren leer, doch vor seinem geistigen Auge hing in der linken Zelle immer noch der ungeschlachte Körper des Gehenkten.

Einem plötzlichen Instinkt folgend löschte er das Licht an seinem Handy. Sofort war die Finsternis undurchdringlich, und das unbequeme Gefühl, das Böse stecke immer noch in diesen Wänden, kam zurück. Die Stille war ohrenbetäubend. Als ob die Wände um ihn herum zu wispern begannen. Ob Katharinas Mörder hier auch einmal so in der Dunkelheit gestanden hatte in der Gewissheit, dass hinter den Türen menschliche Wesen gefangen waren? Für einen Moment hatte er das Gefühl, das Gleichgewicht zu verlieren. Vorsichtig tat Viktor ein paar kleine Schritte nach hinten, bis er die Wand im Rücken spürte. Was mochte der Mörder wohl gefühlt haben?

***

Er liebte die Dunkelheit.

Das war schon so, seit er denken konnte. Dunkelheit bot Geborgenheit. Sicherheit. Als er zwölf war, hatte er oft in dem kleinen Zimmer, das ihm seine Tante in der Mansarde des Obergeschosses zugestanden hatte, tagsüber die Tür und die klapprigen Rollläden verschlossen und einfach in der staubigen Dunkelheit gesessen. Dort hatte er dann davon geträumt, wie er seiner Tante beim Sterben zusah.

Zuerst hatte er sich einfach nur vorgestellt, wie sie von einem Feuer verzehrt wurde. In seiner Fantasie kletterten die Flammen langsam und genüsslich ihren dicken, strohigen Zopf hinauf, während sie hilflos kreischend danach schlug. Der Gedanke an ihr brennendes Fleisch und daran, welchen Geruch es wohl haben würde, hatte ihn so sehr fasziniert, dass die Nachbarskatze herhalten musste, um sich Klarheit zu verschaffen. Eine Flasche Feuerzeugbenzin hatte dabei gute Dienste geleistet. Nie hatte er etwas in seinem Leben so hektisch zappeln sehen. Es war über alle Maßen erregend gewesen. Die Überreste des Tieres hatte er anderntags in einer mit Steinen beschwerten Plastiktüte in einem kleinen Teich versenkt. Den Teich hatte er später immer wieder besucht, bis dieser Jahre später einer Siedlung weichen musste. Es war ihm dann jedes Mal so vorgekommen, als ob zwischen ihm und der dunklen Tiefe eine Art geheimes Einverständnis bestand.

Irgendwann war ihm die Vorstellung, wie seine Tante vom Feuer verzehrt wurde, nicht mehr genug gewesen. In seinen Tagträumen hatte er angefangen, selbst Hand an sie zu legen, zuerst noch mit einer gewissen Scheu, schließlich aber immer vehementer und wilder.

Sein größter Schatz war ein Schweizer Taschenmesser, das er unter seinem Nachttisch verbarg. Seine Mutter hatte es ihm einige Monate zuvor gegeben, bevor sie ihn ihrer Schwester ausgeliefert hatte.

»Das hat deinem Vater gehört«, hatte sie gesagt.

Vater. Es war schwer, mit dem Wort irgendetwas Konkretes zu verbinden. Von seiner Mutter wusste er, dass sein Vater ein Sergeant bei der U.S. Army gewesen war. Sie hatte ihn in einer Disco kennengelernt, kurz bevor seine Einheit den Marschbefehl nach Übersee erhielt. Als sie von ihrer Schwangerschaft erfuhr, war er schon längst auf und davon. »John« hatte er geheißen. Offensichtlich hatte seine Mutter es für unnötig befunden, ihn nach seinem Nachnamen zu fragen, als sie mit ihm ins Bett stieg. Ihr zufolge war sein Vater slawischer Abstammung, genau wie sie selbst. Das wiederum hatte sie so oft erzählt, dass man den Eindruck bekam, dass es den wesentlichen Gesichtspunkt bei ihrer Partnerwahl ausmachte. Tatsächlich konnte er sich nicht entsinnen, sie je mit einem deutschstämmigen Mann gesehen zu haben, und seine Mutter hatte viele Männer gehabt.

Klein, hübsch und zierlich war sie das exakte Gegenteil ihrer großen Schwester. Er konnte sich noch genau an den Moment erinnern, als er die beiden das erste Mal zusammen erblickt hatte. Eine Elfe, die eine ungeschlachte Riesin umarmte. Es war zugleich auch das letzte Mal gewesen, dass er seine Mutter sehen sollte. Da war er fünf. Das Messer in seiner Hosentasche war damals, außer seiner Kleidung, das Einzige, das ihm von seinen leiblichen Eltern geblieben war. Sein größter Schatz, den er fortan umso eifersüchtiger behütete.

Tausendmal hatte er es in seiner Vorstellung in das

massive, helle Fleisch von Tante Gildas Oberarmen gebohrt und dabei ihren Hilfeschreien gelauscht. Von dort
aus hatte er sich dann tiefer und tiefer vorangearbeitet,
peinlich darauf bedacht, keine tödlichen Wunden zu
verursachen. Stundenlang konnte er mit solchen Träumereien zubringen. Seine Fantasien waren bisweilen
so intensiv, dass er sich regelrecht erschreckte, wenn er
seine Tante später unversehrt und quicklebendig durch
das Haus gehen sah.

Die Folter seiner Tante bildete allerdings nur das Vor-
spiel dieser Hirngespinste. Erst nachdem er ihr am Ende
gnädig die Halsschlagader aufgeschlitzt hatte, kam er
zur eigentlichen Hauptattraktion: seiner Cousine.

Birgit war so groß und grobknochig wie ihre Mutter,
anders als diese aber auch von behäbiger Plumpheit.
Acht war sie, als er in ihr Leben trat, also drei Jahre älter
als er. Er konnte sich noch genau an ihr kuhäugiges Glot-
zen erinnern, als seine Tante sie einander »vorgestellt«
hatte. Mit diesem Blick konnte sie ihn förmlich stundenlang verfolgen. Eine Weile hatte er das für einen Ausdruck geistiger Trägheit gehalten. Aber wie er schon bald
lernen sollte, hatte er sich bitterlich getäuscht.

Es war an einem regnerischen und ungewöhnlich kalten Sonntag im Mai, kaum ein Jahr nach seinem Einzug.
Er und Birgit teilten sich auf Geheiß seiner Tante das
Kinderzimmer, das zuvor seiner Cousine allein gehört
hatte. Tante Gilda war »bei einer Freundin zum Kaffee-
trinken«, ihre übliche Ausrede für einen hochprozenti-
gen Nachmittag in ihrer Lieblingsspelunke.

Während er sich mit Cousine Birgits zerfledderten Bil-
derbüchern beschäftigte, war sie völlig in ihre Barbie-
sammlung vertieft. Er hatte schnell gelernt, dass sie

nicht an Spielkameraden interessiert war. Oder zumindest nicht an ihm. Also ließ er sie in Ruhe und hoffte, dass sie es umgekehrt genauso hielt.

Gerade blätterte er gefühlt zum zehnten Mal durch Ungerers Drei Räuber. Vielversprechender Anfang, enttäuschendes Ende. Er wusste jedenfalls genau, was er mit den kleinen Waisen angefangen hätte.

»Magst du Doktor spielen?«

Die Frage kam so unvermittelt, dass er unwillkürlich zusammenzuckte. »Wie meinst du das?«, fragte er misstrauisch, denn er hatte diesen Ausdruck noch nie gehört. Und der Gedanke an den Kinderarzt, der ihn alle halbe Jahre mit faltigen Fingern betastete, weckte keine allzu angenehmen Assoziationen.

»Na ja, mich untersuchen, wie beim Onkel Doktor«, sagte sie.

»Hm.«

Ohne einen blassen Schimmer, wovon sie da eigentlich sprach, erschien es ihm am besten, Zeit zu schinden. Doch Birgit hatte ihre eigenen Pläne. Sie ergriff seine Rechte und steckte sie ohne Umschweife unter ihren Rock. Der Wollstoff der Strumpfhose fühlte sich warm und ein wenig feucht an.

»Das ist meine Möse«, sagte sie, als spreche sie von einem Haustier.

»Hm.« Er hatte immer noch keine Ahnung, was sie da redete.

»Du hast einen Pillermann.«

Jetzt bewegte er sich auf vertrautem Terrain. Das Ding zwischen seinen Beinen, das er auf Befehl seiner Tante mindestens ein Mal pro Tag vor ihren wachsamen Augen schrubben musste, bis die Haut ganz rot war. Schrubbte er nach ihrer Ansicht zu wenig, legte sie selbst Hand an.

»Ja«, sagte er, einigermaßen stolz, dass er endlich etwas Sinnvolles beitragen konnte.

»Steffi hat gesagt, wenn der Mann seinen Pillermann in die Möse steckt, macht er damit richtige Babys.«

»Hm.«

Er stellte sich unwillkürlich vor, wie seine nackte Haut zwischen ihrer Wollstrumpfhose eingezwängt war. Der Gedanke verursachte ihm ein flaues Gefühl im Magen.

»Ich will ein richtiges Baby.«

»Was?«

Sie schaute ihn mit ihren Kuhaugen an. Es lag irgendeine Frage oder Forderung darin. Er wusste nicht, welche. Statt seine Antwort abzuwarten, ergriff sie die Initiative.

Zehn Minuten später lag er nackt und stocksteif auf dem Boden. Birgit kniete rittlings über ihm und betrachtete missmutig seine Körpermitte.

»Du musst deinen Pillermann ganz hart machen, hat Steffi gesagt.«

Er hatte beim besten Willen keine Ahnung, wovon sie eigentlich redete, doch er würde diesen Moment in seinem Leben nie wieder vergessen. Den Moment, in dem sich hinter Birgits Rücken die Tür öffnete. Tante Gildas kreidebleiches Gesicht. Wie die Glasigkeit in ihren Augen in Sekundenbruchteilen verflog. Ihren Entsetzensschrei. Die wahnwitzige Geschwindigkeit, mit der sie ihre Tochter von ihm herunterriss und mühelos in die andere Ecke des Zimmers schleuderte. Der angewiderte Blick, mit dem sie ihn bedachte.

»Was hast du mit meiner Tochter gemacht?«, schrillte es durch den Raum.

Seine Augen fielen auf Birgit, die mit zerzausten Haaren an der Wand saß. Tränen kullerten über ihre Wangen. Dabei sah sie aber gar nicht traurig aus. Eher wütend. Er wusste, was kommen würde und dass er nichts dagegen tun konnte.

Langsam streckte sie ihren Zeigefinger in seine Richtung aus.

»Er hat damit angefangen. Er hat mich gezwungen«, wimmerte sie leise.

Tante Gildas Augen hefteten sich auf ihn. Er spürte, wie seine Gesichtshaut heiß wurde.

»Du widerlicher kleiner Dreckslümmel. Ich hab es gewusst. Von dem Moment an, an dem diese Schlampe dich hier angeschleppt hat.«

Es waren die drei Wochen, die er anschließend in einen Kellerverschlag eingeschlossen verbrachte, in denen seine Fantasien zur vollen Blüte gekommen waren. Die ersten paar Tage war er nur mit seinem schmerzenden Gesicht beschäftigt gewesen. Es hatte so wehgetan, dass er eine Weile nichts von dem essen konnte, was ihm Tante Gilda zweimal am Tag mit eisigem Schweigen in den Verschlag trug. Ein Zahnarzt hatte später festgestellt, dass irgendein Knochen in seiner Wange gebrochen, aber von selbst wieder verheilt war. Dabei hatte der Mann Tante Gilda sehr komisch angeschaut. Ab dann war sie mit ihm zu einem anderen Zahnarzt gegangen.

Nachdem dort unten im Keller die schlimmsten Schmerzen vergangen waren, hatte er begonnen, sich zu fürchten. Es war stockfinster gewesen. Kein Fenster. Regale voll Gerümpel, das man in der Dunkelheit nicht sehen, aber riechen konnte. Das Geraschel von Ratten und der Geruch ihres Urins. Es hatte Momente gegeben, in denen er das Gefühl gehabt hatte, der ganze Raum sei voller böser Gespenster, die sich dicht um ihn drängten. Dann hatte er die Augen zusammengekniffen, seine Knie umschlungen und die Welt außerhalb des Kellers herauf- beschworen.

Hier hatte er zum ersten Mal entdeckt, wie sehr es ihn beruhigte, sich Tante Gildas brennendes Fleisch vorzu- stellen. Oder die Dinge, die er mit seinem Taschenmes- ser bei seiner Cousine anrichten konnte. Am Ende holte seine Tante einen völlig veränderten Jungen aus dem Keller, in den sie ihn drei Wochen zuvor hineingesteckt hatte. Seine Seele hatte die Dunkelheit und die Furcht aufgesogen und zu einem Teil von sich gemacht. Er war nicht mehr derselbe. Er konnte es in Tante Gildas Augen erkennen, als sie ihn im gleißend hellen Licht der Ober- welt ansah. Und seitdem liebte er die Dunkelheit.

* * *

Ein Geräusch riss Viktor aus seiner Versenkung. Sofort schlug sein Herz zum Hals. War da irgendjemand? Er fin- gerte panisch nach seinem Smartphone. Endlich hatte er es gefunden. Das Display leuchtete auf. Dann schaltete er die Lampe ein.

»Kollege?«

Erleichtert atmete er auf und hätte beinah begonnen, sich selbst auszulachen. Natürlich Ken. Wer sonst?

»Ich komme«, brüllte er hoch und machte sich auf den Weg, obwohl es mehr einer Flucht glich. Er musste unbedingt schnell hier raus, musste an die Oberfläche, weg von diesem dunklen Sog hinter sich, endlich wie- der Tageslicht sehen.

Er hatte die Treppe erreicht, hastete die Stufen hinauf, stieß die braune Stahltür zur Seite und dann die Haustür.

Endlich stand er draußen. Sein Herz pochte immer noch. Im Wind spürte er einen Schweißfilm auf der Stirn. Vor ihm stand Ken, eine halbgerauchte Zigarette in der Hand.

»Ich dachte schon, du wärst da unten verloren gegangen«, feixte er. Dann nahm er Viktor etwas genauer in den Blick. »Was ist denn los, Chefchen? Du siehst ja aus, als hättest du dem Tod ins Gesicht geblickt. War da irgendwas im Keller?«

»Ja, äh, ich meine nein«, stotterte Viktor. »Aber irgendwie doch. Es ist, als ob das, was da unten geschehen ist, irgendwie noch da unten ist. Verstehst du, was ich meine?«

Ken steckte die Zigarette in den Mund, kam zu ihm und klopfte ihm auf die Schulter. »Klar verstehe ich das. Das kennt jeder Bulle. Irgendwas bleibt immer am Tatort zurück. Ich nenne das dunkle Materie.«

Viktor nickte. Das traf es auf den Punkt. »Gib mir auch mal eine.«

»Du rauchst doch gar nicht, junger Padawan.«

»Aber jetzt schon.«

Ken klopfte auf sein Softpack. Viktors Finger zitterten, als er sie danach ausstreckte. Ken gab ihm Feuer. Dann standen sie eine Weile schweigend nebeneinander. Viktor merkte, wie seine Gedanken wieder zurück in die Dunkelheit drifteten. Ihm wurde klar, woran ihn das alles erinnerte.

Damals, als die Wahrheit über seinen Großvater ans Licht kam, hatten ihn diese Bilder verfolgt. Bilder von zu Tode frierenden Kindern in Wassertanks. Er wusste nicht, ob das, was er sah, dem tatsächlichen Geschehen entsprach, aber es ließ ihn nicht mehr los, sodass er sich irgendwann Hilfe geholt hatte – was er bei seiner Bewerbung natürlich verschwieg.

»Hast du noch was gefunden?«

Viktor war wiederum froh, von Ken aus seinen Tagträumen gerissen zu werden.

»Nein.«

Ken grinste. »Ich auch nicht. Dabei liegt hier überall so viel Kram rum. Die Werkstatt gehörte eindeutig einem Messiemechaniker. Aber es ist eben nur das drin, was man da halt erwarten würde.«

»Hm. Was ist mit seiner Wohnung?«, fragte Viktor.

»Die in der Gryphiusstraße? Stimmt. Schöne Idee. Komm mit. Ich weiß, wo das ist.«

»Aber wie kommen wir da rein, am Sonntag?«, fragte Viktor.

»Lass mich nur machen«, sagte Ken.

Ein paar Minuten später standen sie vor einem Altbau mit lieblos renovierter Fassade. Auch die Kacheln am Erdgeschoss hatten die Sprayer nicht vom Taggen abgehalten.

»Nummer achtundzwanzig«, sagte Ken. »Hier ist es. Zweiter Stock.«

Er richtete sich auf und drückte alle Klingeln oberhalb der dritten Etage.

»Ja?«, meldete sich eine Stimme über die Gegensprechanlage.

»Werbunk«, rief Ken. »Mache du Tür auf, bitte.« Er zwinkerte Viktor zu und drückte die Tür auf, als der Summer ertönte. Drinnen klapperte er überlaut an den

Briefkästen im Hausflur herum. Dann winkte er Viktor, ihm zu folgen.

Nach einem engen, dunklen Treppenhaus standen sie schließlich vor einer mächtigen Tür. »Dehner« war in krakeligen Buchstaben auf dem kleinen Päppchen geschrieben, das im Sichtfenster des ältlichen Klingelschildes steckte.

»Doppelflügeltür«, sagte Ken. »Perfekt.«

Er riss das Polizeisiegel ab, das über den Spalt zwischen den beiden Flügeln geklebt worden war.

»Ist das nicht...?«, wollte Viktor gerade beginnen, doch Kens an die Lippen gelegter Zeigefinger ließ ihn verstummen. Sein Kollege lehnte sich mit der Schulter gegen den schmaleren der beiden Flügel und begann zu drücken.

»Hilf mir mal«, sagte er zu Viktor.

»Wie denn?«, fragte Viktor, der nicht genau verstand, was Ken mit seiner Kraftübung bezweckte.

»Drück halt auf der anderen Seite, Püppi.«

Viktor tat wie geheißen und stemmte sich in das breitere Türblatt. Zu seiner Überraschung gab die Tür unversehens mit einem lauten Ächzen nach.

Ein Kleiderhaken an der Wand dahinter rettete ihn gerade noch davor, in den Flur hineinzustürzen. Als er sich wieder gefangen hatte, sah er Ken von einem Ohr zum anderen lächeln.

»Hab früher auch mal im Einbruchsdezernat gearbeitet«, sagte er.

Ralf Dehners Wohnung bestand nur aus zwei kleinen Zimmern sowie einem schlichten Bad mit Dusche und der Küche. Es war deutlich sichtbar, dass hier professionell gesucht worden war. Alle Schränke, Regale und sonstigen Behältnisse standen offen und waren zusammen mit den wenigen Sitzmöbeln von den Wänden abgerückt. Die Sachen waren zum großen Teil herausgenommen und in Kartons verteilt worden, die in der Mitte der Räume aufgestapelt waren. Über den Zierleisten lehnten Bilder, Spiegel und andere Gegenstände, die wohl zuvor die Wände geziert hatten.

»Und jetzt?«, fragte Viktor.

»Suchen wir«, sagte Ken lakonisch und zuckte mit den Schultern.

Sein Kollege griff sich einen der Kartons. Kippte ihn aus und begann, die Sachen einzeln wieder hineinzusortieren. Seufzend tat Viktor es ihm nach.

Anderthalb Stunden später hatten sie sich durch Dehners komplette Habseligkeiten gewühlt, ohne dass sie auf irgendetwas Interessantes gestoßen waren.

»Wer weiß, was die Spusi schon rausgetragen hat«, sagte Ken achselzuckend. »Komm, lass uns gehen. Das ist Zeitverschwendung.«

Viktor war nicht in der Stimmung, so schnell aufzugeben.

»Die haben bestimmt was vergessen. Vielleicht auf den Schränken«, sagte er.

Ken winkte ab. »Glaub mir, da gucken die zuerst. Und jetzt komm.«

Widerwillig ließ Viktor sich von ihm aus der Wohnung ziehen, vorbei an dem rettenden Kleiderhaken, der aufgebrochenen Doppelflügeltür, dem Klingelsch…

»Stopp«, sagte er.

»Was machst du da?«, fragte Ken.

»Nur so eine Idee«, antwortete Viktor und zupfte an dem kleinen Kärtchen mit Dehners Namen darauf.

»Autsch«, sagte er und zog ruckartig die Hand zurück. Sein Zeigefinger blutete aus einer kleinen Schnittwunde.

»Heiliger Tetanus«, sagte Ken hinter ihm. »Das hat sich ja schon gelohnt.«

»Sehr witzig«, sagte Viktor. »So alt und noch so scharfkantig.«

Diesmal schob er das Kärtchen mit dem Daumen aus der alten Halterung und ergriff es dann mit zwei unverletzten Fingern.

»Zeig mal«, sagte Ken. »Eine Visitenkarte? Hier. Steck sie gleich in einen Beutel, bevor du sie vollblutest.«

Viktor tat, wie ihm geheißen. Dann nahmen sie beide den Fund in Augenschein. Tatsächlich hatte jemand eine Visitenkarte an der langen Seite in zwei Teile zerrissen und aus einer davon das Klingelschild gebastelt.

Viktor las, und ihm stellten sich die Nackenhaare auf. »Grand G. Den nächsten Buchstaben kann ich nicht mehr lesen. Aber damit muss das Grand Guignol gemeint sein«, rief er aufgeregt.

»Und was steht da noch?«

»Darunter ist eine Zahlenreihe«, stellte Viktor fest. »2001:db9:85a3::8a und ein Restchen von einem weiteren Zeichen sein.«

»Könnte eine IP-Adresse sein«, mutmaßte Ken.

»Ist eine IP-Adresse. Und zwar nach dem neuen IPv6-Standard«, sagte Viktor. »Vielleicht was für Futanari.«

In diesem Augenblick klingelte Kens Smartphone. Er schaute auf das Display. »Speaking of the devil«, sagte er grinsend zu Viktor und begann dann, das Handy am Ohr, die Treppe hinunterzusteigen. »Hey, wir haben gerade an dich gedacht. Stell dir vor, was Viktor gerade…« Er verstummte mitten im Satz und furchte die Stirn. Eine

Weile lang lauschte er nur. Dann machte er einen neuen Ansatz.

»Hey, es tut mir so …«

Wiederum brachte er den Satz nicht zu Ende. Etwas Dramatisches musste geschehen sein.

»Alles klar«, sagte Ken schließlich. »Danke für alles. Und sag mir einfach, wie viel du brauchst. Pass auf dich auf, okay? Und wenn du jemanden zum Reden willst, hast du ja meine Nummer.«

Mittlerweile waren sie wieder auf der Straße. Ken legte auf. Geistesabwesend steckte er sein Handy in die Tasche seines Mantels und zog sich noch eine Zigarette aus der Schachtel.

»Und?«, fragte Viktor, der es kaum aushielt vor Spannung.

Ken zündete sich die Zigarette an und nahm einen tiefen Zug. Dann blies er den Rauch in den grauen Nachmittagshimmel.

»Alter. Ich glaube, in all den Jahren habe ich sie noch nie weinen hören?«

»Sie?«, fragte Viktor.

»Jetzt komm mir nicht wieder mit dieser spitzfindigen Schubladenscheiße«, fauchte Ken. »Futanari ist eben Futanari. Mal mehr so und mal mehr so, okay?«

»Sorry. Was hat sie … Ich meine, was hat Futanari denn so aufgebracht?«

»Sie hat was gefunden, sagt sie. Filme oder Teile davon. Fotos auch. Sie sagt, der Rechner war voll mit dem üblichen Müll, aber dann hat sie gezielt nach verstecktem Zeug gesucht, und siehe da: Gewaltpornos. Snuff-Movies. Die ganz üble Sorte.«

»Ist Katharina Racholdt drauf?«

»Sie sagt, sie weiß es nicht, weil sie es irgendwann nicht mehr ausgehalten hat. Wir sollen selbst gucken. Sie hat alles auf einen Server hochgeladen. Die c-base hat ihre eigene Cloud. Sie hat mir einen passwortgeschützten Link aufs Handy geschickt. Von da können wir den Scheiß runterladen. Auch das harmlose Zeug. Aber sie hat eine Dateiliste mit allen Pfaden von dem üblen Kram beigefügt.«

»Okay.«

Er nahm noch einen Zug. Eine Straßenlaterne rechts vor ihnen sprang blakend an. Viktor schaute auf seine Uhr. Kurz nach vier. Das »Wochenende« neigte sich dem Ende zu.

»Und was machen wir jetzt?«, fragte er.

Ken zog die Schultern hoch. »Uns den Scheiß angucken, schätze ich. Oder hast du was Besseres vor?«

Tatsächlich hätte sich Viktor eine ganze Menge bessere Zeitvertreibe denken können, aber die waren wohl kaum ein Grund, seinen Partner mit dieser Aufgabe allein zu lassen.

»Und?«, hakte Ken nach.

»Bin dabei.«

»Na, dann ab zur Keithstraße.«

»Moment«, sagte Viktor einer plötzlichen Eingebung folgend.

»Was denn? Doch kalte Füße?«, fragte Ken misstrauisch.

»Nein. Aber wie wäre es, wenn wir Stella mit dazunehmen?«

»Stella? Warum das?«

Das wusste Viktor eigentlich selbst nicht so genau. Vielleicht suchte er einfach nur nach einem Anlass, sie wiederzusehen. Aber das konnte er Ken kaum sagen.

»Na ja, sagte sie nicht, der Täter verfüge eventuell über anatomische Kenntnisse?«

»Stimmt«, erwiderte Ken. »Und?«

»Na, möglicherweise ist das auf den Videos zu erkennen, und sie kann uns dann mehr über den Täter sagen.«

»Hm. Und sie dafür mit in diese Sache reinziehen?«, fragte Ken zweifelnd.

»Also auf mich wirkt Stella nicht gerade zimperlich.«

Jetzt grinste Ken von einem Ohr zum anderen. »Und wer könnte das gerade besser beurteilen als du, Alter. Na, dann ruf sie mal an.«

13

Ein kleiner Raum ganz in dunklem Rot. Die Lichtquellen sind unsichtbar, aber alles ist perfekt ausgeleuchtet. Kaum ein Schatten erkennbar.

In der Mitte steht ein roter Tisch und darauf eine Karaffe aus rotem Kristallglas.

»Bleib noch ein paar Minuten«, sagt ein Mann, der vor dem Tisch in einem Rollstuhl sitzt. In einen altmodischen schwarzen Morgenmantel gehüllt, die Hände im Schoß, die Beine unter einer roten Decke verborgen. Sein Gesicht gleicht dem Gesicht eines Monsters aus einem Horrorfilm, er ist tadellos geschminkt, die perfekte Illusion. Als bestünde es nur aus schlecht vernarbtem Fleisch. Eines seiner Augen ist mit einer glasigen, weißen Schicht überzogen wie das Auge eines toten Fisches.

»Gut. Aber nur ein paar Minuten«, sagt das Mädchen.

Es ist nur allzu deutlich zu hören, dass sie etwas auswendig Gelerntes deklamiert.

»Ich fühle mich so entspannt, seit du hier bist. Liebst du mich?«, sagt der Mann mit dem Narbengesicht. Das Pathos in seiner Stimme steht in starkem Kontrast zu der monotonen Intonation des Mädchens.

»Ja«, sagt das Mädchen. »Aber ich sollte jetzt besser gehen. Das nächste Mal bleibe ich länger.«

Sie klingt hölzerner als die Laiendarstellerin einer

Realitysoap. Nur die Furcht in ihrer Stimme und ihrem Gesicht, die ist echt. Wie alt sie wohl sein mag? Sie sieht aus, als ob sie noch mit Stofftieren schlafen geht. Dabei ist sie wirklich ausnehmend hübsch. Blond, schmal, mit zarter Haut und Sommersprossen. Wahrscheinlich ist ihr das Aussehen zum Verhängnis geworden. Sie mag fünfzehn sein, vielleicht sechzehn. Nur ihr Blick ist viel zu ernst für einen Teenager.

Sie haben sie in ein schwarzes Fin-de-Siècle-Kleid gesteckt, das ihr etwas zu groß ist.

Der Mann hält ihre Hand. Zwar steht sie bewegungslos vor ihm, aber man kann förmlich spüren, wie viel Überwindung es sie kostet.

»Nein«, sagt der Mann und lehnt sich in seinem Rollstuhl nach vorn zu ihr. Glotzt sie mit seinem widerlichen Fischauge an. »Es wird kein nächstes Mal geben. Das ist alles zu viel für dich. Aber ich hätte noch einen Wunsch. Den letzten.« Er macht eine dramatische Pause. Zieht sie näher zu sich. »Fast traue ich mich nicht, es zu sagen.«

»Doch. Sag es nur.«

»Ich möchte … Nein, das ist unmöglich. Geh einfach.«

Er lässt sie wieder los, wendet sich halb von ihr ab und legt die Hand vor die Stirn wie ein schmalziger Stummfilmheros.

»Was ist es denn?«, fragt sie, und man sieht ihr an, wie sehr sie sich vor der Antwort fürchtet.

Er dreht sich wieder zurück zu ihr. Im Licht der unsichtbaren Scheinwerfer erscheint seine grauenhafte Maske noch fratzenhafter.

»Du wirst dich nie darauf einlassen«, sagt er, das tote Auge fest auf sie gerichtet. »Aber ich wünsche mir …

einen letzten Kuss. Nur noch ein Mal. Ich wäre glücklich für lange Zeit. Das ist alles, was ich will. Dann könntest du gehen.«

»Nun gut«, sagt das Mädchen fast zu schnell.

Sie steht da. Regungslos, den Blick starr auf den Mann geheftet. Ein Ruck geht durch das Bild. Plötzlich erscheint die Szene leicht nach links verrutscht zu sein.

Das Mädchen beugt sich jetzt zu dem Mann im Rollstuhl herab. Dabei spricht aus ihrer ganzen Haltung purer Widerwillen. Der Mann lehnt sich ihr entgegen, den Mund leicht geöffnet wie ein Tier bei der Fütterung, das tote Auge auf sie gerichtet. Wie in Zeitlupe nähern sich ihre Köpfe einander an.

Dann, mit einer blitzartigen Bewegung, fährt sein Arm vor und greift nach ihrem Kopf.

Das Mädchen schreit. Ein spitzer Schreckenslaut. Sie versucht auszuweichen, doch es ist zu spät. Der Mann ist aus dem Rollstuhl gesprungen. Er reißt sie herunter auf den Tisch, ergreift ihren Hals und beginnt, sie zu würgen. Ihr Schrei wird zu einem Röcheln.

»Das ist der Moment der Rache.« Er brüllt es heraus, schreit wie von Sinnen. »Hast du wirklich geglaubt, ich hätte dich für einen gemütlichen kleinen Plausch hierherkommen lassen? Um dir zuzuhören, dir Nettigkeiten zu sagen, dich um einen letzten Kuss anzubetteln? Du musst deinen Verstand verloren haben, wenn du denkst, dass ich dir je vergeben könnte, was du mir angetan hast.«

Das Mädchen reißt an seinen Armen, doch sie hat keine Chance. Ihr Gesicht färbt sich dunkelrot. Schon werden ihre Bewegungen schwächer. Ihre Hände rutschen von seinen Armen. Gleich ist es vorbei.

Unversehens löst der Mann seinen Griff und lässt sie los. Seine hässliche Maske verbirgt jedes Zeichen der Anstrengung. Es lässt ihn noch unheimlicher wirken. Das Mädchen liegt rücklings vor ihm auf dem Tisch, hustend und würgend. Ihre Beine baumeln schlaff über den Rand.

Sie versucht, sich aufzurichten. Sinnlos. Ihr fehlt die Kraft. Sie sinkt wieder zurück. Er steht einfach nur über ihr. Sieht ihr zu. Ein Insektenforscher.

Er dreht seinen Kopf. Schaut direkt in die Kamera. Schließt das Lid seines »gesunden« Auges. Der Mann hat gerade seinem Publikum zugezwinkert.

Er wendet sich wieder dem Mädchen zu. Greift in seinen Schlafrock und zieht eine Nagelpistole hervor. Er schnappt nach dem rechten Handgelenk des Mädchens und drückt es auf den Tisch.

»Jetzt wirst du deine Strafe bekommen«, triumphiert er.

Sie versucht, sich loszureißen. Zu spät. Die Nagelpistole in seiner anderen Hand zuckt. Ein Knall. Ein fürchterlicher Ruck geht durch ihren Arm. In ihrem Fleisch ist der Kopf eines Nagels sichtbar. Das Mädchen schreit vor Schmerz und hilflosem Entsetzen. Sie versucht, mit der unverletzten Hand nach ihrem Arm zu greifen, der jetzt etwas unterhalb des Handgelenks an den Tisch geheftet ist. Der Mann lacht. Je lauter sie schreit, desto lauter lacht er.

Schließlich ergreift er ihr freies Handgelenk und drückt es mit unwiderstehlicher Gewalt auf den Tisch. Diesmal neben ihren Kopf, sodass sie sehen kann, wie er die Nagelpistole zum zweiten Schuss ansetzt.

»Bitte nicht«, fleht sie. »Ich habe Ihnen doch ...«

Wieder geht ein seltsamer Ruck durchs Bild. Noch ein Schnitt. Vielleicht, weil sie aus der Rolle fiel? Die Nagelpistole hat nun ihr Werk bereits getan. Das andere Handgelenk ist neben ihrem Kopf festgetackert. Sie wimmert leise vor sich hin, das Gesicht von der Kamera weggedreht. Er beugt sich über sie.

»Jetzt ist die Zeit gekommen. Wir werden auf ewig verbunden sein«, sagt er.

Seine Hand greift nach der roten Karaffe, die immer noch auf der hinteren linken Ecke des Tisches steht, etwas über ihrem Kopf. Er hebt sie über ihr Gesicht. Langsam, Zentimeter für Zentimeter, neigt er sie zur Seite, bis die Flüssigkeit sich über ihr Gesicht ergießt.

* * *

Er öffnete die Tür und verließ leicht schwankend die Toilette, auf der er eben sein Mittagessen wiedergesehen hatte. Ein Mann kam ihm entgegen, doch Viktor vermied es, ihm in die Augen zu sehen. Er fühlte sich wie ein Schatten. Die Bilder, die er gerade gesehen hatte, verfolgten ihn. Vorm Büro hielt er kurz inne und wappnete sich, bevor er die Tür öffnete.

Ken und Stella saßen immer noch auf ihren Stühlen.

»Alles wieder okay, Partner?«

Viktor nickte. Er vermied es, den Monitor genauer anzuschauen, wo jetzt das letzte Bild des Films eingefroren war.

»Ist sie… Hat er sie…?«, setzte er an, doch das Wort wollte ihm nicht über die Lippen kommen.

»Die Säure hat den größten Teil ihrer Gesichtshaut und wahrscheinlich eines ihrer Augen zerstört«, antwortete Stella in demselben Tonfall, in dem sie ihren Obduktionsbericht diktiert hatte. »Aber umgebracht hat sie das sicher nicht. Noch nicht.«

Viktor erinnerte sich wieder an die fürchterlichen Schreie, als sich die Säure in die Gesichtshaut des Mädchens gefressen hatte. Das war der Moment gewesen, als sich ihm der Magen umgedreht hatte.

»Gestorben ist sie erst später«, fuhr Stella ungerührt fort, »als er ihr die Säure auch noch in den Mund gekippt hat.«

Viktor fühlte, wie sein Magen wieder zu revoltieren begann. Hastig tastete er nach seinem Stuhl und ließ sich hineinfallen.

»Woran genau stirbt man dann genau?«, fragte Ken.

Stella zuckte mit den Schultern. »Das müsste man untersuchen. Wahrscheinlich ist die Säure auch in die Lunge eingedrungen und hat ihre Bronchien verätzt, wofür der blutige Schaum spricht, der ihr im Todeskampf aus dem Mund lief.«

»So ein widerliches Schwein. Das hat mindestens fünf Minuten gedauert«, sagte Ken grimmig.

»Kein angenehmer Tod, allerdings«, erwiderte Stella mit mildem Bedauern.

»Auch da ist er von seinem Drehbuch abgewichen«, sagte Viktor.

»Wie meinst du das?«, fragte Ken.

»Wie schon gesagt: In *Le baiser dans la nuit* hat Henri, der Protagonist, mit seiner außerehelichen Affäre Schluss gemacht, woraufhin sie ihm das Gesicht mit Säure verätzt. Als ihr in der anschließenden Gerichtsverhandlung eine hohe Freiheitsstrafe droht, entschließt sie sich, ihm einen letzten Besuch abzustatten, um seine

Aussage in ihrem Sinn zu beeinflussen. Henri nutzt die Gelegenheit zur Rache, aber er tötet sie nicht, sondern fügt ihr nur dieselben Verletzungen zu, die sie ihm zugefügt hat«, sagte Viktor.

»Wie alttestamentarisch«, kommentierte Stella.

»Genau«, sagte Viktor. »Verglichen mit der Originalgeschichte war das also ein Overkill – im wahrsten Sinne des Wortes.«

»Hm«, sagte Ken. »Aber der ganze Anfang fehlt offensichtlich.«

Viktor nickte. Futanaris Zusendung hatte eine Reihe von Filmdateien enthalten. Beim Durchklicken hatte sich vieles als harmlos erwiesen. Übrig blieben fünf Dateien, die auf den ersten Blick einschlägige Gewaltdarstellungen enthielten. Aber Ken, der in seiner Ausbildung bei den Kollegen von der Sitte schon einmal Erfahrung mit dem Thema Tierpornos gesammelt hatte, durchsuchte das Internet zuerst nach Dubletten, die einen identischen digitalen Fingerabdruck aufwiesen. Auf diese Weise hatten sie vier der fünf Dateien als Fälschungen entlarvt, bei denen es sich in Wirklichkeit um fiktionale Darstellungen handelte, zum Teil schlicht Ausschnitte aus Splattermovies. Ausgerechnet die widerlichste Datei entpuppte sich als künstlerisches Projekt einer Gruppe von Filmstudenten der University of Los Angeles.

Erst die fünfte Datei war ein Volltreffer. Ken fand kein weiteres Exemplar in den zugänglichen Teilen des Internets. Und dann hatte Viktor sie auch noch als filmische Umsetzung just jenes Stücks des Grand Guignol erkannt, zu dem auch die Buchseite gehörte, die er auf dem Grundstück des toten Kahlkopfs entdeckt hatte. Nur schien oben ein großes Stück vom Anfang zu fehlen. Die

Handlung hatte erst in der Mitte des Treffens zwischen dem Säureopfer und seiner Exgeliebten eingesetzt.

»Kam er euch nicht auch irgendwie bekannt vor?«, fragte Viktor.

»Fragst du mich?« Stella hob entschuldigend die Hände. »Sorry, aber ich bin Prosopagnostikerin.«

»Prosopowas?«, fragte Ken.

»Prosopagnostikerin. Ich leide an amtlich anerkannter Gesichtsblindheit und würde nicht mal meine eigene Mutter erkennen, wenn sie sich mir nicht vorstellt.«

Ken kratzte sich den Bart, den Blick auf den Bildschirm gerichtet, als läge dort die Antwort auf Viktors Frage.

»Schwer zu sagen, mit dem ganzen… Zeug im Gesicht«, sagte er schließlich.

»Das war richtig gut gemacht«, sagte Stella. »Ich habe schon einmal Säureverletzungen bei einem Arbeiter in einer Batterieproduktion gesehen, allerdings waren seine Verletzungen nicht im Gesicht. Wer immer das ist, er hat sich schlaugemacht. Das konnte man auch später im Vergleich mit den echten Verletzungen bei ihr erkennen. Nur dass seine Maske so gut gemacht war, dass sie eine Art realistischen Heilungsverlauf imitierte.«

»Maske kann er also«, sagte Viktor. »Die Szene ist professionell ausgeleuchtet, und es verläuft nichts. Theatermaske ist eine Kunst. Für so etwas braucht man Stunden. Und das erblindete Auge ist eine spezielle Kontaktlinse. Vielleicht kriegen wir ihn ja über irgendeinen Händler für Theaterbedarf.«

»Ich weiß nicht«, sagte Ken skeptisch. »So was kannst du heute anonym online bestellen.«

»Na, jedenfalls wissen wir jetzt eins sicher«, entgegnete Viktor.

»Und das wäre?«, fragte Ken.

»Dieser Mann, also wahrscheinlich der eigentliche Killer von Katharina Racholdt, läuft da draußen noch irgendwo frei rum.«

»Wie kommst du darauf?«, fragte Stella.

»Der Typ in dem Film ähnelt nicht ansatzweise dem Glatzkopf, den wir tot auf dem Grundstück gefunden haben. Also gab es mindestens zwei Täter. Aber der Glatzkopf... Nach seiner Vita kommt er für so eine Sache einfach nicht als Mastermind infrage. Eher als buckliger Gehilfe. Das Ermittlungsverfahren hätte also nie eingestellt werden dürfen.«

»Wo du recht hast, hast du recht«, sagte Ken mit einem Seitenblick auf Stella.

»Was schaust du mich dabei so an?«, fragte sie.

»Nicht, dass du vorschnell mit dem Obduzieren aufhörst«, sagte Ken und zwinkerte ihr zu.

»Hey, hey«, Stella hob die Hände, »haltet mich bloß aus diesem Politikmist heraus. Ich bin nur eine einfache Rechtsmedizinerin. Wenn die Staatsanwaltschaft den Fall für tot erklärt, werde ich daran bestimmt nicht rütteln.«

»Und der Obduktionsbericht von Katharina Racholdt?«, fragte Viktor.

»Der ist quasi sowieso schon fertig. Ich werde ihn heute Abend bei einem schönen 2006er Mouton Cadet noch mal lesen und unterschreiben. Er liegt dann morgen früh ab acht Uhr dreißig für euch bei Doktor Mühe zur Abholung bereit. Ich bin ab morgen drei Tage auf einem Kongress im ›Estrelle‹ in Neukölln und kann ihn euch daher leider nicht persönlich überreichen.«

»Okay. Übernimmst du das?«, fragte Ken.

Viktor nickte.

»Hilft euch das denn jetzt irgendwie?«, fragte Stella.

»Bei der Identifizierung des Täters nicht wirklich«, antwortete Ken schulterzuckend. »Soweit ich sehen konnte, hat er sich keine Fehler erlaubt. Keine Armbanduhr, keine Tattoos oder so etwas. Keine Hinweise auf den Zeitraum. Und das Opfer hat er offensichtlich besser verschwinden lassen als die Racholdt. Vom Fund einer Mädchenleiche mit starken Säureverletzungen im Gesicht hätten wir mit Sicherheit gehört. Aber wie mein junger Padawan hier schon so weise bemerkte, es sollte zumindest reichen, um die Ermittlungen wieder zu eröffnen.«

»Aber das Video habt ihr doch quasi durch unlautere Machenschaften erlangt«, warf Stella ein. »Dann kann es doch gar nicht verwendet werden, oder?«

»Mit Verlaub, meine liebe Stella, aber du schaust eindeutig zu viele amerikanische Krimiserien«, sagte Viktor genüsslich. »Ein pauschales Verbot für die Verwertung rechtswidriger Beweise kennt die deutsche Strafprozessordnung nicht. Denk an die Steuer-CD aus Liechtenstein – Früchte des verbotenen Baums sind dem Staat manchmal gerade recht.«

»Stimmt«, nickte Stella gedankenvoll. »Aber ich verdiene Nachsicht. Meine Vorlesung zum Verfahrensrecht hat damals ein steinalter Professor gehalten, der wegen eines Schmisses durch den Nervus facialis kaum zu verstehen war. Unterstellen wir einmal, das Video ist für die Wiederaufnahme der Ermittlung verwendbar, könntet ihr dann nicht versuchen, das Mädchen per Steckbrief oder so was zu identifizieren?«

»Steckbrief gibt's exklusiv für Beschuldigte. Aber

zu dem Thema Opferidentifizierung wollte ich gerade kommen«, sagte Ken. »Ich mach einfach ein Standbild von ihrem Gesicht, als es noch heile war, und schick es gleich per Mail an die Vermisstenstelle.«

»Stopp!«, rief Viktor.

Zwei erstaunte Augenpaare richteten sich auf ihn. Fieberhaft überlegte Viktor, wie er Ken von seinem Vorhaben abbringen beziehungsweise dieses für seine Zwecke nutzen konnte.

»Was auf der Seele du hast, mir sagen du musst, junger Padawan«, forderte Ken ungeduldig.

»Äh, ich frage mich, was die Vermisstenstelle sagen wird, wenn wir mit einer Anforderung zu einem Fall kommen, den es offiziell gar nicht gibt«, versuchte es Viktor.

Ken zog die Augenbrauen zusammen.

»Mutierst du jetzt auf einmal zum Zwangsneurotiker?«, fragte Ken gereizt.

»Ich mein ja nur«, erwiderte Viktor.

»Okay.« Ken seufzte. »Was also schlägst du vor, du Nervensäge?«

»Äh, schick die Standfotos mir, ich druck sie mir aus und gehe persönlich hin.«

»Hä? Und warum soll das dann klappen?«, fragte Ken.

»Ich werde mir eine schöne Geschichte ausdenken, so wie bei Futanari. Bin ja ein kreatives Kerlchen.«

»Dann lass uns deine schöne Geschichte doch gleich in eine Mail hacken«, schlug Ken vor.

»So was funktioniert im persönlichen Kontakt besser. Glaub mir.«

»Na gut.« Ken winkte ab. »Mach doch, wie du denkst«, sagte er und wandte sich seinem Rechner zu. »Zack. Und schon an dich gemailt. Geh damit bitte zu Harry Bredow in der Vermisstenstelle. Am besten gleich morgen früh. Lass ihn schauen, ob sie irgendwem in seiner Datei ähnlich sieht. Dann verabredest du für uns einen Termin beim Boss. Sagen wir so um elf Uhr. Sieh zu, dass du Begüm mit dazubekommst.«

»Ja, Sir«, sagte Viktor. »Ist es erlaubt, noch eine Idee zu äußern, Sir?«

»Lasse er seinen Gedanken freien Lauf«, sagte Ken und winkte huldvoll.

»Vielleicht können wir ja über das Publikum weiterkommen.«

»Wie meinst du das? Den Justizsenator sollten wir uns lieber erst mal für später aufsparen, wenn du an den denkst. Von wegen der Politik und so.«

»Ich meinte ganz allgemein die Zielgruppe solcher Videos. Wegen der erotischen Komponente beim Grand Guignol«, ergänzte Viktor. »Du weißt schon. Die Holzkisten vor der Bühne, von denen ich euch in der ›Quelle‹ erzählt habe.«

»Yep. Ich erinnere mich«, sagte Ken. »Ist sicher gefundenes Fressen für Psychos. Klar, dass unser Mann da voll drauf abfährt. Der versteht sich bestimmt auch noch als so eine Art Künstler. Aber wie willst du jetzt auf dieser Basis an die Zuschauer ran? Leute, die sich gerne andere beim Sterben angucken, sind diesbezüglich wahrscheinlich eher verschwiegen, könnte ich mir denken.«

»Ich dachte, man könnte sich ja mal an Orten umhören, wo eher ungewöhnliche Sexualpraktiken gepflegt werden.«

»Ich könnte mal die alten Kollegen von der Sitte fragen«, warf Ken ein.

Viktor wollte gerade Luft für eine Entgegnung holen, doch Ken kam ihm zuvor.

»Halt. Ich weiß, was du sagen wirst. Noch kein offizieller Fall. Richter könnte davon erfahren und so.«

Viktor nickte grinsend.

»Was meinst du eigentlich mit ungewöhnlichen Sexualpraktiken?«, schaltete sich Stella ein.

»Na, Swingerklubs, SM-Studios, Dominas und so ein Zeug«, antwortete Viktor.

»Puh.« Stella wedelte mit der Hand vor der Nase, als wollte sie einen schlechten Geruch vertreiben. »Ich hätte dich jetzt nicht für so spießig gehalten. Nur weil einer Blümchensex langweilig findet, bringt er deswegen noch lange keine Leute um.«

»Das meinte ich ja auch gar nicht«, verteidigte sich Viktor. »Aber vielleicht kennt ja jemand aus der Szene diesen Film zumindest. Vielleicht jemand, der ihn gar nicht für echt gehalten hat. Wer sich gegenseitig mit heißem Wachs, Peitschen und Knebeln traktiert, der steht vielleicht auch auf so was.«

Statt einer Antwort seufzte Stella und bedachte ihn mit einem mitleidigen Blick. Dann ergriff sie ihren Mantel, der auf ihrem Schoß lag. »Ich denke, meine Aufgabe hier ist erfüllt«, sagte sie und stand auf. »Außerdem muss ich mich noch auf den Kongress vorbereiten. Wenn ihr also erlaubt, entschuldige ich mich.«

Sie stand auf, winkte ihnen kurz zu und verschwand mit eiligen Schritten durch die Tür. Viktor schaute ihr konsterniert hinterher.

»Mach dir nichts draus.«

»Was?«, fragte Viktor, der gar nicht richtig hingehört hatte.

»Na ja, so ist sie eben«, wiederholte Ken. »Mach dir halt nichts draus. Morgen hat sie schon wieder vergessen, worüber sie sich heute geärgert hat.«

»Ah ja?« Viktor war immer noch zu verwirrt, um den Sinn von Kens Worten völlig zu erfassen. Was um Himmels willen hatte er getan oder gesagt, dass Stella jetzt so verschnupft war?

»Wir sollten Futanari fragen«, ließ Ken ihm keine Zeit für weitere Grübeleien, »ob sie zu dem Film noch irgendwas in den einschlägigen Ecken des Darknet findet.« Ken wandte sich wieder seinem Rechner zu und rief das E-Mail-Programm auf. »Hier, hör dir mal an, was Futanari da noch schreibt: ›Ich habe auch nach gelöschten Dateien gesucht. Viel Triviales. Aber ihr solltet euch die Datei mit dem Namen Token_PeepingTom anschauen. Ich dachte zuerst, das wäre nur irgend so ein schlecht gefilmter Hausfrauenporno, aber ich habe reingeschaut und denke, der ist wichtig für euch.‹«

Viktor blies die Backen auf und verschränkte die Arme hinter seinem Kopf.

Ken erriet seine Gedanken. »Alter. Nur der eine noch, okay?«

»Weil du es bist«, sagte Viktor unter innerlichem Zähneknirschen. Er musste sich eingestehen, dass das Video ihn und seinen Magen deutlich mehr erschüttert hatte als erwartet. Aber das gehörte eben zum neuen Beruf.

»That's the spirit«, sagte sein Kollege und klopfte ihm auf die Schulter.

Ken hatte die gesamte Ordnerstruktur, eine exakte Kopie von Stades Rechner, die Futanari unter dem Link abgelegt hatte, auf seine Festplatte geladen. Manche Dateien waren mit dem Zusatz *undelete* gekennzeichnet.

Offensichtlich jene, die Futanari wieder sichtbar gemacht hatte. Ken nutzte die Suchfunktion. Schließlich
hatte er die richtige gefunden und öffnete sie mit einem
Doppelklick.

Viktor atmete tief durch und wappnete sich innerlich.

Doch diesmal war die Szenerie eine völlig andere.
Weder ein Raum noch eine Bühnenszenerie, sondern
ein Film unter freiem Himmel. Es sah so aus, als ob die
Kamera durch eine Siedlung getragen wurde. Ab und zu
war ein Haus sichtbar, dann wieder Autos und Straßen,
auf jeden Fall eine eher dörfliche Umgebung. Das wack-
lige Auf und Ab des Bildausschnittes deutete darauf hin,
dass wohl jemand die Kamera in seiner Hand trug.

Nachdem der Film eine Weile so unstet vor sich hin
schaukelte wie ein Betrunkener, änderte sich die Perspektive plötzlich. Viktor lief ein Schauer über den Rücken. Er kannte die Haustür, die da jetzt zu sehen war.

Es war die der Racholdts.

* * *

»Hau richtig drauf. Ich halte ihn fest«, sagte Ken.

Viktor holte zu einem Seithaken aus und schickte
noch eine Gerade hinterher. Es waren saubere Treffer,
aber mit Ken als Gegengewicht bewegte sich der Boxsack nicht ein Stück.

Auf Kens Vorschlag hin waren sie zu einer der Box-
hallen des Polizeisportvereins auf dem Gelände der Poli-
zeidirektion 5 am Columbiadamm gefahren.

Viktor nutzte eine Verschnaufpause, um an sich herun-
terzuschauen. Die Boxhose aus der Lost-and-Found-Kiste
war ihm viel zu weit.

Ken fing seinen Blick auf. »Das Trikot macht das wieder wett«, sagte sein Kollege. »Du siehst aus wie eine Presswurst im Elefantentutu.«

Der feiste Hallenwart steckte sein Gesicht durch die Tür. »Geht ihr bald oder soll ich dir den Schlüssel dalassen?«

»Der *Dude* hier ist voll aus dem Training. Das dauert noch«, rief Ken.

Der Mann schleuderte den Schlüsselbund in Kens Richtung. Der Wurf war eher schlecht, doch Ken war flink. Sein plumper Körperbau täuschte, jedenfalls brachten ihn zehn Minuten intensives Sandsacktraining kaum außer Atem.

Sein Partner hatte recht behalten. Das Boxen tat ihm gut, auch wenn es Viktor schwerfiel, sich auf die Schläge zu konzentrieren.

»Der Film. Das ist exakt, was Katharina in ihrem Tagebuch beschrieben hat«, plapperte es aus ihm heraus.

»Erzähl weiter«, sagte Ken.

»Ich meine, sie hat genau diese Situation in ihrem Tagebuch beschrieben. Wie er ein paar Tage nach der Vergewaltigung überraschend vor ihrer Tür stand, nachdem sie vorher schon bei ihm zu Hause und im Büro angerufen hatte. Was sie nicht wissen konnte: In den Blumen musste er irgendeine Art von Kamera versteckt haben.«

Linker Jab. Linke Gerade. Rechte Gerade.

»Und dann filmt er sich dabei, wie er eine Minderjährige vögelt.«

Linker Schwinger. Schritt nach vorn zum rechten Leberhaken. Schritt zurück. Rechte Gerade cross.

»Seine eigene Nichte.«

Jab, Jab.

»Was für ein Schwein.«

Rechte Gerade voll in die Fresse. Diesmal hatte er Ken hinter dem Boxsack zumindest ein bisschen zum Schwanken gebracht.

Viktor beugte sich schnaufend vor und stützte die Handschuhe auf die Knie. Seine Form ließ in der Tat zu wünschen übrig. Doch immerhin: Obwohl er das letzte Mal zu Schulzeiten geboxt hatte, saßen die Schläge noch. Im Gegensatz zu damals hatte er mittlerweile einen ganz schönen Punch.

Er richtete sich wieder auf und stemmte die Handschuhe in die Seiten. »Warum macht er das?«, fragte er.

»Was genau meinst du? Seine Nichte vögeln? In gewissen Dörfern in Brandenburg soll das ja geradezu ein Volksbrauch sein«, feixte Ken.

»Nein, das nicht. Ich meinte: Wieso filmt er sich dabei? Zudem mit solchem Aufwand. Dann lädt er es auf seinen privaten Rechner. Dann löscht er es wieder.«

»Die Datei war mit Token bezeichnet und einem schlüpfrigen Pseudo. Wahrscheinlich seins, wenn er auf irgendwelchen Schmuddelseiten unterwegs war. Memo an mich selbst: Futanari soll das Netz nach dem Pseudo durchforsten«, sagte Ken.

»Und was lernen wir aus dem Dateinamen?«

Ken antwortete mit einer Gegenfrage: »Was ist denn ein Token, junger Padawan?«

»Naja, ein Pfandbon halt. So wie die Eintrittsmünzen in der New Yorker U-Bahn«, antwortete Viktor ungeduldig.

»Genau«, antwortete Ken »Und im Darknet, in dem

die Leute unter anderem mit illegalen Filmchen, Fotos und so Zeug handeln, ist ein Token auch so eine Art Eintrittskarte. Nur besteht die meist darin, dass du den Mitgliedern des Klubs, in den du aufgenommen werden willst, was Kompromittierendes über dich hochlädst. Wer also in einen Tauschring für Kinderpornos reinwill, muss erst mal selber Schmutz uploaden. Das sichert die Loyalität untereinander. So hat sich damals auch Tauss, dieser Ex-SPD-Bundestagsabgeordnete, gerechtfertigt, warum er das ganze Kipozeug zu Hause hatte. Er behauptete, er brauche es als Faustpfand für die Szene, die er angeblich ausforschen wollte. Ich vermute, der Film mit seiner Nichte war Stades Preis für den Zugang zu diesen Gewaltpornos.«

Das klang plausibel. Es wäre die Verbindung zwischen Stade und dem mutmaßlichen Mörder seiner Nichte, die Viktor bereits vermutet hatte. Aber war das alles? Noch immer war unklar, wie Katharina Racholdt am Ende ebenjenen Monstern in die Hände gefallen war, deren »Werke« ihr Onkel offensichtlich konsumierte. Konnte es sein, dass…

»Achtung.«

Viktor konnte gerade noch den Arm hochreißen, um Kens Jab abzuwehren. »Hey«, beschwerte er sich. Sie hatten mittlerweile die Plätze getauscht.

»Nur ein kleiner Test. Deine Reflexe sind in Ordnung«, sagte Ken.

»Gib mir meine Handschuhe zurück, und ich prügel dich windelweich«, forderte Viktor.

»Im Traum nicht, Alter«, sagte Ken grinsend.

***

Zwanzig Minuten nach ihrem Aufbruch von der Polizeisporthalle in Kreuzberg öffnete Viktor die Tür zu seiner Wohnung. Schöneberg lag auf dem Weg zum LKA, weshalb Ken ihn mitgenommen und zu Hause abgesetzt hatte. Er schaltete das Flurlicht ein. Wie immer kam ihm die Wohnung viel zu still vor. Er fragte sich, ob dieses Gefühl jemals ganz verschwinden würde.

Der Gedanke an den morgigen Tag hob seine Laune ein wenig. Ken hatte ihn in die Vermisstenstelle beordert. Vielleicht war das endlich eine Möglichkeit, an Paulas Akte heranzukommen. Er würde sich irgendeine Geschichte ausdenken müssen.

Im Wohnzimmer angekommen, bemerkte er im Halbdunkel das Blinken der Voicebox und drückte die Taste.

»Hallo, Viktor, mein Lieber. Hier ist Stella.« Ein kurzes Knacken in der Leitung, wahrscheinlich rief sie über einen Freisprecher an. »Ich wollte mich für den abrupten Abgang von vorhin entschuldigen. Außerdem ist mir nach unserem Treffen so eine teuflische kleine Idee gekommen, die ich mit dir besprechen wollte. Übrigens: Ich habe das Tagebuch deines Großvaters zu Ende gelesen. Vielen Dank dafür. Es war wirklich… aufschlussreich. Du hast doch sicher nichts dagegen, wenn ich eine Kopie anfertigen lasse, oder? Ich würde sie selbstverständlich vertraulich behandeln, obwohl ich nicht der Meinung bin, dass du irgendeinen Grund hast, deine Vergangenheit so zu verstecken.«

Es raschelte. Dann war ihre Stimme auf einmal viel näher. Offensichtlich hatte sie die Freisprechfunktion ausgeschaltet und den Hörer in die Hand genommen.

»Aber jetzt zu meiner Idee. Ich bin morgen Abend auf einer kleinen Soirée eingeladen. Ein sehr… besonderer

Zirkel von Menschen. Bis jetzt hatte ich mich darauf eingestellt, mich allein dorthin zu wagen, aber nun habe ich mich gefragt, ob du mich vielleicht begleiten willst. Überleg es dir, mein Lieber. Bye-bye.«

Es knackte in der Leitung. Die Aufnahme war vorbei. Auf dem Display blinkte ihre Nummer für einen Rückruf. Ohne lange nachzudenken, betätigte er die Wahltaste.

»Samson. Viktor, bist du das?«, fragte sie.

»Ja. Entschuldigung. Ich habe gerade deine Nachricht gehört und dachte, es ist noch nicht zu spät.«

»Erst neun, natürlich nicht. Was habt ihr zwei denn noch getrieben, mein Lieber?«

»Ken und ich waren ein bisschen boxen.«

»Wie erfrischend proletarisch. Ganz Ken.«

Viktor wusste nicht genau, was er darauf antworten sollte, also entschloss er sich, das Thema zu wechseln.

»Deine Einladung klingt spannend.«

»Wenn du wüsstest«, kicherte sie.

»Ist es irgendein besonderer Anlass?«, fragte Viktor.

»Wie meinst du das?«

»Na zum Beispiel der Geburtstag eines Freundes oder so etwas? Soll ich ein Geschenk besorgen?«

»Ach so«, antwortete Stella. »Nein. Nichts dergleichen. Nur ein entspanntes Beisammensein.«

Wieder kicherte sie.

»Wann geht es los?«

»Punkt neun. Komm so um halb acht zu mir. Dann kann ich mich nach dem Kongress noch etwas frisch machen, und wir fahren zusammen.«

»Ist es was Vornehmes? Wie soll ich mich anziehen?«, fragte Viktor.

»Anziehend«, antwortete sie lachend.

»Okay«, sagte Viktor leicht irritiert. »Offensichtlich willst du mir nicht sagen, was mich erwartet.«

»Nimm es als Lektion in Demut und Toleranz«, erwiderte Stella mit offensichtlichem Vergnügen in der Stimme. »Sagen wir, ich habe da bei dir einen gewissen pädagogischen Nachholbedarf entdeckt.«

»Soso. Nun, dann sage ich Ja, Frau Lehrerin.«

»Sehr brav«, erwiderte sie. »Ich freue mich.«

Herrgott. Er kam sich wie ein Teenager vor. Blöd, aber auch wundervoll. Wann hatte er sich das letzte Mal so gefühlt?

»Also angenehme Nacht«, sagte sie.

Aus ihrem Mund klang es himmlisch doppelbödig. Oder gaukelte ihm das sein mittlerweile außer Rand und Band geratener Hormonspiegel nur vor?

»Wünsche ich dir auch.«

Unglaublich, wie trocken seine Zunge auf einmal war.

»Bye-bye«, sagte sie und legte auf.

Viktor stand eine Weile im Halbdunkel, den Hörer seines Kabellosen noch in der Hand. Was für eine denkwürdige Woche. Eigentlich hätte er das Wochenende jetzt dringend nötig gehabt. Doch das hatte er gerade übersprungen.

Er ging in die Küche und goss sich einen Whisky ein. Dann stellte er das Licht im Flur aus, setzte sich im Dunkeln auf sein Sofa und starrte in den Berliner Nachthimmel.

Montag, der 9. Januar

14

Ihr Schrei erstarb.

Das Schlimmste an alledem war, dass Jenny sie von Anfang gehasst hatte. Und je mehr sie versucht hatte, sich bei Jenny einzukratzen, je mehr sie einen auf »Wir armen Opfer müssen doch zusammenhalten« gemacht hatte, desto größer war Jennys Hass geworden.

Sie war schon neunzehn, hatte sie erzählt. Aber Jenny kam sie eher wie vierzehn vor. Und sie schwitzte die verwöhnte Wohlstandstussi aus jeder Pore.

Saskia.

So hießen nur dumme Promqueens mit neuster Playstation Move und Maledivenbräune.

Und warum war sie abgehauen? Weil ihre Eltern sich geschieden hatten. Heiliger Herr Jesus. Jenny hätte ihre rechte Hand dafür gegeben, würde sich ihre Mutter endlich von diesem Arschloch trennen. Scheiße, wenn sie es genau überlegte, wäre sie freiwillig in eine von diesen Einrichtungen gezogen, wo die Jugendlichen in so einer selbst geführten WG lebten. Aber wer hätte dann auf Lukas aufgepasst?

Und Saskia? Saskia war ein Einzelkind. Und Saskia war halt voll sauer, weil Daddy aus der Villa im Grunewald ausgezogen war, wahrscheinlich nachdem er das Dienstmädchen gefickt hatte oder so was Ähnliches.

Und Saskia wollte ihrer Mutter eins auswischen. Deswegen hatte sie ein paar Proteinsticks und eine Bionade in ihren Rucksack gepackt und war zum Bahnhof Zoo gezogen. Bestimmt, weil Bahnhof Zoo für sie irgendwie cool und verrucht klang. Dort hatte sie sich prompt von genau dem Arschloch anquatschen lassen, das auch Jenny geschnappt hatte. In dessen Keller waren sie sich dann zum ersten Mal begegnet.

Was für eine dumme Kuh. Auf Jennys Schule gab es zwei, drei ähnliche Mädchen. Nicht ganz so upscale, aber genauso snobby. Mädchen, die in der Schule durch Jenny hindurchschauten, als ob sie aus Luft wäre, weil sie die falschen Klamotten trug, weil sie eben einfach… unhip war. Aber hier unten im Keller hatte Saskia von Anfang an so getan, als ob Jenny ihre beste Freundin wäre.

Doch das Allerschlimmste war das Geheule. Sie flennte bei jeder Gelegenheit. Sie flennte über das Hundefutter, das sie essen mussten. Sie flennte, weil sie Angst hatte, von dem abgestandenen Wasser krank zu werden, flennte, weil sie in einen Eimer kacken musste, flennte, weil sie Angst vor dem Arschloch hatte, das sie zu alledem zwang.

Flennte.

Flennte.

Flennte.

Und verstummte erst, als er zu ihnen in den Raum kam, in dem er sie eingesperrt hatte. Jenny hatte sofort gewusst, dass irgendetwas anders war, denn er hatte nichts in seinen Händen. Kein Hundefutter. Keine Wasserkanne. Tatsächlich trug er nicht mal Kleidung, abgesehen von dieser widerlichen Zombie-Gummimaske, mit der er jedes Mal die Zelle betrat. Eine Weile hatte er sie nur durch die Augenlöcher angestarrt.

Während Jenny genauso zurückgestarrt hatte, hatte Saskia nur leise wimmernd in ihrer Ecke gehockt und die Augen zugemacht. Auf diese Weise war ihr immerhin entgangen, dass er irgendwann angefangen hatte, sich einen zu wichsen. Einfach so. Dort in der Tür stehend, im prallen Licht der nackten Glühbirne an der Decke. Jenny hatte die Helligkeit und die Zeit genutzt, sich umzuschauen. Die Tür war schwer, mit einem Riegel zum Drehen auf der Außenseite, so ein bisschen wie bei einem U-Boot. Vielleicht waren sie in einem alten Luftschutzkeller, sie hatte so was schon mal bei einem Kumpel gesehen. Dort hatte es aber Pritschen und ein Vorratsregal gegeben. Hier war alles nackt und leer bis auf die Glühbirne und das Kabel, das von der Decke über die Wand zur Tür führte, sowie den Eimer für das Hundefutter.

Irgendwann hatte der Typ angefangen, schwer zu atmen, und war gekommen. Jenny hatte das schon mal in einem Porno gesehen. Es war alles auf den Estrich getropft. Danach hatte er Saskia an ihrer immer noch perfekt gesträhnten Mähne gepackt, durch die Tür nach draußen gezogen, die Tür zugeworfen und den Riegel umgedreht. Saskia hatte von dem Moment, in dem er sie packte, die ganze Zeit geschrien.

Jenny hatte erwartet, dass es wieder ruhig werden würde, doch was immer er mit ihr anstellte, er tat es direkt vor der Tür. Das stählerne Türblatt war dick. Alles klang seltsam dumpf, und sie konnte nicht jedes Wort verstehen, das er sagte, aber Saskias Schreie konnte sie hören. Und das war genau das, was er wollte. Da war sie sicher. Jenny hatte sich in die hinterste Ecke des Raums gekauert und sich, so gut es ging, die Ohren zugehalten. Doch das hatte kaum etwas geholfen.

Irgendwann hatten die Schreie jede Menschlichkeit verloren. Sie erinnerten Jenny an eine Naturdoku, in der ein Tiger einen Affen gerissen hatte und das Tier sich verzweifelt, aber letztlich vergebens gegen die schrecklichen Bisse gewehrt hatte. Sie hielt sich so fest die Ohren zu, bis ihre Arme schmerzten, doch die Schreie drangen hindurch.

Aber dann – von einer Sekunde zur anderen – wurde es auf einmal still. Totenstill.

* * *

Viktor hatte verschlafen, weil der Wecker nicht geklingelt hatte. Doch für Ursachenforschung blieb keine Zeit, es war bereits neun Uhr vierzig.

Eigentlich wollte er schon um neun in der Gerichtsmedizin gewesen sein, weil er um zehn in der Vermissenstelle in Keithstraße sein musste. Denn eine Stunde danach sollte laut Kens Wunsch der Termin bei Richter sein.

Gedanklich verschob er die Gerichtsmedizin auf später und strich Frühstück und Dusche. Ein paar Minuten später radelte er bereits durch den nasskalten Montagmorgen.

Als die Ampel am Nollendorfplatz vor ihm auf Rot sprang, ergriff er die Gelegenheit, zog noch im Rollen sein Smartphone aus der Tasche und wählte die Nummer von Richters Büro.

»Büro von Direktor Richter, Regnier am Apparat.«

»Guten Morgen, Frau Regnier. Hier ist Viktor Puppe.«

»Ach, Herr Doktor Puppe. Das passt ja prima. Ich wollte Sie gerade anrufen.«

»Tatsächlich?« Viktor war so verdutzt, dass er beinahe eine geöffnete Autotür übersah.

»Idiot«, rief ihm der aussteigende Fahrer hinterher.

»Wie bitte?«, ertönte es am anderen Ende der Leitung.

»Nichts. Entschuldigung. Ich bin gerade auf der Straße unterwegs«, beeilte sich Viktor zu erklären.

»Aha. Na ja, jedenfalls erwartet der Herr Direktor sie um elf Uhr dreißig alle in seinem Büro.«

»Uns alle?«, fragte Viktor.

»Ja, Sie sowie Herrn Tokugawa und Frau Duran. Seien Sie bitte pünktlich. Er hat heute einen sehr vollen Terminkalender.«

»Selbstverständlich«, versicherte Viktor »Können Sie mir denn schon sagen, worum es geht?«

»Bedaure. Dazu hat er sich nicht geäußert«, antwortete Frau Regnier.

»Ach so. Ja dann. Bis später.«

»Nicht so schnell, junger Mann. Sie hatten doch auch Anliegen.«

»Hat sich mittlerweile erledigt«, sagte Viktor.

»Verstehe. Also bis später. Ach und übrigens, Herr Puppe?«

»Ja, Frau Regnier?«

»Er hat eine wirklich miese Laune.«

Sie legte auf. Viktor stopfte sein Handy in die Manteltasche und radelte grübelnd den Radweg an der Kurfürstenstraße entlang. Was konnte Richter wollen? Und war das der Grund für seine Laune? Irgendwie hatte er ein mulmiges Gefühl.

Immerhin hatte er jetzt etwas mehr Zeit als gedacht. Für die Gerichtsmedizin reichte es immer noch nicht, aber für die Vermissenstelle allemal. Endlich bog er rechts in die Keithstraße ein. Diesmal berechtigte ihn sein Dienstausweis, in den Innenhof zu fahren.

»Ah, der junge Herr Puppe. Auch ma wieda zu Besuch«, berlinerte es hinter ihm, als er gerade sein Fahrrad abschloss.

Viktor wandte sich um und schaute in das Gesicht des hutzeligen Pförtners. »Herr Schmitt.«

»Live und in Farbe«, antwortete der so Bezeichnete.

»Seien Sie gegrüßt.«

Statt einer Antwort beugte Schmitt sich über Viktors Fahrrad. »Interessantet Dienstjefährt.«

»Bin ich denn der einzige Radfahrer?«

»Na, Frau Roszik kommt ja imma mit so 'nem Kickboard, oda wie ditt heeßt. Früha ham wa ditt Rolla jenannt, aba allet neu macht der Mai, wie der Lateina sacht.«

»Ja, da haben Sie recht«, erwiderte Viktor beflissen. »Können Sie mir übrigens sagen, wie ich am schnellsten zur zentralen Vermissenstelle komme?«

»Wieso, hamse wen valorn?« Er lachte ebenso ausgiebig wie asthmatisch. »Schullijung«, sagte er, als er sich wieder gefangen hatte. »Kleina Scherz am Rande. Bisschen Spaß muss sein.«

Viktor quittierte die Bemerkung pflichtschuldig mit einem Lächeln. Der Portier zückte in aller Ruhe einen seiner Zigarillos aus einer alten Blechschachtel, entzündete ihn und paffte zwei Züge, bevor er sich zu einer Antwort bequemte.

»Nehmse den Treppenaufgang dahinten in dit zweete Obajeschoss. Wenden Se sich nach links und folgen Se einfach dem Flur, bis Se uff da rechten Seite eine Tür mit der unvakennbaren Aufschrift Vermisstenstelle sehen. Dort wird der Kollege Bredow Se erwarten.«

»Vielen Dank«, sagte Viktor und stürmte los.

»Warum so eilich, junga Mann? Ditt jibt nur erhöhten Blutdruck.«

Viktor sparte sich jegliche Reaktion. Er war froh, den Pförtner passiert zu haben. Der Mann war eine Plappermaschine und irgendwie unangenehm schmierig.

Vor dem Gang zur Vermisstenstelle musste er noch kurz in ihr Büro, um das Standfoto auszudrucken, das ihm Ken gestern noch aus den Videos geschnitten und zugemailt hatte.

Irgendwie hatte er gehofft, dort allein zu sein, aber stattdessen fand er Begüm vor, die ihn mit ihren schwarzen Augen musterte, als sei er ein Einbrecher.

»Guten Morgen«, sagte er hoffnungsvoll.

Statt einer Antwort hob sie kurz ihr Kinn, ohne die Augen von ihm zu lassen. Wenn das ein Glotzwettbewerb war, hatte sie schon drei Mal gewonnen.

Er wagte einen zweiten Versuch. »Geht's deiner Tochter wieder gut?«

»Hm.«

Viktor vermutete, dass das ein Ja gewesen war. Immer noch wandte sie ihre Augen nicht von ihm ab. »Hör mal, wegen neulich Abend in der ›Quelle‹«, begann er.

Eigentlich hatte er gar nichts sagen wollen, aber irgendwie war die Stille noch schlimmer.

»Ja?«, sagte sie und hob die Augenbrauen.

»Tut mir leid, wenn ich dich da irgendwie… irgendwie…«, stammelte Viktor.

»Schon gut«, sagte sie und wandte sich einer Akte zu.

»Ich steh nicht so auf die Gentleman-Nummer.« Nach einer Pause fügte sie etwas leiser hinzu: »Hat mein Ex immer abgezogen.«

Hatte sich Viktor verhört, oder klang das fast entschuldigend?

»Ja, ich hab schon gehört, dass er dir übel mitgespielt hat«, pflichtete er ihr bei. »Die Entführung und so.«

»Das geht dich einen feuchten Dreck an«, herrschte sie ihn an. Da war er wieder, dieser Blick.

»Entschuldigung. War nicht meine Absicht, dir zu nahe zu treten«, sagte er.

Sie fixierte ihn einige Sekunden, dann wandte sie sich wieder ihrer Akte zu. »Was machst du hier?«, fragte sie beiläufig.

»Ich muss ein paar Fotos ausdrucken und zur Vermisstenstelle bringen.«

»Von diesem Foltervideo?«

Offensichtlich hatte Ken sie informiert.

»Genau«, antwortete Viktor und warf seinen Rechner an. »Und du?«, fragte er sie, schon halb auf die nächste Abfuhr gefasst.

»Ich guck mir meine Streunerakten an. Habe ich lange nicht mehr gemacht. Ich brauche ein paar Namen und Gesichter, damit ich Nachforschungen anstellen kann.«

»Und wie machst du das?«, fragte er.

»Na, hingehen und Leute anquatschen«, sagte sie und schaute ihn dabei schon wieder so an, als ob er sie nach dem Weg zu seinem Kleiderschrank gefragt hätte, dabei wollte er doch nur Konversation machen.

Als der Rechner hochgefahren war, druckte er das Standbild aus, wobei er jeden Blick darauf peinlich vermied.

»Zeig mal«, sagte Begüm und streckte die Hand aus, ohne die Augen von ihrer Akte zu wenden.

Viktor tat seufzend wie geheißen. Nicht nur, dass er sich gerade wie ein Lakai fühlte, auch hatte er – vor allem in Anbetracht seines kleinen Privatprojekts – eigentlich nicht wirklich viel Zeit.

»Hat Frau Regnier dich auch schon angerufen?«, fragte Viktor.

»Ja«, sagte sie.

Viktor gab auf. Offensichtlich war es ihm nicht vergönnt, seine Kollegin in irgendeine Art von höflichem Austausch zu verwickeln. In ihrer Mimik konnte er erst recht nicht lesen. Jedenfalls unterschied sich der Blick, mit dem sie das Bild betrachtete, nicht wesentlich von dem, mit dem sie ihn oder die Akte vor sich anschaute. Und ebenso offensichtlich kam es ihr nicht im entferntesten in den Sinn, dass man später zusammen nach Tempelhof fahren könnte. Fast sehnte er sich nach dem Abend in der ›Quelle‹ zurück, dort hatte sie wenigstens ein gemeinsames Thema durch den Abend getragen. Schließlich reichte sie ihm das Foto zurück.

»Mieses Arschloch«, sagte sie. »Wenn du gehst, mach die Tür wieder hinter dir zu.«

Viktor benötigte eine Sekunde, um sich zu verdeutlichen, dass der erste Satz nicht ihm galt. Er warf einen letzten Blick auf seine Kollegin, dann verließ er kopfschüttelnd das Zimmer.

* * *

Er starrte auf den malträtierten Körper vor sich. Man würde ihn entsorgen müssen, aber das war nicht das

Schlimmste. Das Schlimmste war, dass er sich von seiner Wut hatte hinreißen lassen. Das Ergebnis war nichts als Verschwendung.

Er versetzte ihr einen Tritt mit dem Fuß. Nichts. Auch der Brustkorb bewegte sich nicht. Er wollte sich gerade herunterbeugen, um einen Puls zu fühlen, doch dann besann er sich. Bei all den Stichwunden war sie wahrscheinlich tot oder mindestens so gut wie.

Nun hatte er nur noch eine übrig, und die sah nicht besonders robust aus. Bestimmt musste er nur allzu bald eine neue besorgen. Aber erst einmal musste er hier aufräumen und diese Riesensauerei sauber machen. Schon beim Gedanken daran brach ihm der kalte Schweiß aus. Auf einmal überkam ihn die Müdigkeit und senkte sich auf ihn wie ein Mantel aus Blei.

Er griff in seine Tasche und zog die Schachtel Dexedrin hervor. Er presste eine der Pillen aus dem Blister. Dann starrte er sie eine Weile an. Es wäre bereits die dritte innerhalb der vergangenen zwölf Stunden. Und außerdem war da noch die Schmerztablette, die er vorhin genommen hatte, als ihm nach der Wutattacke fast der Schädel geplatzt war.

Schließlich zuckte er die Schultern, griff sich den Mörser und zerkleinerte die Pille sorgfältig. Sein Leben zwischen den Welten, seine Kunst forderten nun mal ihren Tribut. Bald würde er alles wieder in den Griff bekommen oder eben auch nicht. Er zog mit einer Kreditkarte eine Linie auf seinem Taschenspiegel und schnupfte sie durch ein Röhrchen. Dann wartete er ein wenig.

Der anflutende Rausch blies die Müdigkeit aus ihm heraus wie eine frische Brise.

Der Körper vor ihm, die besudelten Werkzeuge, die

Flecken von Erbrochenem und Blut überall. Das alles sah jetzt auf einmal wie etwas aus, was man in einer Stunde Arbeit gut bewältigen konnte. Er kniete sich hin und schob seine Finger unter die erkalteten Achselhöhlen.

Die Haut fühlte sich seltsam an, ein wenig wie die Knete, die ihm sein Therapeut zum Stressabbau gab. Wahrscheinlich Dehydrierung und der Blutverlust von eben. Er genoss die Empfindung dieser menschlichen Knete an seinen Fingern. Es erregte ihn. Für ein paar Momente vergaß er alles um sich herum und lebte nur in seinen Fingerspitzen. Welkendes Fleisch. Er allein hatte es in diesen Zustand versetzt. Atemberaubend.

»Lass das, du perverses kleines Miststück.«

Er keuchte vor Schreck. Ihre Augen waren weit geöffnet und starrten ihn glasig an. Ein blutiger Zeigefinger hob sich in seine Richtung.

»Schneid ihn dir ab.«

Das Betttuch wedelt vor seinen Augen hin und her. Er sieht die verräterischen Flecke, spürt das schmerzhafte Brennen auf seiner Wange. Der Schlag war hart, aber er ist nichts gegen die Demütigung und das, was nun kommt.

»Schneid ihn dir ab, du kleines dreckiges Miststück, oder soll ich es für dich tun?«

Er schaut nach oben. Über ihm schweben Tante Gildas hassverzerrte Fratze und die Schere in ihrer Hand. Natürlich meint sie das nicht ernst, oder vielleicht doch?

Der Angriff kommt so plötzlich, dass er nicht mal sieht, wie sie sich bewegt. Aber auf einmal liegt er auf dem Rücken, und sie sitzt rittlings auf seiner Brust und seinen Oberarmen, ihren mächtigen Hintern direkt vor seinem Gesicht. Dann sieht er, wie sie die Schere in aller Ruhe neben sich auf den Boden legt und sich wieder nach vorn wendet.

Das Nächste, was er spürt, sind ihre Finger am Reißverschluss seiner Hose.

»Bitte, nein.«

Seine Stimme klingt so klein und piepsig. Ihr Gewicht schnürt ihm die Luft ab. Verzweifelt versucht er, sich unter ihr hervorzuwinden, aber sie sitzt so fest auf ihm wie ein Elefant. Er strampelt und strampelt, als er rechts über sich eine weitere Bewegung bemerkt. Die Tür seines Zimmers ist leicht geöffnet. Im Spalt erscheint das Gesicht seiner Cousine Birgit. Jetzt hat auch Tante Gilda ihre Tochter gesehen.

»Schau ruhig zu. Ich erteile dem kleinen Schmutzfink eine Lektion, die er seinen Lebtag nicht vergessen wird.«

Der Blick seiner Cousine wandert zu seiner Tante und wieder zurück zu ihm. Ihre Hand erscheint, ergreift das Türblatt und öffnet den Spalt etwas weiter.

Hilf mir!, sagen seine Augen. Bitte!

Tränen rollen über seine Wangen.

Birgits Gesicht zeigt keine Regung. Sie steht da und glotzt ihn an. Mit demselben Blick zerlegt sie die Fliegen, die sie manchmal an der Fensterscheibe ihres Zimmers fängt. Er fragt sich, was sie wohl täte, wenn er dasselbe mit ihrem Kaninchen machen würde. Er spürt, wie die Hände seiner Tante seine Hose ein Stück herunterzerren. Panik flutet seinen Körper. Er strampelt, windet sich hin und her, während seine Tante über ihm fluchend um ihr Gleichgewicht kämpft.

Irgendwie gelingt es ihm, einen Arm freizubekommen

und den Rahmen des Bettes zu packen. Er krallt sich fest und zieht, so stark er kann. Befreit auch den zweiten Arm.

»Halt still, du kleiner Teufel, oder...«

Seine Tante verlagert ihr Gewicht und greift nach der Schere. Für einen Moment lastet ihr schwerer Körper nicht mehr auf ihm. Mit einem Schrei zieht er sich mit beiden Armen zum Bett und krabbelt darunter, gerade bevor seine Tante sich umdreht. Er presst sich an die hinterste Wand. Durch den Spalt sieht er jetzt ihre Beine. Sie stößt eine Kaskade wilder Flüche aus. An der Tür ist immer noch ein Fuß zu erkennen. Seine Cousine. Er braucht ihr Gesicht nicht zu sehen, um zu wissen, welchen Ausdruck es hat. Sie hat ihn gehasst, vom ersten Tag an. Seit seine Mutter ihn hierhergebracht und mit seiner Tante allein gelassen hat.

Quietschend hebt sich der vordere Teil des Bettes in die Höhe. Er hört seine Tante ächzen und stöhnen.

»Hilf mir«, schreit sie.

Verzweifelt zieht er seine Hose nach oben und beginnt, gleichzeitig mit den Beinen nach ihr zu treten, so fest er kann. Seine Füße zappeln wild durch die Luft, prallen schmerzhaft gegen das Holz des Bettrahmens und treffen endlich ihr Ziel.

Der Körper des toten Mädchens rutschte mit einem schmatzenden Geräusch ein paar Zentimeter von ihm weg. Verwirrt sah er sie an. Keine Augen, die ihn anstarrten. Kein erhobener Zeigefinger, der auf ihn wies. Was immer er gerade erlebt hatte, es war nicht real.

Er zog die Dexedrinschachtel aus seiner Tasche, betrachtete sie und schleuderte sie gegen die Wand.

Eine Halluzination. Ganz sicher. Das Mädchen war tot

oder nach den Wunden, die er ihr beigebracht hatte, kurz vorm Exitus. Und Geister gab es nur in schlechten Horrorfilmen.

Für den Moment musste er sie aus dem Weg schaffen, um die Spuren seines Ausrasters beseitigen zu können. Aber sie am helllichten Tag aus dem Haus zu bringen war schierer Wahnsinn, auch wenn er in einer eher ruhigen Nachbarschaft lebte. Er würde sie irgendwo zwischenlagern müssen. Kurzentschlossen griff er nach der Zombiemaske.

* * *

Das Büro, in dem Viktor stand, sah nicht viel anders aus als das von Ken und Begüm, nur mit etwas moderneren Möbeln und einem neuen Teppich ausgestattet. Offensichtlich legte Herr Bredow, der Herr der Vermisstenkartei, Wert auf ein gutes Arbeitsklima. Während Kens und Begüms Raum nach Zigarettenrauch und dem Arbeitsschweiß der Jahrhunderte müffelte, roch es hier, als ob jemand Pilotspray zum Einsatz gebracht hätte. Auf der Fensterbank standen Fotos einer adretten Familie. Der zweite Schreibtisch war verwaist. Die eine Seite des Büros wurde von einer riesigen Hängeregistratur beherrscht.

»Und was soll ich damit?« Bredow tippte auf das Foto, das auf dem Tisch lag. Viktor folgte seinem Finger und bereute es sofort. Den Blick in den Augen des Mädchens, das ihn da aus dem Bild heraus anstarrte, würde er sicherlich nie wieder vergessen können. Das Standbild zeigte den Moment, als der Täter im Begriff war, ihr die Säure ins Gesicht zu gießen.

»Geht's Ihnen gut?«

Viktor wühlte sich mühsam zurück ins Hier und Jetzt. Wie hieß der Mann noch einmal? Gott sei Dank stand da ein Namensschild auf dem Schreibtisch.

»Ja, Herr Bredow. Mir geht's gut.«

»Und?«, fragte Bredow. »Soll ich das etwa ins Netz stellen? Dann bräuchte ich das elektronisch. Und wir müssten sicherlich noch ein bisschen dran arbeiten. So können wir das kaum in die Öffentlichkeit geben.«

Viktor vermied es, noch einmal auf das Foto zu schauen. Er wusste auch so, dass der Mann recht hatte.

»Mir ging es eher darum, das Bild mit den vermissten Frauen aus Ihrer Kartei zu vergleichen«, sagte Viktor.

»Ah, Biometrie. Aber auch dann brauche ich das elektronisch. Sie hätten sich den Weg also sparen können.«

Nein, dachte Viktor. *Hätte ich nicht.*

»Kein Problem, dann leite ich Ihnen einfach die Mail von Herrn Tokugawa weiter«, sagte er.

»Ach, das ist für Ken«, winkte Bredow ab. »Sagen Sie das doch gleich.«

Offensichtlich noch ein Mitglied von Kens Fanklub. »Ja. Für Ken. Mit den besten Grüßen«, sagte Viktor.

»Na, hervorragend. Dann brauche ich nur noch ein Aktenzeichen.«

»234 KapJs 373 aus 14«, ratterte Viktor herunter, wie Ken es ihm eingebläut hatte.

Ken hatte ihm ein Aktenzeichen von einem noch aktiven, aber ungelösten Altfall gegeben. Ebenfalls ein staatsanwaltschaftliches Ermittlungsverfahren wegen eines Kapitalverbrechens, wie man an dem Aktenzeichen erkennen konnte. Das würde zwar früher oder später auffallen, hatte Ken gemeint, aber es verschaffte ihnen etwas Zeit.

Zufrieden notierte sich Bredow die Daten. »Achten Sie darauf, das Aktenzeichen in den Betreff zu schreiben«, sagte er. »Ich krieg hier so viel von dem Krempel.«

Viktor hätte gedacht, dass das Foto selbst für hiesige Verhältnisse einzigartig war. Herr Bredow aber hatte es mit einem Blick bedacht, den er wahrscheinlich auch der neuen Ausgabe von *Tuning* gönnte, die er ganz ungeniert neben seinem Rechner liegen ließ.

»Mach ich«, versicherte Viktor.

»Alles klar.« Er begann auf seiner Tastatur herumzuklappern, doch Viktor machte keine Anstalten zu gehen. »Kann ich sonst noch was für Sie tun, Kollege?«, fragte er.

Jetzt war der Moment gekommen. Viktor spürte, wie sich sein Puls beschleunigte.

»Ja, da wäre noch etwas. Könnten Sie mir bitte die Akte zum Fall Paula Hirschmeyer raussuchen?«

»Hirschmeyer war der Nachname?«, fragte Bredow, ohne zu zögern.

»Ja«, antwortete Viktor konsterniert, wie gut es lief. Bredow tippte den Namen bereits ein, stoppte dann aber plötzlich. Viktor hielt die Luft an.

»Das ist ein UJs-Aktenzeichen. Unbekannter Täter. Ist für den 23. Oktober dieses Jahres zur Wiedervorlage für den Kollegen Götze markiert.« Bredow schaute ihn stirnrunzelnd an.

Viktor spürte, wie ihm heiß wurde, und entschied, dass es am besten war, den Naiven zu spielen.

»Genau die meinte ich«, sagte er und hoffte, dass sein Lächeln unverfänglich aussah.

Die Runzeln in Bredows Stirn vertieften sich noch ein wenig. »Hängt das mit dem Fall zu diesem Bild zusammen?«, fragte er.

»Ja«, hörte er sich sagen. »Wir glauben, dass es da eine Verbindung gibt.«

Bredow nickte. »Gut. Dann muss ich die Aktenzeichen miteinander verknüpfen.«

»Alles klar«, sagte Viktor erleichtert.

Bredow tippte eifrig weiter. »Der Kollege Götze weiß doch Bescheid, oder?«, fragte er, während er noch in die Tasten hieb.

Viktor spürte sofort wieder die Wärme zurückkehren. Egal. Es war zu spät, um einen Rückzieher zu machen. »Selbstverständlich«, beeilte er sich.

Ein Satz aus seiner Kindheit kam ihm unvermittelt in den Sinn. *Weißt du, warum Lügen kurze Beine haben?*, hatte ihn seine Mutter gefragt, als sie ihn einmal zu oft bei einer dreisten Ausrede erwischt hatte. Viktor hatte den Kopf geschüttelt.

Weil die Wahrheit sie irgendwann einholt.

* * *

Das Licht ging an. Jenny konnte kaum sehen vor Helligkeit. Sie hob die Hand vor die Lampe. In der Tür war ein schattenhafter Umriss zu sehen. Sein Umriss.

Oh, mein Gott, dachte sie. *Jetzt kommt er, um mich auch zu holen.*

Jenny spannte ihre Muskeln an. Sie würde es ihm nicht so leicht machen wie Saskia.

Der Umriss bewegte sich auf sie zu. Beugte sich über sie. Sie spürte, wie ihr Puls in die Höhe schnellte. Dann rutschte etwas von ihm herunter und schlug mit einem hässlichen Schmatzen vor ihr auf.

Saskia.

Oder vielmehr das, was er von ihr übrig gelassen hatte. Ihr Körper war über und über mit ihrem eigenen Blut beschmiert. Auf der Brust, dem Bauch, den Oberschenkeln und Armen klafften grauenhafte Schnittwunden. Selbst ihr Gesicht hatte er nicht verschont.

Die Tür schlug zu. Der schwere Metallriegel drehte sich. Das Licht ging aus.

Dunkelheit.

Doch das Gesicht mit dem riesigen Schnitt in der Wange stand ihr immer noch vor Augen. Es hatte sich in Jennys Wahrnehmung gefressen. Sie wollte es verscheuchen, wollte den Anblick des blanken Knochens, der durch das Fleisch schimmerte, wegschreien, aber egal, wie laut sie brüllte, es war zwecklos. Und als sie still war, war es immer noch da. Es hing vor ihr in der Dunkelheit, genau da, wo sich sein reales Ebenbild befand.

Nun wusste sie den Grund für die Schreie. Sie fühlte sich schuldig. Sicher war es ihr Hass gewesen, der sie ihm ausgeliefert hatte. Sie fühlte sich, als ob sie mit einem unsichtbaren Finger auf sie gewiesen hätte. *Nimm die verwöhnte Vorstadttussi, nicht mich!*

Eine schreckliche Frage zerschnitt ihre Gedanken.

Was, wenn er in Bezug auf Lukas gelogen hatte? Was, wenn ihr Bruder irgendwo da draußen lag, mit diesen fürchterlichen Wunden an seinem kleinen Körper? Warum sollte er ihn überhaupt verschont haben? Sie konnte ihn fast vor sich sehen, mit diesen grässlichen Verletzungen. Die Bilder katapultierten sie auf die Beine.

Sie begann in der Dunkelheit die Zellenwände abzuschreiten, wie ein Raubtier seinen Käfig. Dabei murmelte sie leise Gebete zu irgendeinem Gott, an den sie noch nie geglaubt hatte, weil er sich nie um sie gekümmert hatte. Aber jetzt wollte sie an ihn glauben. Sie wollte ihn um etwas bitten dürfen.

Bitte, bitte, mach, dass es Lukas gut geht. Bitte tu es. Nicht für mich. Ich weiß, dass ich das nicht verdient habe. Aber er kann nichts dafür, wie ich bin. Bitte nimm mich. Lass ihn mich töten, aber lass Lukas am Leben. Bitte…

Ein Geräusch ließ sie herumfahren. War er wieder an der Tür? Sie hatte schon häufiger das Gefühl gehabt, dass er manchmal dort lauschte, bevor er hereinkam.

Oh, mein Gott. Es ist so weit. Er kommt, um mich zu holen. Bitte mach, dass es nicht so wehtut. Ich will nicht stundenlang leiden müssen so wie sie. Bitte, bitte, lass es schnell gehen.

»Hilf mir!«

Es war nur ein Flüstern, ganz schwach, aber sie hatte sich bestimmt nicht getäuscht.

Das Mädchen… Saskia. Sie lebte noch.

Jenny fiel auf die Knie. Tastete sich voran. Es war nichts mehr zu hören. Hatte sie sich doch geirrt?

Sie tastete weiter. Fasste in etwas Warmes, Feuchtes. Schrie auf vor Ekel und Schreck. Hatte sie in eine…?

»Hilf mir!«

Wieder war es kaum mehr als ein Hauch gewesen.

»Oh, mein Gott. Du lebst. Es tut mir so leid. Was soll ich tun? Was mache ich nur? Du brauchst Hilfe.«

Die Worte sprudelten aus Jenny heraus. Sie sprang auf und rannte in die Richtung, in der sie die Tür vermutete. Sie prallte mit dem Kopf gegen die Wand – alles drehte sich.

Schwerfällig drehte sie sich um die eigene Achse und versuchte, wieder auf die Füße zu kommen.

Es schien schier endlos zu dauern. Doch dann stand sie an der Tür. Hämmerte mit den Fäusten dagegen. Schrie um Hilfe. Hämmerte, bis sie nichts mehr spürte.

War da etwas?

Sie hielt inne. Lauschte. Wartete zu Eis gefroren.

»Bitte nicht.«

Es war wieder das Flüstern hinter ihr. Vorsichtig tastete sie sich Zentimeter um Zentimeter vorwärts. Als sie das Gefühl hatte, dass sie weit genug war, ließ sie sich auf alle viere sinken.

»Was hast du gesagt?«, fragte sie.

Stille.

Absolute Stille, die ihre Nerven zerriss.

»Bitte, sag doch etwas«, flehte Jenny. »Sag mir, was ich tun soll. Ich weiß nicht, was ich tun soll.«

Die Tränen strömten über ihre Wangen.

Wieder ein Stöhnen oder eher ein feuchtes Röcheln. Das Mädchen brachte die Worte nur mit äußerster Anstrengung über ihre Lippen zu bringen. »Tu's nicht.«

»Was soll ich nicht tun?«, fragte Jenny.

»Hol ihn nicht.«

Wieder Stille. Dann und wann unterbrochen von flachen, rasselnden Atemzügen.

»Er wird mich nur wieder quälen.«

Der Atem beruhigte sich etwas. Das Rasseln war nicht mehr ganz so stark.

Sie hatte recht. Es war absolut idiotisch zu erwarten, dass er ihr irgendwie helfen würde. Jenny kam sich unglaublich dumm vor.

»Es tut mir so leid«, sagte sie hastig. »Ich wollte dir

doch nur helfen. Es tut mir leid. Sag mir, was ich tun soll.«

Die Atemzüge wurden wieder unruhiger. Es schmerzte. Fast war es, als ob man jemandem bei Ertrinken zuhörte.

»…as… ich… er… en…«

Nur Wortfetzen. Was hatte sie gesagt? Jenny beugte sich ein bisschen tiefer.

»Bitte sag's noch mal«, bat sie. »Ich hab dich nicht verstanden. Bitte. Nur noch einmal.«

Die Atemzüge klangen jetzt, als ob jemand Krieg mit dem eigenen Körper führte. Jenny konnte förmlich spüren, wie sich der Körper vor ihr spannte.

»Lass mich sterben.«

* * *

Viktor blickte auf seine Uhr.

Fünf vor zwölf.

Er und Begüm saßen bereits eine halbe Stunde schweigend im Vorzimmer von Richter. Sie hatte ihn dann doch mit dem Dienstwagen mitgenommen – eine quälend lange Fahrt. Seine schwachen Konversationsversuche hatte sie allesamt mit Einwortantworten abgeblockt.

»Wann kommt denn nun Herr Tokugawa?«, fragte die Sekretärin schon zum wiederholten Mal. »Herr Doktor Richter hat kaum noch Zeit.«

Gerade wollte Viktor ihr erklären, dass er verdammt noch mal nicht die geringste Ahnung habe, als sich die Tür des Vorzimmers mit so viel Schwung öffnete, dass die Klinke mit Karacho in die dahinterliegende Wand knallte.

Ken grinste über beide Wangen. »Jetzt haben wir ihn«, verkündete er und stiefelte auf Viktor und Begüm zu.

»Jetzt haben sie wen?«, fragte die Sekretärin verwirrt. »Ach, ist ja auch egal. Ich gebe gleich Herrn Doktor Richter Bescheid.«

Sie stand auf und verschwand in Richters Zimmer. Durch den Spalt der geöffneten Tür konnte Viktor sehen, dass sein Chef bereits Besuch von zwei Männer in dunklen Anzügen hatte.

»Warum kommst du erst so spät?«, fragte Begüm Ken ärgerlich. »Der Boss wird dich in der Luft zerreißen.«

Viktor war froh, dass das wütende Feuer in Begüms schwarzen Augen wenigstens diesmal nicht ihm galt.

»Futanari hat mich gestern noch mal angerufen, als du schon weg warst, Püppi«, antwortete Ken an ihn gerichtet. »Sie hat ein bisschen tiefer in Stades Rechner rumgegraben und ein Chatlog zutage gefördert.«

»Chatlog?«, fragte Viktor.

»Frag nicht«, sagte Ken. »Ich bin auch kein Fachmann für solche Dinge. So eine Art Gesprächsprotokoll, wenn ich es richtig verstehe. Auf jeden Fall geht daraus hervor, dass Stade seine Nichte an dieses Grand Guignol ausgeliefert hat.«

»Das hat Futanari gesagt?«, fragte Viktor.

»Sie hat es mir sogar per Mail geschickt«, versicherte Ken.

»Und da steht klipp und klar drin, dass der amtierende Justizsenator von Berlin seine Nichte vergewaltigt und sie dann an eine Gruppe von Gewaltpornoproduzenten ausgeliefert hat?«, hakte Viktor nach.

»Na ja, vielleicht nicht mit diesen Worten«, antwortete Ken schulterzuckend. »Aber es steht zwischen den Zeilen. Genau, wie wir es vermutet hatten.«

»Wie deutlich?«, mischte sich Begüm ein.

»Deutlich genug«, sagte Ken. »Da ist einer mit dem Pseudonym GrandGuignolSupport.«

»Was soll das denn heißen?«, fragte Begüm.

Ken erläuterte ihr, was er und Viktor darüber herausgefunden hatten.

»Krass«, war alles, was ihr dazu einfiel.

»Der Typ hat in dem Chat etwas davon geschrieben, dass Stade ihm die Kleine empfohlen hat. *Empfohlen.* Damit haben wir den Pisser an den Eiern. Der Fall muss wieder aufgenommen werden, und Stade kommt vor den Kadi«, frohlockte Ken sichtlich aufgekratzt.

»Frau Duran. Meine Herren.« Unvermittelt war die Sekretärin zurückgekehrt und winkte sie in das Büro.

»Lasst mich machen«, zischte Ken und zwinkerte ihnen zu. Bevor Viktor oder Begüm reagieren konnten, stürmte er bereits in Richters Zimmer, wo die beiden dunkel gekleideten Herren sie von ihren Stühlen aus neugierig anstarrten.

***

»Endlich.«

Volker Enders, Pfleger in der Abteilung für Innere Medizin des Urbankrankenhauses in Kreuzberg, öffnete die Frühstücksbox, die ihm seine Frau präpariert hatte. Jetzt war es bereits mittags, er hatte den Dienst um sechs Uhr angetreten und noch keinen einzigen Bissen zu sich genommen. Er klappte den Deckel hoch.

Zimtschnecken. Enders liebte Helgas selbst gebackene

Zimtschnecken. Er hob die Box unter seine Nase und schnupperte voller Vorfreude daran.

»Volker?«, tönte es hinter ihm.

Widerwillig drehte er sich zur Tür um, wo das Gesicht seiner Kollegin Inge Wittkowski erschienen war.

»Ja, zum Henker«, raunzte Enders.

»Sorry, ich weiß ja, es passt gerade schlecht«, sagte Inge.

»Schlecht ist gar kein Ausdruck. Was ist denn los?«, seufzte er und stellte die Box wieder auf den Tisch.

»Es ist Czogalla, der Obdachlose in zwohundertein-unddreißig. Er ist aufgewacht.«

Volker Enders erinnerte sich. Der Mann war vor vier Tagen bewusstlos, völlig unterkühlt und hochfiebrig eingeliefert worden. Offensichtlich ein Ergebnis eines unfreiwilligen Bades in der Spree und seines jahrelangen Alkoholabusus.

»Ja, und?«, fragte er unwillig. »Ist doch prima. Gebt ihm ein bisschen Schonkost und am besten gleich einen Schnaps. Dann sparen wir uns ab jetzt die Infusion.«

Inge schob ihren fülligen Körper durch den Türspalt in das Dienstzimmer. »Es ist wegen dem, was er sagt«, beharrte sie.

»Wieso? Was sagt er denn?«, fragte Enders, der die Antwort eigentlich gar nicht hören wollte.

»Irgend so ein Zeug von einem kahlköpfigen Mann, den er dabei beobachtet hat, wie er ein totes Mädchen in der Spree versenkt hat.«

»Inge.« Volker Enders stand auf und versenkte die Hände in den Taschen seiner Hose. »Der Mann ist ein Alki. Außerdem war er fast vier Tage lang bewusstlos. Ist doch kein Wunder, dass der dummes Zeug quatscht.«

Schwester Inge blickte ihn etwas ratlos an.

»Na ja, wenn du meinst«, sagte sie beleidigt und drehte sich um.

Volker Enders setzte sich und wandte sich wieder seiner Box zu. Der Zimt duftete würzig. Der Teig sah immer noch knusprig aus. Genau so, wie er es liebte.

»Aber nicht, dass es so abläuft wie bei dem Unfall mit Fahrerflucht, als der Chefarzt hinterher so viel Ärger bekommen hat«, tönte es hinter seinem Rücken. »Und du weißt, an wem der Chef seinen Ärger dann wieder auslässt.«

Volker Enders ließ die Box los und schlug mit der flachen Hand auf den Tisch.

»Ja, dann ruf sie doch an, die Scheißpolizei«, raunzte er sie über die Schulter an.

»Lass deine schlechte Laune nicht an mir aus«, beschwerte sich Inge.

»Na, dann mach ich es eben selbst«, murmelte er mit einem letzten, wehmütigen Blick auf seine Zimtschnecken.

15

»Sie sind hiermit suspendiert.«

Richters Worte hallten in Viktors Kopf wider. Irgendwie hatte er schon vor dem Termin ein mulmiges Gefühl gehabt, aber mit diesem Ergebnis hatte er nicht im Traum gerechnet. Während er sich noch sortierte, stand Ken auf, zog seine Waffe aus dem Holster sowie die Dienstmarke aus den Cargopants und legte beides vor Richter auf den Tisch.

»Hier, Chef.«

Richter starrte ihn nur finster an.

Ken drehte sich zu den zwei dunkel gekleideten Herren um, die vom Berliner Verfassungsschutz waren und angeblich Schulze und Müller hießen. »Ich hoffe«, sagte Ken mit Abscheu in der Stimme, »ihr seid stolz auf euch.«

Einer der beiden beugte sich mit einem feinen Lächeln nach vorn. »Wenn Sie das nächste Mal Privatrechner von Regierungsmitgliedern hacken, sollten Sie sich die Konsequenzen vielleicht lieber vorher überlegen«, sagte der Mann.

»Der Typ, den ihr da schützt, hat seine eigene Nichte gefickt und an einen Folterpornoring vermittelt«, rief Ken aufgebracht.

»Ruhe!« Richter war aus dem Sitz hochgeschnellt.

Scheppernd krachte seine Faust auf den Tisch. »Reißen Sie sich gefälligst zusammen, Herr Tokugawa.«

»Aber Chef, wir können den Typen doch nicht so davonkommen lassen. Wir haben handfeste Beweise«, protestierte Ken.

Richter kam um den Tisch herum und baute sich direkt vor Ken auf. Viktor kam es so vor, als ob sein Kollege unter Richters Blick sofort ein paar Zentimeter zusammenschrumpfte. Im Raum war es jetzt so mucksmäuschenstill, dass Viktor das Gefühl hatte, sogar der Verkehr draußen auf dem Tempelhofer Damm habe ausgesetzt.

»Und selbst wenn da etwas dran sein sollte«, sagte Richter sehr leise, aber umso eindringlicher, »kennen Sie ja sicherlich die Beweisverwertungsverbote der Strafprozessordnung. Was immer Sie glauben, da gefunden zu haben, Sie haben es spätestens durch Ihr Vorgehen entwertet.«

»Aber das betrifft doch nur die direkten Beweise gegen den Justizsenator«, erklärte Ken, »und nicht die Wiederaufnahme der Ermittlungen gegen...«

Doch Richters erhobener Finger ließ ihn verstummen.

»Ausspähung von Daten, Herr Hauptkommissar«, höhnte einer der beiden Verfassungsschützer, ein jüngerer Kerl, mit sichtlichem Vergnügen in Kens Richtung. »Das wird für Sie noch ein gerichtliches Nachspiel haben.«

Sofort richtete sich Richters Blick auf den Mann.

»Meine Leute faltet nur einer zusammen, und das bin ich«, herrschte er ihn an.

»Selbstverständlich, Herr Doktor Richter«, beeilte

sich der Ältere zu sagen. »Darf ich aber doch noch einmal nachhaken, welche Konsequenzen Sie in Bezug auf Oberkommissarin Duran und Herrn Oberregierungsrat Puppe ergreifen werden?«

»Sagte ihr Hauptbeschuldigter nicht, Frau Duran wäre gar nicht zugegen gewesen?«, entgegnete Richter.

Hauptbeschuldigter, dachte Viktor. Laut Bericht der Verfassungsschützer hatten ihre Kollegen von der Staatsschutzabteilung jemanden in Untersuchungshaft genommen. Wegen Flucht- und Verdunklungsgefahr, hatten sie gesagt. Es konnte sich nur um Futanari handeln. Und so wie Viktor sie kennengelernt hatte, war sie kaum die Person, die dem psychologischen Druck eines Verhörs lange standgehalten hatte. In was hatten sie Futanari da nur hineingezogen?

»Das hat der Beschuldigte jedenfalls so gesagt«, antwortete der ältere Verfassungsschützer.

»Dann sehe ich für den Augenblick keine Veranlassung zu weiteren Maßnahmen gegenüber Frau Duran«, stellte Richter fest.

Die Aussage war augenscheinlich an die Verfassungsschützer gerichtet, aber die Worte »für den Augenblick« waren eine unmissverständliche Drohung in Begüms Richtung.

»Und was ist mit Herrn Doktor Puppe hier?«, fragte der jüngere Verfassungsschützer. »Immerhin soll er aktiv an der Verabredung beteiligt gewesen sein.«

Der Moment, vor dem Viktor sich am meisten gefürchtet hatte, war gekommen. Richters Blick heftete sich nun auf ihn. Er fühlte sich, als sei die Zielautomatik eines Panzergeschützes auf ihn gerichtet. »Herr Puppe?«

Viktor bemühte sich, seine Gedanken zu ordnen, aber

unter Richters Augen schmolzen sie zu einem konfusen Brei.

»Er ist in keinster Weise beteiligt. Tatsächlich hat er mehrfach versucht, mir das Ganze auszureden«, ertönte es neben ihm.

Sofort wandte sich Richter wieder Ken zu.

»Ist das so?«, fragte er mit unüberhörbarer Skepsis.

»Das ist doch nur eine billige Schutzbe…«, begann der jüngere der beiden Verfassungsschützer, aber ein kurzer Seitenblick von Richter brachte ihn zum Schweigen.

»Herr Puppe? Trifft das zu?«, wiederholte er seine Frage.

Viktor zögerte. Aus den Augenwinkeln sah er, wie Kens Kinn kurz nach unten ruckte. »Ja. Das trifft zu«, sagte er schließlich.

»Sehen Sie, Chef?«, schaltete Ken sich ein. »Alles mein Fehler.«

Die Verachtung in dem Blick, mit dem Richter sie jetzt bedachte, war kaum einer Steigerung fähig. Schweigend pendelten die Augen des LKA-Direktors zwischen ihnen hin und her. Dann drehte er sich abrupt um und ging wieder zu seinem Schreibtisch.

»Damit sehe ich fürs Erste keine genügenden Anhaltspunkte, die eine Suspendierung rechtfertigen«, sagte Richter.

»Sie wollen diesen Clown weitermachen lassen? Was wird er als Nächstes…«, ereiferte sich der jüngere der beiden Verfassungsschützer, bis sein Kollege ihm eine Hand auf den Oberschenkel legte.

Viktor wusste nicht, ob er lachen oder weinen sollte. In was für ein Wespennest war er da geraten – fast wünschte er sich an seinen Ministerialschreibtisch zurück.

Richter hatte sich derweil wieder in seinen Schreibtischstuhl sinken lassen. »Wenn dann für den Moment
nichts mehr zu erörtern ist, würde ich jetzt gerne noch
ein paar Worte an meine Untergebenen richten. Unter
acht Augen«, sagte er.

Viktor sah, wie sich der Mund des jüngeren der beiden Verfassungsschützer zum Protest öffnete, doch sein
Kollege kam ihm wiederum zuvor.

»Selbstverständlich.« Er stand auf und knöpfte seinen Anzug zu. Dann klopfte er seinem Kollegen auf die
Schulter. »Komm, mein Lieber. Ich bin sicher, Herr Doktor Richter wird die richtigen Worte finden.«

Dann verließen die beiden Verfassungsschützer das
Büro, allerdings nicht, ohne dass Viktor mit einem zor-
nigen Blick des Jüngeren bedacht wurde.

Zurück blieben Richter, Viktor, seine beiden Kollegen
und eine Unmenge sehr dicker Luft.

»Chef, ich weiß, es war keine Glanzleistung, aber …«

»Keine Glanzleistung«, unterbrach ihn Richter. »Das
dürfte dann wohl die Untertreibung des Jahrhunderts
sein.«

»Chef, wir haben ein Video von Stade auf meiner Festplatte. Darauf ist zu sehen, wie er seine Nichte vö… wie
er mit seiner minderjährigen Nichte Geschlechtsverkehr
hat.«

»Falsch. Sie haben nichts dergleichen, denn Ihre Festplatte haben jetzt die beiden freundlichen Herren, die
uns eben besucht haben«, sagte Richter mit kaum zu
überhörendem Sarkasmus.

»Aber das kommt von seinem Laptop. Wir müssten es
nur in Beschlag nehmen«, barmte Ken.

»Was auch immer auf dem Laptop gewesen sein mag:

Glauben Sie wirklich, dass es jetzt auch noch dort ist?«, fragte Richter hämisch.

Kens Schultern sanken ein paar Zentimeter tiefer. »Aber Boss«, erwiderte er mit schwacher Stimme, »wir können ihn damit doch nicht durchkommen lassen.«

»Wenn es hier irgendetwas gibt oder je gab, womit der Justizsenator durchkommen könnte... und ich sage damit keinesfalls, dass ich im Augenblick irgendeine handfeste Veranlassung habe, das zu glauben... dann überlegen Sie mal ganz genau, wem in diesem Raum das zu verdanken ist, Herr Noch-Hauptkommissar Tokugawa«, sagte er.

Viktor schaute seinen Kollegen aus dem Augenwinkel an. Man konnte förmlich sehen, wie es hinter seiner Stirn arbeitete. Doch schließlich straffte er sich abrupt. »Ich habe verstanden, Chef«, sagte er.

»Das bezweifele ich«, entgegnete Richter ungerührt. »Und übrigens, um Sie gar nicht erst in Versuchung zu führen, weiter auf eigene Faust irgendwelche Dinger zu drehen, verhänge ich für die Zeit der Suspendierung auch ein Hausverbot in der Keithstraße. Abholung persönlicher Gegenstände nur in Begleitung der Gebäudesicherheit.«

Etwas unschlüssig schaukelte Ken von einem Bein aufs andere, dann drehte er sich ruckartig um, ging zur Tür und verschwand. Viktor tauschte einen fragenden Blick mit Begüm aus.

»Falls Sie sich das gerade fragen sollten«, ertönte Richters Stimme vor ihnen. »Sie dürfen sich fürs Erste wieder Ihren dienstlichen Aufgaben widmen. Die Betonung liegt dabei auf dienstlich.«

Viktor dachte an den Morgen in der Vermisstenstelle und schluckte. Dann folgte er Begüm durch die Tür.

***

Ein paar Minuten später drängte Viktor hinter Begüm auf den breiten Bürgersteig vor dem Polizeigebäude am Tempelhofer Damm. Wo steckte Ken?

Dann entdeckte er den vertrauten Trenchcoat schon fast am Platz der Luftbrücke.

»Ken«, brüllte er, aber sein Kollege ging einfach weiter. Viktor begann zu laufen.

»Lass ihn«, rief Begüm ihm hinterher. Doch Viktor ignorierte sie.

»Nun bleib doch mal stehen«, rief Viktor, als er ihn fast erreicht hatte.

Ken drehte sich um und leistete seiner Aufforderung so abrupt Folge, dass Viktor beinahe in seinen Kollegen hineingeprescht wäre.

»Was willst du, Mann?«, fragte Ken.

Viktor musste eine Sekunde verschnaufen, bevor er antwortete. »Keine Ahnung. Ich meine, wie geht es denn jetzt weiter?«, fragte er dann.

Ken zuckte mit den Schultern und breitete die Arme aus. Es sah aus, als ob er vorhätte, sich im nächsten Moment als so eine Art knittrige Karikatur von Batman in die Lüfte zu erheben.

»Wie auch immer es weitergeht. Jedenfalls tut es das ohne mich«, antwortete Ken nüchtern.

Mittlerweile war Begüm bei ihnen angekommen. Viktor starrte Ken ebenso ratlos wie aufgebracht an.

»Was willst du jetzt von mir hören?«, rief Ken.

»Keine Ahnung. Vielleicht, dass wir dieses Schwein damit nicht davonkommen lassen?«, fragte Viktor.

Kens Miene verdüsterte sich. »Nun sperr mal die Lauscher auf, Herr Hochwohlgeboren«, fauchte er. »Ich biege ja gerne mal die Regeln, wie du sicherlich gemerkt hast, aber man muss auch merken, wann man zu hart eingestiegen ist. Richter und diese beiden Heinis da drin haben mir gerade die tiefrote Karte gezeigt – mir droht lebenslange Sperre. Und im Gegensatz zu dir habe ich kein Inselschloss, verstehst du? Und ich habe auch nichts anderes als Bulle gelernt und echt keine Lust, den Rest meines Lebens für die Securitas bei Rossmann Ladendieben hinterherzulaufen. Also entschuldige bitte, dass ich für diese Sache nicht meine Existenz aufs Spiel setze. Oder ist dir das irgendwie zu kleinbürgerlich, Herr von und zu?«

Ken funkelte ihn so wütend an, wie Viktor ihn noch nie gesehen hatte. Er spürte, dass ihm trotz des kalten Nieselregens der Schweiß von der Stirn perlte. Ken hatte einen wunden Punkt getroffen. Immerhin hatte er Viktor aus der Sache rausgehalten, obwohl er genauso mit drinhing.

»Und was machst du jetzt?«, fragte Viktor kleinlaut.

Ken atmete tief durch und rieb sich die Augen, bevor er antwortete. »Ich bin suspendiert. Was soll ich also machen?! Ich fahre nach Hause, drehe mir ne Tüte und zocke Playstation, denke ich. Passt das für dich?«

Viktor wusste wirklich nicht, was er darauf erwidern sollte. Schließlich wedelte Ken ärgerlich mit einer Hand vor seinem Gesicht, so als könnte er dadurch den Tag wegwischen. »Gehabt euch wohl, Kollegen«, rief er ihnen über die Schulter zu und verschwand in der nächsten U-Bahn-Station.

»Und was machen wir jetzt?«, fragte Viktor.

Wieder bedachte sie ihn mit diesem Blick. Undurchdringlich, aber auch irgendwie abschätzig, als habe er wieder einmal bewiesen, was für eine bodenlose Enttäuschung er war.

»Keine Ahnung, was du machst, *Püppi*. Ich weiß jedenfalls ganz genau, was ich jetzt tue«, sagte sie. Sprach's und ließ ihn genauso im Nieselregen stehen wie zuvor Ken.

»Verdammt.« Viktor stampfte mit dem Fuß auf. Eine hübsche Passantin lächelte ihn amüsiert an. Viktor lächelte zähneknirschend zurück. Schön, dass ihn jetzt offensichtlich alle Welt für einen Idioten hielt.

Er schaute auf die Uhr, es war kurz nach zwei. Was hatte Richter noch gesagt? Irgendwas von dienstlichen Aufgaben. Dazu gehörte ganz sicher nicht Paulas Akte, die ihm schon die ganze Zeit förmlich ein Loch in seine Mappe gebrannt hatte.

Andererseits: Schlimmer konnte es kaum noch werden.

* * *

Begüm entriegelte den Dienst-BMW, dann drehte sie sich noch einmal kurz in Richtung Eingang der U-Bahn-Haltestelle. Ihr neuer Kollege war nirgendwo mehr zu sehen. Sie schüttelte den Kopf. Männer mit mangelnder Initiative waren einfach nur armselig. Wäre es umgekehrt gewesen, hätte sie sich nie im Leben so abservieren lassen.

Und dann die Machonummer bei diesen Hipstern in der »Quelle«. Wenn sie einen Beschützer bräuchte, hätte sie bei ihrem Ex Turgut bleiben können. Der wollte auch gleich jedem auf die Fresse hauen, der sie schief anguckte. Wieso glaubten Männer eigentlich immer, dass Frauen sich nicht selbst verteidigen konnten, verdammte Hacke?

Sie ließ den Motor an und fädelte in den Verkehr ein.

Immerhin war Ken in der Hinsicht eine löbliche Ausnahme. Auch wenn er ansonsten wahrscheinlich der schlimmste Macho von allen war. Natürlich hatte er zu Beginn auch versucht, sie ins Bett zu kriegen. Aber das tat er bei jeder attraktiven Frau in seiner Reichweite. *Die Welt ist mein Harem*, war einer seiner Lieblingssprüche. Immerhin stellte er sich beim Anbaggern nicht so verkrampft an wie die Kartoffeln. Und anders als bei den türkischen Männern war ein Nein für ihn weder tödliche Beleidigung noch ein vermeintliches Ja, sondern eine von zwei möglichen Antworten.

Jetzt allerdings schien es, als ob er ein neues Zielobjekt ins Auge gefasst hatte – das jedoch keine Frau war, sondern ihr neuer Kollege Viktor Puppe! Es war echt ätzend, sich das aufblühende *Bro-tum* der beiden reinzuziehen. Und Begüm konnte es einfach nicht fassen. Was fand Ken nur an diesem Weißbrot?

Wahrscheinlich hatte es irgendwas damit zu tun, dass er in seinem Innern ein stinknormaler Gymnasiast geblieben war. Vor allen anderen mochte Ken zwar erfolgreich das Ghettokid spielen. Wenn man aber wie Begüm als Tochter eines Bauernsohns aus Anatolien in einem Siebzigerjahre-Sozialbaubunker am Kottbusser Tor aufgewachsen war, erkannte man den Unterschied. Und zwar so sicher, wie man Lahmacun und Sashimi auseinanderhalten konnte. Egal, wie sehr Ken sich anstrengte, er schwitzte nun mal Wilmersdorf aus allen Poren.

Begüm bog auf den Großen Stern und schließlich die Straße des 17. Juni ein. Ihr Ziel war der Bahnhof Zoo oder vielmehr die Plätze um den Bahnhof herum, nicht erst seit *Christiane F.* ein Treffpunkt der Straßenkinderszene. Auch Katharina Racholdt war von zu Hause weggelaufen. Gut möglich also, dass ihr Killer sie dort aufgegabelt hatte. Er wäre nicht das erste menschliche Raubtier, das den Bahnhof zu seinem Jagdrevier auserkoren hatte.

Jetzt, mit Ken aus dem Spiel, war sie die Letzte, die diesen Kerl zur Strecke bringen konnte, bevor er noch mehr Mädchen tötete. Denn *Püppi* war dazu mit Sicherheit nicht in der Lage, so viel stand fest. Genauso wenig wie Kens Begeisterung für den Neuen verstand sie, was Richter geritten hatte, ihn überhaupt auf die Straße zu lassen. Typen wie der waren besser auf irgendwelchen schulterlamettaträchtigen Schreibtischtäterposten aufgehoben, wo sie keinen Schaden anrichten konnten.

Begüm bog auf die Parkplätze vor dem Bahnhofsgebäude ein. Schräg gegenüber, bei der Brücke über die Hardenbergstraße, standen unter den Bögen die Verlorenen der Stadt in kleinen Grüppchen beisammen. Alkis, Bettler, Straßendiebe. Junkies, Nutten und Stricher der untersten Kategorie. Sie schnorrten sich hier gegenseitig um Drogen, Zigaretten und Bier an, schlugen die Zeit mit endlosen Wiederholungen ihrer Litaneien von schäbigen Freiern, hartleibigen Sozialbehörden oder Beschreibungen ihrer unappetitlichen Gebrechen tot.

Die abgewrackte Siebziger-Architektur des Bahnhofs und seiner Umgebung schien wie gemacht für diese Klientel. Kalt, ungastlich und brutal warf sie die Menschen auf sich selbst zurück.

Unter dem Bahnhofsgebäude kreuzten sich zwei U-Bahn-Linien. Dieser Bahnhof unter dem Bahnhof war ein verwinkeltes Labyrinth, das seinen Dauergästen gerade an kalten Tagen ein weitläufiges Refugium bot.

Sie parkte den Wagen am Eingang des Zoos, der dem Bahnhof seinen Namen gab. Selbst im Winter stank die Luft hier nach Kamelpisse und Nashorndung. Vom Löwentor aus konnte sie bis zum McDonald's gegenüber vom Bahnhof sehen. Dort hatten sich ein paar Jugendliche auf dem Gitter eines Luftschachts niedergelassen, um sich in der Abwärme etwas aufzuheizen. Doch kaum näherte sie sich der Gruppe, richtete sich ein verstohlener Finger auf sie. Die Kinder begannen zu wispern und stoben auseinander. Doch das war ihr egal.

Ihr war von vornherein klar gewesen, dass es keinen Sinn hatte, in dieser Szene selbst Befragungen durchzuführen. Diese Kinder konnte Polizisten zehn Meilen gegen den Wind riechen. Und die meisten von ihnen hatten haufenweise schlechte Erfahrungen mit der Polizei. Keins von diesen Kindern würde mit ihr auch nur ein Wort wechseln, geschweige denn irgendwelche Informationen liefern. Aber das war auch nicht der Plan.

Am Abstieg vor dem McDonald's tauchte sie in die Unterwelt des U-Bahnhofs ein. Direkt nach dem Einstieg machte der Fußgängertunnel einen Knick. Ein paar Minuten später stand sie auf dem Bahnsteig der U 9 und schaute auf ihr Handy, dann auf die Zuganzeige.

Die nächste Bahn Richtung Steglitz war in zwei Minuten angekündigt. Sie ging ganz nach vorn, ungefähr dorthin, wo der erste Waggon halten würde. Ein leises Grollen aus der entgegengesetzten Tunneleinfahrt kündigte den einfahrenden Zug an. Bald wurde aus dem Grollen ein Brausen, und dann rollte der Zug in den Bahnhof ein, bis er schließlich zum Stehen kam. Die Türen öffneten sich. Direkt vor ihr erschien ein bekanntes Gesicht.

»Hallo, Frau Duran.«

Der Passagier.

»Guten Tag, Mr. Smith«, sagte sie.

Begüm kam sich bei der Anrede ein bisschen lächerlich vor. Ein wenig wie in einem schlechten Geheimdienststreifen. Aber nicht mal der Mann selbst kannte seinen echten Namen. Er hatte sein Gedächtnis verloren. Immerhin konnte man an seinem Akzent erkennen, dass er ein Brite war, auch wenn sein Deutsch ansonsten besser war als ihres.

»Freut mich sehr, Sie zu sehen«, sagte er mit dieser putzig übertriebenen Höflichkeit. »Ich glaube, es geht gleich weiter. Wollen Sie nicht zusteigen?«, fragte der Passagier.

»Natürlich«, sagte Begüm wohl wissend, dass ihre Verabredung andernfalls ein schnelles Ende gefunden hätte.

Den Passagier hatte sie über Ken kennengelernt. Ein echt trauriger Fall, aber auch typisch Berlin. Irgendwann war John Smith, wie er sich selbst nannte, mit einer Kopfwunde in einem U-Bahnhof aufgewacht. Er konnte sich an nichts mehr erinnern. Weder, wer er war, noch, woher er kam. Doch aus irgendeinem Grund versetzte allein der Gedanke, außerhalb der U-Bahn zu sein, ihn in blanke Panik.

Also war er sofort wieder eingestiegen. Das war vor etwa acht Jahren gewesen. Seitdem war er ständig in Bewegung geblieben. U-Bahn. S-Bahn. Nur bloß nicht stehen bleiben.

Auf einen Bahnhof oder Bahnsteig traute er sich

höchstens für ein paar Minuten, um vielleicht aufs Klo zu gehen, sich zu waschen oder einfach den Zug zu wechseln. Doch dann packte ihn ganz schnell die Panik, und er musste zurück in den Zug.

Mittlerweile gab es Zeitungsartikel über ihn. Sie hatten ihm auch seinen Spitznamen verpasst:

Der Passagier.

Am Anfang war er immer wieder von BVG-Kontrolleuren erwischt worden. Man hatte ihn festgenommen, eingebuchtet und in die Psychiatrie gesteckt. Doch dort war er dermaßen ausgeflippt, dass der Anstaltsleiter beim Verwaltungsrat der Verkehrsbetriebe erwirkt hatte, dass er wieder zurück in die Bahn durfte. Irgendwann geriet er in Vergessenheit, und so reiste der Passagier endlos immer weiter, von Station zu Station.

Er schlief, aß und lebte im Zug. Irgendeine kleine Sozialarbeiterin hatte einen Narren an ihm gefressen, hatte Ken erzählt. Sie versorgte ihn mit Essen, frischer Kleidung, Toilettenartikel und gab ihm manchmal etwas Geld.

In seiner Ausbildung war Ken, der seine Geschichte in der Zeitung gelesen hatte, einmal Zeuge geworden, wie eine Bande jugendlicher Spaßvögel ihn abgepasst und auf dem Bahnhof mit Handschellen an eine Bank gekettet hatte. Ken hatte ihn befreit und seinen Peinigern eine Lektion erteilt. Seitdem waren die beiden so etwas wie befreundet. Ken hatte ihr erzählt, wie er ihn eines Tages wieder in der S-Bahn getroffen und ihn halb im Scherz gefragt habe, warum er sich nicht eine spannendere Reiseroute aussuchte. Orientexpress oder so etwas.

»Aber dies hier ist mein Zuhause«, hatte der Passagier völlig konsterniert geantwortet.

Da er ständig in der ganzen Stadt herumkam und genau wie die Alkis, Junkies, Bettler und Straßenkinder zum ständigen Inventar des öffentlichen Personennahverkehrs gehörte, war er eine exzellente Informationsquelle.

Die Türen des Zuges schlossen sich hinter Begüm.

»Take a seat, please.«

Der Passagier wies auf einen Sitz in einem freien Viererabteil, fast so, als lade er sie auf sein Wohnzimmersofa ein, und irgendwie war es das ja auch ein bisschen. Begüm setzte sich artig, und er tat es ihr gleich.

»Danke, dass Sie uns helfen wollen«, sagte sie.

»Also, wenn Sie auf die Unterstützung eines geistesgestörten Freaks ohne Gedächtnis bauen, der sein Leben ausschließlich in public transportation verbringt, dann müssen Sie wirklich verzweifelt sein, my darling.«

»Sie haben ja keine Ahnung«, sagte sie.

»Hat es etwas mit dieser verschwundenen Senatorentochter zu tun, von der die Tabloids so viel schreiben?«

»Senatorennichte. Und ja, genau um die geht es.«

»Sie ist das Mädchen auf dem Foto, das Sie mir geschickt haben?«

Begüm nickte.

»Poor thing«, sagte er mit bekümmertem Gesichtsausdruck. »Sie sieht noch so jung aus.«

»Siebzehn«, sagte Begüm leise.

»Definitely too young to die«, sagte er.

»Und konnten Sie sich ein bisschen umhören?«, fragte Begüm.

»Nicht nur das«, sagte der Passagier. »Ich habe das Foto an die Kids verteilt.«

»Wie das?«, fragte Begüm ungläubig.

»Mit mein Mobile, genau wie Sie.«

»Ich wusste gar nicht, dass unsere Zielgruppe Handys hat«, sagte Begüm erstaunt.

»Oh yes«, versicherte er. »Nicht alle, aber einige schon. Auf jeden Fall sind genug davon im Umlauf, dass ihr Foto mittlerweile überall ist.«

»Und hat sie irgendwer gesehen?«, fragte sie erwartungsvoll.

16

»Sind Sie Herr Enders?«

»Sind Sie Hauptkommissar Bartkowiak?«

Der Mann streckte die Hand aus und nickte, aber Volker Enders hätte auch so gewusst, dass seine Vermutung stimmte. Der Mann war in Zivil, sah aber so aus, als ob er einem Schimansky-Tatort entstiegen wäre. Schnauzer. Rolli. Armyjacke. Leichter Bauchansatz.

Seine Hand fühlte sich etwas schwitzig an.

»Sie haben Glück«, sagte Enders. »Der Patient ist wach und ansprechbar, in seinem Fall eher die Ausnahme.«

»Können wir uns gleich aufmachen? Ich habe nicht so viel Zeit«, antwortete der Kommissar barsch.

Seinem genervten Gesichtsausdruck nach zu urteilen, war das hier für ihn eine Pflichtübung, von der er sich nicht viel versprach. Na, immerhin waren sie diesbezüglich offensichtlich derselben Meinung.

Enders verfluchte seine Kollegin dafür, dass sie ihm diesen Mist aufgeschwatzt hatte. »Folgen Sie mir«, sagte er und schlurfte voran.

Zimmer 231 lag am Ende des Flurs auf der linken Seite. Ein Einzelzimmer. Eigentlich absurd für jemanden, der nicht einmal krankenversichert war, aber man konnte einem anderen Patienten keinen Alkoholiker zumuten, der auf der Straße lebte.

Er legte die Hand auf die Klinke und wandte sich dem Kommissar zu. »Wir haben ihn vorgestern von der Intensivstation bekommen«, erklärte Enders. »Dort ist er am 5. Januar komatös, mit hohem Fieber und starken Unterkühlungen aufgenommen worden. Davon ist jetzt noch eine Lungenentzündung übrig. So wie sein Allgemeinzustand ist, werden wir ihn wohl noch ein paar Tage hier behalten müssen.«

Der Hauptkommissar zückte einen Notizblock und begann, darauf einzukritzeln, als wollte er das Papier für die Unannehmlichkeit seines Hierseins bestrafen. »Wer hat ihn gefunden?«, fragte er, ohne die Augen von seinen Notizen zu heben.

Enders zuckte die Schultern. »Der Rettungsdienst«, sagte er.

Ein ärgerlicher Blick war die Antwort.

»Denen wird er ja wohl kaum vor den Wagen gehüpft sein!«

Enders hob die Arme. »Fragen Sie mich nicht«, sagte er. »Ich bin hier nur der Pfleger. Irgendwer wird die Kollegen halt gerufen haben.«

Kopfschüttelnd kratzte der Kommissar wieder auf dem Papier herum. Eben ging es ihm nicht schnell genug, nun schien es, als müsste er erst ein Buch schreiben.

»Wollen Sie jetzt zu ihm oder nicht?«, fragte Enders. »Eines noch: Sie sollten wissen, dass er von uns täglich eine halbe Flasche Schnaps bekommt.«

Enders hatte so etwas wie Überraschung oder Ärger erwartet, doch das Gesicht des Hauptkommissars verzog sich das erste Mal zu so was wie einem grimmigen Lächeln.

»Damit er Ihnen nicht völlig austickt«, sagte er. »Kenn

ich. Wie mein Alter. Als der damals in den Neunzigern nach zwanzig Jahren Suff und Zigarillos mit Lungenkrebs im Krankenhaus von heute auf morgen auf null gesetzt wurde, hat der denen die Bude auseinandergenommen. Zwei Tage danach war er tot.«

Enders gefror bei so viel unerwarteter Privatheit das Gesicht. Wortlos öffnete er die Tür.

***

Einige Minuten später trat Hauptkommissar Bartkowiak durch den Haupteingang des Urbankrankenhauses ins Freie. Rechts neben ihm hatten sich vor dem Schaufenster des vietnamesischen Blumenhändlers ein paar Patienten in Bademänteln und mit ihren fahrbaren Tropfgestellen zum Rauchen versammelt. Fast nur Ausländer. Oder »Menschen mit Migrationshintergrund«, wie man ja neuerdings sagen musste. Er schnaubte verächtlich und ging geradeaus hinunter in Richtung Landwehrkanal. Am Ufer angekommen, zog er eine Mentholzigarette aus der Brusttasche und zündete sie sich an.

»Bockmist«, fluchte er leise, während der Fluss träge an ihm vorüberzog.

Noch als er das Zimmer betreten hatte, war er sicher gewesen, dass es Unsinn war, überhaupt dorthin zu gehen. Der Obdachlose vor ihnen in einem Krankenhauskittelchen, das so kurz war, dass man fast seine Eier sehen konnte.

Bartkowiak hasste Krankenhäuser. Und er hasste alte Männer in Krankenhäusern. Doch eines Tages würde er selbst ein alter Mann wie dieser in einem Krankenhaus wie diesem sein. Es gab keinen deprimierenderen Gedanken. Also warum sollte er diesem alten Säufer auch nur ein Wort glauben?

Aber als Bartkowiak ihn nach den Begebenheiten rund um seinen Sturz in die Spree gefragt hatte, war ihm schnell klar geworden, dass das, was der Mann ihm berichtete, kein Hirngespinst eines Alkis war. Das typische Gefasel eines Säufers von der Wahrheit zu unterscheiden, das hatte er schon als Kind gelernt. Zu stimmig, zu detailreich war die Schilderung des Obdachlosen. So genau, dass Bartkowiak sogar zu wissen meinte, wo der Mann angeblich beobachtet hatte, wie ein »Riese mit Glatzkopf« ein nacktes Mädchen in das Wasser der Spree werfen wollte.

Ein Fabrikgelände nicht allzu weit östlich der Oberbaumbrücke, neben einer großen Brache mit einer Kaimauer.

Das musste an der Cuvrystraße sein. In den Neunzigern hatte dort ein Trupp Multikulti-Freaks unter dem Deckmantel eines afrikanischen Kunstvereins ein Kifferparadies namens »Yaam« betrieben, aber Anfang des Jahrtausends wurde die Brache geräumt und war seither verwaist. Direkt daneben verunstalteten in der Tat einige alte Industrieriesen die Landschaft, von genau der Art, wie der Mann sie beschrieben hatte. Nicht völlig ausgeschlossen also, dass an der Geschichte was dran war.

Bartkowiak zückte sein Funkgerät.

Kein Netz.

»Verdammt noch mal«, fluchte er.

Für das neue digitale Funknetz der Berliner Polizei galt die goldene Regel, dass es ausschließlich dort funktionierte, wo man es sowieso nicht brauchte. Und gerade in geschlossenen Räumen versagte das Netz mit großer

Zuverlässigkeit, weswegen jeder Berliner Polizeibeamte, der etwas auf sein Leben hielt, zusätzlich ein privates Handy mit sich führte.

Er tauschte das Gerät und wählte die Nummer des Kriminaldauerdienstes.

»Yep. Hier Stefan. Ich benötige ein Team mit Leichenspürhund an der Cuvrystraße, Ecke Schlesische. Da wurde eventuell eine Leiche im Wasser entsorgt. Falls sie da am Ufer entladen wurde, finden die Hunde vielleicht was. Und könnt ihr für mich die Eigentümer des Fabrikgeländes östlich von der Brache ausfindig machen? Ich brauche dort Zugang. Bin in einer Stunde vor Ort.«

Er steckte das Handy wieder ein und nahm einen Zug von seiner Mentholzigarette. Vor ihm floss träge das Wasser der Spree. Oft hatte er sich beim Anblick des Flusses gefragt, über wie vielen Leichen sich das graue Wasser in all den Jahrhunderten schon geschlossen hatte. Vielleicht würde er heute eine von ihnen finden.

***

Er saß im Dunkeln vor der Zellentür. Eigentlich war es keine Zelle, sondern ein alter Luftschutzkeller. Das Haus stammte aus Berlins wilden Dreißigern. Zuerst hatte es dem Präsidenten der bezirklichen Fleschereiinnung gehört. Dann einer lokalen Nazigröße, einem von jenen, der die Gunst der Stunde genutzt hatte, um sich endlich über seine Nachbarn zu erheben. Er war es auch, der den Keller hatte umbauen lassen, als über Berlin die ersten Luftangriffe geflogen wurden.

Nach dem Krieg war das Haus instand gesetzt und zunächst einem sowjetischen General als Residenz über-

lassen worden. Danach diente es eine Weile als Bezirks-
archiv der örtlichen SED-Leitung, bevor es in den frühen
Siebzigerjahren der Mann seiner Tante erwarb, den er
allerdings nie kennengelernt hatte, weil er schon mit
einundfünfzig an einem Herzinfarkt verstarb. Das Haus
hinterließ er seiner Frau, Tante Gilda und ihrer gemeinsamen Tochter, Cousine Birgit.

In diesem alten Kasten hatte seine Mutter sich seiner
entledigt hatte.

In diesem alten Kasten hatte seine Tante den Hass auf
ihr graues, verhärmtes Leben jeden Tag aufs Neue an ihm
ausgelassen.

In diesem alten Kasten hatte seine Cousine ihrer Mutter dabei fast lustvoll zugesehen.

In diesem alten Kasten war seine Angst vor seiner
Tante zu kalter Wut gefroren.

In diesem alten Kasten hatte er jeden Tag davon geträumt, seine Tante mit seinen eigenen Händen zu töten.

Bis schließlich eines wundervollen Tages seine Tante
tatsächlich gestorben war, erfreulicherweise direkt vor
seinen Augen.

Sie hatte ihn von der Schule abholen müssen. Er war
damals vierzehn, und er hatte einen Freund. Den ersten
richtigen Freund seines Lebens. Patrick war ein großer,
feister Junge aus der Vorstadt. Sommersprossig, blass-
äugig und mit einem unbändigen Drang versehen, kleinere Kinder zu quälen oder – wenn es daran mangelte –
auch mal Tiere, die sie dann gemeinsam in Patricks
Garten sezierten.

An diesem Morgen hatten sie es auf Svantje abgesehen, eine hübsche kleine Blondine aus der ersten Klasse
der Grundschule, mit der sie sich den Schulhof teilten.

»Warum die?«, fragte Patrick.

»Keine Ahnung. Ist doch egal, oder?«

Tatsächlich wusste er genau, warum. Drei Tage zuvor hatte er mitbekommen, wie ihre Mutter sie morgens an der Schule ablieferte. Ein silberfarbener Mercedes neuesten Baujahrs war die Auffahrt zum Schultor heraufgerollt. Ihm entstieg die schönste Frau, die er jemals gesehen hatte. Er erinnerte sich noch deutlich, wie sich ihre schlanken Beine langsam aus der Türöffnung herausschoben. Es war der Auftritt eines Filmstars, nur der rote Teppich fehlte. Später hatte er erfahren, dass Svantjes Mutter tatsächlich beim Fernsehen arbeitete, allerdings nur als Redakteurin, was immer das bedeutete.

Wenn schon der Anblick ihrer Beine aufsehenerregend war, so galt dies umso mehr für ihr Gesicht. Noch nie in seinem Leben hatte er ein Gesicht gesehen, das so von innen heraus strahlte. Nicht einmal seine Mutter besaß eine derart leuchtende Schönheit. Es war eine himmelschreiende Ungerechtigkeit, dass irgendjemand auf der Erde mit so viel Anmut beschenkt sein sollte. Die Dame ging um das Auto herum. Die Absätze ihrer Stiefel klackerten aufreizend über das Kopfsteinpflaster. Dann öffnete sie die Tür an der Beifahrerseite, und die kleine Svantje mit ihrer Baskenmütze, ihrem überlangen gestreiften Schal und den niedlichen Zöpfen hüpfte heraus. In der einen Hand hielt sie einen Kakao, eine dieser Viertelliterboxen mit Strohhalm. Er konnte das Bild vor sich sehen, als ob es eben erst passiert wäre. Die strahlende große Dame, die die Arme zu einer Abschiedsumarmung öffnete, und das aufgedrehte kleine Ding, das in diese Arme hüpfte, ohne an die Getränkebox in seiner Hand zu denken.

Als der Kakao sich auf das teure Kostüm der Dame ergoss, hatte er das Gefühl, dass die Szene für einen Moment erstarrte. Svantjes erschrockener Blick. Ihre Tränchen und Entschuldigungsbeteuerungen. Die Dame, die auf ihr ruiniertes Kleidungsstück starrte. Er wusste, was jetzt kommen würde. Die Dame würde ihre Hand heben und ihrer Tochter eine gewaltige Ohrfeige verpassen. Sein Körper spannte sich voll erregter Erwartung.

Doch dann sah er, wie die Dame sich vor ihre Tochter hinkniete, ihr Gesicht sanft in beide Hände nahm und – es war einfach unfassbar! – ihr gut zusprach. Von diesem Augenblick hasste er Svantje mit jeder Faser seines Körpers.

Und nun war der Moment gekommen, sie zu bestrafen. Es war ein Leichtes für ihn und Patrick gewesen, die Kleine von ihrer Klasse zu isolieren. Dann verzogen sie sich mit ihr bis zum Ende der großen Pause in ein stilles Eckchen. Sie hatten ihr einfach ein paar Süßigkeiten versprochen. Die Pause endete, und der Schulhof leerte sich innerhalb weniger Minuten komplett.

»Ich muss zurück in meine Klasse«, sagte Svantje, den Mund voll Bonbons.

»Dann willst du das Kätzchen nicht sehen?«, fragte er. Meistens war er es, der die Initiative übernahm. Patrick war zu tumb und grob für das filigrane Geschäft der Verführung.

»Welches Kätzchen?«

»Komm mit«, sagte er.

Er sah den inneren Kampf in Svantjes Augen, so wie er diesen später in so vielen weiteren Augen sehen sollte. Ein wundervoller Moment. Vergleichbar vielleicht mit der Vorfreude, die Kinder empfinden mussten, wenn die

Eltern die Geschenke unter den Weihnachtsbaum legten. Sein eigenes Weihnachten kannte allerdings keine
Geschenke. Weihnachten bedeutete für ihn, dass Tante
Gilda doppelt so viel wie gewöhnlich trank. Und dann
gnade ihm Gott.

»Na gut. Aber nur ganz kurz«, sagte Svantje.

Svantje erhob sich aus der Hocke, in der sie bis dahin verharrt hatte. Ein Tropfen bonbonfarbener Speichel
lief aus ihrem Mundwinkel. Sie hopste hinter ihm und
Patrick her. Ihre Zöpfe hüpften unter der Baskenmütze.
Wie sie es vorher verabredet hatten, öffnete Patrick die
Tür zum Jungenklo. Svantje blieb wie angewurzelt stehen. Die Toilette für den Pausenhof war ein kleiner,
grauer Zweckbau abseits des eigentlichen Schulgebäu-
des.

»Was wollt ihr denn hier? Ich dachte, ihr zeigt mir ein
Kätzchen.«

»Irgendwo mussten wir es ja vor dem Hausmeister
verstecken. Was ist nun? Willst du's sehen? Wir haben
es in einer der Kabinen versteckt. Es ist total süß, so mit
Streifen und so.«

Eigentlich hatte er keine Ahnung, was das Wort süß
in diesem Zusammenhang bedeutete, aber dafür hatte er
eine umso bessere Vorstellung, welche Wirkung es auf
Svantje hatte. Unschlüssig wippte sie von einem Fuß auf
den anderen.

»Wir wissen nicht, was wir damit machen sollen.
Vielleicht kannst du es ja mit nach Hause nehmen.«

Sofort leuchtete ihr Gesicht auf, und aller Zweifel war
wie weggeblasen. Sie drängte an Patricks massigem Körper vorbei.

»Wo habt ihr es versteckt?«

Der Vorraum hinter der Tür war klein und viereckig. Drei Waschbecken an jeder Wand. Dämmriges Licht fiel durch einen schmalen Fensterstreifen, der die ganze Toilette weit über Kopfhöhe direkt unter dem Dach umlief. Er ging an Svantje vorbei in den Gang mit den Kabinentüren und genoss, wie sie ihm dabei fast gierig mit den Augen folgte. Er stellte sich vor die erste Tür und öffnete sie mit theatralischer Geste, so wie er es einmal bei einem Magier im Fernsehen gesehen hatte.

»Hier entlang.«

Er spürte, wie sein Herz schneller zu schlagen begann.

Dann riss seine Erinnerung ab, bestand nur noch aus einigen Bildern und kurzen Szenen. Svantjes ungläubige Empörung, als sie in die völlig leere Kabine blickte. Der Blick, den er mit Patrick austauschte. Patrick, der Svantje grob gegen die Armaturen der Toilette drängte und sie festhielt. Wie sie ihr den Schal um den Hals legten und das obere Ende um das Rahmenstück zweier zuvor geöffneter Fenster schlauften. Wie sie dann gemeinsam an dem Schal zogen. Das Mädchen war viel leichter, als sie es sich vorgestellt hatten.

Das Gestrampel ihrer kleinen Füße. Der Schuh, der auf den Boden fiel. Ihr Gesicht, das immer röter wurde, und dann das laute Knarren, als jemand die Eingangstür des Jungenklos öffnete. Das Geräusch von Svantjes zappelndem Körper, als sie auf den Spülkasten prallte. Die schweren Schritte eines Erwachsenen auf den Fliesen. Wie die Tür zu ihrer Kabine aufgerissen wurde. Der entsetzte Gesichtsausdruck des Hausmeisters.

Eine halbe Stunde lang hatten sie dann im Lehrerzimmer gesessen, von der Schulsekretärin bewacht, die sie keinen Moment aus den Augen gelassen hatte. Seine

Tante verpasste ihm sofort eine Ohrfeige, nachdem die Direktorin sie zu ihm geführt hatte. Der Schlag war so stark gewesen, dass er mitsamt seinem Stuhl hintenübergekippt war und benommen liegen blieb.

Er hatte den entsetzten Blick der Direktorin gesehen, doch niemand hatte protestiert. Seine Tante hatte ihn einfach am Arm hochgezerrt und anschließend quer durch das Schulgebäude geschleift. An der Tür des Lehrerzimmers hatte er sich kurz zu Patrick umgedreht, der noch auf seinen Vater wartete. Er hatte gegrinst. Ein feistes blassäugiges Grinsen. Dann war die Tür zugeschlagen.

In ihrem klapprigen Mercedes-Taxi hatte sie unentwegt gekeift. Selbst beim Fahren war sie in der Lage, ihn mit ihrem knochigen Ellenbogen zu malträtieren. Er hatte sie schon häufig in Rage erlebt, aber an diesem Tag war sie völlig außer sich gewesen, das Gesicht tiefdunkelrot. Sie hatte ihn einen Drecksjungen, eine Plage und einen Psychopathen genannt. Sie hatte wieder und wieder den Tag verflucht, an dem sie ihn aufgenommen hatte. Sie hatte sich und Birgit bedauert für das Leid, das er ihnen tagaus, tagein bereitete, und die immensen Kosten, die er ihnen verursachte. An einer Ampel musste sie halten, sie machte eine Pause in ihrer Schimpftirade und fragte ihn: »Was hast du kleiner Dreckslümmel dir nur dabei gedacht?«

Er hatte ihr in die Augen geschaut, in den Abgrund an Hass dahinter, ihr gelbliches schiefes Gebiss, das pochende Aderngeflecht an ihrer Schläfe. Die Worte waren wie von allein gekommen.

»Ich habe mir vorgestellt, sie wäre du.«

Er sah, wie ihr Mund wortlos auf- und zuging. Ihre

Augen quollen förmlich aus ihrem Gesicht, als wollten sie platzen. Er hatte das Gefühl, dass sie zu sprechen versuchte, aber irgendwie funktionierte es nicht. Stattdessen griff sie sich an die Brust und krümmte sich zusammen.

Er wusste damals nicht, was ein Herzinfarkt war, aber ihm wurde schnell klar, dass seine Tante nur noch ein paar Augenblicke auf dieser Erde hatte. Er sah, wie ihre Rechte krampfend in der Handtasche wühlte, die zwischen den Sitzen eingeklemmt war, während hinter ihnen ein Auto zu hupen begann. Eine Pillendose fiel heraus, prallte gegen den Schalthebel und rutschte von dort in seinen Fußraum. Er sah, wie sie ihre Rechte mühsam danach ausstreckte.

Er sah, wie seine eigene Hand nach ihrem Handgelenk griff und es umschloss, erst mit der Linken, dann auch mit der Rechten. Er fühlte ihren Widerstand. Wie sie versuchte, ihm die Hand zu entreißen. Beinahe gelang es ihr, aber dann wurde sie schwächer. Es fühlte sich wundervoll an. Erregend. Noch nie vorher hatte er diese Art von Schrecken in ihren Augen gesehen. Er trank ihn, sog ihn gierig in sich ein. Ihre Hand erschlaffte. Ihr Körper sackte nach vorn. Mit einem Geräusch, das einem Seufzer glich, entwich ihr letzter Atemzug. Kaum ein paar Sekunden später hatte sein Hochgefühl in einem so gewaltigen Orgasmus gegipfelt, dass er danach noch minutenlang zitterte.

In diesem Moment hatte er gewusst, dass er dieses Gefühl wieder und wieder brauchen würde. Aber von da an war sein Leben erst einmal im Chaos versunken.

Er war in die Obhut des Jugendamts gegeben worden. Wegen des Vorfalls mit der kleinen Svantje hatte man ihn sogleich in eine neue Schule gesteckt. Nach ein paar Monaten hatte seine Betreuerin eine Pflegefamilie für ihn gefunden. Sein neuer »Vater« war glücklich, einen reizvollen Jungen zu bekommen, der jünger als sein Vorgänger war. Die Mutter wiederum schaute dem Treiben ihres Gatten seufzend zu. Das Jugendamt war blind oder wollte nichts sehen. Ein Mündel weniger.

Vom Regen in die Traufe nannte man das wohl. Es folgten weitere quälende Jahre. Als er endlich volljährig war, führte ihn einer seiner ersten Wege zurück zum alten Haus seiner Tante. Er wusste nicht so recht, was er dort eigentlich erwartet hatte, aber sicherlich nicht Birgits kuhäugiges Gesicht an der Tür, die ihn mit einem »Was willst du hier?« begrüßte.

Irgendwie hatte er es dann geschafft, sie zu überzeugen, ihn um der alten Zeiten willen hereinzulassen. Während seine Tante eine überpenible Ordnung gehalten hatte, hatte Birgit in den letzten drei Jahren – nachdem sie ihrer Pflegefamilie entwachsen war – das Haus in eine Müllhalde verwandelt.

Kaum hatte sie ihn hereingelassen, war sie wortlos im Wohnzimmer verschwunden und hatte sich vor den Fernseher gesetzt, der dort vor sich hin plärrte. Ihn überrollte eine heiße Welle. Er ging zu der alten Werkzeugkommode, nahm sich einen Zimmermannshammer heraus und erschlug seine Cousine mit ein paar wuchtigen Hieben. Sie hatte sich nicht einmal umgeschaut und war schon nach dem ersten Schlag einfach zur Seite gesackt.

Er hatte sie erst einmal liegen lassen und begonnen, die Wohnung aufzuräumen. Zwei Tage lang trug er Müllsack um Müllsack aus dem Haus. Der alte Herr Brosam von nebenan hatte ihn gesehen und sogleich erkannt.

»Schön, dass du zurück bist, Junge«, hatte er gesagt und dann mit einem Augenzwinkern angefügt: »Wurde auch Zeit, dass mal jemand aufräumt.«

Er hatte stumm genickt und ihre Leiche im Keller verstaut, in genau jenem Raum, vor dem er jetzt saß.

Eine Weile hatte er Birgit dort immer wieder besucht. Es war lustig, ihr beim Verwesen zuzusehen, aber irgendwann war der Geruch unerträglich geworden. Dann hatte er sie nachts hinter das Haus getragen und in Hockstellung in einem Loch in einer Ecke des Gartens versenkt. Bevor er sie mit Erde überschüttete, hatte er mit einer Astschere ihren kleinen Finger abgetrennt. Ein kleines Souvenir, das er sich seitdem von all seinen Opfern genommen hatte, manchmal sogar, als diese noch lebten. Auf das Loch hatte er später einen Kompostierer gestellt. Weder Herr Brosam noch irgendein anderer Anwohner hatte ihn danach je nach Birgit gefragt. Behördenbriefe hatte er mit dem Vermerk »unbekannt verzogen« wieder zurückgeschickt, bis auch diese irgendwann verebbten. Und so war das Haus seiner Tante zu seinem geworden.

Langsam erhob er sich und klopfte sich den Kellerstaub von der Hose. Dann setzte er die Gummimaske auf und betätigte den Schalter, der den Raum drinnen in blendend helles Licht tauchen würde. Er legte den Riegel zur Seite und zog die schwere Eisentür auf. Das Bild, das sich ihm drinnen bot, entsprach exakt seiner Erwartung. Das Mädchen, das er aufgegabelt hatte, hockte mit schreckgeweiteten Augen in einer Ecke des Raums. Sie folgte jeder seiner Bewegungen, als ob er eine Giftschlange wäre.

In der Mitte lag die Leiche. Das erste Mal seit seiner Cousine würde er wieder jemanden begraben müssen, denn die Stelle an der Spree war verbrannte Erde. Gott sei Dank kannte er in Brandenburg jeden Baum. Ein Resultat seiner ausgedehnten Streifzüge. Das Ausspähen potenzieller Opfer war ein Hobby, das er mit den Großen seines Gewerbes teilte, wie er der Biografie von Ted Bundy entnommen hatte. Auch der charmante Serienkiller hatte damit Stunden verbracht und sich manchmal einen Spaß daraus gemacht, einsame Radfahrerinnen über längere Distanzen so offensichtlich zu verfolgen, dass diese irgendwann vor lauter Panik alle Geschwindigkeitsrekorde brachen.

Getötet hatte er allerdings nach seiner Cousine lange Zeit niemanden. Erst als er vor einem knappen Jahr auf Literatur über das Grand Guignol gestoßen war, hatte seine dunkle Begierde Form und Ziel bekommen. Dann war er auf Ralf gestoßen und das Grundstück.

Ihr erstes gemeinsames Opfer war eine Anhalterin, die Ralf beim Trampen am Stadtrand aufgelesen hatte. Filmstudentin oder so was. Leutseliges Ding. Hatte Ralf etwas vom Streit mit ihrem Freund erzählt. Sie war auch die Erste, die er in der Spree versenkt hatte. Mit Eisenketten als Zuladung war sie untergegangen wie ein Stein.

Er sog die Luft ein und labte sich an der Angst in den Augen des Mädchens. Dann griff er den Haarschopf der Leiche und schleifte sie über den Estrich zur Tür hinaus. Hinter sich hörte er ein entsetztes Stöhnen.

Bevor er die Tür gänzlich schloss, steckte er noch einmal den Kopf durch den Spalt.

»Du bist die Nächste.«

* * *

Das Licht ging wieder aus.

Dunkelheit umfing Jenny. Erst war es einfach nur still und finster. Doch dann begann die Stille zu brausen, und die Dunkelheit schwirrte vor Gesichtern. Alle Gesichter trugen eine Zombiemaske, und alle Stimmen wisperten immer gleichzeitig: »Du bist die Nächste.«

Sie presste ihren Körper in eine Ecke und wünschte sich, die Wände in ihren Rücken könnten sie verschlucken und sie zu einem Teil des Hauses machen. Alles wäre besser, als ihm in die Hände zu fallen. Bis zu diesem Punkt hatte sie geglaubt, ihr Vater habe ihr die Fähigkeit ausgetrieben, echte Angst zu empfinden. Doch jetzt zitterte sie am ganzen Körper, unkontrollierbar, gewaltig, so als würden alle Muskeln gleichzeitig vor Furcht und Verlassenheit kontrahieren. Ihre Zähne klapperten, und sie schrie ihre Panik in die namenlose Finsternis. Dann verlor sie das Bewusstsein.

* * *

»Sind Sie sicher?«

Der Immobilienfuzzi drehte sich mit fragendem Blick um, den Bolzenschneider in der Hand.

»Sicher genug, um den Richter zu überzeugen«, sagte Hauptkommissar Bartkowiak und hielt eine Durchschrift des Durchsuchungsbeschlusses in die Höhe. »Außerdem ist es nicht mein Problem, wenn Sie die Schlüssel für Ihr Eigentum nicht ordentlich verwahren. Soll ich das etwa für Sie machen?«

»Nein, nein. Nicht nötig.«

Der Mann seufzte und setzte den Scherkopf an. Der Bügel des Schlosses war fingerdick, aber den fast einen

Meter langen Hebeln des Schneiders war auch er nicht gewachsen.

»Fühlen Sie sich wie zu Hause, meine Herren«, sagte er mit unüberhörbarem Sarkasmus in der Stimme.

Bartkowiak hoffte, dass sein Grinsen so feist aussah, wie es gemeint war. Dämlicher Lackaffe, der Typ. Seinem italienischen Ludenzwirn nach zu urteilen, verdiente der Kerl in der Stunde mehr als er an einem ganzen Tag. Und das hatte er Bartkowiak auch bei jeder Gelegenheit spüren lassen.

Er rief den Hundeführer zu sich. »Ich weiß nicht, was wir zu erwarten haben, Heiko. Vielleicht ist es auch nur falscher Alarm.«

Heiko Tschentscher, Polizeihauptmeister und einer der besten Spürhundtrainer des Landes, winkte gelassen ab. »Elvis hier macht das schon, nicht wahr, mein Schöner?« Er tätschelte dem massigen Schäferhundrüden den Kopf.

»Na, dann mal ran an die Bouletten«, sagte Bartkowiak.

Während Tschentscher das Tier auf seine Aufgabe vorbereitete, schaute Bartkowiak missmutig auf die Uhr. Fünfe durch. Die Sonne war längst untergegangen. Nicht die besten Bedingungen, doch dem Hund machte die Dunkelheit nichts aus. Der suchte mit der Nase. Aber gesetzt den Fall, das Tier oder seine Ablösung, die schon hinten in Tschentschers Wagen bellte, würde fündig, und weiter angenommen, der Saufbold im Krankenhaus hatte recht und die Leiche war in der Spree versenkt worden, dann hätten die Taucher im Dunkeln keine Chance. Sie würden das Gelände versiegeln lassen, eine Wache abstellen und bis morgen warten müssen. So betrachtet hätte er die ganze Suche auf den nächsten Tag verschieben können. Hätte die verdammte Recherche nach einem Verantwortlichen mit Schlüssel bloß nicht so ewig gedauert. Missmutig steckte er sich eine Mentholzigarette an.

»Hey, weg mit dem Ding von meinen Hunden.«

Bartkowiak fuhr herum und verkniff sich im letzten Moment eine derbe Entgegnung.

»Entspann dich«, murmelte er stattdessen. »Ich gehe ein bisschen spazieren.«

Tschentscher nickte nur stumm und wandte sich wieder dem Hund zu, dem er gerade ein kleines Fläschchen mit irgendeiner undefinierbaren Substanz unter die Nase hielt.

Bartkowiak zog den Jackenkragen enger und schlenderte in Richtung Schlesisches Tor. Auf einmal hörte er hinter sich wildes Hundegekläff. Er beeilte sich zurückzukommen.

»Was ist passiert? Wo ist Tschentscher?«, fragte er den zweiten Hundeführer.

»Der Hund hat ihn förmlich mitgerissen.«

»Wo lang? Richtung Ufer?«

Der Hundeführer nickte.

Ohne ein weiteres Wort rannte Bartkowiak los. Das Grundstück begann mit einem ausgedehnten, ziemlich verwilderten Parkplatz. Überall zwischen den bejahrten Betonplatten sprießte Gras und Unkraut kniehoch empor. Zwischen den beiden Werksgebäuden war in einiger Entfernung vage eine Lücke im Dunkeln erkennbar, aus der das Gekläff zu kommen schien. Bartkowiak hörte seinen eigenen Atem, er klang wie ein altes Dampfschiff. Zu viele Mentholzigaretten, hatte der Amtsarzt bei der letzten Tauglichkeitsprüfung gesagt. Verdammter Quacksalber.

Er befand sich jetzt zwischen den Gebäuden. Die Wände rechts und links ragten scheinbar bis in den Himmel. Es drang kaum Licht in diesen Spalt. Das Gekläff war näher gekommen. Auch hinter ihm hörte er Geräusche. Die anderen waren ihm auf den Fersen.

Auf einmal hörte er einen menschlichen Schrei, gefolgt von einem Jaulen. Dann ein lautes Klatschen.

Bartkowiak spurtete, so schnell er unter den gegebenen Sichtbedingungen konnte, die Gebäudelücke entlang. Endlich stand er wieder im Freien, die Gebäude hinter und das Spreeufer vor sich. Gerade durchdrang der Mond die Wolkendecke und tauchte alles in silbernes Licht.

Überrascht nahm er zur Kenntnis, dass ihm das Bild, das sich ihm bot, bekannt vorkam. Die Beschreibung des Saufbolds war so akkurat gewesen, dass er diesen Hinterhof bereits klar vor seinem geistigen Auge gesehen hatte. Links von ihm war der kleine Schuppen, in dem sich Czogalla vor wem auch immer versteckt haben musste. Nur eines fehlte: der Hundeführer.

Dann hörte er einen erneuten Schrei, der deutlich von vorn unterhalb der Böschung kam. Er rannte los zur Kante.

Im Licht des Mondes bot sich ihm ein bizarrer Anblick.

Tschentscher steckte schon bis zum Brustkorb in der Spree. Mit einer Hand krallte er sich an einem Strauch am Wasserrand fest, mit der anderen hielt er die Leine, an deren Ende sich der Schäferhund auf halber Höhe der Böschung dem Gewicht seines Herrchens tapfer, aber zusehends vergeblich entgegenstemmte.

»Hey.«

Es war die Stimme des zweiten Hundeführers, der jetzt bei Bartkowiak eingetroffen war. Der Mann stürzte sich an ihm vorbei die steile Böschung hinunter zu seinem Kollegen. Seufzend tat Bartkowiak es ihm nach.

Ein paar Sekunden später wünschte er sich, er wäre oben geblieben. Er und der zweite Hundeführer lagen jetzt beide bäuchlings am unteren Rand der Böschung. Jeder von ihnen hatte sich mit einer Hand irgendwie ins Gras verkrallt und mit der anderen je eine von Tschentschers Händen gepackt. Gemeinsam schafften sie es, den Hundeführer nach und nach aus der eiskalten Spree herauszuziehen.

Fünf Minuten später lag Tschentscher pitschnass und zitternd, aber bei Bewusstsein und auch ansonsten wohlbehalten im Gras. Der Schäferhund lief schwanzwedelnd neben seinem Kopf hin und her.

»Elvis«, keuchte Tschentscher. »Was ist nur in dich gefahren?« Sein Blick fiel auf Bartkowiak, der jetzt rauchend über ihm stand. »Sorry, aber ich weiß nicht, was mit ihm los war. Er ist einfach drauflosgerannt, als ob wir nie zusammen trainiert hätten. Vielleicht ist es wegen des Tierarztbesuchs gestern, die haben ihm irgendetwas…«

»Alles gut«, unterbrach ihn Bartkowiak. Es klang etwas knurriger, als er es eigentlich gemeint hatte.

»Steven hier kann für mich weitermachen«, schlug Tschentscher vor.

»Vergiss es. Wir machen das morgen. War sowieso ne Schnapsidee. Und du fährst jetzt erst mal in die Ambulanz.«

»Aber…«, fiel Tschentscher ein.

»Keine Widerrede. Das darf man nicht unterschätzen!«, sagte Bartkowiak.

Grummelnd trollte sich Tschentscher mit seinem Hund in Richtung Ausgang.

»Heißt das, ich muss morgen auch noch mal kommen?«, ertönte es hinter Bartkowiak.

Der Immobilienfuzzi. Bartkowiak bereitete im Geiste schon einen gesalzenen Anraunzer vor, doch bevor er etwas sagen konnte, wies sein Gegenüber mit dem Finger auf ihn. »Nebenbei gesagt: Sie können das jetzt loslassen, glaube ich.«

Bartkowiak folgte dem Fingerzeig und betrachtete seine linke Hand. Etwas perplex starrte er das Büschel Gras an, das er immer noch fest umklammert hielt. Mühsam lockerte er den Griff seiner krampfenden Finger. Einzelne Halme lösten sich und rieselten zu Boden. In der Dunkelheit bemerkte er eine Wunde in seiner Handinnenfläche. Irgendetwas hatte sich in seine Haut gebohrt. Er tastete mit den Fingern der Rechten und hielt schließlich etwas Kleines, Festes in der Hand. Eine Art Plättchen.

Er fischte die Taschenlampe aus seiner Außentasche und leuchtete das Ding an.

»Hol mich der Teufel«, murmelte er. »Vielleicht können wir morgen doch gleich die Taucher rufen.«

»Was ist denn das, Herr Kommissar?«, fragte der Immobilienfuzzi neugierig.

Bartkowiak drehte das Ding zwischen seinen Fingerspitzen im Licht hin und her.

»Das ist, wenn mich nicht alles täuscht, ein fast vollständiger menschlicher Fingernagel.«

17

»Wird's denn heute noch was werden?«

Begüm lehnte missmutig am Tresen des Polizeiabschnitts 53, der sich nur ein paar Schritte vom ehemaligen Checkpoint Charlie entfernt befand.

»Sorry, Frau Kollegin. Sie sehen ja, was hier los ist.« Der bullige Schichtführer wies über den Tresen hinter Begüm.

Dort saßen in einer Kinoreihe Hartschalenstühle drei chinesische Touristen (wahrscheinlich Diebstahlsopfer), ein sichtlich alkoholisierter Jugendlicher mit einer hässlichen Platzwunde an der Stirn, ein kleiner Steppke, ein keifender Alter mit einem kläffenden Kampfhund an der Leine sowie drei Bordsteinschwalben, die in ein eifriges Gespräch vertieft waren. Gerade führten zwei Beamte einen dunkelhäutigen Mann in Handschellen herein. Die roten Augäpfel verrieten den Haschdealer, der offensichtlich ganz gern selbst von der Ware naschte. Das pralle Leben. Ein typischer Abend im nördlichen Kreuzberg.

Sie konnte den Kollegen nur allzu gut verstehen. Auch sie hatte ihren Dienst mal auf so einem Brennpunktabschnitt begonnen. Aber durch die Begegnung mit dem Passagier hatte sie vielleicht eine heiße Spur. Sie hielt dem Mann ihr Handy mit dem Foto von Katharina Racholdt unter die Nase.

»Das hier ist ein Mordopfer«, sagte sie.

Er kratzte sich am Kopf und nahm das Bild in die Hand. »Kenn ich irgendwie. War die nicht in der Zeitung? Ist die Tochter von irgend so einem hohen Tier, oder?«, fragte er.

Begüm hielt es für besser, diesen Umstand nicht zu vertiefen. »Sie ist Ende November von zu Hause ausgerissen«, erklärte sie. »Vor ein paar Tagen haben wir ihre Leiche in der Spree gefunden. Eindeutig Mord. Ich habe einen Zeugen, der behauptet, er habe sie am Freitag, dem 16. Dezember, am Görlitzer Bahnhof in ein Taxi steigen sehen.«

»Sie haben einen Zeugen, der sich erinnern kann, dass er vor etwa vier Wochen irgendeine fremde Ausreißerin am Görli gesehen hat?«, fragte der Schichtführer. »Wichtigtuer, ick hör dir trapsen.«

»Sie soll in komplett weggetretenem Zustand von einem Kerl in ein Taxi gesteckt worden sein«, entgegnete Begüm. »Sie konnte kaum noch selbst gehen. Der Fahrer hat sie praktisch fast tragen müssen. Deswegen erinnert sich der Zeuge so gut.«

»Aha. Und warum ist er dann nicht eingeschritten?«

Begüm war kurz davor, vor Wut zu platzen. »Sie wissen genau, dass wir hier nicht in irgendeinem Scheißkaff sind, wo jeder gleich die Polizei ruft, wenn Oma auf dem Zebrastreifen stolpert«, fauchte sie.

»Aha. Und wo isser jetzt, Ihr toller Zeuge, wenn ick ma fragen darf?«

Begüm räusperte sich. »Weiß ich nicht«, murmelte sie dann.

»Wie bitte? Ick bin heute so schwerhörig. Könnse ditt noch ma wiedaholn?«

»Ich hab keine Ahnung, okay?«, rief sie wütend. »Der Zeuge ist ein Straßenkind. Obdachlos. Und er hat seine Aussage nicht mir gegenüber gemacht, sondern gegenüber dem Pa... gegenüber einer Vertrauensperson.«

»Moment«, sagte der Beamte. »Ick wiedahole ditt ma kurz. Eine angebliche Entführung wurde von einem angeblichen Zeugen Schrägstrich minderjährigen Straßenjunkie angeblich beobachtet, aber Sie haben ihn nicht mal selber jesprochen, sondan irgendein nebulöser Spitzel, und deswejen soll ick jetzt hier die jesamte Schicht befragen? Warten Sie mal bitte hier, ick muss mir kurz abrollen jehn.«

»Das ist kein Spitzel. Der ist den ganzen Tag...« Begüm unterbrach sich, als sie den verächtlichen Blick bemerkte, mit dem der Typ sie bedachte. Den kannte sie schon seit ihrer Schulzeit. So hatten die biodeutschen Mitschüler das kleine anatolische Mädchen mit der dicken Brille und den Klamotten ihrer älteren Brüder angeschaut.

»Ach, fick dich doch, Kartoffel«, murmelte sie, drehte sich um und ging zur Tür.

»Darf ich Sie in meinem Vermerk zitieren, Frau Oberkommissarin?«, brüllte der Schichtführer hinter ihr her. »Ich würde das gerne der Antidiskriminierungsstelle zur Kenntnis bringen, Frau Oberkommissarin... Frau Oberkommissarin?«

Die Schwingtür hinter ihr schloss sich, und sie stand in der Kälte. Sie merkte, dass sie mit den Tränen kämpfte, und wischte sich wütend über die Augen. Am liebsten wäre sie wieder reingegangen und hätte den Typen eigenhändig vermöbelt. Aber das würde ihr auch nicht helfen. Situationen wie diese gehörten nun mal zum Alltag. Sie war eine Frau, eine Scheißkanakin zudem, mit Kommissarsrang. Eine wandelnde Provokation für die deutschen Männer mittleren Dienstes und Alters.

Sie zog eine Zigarette aus der Brusttasche, zündete sie an und sog gierig daran.

Eine Horde sturzbesoffener britischer Touristen zog lärmend auf der anderen Straßenseite vorbei. Rechts in der Ferne leuchteten die Lichter vom Checkpoint Charlie.

Bei dieser Kälte schmerzte der Rauch in der Lunge. Aber Schmerz war gut. Schmerz bedeutete, dass man lebendig war. Gegen Schmerz konnte man ankämpfen, so wie sie es ihr Leben lang getan hatte.

»Entschuldigung.«

Begüm zuckte so stark zusammen, dass ihr die Zigarette aus der Hand fiel. »Maschallah«, entfuhr es ihr.

»Entschuldigung, ich wollte Sie nicht erschrecken.«

Es war der kleine Junge von der Wartebank. Ein spindeldürres Kerlchen mit dem Blick eines verschreckten Eichhörnchens. Schmutzige Klamotten. Etwas miefig. Ein Ausreißerkind.

Sie hockte sich vor ihm nieder. »Kein Problem, Kleiner. Wie heißt du?«, fragte sie.

»Lukas.«

»Lukas, und wie weiter?«

Er schaute sie stumm an. In seinem Gesicht kämpfte es. Sie verstand.

»Keine Angst. Ich bring dich nicht zurück«, versicherte sie.

Er lächelte scheu. Es zerriss ihr das Herz, weil er sie an Gökhan erinnerte, ihren jüngeren Bruder. Hassan und Orhan, die beiden älteren, waren echte Drecksskerle. Augen und Ohren ihres Scheißvaters. Gökhan hingegen war ihr Liebling. Ein zarter kleiner Kerl mit großen Augen, genau wie der hier. Und er hatte immer alles Schlechte abbekommen, genau wie der hier auch.

»Was willst du, Kleiner?«, fragte sie.

Er trat nervös von einem Fuß auf den anderen. Sein Blick schweifte hin und her.

»Hey, keine Angst. Du kannst mir vertrauen, mein Süßer«, sagte sie sanft und ergriff seine Schultern. Sie fühlten sich entsetzlich knochig an.

»Du hast bestimmt Hunger, Şekerim. Komm, ich lad dich ein.«

Sein Gesicht begann zu strahlen, wie eine kleine Sonne.

Sie stand auf und streckte die Hand aus.

»Komm, da vorne ist ein McDonald's. Du magst bestimmt Burger, oder? Ich habe nur von Burgern gelebt, als ich so alt war wie du. Heute darf ich keine mehr essen, sonst werde ich sofort kugelrund.« Sie drückte den Bauch heraus und blies die Backen auf.

Der Kleine kicherte ein bisschen.

»Na dann, los«, sagte sie.

Der McDonald's am Checkpoint Charlie war ein riesiges, zweistöckiges Schiff. Die Graffiti-Posterwand sollte wohl so eine Art »Mauerfeeling« vermitteln.

Sie bestellte für den Jungen drei Cheeseburger, eine große Pommes und einen Milchshake, die er jetzt mit großen Augen anstarrte. Genauso hatte sie in seinem Alter gegessen.

»Was ist?«, sagte sie. »Fang doch an, Kleiner.«

Zu ihrer Überraschung füllten seine Augen sich mit Tränen. Sie stieg von ihrem Hocker, setzte sich zu ihm auf die Bank und legte ihm den Arm um die Schulter. »Hoy, Şekerim. Was ist los?«

»Es … es tut … mir … leid«, stammelte er von Schluchzern unterbrochen. »Meine Schwester. Ich weiß gar nicht, wo sie ist, aber da…«, er wies ungefähr in die Richtung des Polizeiabschnitts, »da wollte mir keiner zuhören, aber da war dieser Taxifahrer, der hat mir meinen Rucksack geklaut und…«

Er brachte den Satz nicht zu Ende, sondern fiel ihr stattdessen um den Hals und weinte, als ob die Welt unterginge.

»Taxifahrer?«

Begüm hatte dieses besondere Gefühl, das sie immer hatte, wenn sie auf Gold gestoßen war.

»Şekerim«, sagte sie, »Süßer, hör mir mal zu.« Sie entwand sich sanft der Umklammerung seiner Arme. »Ich werde deiner Schwester helfen. Ich bin nämlich Polizistin.« Sie zog ihre Dienstmarke hervor, die er sofort mit kindlicher Bewunderung inspizierte. »Aber ich brauche deine Hilfe. Dazu musst du jetzt aber ganz tapfer sein, wie ein … ein Ritter, ja?«

Er nickte eifrig.

»Hier.« Sie zog einen Pack Tempos aus ihrer Jackentasche. »Wisch dir mal das Gesicht ab.«

Er tat wie geheißen.

»Und jetzt erzähl mir mal von Anfang an, wie das passiert ist, mit dir und deiner Schwester, deinem Rucksack und dem Taxifahrer.«

Sie bemerkte wieder, wie sein Gesicht zu arbeiten anfing, während er offensichtlich überlegte, was er ihr alles sagen konnte.

»Pass mal auf.« Sie legte die Hand auf seinen Arm. »Ich weiß, dass ihr von zu Hause weg seid, weil… weil… na ja, weil es euch da nicht gut ging, richtig?

Weißt du, ich hatte selber so ein Zuhause, und ich bin auch mal weggelaufen.«

»Wirklich?«

Sie leckte ihre Finger und hob sie zum Schwur wie in einem schlechten Pfadfinderfilm.

»Polizeiehrenwort.«

»O... Okay!«, sagte er halb zweifelnd, halb zustimmend.

»Schön. Dann erzähl mir doch einfach, was alles an dem Tag passiert ist, als deine Schwester verschwand.«

* * *

Viktor verharrte einen Moment, den Finger bereits am Klingelknopf. Stella wollte ihn also auf irgendeine Party schleppen. So wie er sie einschätzte, wahrscheinlich Hautevolee mit klingelnden Designerarmreifen und Maßhemden. Ein Ambiente, dass er seit Langem mied wie der Teufel das Weihwasser. Aber immerhin mit Stella darin. Er atmete tief durch. Dann ermannte er sich und drückte.

»Samson. Viktor, mein Lieber, bist du das?«

»Live und in Farbe.«

»Ausgezeichnet. Warte kurz. Ich hol dich unten ab. Oder geh doch am besten schon zur Garagenausfahrt.«

»Okay.«

Viktor verzog das Gesicht. Eigentlich hatte er auf ein Warm-up in Stellas Wohnung gehofft. Eine kleine Aufmunterung hätte er gut gebrauchen können. Nachmittags hatte er sich Paulas Vermisstenakte vorgenommen, die sich als ziemliche Enttäuschung entpuppt hatte.

Er schlug den Mantelkragen hoch und machte sich auf

den Weg zur Einfahrt von Stellas Garage, die – wie er seit ihrem gemeinsamen Ausflug nach Schwanenwerder wusste – ein paar Schritte vom Hauseingang entfernt in einer kleinen Seitenstraße lag.

Kaum dass er ankam, schoß Stellas blauer Jaguar schon aus der Garage. Sie hielt neben ihm und öffnete die Tür.

»Tritt ein, bring Glück herein.«

Viktor pellte sich aus seinem Mantel, warf ihn auf die Rückbank und zwängte sich dann etwas mühsam in den Tiefflieger. Kaum hatte er die Tür geschlossen, als der Wagen schon mit einem wohligen Grollen losfuhr.

»Das nennst du anziehend?« Stellas Blick war pures Naserümpfen.

Viktor hatte sich in Ermangelung besonderer Inspiration für die vermeintlich sichere Bank entschieden. Zumindest Paula hatte sein schwarzes Seidenhemd zu Jeans immer wieder als unwiderstehlich bezeichnet.

Paula.

Weiterspulen. Wegwischen.

Stellas Outfit bestand aus einer hautengen, schwarzen Lederjacke und einer ebensolchen Hose. Schlicht. Auf eine Weise, wie es nur die teuersten Designer konnten.

»Gefällt es dir?«

»Anziehend ist das aber auch nicht.«

Sie runzelte die Stirn. »Nicht? Was denn dann?«

»Gefährlich.«

Lächelnd lenkte sie den Wagen in den Tiergartentunnel, der Kreuzberg direkt mit dem Hauptbahnhof verband, indem er den Tiergarten und die Spree auf zweieinhalb Kilometern Länge unterquerte.

Über ihnen zogen die Beleuchtungskörper vorbei.

Der Tunnel. Das Auto. Stellas Outfit. Viktor hatte das Gefühl, unversehens in einen Bondfilm versetzt worden zu sein. Tatsächlich trug sie sogar ein paar lederne Driving Gloves. Was sie wohl...

»Fast nichts«, sagte sie, noch bevor er entschieden hatte, ob er die Frage wirklich stellen wollte.

Sie tippte mit dem Daumen einen der Knöpfe eines Displays auf dem Lenker an. Langsam öffnete sich das Handschuhfach.

»Greif mal hinein«, sagte Stella. »Siehst du das Döschen?«

Viktor runzelte die Stirn. Was hatte sie vor? Da war tatsächlich eine kleine Messingbox mit orientalischen Intarsien.

»Mach auf.«

Viktor hatte ein komisches Gefühl. In so was Ähnlichem hatte seine Mutter ihre... »Pillen? Was ist das?«

Stellas Mund zeigte nur die Spur eines Lächelns, ohne den Blick von der Fahrbahn zu nehmen. »Hexensalbe.«

»Wofür?«

»Walpurgisnacht. Wir fahren auf den Blocksberg.«

»Der 30. April ist aber noch ein Weilchen hin.«

»Meine Güte«, rief sie aus. »Haben wir unsere Metaphernfähigkeit verloren? Hoffentlich den Esprit nicht gleich dazu.«

Sie verließen den Tunnel. Neben ihnen spiegelte die gläserne Außenhaut des Berliner Hauptbahnhofs den Nachthimmel.

Viktor starrte auf die Pillen in der kleinen Box.

»Schluckst du die rote Kapsel«, sagte Stella neben ihm, »bleibst du im Wunderland, und ich führe dich in die tiefsten Tiefen des Kaninchenbaus.«

Er lachte. »Ich liebe diesen Film.«

»Wer nicht.«

Viktor nahm eine der Pillen heraus und legte sie auf seine Handfläche. »Von dir kommt das ja quasi einer ärztlichen Verordnung gleich«, sagte er grinsend.

»Und ich habe immerhin einen Haufen seliger Patienten aufzubieten«, prustete sie.

Sie lachten gemeinsam. Draußen zog die beleuchtete Fassade des Hamburger Bahnhofs an ihnen vorüber. Wieder starrte Viktor die Pille in seiner Handfläche an.

»In der Türablage findest du was zum Runterspülen.«

Viktor suchte und hielt eine silberne Getränkedose in der Hand, in deren Blechhaut ein Wappen eingeprägt war. »Ich wusste gar nicht, dass es das Zeug auch in Dosen gibt.«

»Sonderedition«, grinste Stella. »Nur für besondere Freunde.«

»Ich höre am besten auf, mich in deiner Gegenwart über Derartiges zu wundern.«

»Genau. Heb dir die Fähigkeit zu staunen lieber für später auf. Und nun stell den Sitz runter und genieß die Aussicht.«

Schnell fand Viktor das Bedienungspaneel. Die Rücklehne surrte fast bis auf fünfundvierzig Grad herab. Erst jetzt verstand er, was sie mit Aussicht meinte, denn das Glaselement war ihm bisher noch gar nicht richtig aufgefallen. Während über ihm der Nachthimmel vorbeizog, glitt eine schmale Hand unter seinen Hosenbund.

»Halbautomatik?«, fragte er.

»Kann sehr praktisch sein«, hauchte sie.

Das Handschuhleder fühlte sich aufregend rau an. Ihre Stimme weckte eine Erinnerung.

»Wusstest du, dass Kens Navi…«

Sie unterbrach die Massage. »Natürlich. Immerhin brauchte er dafür eine Stimmprobe von mir.«

Ein Teil von ihm wollte weiterbohren. Ein anderer Teil von ihm wollte gar keine Antwort auf seine Frage hören, sondern dass sie weitermachte, was sie jetzt auch tat. Aus seinem Innern stieg eine Glückswolke auf und zerplatzte in einem Feuerwerk aus den Lichtern der Stadt. Das Auto verwandelte sich in ein Raumschiff. Es pflügte durch die Magistralen und stach in Seitenstraßen.

»Na, gefällt dir das?«, wisperte es von irgendwoher.

Irgendwann kam das Raumschiff zum Stehen, und sie gingen oder schwebten vielmehr vorbei an atemberaubenden Aliens, neogotischen Fassaden, einem Wirbelwind aus Neonlicht. War es kalt oder warm?

Ein mächtiges Portal öffnete sich und nahm sie auf wie ein sanfter Schoß. Die Welt dahinter bestand aus opulenten Gemächern in allen Farben des Regenbogens. Von allen Seiten Lachen, das perlte wie ein gläsernes Windspiel.

Und Stella. Stella war überall. Mal bei ihm und dann wieder fern.

Irgendwann schwebte er in einem All aus Plüsch, Armen, Leibern und Küssen, die seinen ganzen Körper bedeckten und einhüllten. Unzählige Düfte strömten auf ihn ein. Unzählige Stimmen schmeichelten seinen Ohren. Unzählige zärtliche Finger erkundeten tausendfach seinen Körper, bis er das Gefühl hatte, dass das Universum bebte und ihn schließlich verschlang.

Dann war Stille.

***

Das Licht kam in schmerzvollen Schauern. Erst wehrte er sich dagegen, aber es drängte sich zwischen seine Lider, zwang sie auseinander. Er öffnete die Augen.

»Hey. Unser Hirsch ist wieder unter den Lebenden.«

Die Stimme war ein brummender Bass. Viktor blinzelte. Die Helligkeit schmerzte immer noch, aber er rang sich dazu durch, die Richtung zu erkunden, aus der die Stimme kam.

Der Mann war ein braun gebrannter Riese. Eine ergraute Lockenpracht fiel ihm auf die Schultern. Er hockte direkt neben Viktor.

Und für so viel Nähe war der Mann ihm entschieden zu nackt. Selbst zwischen seinen kräftigen Oberschenkeln wirkte sein halb aufgerichteter Schwanz noch mächtig. Und er schien direkt auf Viktor zu weisen.

Erst jetzt dämmerte Viktor, dass er möglicherweise nicht viel mehr Kleidung anhatte. Ein Blick bestätigte seine Befürchtung. Offensichtlich war er splitterfasernackt sitzend auf einem riesigen Sofa eingeschlafen.

Eine üppige und bis auf ein paar Schaftstiefel ebenfalls völlig entblößte Brünette reiferen Alters drängte sich in sein Blickfeld.

»Da braucht jemand ein bisschen Aufwachpulver.«

Sie hielt ihm einen Spiegel und ein Silberröhrchen unter die Nase. Viktor konnte nicht umhin zu bemerken, dass ihre immensen Brüste dabei fast auf seiner Schulter zu liegen kamen. Der Streifen weißen Pulvers auf dem Spiegel bedurfte keiner Einordnung. Er winkte ab.

»Nein, danke.« Wo zum Teufel war er hier nur hingeraten?

»Schade«, sagte die Brünette enttäuscht. »Ich dachte, ich bekomme noch eine zweite Runde.«

Viktor packte kaltes Entsetzen. Hieß das, dass er diese Frau hier … vor allen anderen … Unwillkürlich glitt sein Blick zu seiner Körpermitte, deren Zustand ihm aber keine eindeutige Antwort auf seine Frage zu geben vermochte.

»Stella hatte recht. Dein Enthusiasmus ist inspirierend, junger Freund. Ich hoffe, wir bekommen davon heute Nacht noch mehr zu sehen.«

Graulocke setzte sich neben ihn aufs Sofa und legte ihm die Hand auf die Schulter. Viktor musste sich zwingen, nicht unter dieser Hand wegzutauchen. Irgendwo begann eine weibliche Stimme rhythmisch zu schreien.

»Wo ist Stella?«, fragte er.

»Oh. Keine Ahnung.«

Graulocke warf der Brünetten einen Blick zu. »Hast du sie gesehen, Schatz?«

Viktor registrierte, dass die beiden offensichtlich ein Paar waren. Der Gedanke, dass er diese Frau möglicherweise vor den Augen ihres Mannes … Er wünschte, eine gute Fee hätte ihn aus dem Sofa auf eine einsame Insel teleportiert. Allerdings war ihm fürs Teleportieren eigentlich viel zu schwindlig, von der leichten Übelkeit gar nicht zu reden.

»Ich glaube, ich habe sie vorhin mit Bernhard und Anja im grünen Salon gesehen«, sagte die Brünette »Soll ich dich hinbringen, mein kleiner Hirsch?«

»Nein, danke«, sagte Viktor schnell und rutschte unter der Hand von Graulocke weg, der zu seinem Entsetzen begonnen hatte, mit der anderen völlig unverblümt sein halb erigiertes Glied zu massieren. Viktor stürzte zur Tür.

»Scheint, unser junger Freund will andere Beute

jagen«, brummte es hinter ihm. »Bläst du mir einen, so-lange die blaue Pille noch wirkt, Schatz?«

Ein Teil von Viktor hoffte, dass er gleich aufwachen würde, und zwar in seiner Kleidung. Er fand sich auf einem langen Flur wieder. Halb unbewusst nahm er die Farbveränderung wahr. Das Zimmer von eben war in allen möglichen Varianten von Blau eingerichtet ge-wesen, der Flur hingegen mit schwarzem Damast tape-ziert und im Gegensatz zu der barocken Einrichtung des blauen Raums ganz schlicht gehalten. Tief hängende Lampen tauchten die Durchgänge, die nach rechts und links abgingen, in ein schummriges Licht.

Das rhythmische Schreien, das er schon vorhin wahr-genommen hatte, war hier viel lauter zu hören. Es schien aus einem der Zimmer vor ihm zu kommen. Nicht ohne Erleichterung registrierte er, dass die Stimme viel zu hoch war, um zu Stella zu gehören.

Was hatte die brünette Walküre noch einmal gesagt? Grüner Saal oder so etwas. Aus einem der Eingänge wei-ter vorn drang ein grünlicher Lichtschein. Viktor be-schleunigte seinen Schritt und versuchte, die absurde Tatsache zu ignorieren, dass er gerade völlig nackt durch ein fremdes Haus lief. Immerhin hatten die Lustschreie abrupt aufgehört.

Vor ihm lag der Durchgang zu dem Zimmer mit dem grünen Lichtschein. Er fasste sich ein Herz und lugte vorsichtig um die Ecke. Seine Augen benötigten eine Weile, um das Gewimmel aus menschlichen Körpertei-len so weit zu enträtseln, dass ihm klar wurde, dass hier eine junge Frau gleich drei Herren beglückte, während ein vierter das Geschehen mit seiner Handykamera fest-hielt. Die Frau war allerdings definitiv nicht Stella. Heilfroh, dass ihn niemand bemerkt hatte, schlich er sich weiter.

»Hallo, Viktor.«

Er schrak unwillkürlich zusammen. Eine zierliche Rothaarige, ebenso nackt wie hübsch, kam ihm entgegen. Im Vorbeigehen verpasste sie ihm einen Klaps, um dann in dem grünen Zimmer zu verschwinden. Er hätte Stein und Bein geschworen, die Frau noch nie gesehen zu haben.

Ein Stück vor ihm machte der Flur einen Knick. Leicht von der Ecke verdeckt war schon der nächste Eingang sichtbar. Im Näherkommen erkannte er zwei junge Männer, die mit dem Rücken zu ihm auf einem Sofa saßen und in ein iPad schauten.

Was er darauf sah, ließ ihm das Blut in den Adern gefrieren.

Er riss dem einen Mann das Gerät aus der Hand, um sich zu vergewissern.

Empört sprang der Mann auf und rief irgendetwas, doch Viktor nahm die Worte nicht wahr. Die Bilder, die er sah, waren ihm schmerzlich bekannt. Es handelte sich um das Snuff-Video, welches er gemeinsam mit Ken gesehen hatte. Das Foltervideo des Grand Guignol. Zwar hatte diese Aufzeichnung keinen Ton, aber er hatte das Mädchen gleich erkannt. Der Film wurde über die Video-App abgespielt, also war er lokal auf der Festplatte gespeichert.

»Woher hast du das?«, fragte Viktor.

»Gib mir das sofort zurück«, fauchte der iPad-Besitzer, ein spray-tanning-gebräuntes Fitnessopfer mit Irokesenschnitt.

»Ich hab gefragt, woher du das hast?«, insistierte Viktor.

»Das geht dich einen feuchten Kehricht an.«

Der Typ versuchte, nach dem iPad zu greifen, aber das Sofa trennte sie voneinander, und Viktor musste einfach nur die Hand ein Stück zurückziehen.

»Was ist hier los?«, ertönte eine Stimme hinter Viktor. Unvermittelt waren der Graulockige und die brünette Walküre aufgetaucht. Viktor trat einen Schritt nach vorn, um seinem erigierten Schwanz auszuweichen, der schon fast seine Taille berührte. Diesen Moment nutzte der iPad-Besitzer, um ihm das Gerät aus der Hand zu reißen.

»Ha«, rief er triumphierend.

»Will mir jetzt endlich jemand erklären, was hier los ist? Ihr bringt ja die ganze Party in Aufruhr«, empörte sich der Graulockige.

Tatsächlich drängte sich nun aus den anderen Eingängen eine Vielzahl nackter Menschen auf den Flur. Viktor hatte immer mehr das Gefühl, Teil eines absurden Films zu sein.

»Auf dem iPad ist ein Snuff-Video«, erklärte Viktor.

»Ein was?«, fragte der Graulockige irritiert.

»Ein Mord«, sagte Viktor. »Darauf ist der Mord an einer Frau zu sehen.«

»Ach, das ist doch nur ein Fake, du Idiot«, warf der iPad-Besitzer wütend ein. »Das sieht man doch.«

»Definitiv nicht«, sagte Viktor. »Das Video ist echt. Und ich will wissen, woher du das hast.«

»Fick dich doch«, sagte der Typ und zeigte ihm den Mittelfinger.

Viktor wandte sich dem Graulockigen zu. »Wo ist Ihr Telefon? Ich muss sofort meine Dienststelle anrufen.«

Der Graulockige hob beschwichtigend die Arme.

»Bitte. Das muss doch nicht sein. Wir finden bestimmt eine Lösung.«

»Ein Bulle?«, rief der Kerl mit iPad. »Ich bin hier weg.« Er drängelte sich durch die anderen hindurch Richtung Ausgang.

»Stehen bleiben!«, schrie Viktor und zwängte sich durch die nackten Leiber dem Mann hinterher, doch der Flüchtende war bereits um die Ecke verschwunden. Mit zwei, drei Sätzen eilte Viktor dem Kerl hinterher. Hinter der Ecke erwartete ihn eine Art Garderobenbereich mit einer Reihe einfacher Metallspinde. Der Typ mit dem iPad stand schon halb in einen Mantel gehüllt. Als er Viktor sah, riss er blitzschnell seine Hose aus einem Spind und wandte sich der Tür zu.

Mit einem Ausfallschritt war Viktor bei ihm und bekam den Mann an einem Ärmel seines Mantels zu fassen. Der Typ war kräftig, hielt aber mit der Rechten krampfhaft sein iPad und die Hose fest, sodass Viktor nicht allzu viel Mühe hatte, ihm den linken Arm auf den Rücken zu drehen und ihn bäuchlings gegen einen der Spinde zu drücken.

»Au. Verdammte Scheiße«, fluchte der Kerl.

Viktor hörte hinter sich Stimmengewirr. Offensichtlich waren die anderen Partybesucher mittlerweile nachgekommen.

»Viktor. Was ist denn das hier für ein Aufruhr?«

Ihr Kopf steckte in einer Fetischledermaske, die bis zur Nase reichte, aber Viktor erkannte Stella sofort. Außer der Maske und zwei schwarzen Kreuzen aus Klebstreifen auf ihren Nippeln trug sie nichts.

»Viktor! Würdest du mir bitte endlich sagen, was hier los ist?«, herrschte sie ihn an.

Viktor würgte einen Klumpen unangebrachtes Schuldbewusstsein hinunter. »Der Typ da hat das Grand-Guignol-Video auf seinem iPad. Ich muss wissen, woher er das hat.«

Stella atmete tief durch die Nase ein. Durch die Maske konnte er ihren Gesichtsausdruck kaum deuten, aber sie wirkte nicht eben freundlich.

»Besser, wenn er bekommt, was er will«, sagte sie zu dem Graulockigen, der jetzt seine Hand auf Viktors Schulter legte. »Ich wäre wirklich froh, wenn wir das hier geräuschlos regeln könnten, mein Lieber.«

»Ich will nur wissen, woher er das Video hat.«

»Dann solltest du ihn erst mal loslassen«, entgegnete der Graulockige.

»Nein, erst sagt er mir, woher dieser Film kommt.«

»Leck mich doch!«, fluchte der iPad-Besitzer.

»Ole«, brüllte der Graulockige mit einer Vehemenz, die Viktor ihm bis hierhin nicht zugetraut hätte. »Ich wünsche, dass du diesem Herrn hier alles sagst, was er wissen will.«

Viktor konnte sehen, wie es hinter der Stirn des Mannes mit dem iPad arbeitete.

»Okay«, sagte er schließlich leise, und Viktor ließ ihn los. »Aber mit diesem Film da habe ich nichts zu tun. Ich habe mir das Ding nur ausgeliehen.«

»Aha. Und von wem?«, fragte Viktor skeptisch.

»Von meinem Chef«, antwortete der Mann trotzig.

»Name? Adresse? Ich würde den Herrn gern vernehmen«, forderte Viktor, der sich sicher war, dass er gerade nach Strich und Faden belogen wurde.

»Auf keinen Fall«, rief der Typ aufgebracht.

»Entweder dein Chef geht für den Film mit mir zur

Vernehmung oder du«, sagte Viktor. »Kannst es dir aussuchen.«

»Scheiße, das geht nicht. Wenn ich ihn verpfeife, bin ich meinen Job los«, sagte der Mann jetzt fast flehentlich.

»Warum?«, fragte Viktor. »Wir wollen ja nur mit ihm reden. Vielleicht klärt sich dann ja alles.«

»Weil er verdammt noch mal gar nicht weiß, dass ich das Ding habe.«

»Wie das denn?«, fragte Viktor.

Der Mann kämpfte sichtlich mit sich. Dann sagte er leise und ohne Viktor anzuschauen: »Er ist gerade im Urlaub, und ich soll seine verdammte Katze füttern, da habe ich es mir halt… geliehen. Okay?«

»Ich wäre euch sehr verbunden, wenn ihr das Gespräch vielleicht an anderer Stelle fortsetzen könntet«, schaltete der Grauhaarige hinter Viktor sich jetzt wieder ein. »Und außerdem«, fuhr er fort, »lege ich Wert auf die Feststellung, dass ich euch beide hier nie wieder sehen will.«

Ein Rumpeln ließ Viktor abermals herumfahren. Zu seiner Überraschung stand hinter ihm niemand mehr. Stattdessen war die Haustür offen. Draußen war das gedämpfte Poltern schwerer Tritte auf der Treppe zu hören.

»Verdammt«, entfuhr es ihm. Der iPad-Besitzer hatte den kurzen Moment zur Flucht benutzt. Seine Spindtür stand sperrangelweit offen. Viktor stürzte zu dem Schrank.

Leer. Nur unten auf dem Boden lag ein kleines Kärtchen. Er kniete sich hin.

»Würdest du jetzt bitte gehen, mein Lieber? Ich würde ungern die Security kommen lassen.«

Viktor schaute auf. Der Graulockige stand immer noch dort, so wie alle anderen. Alle Augen waren auf ihn gerichtet. Er hatte sich buchstäblich noch nie so nackt gefühlt.

»Wie hieß der Mann?«

Der Graulockige zuckte mit den Schultern. »Jan Schmidt, soweit ich weiß.«

»Und hat Herr Schmidt auch eine Adresse?«, hakte Viktor nach.

»Es ist bei uns nicht üblich, Derartiges zu erfragen.«

»Kennt irgendwer anders den Mann, der gerade verschwunden ist?«, versuchte Viktor sein Glück.

»Es reicht«, sagte der Graulockige. »Ich ruf jetzt die Security.« Er wandte sich zum Gehen.

»Schon gut.« Viktor hob die Hände. »Ich gehe ja schon.«

Der Graulockige seufzte erleichtert. »Fein«, sagte er dann. »Und nichts für ungut, aber unsere Feste leben auch von Diskretion und Takt. Übrigens...« Er drehte sich nach links, wo zwischen den anderen Stellas Kopf immer noch in der Fetischledermaske sichtbar war. »Stella, mein Schatz. Du hast für Viktor gebürgt, und du weißt ja sicher, was das bedeutet.«

Stella zog sich die Maske vom Kopf. »Sicher«, sagte sie und schaute Viktor dabei mit einem vernichtenden Blick an. Dann ging sie zu ihrem Schrank und begann, sich anzukleiden.

»Besser, du nimmst dir ein Taxi«, zischte sie ihm zu, während sich die Gruppe um den Graulockigen hinter ihnen langsam wieder zerstreute.

Erst ein paar Minuten später, als er draußen im kalten Winterwind Stellas Auto hinterherblickte, schaute er sich das kleine Kärtchen genauer an. *Grand Guignol* stand darauf geschrieben. Auf der anderen Seite eine IP-Adresse.

***

Die Bäume teilten sich zu einer kleinen Lichtung. Er ließ den Körper von der Schulter gleiten und stellte den Seesack ab, in dem er die Schaufel und die Astschere transportiert hatte. Dann schaute er sich um. Die Lichtung war kaum größer als wenige Quadratmeter, schon das letzte Mal hatte er sich gefragt, warum sie überhaupt existierte.

Er hängte die Sturmlampe von seinem Gürtel ab, setzte sie auf den Boden und schaltete sie ein. Ganz wohl war ihm nicht dabei, der Unsichtbarkeit, die die nächtliche Finsternis diesem Ort verlieh, ein Ende zu bereiten. Er beruhigte sich mit dem Gedanken, dass er mitten im Nirgendwo war, zwei Stunden nördlich von Berlin in der Schorfheide, einem Naturschutzgebiet schon seit DDR-Zeiten. Der Wald hier war dicht und urig. Ein regelrechter Dschungel.

Die größte Gefahr, entdeckt zu werden, war wahrscheinlich sein Auto, das er in einem kleinen Pfad jenseits des Waldweges geparkt hatte. Aber auch das war um diese Tageszeit mehr als unwahrscheinlich. Trotzdem versicherte er sich, dass seine Pistole, eine belgische FN Five Seven, im Holster steckte.

Im kalten Schein der Lampe war die Haut des Mädchens weiß wie Schnee. Ihre Augen hatten sich nicht geschlossen. Es schien fast, als ob sie in den Himmel starrte oder in eine andere Welt.

Er hob die Schaufel und trennte ihren Kopf mit einem Schlag vom Rumpf. Das Blatt hatte er extra für derartige Zwecke geschärft. Die Lichtung war zu klein, um den Leichnam im Ganzen zu beerdigen. Dazu hatte er auch nicht die Zeit. Hier draußen auf dem Land war der Boden ziemlich hart und zudem gefroren. Viel wichtiger war es, ein einigermaßen tiefes Loch zu graben, damit keine Tiere die Leichenteile ausbuddeln konnten.

Wilde Tiere hatten die Körper der Opfer von Ted Bundy oder von Gary Ridgway, dem Green River Killer, aus ihren flachen Gräbern freigescharrt. Danach hatten die sie zum Teil viele Meter von den Ablageorten weggeschleift, wo sie dann gefunden worden waren. Kein Fehler, den er imitieren wollte.

Der abgetrennte Schädel hatte sich zur Seite gedreht, sodass die offenen Augen in den Wald starrten. Einem plötzlichen Impuls folgend, ergriff er den Kopf bei den Haaren und stellte ihn aufrecht auf einen halb verfaulten Baumstumpf am Rand der Lichtung. Dann drehte er die Lampe so, dass sie auch den Schädel beleuchtete.

Nun sah es so aus, als ob sie die Lichtung überschaute.

»Du kannst mir dabei zusehen, wie ich dich verscharre«, flüsterte er zufrieden.

Mit ein paar wuchtigen Schlägen trennte er auch die Gliedmaßen von ihrem Torso. Dann durchschlug er Knie und Ellenbogen. Zuletzt trennte er ihr mit der Astschere den kleinen Finger ab und steckte ihn in den Seesack. Dann schaute er sich um. Vor ihm lag eine menschliche Gliederpuppe, die man in ihre Einzelteile zerlegt hatte. Der Anblick erinnerte ihn vage an eine Marionette aus menschlichen Körperteilen. Eigentlich eine reizvolle Vorstellung, vielleicht genau die richtige Rolle für das

Mädchen in seinem Keller. Selbstverständlich musste die Marionette zu Beginn der Handlung noch leben.

Während er begann, mit der Schaufel ein Loch auszuheben, ließ er sich von dieser Idee beflügeln. Zeit, das Wiederkäuen der Originaldrehbücher des Grand Guignol zu beenden und seine eigenen Werke zu schaffen. Gleich morgen nach der Arbeit würde er eine Ankündigung ins Netz stellen.

Das große Finale stand unmittelbar bevor. Nach der erzwungenen Aufgabe des Studios im Friedrichshain war es nur eine Frage der Zeit, bis ihm seine Jäger auf die Spur kamen. Und dann würde er aus der Dunkelheit ins Licht treten müssen. Doch das war keinesfalls ein Moment, den er fürchtete, sondern vielmehr fast herbeisehnte. Der Moment, in dem die ganze Welt seine Kunst würde sehen können. Sicherlich würde das auch sein Ende bedeuten. Doch er hatte noch nie Angst vor dem Tod gehabt, sondern nur vor der Bedeutungslosigkeit.

Andererseits gab es sicherlich auch keinen Grund, es seinen Jägern zu einfach zu machen. Immerhin wusste er im Gegensatz zu ihnen ganz genau, mit wem er es zu tun hatte. Und seine besondere Situation eröffnete ihm in einem gewissen Rahmen vielleicht sogar die Möglichkeit, die Ermittlung zu seinen Gunsten zu manipulieren. Noch hatte er keine konkrete Ahnung, wie er das anstellen würde, aber wie hieß es in einem chinesischen Sprichwort: *Wenn du nur lange genug am Fluss sitzt, siehst du irgendwann die Leiche deines Feindes an dir vorüberschwimmen.*

Dienstag, der 10. Januar

18

Begüm schaute auf die Uhr am Armaturenbrett ihres privaten BMW. Ein Uhr nachts.

Das war so was von gar nicht ihre Zeit. Immerhin bekam man auch zu so später Stunde einen anständigen türkischen Mokka im »Moccachino« an der Müllerstraße. Der hatte ihr die Müdigkeit aus den Gliedern gepustet.

Das Gespräch mit Lukas Steenbergen, dem kleinen Jungen, hatte sie auf eine heiße Spur gebracht.

Lukas und seine ältere Schwester Jenny waren von zu Hause abgehauen. Wahrscheinlich vor einem gewalttätigen Stiefvater. Auch wenn der Kleine das nicht gesagt hatte, Begüm hatte einen Blick für so was. Es war die Welt, aus der sie selbst kam.

Offensichtlich hatte er vor fünf Tagen seine Schwester aus den Augen verloren. Doch die schien ein schlaues Mädchen zu sein. Sie hatte ihrem kleinen Bruder für solche Fälle eingeimpft, jeden Abend um sechs Uhr am Kottbusser Tor auf der Junkiekoppel zwischen Skalitzer und Ritterstraße auf sie zu warten.

Lukas hatte sich bei Karstadt am Hermannplatz aufgewärmt und sich um Viertel vor sechs schließlich auf den Weg gemacht. Doch dann hatte ihm ein Fremder seinen Rucksack vom Rucken gerissen. Er hatte versucht, den

Mann zu verfolgen. Eine Weile war es ihm sogar gelungen, ihm auf der Spur zu bleiben, aber dann war der Kerl in ein Taxi gestiegen und verschwunden. Als Lukas sich umschaute, wusste er nicht mehr, wo genau er war. Also hatte er einen Passanten nach der nächsten S- oder U-Bahn-Haltestelle gefragt.

Und obwohl er dann auf dem kürzesten Weg zum Kottbusser Tor gefahren war, kam er erst um Viertel vor sieben dort an. Zu spät offensichtlich, denn Jenny war nirgendwo zu sehen.

Einen Tag lang hatte er sich vorgemacht, dass er sie eben nur verpasst hatte. Am folgenden Abend erschien er wieder dort. Doch Jenny tauchte wiederum nicht auf. Sein Verdacht, dass der Taxifahrer seinen Hinweis irgendwie ausgenutzt hatte, um Jenny zu entführen, schien Gewissheit zu sein.

Trotzdem hatte er erst einmal nicht das Naheliegende getan und sich bei der Polizei gemeldet. Auch wenn er es nicht sagte, konnte Begüm sich denken, warum. Die Polizei hätte ihn unweigerlich an seine Eltern übergeben, zurück in die Hölle, aus der er mit seiner Schwester geflohen war.

So hatte er ein paar Tage damit vergeudet, sich an andere Stellen zu wenden, zu denen er augenscheinlich größeres Vertrauen hatte. So lief er zum Beispiel einfach in eine Schule und bat dort einen Lehrer, ihm zu helfen, doch der Lehrer schleifte ihn prompt zum Rektor, der ihn regelrecht verhört hatte. Lukas täuschte vor, auf die Toilette zu müssen, und kletterte dann durch ein Fenster nach draußen. Andere Versuche waren ähnlich unfruchtbar gewesen. So landete er schließlich auf der Wache in Mitte, wo man ihn überhaupt nicht beachtete. Und so harrte er stundenlang im Wartebereich aus, immer in der Hoffnung, irgendjemand würde doch noch Zeit für ihn haben.

Und dann sah er Begüm.

Er hatte gehört, wie sie den Beamten am Tresen nach einer Frau gefragt hatte, die in ein Taxi gestiegen war. Da hatte er sich ein Herz gefasst und sie angesprochen.

Begüm war sofort klar gewesen, dass sie möglicherweise auf die entscheidende Spur gestoßen war. Die Verbindung lag auf der Hand. Am 16. Dezember hatte jemand am U-Bahnhof Görlitzer Park beobachtet, wie Katharina Racholdt im willenlosen Zustand in ein Taxi bugsiert worden war.

Am 5. Januar, also genau an dem Tag, an dem mittags Katharina Racholdts Leiche in der Spree entdeckt worden war, hatte ein Mann Lukas seinen Rucksack gestohlen, ihn wohl eine Weile in die Irre geführt und war dann in ein Taxi gestiegen.

Zufall?

Wohl kaum! Es lag auf der Hand, dass es sich um denselben Typen handeln musste. Wahrscheinlich der Komplize von Ralf Dehner, dem Kahlköpfigen, der einen Tag später, am 6. Januar, im Friedrichshain erhängt aufgefunden worden war. Im Keller unter einer Kfz-Werkstatt, die sich ausgerechnet auf Taxis spezialisiert hatte. Sie hatten bereits vermutet, dass auch das ein Mord gewesen war. Vielleicht hatte Dehner die Leiche von Katharina Racholdt schlampig entsorgt und sein Komplize, der Taxifahrer, hatte ihn dafür bestraft, um ihn der Polizei als Einzeltäter zu präsentieren.

Auch die Orte. Alles hatte sich in einem winzigen Ausschnitt der großen Stadt abgespielt. Das Kottbusser

Tor, wo vermutlich Lukas' Schwester entführt worden war, lag nur eine U-Bahn-Station entfernt vom Görlitzer Park, wo ein paar Wochen zuvor Katharina Racholdt für immer verschwunden war. Und ihre Leiche fand man an der Oberbaumbrücke, wiederum nur zwei U-Bahn-Stationen weiter. Und von dort gelangte man in etwa fünfzehn Minuten Fußweg zu der Kfz-Werkstatt von Ralf Dehner.

Serienmörder hatten meist ein Revier, in dem sie sich nach ihren Opfern umschauten. Genauso schien es hier zu sein. Serienmörder hatten auch einen bestimmten Opfertyp. Dieser hier schien es vornehmlich auf junge Mädchen abgesehen zu haben.

Alles passte zusammen.

Sie war sich sicher: Der Taxifahrer, der Katharina Racholdt und der, der die Schwester von Lukas entführt hatte, waren ein und dieselbe Person. Ob er auch der Täter war, konnte sie nicht sagen, aber er war für die Beschaffung der Opfer zuständig, eventuell war er sogar der Kopf hinter den Entführungen. Und selbst der Verlust des Folterkellers hatte ihn nicht dazu gebracht aufzuhören. Andere Täter hätten möglicherweise gewartet, bis die Aufregung sich legte, aber dieser hier suchte sich gleich das nächste Opfer. Entweder sie hatten es geblicht mit einem verdammt kaltblütigen Arschloch zu tun, oder sein Drang war so stark, dass er einfach nicht aufhören konnte. Vielleicht stimmte auch beides.

Leider war der Kleine nicht in der Lage, den Mann zu beschreiben, der ihm den Rucksack geklaut hatte. Doch Lukas hatte etwas viel Besseres zu bieten als jede noch so präzise Täterbeschreibung: das Kennzeichen des

Taxis. Eine erstaunliche Leistung für einen Siebenjährigen, aber offensichtlich hatte es irgendwas mit irgend so einem Spiel zu tun, das seine Schwester häufig mit ihm gespielt hatte.

Wenn sie dadurch nun wirklich auf den Täter gestoßen war und Jenny sich in seiner Hand befand, hatte sie keine Zeit zu verlieren. Deswegen hatte sie Lukas um elf Uhr bei ihrer völlig überrumpelten Mutter Fidan abgeladen, wo auch ihre Tochter Suhal übernachtete. Danach war sie noch einmal ins Büro gefahren, um dort eine Halterabfrage zu machen.

Zu Begüms Überraschung handelte es sich bei dem Eigentümer des Fahrzeugs um eine Frau. Gilda Miller war ihr Name, und laut Querabfrage beim Einwohnermelderegister war sie seit etlichen Jahren tot. Sie wusste nicht, wie, aber ihr Verdächtiger hatte es geschafft, ein Taxi auf die Identität einer Toten anzumelden.

Wieder eine Sackgasse?

Hoffentlich nicht. Immerhin hatte die selige Frau Miller auch eine Meldeadresse weit draußen im östlichsten Zipfel von Treptow-Köpenick. Und genau dorthin war Begüm jetzt auf dem Weg. Dummerweise wusste niemand außer ihr von dieser Spur.

Es war ein langer Tag gewesen. Vor einer halben Stunde hatte der Akku ihres Handys den Geist aufgegeben, und den USB-Anschluss in ihrer Mittelkonsole wollte sie eigentlich schon seit letzte Ostern reparieren lassen.

Immerhin hatte sie noch von McDonald's aus bei Ken und Viktor angerufen, doch keiner von ihnen hatte sein Telefon angestellt. Also hatte sie ihnen aufs Band gesprochen, dass sie im Fall Racholdt wahrscheinlich einen vielversprechenden Zeugen gefunden hatte. Aber danach hatte sich einfach keine Gelegenheit mehr ergeben, die beiden auf den neuesten Stand zu bringen, und ihr eigenes Auto verfügte nicht über Funk. Und jetzt war sie bereits von einem Ende der Stadt zum anderen gefahren und nicht mehr weit vom Ziel entfernt.

Scheiß drauf.

Sie stemmte den Fuß aufs Pedal. So spät in der Nacht waren die Straßen immerhin recht frei. Ihre Navi dirigierte sie unbarmherzig immer weiter geradeaus Richtung Pampa. Ein paar Glatzen führten ihre Bierflaschen aus. Je tiefer sie in den Osten fuhr, desto mehr fühlte sie sich wie ein Weißer mitten in Harlem. Berlin sah hier am Rand sehr kleinstädtisch aus, kaum ein Haus, das mehr als zwei Stockwerke aufwies. Links zog an ihr eine kleine Dorfkirche vorüber. Was für ein Kontrast zum pulsierenden Wedding.

»In fünfhundert Metern rechts abbiegen.«

Begüm tat wie geheißen. Statt über Asphalt rumpelte sie nun über Kopfsteinpflaster. Die Bebauung bestand aus einer Mischung aus Einfamilienhäusern jüngeren Baujahrs und mächtigen alten Villen.

Links von sich sah sie das Schild einer Kita, die mit ihrer neogotischen Backsteinfassade eher wie eine alte Dorfschule aussah. Sie war sich sicher, dass die hier draußen eine rein biodeutsche Belegung hatten. Bestimmt anders als bei ihr im Brüsseler Kiez, wo sie stolz darauf war, dass Suhal auf eine Kita ging, die immerhin dreißig Prozent deutsche Kinder betreute.

Wieder bog sie ab, und es wurde sogar noch leerer. Genauer gesagt war auf der Straße nur ein einzelner alter Mann zu sehen, der ein Fahrrad schob. Im Vorbeifahren starrte er sie so misstrauisch an, als ob sie in einem Panzer unterwegs war.

»Sie haben Ihr Ziel erreicht.«

Begüm behielt die Geschwindigkeit bei. Auf der ganzen Straße parkte sonst kein einziges anderes Auto, und sie wollte lieber nicht gleich auffallen.

Im Vorbeifahren erkannte sie einen imposanten alten Kasten. Falls ihr Mörder wirklich hier wohnte, musste er ein wohlhabender Mensch sein.

Zweihundert Meter vor ihr bog eine Seitenstraße nach links. Begüm fuhr hinein und war froh, weiter hinten das Zeichen eines Lidl-Marktes zu sehen. Da gab es einen Parkplatz, auf dem sie ihr Auto abstellen konnte, ohne dass es Verdacht erregte.

Vor dem Aussteigen atmete sie noch einmal tief durch. Sie tastete nach der Pistole in ihrem Holster und zog sie heraus. Dann kontrollierte sie, ob eine Kugel im Lauf und das Magazin voll war. Noch einmal atmete sie tief ein. Im Auto war es kalt geworden, und ihr Atem bildete eine Dampfwolke. Sie schlug mit den Händen auf ihre Schenkel, zog ihre Wollmütze vom Beifahrersitz, setzte sie auf und öffnete die Tür. Der Parkplatz war menschenleer, aber immerhin mit Flutscheinwerfern auch jetzt gut ausgeleuchtet. Aus dem Kofferraum holte sie die Batterieladekabel, die ihr als Tarnung dienen sollten. Falls sie tatsächlich auf den Mörder traf, wollte sie sich nicht gleich als Polizistin zu erkennen geben.

Hier draußen pfiff der Wind viel eisiger und unbarmherziger als in der Stadt. Jedenfalls kam es ihr so vor.

Sie bog um die Ecke in die Kopernikusstraße. Das dreistöckige Haus war selbst in der Dunkelheit schon von hier aus zu erkennen, obwohl es noch mindestens ein Dutzend Grundstücke entfernt war, so hoch ragte es über die anderen Gebäude hinaus.

Im Näherkommen korrigierte sie das Urteil, das sie sich vorhin im Auto gebildet hatte. Das Haus mochte ein Wertobjekt sein, aber wer immer jetzt darin wohnte, hatte es ziemlich verfallen lassen. Die Farbe blätterte vom Putz, und unter den Fichten im Vorgarten stand das Gras einen halben Meter hoch.

Mit Schwung öffnete sie das Gartentor. Es war in solchen Situationen viel besser, mit forscher Selbstverständlichkeit vorzugehen. Der Hauseingang lag auf der linken Seite. Noch weiter links neben dem Eingang stand separat vom Haus eine Doppelgarage. Gerne hätte sie sich überzeugt, ob darin eventuell ein Taxi stand, aber das hätte sie nur verdächtig aussehen lassen. Immerhin war die Auffahrt durch eine Straßenlaterne auf der anderen Seite einigermaßen gut ausgeleuchtet.

Sie schaute zu den Fenstern hinauf. Überall weiße Tüllgardinen, aber nirgendwo Licht.

Hatte sich eine der Gardinen gerade bewegt? Vielleicht wurde sie schon beobachtet, vielleicht war es aber auch nur eine Katze oder ein Luftzug. Trotzdem fühlte sie, wie ihr Herz bei dem Gedanken, dass da oben eventuell der Gesuchte stand, schneller schlug.

Vier Stufen führten zur Haustür, an der die grüne Farbe abblätterte. Auf Kopfhöhe ein rautenförmiges Fenster mit gedrilltem Eisengitter und Eisblumenglas.

Beherzt drückte sie die alte Messingklingel. Im Haus ertönte irgendwo ein Gong.

Kein Namensschild wies auf den oder die Bewohner hin. Sie wartete eine Weile. Nichts regte sich.

Wieder betätigte sie die Klingel.

»Hallo?«, rief sie laut mit einem gefakten türkischen Akzent. »Isch brauch mal Hilfe, ey. Mein Auto is liege geblieben.«

Sie hielt die Ladekabel so in die Höhe, dass man sie durch das Türfenster sehen konnte. Was für ein dämlicher Trick, eigentlich. Reichte wahrscheinlich für ein paar Araber im Reuterkiez, aber …

Stille.

Sie klingelte noch einmal.

»Könn Sie mir vielleischt die Batterie laden helfe?«

Irgendwie hatte sie das Gefühl, als ginge von dem Haus oder von etwas darin eine Art von Verschlagenheit aus.

»Werd jetzt mal hier nicht esoterisch, altes Mädchen«, murmelte sie sich selber zu.

Niemand reagierte auf die Klingel. Manchmal half Klopfen mehr. Sie ballte die Linke zur Faust und hieb energisch auf die Tür ein, die zu ihrer Überraschung nachgab und sich einen Spalt breit öffnete.

Sie kam sich wie in einem schlechten Horrorfilm vor.

Du schaffst das schon, sprach sie sich in Gedanken Mut zu. Das Ladekabel war nun wohl überflüssig. Sie legte es neben der Tür ab. Dann zog sie eine Taschenlampe aus der Manteltasche und die Waffe aus dem Holster. Mit dem Fuß stupste sie so leise wie möglich die Tür auf.

Der Lichtkegel durchschnitt einen ganz normalen Hausflur in einem gewöhnlichen deutschen Haus. Marmorfliesen. Raufaser, die einen neuen Anstrich vertragen konnte. Aber keine Spinnweben und keine abgeschnittenen Köpfe. Neben ihr eine selbst für ihre Maßstäbe niedrige Tür. Dahinter ein Gäste WC, wie sie es erwartet hatte. Dem Alter des Hauses entsprechend sauber, aber ohne Klopapier im Halter. Wahrscheinlich hatte man in diesem Haus keine Gäste. Oder jedenfalls keine, die diese Toilette benutzen durften.

Sie wandte sich wieder nach vorn. Am Ende ein Durchgang, dahinter musste das Wohnzimmer liegen. Rechts ein weiterer Durchgang. Die Küche? Links der Treppenschacht, den man an der Schräge des Gäste-WCs bereits erahnen konnte. Ein paar Schritte weiter, und sie konnte in den linken Durchgang hineinsehen.

Küche!

Nur ein Fenster, relativ weit oben und recht klein. Daher die etwas dämmrige Atmosphäre. Ansonsten eine ältliche Einbauküche. Keine nennenswerte Einrichtung an Küchengeräten außer Wasserkocher und Kaffeemaschine. In der Mitte ein billiger Tisch mit zwei ebensolchen Stühlen. Sie öffnete den Kühlschrank. Wurst, Käse, eine halb leere Marmelade. Keine Körperteile. Keine exotischen Insekten in Einmachgläsern. Die Lebensmittel waren nicht verdorben. Irgendwer wohnte definitiv hier.

Sie verließ die Küche und wandte sich dem Wohnbereich zu. Ein riesiges Zimmer, das abgesehen von Küche, Treppenschacht und Gäste-WC das gesamte Untergeschoss ausfüllte. Fenster zu beiden Seiten und ihr gegenüber – auf der anderen Seite des Hauses – der nachträglich angeflanschte und ziemlich vollgerümpelte Wintergarten.

Trotz der Fenster roch es muffig. Irgendetwas war seltsam. Der Lichtstrahl ihrer Taschenlampe wanderte über das Interieur. Die Regale. Das wuchtige Samtsofa. Die Anrichte. Der große Festtagstisch. Nichts in diesem

Zimmer war jünger als zwanzig Jahre, nicht einmal der Fernseher. Der Raum wirkte wie ein Museum der frühen Neunziger. So hatten Wohnungen in Ostberlin kurz nach dem Mauerfall ausgesehen. Alles strahlte noch den spießigen Charme des DDR-Designs aus.

Und dann fiel ihr Blick auf den Teppich vor dem Sofa oder genauer gesagt auf dessen Farbe.

Eigentlich ein gelbliches Braun, aber da war dieses komische dunkle Muster. Aber war das überhaupt ein Muster? Eigentlich war das viel zu unregelmäßig, fast so wie ein riesiger …

»Frau Duran. Gehört das hier Ihnen?«

Sie wirbelte herum, die Pistole im Anschlag, die Taschenlampe in Schussrichtung. Für einen Moment schwamm ihr Blick vor Adrenalin, aber dann klärte sich das Bild. »Maschallah! Was zur Hölle haben Sie denn hier zu suchen?«

Statt einer Antwort nahm sie ein lautes Ploppen wahr. Die Tasernadeln bemerkte sie erst, als sie schon in ihre Haut eingedrungen waren. Der Strom jagte durch ihren Körper und ließ ihre gesamte Muskulatur gleichzeitig krampfen.

»Willkommen im Grand Guignol, Frau Duran.«

* * *

»Hm, ich bin mir nicht sicher, ob das, was Sie da von mir verlangen, völlig legal ist.«

Marius Urzendowski, der Sektionsassistent, wirkte sichtlich zerknirscht. Viktor beschloss, sich fürs Erste dumm zu stellen.

»Abor was soll donn falsch daran soin, wonn ich don

Abschlussbericht zu Katharina Racholdt mitnehme? Frau Samson hat mir schon letzte Woche mitgeteilt, er läge hier zur Abholung bereit, fertig abgetippt und von Herrn Doktor Mühe unterschrieben.«

»Na ja, mein lieber Herr Puppe, mit Verlaub, doch seitdem gab es ja einige maßgebliche Veränderungen, nicht wahr? Ich habe natürlich die Berichterstattung zu dem Fall mitverfolgt. Und daher ist mir nicht verborgen geblieben, dass die Ermittlungen von der Staatsanwaltschaft eingestellt wurden. Und nicht nur das. Gestern war in der Zeitung sogar von einer Suspendierung eines der zuständigen Kommissare die Rede. Verstehen Sie also mein Problem? Ich brauche meinen Job.«

Viktor bemühte sich, sich seine Betroffenheit nicht anmerken zu lassen. Kens Suspendierung war also bereits an die Presse durchgesickert! Das machte natürlich alles weitaus schwieriger. Und er war noch keinen echten Schritt weitergekommen.

Nachdem er heute Morgen viel zu spät und mit einem Riesenkater aufgewacht war, hatte er das ganze Frühstück damit verbracht, die peinlichen Bilder des gestrigen Abends zu verdrängen. Irgendwann versuchte er, Stella zu anzurufen, erreichte aber immer nur wieder ihre Voicebox. Und sie hatte ihre Ansage dahingehend verändert, dass ein gewisser Viktor sich gar nicht erst bei ihr blicken lassen sollte.

Bei dieser Gelegenheit war ihm auch aufgefallen, dass Begüm ihm gestern Abend eine Nachricht hinterlassen hatte. Irgendwas von einem neuen Zeugen. Sein eigener Versuch, Begüm heute Vormittag zu erreichen, war fehlgeschlagen. Offensichtlich war ihr Handy ausgestellt. Keine Möglichkeit also, sich wenigstens mit ihr auszutauschen. Schließlich hatte er ihr eine SMS geschickt mit der Bitte, sich zu melden.

Immerhin, so hatte er gedacht, hatte der gestrige Abend wenigstens ein gutes Ergebnis gezeitigt:

Die Visitenkarte des Grand Guignol. Damit hatte er nun ein vollständiges Exemplar der Karte, die er in halb zerstörter Form schon als Klingelschild an Ralf Dehners Tür gefunden hatte und auf der sonst leider keine verwertbaren Spuren zu finden gewesen waren. Die Nummernfolge unter dem Schriftzug war, wie sich jetzt herausgestellt hatte, tatsächlich eine IP-Adresse.

In der Hoffnung, etwas dazu zu erfahren, hatte er die Karte den Kollegen von der Cybercrime-Abteilung gezeigt.

Ein Herr namens Balkov, dem Akzent nach ein russischstämmiger Spätaussiedler, hatte ihn mit viel rollendem R vertröstet. Ein erster Versuch der Verortung ergab, dass der Zielserver wahrscheinlich auf den »Dukrrriegst-mich-nicht-Inseln« stand. Die Lokalisierung des Providers (was immer das war) würde wohl einige Tage in Anspruch nehmen. Außerdem sei die Abteilung wegen eines Großeinsatzes gegen die Internetdrogenmafia völlig überlastet. Viktor beschloss, gegenüber Balkov nicht so viel Aufhebens um die Sache zu machen, bevor Richter noch von seinen Recherchen erfuhr.

Anschließend war er direkt zur Gerichtsmedizin gefahren, um den Abschlussbericht über Katharina Racholdt abzuholen. Ein wenig hatte er wohl auch gehofft, Stella hier zu treffen, aber sie war auf der besagten Tagung. Und im Augenblick sah es so aus, als sei er völlig umsonst hierhergekommen. Doch hatte Stella nicht selbst gesagt, er könne den Bericht abholen? Und nun hieß es, das sei nicht rechtens. Zu dumm, dass er sie jetzt nicht danach fragen konnte und eigentlich auch sonst niemanden. Er hatte die ganze Angelegenheit langsam gründlich satt.

»Einer von diesen Tagen?« Urzendowski schaute ihn mitleidig an.

»Sieht wohl so aus«, murmelte Viktor.

»Sie wirken recht zerknittert, wenn ich das mal so salopp sagen darf.«

»Es war eine äh… schwierige Nacht.« Er rieb sich die Schläfen.

»Kopfschmerzen?« Viktor nickte gequält. »Das liegt oft an einer Mischung aus Schlafentzug und Dehydrierung. Trinken Sie was.«

Noch bevor Viktor etwas erwidern konnte, ging Urzendowski zu einem der Sektionstische, füllte ein Laborglas mit Wasser aus dem Spülbecken am Ende des Tisches und kam damit wieder zurück.

»Danke.«

»Was haben Sie jetzt vor?«, fragte Urzendowski, während Viktor das Glas in einem Zug leerte.

»Meine Kollegin, Frau Duran. Sie ermittelt an anderer Stelle. Ich habe schon versucht, mit ihr Kontakt aufzunehmen, aber bisher erfolglos. Vielleicht habe ich ja jetzt mehr Glück.«

Der Sektionsassistent atmete tief aus. »Sie sind wirklich immer noch an dieser Sache dran«, sagte er mit einem Augenzwinkern.

Viktor nickte. »Alle Welt geht davon aus, dass der Mann in dem Keller im Friedrichshain ein Einzeltäter war, aber das erscheint uns kaum plausibel. Wir halten es für möglich, dass er einen Komplizen hat, der vielleicht sogar in diesem Moment weitere Opfer in seiner Gewalt hat.«

»Und niemand verfolgt ihn. Das ist in der Tat eine schreckliche Vorstellung.«

»Ich fürchte, so ist es.«

»Und der Abschlussbericht könnte Ihnen helfen, den Täter zu fassen?«

»Wäre möglich. Jedenfalls haben wir im Augenblick nichts Besseres.«

Der Sektionsassistent knetete mit nachdenklichem Blick sein Kinn. Dann hellte sich sein Gesicht plötzlich auf. »Ich habe da vielleicht eine Idee«, sagte er.

»Tatsächlich?«, fragte Viktor hoffnungsvoll.

»Haben Sie zufällig einen USB-Stick dabei?«

Viktor zog sein Schlüsselbund aus der Tasche, an dem ein Speicher in Form eines Froschs als Schlüsselanhänger befestigt war. Ein Geschenk von Paula. »Immer dabei.«

»Sehr gut. Ich sage Ihnen was. Es ist jetzt... kurz vor zwölf«, sagte er mit einem Blick auf die große Uhr über der Eingangstür am anderen Ende des Sektionssaals. »Mir wurde vorhin für etwa ein Uhr ein halbes Dutzend Wasserleichen angekündigt. Da werde ich mal die Gelegenheit ergreifen, draußen noch einen Happen essen zu gehen. Selbstverständlich sage ich Ihnen nicht, dass eine elektronische Version des finalen Abschlussberichts auf dem Rechner da drüben im Büro gespeichert ist, in den ich zufällig auch gerade eingeloggt bin. Ich sage Ihnen auch nicht, dass die Datei nach dem Opfer benannt ist und derzeit noch auf dem Desktop liegt, denn das wäre ja – wie schon gesagt – illegal. Na dann: Au revoir, Herr Puppe«, sagte der Sektionsassistent mit verschmitztem Blick.

Viktor überlegte, ob er irgendetwas zum Dank entgegnen sollte, aber dann nickte er einfach stumm.

Urzendowski wandte sich um und verschwand in Richtung Ausgang. »Ziehen Sie die Tür einfach hinter sich zu«, rief er über die Schulter.

***

War da ein Geräusch gewesen?

Jenny schreckte hoch.

Sie hatte ihn nicht mehr gesehen, seit er Saskias Leichnam aus der Zelle geschleift hatte. Das musste viele Stunden her sein. Vielleicht sogar einen ganzen Tag. Sie wusste es nicht. Das Gefühl für Tag und Nacht hatte sie verloren. In der Dunkelheit des Kellers gab es keine Zeit. Nur Angst. Mal mehr, mal weniger davon. Und nun kam auch noch Schmerz dazu. Das Hundefutter, das er ihr hinstellte, war furchtbar salzig. Wasser gab er ihr viel zu wenig.

Ihre Zunge fühlte sich an, als besäße sie die doppelte Größe. Wie ein toter Fisch lag sie in ihrem Mund. Ihr Kopf schmerzte. Ihre Augen brannten. Sie hatte versucht, weniger von dem Hundefutter zu essen, aber irgendwann überwog der Hunger die Angst vor dem Durst, der danach unweigerlich kam.

Das Beste war, wenn sie schlief. Dann trat alles für einen Moment in den Hintergrund. Auch wenn der Schlaf nicht wirklich erholsam war. Meist träumte sie von ihm, von den Dingen, die er ihr antun würde. Aber es war auf jeden Fall besser als die Realität.

Gerade hatte sie endlich etwas Schlaf gefunden, doch irgendein Geräusch hatte sie hochschrecken lassen. Jedes Mal, wenn das passierte, geriet sie in diesen schrecklichen inneren Aufruhr. Zuerst war da immer dieses Gefühl der Hoffnung, dass irgendjemand ihr Verlies entdeckt hatte und sie retten würde. Aber kaum dass dieser Gedanke Fuß gefasst hatte, holte sie die Angst wieder ein.

Er war es. Wer sonst sollte es sein. Und diesmal kam er, um sie zu holen, so wie er es ihr beim letzten Mal prophezeit hatte. Und nun würde er das mit ihr tun, was er mit Saskia getan hatte, nur dass dann niemand anders da wäre, der ihre Schreie hörte und mit ihr litt. Sie wäre allein mit ihm und seinem Wahnsinn.

Die Tür flog auf.

Das Licht ging an.

Instinktiv sprang sie auf und drückte sich an die Wand. Über dem Putz verlief ein Rohr, daran hielt sie sich fest.

Ihre Augen brauchten eine Weile, um sich an das Licht zu gewöhnen und aus den dunklen Umrissen einen Menschen werden zu lassen.

Dann keuchte sie vor Erstaunen auf.

Der Mann trug keine Maske. Sie konnte sein Gesicht sehen. Es war ein ganz normaler Mann. Glattrasiert. Kurze Haare. Sie wusste nicht, was sie erwartet hatte, aber nicht so etwas. Er hätte der Angestellte hinter einem Bankschalter oder der Kellner in einem Restaurant sein können.

Plötzlich überfiel sie ein schrecklicher Gedanke. Wenn sie ihn gesehen hatte, hieß das dann nicht, dass…

»Nein«, entfuhr es ihr, und sie schlug die Hände vors Gesicht. »Nein, nein, bitte.«

Sie wollte ihn nicht gesehen haben. Hatte sie ihn überhaupt richtig gesehen? Es war so ein Allerweltsgesicht. Bestimmt hatte sie es schon vergessen.

Dann hörte sie ihn lachen.

Es war ein hässliches Lachen, voll bösem Spott. Er lachte und lachte, und es ging ihr durch Mark und Bein. Der Keller schien nur noch aus diesem Lachen zu bestehen. Dann ebbte es ab.

Ein paar Schritte, und er war direkt neben ihr. »Mach die Augen auf!«, schrie er ihr ins Ohr.

»Nein. Bitte nicht. Ich will nicht.«

»Mach deine verdammten Augen auf, du Fotze!«

Er riss ihr die Hände von den Augen, aber sie kniff voller Verzweiflung die Lider zusammen, während ihr die Tränen über das Gesicht liefen.

»Bitte nicht. Ich will das nicht. Bitte lassen Sie mich doch in Ruhe. Ich werde ganz brav sein, bestimmt.«

Brutal stieß er sie auf den Boden, sie schlug hin wie ein umgestoßener Kegel. Dann war er schon auf ihr, setzte sich auf ihre Brust, umgriff mit einer Hand ihre beiden Hände und begann, mit dem Zeigefinger der anderen ihre Augenlider aufzuschieben.

»Mach sie auf, du kleines Dreckstück!«, schrie er wieder und wieder. »Du wirst sterben, so oder so!«

Sie konnte kaum noch atmen. Sein Gewicht schnürte ihr die Luft ab, und ihre Arme wurden immer schwerer. »Okay«, röchelte sie, denn zu mehr reichte ihre Kraft nicht.

Sie öffnete die Augen und hoffte inständig, dass er aufhörte, dass er von ihr runterging, denn sonst war sie ganz bestimmt gleich tot. Aber vielleicht war das ja auch…

Ein schmerzhafter Hustenanfall zerriss all ihre Gedanken. Sie würgte, keuchte und hustete, bis sie das Gefühl hatte, ihre Lunge würde zerreißen. Immerhin war das Gewicht von ihrer Brust weg. Er stand jetzt über ihr.

»So ist es besser«, sagte er.

Seine Stimme war auf einmal ganz ruhig, als wäre er ein völlig anderer Mensch, nicht jemand, der gerade über sie hergefallen war.

»Du solltest mich nicht so wütend machen.« Es war kein Vorwurf, nur eine nüchterne Feststellung. »Setz dich da rüber an die Wand.«

Sie gehorchte, immer noch hustend. Ein Teil von ihr wollte wieder die Augen schließen, aber sie würde so etwas kein zweites Mal durchstehen.

Der Mann verschwand aus dem Keller und ließ die Tür offen. Er ließ die Tür offen! Doch kurz darauf erschien er, oder besser gesagt sein Rücken, wieder in der Öffnung, etwas hinter sich herschleifend.

Oh, mein Gott. Er bringt sie wieder zurück.

Aber dann wurde ihr klar, dass es nicht Saskia war. Die Frau war älter. Nicht so ausgezehrt und mit eindeutig südländischem Aussehen. Sie war angezogen. Normale Straßenkleidung. Nur die Schuhe fehlten.

Er schleifte sie zu dem Rohr, an dem sie sich vorhin festgehalten hatte, zog ein paar Handschellen aus der Hosentasche und kettete sie mit einer Hand an das Rohr. Schließlich ging er zurück zu Jenny.

»Das ist nur Beifang«, sagte er. »Meine Kunden wollen keine Frauen, sondern Mädchen wie dich. Also mach dir keine falschen Hoffnungen. In ein paar Stunden bist du dran.«

Dann ging er hinaus und löschte das Licht. Die

schwere Tür fiel ins Schloss, und der Riegel drehte sich. Im Raum war es wieder still, doch in ihrem Kopf hallte seine Stimme nach.

In ein paar Stunden bist du dran.

19

Viktor saß an seinem Schreibtisch im LKA in der Keithstraße. Vor dem Fenster begann es schon wieder zu däm-
mern. Er hasste diese Zeit, wenn einem das Licht sugge-
rierte, dass der Tag eigentlich spätnachmittags zu Ende
war. Draußen auf den Gängen war es ruhig. Die meisten
Kollegen waren mit irgendwelchen Außeneinsätzen beschäftigt. Das einzige Geräusch war das Gebrumm eines
Bohnergeräts, das irgendeine Reinigungskraft über das
Linoleum der Flure schob.

Im Eingangsfach auf seinem Schreibtisch stapel-
ten sich Dokumente zu den anderen Fällen, an denen
er eigentlich gemeinsam mit Ken und Begüm arbeiten
sollte, wenn es nach Richter ging. Aber selbst wenn er
wollte, fehlte es ihm dafür an Erfahrung. Lustlos blätterte er in staatsanwaltschaftlichen Verfügungen (»Vernehmen Sie Zeuge x zu Angelegenheit y«), Zuarbeit von
anderen Abteilungen (»Kraftfahrzeugtechnisches Gut-
achten in der Ermittlungssache z«) und nicht zuletzt
einer Einladung des Polizeisportvereins.

Er wandte sich wieder seinem Rechner zu, auf dem
die elektronische Version des Obduktionsberichts geöffnet war. Katharina Racholdt war mehrfach vergewaltigt,
auf grausame Weise gefoltert und schließlich zu Tode ge-
würgt worden. Doch das war alles nichts Neues. Er hatte

seine Hoffnung darauf gesetzt, dass sich an ihrem Körper DNA-Spuren Dritter gefunden hätten. Aber laut Bericht gab es keinerlei Spuren in diese Richtung. Wieder eine Sackgasse.

Oder vielleicht auch nicht. Möglicherweise stand im Bericht doch ein Verweis auf den Täter, nur dass Viktor mangels Erfahrung halt nicht daraufkam. Er raufte sich die Haare. Er brauchte einfach irgendwen, mit dem er das alles besprechen konnte.

Kurzentschlossen ergriff er das Telefon und wählte Begüms Dienstnummer.

»Der von Ihnen gewählte Teilnehmer ist zurzeit nicht erreichbar.«

»Wat schütteln Se denn so anjestrengt den Kopf, junga Mann.«

Viktor fuhr herum. Der geschwätzige Pförtner hatte ihm gerade noch gefehlt. Warum zum Henker hatte er die Tür nicht geschlossen?

»Ich kann meine Kollegin gerade nicht erreichen. Sie hat wohl ihr Handy abgestellt«, sagte Viktor mit aufgesetztem Lächeln und wandte sich dann schnell wieder seinem Rechner zu. Doch der Pförtner ließ sich nicht so leicht abschütteln.

»Na, und wat ist mit Herrn Tokugawa?«

Offensichtlich hatte der Mann noch nichts von Kens Suspendierung gehört.

»Der hat, äh … der feiert gerade Überstunden ab.«

»Na, da ist man aba bei der Polizei für die Kollejen trotzdem erreichbar, wenn et wichtich is, oda?«

»Keine Ahnung.« Viktor zuckte mit den Schultern. »Sein Handy ist jedenfalls auch aus.«

»Na, falls a zu Hause is, rufen Se ihn doch da an.«

Der Typ war einfach eine fürchterliche Nervensäge. Viktor drehte sich wieder um.

»Wird schwer, ohne Nummer«, sagte er.

»Na, früha jab et für sowat ja Telefonbüscha oda die Frolleins vom Amt«, sagte der Mann, zog seinen Kopf aus der Türöffnung und verschwand durch die Tür. »Aba ick bin ja nur so een dumma Sikjurity-Heini«, tönte es noch von draußen.

Nachdenklich blieb Viktor im Büro zurück.

Warum eigentlich nicht?! Ken hatte seinen Rückzug sicherlich verdient, aber ganz abgesehen von dem Obduktionsbericht begann Viktor langsam, sich ernsthaft Sorgen wegen Begüm zu machen. Es war ungewöhnlich, dass sie so überhaupt nicht erreichbar war.

Er wählte die Nummer der Auskunft, erhielt dort aber nur die Information, dass es lediglich einen Eintrag unter Tokugawa gab.

»Anneliese Tokugawa. Hilft Ihnen das vielleicht?«, fragte die Callcenter-Mitarbeiterin.

Anneliese. Hatte Stella nicht erwähnt, dass das der Name von Kens Mutter war?

»Ja, das könnte helfen.«

»Ein Festnetzanschluss. Soll ich Sie nach der Ansage der Nummer gleich weiterverbinden?«

Viktor zögerte kurz. Er kam sich auf einmal schrecklich aufdringlich vor, ein bisschen, als würde er Ken stalken. »Einverstanden, bitte verbinden Sie mich.«

»Sehr gerne. Danke für Ihren Anruf.«

Noch bevor Viktor sich innerlich wappnen konnte, wurde das Gespräch angenommen.

»Ja. Tokugawa?«

Es war die resolute Stimme einer älteren Frau.

»Ähm, Frau Tokugawa?« Viktor wog seine Worte ab.
»Es tut mir sehr leid, Sie zu stören. Sind Sie die Mutter
von Kenji Tokugawa?«

»Wer fragt denn, bitte?«

»Ich bin Viktor Puppe, ein Kollege von Ken. Ich muss
ihn unbedingt erreichen, aber leider habe ich …«

»Ein Kollege. Und Sie wollen Kenji sprechen?«

»Äh … ja!« Viktor fragte sich, was daran so ungewöhnlich war.

»Da haben Sie aber Glück. Der ist nämlich gerade hier.
Moment.«

Es raschelte in der Leitung. Dann hörte Viktor ihre
Stimme ein wenig entfernt.

»Kenji?«, rief sie. »Hier ist ein Kollege von dir.«

»Ach, Mama. Ich habe doch gesagt, dass der Verein
mich gerade mal kann.« Kens Stimme klang etwas weiter
weg, war aber ebenfalls gut zu verstehen.

»Das kannst du dem Herrn selbst sagen, Kenji Tokugawa. Ich bin doch nicht deine Sekretärin. Hier.«

Wiederum ein Rascheln, dann dröhnte Kens Stimme
aus dem Äther. »Ja, hier ist Ken Leck-mich-am-Arsch-
Tokugawa.«

»Sorry, Kollege. Ich weiß, es kommt wahrscheinlich
echt ungelegen.«

»Püppi?« Viktor verdrehte innerlich die Augen. Eigentlich hatte er doch … Aber es war nicht die Zeit für
falschen Stolz. »Ich brauch deine Hilfe.«

Stille. Dann ein Rascheln. Es klang, als ob das Telefon
woanders hingetragen wurde. Schließlich wieder Kens
Stimme.

»Lass hören, Bro.«

* * *

410

Anneliese Tokugawas Wohnzimmer war die sprichwörtliche gute Stube. Nicht gerade groß und auch nicht geeignet, um in *Schöner Wohnen* aufgenommen zu werden,
aber irgendwie passte es zur resoluten Gemütlichkeit seiner Besitzerin.

»Mögen Sie Kuchen, Herr Puppe?«

»Sehr gerne. Aber bitte nennen Sie mich Viktor.«

Kenji saß in T-Shirt und schlabbriger Jogginghose
auf dem Sofa vor dem Fernseher, die Bedienung einer
Playstation in der Hand. Über den Bildschirm hetzten
irgendwelche Soldaten mit Totenkopfmasken durch apo-
kalyptische Landschaften.

»Erzähl«, sagte Ken, die Finger an dem Controller und
die Augen fest auf die Glotze geheftet.

»Würde es dir ausmachen, deine Jagd kurz zu unterbrechen?«, fragte Viktor genervt.

»Warum? So kann ich mich viel besser auf dich konzentrieren.«

Viktor schüttelte den Kopf und seufzte.

»Ihr Kuchen, Viktor.« Anneliese Tokugawa stellte ihm
einen Teller auf den Couchtisch.

»Herzlichen Dank. Ich liebe russischen Zupfkuchen.«

»Wirklich? Der ist selbst gemacht. Hab ihn erst vor
zwei Stunden aus dem Ofen gezogen. Kenji, magst du
auch noch ein Stück.«

»Nein danke, Mama.«

Sie verließ das Zimmer. Viktor starrte ihr hinterher.
Es war schwer, irgendwelche Ähnlichkeiten mit ihrem
Sohn zu entdecken. Mit ihren ehemals blonden, jetzt
etwas angegrauten Locken, der überaus farbenfrohen
Kleidung und ihrem leicht schwäbischen Dialekt hätte
sie in einer Politdoku als Gründungsmitglied der Grünen

durchgehen können. Ken hatte von ihr am ehesten noch den markanten Kiefer. Viktor fragte sich, wie oft man ihr eine Adoption unterstellt hatte.

»Ich bin ganz Ohr, Bro. Fang an«, sagte Ken und durchlöcherte einen virtuellen Gegner mit einem ebenso virtuellen Maschinengewehr. Viktor entschloss sich, den Fall Racholdt lieber erst einmal beiseitezulassen und stattdessen gleich zum Wesentlichen zu kommen.

»Es ist wegen Begüm.«

»Was ist mit ihr?«, fragte Ken. »Willst du sie anbaggern? Ich hab dir doch schon gesagt, dass du dann ein bisschen von dieser Schnöseltour wegmusst.«

Viktor wollte kurz aufbegehren, aber dann beschloss er, Kens letzte Bemerkung lieber schlicht zu ignorieren.

»Sie ist verschwunden.«

»Wie meinst du das? Verschwunden?«

»Sie geht nicht ans Telefon.«

»Vielleicht ist sie von allem angepisst und will von niemandem gestört werden?«, sagte Ken mit einem sarkastischen Seitenblick auf Viktor.

»Vielleicht. Aber nach deiner Sus... äh, nachdem wir gestern bei Richter heraus sind, hat sie mir ziemlich deutlich gemacht, dass sie mit dem Fall weitermachen will. Du weißt schon, in der Ausreißerszene ermitteln.«

»Und?«

Kablamm. Eine virtuelle Handgranate machte zwei gegnerischen Soldaten den Garaus.

»Gestern Abend hat sie mir eine Nachricht hinterlassen. Sie hätte einen wichtigen Zeugen in Sachen Racholdt aufgetrieben. Und jetzt ist sie nicht mehr erreichbar.«

»Wie lange schon?«

»Den ganzen Tag.«

»Hm.« Ken zuckte die Schultern, den Blick immer noch auf den Bildschirm geheftet. »Ich weiß nicht. Manchmal macht sie einfach ihr eigenes Ding. Eigentlich sogar immer, wenn ich genauer drüber nachdenke.«

Viktor hatte die Schnauze voll. Er ergriff das Kabel von Kens Bedienung und rupfte es aus der Konsole.

»Hey, du Honk«, protestierte Ken. »Ich war kurz vorm nächsten Level.«

Immerhin hatte Viktor jetzt seine ungeteilte Aufmerksamkeit. »Jetzt hör mir mal zu. Ich finde es absolut scheiße, was die mit dir gemacht haben. Außerdem fühle ich mich schuldig, denn du hast meinen Arsch gerettet. Ich kann also wirklich verstehen, dass du ärgerlich und enttäuscht bist und die Schnauze voll hast, aber ich glaube wirklich, Begüm könnte uns brauchen.«

Ken sah ihn eine Weile schweigend an. Viktor konnte seinen Gesichtsausdruck nicht lesen. Lag es daran, dass er ein Asiate war? Irgendwie hatte er so einen leicht grimmigen Samuraiblick drauf. Unvermittelt gab Ken ihm einen Klaps auf die Wange.

»Alter, you had me at hello, aber ich liebe es, wenn du dich so echauffierst. Das macht mich ganz feucht«, sagte er grinsend. Dann drehte er sich zur Tür. »Mama. Kann ich bitte mal das Telefon haben?«

»Diese zwei Dinger an deinem Hintern nennen sich Beine, Kenji. Du solltest sie gelegentlich benutzen«, schallte es von draußen zurück.

Ken rollte die Augen, stemmte sich aus dem Sofa, schlurfte an Viktor vorbei in den Flur und holte das Telefon. Mit dem Hörer am Ohr ließ er sich dann wieder in die Kissen plumpsen.

Viktor nutzte die Gelegenheit, sich über das Kuchenstück herzumachen. Etwas neidisch stellte er fest, dass Anneliese Tokugawas Backkünste denen seiner eigenen Mutter um Meilen überlegen waren.

»Hallo, hier ist Ken.«

Offensichtlich reichte schon diese Begrüßung aus, um bei der Gegenseite, um wen immer es sich dabei handelte, einen Redeschwall auszulösen, denn Ken beschränkte sich minutenlang aufs Zuhören. Das einzig Aufschlussreiche war Kens Gesicht, das sich von Sekunde zu Sekunde verdüsterte.

»Wann hast du sie zuletzt gesehen?«

Offensichtlich nahm auch die Antwort hierauf größeren Raum ein, und Kens Miene nach zu urteilen, war sie wenig ermutigend.

»Und was ist das mit diesem Jungen?«, fragte er.

Wieder entstand eine längere Zuhörpause.

»Okay«, sagte er schließlich. »Ich komme vorbei und bringe einen Kollegen mit. Ruf bloß niemanden von den Idioten in der Keithstraße an, ja? Wir sind gleich da. Mach dir keine Sorgen.«

Ein Abschiedsgruß, dann legte Ken auf und ließ den Hörer auf den Schoß sinken. Sein Blick war auf den Fernseher gerichtet, wo das Spiel in so einer Art Dauerschleife diverser Kampfszenen feststeckte.

»Und?«, fragte Viktor, nachdem er das Gefühl hatte, Kens stillem Brüten lange genug beigewohnt zu haben.

»Wir fahren zu ihr«, sagte er und sprang auf.

»Zu wem?«, rief Viktor dem schon halb im Flur verschwundenen Ken hinterher.

»Zu Begüms Mutter«, antwortete Ken.

Ein paar Minuten später saßen sie in Kens klapprigem Toyota.

»Ich komme mir irgendwie so spießig vor«, sagte Viktor.

»Und leider sagst du mir bestimmt auch gleich, warum.«

»Weil ich der Einzige zu sein scheine, der nicht mehr bei seinen Eltern wohnt.«

»Kann ich was dafür, dass du aus so einem scheißneoliberalen Performerhaushalt kommst?«, sagte Ken grinsend. »Begüm wohnt gar nicht bei Fidan, ihrer Mutter«, fügte er etwas ernster an. »Sie passt nur auf die Kleine auf, wenn Begüm keine andere Betreuung organisieren kann.«

»Okay. Und was hat dir Fidan erzählt?«, fragte Viktor.

Während die Stadt an ihnen vorüberzog, fasste Ken sein Gespräch mit Fidan zusammen. Ein Mädchen war entführt worden, und Begüm war gestern Abend irgendwie über dessen Bruder Lukas gestolpert. Sie hatte ihn bei Fidan abgeladen und war wieder verschwunden, um etwas »Wichtiges« zu erledigen. Und obwohl sie ihrer Mutter hoch und heilig versprochen hatte, ihre Tochter Suhal heute selbst von der Kita abzuholen und dann beide Kinder mit zu sich zu nehmen, war sie bis jetzt nicht aufgetaucht. Es war mittlerweile fast fünf, und die Kita hatte Begüms Mutter schon vor einer Stunde angerufen und sie gebeten, Suhal einzusammeln, da man schließen wollte und Begüm nicht erreichen konnte.

»Okay, und was machen wir jetzt?«, fragte Viktor, als sein Kollege fertig war.

»Wir vernehmen diesen Lukas oder wie er heißt und hoffen, dass wir dadurch einen Hinweis bekommen, wo Begüm stecken könnte. Mir hat sie übrigens gestern Abend dieselbe Nachricht hinterlassen wie dir. Hab's eben abgehört. Eigentlich sollte sie die Kinder wie abgesprochen längst wieder bei Fidan abgeholt haben, damit die heute Nachmittag in Mitte Putzen gehen kann.«

Mittlerweile hatte Ken den Wagen in eine kleine Seitenstraße der Müllerstraße gelenkt, die den Wedding in zwei Hälften teilte. Er stellte den Motor ab und löste den Gurt.

»Was hältst du von alledem?«, fragte Viktor. »Hat sie einfach nur die Schnauze voll von uns?«

»Also wenn schon, dann von dir, Schnösel«, grinste Ken und rammte Viktor den Ellenbogen in den Bizeps. »Nein«, fügte er dann ernsthaft an. »Das ist nicht ihre Art. Sie hätte sich bei dir gemeldet, über Funk und Zentrale oder Bürotelefon. Und vor allem hätte sie Fidan nicht einfach wortlos mit Suhal und diesem Jungen sitzen lassen. Niemals.«

***

Bartkowiak betätigte die Klingel.

»Ja, bitte?«

»Hier Bartkowiak. Ich bin angemeldet.«

Der Summer ertönte, und Bartkowiak öffnete die Tür. Sofort schlug ihm der unverkennbare Geruch fortgeschrittener Verwesung entgegen. Ein drahtiger Mann mit kurzen Haaren und braunen Augen kam auf ihn zu.

»Guten Tag, Herr Kommissar ...«

»Hauptkommissar!«

»Verzeihung, Herr Hauptkommissar. Ich bin Marius Urzendowski, der Sektionsassistent. Doktor Mühe ist gerade hinten im Labor, wird aber bestimmt gleich zu uns stoßen.«

»Nur einer?«, fragte Bartkowiak skeptisch. »Müssen das nicht immer zwei sein?«

»Unsere stellvertretende Institutsleiterin, Oberärztin Doktor Samson, ist schon auf dem Weg.«

»Wo kommt die denn jetzt her, abends um fünfe?«, fragte Bartkowiak ungehalten.

Das Lächeln des Sektionsassistenten gefror, aber nur für einen Sekundenbruchteil. »Doktor Samson war heute eigentlich für eine Fortbildung dienstfrei gestellt, aber angesichts der besonderen Umstände...«

Statt seinen Satz zu beenden, wandte er sich um. Bartkowiak wusste, was der Mann meinte. Fünf weibliche Leichen hatten sie heute Morgen aus der Spree gezogen. Sie lagen jetzt in verschiedenen Phasen der Verwesung verteilt auf den Sektionstischen des Instituts. Ob damit bereits das Ende der Fahnenstange erreicht war, konnte keiner sagen. Der Fluss war eiskalt, und die Taucher befanden sich am Rande der Erschöpfung. Deswegen hatten sie die Suche zur Mittagszeit erst einmal unterbrochen.

»Können Sie schon irgendwas sagen?«

»Das überlasse ich lieber Herrn Doktor Mühe. Ah, da kommt er ja gerade.«

»Mühe«, stellte der Mann sich vor, ohne die Hände aus den Taschen zu ziehen. Er war sehr blass und sah kaum lebendiger aus als seine Kundschaft. »Was ist hier los?«, fragte er, an den Sektionsassistenten gerichtet.

»Der Herr Hauptkommissar hat ein paar Fragen zu den Neueingängen, glaube ich.«

»Aha«, sagte der Weißkittel ohne große Rührung.

Bartkowiak hätte ihm am liebsten die arrogante Fresse poliert. Wofür hielten sich diese Leute eigentlich?

»Wenn die Herren mich dann entschuldigen wollen. Es ist jetzt viertel nach sechs und meine Schicht ist schon seit über einer Stunde zu Ende«, sprach der Sektionsassistent und verschwand in Richtung Ausgang.

»Bartkowiak mein Name, Hauptkommissar Bartkowiak«, sagte er zu dem Weißkittel. »Ich möchte wissen, ob es schon irgendwelche Ergebnisse gibt.«

Der Mann schaute ihn fast mitleidig an. »Was erwarten Sie denn? Die Körper wurden uns gerade einmal vor einer halben Stunde geliefert.«

»Dass Sie Ihre Arbeit machen.«

Das blasse Jüngelchen brauchte eine Sekunde, um seine Fassung wiederzugewinnen. Was für ein Fatzke, dachte sich Bartkowiak.

»Wir tun, was wir können, aber selbst wenn wir die Nacht durcharbeiten würden …«

»Was heißt hier wenn?«, unterbrach ihn Bartkowiak.

Jetzt schnappte der Mann regelrecht nach Luft. »Also, Herr Kommissar …«

»Hauptkommissar!«

»Also von mir aus Hauptkommissar. Wir können hier aber auch keine Wunder vollbringen und …«

»Jetzt hören Sie mir mal zu.« Wieder fiel Bartkowiak ihm ins Wort. »Wir haben heute fünf Leichen aus der Spree gezogen. Der Presse ist das nicht verborgen geblieben. Morgen werden die Zeitungen voll davon sein, und wahrscheinlich gibt es sogar schon heute Abend erste Berichte in der *Abendschau*. Können Sie sich die Schlagzeilen vorstellen?« Bartkowiak machte eine Pause.

Doktor Fatzke stand einfach nur stumm da. Einzig sein hüpfender Adamsapfel verriet, dass die Botschaft wohl angekommen war.

»Spätestens morgen früh wird es eine Pressekonferenz geben«, fuhr Bartkowiak fort. »Auf der wird man von uns erste Ergebnisse erwarten. Also ist es mir egal, ob Sie heute hier alle übernachten, aber spätestens morgen brauche ich irgendwas, was der Polizeipräsident der Meute erzählen kann, um den gröbsten Hunger zu stillen.«

Befriedigt sah Bartkowiak, dass der Mann sogar noch ein wenig blasser geworden war. »Äh, ich habe da vielleicht bereits etwas«, sagte er schließlich.

»Ich bin ganz Ohr«, erwiderte Bartkowiak.

»Einen Moment, bitte.«

Fast im Laufschritt verschwand er in Richtung Labor, nur um zwei Minuten später schon wieder aufzutauchen. In seiner Hand hielt er einen Beweisbeutel, in dem Bartkowiak eine Art kleine Karte erkennen konnte.

»Was ist das?«

»Nun, als wir die Leichen, die nicht nackt versenkt wurden, vorhin von den Kleidungsresten befreit haben, fand ich bei einer diesen Personalausweis. Er war durch ein Loch in der Innentasche in das Futter ihrer Jacke gerutscht. Vielleicht war das der Grund, warum der oder die Täter ihn nicht entdeckt haben. Alle anderen Leichen hatten nichts bei sich, woraus man auf ihre Identität schließen könnte.«

»Her damit.« Gierig riss Bartkowiak ihm den Beutel aus der Hand. Das Dokument war etwas mitgenommen, aber das Foto und der Name waren gut erkennbar. Er zog sein Handy aus der Tasche und drehte sich um.

»Alle weiteren Erkenntnisse direkt an mich«, rief er über die Schulter.

Ohne die Antwort abzuwarten, ging er durch die Tur

nach draußen. Ein tiefer Atemzug, um den Verwesungs-
geruch aus der Nase zu kriegen, dann drückte er die
Wähltaste.

»Vermisstenstelle, Bredow am Apparat.«

»Harry? Hier ist Peter Bartkowiak. Du musst mal für
mich wen in deiner Datenbank recherchieren.«

»Schieß los.«

Bartkowiak buchstabierte den Namen.

»Tatsächlich? Paula Hirschmeyer? Das ist ja kurios«,
murmelte Bredow am anderen Ende.

»Kurios? Wieso?«, fragte Bartkowiak irritiert.

»Na, weil ich den Namen gerade gestern schon mal
gehört habe.«

* * *

Er saß am Küchentisch und trank einen Kaffee. Unten in
seinem Keller war jetzt diese Polizistin. Er hatte zwar erwartet, dass man ihm auf die Spur kommen würde, aber
nicht, dass es so schnell passierte. Vielleicht sollte er sie
befragen. Er hatte zweifellos die Fähigkeiten, ein Verhör
so »effizient« wie möglich zu gestalten. Andererseits...
was würde das bringen? Er wusste, dass die Polizei ihm
im Nacken saß. Und das bedeutete Endgame.

Immerhin hatte sich ganz unerwartet eine glückliche
Fügung ergeben, die es ihm vielleicht erlaubte, den Zeitpunkt der letzten Schlacht noch etwas hinauszuzögern.
Ein paar alte Bekannte waren wieder aufgetaucht. Bei
dem Gedanken musste er kichern. Er wusste noch nicht
genau, wie, aber er würde den Verdacht in eine andere
Richtung lenken.

Die Küchenuhr zeigte kurz vor sechs Uhr.

Jetzt war es Zeit, den Kunden Appetit auf seinen neuesten Fang zu machen. Es war etwas hakelig gewesen, sich rechtzeitig dafür loszueisen. Beinahe hätte man ihn nicht weggelassen, aber er hatte schlicht mal wieder das Märchen von dem chronisch kranken Kind erzählt, das zu Hause auf ihn wartete. Das zog jedes Mal. Die Leute wagten dann einfach nicht weiterzubohren. Menschen waren so leicht zu manipulieren.

Er klappte den Laptop auf.

* * *

Viktor bemerkte sein Smartphone erst, als es schon wieder aufgehört hatte zu summen.

»Moment mal«, unterbrach er Ken und begann etwas mühsam, es aus seiner Hosentasche herauszufummeln. Schließlich hatte er das Display vor Augen. Eine Nummer vom LKA.

»Irgendwer vom Dienst. Ich ruf mal zurück.«

Ken nickte und steuerte den Wagen wieder auf die Müllerstraße. Die Sonne war bereits untergegangen, und der Berufsverkehr wühlte sich durch strähnigen Schneeregen. Sie hatten ihren Besuch bei Begüms Mutter Fidan gerade beendet. Alles in allem war es nicht sehr ergiebig gewesen.

Sie setzten große Hoffnung in den kleinen Jungen, doch der hatte über Nacht ein starkes Fieber entwickelt und schlief sich nun aus. Fidan, die schon vor dem Eintreffen der beiden in Sorge um ihre Tochter war, war durch ihre Fragen nun erst recht aufgebracht.

Viktor und Ken versuchten so gut wie möglich, sie wieder zu beruhigen und den Ernst der Lage nach besten

Kräften herunterzuspielen. Auf die Frage, was sie nun mit dem Jungen anfangen sollte, bat Ken sie darum, ihn weiter bei sich zu behalten. Solange sie nicht wussten, warum Begüm ihn nicht an seine Familie oder die einschlägigen Stellen übergeben wollte, schien es die beste Entscheidung zu sein.

So verabschiedeten sie sich von Begüms Mutter kaum klüger. Auch was ihren nächsten Schritt anging, waren sie völlig ratlos. Wo sollten sie nach Begüm suchen?

Zurück in Kens Auto hatten sie über die Möglichkeit debattiert, dem Justizsenator einen Besuch abzustatten und ihm richtig Druck zu machen, in der Hoffnung, ihm irgendetwas entlocken zu können. In dem Moment hatte man Viktor angerufen.

»Hierrr LKA, Balkov«, meldete sich nun der Cybercrime-Experte, dem er die IP-Adresse auf der Visitenkarte genannt hatte.

»Herr Balkov, hier ist Viktor Puppe. Sagen Sie bloß, Sie haben den Server gefunden?« Viktor stellte auf laut, sodass Ken mithören konnte.

»Ja, gerne. Und um Ihre Frage zu beantworten: Nein, den Server habe ich nicht. Aber ich habe mir einen Aktivitätsalarm auf die IP gelegt. Das heißt, wenn es Traffic gibt, merke ich das.«

»Traffic? Das heißt, es passiert etwas?«

»Ja, so ist es. Der oder die Betreiber haben einen Chat gestartet, in dem sie offensichtlich einen neuen Film ankündigen. Die Kommunikation dauerte etwa zwanzig Minuten und ist mittlerweile wieder beendet. Es waren teilweise bis zu dreißig Personen anwesend. Wohl potenzielle Kunden. Manche schienen aus dem Ausland zu kommen, vor allem aus Russland. Ich habe das meiste mitgeschnitten. Wenn Sie wollen, kann ich Ihnen das Protokoll per Mail schicken.«

»Ja, das wäre prima«, sagte Viktor.

»Alles klar. Ich melde mich dann wieder, sobald ich dem Server nähergekommen bin. Aber das kann wie gesagt noch einige Tage dauern.«

»Okay. Nur eine Frage noch: Wie lautet der Titel des Films?«

»Äh, Moment. Ich ruf mir das wieder auf. Ah, hier steht's ... *Das Verderben der Hexen von Hildesheim.*«

Eine Pause entstand. Ken und Viktor tauschten einen besorgten Blick aus.

»Für wann ist der Film angekündigt?«, fragte Viktor.

»Heute um dreiundzwanzig Uhr. Kann ich sonst noch was für Sie tun?«, ertönte es aus dem Hörer.

»Nein, danke. Ich glaube, das ist erst mal alles.«

Viktor legte auf und ließ das Smartphone sinken. Ken war der Erste, der seine Sprache wiederfand.

»Denkst du, was ich denke?«

Viktor nickte. »Der Titel ist im Plural gehalten. Was, wenn das irgendwas mit Begüms Verschwinden zu tun hat?«, sagte er. »Und es wird in fünf Stunden passieren.«

»Scheiße!«, polterte Ken und drosch auf den Lenker ein, bis der Wagen ins Schlingern geriet und ein Auto hinter ihnen hupte. »Fick dich, du Sack!«, brüllte er so laut, dass Viktor die Ohren klingelten.

»Und was tun wir jetzt?«, fragte er, nachdem er sich wieder beruhigt hatte.

»Zu Richter gehen?«

»Und riskieren, dass er uns endgültig mattsetzt? Wir

haben quasi nichts, nur einige vage Vermutungen. Nein, lass uns erst mal allein weitermachen.«

»Erst mal?«, protestierte Viktor. »Uns bleiben allenfalls ein paar Stunden. Was wir bis jetzt gesehen haben, war kein Livematerial. Das heißt, er nimmt sich sogar die Zeit für den Schnitt. Vielleicht fängt er in diesem Moment schon an.«

»Ja, das ist mir auch klar. Dann lass uns wenigstens ins Büro fahren. Möglicherweise finden wir an ihrem Arbeitsplatz irgendeinen Hinweis, irgendwas, was wir Richter präsentieren können.«

»Aber du hast doch während der Suspendierung in der Keithstraße Hausverbot.«

»Es ist schon spät, und ich kenne so eine Art Schleichweg.«

***

Um kurz nach sechs kamen sie am LKA an. Ken parkte in einer Seitenstraße und führte Viktor zu einem alten Bürgerhaus, an dem er einmal alle Knöpfe auf der Klingelleiste drückte. Es summte, und sie gingen hinein.

Durch den Hausflur gelangten sie auf einen Hinterhof, der vorn links von einem flachen Gebäude begrenzt wurde, das aus einer Reihe von etwa einem Dutzend Garagen bestand. Ken führte ihn zu einer Garage, die von der Krone eines Baums einigermaßen gegen die Sicht der umstehenden Häuser abgeschirmt war, auch wenn er zu dieser Jahreszeit keine Blätter trug.

»Und was sollen wir hier?«

»Da klettern wir jetzt drüber. Auf der anderen Seite liegt der Parkplatz vom Fuhrpark.«

Per Räuberleiter kletterten sie auf das Dach der Garagen und gelangten so hinüber auf den Parkplatz. Viktors Einwand, dass dieser überwacht wurde, hatte Ken beiseitegewischt.

»Oh Mann, dauernd diese Reichsbedenkenträgerei«, hatte er gesagt. »In der Sicherheitszentrale gucken die wahrscheinlich sowieso gerade Pornos oder zocken Counterstrike, wie immer. Wie viel Zeit willst du jetzt noch verschwenden? Begüm ist in Gefahr. Schon vergessen? Also komm!«

Viktor hatte sich gefügt. Vom Fuhrpark hatte Ken ihn zu einem Kellerabstieg geführt, an dessen Ende sie eine solide Stahltür erwartete. Zu Viktors Überraschung konnte Ken mit einem Generalschlüssel aufwarten.

»Schmiddie, der Pförtner, schuldete mir mal was«, war seine nicht ganz so überraschende Erklärung.

Durch einen Kellerflur gelangten sie schließlich zu einem Treppenhaus.

»Das geht bis zu uns nach oben«, erklärte Ken. »Ist nur am anderen Ende des Flurs. Eigentlich ein Fluchtweg. Also los.«

Viktor nickte. Gemeinsam machten sie sich auf, doch ein Geräusch ließ sie zwischen erstem und zweitem Stock innehalten. Über ihnen öffnete sich eine der Türen. Ken blieb stehen und bedeutete Viktor, der hinter ihm ging, es ihm gleichzutun.

Schritte. Stimmen. Zwei oder drei Männer. Dort, wo sie standen, waren sie zwar außer Sicht, aber das würde sich ändern, wenn die Typen zu ihnen herunterkamen. Vorsichtig ging Ken ein paar Stufen rückwärts. Viktor tat es ihm nach.

»Bartkowiak sucht ihn«, ertönte es über ihnen.

»Ich dachte sogar, ich hätte ihn heute gesehen«, sagte eine andere Stimme.

»Unglaublich so was.«

Ein Streichholz wurde angerissen, es folgte Schweigen. Nach einer Weile konnte man den Rauch der Zigaretten riechen.

»Was denkt sich so einer? Ich meine, ist doch praktisch die Höhle des Löwen.«

»Keine Ahnung. Gibt ja zum Beispiel auch Feuerteufel, die zünden das Haus erst an und kommen später zum Löschen dazu.«

Wieder Schweigen. Nach einer Weile konnte man hören, wie eine Schuhsohle auf den Steinstufen scharrte. Dann öffnete sich eine Tür.

»Hast du immer noch die Saisonkarten für die Eisbä...«

Die Tür schloss sich und schnitt den Rest des Satzes ab. Ken schaute zu Viktor, wartete ein paar Sekunden. Schließlich winkte er, ihm zu folgen.

Oben im dritten Stock angekommen, öffneten sie vorsichtig die Brandschutztür. Sie hatten Glück, niemand befand sich auf dem Flur. Alle anderen Bürotüren waren verschlossen oder zumindest angelehnt. Ohne Schwierigkeiten gelangten sie in ihr Büro. Viktor wollte gerade den Lichtschalter betätigen, doch Ken hielt seine Hand fest. Er schloss die Tür. Erst dann tastete er sich im Halbdunkel zu einer der Schreibtischlampen herüber und stellte sie an.

Begüms Schreibtisch war ein Chaos.

Die nächste Stunde verbrachten sie damit, sich mit zunehmender Hektik gemeinsam durch die Aktenberge, ihre Schubladen und ihre Ablagen zu wühlen. Doch so akribisch sie auch suchten, es fand sich nichts, was ihnen geholfen hätte, ihr Verschwinden zu erklären, geschweige denn ihren Aufenthaltsort zu bestimmen.

»Alter, mir schwirrt der Schädel«, jammerte Ken und rieb sich die Augen.

»Irgendwas muss es doch geben. Vielleicht haben wir was übersehen«, sagte Viktor mit einer Mischung aus Ärger und Verzweiflung.

Ken zuckte mit den Schultern. »Wenn man wüsste, was sie mit ihrem Rechner angestellt hat«, sagte er.

»Gute Idee«, sagte Viktor begeistert und rollte mit seinem Stuhl zu dem Gerät. »Dass ich da nicht selbst drauf gekommen bin. Lass uns nachschauen.«

»Das war ein Scherz, Mann, oder hast du ihr verdammtes Passwort?«

»Mist, stimmt ja«, murmelte er zerknirscht.

Eine Weile saßen sie beide einfach nur da. Betäubt. Geschlagen. So kam es Viktor jedenfalls vor. Und die Uhr tickte unaufhörlich. Wie hatte der Filmtitel noch geheißen, den Balkov in dem Chat gefunden hatte?

Balkov!

Viktor stürzte zum Telefon.

»Was hast du vor?«, fragte Ken.

»Ich rufe Balkov von Cybercrime an. Vielleicht kann er mir helfen herauszufinden, was Begüm gemacht hat.«

»Gute Idee«, sagte Ken. »Mach das. Ich geh mal kurz einen abseilen.«

»Lass dich nicht erwischen.«

»Ich schleiche wie eine Katze«, versicherte Ken. Er lugte kurz zur Tür hinaus, schlich hinaus und schloss die Tür hinter sich.

Viktor wählte Balkovs Nummer und zählte die Freizeichen.

Bitte, lieber Gott, lass ihn noch da sein.

»Hier Balkov, Cybercrime.«

»Ja, hallo, Herr Balkov, hier ist Viktor Puppe.«

»Äh, ja.«

»Sorry, dass ich Sie noch mal störe, aber ich brauche unbedingt Ihre Hilfe.«

»Okay«, sagte Balkov sehr zögerlich.

Offensichtlich hatte Viktor ihn kurz vorm Feierabend erwischt, aber das war jetzt egal.

»Es geht um den Rechner von Frau Duran. Ich muss wissen, ob sie in den letzten vierundzwanzig Stunden irgendetwas recherchiert hat. Können Sie das für mich nachgucken?«

»Ich weiß nicht. Ich habe zwar Administratoren-rechte, aber das ist ja gegen den Datenschutz und…« Er stockte.

Viktor war wild entschlossen, nicht locker zu lassen. »Mir ist völlig klar, dass das eine etwas ungewöhnli-che Bitte ist, aber sehen Sie, Frau Duran ist seit etwa vierundzwanzig Stunden spurlos verschwunden. Wir… ich meine, ich mache mir deswegen große Sorgen. Ich kann sie nicht erreichen, aber ich dachte mir, vielleicht ist auf dem Rechner irgendein Hinweis. Und immerhin bin ich ja Frau Durans Kollege. Wir arbeiten sehr eng zu-sammen, und ich bin mir sicher, dass sie nichts dagegen hätte. Also, Sie würden mir wirklich einen Riesengefal-len tun.«

Ein paar Sekunden war Schweigen am anderen Ende der Leitung. Dann meldete sich Balkov wieder. »Moment mal, bitte.«

Ohne Viktors Reaktion abzuwarten, schaltete er das Gespräch stumm. Aus dem Hörer dudelte eine Schumann-Sonate. Es kam Viktor wie eine halbe Ewigkeit vor, bis er sich wieder meldete.

»Okay.«

»Okay, wie: Sie können das machen?«, fragte Viktor, der seinem Glück nicht ganz traute.

»Ja, das geht. Sind Sie am Rechner in Ihrem Büro?«

»Ja. Wieso?«

»Äh, das darf nicht aus dem Hausnetz raus.«

»Ah, verstehe. Ich kann auch zu Ihnen kommen.«

»Das ist nicht nötig. Hier habe ich es schon. Sie sagten in den letzten vierundzwanzig Stunden?«

»Ja.«

»Moment. Ich sehe, Frau Duran hat sich gestern Nacht um elf Uhr achtundzwanzig eingeloggt für etwa fünf Minuten.«

»Können Sie auch sehen, was sie getan hat?«

»Ja, tatsächlich. In diesem Fall ja. Sie hat eine Anfrage beim Server des Kraftfahrtbundesamts gemacht.«

»Beim Kraftfahrtbundesamt? Was hat sie dort nachgeschaut?«

»Eine Halterermittlung für das Kennzeichen B-HJ 2834.«

»Und das Ergebnis?«

»Das ist die Zulassung für ein Taxi. Halterin ist eine Frau Gilda Maria Miller. Wohnhaft in der Kopernikusstraße sechsundzwanzig in 12559 Berlin-Köpenick.«

Viktor reckte die Faust in die Luft.

»Danke, mein Lieber, Sie sind ein Schatz.«

»Keine Ursache. Übrigens sehe ich gerade, dass Frau Duran auch noch eine Anfrage zu dieser Frau Miller in der Datenbank des Meldeamts gemacht hat.«

»Oh, Und was ist dabei herausgekommen?«

»Dass die Dame bereits verstorben ist.«

»Wow. Das ist … merkwürdig. Nochmals vielen Dank.«

»Dafür sind wir da. Und übrigens, Herr Puppe?«

»Ja?«

»Nichts für ungut.«

Noch bevor Viktor seine Verblüffung über diese rätselhafte Bemerkung überwunden hatte, hatte Balkov bereits aufgelegt. Konsterniert starrte Viktor den Hörer an. Schließlich legte er auf.

Wo blieb eigentlich Ken?

Kaum dass er sich diese Frage gestellt hatte, waren auf dem Flur Stimmen und Schritte zu hören. Schließlich klopfte es laut an der Tür.

»Hallo?«, ertönte es von draußen.

Viktor zuckte zusammen. Das war nicht Kens Stimme.

»Hallo? Wir kommen jetzt rein.«

»Kein Problem.«

Die Tür öffnete sich. Es waren vier Männer, zwei in Zivil und zwei in Polizeiuniform, die ihn allesamt mit finsterem Blick musterten.

»Guten Abend, meine Herren. Ich wollte gerade Feierabend machen. Kann ich noch irgendwas für Sie tun? Vielleicht können wir das ja auf dem Weg nach unten besprechen. Ich habe gleich eine Verabredung«, sagte er und hoffte, dass sein Coplopper einigermaßen natürlich klang.

»Die wird wohl warten müssen. Ich bin Hauptkommissar Bartkowiak«, sagte einer der Männer. »Viktor Puppe? Sie sind festgenommen. Ihnen werden die Morde an Paula Hirschmeyer, Katharina Racholdt und vier weiteren Frauen zur Last gelegt.«

20

Jenny erwachte mit einem Schrei. In ihrem Traum hatte sie das Gefühl gehabt zu ertrinken. Nun schnappte sie begierig nach Luft. Sie bekam gar nicht genug davon, zitterte am ganzen Körper, keuchte, japste, bis ihr schwindlig wurde. Das Wasser in ihrem Traum war schwarz und kalt gewesen. Sie konnte jetzt noch spüren, wie ihre Lunge sich mit der eiskalten Flüssigkeit gefüllt hatte, bis ihre Brust platzen wollte. Dann war sie aufgewacht.

Die Dunkelheit blieb. Aber immerhin atmete sie. Erschöpft ließ sie sich auf den Rücken gleiten.

Wie lange hatte sie geschlafen? Minuten? Stunden? Sie versuchte, sich zu erinnern, woran sie gedacht, was sie getan hatte.

Neben sich konnte sie die Frau atmen hören. Langsam und gleichmäßig. Sie schlief, oder vielleicht war sie auch einfach nur bewusstlos, wegen irgendwas, was er ihr angetan oder eingeflößt hatte.

Jenny hatte in der kurzen Zeit, als das Licht an war, keine Verletzungen an ihr gesehen, aber was hieß das schon.

Stundenlang hatte sie darüber gegrübelt, warum die Frau hier war. Was hatte er vor? *Du bist die Nächste*, hatte er zu ihr gesagt und dass seine Kunden nur Mädchen wollten und keine älteren Frauen wie die, die jetzt an das Rohr gefesselt war. Doch warum war sie dann überhaupt hier?

Immerhin war sie nicht mehr allein. Sie fühlte sich schuldig bei diesem Gedanken, aber es war einfach so. Seit Saskias Tod hatten die Wände angefangen, sie zu erdrücken, bis sie nur noch ein winziger Punkt war. Mutterseelenallein in einem kalten Raum, der immer enger wurde, bis er irgendwann zurückkommen würde, um sie zu töten. Jetzt hatte sie das Gefühl, wieder atmen zu können.

Atmen.

Atmete die Frau lauter? Schwerer? Es klang viel lauter, als sie es in Erinnerung hatte. Irgendwie... falsch. »Sind Sie wach?«, fragte sie aufs Geratewohl.

Keine Antwort. Aber wieder schien es, als ob die Atmung noch ein bisschen schneller wurde. Ein Stöhnen.

Jenny krabbelte in die Richtung, aus der das Geräusch kam. Sie wusste, dass es nicht okay war, die Frau zu wecken, doch sie konnte nicht anders. Vielleicht ging es ihr nicht gut. Vielleicht brauchte sie Hilfe.

Sie tastete auf dem Boden herum, bis sie auf etwas Weiches stieß. Stoff. Einen Arm. Eine Hand. Sie ergriff die Hand. Drückte sie. Es fühlte sich unendlich gut an, etwas Warmes, Lebendiges zu fühlen.

»Hey. Geht es Ihnen gut?«, fragte Jenny.

»Mir geht es prächtig.«

Seine Stimme.

Die Hand schloss sich fest um ihre, zog sie zu ihm. Ein Arm legte sich um ihren Hals, schnürte ihr die Luft ab. Seine Stimme war so nah an ihrem Ohr, dass sie die Hitze seines Atems spürte.

»Sorry, ich konnte nicht widerstehen. Du hast so friedlich geschlafen, als ich hereinkam. Da wollte ich mich einfach dazulegen.«

Seine widerliche Lache gellte durch den Raum, während ihr langsam die Luft ausging.

Dann plötzlich lockerte sich der Griff. Ein Stoß ließ sie über den Boden kullern wie eine leblose Puppe.

Sie rang nach Atem. Hustete.

Nur im Hintergrund hörte sie seine Schritte und das Schaben, das die Tür beim Öffnen verursachte.

Das Licht ging an. Explodierte in ihrem Kopf. Schmerzte in ihren Augen.

Langsam schärfte sich das Bild.

Die Frau war noch da. Bewegte sie sich noch?

Wieder ein Hustenanfall. Ihre Augen tränten. Sie musste sie schließen. Als sie sie wieder öffnete, hatte er einen Eimer in der Hand.

»Ich glaube, unsere neue Freundin hier hat lange genug geschlafen. Was meinst du?«

Sie konnte nicht antworten. Konnte ihn nur anstarren, wie er da stand und grinste. Das alles schien ihn unglaublich zu amüsieren.

Er hob den Eimer über die Frau, die sich tatsächlich schon ein bisschen regte.

»Aufwachen, Frau Duran.«

Ein Schwall Wasser ergoss sich auf die am Boden Liegende.

Die Wirkung kam prompt. Prustend, fluchend und strampelnd erwachte sie. Mit einem Knall schlug ihre Handschelle gegen das Rohr, als sie unwillkürlich daran riss. Sie stieß einen Schmerzensschrei aus und rieb sich die Schulter. Offensichtlich hatte sie sich verletzt. Dann öffnete sie zum ersten Mal richtig die Augen.

Jenny konnte sehen, wie der anfängliche Schock in ihrem Blick langsam der Erkenntnis wich.

»Guten Abend, Frau Duran«, sagte er mit einer leichten Verbeugung.

»Scheiße. Ich hab das nicht geträumt. Du bist es wirklich«, sagte sie.

Jenny hielt den Atem an. Auch wenn die Frau offensichtlich überrascht war, sie kannte den Typen.

»Seit wann duzen wir uns denn?«, erwiderte der Mann halb belustigt. »Sonst bin ich Ihnen meist nicht mal einen Gruß wert. Aber…«

Ein Schrillen unterbrach ihn mitten im Satz. Es war wohl die Türglocke des Hauses. Jenny hatte sie schon ein paar Mal gehört, nur noch nie so laut. Die Tür zu ihrem Keller war offensichtlich nicht völlig geschlossen, denn wenn sie zu war, war allenfalls ein fernes Piepsen zu hören.

Der Mann erwachte aus der Starre, in die er für einen Moment gefallen war. Augenscheinlich hatte er nicht mit Besuch gerechnet. Er nahm den Eimer wieder auf, ging ohne ein weiteres Wort zur Tür hinaus und verschloss diese gegen seine übliche Gewohnheit fast geräuschlos.

Es wurde dunkel.

✳ ✳ ✳

Schritte näherten sich. Dann drehten sich die Schlüssel im Schloss, und die Tür öffnete sich. Ein Justizvollzugsbeamter erschien.

»Herr Puppe. Einmal mitkommen, bitte.«

Viktor stand etwas zu schnell auf, denn für einen Moment fühlte er sich schwindlig.

»Geht's?«, fragte der Mann ohne echtes Interesse.

Viktor nickte. Der Beamte winkte ihm vorauszugehen. Mit wackligen Beinen setzte Viktor sich in Bewegung.

Das alles war absurd. Nach einer guten Stunde in einer der Gewahrsamszellen im Keller der Keithstraße fragte er sich, ob er überhaupt richtig verstanden hatte.

Paula.

Wie kamen sie nur darauf, er könnte sie umgebracht haben? Genau genommen stand noch nicht einmal fest, ob sie wirklich tot war, auch wenn er das schon seit Längerem vermutet hatte. Und was hatte das mit Katharina Racholdt und den anderen Frauen zu tun? Das musste alles ein riesiger Irrtum sein.

An ihm zogen die Türen der anderen Zellen vorüber. Schwere, alte Türen. Wie viele Leute mochten sie in all den Jahren beherbergt haben?

»Links.«

Der Beamte dirigierte ihn eine Treppe hinauf. War es derselbe Weg, den er vorhin gekommen war? Er konnte sich nicht erinnern. Von dem Moment an, in dem man ihn in seinem Büro festgenommen hatte, wusste er gar nichts mehr.

Auf dem Weg von seinem Büro in den Zellentrakt hatte er nur daran denken können, dass Begüm möglicherweise dem Killer in die Hände gefallen war, er selbst festsaß und Ken keine Ahnung hatte, wo er sie suchen sollte.

Andererseits: Wer, wenn nicht Ken, würde einen Weg aus so einer Situation finden? Schlimmstenfalls musste er sich eben noch mal an Balkov wenden. Suspendierung hin oder her.

»Hier lang, Horr Puppc.«

Er bemerkte, dass er einfach stehen geblieben war, völlig von seinen Gedanken absorbiert.

»Da hinein.« Der Beamte öffnete eine Tür und machte das Licht an. Das Vernehmungszimmer sah aus wie ein schlichtes Büro. Kein venezianischer Spiegel. Keine schallgedämmten Wände oder am Boden festgeschraubten Stühle. Stattdessen gab es sogar ein Fenster. Die Möblierung des Raums bestand nur aus zwei T-förmig aufgestellten Schreibtischen mit Platten aus prähistorischem Furnierholz. An dem Bein des T standen vier uralte Stühle.

»Setzen Sie sich, bitte. Die Herren sind gleich bei Ihnen.«

Die amtliche Höflichkeit hatte nach all dem Tumult fast etwas Wohltuendes. Der Beamte verließ das Zimmer, zog die Tür zu und schloss sie ab. Viktor schaute sich um und wartete. Je länger er in dem Vernehmungsraum saß, desto zuversichtlicher wurde er. Die Zelle unten im Keller hatte etwas Erdrückendes. Man fühlte sich allein durch die Tatsache schuldig, weil man einsaß. Doch das hier war nur eine ganz normale Räumlichkeit. Zumindest wenn man von der Tatsache absah, dass er darin eingeschlossen war. Es musste ein Irrtum sein und er würde ihn in null Komma nichts aufklären können. Und dann würde er ihnen von Begüm erzählen. Wahrscheinlich wäre das sogar besser, als ihrer Spur mit Ken auf eigene Faust nachzugehen. Eine Chance. Ein Fingerzeig Gottes.

Schritte.

Der Schlüssel drehte sich, und die Tür ging auf.

»Herr Sydow?« Viktor hatte nicht damit gerechnet, den Staatsanwalt hier wiederzusehen. Jener Nachmittag im Büro des Innensenators fühlte sich an, als läge er eine Ewigkeit zurück.

»So sieht man sich wieder, Herr Puppe«, sagte Sydow mit unüberhörbarer Häme.

Hinter Sydow drängte sich der Kommissar ins Zimmer, der Viktor festgenommen hatte. Im hellen Schein des Neonlichts wirkte seine graue Haut wie von Spinnweben überzogen. Es ließ ihn viel älter aussehen, als seine aufrechte Statur es vermuten ließ. Unzweifelhaft ein schwerer Raucher.

Die beiden Männer setzten sich an die andere Seite des Schreibtisches, der ihm auf einmal unglaublich schmal erschien, und starrten ihn schweigend an, als ob ihm die Eröffnung des Gesprächs obläge. Er fragte sich, was genau von ihm erwartet wurde.

»Meine Herren, ich bin sicher, hier liegt ein gewaltiger Irrtum vor«, sagte er aufs Geratewohl. »Hören Sie, meine Kollegin Frau Duran ist möglicherweise in akuter Lebensgefahr.«

»Versuchen Sie jetzt bitte nicht, mit derart billigen Tricks von sich selbst abzulenken«, sagte Bartkowiak.

»Das ist kein Trick«, rief Viktor aufgebracht. »Es geht vielleicht um Leben und Tod.«

»Setzen Sie sich, oder ich lasse Sie wieder abführen«, brüllte Bartkowiak.

Viktor war selbst überrascht, dass er tatsächlich stand. Er ließ sich wieder in den Sitz fallen.

»Sind Sie jetzt vernünftig, oder muss ich den Beamten rufen?«, herrschte Bartkowiak ihn an.

Viktor sah ein, dass ihn die Streiterei nicht weiterbrachte. Wenn er Begüm wirklich helfen wollte, musste er sich wieder beruhigen.

»Schön, Herr Hauptkommissar. Und was wollen Sie von mir?«, fragte Viktor.

»Zunächst einmal Ihnen diesen Haftbefehl zur Kenntnis bringen.« Bartkowiak fischte einen Zettel aus der Gittermappe und drehte ihn dann so, dass Viktor ihn lesen konnte. Viktor zog das Blatt zu sich herüber und begann zu lesen:

Sie werden beschuldigt, die Studentin Paula Hirschmeyer, geboren am 6. Februar 1985, und die Schülerin Katharina Racholdt sowie vier weitere…

Der Rest verschwamm vor seinen Augen. Bis hierhin hatte Viktor auf eine schnelle Aufklärung gehofft, aber da lag ein amtliches Papier, unterschrieben von einem Richter. Es fühlte sich an wie ein Schlag ins Gesicht.

»Das ist absurd. Einfach absurd. Ich… ich habe Paula geliebt. Wir wollten heiraten«, keuchte er.

»Sie glauben gar nicht, wie oft ich in diesem Zimmer schon Mörder gehört habe, die genau das über ihre Opfer sagten«, bemerkte Bartkowiak.

»Aber woher wollen Sie jetzt überhaupt so genau wissen, dass sie tot ist?«, warf Viktor ein. »Monatelang hieß es vonseiten der ermittelnden Beamten immer nur, sie sei wahrscheinlich durchgebrannt.«

Staatsanwalt und Polizist tauschten einen bedeutungsschwangeren Blick aus. Dann fingerte Bartkowiak wieder in seiner Gittermappe herum. Diesmal schob er Viktor ein Foto hin.

Und auf einmal versank die Welt.

Das Gesicht war stark aufgedunsen, als hätte es jemand zu absurder Größe aufgepustet. Die Haut war unnatürlich deutlich geädert, voll hässlicher roter Flecken. Die Haare wirr.

Nein.

Das war nicht... das konnte unmöglich Paula sein.

Der Raum begann sich zu drehen. Viktor wischte sich über seine feuchte Stirn, während sein Mund zugleich trocken war wie Sandpapier.

»Alles in Ordnung, Herr Puppe?«, fragte Bartkowiak.

Tatsächlich war ihm leicht übel. Der Raum schien zu schwanken. Er atmete ein paar Mal tief durch. Tränen stiegen ihm in die Augen. Er kämpfte dagegen an, kämpfte gegen die aufsteigende Erkenntnis an.

»Das... das ist sie nicht.«

»Herr Puppe.« Der Kommissar lehnte sich vor und tippte mit dem Finger auf das grauenhafte Bild. Viktor wollte es nicht ansehen, aber er konnte die Augen auch nicht davon abwenden.

»Wir haben ihren Personalausweis bei ihr gefunden«, fuhr der Kommissar fort. »Im Gegensatz zu den meisten anderen Opfern hatten Sie sie nicht ausgezogen.«

»Ich... ich war das nicht«, rief Viktor und sprang auf.

»Setzen Sie sich, Herr Puppe, oder müssen wir den Beamten jetzt doch noch holen«, herrschte Bartkowiak ihn an.

Das alles hier war völlig irre. Er schloss seine Augen und atmete noch einmal tief ein. Dann fiel er so hart auf den Stuhl, dass es regelrecht knallte. Auf dem Tisch vor ihm lag immer noch das Foto.

»Tun Sie das weg«, sagte er.

»Hinterher ist es immer schlimm, nicht wahr? Dann, wenn man sieht, was man angerichtet hat«, sagte Bartkowiak fast mitleidig.

Viktor schüttelte sich den Schwindel aus dem Kopf.

»Wie kommen Sie darauf, dass ich das gewesen sein soll?«, fragte er.

»Warum haben Sie sich die Ermittlungsakte geben lassen?«, entgegnete Bartkowiak.

»Ich …« Woher? Es dauerte einen Moment, bis Viktor seine Verblüffung überwunden hatte. »Ich wollte herausfinden, was mit ihr passiert ist«, stammelte er.

»Ja. Die Dienststelle, die damals tätig war, hat uns berichtet, wie … äh, hartnäckig Sie nach ihrem Verschwinden waren«, sagte Bartkowiak, wobei er das Wort »hartnäckig« überdeutlich betonte.

»Das stimmt«, rief Viktor. »Ich habe mich immer wieder nach ihr erkundigt. Warum sollte ich das tun, wenn ich etwas mit ihrem Verschwinden zu tun hätte?«

Wieder tauschten Polizist und Staatsanwalt einen dieser spöttischen Blicke aus.

»Um den Verdacht von sich abzulenken, Herr Puppe«, schaltete Sydow sich ein. »Da wären Sie auch beileibe nicht der Erste.«

Viktor musste das Bedürfnis unterdrücken, aufzuspringen und ihm seinen dürren, ältlichen Hals zuzudrücken. Stattdessen kniff er sich unterm Tisch ins Bein, so wie er es früher oft getan hatte, wenn es galt, die eigenen Emotionen unter Kontrolle zu bekommen.

Akzeptier es!, sagte er sich. *Paula ist tot.*

Eigentlich hatte er es ja schon lange geahnt. Aber ein Teil von ihm, der Teil, der jetzt erschüttert war, hatte es offensichtlich nicht wahrhaben wollen. Nur war jetzt eben nicht die Zeit, sich auf diese Erschütterung einzulassen. Er schob das Foto unter die Gittermappe. Seine beiden Gegenüber ließen es gnädig geschehen. Er räusperte sich.

»Ist das alles, was Sie haben?«, fragte er und versuchte, etwas mehr Selbstbewusstsein in seine Stimme zu legen. »Ich meine, allein die Tatsache, dass ich mir die Akte besorgt habe, ist ja wohl kaum genug für einen Mordverdacht, denke ich.«

»Und dann haben Sie sie auch noch gemeinsam mit dem Standbild aus diesem Folterfilm einem falschen Aktenzeichen zuordnen lassen«, entgegnete Bartkowiak ungerührt. »Und dann waren Sie entgegen einer Anweisung des Innensenators bei der Mutter des Mordopfers Racholdt und zwar zwei Mal. Und jetzt wird dort ein Tagebuch des Mordopfers vermisst. Wollte da vielleicht jemand belastendes Material vernichten?«

»Die Racholdt wollen Sie mir auch in die Schuhe schieben?«, empörte sich Viktor. »Warum? Warum sollte ich das Mädchen getötet haben? Ich kannte sie noch nicht einmal!«

»Das ist bei Serientätern meistens so«, sagte Bartkowiak trocken. »Im Übrigen haben wir außer Frau Hirschmeyer noch vier weitere tote Frauen aus der Spree gezogen.«

»Aus der Spree?«, fragte Viktor. »Sie meinen, Sie haben den Platz ermittelt, wo man die Racholdt ins Wasser geworfen hat?«

»Es sieht zumindest so aus«, sagte der Polizist.

»Wie haben Sie den Ort gefunden?«

Bartkowiak lächelte spöttisch. »Es gab einen Zeugen«, sagte er. »Er hat beobachtet, wie die Leiche von Frau Racholdt in der Spree entsorgt wurde.«

»Und dieser Zeuge hat mich erkannt?«, fragte Viktor.

»Nein«, sagte Bartkowiak. »Einen glatzköpfigen Mann, aber es ist ja bekannt, dass der Kahlköpfige aus dem Keller im Friedrichshain als Komplize an dem Mord an Frau Racholdt beteiligt war.«

»Der Herr Oberstaatsanwalt hat vor ein paar Tagen selber an einer Pressekonferenz teilgenommen, auf der gesagt wurde, dass es sich auf jeden Fall um einen Einzeltäter handelt«, sagte Viktor mit leichtem Triumph in der Stimme.

»Neue Entwicklungen«, erwiderte Sydow achselzuckend, so als hätte er lediglich eine Art kleinen Versprecher korrigiert.

»Hören Sie mir mal zu«, sagte Viktor, um einen möglichst sachlichen Tonfall bemüht. »Das hier ist wirklich völlig absurd. Frau Duran ist dem richtigen Täter wahrscheinlich schon auf die Spur gekommen. Aber sie ist seit heute Morgen verschwunden. Schlimmstenfalls ist sie ihm sogar in die Falle gelaufen. Sie müssen dieser Spur unbedingt sofort nach…«

»Moment.« Der Hauptkommissar erhob seinen Finger und zog dann ein vibrierendes Smartphone aus seiner Hosentasche. »Hier Bartkowiak. Ach, Sie sind's. Gibt's was Neues?«, fragte er den Anrufer.

Sein Blick bohrte sich förmlich in Viktors Augen, während er seinem für Viktor unhörbaren Gesprächspartner lauschte.

»Tatsächlich? Sind Sie sicher?«, hakte er nach.

Sein Gesichtsausdruck wechselte von konzentriertem Zuhören über Erstaunen zu so einer Art Befriedigung.

»Vielen Dank. Wiederhören.« Bartkowiak legte auf und verschränkte wieder die Arme. Während der ganzen Zeit hatte er nicht einmal aufgehört, Viktor anzustarren.

»Was ist denn nun?«, fragte der Staatsanwalt, der jetzt augenscheinlich selbst etwas ungeduldig wurde.

»Ich denke, Herr Puppe sollte jetzt mal mit einem Anwalt telefonieren«, sagte Bartkowiak mit einem breiten Grinsen.

»Das ist ja gut und schön«, sagte Sydow ungehalten zu dem Kommissar. »Aber vielleicht hätten Sie die Güte, mich ebenfalls ins Bild zu setzen.«

Erst jetzt wandte Bartkowiak den Blick von Viktor ab. »Das war die Rechtsmedizin. Man hat seine DNA gefunden«, sagte er und nickte mit dem Kinn in Viktors Richtung. »Unter Katharina Racholdts Fingernägeln.«

Viktor sprang wieder auf. »Aber das ist Unfug«, schrie er. »Es gab an ihr überhaupt keine Spuren. Ich habe den Obduktionsbericht selbst gelesen.«

Bartkowiak schnellte ebenfalls hoch. »Reißen Sie sich zusammen, Herr Puppe«, brüllte er. »Hinsetzen!«

Langsam ließ Viktor sich wieder in seinen Stuhl sinken.

»Das ist ein Komplott«, sagte er matt. »Irgendwer versucht mich reinzureißen.«

»Wollen Sie jetzt Ihren Anwalt anrufen oder nicht?«, fragte Bartkowiak ungeduldig.

Viktor rieb sich die Augen. Es war schwer, einen klaren Gedanken zu fassen. Ein Teil von ihm hatte das Gefühl, plötzlich von etwas aufgesogen zu werden, das größer war als er. Irgendwer wollte ihm diese Morde anhängen, doch wenn er versuchte, es nüchtern zu betrachten, war das alles jetzt nicht das Wichtigste.

»Ja«, sagte er schließlich.

»Dann bitte«, sagte Bartkowiak und wies auf das Telefon.

»Soweit ich mich aus meinem Jurastudium erinnern kann, sind solche Gespräche vertraulich«, sagte Viktor ärgerlich.

Bartkowiak und Sydow tauschten abermals einen Blick aus.

»Na gut«, sagte der Kommissar. »Aber kommen Sie mir nicht auf dumme Gedanken. Wir sind hier im dritten Stock. Klopfen Sie gegen die Tür, wenn Sie fertig sind. Wir warten draußen.«

Er ergriff die Gittermappe, und beide verließen den Raum.

Viktor zog sich das Telefon herüber und hoffte, dass man ihm für das, was er vorhatte, genug Zeit lassen würde.

Er wählte Kens Nummer. Das Freizeichen ertönte. Es klingelte, schließlich sprang die Voicebox an. Während er auf den Signalton wartete, schärfte er sich selbst ein, sich kurzzufassen.

»Hallo, Ken, die hängen mir den Mord an der Racholdt und ein paar anderen an. Irgendwer hat den Obduktionsbericht manipuliert. Ich weiß nicht, ob ich hier rauskomme. Du musst Begüm suchen. Die Adresse der Halterin des Taxis ist Gilda Miller, Kopernikusstraße sechsundzwanzig in Köpenick. Bitte beeil dich.«

Er legte auf und horchte. Auf dem Flur war hörbar, wie die Männer sich unterhielten. Vielleicht konnte er die Gelegenheit doch nutzen, um auch etwas für sich zu tun. Er wählte eine zweite Nummer. Dieses Mal hatte er Glück, und das Gespräch wurde gleich entgegengenommen.

»Hier Samson.«

»Stella?«

»Der Herr Puppe. Na, Sie haben Nerven, sich bei mir zu melden, nach der Darbietung von gestern Abend. Tun Sie mir einen Gefallen und gehen Sie mir in Zukunft aus dem Weg. Spießbürgerlein sind kein Umgang für mich.«

»Stella, bitte hör mir zu. Ich bin hier in ein Komplott geraten. Man versucht, mir den Mord an Katharina Racholdt anzuhängen.« Für einen Moment herrschte Stille in der Leitung. »Stella? Bist du noch dran?«

»Was ist das für ein abstruses Zeug?«, sagte Stella gereizt. »Wenn du glaubst, du könntest mich durch derartige Räuberpistolen freundlicher stimmen, hast du dich geschnitten.«

»Stella. Die sagen, ihr hättet meine DNA unter Katharina Racholdts Nägeln gefunden.«

Diesmal konnte er förmlich hören, wie sie am anderen Ende grübelte.

»Davon weiß ich nichts«, sagte sie schließlich. »Mühe hat den Bericht in Vertretung unterschrieben. Ich bin nämlich gerade vollauf mit den neuen Leichen beschäftigt, die sie aus der Spree gezogen haben. Ich musste deswegen sogar meinen Konferenzbesuch abbrechen.«

»Kannst du dir vorstellen, dass er den Bericht irgendwie manipuliert hat?«, fragte Viktor.

»Mach dich nicht lächerlich. Das ist ein Erbsenzähler, wie er im Buche steht.«

Jetzt war es an Viktor zu grübeln. »Moment mal«, sagte er. »Als ich heute Morgen da war, um den Bericht abzuholen, war euer Assistent da.«

»Urzendowski?«

»Ja, genau. Erst wollte er mir den Bericht nicht geben, weil uns der Fall ja bereits entzogen wurde.«

»Red doch keinen Unsinn«, erwiderte Stella. »Selbstverständlich gehört der Bericht trotzdem in die Akten, und Urzendowski weiß das auch.«

»Könnte er den Bericht verändert haben?«, fragte Viktor.

»Warum sollte er das tun?«, fragte Stella genervt.

Viktor überlegte fieberhaft. Irgendwas in seinem Kopf klingelte. So als ob die Antwort eigentlich schon auf der Hand läge. Ein Hämmern an der Tür ließ ihn herumfahren.

»Hey«, rief Bartkowiak vom Flur. »Was machen Sie da? Kommen Sie zum Ende. Das ist hier kein Callcenter.«

»Was ist denn da los?«, fragte Stella am Telefon konsterniert.

»Ich glaube, ich muss aufhören«, sagte Viktor.

»Gut. Ich habe hier nämlich auch einiges zu tun, Herr von Puppe. Bonne Fortune.«

Sie legte auf.

Viktor ließ sich in seinen Stuhl sinken. Das Schloss der Tür wurde geöffnet, und Bartkowiak kam rein.

»So. Jetzt ist aber Schluss«, herrschte er Viktor an. »Sie hatten Ihre Gelegenheit. Morgen früh ist ordentliche Verlesung des Haftbefehls bei Gericht. Da sollte Ihr Anwalt dann besser dabei sein.«

Viktor schaute ihn einfach nur stumm an. Sein Mund war immer noch staubtrocken.

»Könnte ich vielleicht ein Glas…« Mitten im Satz brach er ab. Bartkowiak stellte irgendeine Frage, aber Viktor nahm sie nicht wahr. Stattdessen sah er vor seinem geistigen Auge Urzendowski, wie er ihm ein Glas Wasser reichte. Das kühle Glas an seinen Lippen.

Viktors DNA. Auf diesem Wege musste er sie bekommen haben. Aber konnte es wirklich sein, dass Urzendowski der Täter war? Was hatte Stella noch einmal über ihn erzählt?

Mein armer Sektionsassistent hat sogar ein Nebengewerbe in der Personenbeförderung angemeldet.

Taxifahrer. Der Mann fuhr Taxi.

»Herr Puppe, hören Sie mir überhaupt zu?«

Verwirrt starrte er Bartkowiak an, dessen Nasenspitze sich jetzt fast genau vor seiner befand.

»Geht's Ihnen gut, Herr Puppe? Oder soll ich einen Arzt rufen lassen?«, fragte der Hauptkommissar.

Viktor schüttelte den Kopf. Sosehr er sich auch bemühte, gelang es ihm nicht, sich auf Bartkowiaks Worte zu konzentrieren, so sehr traf ihn die Wucht der Erkenntnis.

Bartkowiak winkte den Justizbeamten herein.

»Er kann wieder in seine Zelle. Keine Schuhe. Kein Gürtel.«

Der Justizbeamte brachte ihn zu seiner Zelle zurück, wo er sich auf die Liege sinken ließ. Für einen Moment fiel alles von ihm ab. Nur noch das Foto stand vor seinem inneren Auge.

***

Die Bunkertür sprang auf. Das Licht ging an. Jenny kniff geblendet die Augen zusammen.

Da war er wieder. Aber diesmal hatte er jemanden dabei. Einen schlaksigen Jungen, den er am Arm hielt. Kaum älter als Jenny.

Auf der anderen Seite war Jennys neue Zellengenossin, eine Polizistin, wie sie mittlerweile erfahren hatte, aufgesprungen und zerrte an ihrer Handschelle. »Was soll das?«, blaffte sie. »Suchst du dir deine Komplizen jetzt auf der Grundschule?«

Statt einer Antwort versetzte er dem Jungen einen heftigen Stoß in den Rücken, der ihn in die Zellenmitte stolpern ließ. Dort stand er nun vor Angst schlotternd.

»Sagen wir lieber, der Kleine hat etwas gesehen, was er besser nicht hätte sehen sollen.« Er zog seine Pistole hinter dem Rücken hervor und entsicherte sie mit hörbarem Klick.

»Bitte nicht«, stotterte der Junge, erhob die Hände und wich ein paar Schritte zurück, bis ihn einen Meter links neben Jenny die Wand stoppte.

Der Mann verschränkte die Arme mit der Waffe in der Hand.

»Du willst also am Leben bleiben«, sagte er zu dem Jungen. »Verständlich. Aber was würdest du dafür tun?«

»Ich mach alles, was Sie wollen«, versicherte der Junge. »Echt alles.«

»Wirklich alles?«, fragte der Mann so geschäftsmäßig, als führe er ein Bewerbungsgespräch.

»Ich schwöre«, sagte der Junge flehentlich.

»Wirklich?«, sagte der Mann. »Das ist sehr entgegenkommend von dir. Lass mich mal überlegen.« Demonstrativ legte der Mann den Pistolenlauf an sein Kinn und schürzte die Lippen. »Ich hab's«, sagte er. »Fick das Mädchen.«

Zu Jennys Entsetzen wies der Lauf der Pistole jetzt auf sie.

»W-was?«, sagte der Junge, dessen Gesicht jetzt kalkweiß war.

»Fick sie. Sie gehört dir«, sagte er.

»Lass die Kleine in Ruhe«, schrie die Polizistin hinter dem Mann.

Sofort schwenkte er die Pistole in ihre Richtung. »Du hältst die Klappe, oder ich knall die Kleine ab.« Er zeigte mit dem Finger auf den Jungen. »Du da. Ich hab gesagt, du sollst das Mädchen ficken.«

Der Junge starrte nur die Pistole an wie ein Kaninchen die Schlange.

»Los!«, brüllte er. »Oder ich knall dich ab!« Er richtete die Pistole auf die Stirn des Jungen.

»I-ich k-kann n-n-n...«

»Hör mit dem verfluchten Gestammel auf und zieh die Hosen runter!«

»B-bitte l-lassen S-Sie mich g-gehen. Ich w-will wieder nach H-hause«, jammerte der Junge. Auf dem Estrich unter seinen Schuhen breitete sich ein feuchter Fleck aus.

»Du willst nicht? Nun, dann bist du allerdings doch nichts als ein lästiger Zeuge.«

Er drückte ab.

21

»Hau ab, Alter.«

Viktor schreckte hoch. Hatte er eben wirklich Kens Stimme gehört?

Ein paar Sekunden war er völlig desorientiert. Dann sickerte die Wirklichkeit Stück für Stück in sein Bewusstsein. Die grauen Wände. Das schlichte Metallklo direkt neben der Pritsche.

Offensichtlich war er eingenickt. Sicher nicht viel länger als eine halbe Stunde, aber wie lange genau, wusste er nicht. Außer Schuhen, Gürtel und jeglichem Inhalt seiner Taschen hatten ihm die Wachtmeister auch seine Uhr abgenommen.

Er stand auf und ging zur Tür. »Ken?«, rief er laut.

Stille.

Hatte er die Stimme nur geträumt? Vorsichtig zog er an dem Türblatt. Es bewegte sich. Er zog etwas kräftiger daran. Mit einem leichten Schurren öffnete sich die Tür, und er konnte den hell erleuchteten Gang sehen.

Irgendwo weiter entfernt schienen sich mehrere Personen angeregt zu unterhalten. Er erinnerte sich, dass er durch eine Art Wachraum in den Zellenflur gebracht worden war. Er trat aus der Zelle. Der Gang war hell ausgeleuchtet, aber völlig leer. Hier draußen waren die Stimmen schon etwas besser zu hören.

Er schaute sich um, doch der Flur endete auf der anderen Seite an einer schlichten Holztür mit der Aufschrift »Personaltoilette«. Der einzige Weg aus dem Zellentrakt heraus führte durch den Wachraum. In einer der oberen Ecken blinkte die Diode einer Überwachungskamera. Hieß das, dass man ihn schon...

»Ich will sehen.«

Das war eindeutig Ken. Also hatte er in der Tat die Tür geöffnet. Offensichtlich saß er jetzt da vorn bei den Wachen.

Langsam und möglichst leise – ohne Schuhe ein Leichtes – bewegte Viktor sich in Richtung des Durchgangs am Ende des Flurs. Schneller, als ihm lieb war, hatte er den Durchgang erreicht. Er versuchte, sich genau zu erinnern. Der Raum war klein. Es hatte einen Tisch mit ein paar Stühlen in der Mitte gegeben.

Er atmete tief durch, nahm all seinen Mut zusammen und steckte vorsichtig den Kopf um die Ecke. Zwei Wachen saßen mit dem Rücken zu ihm mit Ken am Tisch und spielten Karten. Vor jedem von ihnen lag ein beträchtlicher Haufen Münzgeld. Der Weg zur anderen Seite des Raums lag außerhalb ihres Blickfelds. Ken war einfach unschlagbar. Ob es allerdings allein deswegen möglich war, unbemerkt an ihnen vorbeizuschlüpfen?

Seine Augen trafen sich mit denen von Ken. Der legte eine Karte und blinzelte ihm dann für einen Sekundenbruchteil zu.

»Ein Junge? Alter, druckst du dir die Dinger unter dem Tisch selbst aus?«, jammerte einer der beiden Beamten.

»Das ist Pokerkunst, Piet. Alles Mathematik. Wahrscheinlichkeitsrechnung.«

Ken tippte sich an die Stirn. Dann suchten seine Augen kurz Viktor. Sein Blick wanderte von Viktor zur gegenüberliegenden Tür. Die Geste war unmissverständlich. Jetzt oder nie!

»All in«, sagte Ken.

»All in, Alter? Willst du mich veräppeln? Das sind ja dreißig Mäuse«, sagte einer der Beamten und rang die Hände.

Viktor zögerte. Sein Weg würde ihn kaum zwei Meter hinter dem Rücken der beiden vorbeiführen. Er suchte Kens Blick. Ken schlug mit der Faust auf den Tisch.

»Dann pass doch, wenn du keine Eier hast«, rief er so laut, dass es wahrscheinlich sogar auf der Straße zu hören war.

Die zwei Wachen kratzten sich am Kopf und betrachteten Ken. Nur Viktor wusste, wen Ken wirklich gemeint hatte.

Er zählte bis drei, dann bewegte er sich in den Raum hinein. Es war ein Gefühl, als ob man nackt durch ein Alligatorengatter schlich. Mit vier schnellen Schritten war Viktor durch den zweiten Durchgang. Dahinter lag ein Treppenflur, an den sich ein Kabuff mit Glasscheibe anschloss, in dem eine Batterie von ältlichen Monitoren installiert war. Auf einem davon war der Gang vor seiner Zelle zu sehen, wo seine Tür jetzt sperrangelweit offen stand. Er hätte sich am liebsten geohrfeigt, aber jetzt war es zu spät.

Vor der Treppe befand sich eine Gittertür, die ebenfalls offen war. Er schlich hindurch und hastete die Treppe hinauf.

»Alter. Zwei Buben? Willst du mich verarschen? Her mit der Kohle!«, rief eine der Wachen von unten.

Offensichtlich war Viktors Flucht Ken gerade teuer zu stehen gekommen, und er war noch nicht aus dem Schneider. Zwangsläufig musste er nun durch die Eingangshalle, um von dort auf die Straße zu kommen.

Die Halle lag im Halbdämmer. Die Pförtnerbox an der Tür stellte kein größeres Problem dar: Er krabbelte einfach unter dem Sichtbereich durch.

Dann drückte er auf allen vieren die Tür zur Seite, krabbelte hindurch und ... wäre beinahe mit einem älteren Herrn zusammengestoßen, auf dessen Uniformjackenschulter reichlich hierarchisches Lametta prangte.

»Kann ich Ihnen helfen?« Konsterniert starrte der Mann auf Viktor herab.

»Äh... Kontaktlinsen«, sagte Viktor. »Mir ist eine rausgefallen.«

Schnell stand er auf in der Hoffnung, damit den Fokus von seinen unbeschuhten Füßen zu lenken. Zu seiner Erleichterung verwandelte sich der Argwohn des Mannes in ein Lächeln.

»Kenn ich. Ist die trockene Luft da drin. Sie sollten es mal mit Halbharten probieren.«

Viktor nickte eifrig. »Danke für den Tipp.«

»Soll ich Ihnen suchen helfen?«

»Ich glaube, das hat bei diesen Lichtverhältnissen keinen Zweck. Ich denke, die kann ich abschreiben.«

In diesem Moment waren aus dem Haus laute Stimmen zu hören, wenn auch noch entfernt. Hatten die Wachen sein Verschwinden schon entdeckt?

»Danke Ihnen«, sagte Viktor schnell und ließ den etwas verdutzt dreinblickenden Beamten stehen.

»Ist das nicht ein bisschen kalt bei diesem Wetter?«, rief ihm der Polizist hinterher.

»Hab die Jacke im Auto«, brüllte Viktor ihm über die Schulter zu.

Endlich hatte er die Ecke Wichmannstraße erreicht. Er überquerte im Stechschritt die Kreuzung. Als er das Gefühl hatte, außer Sicht zu sein, begann er zu laufen. Ohne Schuhe war der Boden eiskalt und bretthart. Ihm blieben sicher nur Minuten, bevor man anfangen würde, ihn hier draußen zu verfolgen.

Aber falls die Beamten sein Verschwinden schon bemerkt hatten, und davon musste er ausgehen, würde man ihn als Erstes in seiner Wohnung suchen – obwohl man ihm seine Schlüssel abgenommen hatte. Nach alledem gab es für ihn nur einen Ort, an dem er in relativer Sicherheit auftauchen konnte und wo es alles gab, was er brauchte: Schwanenwerder. Und dort wartete sogar noch etwas auf ihn, was bei der Suche nach Begüm eventuell von großem Nutzen sein konnte: Großvaters alte Luger.

Aber wie kam er in seinem Aufzug dorthin?

Ein Taxi kam also nicht infrage. Das Beste war wahrscheinlich die Bushaltestelle am Franziskus-Krankenhaus.

Hinter ihm schien es lauter zu werden. Doch so laut, wie er selber bereits prustete und schnaufte, war er sich nicht sicher, ob sein Gehör und seine Panik ihm Streiche spielten. Er hatte schon die Einmündung zur Budapester erreicht, als er den Bus sah.

Das war seine beste Chance, aber es waren noch fünfzig Meter. Er sprintete wie ein Verrückter los und wedelte mit den Armen. Zu seiner Erleichterung blieb der Fahrer stehen.

»Vielen Dank, dass Sie warten«, keuchte Viktor. »Bei meiner Frau haben gerade die Wehen begonnen. Sie sitzt schon im Taxi. Ich muss ganz schnell zum Krankenhaus Havelhöhe.«

Augenblicklich hellte sich das Gesicht des Fahrers auf. »Das Anthroposophische in Kladow? Dort hat meine Frau auch entbunden. Junge oder Mädchen?«

»Junge«, sagte Viktor und wischte sich den Schweiß von der Stirn.

»Maschallah. Welch ein Segen. Da fahren Sie am besten mit mir bis zum Zoo und nehmen dann den X34 Richtung General-Steinhoff-Kaserne. Ist ein Expressbus.«

»Vielen Dank«, keuchte Viktor.

»Warum kein Taxi?«, fragte der Mann, während er den Bus in Bewegung setzte.

»Ehrlich gesagt, habe ich mein Portemonnaie vergessen.«

»Kenn ich. Ich war froh, dass ich nicht meinen Kopf vergessen habe, als es losging. Ist kein Problem. Setzen Sie sich.«

Er winkte ihn nach hinten. Mit einem latent schlechten Gewissen schlich sich Viktor durch den Bus.

»Alles Gute«, rief ihm eine ältere Dame im Vorbeigehen zu.

»Danke.«

Viktor nickte gequält. Schließlich ließ er sich auf der hintersten Bank nieder und rückte seine Füße in die Nähe der Heizung. Am Zoo auszusteigen war keine schlechte Idee. Von dort aus hatte er relativ gute U-Bahn-Verbindungen.

An Berlins bekanntestem Bahnhof angekommen, wurde er ein paar Minuten später mit weiteren Glückwünschen in die Dunkelheit entlassen.

Eine Uhr zeigte halb neun an. Er durchwanderte die

Bahnhofshalle, ging die Treppe zur S-Bahn rauf und stieg schließlich in die S 7 Richtung Potsdam. Außer ihm waren etwa ein Dutzend Leute in seinem Waggon. Immerhin war Berlin eine Stadt, in der man selbst dann kein Aufsehen erregte, wenn man im Winter im Hemd und ohne Schuhe unterwegs war. Er lehnte sich zurück und war froh, etwas zu Atem zu kommen.

$$* * *$$

Das Schrecklichste war, wie der Körper des Jungen fiel. Er hauchte sein Leben so rasch aus, wie die Kugel in ihn eingeschlagen war. Ungebremst schlug er auf dem Boden auf. Der vordere Schädel war weg, dort klaffte nur noch ein blutiges Loch bis hin zu den Augenhöhlen. Schnell breitete sich eine dunkle Lache aus, die immer größer und größer wurde.

Jenny fühlte nur, wie sie schrie, doch sie hörte ihre eigenen Schreie nicht. Stattdessen war da dieses unterschwellige Klingeln. Der Schuss war so laut gewesen, dass sie das Gefühl hatte, ihre Trommelfelle wären geplatzt. Erst langsam kehrte die Welt der Geräusche zurück.

Das Allerschlimmste aber war, als sie diese widerlich klebrige Feuchtigkeit bemerkte. Sie war überall auf ihn. Auf ihren Armen, ihren Händen, ihrem Gesicht, ihren Lippen, ja sogar in ihrem Mund.

Irgendwann hatte sie nicht mehr die Kraft zu schreien. Das war der Punkt, an dem sie zu zittern begann. Sie spürte, wie ihr ganzer Körper zuckte, doch sie konnte nichts dagegen tun.

Die angekettete Polizistin schrie ihr irgendetwas zu,

aber sie verstand sie nicht. Etwas hatte von ihr Besitz ergriffen. Eine unsichtbare Riesenhand, die das Leben aus ihr herausschütteln wollte.

Und dann sah sie seine Augen. Da war nichts als kalte Faszination. Er stand da, mit der Waffe in der Hand, und betrachtete sie wie ein Insektenkundler sein Forschungsobjekt. Oder vielmehr wie ein Kind, das einer Fliege die Flügel ausgerissen hat, um zu sehen, wie sie hilflos über den Boden krabbelt. Es schien fast so, als ob er ihre Angst mit den Augen aufsaugte. Es lag weder Mitleid noch Freude darin, nur kaltes Interesse. Und in diesem Moment wurde ihr klar, dass sie diesen Blick bereits kannte. Sie hatte ihn bei ihrem Vater gesehen, immer und immer wieder.

* * *

Die Straße machte eine Biegung nach links. Langsam kam das alte Gemäuer in Sicht.

»Manderley«, murmelte Viktor voller Sarkasmus.

Zwanzig Minuten Fußweg oder vielmehr Laufweg von der S-Bahn-Station Nikolassee am Strandbad Wannsee vorbei hatten seine Füße in Eisklumpen verwandelt und ihn bitterlich frieren lassen. Die kleine Straße, die sich wie eine Schlinge über die Insel wand, war menschenleer gewesen.

Das alte Eisengittertor knarrte wie eh und je. Das Gras, in dem sich sogar einige Schneereste gehalten hatten, war kniehoch. Der Schlüssel im wohlbekannten Versteck unter einem mächtigen Blumentopf öffnete ihm die Vordertür, dann stand er in der großen Halle.

Irgendwie scheute er sich davor, das Licht anzumachen. Im Dämmerlicht erklomm er die Treppe zum ersten Obergeschoss und ging dann über den langen Flur zu seinem alten Schlafzimmer.

Eine kleine Tür auf der linken Zimmerseite war so perfekt in die Wand eingepasst, dass man sie eigentlich nur an ihrer Klinke erkennen konnte. Dahinter verbarg sich ein begehbarer Wandschrank. Er zog an der Schnur für das Deckenlicht. In der Bewegung fiel ihm ein, dass er es beim letzten Mal versäumt hatte, die Sicherungen rauszudrehen,

Er durchsuchte den Schrank nach brauchbarer Kleidung. Alles stank jämmerlich nach Mottenkugeln, aber am Ende hatte er ein paar Schnürstiefel mit dicken Socken, einen breiten Ledergürtel, eine Pudelmütze, einen Wollpullover und eine alte Lodenjacke. Zusammen mit seiner Anzughose und seinem Hemd eine wilde Mischung, aber so warm, wie er es sich nur wünschen konnte.

Er war schon halb auf der Treppe herab zum Arbeitszimmer seines Vaters, als ihm dämmerte, dass das Telefon seit Jahren abgemeldet war. Er musste den Kontakt mit Ken irgendwie anders herstellen, eventuell bei Nachbarn klopfen, aber vorher gab es hier noch eine letzte Sache zu tun.

Mit einem flauen Gefühl im Magen machte er sich auf den Weg zum Dachboden. Gemeinsam mit Stella war es etwas anderes gewesen. Jetzt musste er den Gespenstern allein gegenübertreten.

»Gespenster gibt es nicht«, sagte er laut, und für ein paar Momente war das Haus tatsächlich nur ein Haus.

Erstaunlich leise senkte sich die betagte Klappstiege herunter auf den Flur, und der leichte Schauder war wieder zurück.

Viktor griff nach oben, wo sich – ähnlich wie in seinem Wandschrank – eine ältliche Glühbirne mit Zugschalter befand. Er zog an dem Band, aber nichts geschah. Offensichtlich hatte der Abend mit Stella die Birne in die ewigen Jagdgründe befördert.

Egal. Er konnte sich hier blind zurechtfinden. Die Truhe seines Großvaters stand drei Schritte zur Rechten, eingekeilt zwischen zwei monströsen Holzschränken, deren Umrisse selbst bei dem schwachen Licht recht gut erkennbar waren.

Er ging hinüber, kniete sich vor die Kiste, doch ein Knarren ließ ihn herumfahren. Woher war das Geräusch gekommen? War Seidel wieder unterwegs? Der Gedanke, dass der Mann in dem Haus ein und aus ging, wie es ihm beliebte, missfiel ihm auf einmal.

Egal. Er fasste sich ein Herz und legte die Hände an den Deckel. Warum nur fühlte sich alles so viel ernster an als an dem Abend mit Stella? Damals war es wie ein Spiel gewesen, das sie gemeinsam gespielt hatten. Zwei erwachsene Kinder auf Schatzsuche. Jetzt hatte er das Gefühl, den Besitzer des Koffers zu hintergehen.

Unsinn. Sein Großvater war lange tot.

Er öffnete den Deckel. Im Halbdunkel war wiederum nichts zu erkennen, doch seine Erinnerung an den Abend mit Stella stand so lebendig vor seinen Augen, dass er nicht einmal hinschauen musste. Eine Uniformjacke zuoberst, untere und obere Hälfte ordentlich aufeinandergefaltet. Die Pistole lag unter dem linken Ärmel. Er tastete.

Tastete noch einmal.

Verdammt?!

Hektisch zog er die Jacke aus der Kiste. Darunter, so

wusste er, waren Hose, Hemden und ein Paar Stiefel, das Köfferchen mit dem Chirurgenbesteck und anderer Nippes. Er befühlte alles, riss es heraus und legte es zur Seite, bis er zum Schluss nur noch den nackten Boden der Kiste unter seinen Händen spürte.

»Suchst du die hier?«, ertönte es hinter ihm.

* * *

»Was ist ein Sektionsassistent?«, fragte Jenny, den Kopf mittlerweile schon fast krampfhaft nach rechts gedreht, wohl wissend, dass sie auf der anderen Seite der entsetzliche Anblick der Leiche des Jungen erwartete.

Aber das war wohl genau das, was das Schwein erreichen wollte. Eben darum hatte er das Licht angelassen. Also hatte Jenny beschlossen, sein Spiel nicht mitzuspielen, auch wenn es unglaublich schwierig war, nicht dauernd auf den toten Jungen zu schauen. Das Grauen besaß eine seltsame Art von Anziehungskraft, als ob es etwas in ihr gab, das sich unbedingt fürchten wollte. Sie würde dem nicht nachgeben.

»Ich meine, was macht der Typ den ganzen Tag?«, hakte sie nach, als Begüm, die Polizistin, ihr nicht gleich antwortete. »Leichen zerschnibbeln?«

Begüm nickte. Sie kauerte mit angezogenen Knien vor der Wand, die angekettete Hand hing über ihrem Kopf an einer Muffe des Rohrs fest. »So ähnlich, denke ich«, sagte sie. »Wenn wir dazukommen, sind die Leichen meist schon präpariert. Keine Ahnung, was der Kerl genau macht.«

Jenny lachte bitter. »Cool. Ihr stellt also Killer bei der Polizei ein?«

»Das ist nicht die Polizei«, sagte Begüm unwirsch. »Und außerdem... irgendwie bist du ihm ja schließlich auch auf den Leim gegangen.«

Jenny verstummte. Da hatte sie verdammt recht. Aber was hätte sie machen sollen? Erst hatte er sie mit seinem Zigarettenanzünder angelockt an jenem kalten Abend am Kottbusser Tor. Und als sie dann neben seinem Wagen stand, hatte er die Innenbeleuchtung angestellt. Sie erkannte den Rucksack auf der Rückbank sofort. Lukas' Rucksack. Ein paar vage Andeutungen genügten. Die schiere Angst um ihren Bruder ließ sie in sein Auto steigen. Und als er ihr befohlen hatte, an dieser komischen Flüssigkeit zu riechen, hatte sie auch das getan.

»Und Lukas geht es gut?«, fragte sie leise.

»Ja, echt«, antwortete Begüm mit gerunzelter Stirn. »Wirklich. Er ist in Sicherheit bei meiner Mutter. Habe ich dir doch schon gesagt.«

Jenny wandte sich ab und fuhr sich mit der Hand über die Augen. Sie hatte ihr die Frage bestimmt schon hundertmal gestellt, aber es fühlte sich so gut an, zu wissen, dass es ihrem Bruder gut ging. Wenigstens ihm. Das machte alles wett. Für den Kleinen hätte sie tausend Jahre in einem solchen Keller gesessen. Für ihn würde sie sogar...

Wenn sie doch nur noch einmal sein kleines Gesicht in den Händen halten könnte. Er war ihr kleiner Engel. Dass ihr Stiefvater sie geschlagen hatte, konnte sie sogar verstehen. Oft genug hatte sie es darauf ankommen lassen. Aber Lukas? Er war so... so... sanft und... zart. Manchmal hatte sie das Gefühl, dass es just das war, was ihren Stiefvater so wütend machte. Ihn hatte er immer noch härter geschlagen.

»Versprich mir …«, bat sie. »Ich meine, wenn du hier rauskommst, dann versprich mir, dass er nie wieder zurück zu meiner Familie kommt.«

Begüm schüttelte den Kopf. »Red nicht so einen Scheiß, okay? Wir kommen beide hier raus. Dann kannst du dich selbst drum kümmern.«

»Woher willst du das wissen?«

»Ich bin Bullin, okay?«, herrschte Begüm sie an. »Meine Kollegen sind schon längst auf dem Weg hierher. Die pusten diesem Arschloch die Rübe weg, verstehst du?«

Jenny nickte gehorsam. Es klang gut, wenn Begüm es sagte. Aber selbst wenn? Begüm hatte ihr versprochen, mit dem Jugendamt zu reden. Sie würden vielleicht ins betreute Wohnen kommen. Dann würden sie und Lukas wieder zur Schule gehen, und niemand könnte sie auch nur ein weiteres Mal trennen.

Ein Knirschen weckte sie aus ihren Träumereien. Die Tür öffnete sich, und ein nur zu bekannter Umriss wurde sichtbar.

Sie bemerkte, dass sie wieder zu zittern anfing. Sie wollte es nicht, aber sie konnte einfach nichts dagegen tun.

Der Mann, von dem sie durch Begüm nun wusste, dass er Urzendorraki hieß, trat in die Zelle. Sein Blick fiel auf die Leiche, und ein Lächeln huschte über sein Gesicht.

»Ich hoffe, das Durcheinander stört euch nicht zu sehr«, sagte er leutselig. »Ich komme momentan platterdings nicht dazu, mich darum zu kümmern. Es gibt zu viel vorzubereiten.«

»Fick dich, Arschloch«, zischte Begüm.

Er bedachte sie mit einem spöttischen Lächeln. Dann zog er ein paar Seiten bedrucktes Papier aus einer Klarsichthülle.

»Apropos Vorbereitung«, sagte er. »Ich finde, auch ihr solltet euren Teil beitragen. Ja, selbst du, Begüm. Ich habe meine Meinung nämlich geändert. Wär ja jammerschade, dich hier einfach im Keller abzuknallen, bei aller Mühe, die du auf dich genommen hast, um herzukommen. Daher bist du mit von der Partie. Und ich hab euch hier ein bisschen was vorbereitet, um euch die Rollenfindung zu erleichtern.«

Mit diesen Worten reichte er Begüm zwei Blätter, die sie mit ihrer freien Hand zusammenknüllte und nach ihm warf.

»Oh«, sagte er. »Nun gut, dann muss unser Jungstar hier das Dokument eben vorlesen.«

Er legte zwei bedruckte Seiten in Jennys Reichweite ab. Dann drehte er sich um und ging wieder zur Tür.

Noch bevor er draußen war, versetzte Begüm dem Latrineneimer einen kräftigen Tritt. Scheppernd rutschte er über den Boden und verfehlte ihn nur um ein paar Zentimeter.

Für eine Sekunde verzerrte die Wut sein Gesicht zu einer Grimasse, und Jenny dachte, er würde sich jeden Moment auf Begüm stürzen. Doch dann veränderte sich sein Gesichtsausdruck wieder zu dem wölfischen Grinsen von zuvor.

»Verstehe«, sagte er. »Ihr habt ja recht, ihr braucht das Ding sowieso nicht mehr. Na dann.« Urzendowski ergriff den Henkel, hob den Eimer hoch und ging nach draußen. »Es dauert auch nicht mehr lange. Noch eine Stunde etwa«, erklang seine Stimme aus dem Vorraum.

Die Tür fiel hinter ihm zu. Jenny zitterte immer noch. Ihre Zähne hatten zu klappern begonnen. Das Papier lag vor ihr auf dem Boden wie eine lauernde Schlange.

»Tu's nicht«, sagte Begüm.

Was auch darin stand, überlegte Jenny, es würde sie nur runterziehen. Es wäre eine dumme Idee, es zu lesen. Sollte sie wirklich sterben müssen, wäre es viel besser, vorher nicht zu wissen, wie es passiert. Eine verdammt dumme Idee. Lieber nichts wissen. Lieber …

Sie nahm die beiden Blätter in die Hand und begann zu lesen.

Esther und Anna Marhenke

Esther und Anna Marhenke waren ein Mutter-Tochter-Paar und die sogenannten Hexen von Hildesheim.

Inhaltsverzeichnis [Verbergen]

Leben [Bearbeiten | Quelltext bearbeiten]
Esther Marhenke geb. Brake wurde um 1571 in Braunschweig geboren. Etwa 1589 zog sie nach der Heirat mit dem Hildesheimer Gerber Johannes Marhenke nach Hildesheim, wo noch im selben Jahr ihre Tochter Anna geboren wurde. Esther Marhenke arbeitete als Hebamme und Kräuterkundlerin. Im November des Jahres 1605 wurde sie wegen Schadenszau-

berei, Teufelspakt und Teufelsbuhlschaft verhaftet und gefoltert. Marhenke bestritt jedoch alle Vorwürfe und widerstand sogar der schweren »Toquirung«.

Da sie in der Vergangenheit schon häufiger der Hexerei bezichtigt worden war, war das Hildesheimer Bürgermeistergericht allerdings nicht bereit, sie ziehen zu lassen. Man nahm nun ihre (wohl 16-jährige) Tochter fest und verhörte sie ebenfalls. Das Mädchen gab, vermutlich um der Folter zu entgehen, folgende Aussage zu Protokoll: »daß es nit allein zum zehenden mal bey Hexenzusammenkünfften mit gedachter seyner Mutter gewäsen, sondern auch sich Gottes und seyner Heiligen verläugnet und vom bösen Geist zu 2 underschidlichen malen beschlaffen worden« sei. [1]

Daraufhin wurde die Mutter wiederum gefoltert und legte diesmal ein Geständnis nach Wunsch der Anklage ab.

Am 24. Dezember 1605 wurden Mutter und Tochter vom Scharfrichter auf dem Schinderkarren durch die Stadt zur Richtstätte auf dem Galgenberg zu Hildesheim verbracht. Dort wurden beide auf dem Scheiterhaufen an denselben Pfahl gekettet und gemeinsam verbrannt. Der anwesende Schultheiß Hans Paulus beschrieb das Verhalten der Tochter bei der Hinrichtung wie folgt:

»Da man ihr Mutter in Sessel gesetzt, hab sie sich gleich wohl gestellt, als wann sie weinen wollt. Hab aber kein Zähren verfällt. Und wie das Feuer angegangen, hab sie gesagt: Wie zappelt nur mein Mutter. Alsbald aber selbst mit jämerlichen Geschrey ihr Leben ausgehauchet.«

– Schneider-Windke: Esther und Anne Marhenke: Der Prozess gegen die »Hexen« von Hildesheim 1605 .... S. 123.

Ihre Asche ist am gleichen Tag demonstrativ in alle Himmelsrichtungen verteilt worden. [2]

Literatur [Bearbeiten | Quelltext bearbeiten]

- Gisela Rindsmeyer: Richtet noch einmal. In: Dokumentationen des Stadtarchivs Hildesheim: Hildesheimer Frauen in Geschichte und Gegenwart (Band 2). Stadt Hildesheim, Hildesheim 1997, S. 62–91.
- Albert Görges: Hexenprozesse des Spätmittelalters. Schiller Verlag, Bochum 2012, ISBN 6-344995-26-2, S. 241–252.
- Gloria Schneider-Windke: Esther und Anne Marhenke: Der Prozess gegen die »Hexen« von Hildesheim 1605. Gerstenberg Verlag, Hildesheim 2003

Siehe auch [Bearbeiten | Quelltext bearbeiten]

- Hexenverfolgungen der Stadt Hildesheim
- Liste bekannter Personen, die wegen Hexerei hingerichtet wurden

Weblinks [Bearbeiten | Quelltext bearbeiten]

- Namen der Opfer der Hexenprozesse/ Hexenverfolgung in Hildesheim (PDF; 16 KB), abgerufen am 24. April 2014.

Einzelnachweise [Bearbeiten | Quelltext bearbeiten]

1. ↑ Ulla Mehrmann: Stadtarchiv: Mit dem Belzebub gebuhlt. Hildesheimer Allgemeine Zeitung, 24. Juni 2011, abgerufen am 28. März 2013.
2. ↑ Alexandra Rittmeister: Ein Hexenprozess wird zum Politikum. In: Stadtarchiv Hildesheim, Beiträge zur Stadtgeschichte. (PDF; 870 KB), abgerufen am 28. April 2013.

Normdaten (Person): GND: 2024976616 | VIAF: 654032094 | Wikipedia-Personensuche

Kategorien: Opfer der Hexenverfolgung | Person (Hildesheim) | Geschichte Niedersachsens | Hebamme | Hingerichtete Person (17. Jahrhundert) | Hingerichtete Person (Heiliges Römisches Reich) | Deutscher | Geboren im 16. Jahrhundert | Gestorben 1605 | Frau

22

Viktor lauschte, doch das Motorengeräusch war nicht mehr zu hören. Das Haus lag jetzt wieder komplett im Dunkeln. Aber irgendwer hatte vor einigen Minuten definitiv ein Auto auf das Grundstück gefahren und abgestellt. Das hieß, dass es da draußen eventuell schon von Polizisten wimmelte, die ihn als Mordverdächtigen suchten. Und er stand hier auf dem Flur des Obergeschosses in einem Anzug und Wanderstiefeln, mit einer Luger in der Hand und Wehrmachtspatronen in der Tasche. Leider gab es nur einen Weg nach unten.

Vorsichtig ging er vorbei an seinem alten Zimmer und dem Schlafzimmer seiner Eltern um die Ecke, passierte Bibliothek und Musikzimmer. Am Ende die Balustrade und die Treppe.

Vom Geländer aus konnte er in die Eingangshalle hinunterblicken. Alles schien ruhig. Niemand war zu sehen, auch wenn das durchs Fenster fallende Mondlicht Bewegung vorgaukelte, wo eigentlich nichts war.

Langsam ging er die Stufen hinunter und kam sich dabei schrecklich dämlich vor. So, wie die alten Stufen knarrten, war er bis nach Pankow zu hören. Unten angekommen, konnte er den Teil der Empfangshalle unterhalb des Balkons sehen, den die Balustrade begrenzte. Auch hier schien alles ruhig.

»Stehen bleiben!«

Viktor hob die Hände.

»Alter, bist du das?«, tönte es hinter ihm.

Jetzt erkannte er die Stimme. »Ken!« Viktor drehte sich um und fiel seinem Kollegen, der die Waffe gezückt hatte, um den Hals.

»Hey, ist ja gut. Nicht gleich knutschen.«

»Ich dachte, die sind mir hierher gefolgt, um mich festzunehmen.«

Ken steckte seine Waffe in das Holster unter seinem Mantel. »Ist nicht gesagt, dass das nicht gleich noch passiert. Also lass uns hier verschwinden. Es wird ohnehin scheißknapp, wenn wir noch rechtzeitig nach Köpenick kommen wollen. Mein Auto steht draußen vor der Tür.«

»Bestens. Los, mir nach. Die Vordertür ist offen«, sagte er.

Sie liefen nach draußen in die Kälte und sprangen in Kens alten Toyota.

»Alter, du siehst aus wie eine Vogelscheuche auf dem Weg nach Halloween. Und diese Wumme. Ist die aus dem Dreißigjährigen Krieg?«

»Schön, dass ich dir gefalle«, erwiderte Viktor.

»Und außerdem bist du so blass wie ein Wikingerarsch im Dezember. Hast du einen Geist gesehen?«

»Könnte man so sagen«, seufzte Viktor. »Der alte Kasten steckt voller alter Geister«, fügte er schnell hinzu, bevor Ken einhaken konnte.

Sein Kollege nickte beiläufig und ließ den Motor an. »Dann lass uns mal die Kollegin suchen gehen.«

* * *

»Bitte, ich will nicht verbrennen«, schluchzte Jenny.

»Alles wird gut. Wir kommen hier raus.« Begüm legte ihren Arm fester um Jenny, auch wenn sie ein wenig ärgerlich war. Sie hatte sie gewarnt, aber am Ende hatte Jenny die »Rollenvorbereitung«, wie Urzendowski es nannte, doch gelesen. Und jetzt musste sie nicht nur mit der Panik des Mädchens umgehen, sondern auch noch mit ihrer eigenen.

Aus Gründen, die sie selbst nicht verstand, versuchte sie schon seit Stunden fieberhaft, sich daran zu erinnern, was sie gestern als Letztes zu Suhal gesagt hatte, bevor sie sie an ihre Mutter übergab. Aber sie wusste es einfach nicht mehr. Oder hatte sie überhaupt etwas gesagt? Vielleicht hatte sie sie einfach wortlos auf Omas Sofa sitzen lassen, wo sich die Kleine immer zuerst einmal eine Folge *Bibi und Tina* anschauen durfte. Wahrscheinlich war sie sogar insgeheim froh gewesen, sich von Suhal nicht verabschieden zu müssen, denn in letzter Zeit neigte sie wieder mal zum Klammern. Und jetzt würde sie ihre Tochter vielleicht nie mehr sehen.

»Wie spät ist es?«, fragte Jenny.

»Keine Ahnung«, antwortete Begüm. »Er hat mir Handy und Uhr weggenommen.«

Und meine verdammte Waffe natürlich auch, dachte sie.

»Ich meine, wann ist es so weit?«, hakte Jenny nach.

»Ich – habe – keine – verfickte – Ahnung«, zischte Begüm.

»Entschuldigung«, wisperte Jenny.

Begüm brauchte Jenny nicht anzuschauen, um zu wissen, dass ihr wieder die Tränen herunterliefen.

»Sorry. Es ist nur… es ist ja nicht so, dass ich keine

Angst hätte, okay? Und natürlich können wir uns jetzt beide in dieser Angst wälzen, aber das wäre völlig bescheuert. Und es ist auch genau das, was er von uns erwartet.«

»Das stimmt«, schniefte Jenny.

Dann verfielen sie eine Weile in Schweigen. Begüm nutzte die Atempause, um den Raum zu inspizieren. Immer noch lag die übel zugerichtete Leiche des Jungen im Raum. Mittlerweile war sie auch von einer Fliege entdeckt worden. Der Körper war nun zu einer Sache geworden. Zumindest versuchte Begüm, sich das einzureden. Schlimm wurde es, wenn sie unwillkürlich damit begann, sich an seine letzten lebendigen Momente zu erinnern. Nicht, dass er irgendetwas getan hatte, um ihre Sympathie zu erregen, aber niemand verdiente es, so zu enden. Hier unten, in diesem Loch, das – je länger sie darin war – in einer anderen Dimension zu existieren schien. Weit weg von dem Alltag der Menschen da draußen.

Ihre Augen glitten weiter durch den Raum. Nachdem der Latrineneimer nun weg war, befanden sich keine Gegenstände mehr darin. Das Rohr, an das sie gekettet war, verlief entlang einer Seite des Raums direkt unter der Decke, bevor es genau über ihr nach unten abknickte und dann neben ihr in den Boden führte. Schließlich eine nackte Glühbirne. Sie steckte in einer Fassung mit einem Kabel, das über Decke und Wand zur Tür verlegt war und dort auf halber Höhe in der Wand verschwand. Die Tür selbst bestand aus Stahl. Früher musste sie auch von innen zu öffnen gewesen sein. Die Klinke fehlte, aber der Beschlag war noch da. Das Schlüsselloch schien zugeschweißt zu sein.

»Bestimmt kommen bald deine Kollegen«, sagte Jenny.

Es klang wie eine Feststellung, aber Begüm wusste, dass es eigentlich eine bange Frage war.

»Ja«, sagte sie und blinzelte ihr aufmunternd zu, wie sie es immer machte, wenn sie Suhal wegen irgendwas beruhigen wollte.

Tatsächlich hatte sie keine Ahnung. Natürlich war es nicht völlig unmöglich, dass irgendwer ihre Abwesenheit bemerkt hatte. Wenigstens ihre Mutter würde sich wundern, die sich wahrscheinlich fragte, warum sie schon wieder Suhal von der Kita abholen musste. Aber das hieß noch lange nicht, dass man schon begonnen hatte, nach ihr zu suchen. Eigentlich war es sogar eher unwahrscheinlich. Es war ja kaum ein Tag vergangen, seit sie vom Radar verschwunden war. Und außerdem, selbst wenn... Niemand wusste oder konnte wissen, wo sie steckte. Je genauer sie darüber nachdachte, desto klarer wurde ihr, dass sie auf sich allein gestellt war.

»Sorry, mein Arm schläft ein«, sagte sie zu dem Mädchen.

»Okay«, antwortete Jenny schüchtern.

Begüm zog ihren Arm von der Schulter des Mädchens. Auch ihr anderer Arm, der schon eine Ewigkeit über ihrem Kopf baumelte, konnte eine Entlastung vertragen. Die Handschelle begann immer schmerzhafter in ihr Gelenk einzuschneiden. Vorsichtig versuchte sie aufzustehen.

»Was machst du da?«, fragte Jenny.

Es fiel Begüm verdammt schwer, das Mädchen nicht bei jeder derartigen Frage anzufahren.

»Ich muss mal auf die Füße«, sagte sie stattdessen.

Erst jetzt wurde ihr bewusst, wie gut gefüllt ihre Blase

war. Und der Eimer war weg, durch ihre eigene Schuld. Dann musste eben ihre Hose dran glauben.

»Oder ich pisse nachher einfach das Feuer aus«, flüsterte sie.

»Was?«, fragte Jenny mit frischer Panik in der Stimme.

Begüm hätte sich beißen können. Laut denken war nicht in jedem Fall eine gute Idee. Leider passierte ihr das ziemlich häufig. »Nichts. Ich … äh, überlege mir nur, was man tun kann«, antwortete Begüm.

»Wirklich?« Jenny, die immer noch unter ihr an die Wand gelehnt saß, schaute hoffnungsvoll zu ihr auf.

Und gleich wieder, dachte Begüm.

Er hätte sie lieber knebeln sollen. Sie zwang sich, sich wieder auf das Hier und Jetzt zu konzentrieren. Immerhin waren sie zu zweit, und Jenny war nicht gefesselt. Also noch mal von vorn … Handschelle, Rohr, Leiche.

Leiche!

Sie trat zu dem Körper, so weit sie konnte, ohne sich den Arm abzureißen.

»Was machst du jetzt?«, fragte Jenny, doch diesmal ignorierte Begüm sie.

Tatsächlich reichte sie mit einer Hand genau über den äußeren Fuß der Leiche. Wenn sie sich allerdings hinknien würde, um ihn anzufassen, würde sie ihn nicht mehr erreichen. Ihre Handschelle war auf etwa ein Meter zwanzig Höhe oberhalb einer der Muffen angeschlossen, mit denen das Rohr an der Wand befestigt war.

»Scheiße«, entfuhr es ihr.

»Was ist denn? Was hast du?«, fragte Jenny jetzt wieder fast flehentlich.

»Ich komm an den Typen nicht dran. Du musst das machen!«

»Was machen?«, fragte Jenny.

»Ihn durchsuchen.«

In Jennys Blick konnte kaum mehr Entsetzen liegen als in diesem Augenblick. Begüm schüttelte entnervt den Kopf.

»Oder zieh ihn irgendwie zu mir herüber!«, befahl sie.

Jenny stand auf. Ihr Gesicht war totenbleich. »Nein. Ich schaffe das«, sagte sie.

Mit unsicheren Schritten schwankte sie hinüber zu dem Körper. Dann hockte sie sich davor. Ihr Atem ging stoßweise, aber sie begann tatsächlich, die Kleidung des Jungen zu betasten.

»Du musst in die Taschen fassen«, sagte Begüm.

Jenny nickte tapfer. Der Junge hatte eine Hose an und eine einfache wattierte Jacke. Vorsichtig und größtenteils, ohne den Leichnam anzuschauen, begann sie, die Taschen zu durchsuchen. Alles, was sie fand, warf sie mit hastigen Bewegungen hinter sich zu Begüm.

Eine Geldbörse, ein paar lose Münzen, eine recht mitgenommene Packung Kaugummi.

»Schau, ob die Jacke eine Westentasche hat«, rief Begüm.

Gehorsam rutschte Jenny auf Knien etwas höher und tastete sich – immer noch blind – zur Innenseite der Jacke voran. Unweigerlich kam sie damit allerdings schließlich mit der Blutlache in Berührung, die sich vom Schädel ausgehend über den Boden ausgebreitet hatte.

Zitternd hob sie ihre Hand vor die Augen. Eine Sekunde später übergab sie sich neben der Leiche. Eine Weile hustete sie über den Boden gekrümmt, immer wieder von Würgeanfällen geschüttelt. Doch dann stand sie schwankend auf.

»Alles in Ordnung?«, fragte Begüm.

Statt einer Antwort ging Jenny wieder zu dem Leichnam hinüber und kniete sich auf die Seite, wo sich das Blut – offensichtlich infolge eines leichten Gefälles – nicht so stark ausgebreitet hatte.

»Du musst das nicht tun«, rief Begüm. »Greif ihn an den Hosenbeinen und zieh ihn nur ein bisschen zu mir. Ich mach den Rest.«

Jenny schüttelte mit zusammengekniffenen Lippen den Kopf. Wieder steckte sie ihre Finger in die Jacke, diesmal bis in die Innentasche. Dann zog sie etwas heraus, ein kleines Plastiktäschchen mit undefinierbarem Inhalt, das sie wiederum hinter sich warf.

Mit einem Fuß zog Begüm das Täschchen zu sich, um es näher zu inspizieren.

»Warte mal… Das ist… Ich glaub's nicht«, rief Begüm.

»Hilft uns das?«, fragte Jenny hoffnungsvoll.

»Wenn wir einen Joint rauchen wollen«, sagte Begüm bitter. »Das ist ein Tütchen Gras.«

Frustriert zerknüllte sie Tütchen und Inhalt und schleuderte es an die gegenüberliegende Wand. Ihr sechster Sinn sagte ihr, dass der Typ jeden Moment reinspaziert kommen konnte.

»Dann war alles umsonst?«, fragte Jenny.

Begüm zuckte die Schultern. »Der Krempel hilft uns jedenfalls nicht, es sei denn, McGyver kommt vorbei.«

»Wer?«, fragte Jenny verwirrt.

»Ach, vergiss es einfach«, sagte Begüm und winkte ab. »Hier ist nichts.«

»Aber da muss irgendwas sein«, rief Jenny verzweifelt und begann, im Kreis um die Leiche zu laufen.

Begüm ließ sich wieder die Wand herunterrutschen.

»Da ist aber nichts«, sagte sie ärgerlich. »Was wir bräuchten, ist irgendwas, was als Waffe taugt. Und zwar eine, mit der du ihn außer Gefecht setzen kann.«

Jenny blieb mit entsetztem Gesichtsausdruck stehen. »Ich? Aber wieso …«, stammelte sie.

»Weil ich hier verdammt noch mal angekettet bin«, rief Begüm. »Wie hast du dir das vorgestellt? Soll ich die Leiche nach ihm werfen?«

Jenny rollten die Tränen über die Wangen. Sie schlug die Hände vors Gesicht.

»Oh, bitte, tu mir das nicht an«, flehte Begüm. »Ich kann doch auch nichts dafür. Ich wollte damit sagen, wir brauchen irgendetwas, womit du ihn zumindest ernsthaft verletzen kannst, okay?«

»Okay«, sagte Jenny und wischte sich mit trotzigem Gesichtsausdruck die Tränen ab. »Und was könnte das sein? Ich meine, wie kann man Leute verletzen?«

»Keine Ahnung«, sagte Begüm und zuckte die Schultern. »Mit einer Pistole, mit einem Messer, mit irgendwas, was brennt oder …«

Plötzlich durchfuhr sie eine Erkenntnis.

»Oder?«, fragte Jenny.

»Pst«, zischte Begüm.

Ihr Blick fiel auf die Glühbirne.

»Wenn man irgendwie …«, begann sie.

»Irgendwie was?«, fragte Jenny, aber Begüm hörte sie kaum.

Die Tür. Sie war aus verzinktem Stahl. Begüm sprang wieder auf. Die Handschelle drehte ihr den Arm um, aber sie fühlte es kaum.

»Kannst du das Kabel da runterholen?« Sie zeigte auf die Lampe. Jenny blickte sie verständnislos an.

»Warum?«, fragte das Mädchen.

»Na, das steht doch unter Strom«, erklärte Begüm. »Wenn wir das Kabel von der Fassung trennen und die blanken Enden an die Tür halten, in dem Moment, wo er gerade die Tür öffnet, dann bekommt er einen Schlag.«

»Bist du sicher?«

»Nein, zum Henker, aber es ist wenigstens etwas«, sagte Begüm ein wenig lauter, als sie eigentlich wollte.

»Okay«, sagte Jenny.

Sie ging genau unter die Lampe, stellte sich auf die Zehen und streckte die Hand aus. Ihre Fingerspitzen waren gerade hoch genug, um das untere Ende der Glühbirne zu kitzeln.

»Ich komm nicht richtig dran«, sagte sie.

»Und wenn du springst?«, fragte Begüm. Doch dann besann sie sich eines Besseren: »Stopp. Vergiss es, die Lampe darf auf keinen Fall ausgehen, bevor wir wissen, wie wir das Kabel herauskriegen.«

Begüm nahm die Lampe noch einmal genau in Augenschein. Das Kabel war überall mit einfachen kleinen Plastikschellen an der Wand befestigt. Sobald Jenny die Lampe hatte, konnte man es vorsichtig Stück für Stück herunterziehen und dann versuchen, das Kabel – auf welche Weise auch immer – aus der Fassung zu bekommen. Über der Birne hing das Kabel mit einer simplen Schlaufe über einem Deckenhaken. Man musste die Lampe nur etwas anheben.

»Ich habe eine Idee«, sagte Begüm. »Aber sie wird dir nicht gefallen.«

»Oh, nein«, sagte Jenny. Sie roch den Braten offensichtlich schon.

»Wenn du auf ihn draufsteigst, dann müsste es reichen.

Du musst ihn dir einfach nur einen halben Meter nach links ziehen«, sagte Begüm und stieg auf die Leiche.

Jenny schloss die Augen und ballte die Fäuste.

»Es tut mir echt leid, aber es ist das Beste, was mir gerade einfällt«, sagte Begüm.

»Schon okay«, seufzte Jenny leise.

Sie atmete tief durch und ergriff die Hosenbeine der Leiche. Dann zog sie sie mühsam Stück für Stück nach links.

»Sehr gut«, lobte Begüm. »Das sollte reichen. Jetzt probier's noch mal.«

Mit sichtlichem Unbehagen hob Jenny einen ihrer nackten Füße und setzte ihn auf den Rücken des Jungen.

»Wird er nicht… Ich meine, werden die Knochen…«, stammelte sie.

»Mach dir keine Sorgen. Erstens ist der tot und zweitens nicht bei deinem Fliegengewicht«, ermutigte Begüm sie. Zwar war sie sich weit weniger sicher, als sie es klingen ließ, aber das war möglicherweise ihre einzige Chance.

Leicht schwankend stand Jenny schließlich mit ausgebreitetem Armen auf dem Körper des toten Jungen.

»Und jetzt versuch, das Lampenkabel oben aus dem Haken zu heben. Dann kannst du von ihm runter und es ganz bequem zu dir ziehen.«

Jenny nickte mit zusammengebissenen Zähnen. Vorsichtig hob sie die Hände über den Kopf.

»Langsam. Achte auf dein Gleichgewicht. Die Lampe darf auf keinen Fall kaputtgehen«, rief Begüm.

Jenny berührte aus Versehen die Birne. »Autsch.«

Sie geriet ins Schwanken. Reflexartig machte Begüm zwei Schritte nach vorn und unterdrückte selbst einen

Schmerzensschrei, als die Handschelle ihr schmerzhaft Einhalt gebot.

Erleichtert sah Begüm, dass Jenny sich wieder gefangen hatte, erneut die Hände hob und sich richtig lang machte. So konnte sie das Kabel oberhalb der Fassung greifen und es etwas nach oben schieben. Schließlich gelang es Jenny, die Lampe abzuhängen.

»Gut so«, rief Begüm. Ein Kratzen an der Tür ließ sie hochschrecken. »Allah kahretsin«, fluchte Begüm. »Er kommt. Häng das Ding wieder auf. Schnell, sonst ist alles verloren.«

Verzweifelt versuchte Jenny, das Kabel wieder über den Haken zu heben, während von außen bereits das Schaben des Riegels zu hören war. Schon bewegte sich die Tür. Offensichtlich mit dem Mut der Verzweiflung machte Jenny auf der Leiche einen kleinen Hüpfer und hängte so das Kabel wieder ein. Dann sprang sie zur Wand und ließ sich blitzschnell in die Hocke fallen, gerade in dem Moment, als eine wohlbekannte Fratze in der Tür erschien.

»Was ist denn hier los?«, fragte er, den Blick auf die hin und herpendelnde Glühbirne geheftet.

Begüm fiel keine gute Entgegnung ein, also sandte sie stattdessen ein stilles Gebet zum Himmel. Offensichtlich waren die Götter gnädig. Er löste seine Aufmerksamkeit von der Lampe und wandte sich Jenny zu.

»Du da.« Er warf ihr einen winzigen Schlüssel zu. »Öffne die Schelle am Rohr und fessele ihre Hände hinter dem Rücken. Aber keine Dummheiten, sonst…«

Er zog die Pistole aus dem Hosenbund seiner Jeans und richtete sie auf Begüm. Seine Augen fielen auf die Habseligkeiten des Toten und das Erbrochene. »Was habt

ihr hier nur getrieben?«, fragte er mehr an sich selbst gerichtet.

Er winkte Jenny mit der Pistole anzufangen. Mit stum-
mem Schrecken im Blick klaubte Jenny den Schlüssel
auf und schlurfte zu Begüm herüber. Dann stand sie unschlüssig vor ihr, die herzzerreißendste Verzweiflung in
den Augen, die Begüm je gesehen hatte.

»Jetzt beeil dich, du dumme kleine Schlampe, oder
ich puste ihr gleich jetzt den Schädel weg wie unserem
vorlauten kleinen Freund hier!«, brüllte er.

Begüm nickte ihr stumm zu. Jenny seufzte und begann, mit dem Schlüssel an der Schelle am Heizungs-
rohr herumzunesteln. Zwangsläufig war sie dabei mit
dem Ohr ganz dicht an Begüms Mund.

»Tu es!«, flüsterte Begüm ihr zu.

»Haltet die Klappe, oder ich knall euch beide ab!«,
schrie er hinter ihnen außer sich vor Zorn.

Begüm drehte sich um und spürte, wie Jenny die
zweite Schelle um ihr Handgelenk schloss. Kaum war
das Schloss eingerastet, spürte sie den Lauf seiner Pistole an ihrer Schläfe.

»Und jetzt komm mit«, befahl er.

Er zog Begüm an einem Arm durch die Tür. Aus den
Augenwinkeln sah sie, dass Jenny Anstalten machte,
ihnen zu folgen.

»Nein!«, raunzte er sie an. »Du bleibst da drin, bis ich
dich auch hole. Dauert nur ein paar Minuten.« Er trat ein
paar Schritte von Begüm weg. »Und jetzt machst du die
Tür wieder zu«, sagte er zu ihr.

Sie schloss die Tür, nicht ohne Jenny zuvor noch einmal kurz zuzuzwinkern. Dann drehte sie den Riegel in
die Senkrechte.

23

Ein Schaben und schließlich Stille. Jenny brauchte einige Sekunden, um sich aus der Erstarrung zu lösen. Was hatte er gesagt?

Dauert nur ein paar Minuten.

Sie merkte, wie sie wieder zu zittern anfing, und biss sich auf die Lippen.

Nein. Nicht jetzt.

Vorsichtig setzte sie wiederum einen Fuß auf den Rücken des Jungen. Dann den zweiten. Diesmal entschloss sie sich, die Schlaufe gleich mit einem Hüpfer zu lösen.

Sie sprang, aber der erste Versuch schlug fehl. Doch dann gelang es ihr, die Fassung wieder in die Finger zu bekommen. Sie nahm das Kabel in beide Hände und zog erst vorsichtig, dann immer kräftiger, bis das Kabel sich aus der ersten Schelle löste. Auf dieselbe Weise riss sie das Kabel Stück für Stück von der Wand bis zu dem Loch ab, in dem es neben der Tür in der Mauer verschwand.

Dann stand sie da, mit der Fassung in der Hand. Dies war der Teil, über den Begüm nichts mehr gesagt hatte. Wie sollte sie es nur aus der Fassung herausbekommen? An der Seite war eine Schraube. Konnte man damit vielleicht das Gehäuse der Fassung aufschrauben? Aber womit?

Ihre Hände begannen zu zittern. Wieder war die Angst kurz davor, die Oberhand über ihr Bewusstsein zu bekommen.

»Nein«, sagte sie laut.

Der Klang ihrer eigenen Stimme beruhigte sie etwas.

Mit der Lampe in der Hand ging sie zu den Sachen des Toten hinüber.

Die Münzen.

Sie nahm sich eine Cent-Münze und versuchte, sie in den Schlitz der Schraube zu pressen, doch selbst das Ein-Cent-Stück war zu groß. Sie winkelte die Münze ein bisschen an, presste sie mit aller Gewalt in den Schlitz und bemühte sich, sie zu drehen.

Nichts passierte.

Wie viel Zeit blieb ihr wohl noch? Minuten hatte er gesagt. Sie spürte, wie die Angst sie zu überwältigen drohte.

»Nein!«, schrie sie sich selbst an.

Vielleicht, wenn sie sie auf den Boden legte…? Sie ging ein Stück von der bedrohlichen Tür weg und setzte ihre Idee in die Tat um. Mit beiden Händen presste sie die Münze in den Schlitz und drehte.

Das Glas der Birne schabte über den Estrich. Die Fassung musste irgendwie eingeklemmt werden, damit sie sich nicht einfach mitdrehte. Ängstlich schaute sie zur Tür. Doch dort tat sich nichts,

Gar nicht daran denken, schärfte sie sich ein.

Dann hockte sie sich hin. Sie klemmte die Fassung zwischen ihre Füße und drehte so fest, bis ihr der Schweiß von der Stirn tropfte und die Münze schmerzhaft in ihre Finger schnitt.

Plötzlich verlöschte die Birne. Ein kurzes Nachglühen des Drahtes, und der Raum lag im Dunkeln.

»Oh mein Gott«, schrie Jenny hysterisch. »Bitte, bitte. Das darf nicht sein.« Hektisch fummelte sie an der Fassung herum. »Du musst wieder angehen. Ich brauche dich noch. Nur noch ein bisschen.« Sie drehte die Birne fester in die Fassung.

Das Licht kam zurück ...

... und ging erneut aus. Diesmal mit einem kleinen Knall. Der Draht war endgültig verpufft.

Fassungslos saß Jenny in der Dunkelheit. Endgültig.

Und dann überrollte die Angst sie wie eine dunkle Woge. »Bitte, lieber Gott. Ich will nicht verbrennen«, jammerte sie.

Vor ihrem inneren Auge entstand das Bild eines brennenden buddhistischen Mönches aus einem Video, das sie einmal auf YouTube gesehen hatte. Damals hatte sie so getan, als ob sie das völlig kaltließ, um den Freund, der es ihr gezeigt hatte, zu beeindrucken. In Wirklichkeit konnte sie danach einige Nächte nicht gut schlafen, weil sie die Bilder nicht mehr aus dem Kopf bekam.

»Bitte, bitte nicht. Ich will nicht so sterben«, schluchzte sie.

Sie kämpfte darum, sich zu beruhigen. Vielleicht konnte sie die Fassung ja auch im Dunkeln lösen. Immerhin musste sie jetzt keine Rücksicht mehr auf die Birne nehmen. Oder sie zerschlug die Birne und versuchte, ihn mit einer Glasscherbe zu verletzen. Oder ...

Ein Knirschen.

Die Tür.

Es war so weit.

Kalte Panik schnürte ihr die Kehle zu, drohte sie zu ersticken. Doch dann klärte die Angst ihren Kopf von allen anderen Gedanken.

Schnell ergriff sie die Fassung und klemmte sie zwischen die Füße. Dann streckte sie ihre Beine aus, schlang das Kabel um ihren Arm und zog mit aller Kraft, die sie hatte. Mit einem Ruck, der sie fast rücklings auf den Boden schlagen ließ, löste sich das Kabel aus der Fassung.

Neben ihr hatte sich die Tür bereits einen Spalt breit geöffnet.

»Was ist denn hier los?«

Im Gegenlicht des Flurs konnte sie nur seine Silhouette erkennen, aber auch die Pistole in seiner Hand.

»Glaubst du, so kannst du dich vor mir retten? Ich seh dich doch schon. Komm heraus, oder ich hol dich.«

»Okay, ich komme. Bitte nicht schießen«, sagte sie und stand auf, das freie Kabelende hinter dem Rücken verborgen.

»Dann sei brav und komm her.«

Lagen die Kabelenden überhaupt frei? Würde es ihr gelingen, ihn damit zu berühren? Würde er wirklich einen Schlag bekommen? Falls er sie berührte, würde sie dann auch einen Schlag bekommen?

Sie sah, wie er den Arm nach ihr ausstreckte. Er trug jetzt einen Anorak.

Schon griff seine Hand nach dem Kragen des Blaumanns, den er ihr angezogen hatte,

Mit dem Mut der Verzweiflung riss sie das Kabelende hoch und drückte es gegen seine Hand. Dabei schrie sie, wie sie noch nie in ihrem Leben geschrien hatte.

Die Wirkung trat augenblicklich ein. Ein Ruck ging durch seinen Körper. Dann fiel er schwer gegen die Bunkertür und rutschte davor zu Boden.

War er tot?

Bitte, lieber Gott, lass ihn tot sein.

Sie stand auf, trat zwei Schritte nach vorn und beugte sich über ihn. Seine Brust hob sich mit einem tiefen Seufzer. Er lebte. Doch seine Augen waren geschlossen, und er bewegte sich nicht.

Da lag auch die Pistole, immer noch von den Fingern seiner rechten Hand umklammert.

Ich könnte es zu Ende bringen.

Sie nahm allen Mut zusammen und trat einen Schritt auf die rechte Hand zu.

Näher.

Noch ein bisschen näher.

Wieder hob sich seine Brust mit einem hörbaren Ächzen. Die Hand mit der Pistole schob sich ein Stück über den Boden. Er kam langsam wieder zu sich. Ob sie ihn in den Bunker zerren konnte? Aber er lag halb drinnen und halb draußen genau zwischen Tür und Rahmen. Nein. Sie musste weg. Schnell. Bevor es zu spät war.

Panisch tat sie einen Satz über ihn hinüber und dann die Treppe nach oben.

Der Hausflur lag im Dunkeln. Vor sich konnte sie die Eingangstür erkennen, durch deren Glas fiel schwaches Licht.

Dort, nur drei Meter von ihr entfernt, lag die Freiheit. Nur drei Schritte, und sie würde dem hier für immer entkommen. Fast wie eine Schlafwandlerin ließ sie sich von ihren Füßen nach vorn tragen und öffnete die Tür. Ein frostiger Wind empfing sie. Der Boden unter ihren nackten Füßen war eiskalt. Es fühlte sich herrlich an.

Sie stolperte die Treppe hinunter, rannte durch das Gras zum Gartentor. Nur schnell weg hier.

Sie trat durch das Tor auf die Straße.

Bevor er vollends erwachte, musste sie schon unsichtbar sein. Weg. Für immer weg von dieser Hölle. Sie würde Lukas wiedersehen. Der Gedanke trieb ihr die Tränen in die Augen.

»Hilfe! Ich bin hier gefangen!«, ertönte es hinter ihr.

Jenny kannte diese Stimme. Begüm. Sie musste irgendwo hinter dem Haus sein.

Jenny blieb stehen.

Ich kann sie unmöglich da zurücklassen.

Sie stand auf der Straße. Das Haus war jetzt etwa zwanzig Meter von ihr entfernt. Hilflos schaute sie sich um. Eine ganz normale Straße in irgendeinem Außenbezirk von Berlin mitten in der Nacht. Kleine Einfamilienhäuser. Ein paar Schritte links von ihr eine einsame Straßenlaterne.

Und wenn sie zu einem der anderen Häuser ging? Die Leute aufweckte? Sie die Polizei riefen?

»Hilfe!«

Die Stimme war gut zu hören, aber offensichtlich nicht laut genug, als dass jemand wach wurde. Jedenfalls konnte sie nirgendwo Licht sehen.

Es würde zu lange dauern. Bis dahin konnte er längst wieder bei Begüm sein. Er könnte sie erschießen, bevor irgendjemand in ihre Nähe kam.

Bitte, ich will nicht zurück

Doch es half nichts. Es gab keine andere Möglichkeit. Sie atmete tief durch.

Wenn ich ganz schnell bin …

Sie rannte durch das Tor, hastete durch den Vorgarten. Begüms Stimme war hinter dem Haus zu hören gewesen. Besser nicht wieder in das Gebäude hinein. Ein schmaler Grünstreifen führte sie seitlich vorbei in den eigentlichen Garten. Die kalte Luft tat ihr in der Lunge weh. Ihr Atem ging stoßweise.

Als sie in den Garten lief, dauerte es ein paar Sekunden, bis ihre Augen im gelblichen Schein einer Außenleuchte alles erfasst hatten.

Er hatte tatsächlich einen Scheiterhaufen errichtet. Dort an der Veranda des Hauses lag das Holz in mehreren Lagen sauber um einen großen Pfahl herum aufgestapelt. Oben stand Begüm. Eine ihrer Hände war jetzt mit der Handschelle an einem Eisenring befestigt, der auf halber Höhe in den Pfahl geschraubt worden war. Sie steckte in einem langen Kleid aus grobem Stoff, das in der Mitte von einem Strick zusammengehalten wurde. Sie zerrte daran und rief zwischendurch immer wieder um Hilfe. Weiter hinten im Garten hatte er eine Kamera auf einem Stativ und zwei Scheinwerfer aufgebaut, die noch nicht in Betrieb, aber bereits auf den Scheiterhaufen ausgerichtet waren.

Von dem Haufen und Begüms Kleidung ging ein seltsamer chemischer Geruch aus. Wahrscheinlich hatte er irgendeine brennbare Flüssigkeit daraufgeschüttet.

Jenny überwand ihre Erstarrung und sprang die Stufen zur Veranda herauf, die auf einer Höhe mit dem direkt angrenzenden Scheiterhaufen war.

Begüm erblickte sie und strahlte sie über das ganze Gesicht an.

»Du hast es geschafft«, rief sie. »Ist er …?«

»Nein.« Jenny schüttelte den Kopf. »Wir müssen uns beeilen.«

»Okay.« Begüm fasste sich an die Stirn, presste die Lippen aufeinander und schaute sich um. Plötzlich hellte sich ihr Blick auf. »Da. Siehst du die Astschere?«

Jenny folgte ihrem Fingerzeig. »Das Ding mit den langen Griffen, dahinten in der Ecke der Veranda?«, fragte sie.

»Genau die. Bring sie zu mir«, rief Begüm. »Wir können sie als Zange benutzen.«

»Wie?«, fragte Jenny verwirrt.

»Egal. Bring sie einfach her.«

Jenny rannte zu der Schere und hob sie hoch. Lange Griffe und eine kurze Schere, deren Schneiden sehr schmutzig waren. Es sah fast so aus, als ob…

»Jetzt bring sie schon her.« Begüm winkte sie zu sich.

Ängstlich betrat Jenny den Holzstapel. Unter ihr bewegten sich die Scheite. Der seltsame Geruch, den sie schon unten wahrgenommen hatte, war hier oben um einiges intensiver.

»Und jetzt probier, damit die Kette zu knacken«, rief Begüm. Sie zog die Kette straff.

Jenny hob die Schere hoch und versuchte, die Kette der Handschellen zwischen die Schneiden zu bekommen. Es war nicht leicht. Die Schere war schwer und die Griffe fast so lang wie ihre Arme. Doch schließlich gelang es ihr, die Kette zwischen den Schneiden einzuklemmen.

»Drück!«, brüllte Begüm.

»Nein. Das solltest du nicht tun«, sagte eine Stimme hinter ihnen.

Jenny fuhr herum. Die Schere glitt ihr aus den Händen.

Er stand im Garten, etwa fünf Meter von ihnen entfernt und hielt die Pistole auf sie gerichtet.

»Schmeiß die Schere weg, dann lass ich dich ziehen, Kleine«, sagte er zu Jenny. »Ich will nur die da.«

Jennys Augen suchten Begüm.

»Hau ab!«, schrie die Polizistin sie an.

»Aber ich kann dich doch nicht…«

»Hau ab, solange du noch kannst!«

* * *

Ken rumpelte auf den Bürgersteig und brachte seinen Toyota so abrupt zum Stehen, dass Viktor sich die Knie am Handschuhfach aufschlug.

»Himmel, Arsch und Zwirn«, schimpfte er.

»Meine Güte. Du fluchst sogar wie ein Spießer«, mokierte sich Ken. »Und jetzt raus. Das muss hier sein«, sagte er zu Viktor und sprang aus dem Wagen.

Viktor griff seine Luger und folgte ihm. Ken stand vor ihm und hielt einen Revolver mit einem grotesk langen Lauf. »Ach, du meine Güte«, keuchte Viktor fassungslos. »Die gute alte Smith & Wesson Modell 29 Magnum aus *Dirty Harry*. Wie kommst du denn an so was?«

»Was soll ich machen?«, schimpfte Ken. »Die haben meine Dienstpistole eingezogen.«

»Alles gut«, beruhigte ihn Viktor. »Mit meiner prähistorischen Luger kann ich mich auch nicht gerade weit aus dem Fenster lehnen.«

Ken schaute auf seine Uhr.

»Gerade noch richtig«, sagte er. »Fünf vor elf. Das ist das Haus.«

Er wies auf das Anwesen direkt vor ihnen. »Da links an der Seite ist der Hauseingang. Du klingelst, und ich gucke derweil, ob es einen Hintereingang gibt.«

»Und was mache ich, wenn er mich angreift?«, fragte Viktor.

»Na, erschieß ihn halt«, sagte Ken, drehte sich um und ließ ihn stehen.

»Na klar«, murmelte Viktor sarkastisch. »Einfach erschießen. Dass ich da nicht von selbst drauf…«

Ein Schrei ließ ihn innehalten.

Ken, der schon im Vorgarten war, fuhr herum.

»Das war Begüm«, rief er Viktor zu. »Kam von hinter dem Haus, oder?«

Viktor nickte.

»Okay. Planänderung. Wir gehen beide hinter das Haus. Du von links und ich hier von rechts. Warte, bis du mich auf der anderen Seite siehst. Dann haben wir ihn hoffentlich im Kreuzfeuer, okay?«

»Okay«, antwortete Viktor, dem das Adrenalin spätestens jetzt alle Müdigkeit aus den Gliedern gepustet hatte.

»Rock ’n’ Roll«, rief Ken und rannte los. Viktor kickte das Tor zur Seite und tat es ihm nach. Mittlerweile hatte sich eine Wolkenschicht vor den Mond gelegt. Hier am Rand Berlins standen die Straßenlaternen nicht besonders dicht. Je weiter Viktor sich von der Straße wegbewegte, desto dämmriger wurde es. Während er sich dem Gebäuderand näherte, warf er kurz einen Blick nach rechts, wohin Ken gelaufen war, doch der war schon außer Sicht.

Mit der Waffe im Anschlag – beidhändig – lief er am Hauseingang vorbei. Links neben ihm entpuppte sich ein dunkler Schatten als Doppelgarage. Zwischen ihr und der Hauswand war ein Spalt von etwa einem Meter, durch den jetzt fahles Licht fiel. Der Weg nach hinten in den Garten.

Auf dem Weg durch den Spalt konnte Viktor wieder Begüms Stimme hören. Diesmal war sie gut zu verstehen.

»Jetzt lauf endlich, Jenny!«, schrie sie verzweifelt.

Die Dringlichkeit ließ keinen Zweifel. Er lief los, zunächst an der Außenseite einer Veranda vorbei, und dann…

Entgeistert starrte er auf ein hüfthohes Podest aus sauber aufgestapelten Holzscheiten mit einem Pfahl in der Mitte. Das war mit dem »Verderben der Hexen« gemeint. Er hatte es geahnt.

Oben auf dem Stapel standen im Lichtschein einer Außenleuchte Begüm und ein Mädchen. Begüm war mit Handschellen an den Pfahl gefesselt, und das Mädchen hielt einen länglichen Gegenstand in der Hand. Ein schwacher Wind trug durchdringenden Petroleumgeruch an seine Nase.

Weiter hinten im Garten schaute sich Marius Urzendowski das Schauspiel an, eine Pistole in der Hand. Viktors Verdacht hatte sich bestätigt. Urzendowski war nicht nur irgendein Komplize, sondern der Killer selbst.

Soweit Viktor es einschätzen konnte, befand er sich noch außerhalb des Lichtkegels der Außenleuchte. Leider lag für ihn auch die gegenüberliegende Gartenseite komplett im Dunkeln. Er würde Ken, der wahrscheinlich schon längst irgendwo da drüben stand, nicht sehen können.

»Lauf!«, brüllte Begüm das Mädchen noch einmal an.

Die Kleine zuckte zusammen. Tränen rollten über ihr Gesicht.

»Denk an Lukas!«

Zitternd ließ das Mädchen den länglichen Gegenstand los und ging ein paar Schritte rückwärts. »Es tut mir leid«, schluchzte Jenny.

»Mir nicht«, sagte Urzendowski, bevor ein Knall die Stille zerriss.

Viktor erstarrte. Für einen Moment schien alles zu Eis gefroren. Dann brach das Mädchen zusammen.

»Jenny!«

Begüm zerrte an ihrer Handschelle und versuchte, mit der freien Hand verzweifelt dorthin zu reichen, wo jetzt das Mädchen lag.

»Und jetzt bist du dran, Schlampe.«

Urzendowski richtete seine Pistole in aller Seelenruhe auf Begüm und ging auf den Scheiterhaufen zu.

Noch ein Schuss.

Doch diesmal war das Mündungsfeuer auf der gegenüberliegenden Seite aufgeblitzt.

Ken.

Ein Ruck ging durch Urzendowskis Körper. Er fiel, keinen Meter von dem Scheiterhaufen entfernt, auf die Knie. Für einen Lidschlag schwankte sein Oberkörper hin und her, als ob er gleich umfallen würde. Dann streckte er mit einem hässlichen Stöhnen den Arm durch und richtete die Pistole auf die Holzscheite direkt vor seiner Nase.

»Nein!«, brüllte Viktor.

Epilog

Endlich war der Winter zurückgekommen. Bis weit in den Januar hinein hatte es immer mal wieder geschneit, aber dann war es meist zu warm gewesen, und die Welt blieb grau und nass.

Aber seit gestern Nacht hatte sich die Stadt in einen weißen Mantel gehüllt, auf den die Sonne schien. Die Luft war frostig, aber klar.

Normalerweise wäre auf den Straßen wieder das berüchtigte Berliner Schneechaos ausgebrochen, aber es war Sonntag, und wer nicht unbedingt auf die Piste musste, ließ sein Auto stehen.

Viktor lehnte seinen Kopf an die Scheibe des Autos. Das kalte Glas tat seiner Stirn gut. Manchmal holten ihn mitten am Tag die Bilder jener Nacht ein. Kaum zu glauben, dass es gerade mal vier Tage her war.

Am Steuer saß Begüm, unwirsch und abweisend wie eh und je. Er hatte sie in jener Nacht mit knapper Not von dem brennenden Scheiterhaufen gerettet, der sich an dem Mündungsfeuer entzündet hatte. Als sie weinend in seinen Armen lag, musste er sich eingestehen, dass es ihm nicht unangenehm war. Jetzt aber fühlte es sich an, als sei das nie passiert.

Auf dem Rücksitz saß Ken, neben ihm der kleine Lukas. In sich gekehrt, bleich, zerbrechlich.

»Wir sind da«, sagte Begüm knapp. Sie parkte den Wagen längs der Straße, stieg aus und befreite dann Lukas aus dem Kindersitz.

Gemeinsam schritten sie durch das eiserne Tor. Eine Art Parkweg führte leicht hügelan. Oben auf der Kuppe stand eine Gruppe von Bäumen. Darunter waren im Licht der Sonne die Umrisse einiger Menschen zu sehen.

Begüm hatte Lukas an die Hand genommen. Mit gesenktem Blick schlurfte er durch den Schnee, der den Weg bedeckte. Es war früh am Morgen. Außer ihren eigenen Fußspuren war die Schneedecke noch recht unberührt.

»Ist das Richter?«, wisperte Viktor im Näherkommen. Ken nickte.

»Aber wer ist das da neben ihm?«

»Das ist sein Mann«, erwiderte Ken.

Viktor brauchte ein paar Sekunden, um seiner Fassungslosigkeit Herr zu werden. »Das ist... Er ist...«, stammelte er.

Ken rammte ihm den Arm in die Rippen. »Alter, soll ich den Arzt rufen?«, fragte er spöttisch. »Ich glaube, du bekommst gerade wieder eine von diesen Spießigkeitsattacken.«

»Was? Nein!«, protestierte Viktor. »Es ist nur... Ich hätte einfach nie gedacht, dass er...«

»Haltet ihr jetzt endlich mal die Klappe, ihr Idioten!«, fauchte Begüm sie beide von der Seite an. »Wir sind hier nicht auf dem Rummel.«

Viktor und Ken verstummten augenblicklich.

Mittlerweile waren sie oben angekommen. Richter hatte sie schon seit einigen Sekunden mit finsterem Blick verfolgt, jetzt grüßte er sie mit einem knappen

Nicken. Der Mann an seiner Seite, ein sehr großer, etwas korpulenter Mittfünfziger mit fülligem Haar und einem freundlichen, leicht geröteten Gesicht, winkte ihnen zu.

Richter gab dem Priester, der neben dem Grab bereits bereitstand, ein Zeichen.

»Wir haben uns heute hier versammelt, um Jennifer Janina Steenbergen...«, begann der Geistliche.

Viktor musste schlucken. Stundenlang war nachts um ihr Leben gerungen worden, aber am Ende war der Blutverlust zu groß gewesen. »Multiples Organversagen nach hämorrhagischem Schock«, hatten die Ärzte gesagt. Für Viktor war sie eine kleine Heldin. Demzufolge, was Begüm erzählt hatte, hatte Jenny ihr das Leben gerettet. Ihr Auftauchen im Garten hatte Urzendowski die entscheidenden paar Minuten aufgehalten. Dabei hätte sie einfach weglaufen können.

Wie sie ihn im Keller losgeworden war, ließ sich nicht mehr klären. Trotz aller Bemühungen der Feuerwehr war das alte Haus bis auf die Grundmauern niedergebrannt. Begüm konnte nur vermuten, dass Jenny es tatsächlich geschafft hatte, Urzendowski einen Stromschlag zu verpassen, wie sie es zuvor verabredet hatten. Und dann war sie, statt einfach zu flüchten, wie es wahrscheinlich jeder andere Teenager in ihrer Lage getan hätte, zu Begüm zurückgekehrt, um ihr zu helfen.

»Wo sind Jennys Eltern?«, flüsterte Viktor Ken zu.

»Begüm hat sie angerufen und ihnen gesagt, dass sie sie abknallt, falls sie es wagen vorbeizukommen«, antwortete Ken.

»Oh.«

Ja, das sah ihr ähnlich.

»Und was wird aus Lukas?«, flüsterte Viktor.

»Das Jugendamt hat ihn vernommen und ihn ärztlich untersuchen lassen. Danach hieß es, dass sie den Eltern das Sorgerecht entziehen werden«, flüsterte Ken zurück.

»Aber kommt er dann nicht in ein Waisenhaus oder eine Pflegefamilie oder so was?«, fragte Viktor.

Ken beugte sich leicht nach vorn und schaute an Viktor vorbei zur rechten Seite, wo Begüm war. Tränen rollten über ihr Gesicht. Lukas stand mit bleicher Miene an sie gelehnt, und sie hatte den Arm um ihn geschlungen.

»Das glaube ich nicht«, sagte Ken und zwinkerte Viktor zu.

»Sst«, zischte es neben ihnen.

Richters Blick sah so aus, als ob er vorhatte, damit ein Loch in Viktor und Ken zu bohren. Die beiden verstummten wiederum.

Er hatte recht. Das war nicht die Zeit für solche Gespräche.

Wieder ließ er seinen Blick über die Umgebung schweifen. Von dem Hügel, auf dem sie standen, konnte man weit sehen. Unten am Eingang betrat jetzt eine weitere Gestalt den Friedhof. Klein und korpulent. Auf keinen Fall Stella. Nicht, dass er sie wirklich erwartet hatte. Aber ein bisschen hatte er es gehofft. Immerhin hatte sie ihm möglicherweise das Leben gerettet, jedenfalls aber seinen Ruf wiederhergestellt.

Laut Stella hatte Urzendowski Viktors DNA mit einem Verfahren namens Genomamplifikation künstlich vervielfältigt. Etwas, das – wie Stella es ausdrückte – jeder Biologiestudent im dritten Semester beherrschte. Die so gewonnene DNA hatte er mit einer Probe seines eigenen Blutes vermischt, dieses getrocknet und schließlich unter den Fingernägeln des Opfers verteilt.

Danach hatte er Doktor Mühe auf seinen Fund aufmerksam gemacht, der die Rückstände natürlich sofort auf DNA untersucht hatte. Ein routinemäßiger Abgleich mit den DNA-Proben aller ermittelnden Beamten hatte bei Viktor einen Treffer erbracht. Angesichts der Menge und der Verteilung der gefundenen DNA hatte Mühe schließlich eine zufällige Verunreinigung ausgeschlossen und Bartkowiak verständigt.

Aber nach dem Telefongespräch mit Viktor hatte Stella die Proben noch einmal untersucht. Dabei hatte sie festgestellt, dass diese keinerlei weiße Blutkörperchen enthielten, die eigentlichen Träger der DNA des Herkunftsorganismus. Offensichtlich hatte jemand diese zuvor herausgefiltert, um die wahre Herkunft des Blutes zu verschleiern.

Damit hatte sie gegenüber der Institutsleitung genug Argumente, um sich Urzendowskis Personalakte kommen zu lassen, aus der sich ergab, dass er das Haus seiner Tante als seine Privatadresse angegeben hatte.

Dann hatte sie beim LKA angerufen und sich den Kommissar geben lassen, der gegen Viktor ermittelte: Bartkowiak. Der Hauptkommissar hatte sich bei Nennung der Adresse aus Urzendowskis Personalakte an sein Gespräch mit Balkov aus der Cybercrime-Abteilung des LKA erinnert, der auf Viktors Ersuchen hin ebendiese Adresse als Begüms letztes Rechercheergebnis ermittelt hatte, just bevor er Viktors Anwesenheit im Büro an Bartkowiak verriet.

Bartkowiak hatte eins und eins zusammengezählt, die Einsatzzentrale angerufen und gebeten, einen Streifenwagen vorbeizuschicken. Als die Kollegen bereits auf dem Weg waren, hatten sie über Funk gehört, dass ausgerechnet an ihrem Zielort wohl eine Schießerei im Gange war, die ein Nachbar gemeldet hatte.

Deshalb war bereits wenige Minuten nach Begüms Befreiung die Polizei mit einem Rettungswagen zur Stelle. Doch nicht nur für Jenny, auch für Marius Urzendowski kam jede Hilfe zu spät. Das Feuer von dem Scheiterhaufen hatte auf das Haus übergegriffen. Bevor die eilig hinzugerufene Feuerwehr löschen konnte, hatte der Brand sowohl die Leichen des Jungen als auch seines Mörders verzehrt.

Ein Bild aus jener Nacht hatte sich buchstäblich in Viktors Erinnerung verankert. Als er Begüm gerade vom Scheiterhaufen gezogen und sich auf sie geworfen hatte, um die Flammen an ihrer brennenden Hose zu ersticken, sah er im Liegen, wie Urzendowskis Haar Feuer gefangen hatte. Er lag mit dem Kopf direkt am Scheiterhaufen, den er vor seinem Tod noch mit dem Mündungsfeuer seiner Waffe entzündet hatte. Mit einer Mischung aus Grauen und Genugtuung hatte Viktor zugesehen, wie die Flammen langsam den Rücken von Paulas Mörder hinuntergekrochen waren, bis irgendwann seine ganze Kleidung in Flammen stand.

Begüm konnte von Glück sagen, dass Urzendowski den Scheiterhaufen nur mit Rasenmäher-Petroleum getränkt hatte. Hatte er Benzin genommen, wie in dem Haus im Friedrichshain, so wäre sie laut Aussage der Feuerwehr in Sekundenschnelle verbrannt.

Er schüttelte sich, um die böse Erinnerung aus dem Kopf zu kriegen, und schaute auf Jennys Sarg, der bereits in die Grube hinabgelassen worden war. Es würde für ihn nicht das letzte Begräbnis sein. Schon in zwei Tagen fuhr er nach Süddeutschland, um gemeinsam mit

Paulas Eltern auch von seiner ehemaligen Freundin Abschied zu nehmen. Ein Beamter der örtlichen Polizei war bei ihnen gewesen, wie er später aus einem Telefonat mit Paulas Vater erfuhr.

Paulas Mutter hatte einen Nervenzusammenbruch erlitten, doch sie hatten jetzt Klarheit. Genau wie er selbst.

Es war diese bohrende Ungewissheit, die ihm keine Ruhe gelassen hatte, die ihn irgendwann sogar dazu getrieben hatte, sich um die Versetzung zu bemühen. Er hatte gehofft, in ihrer Akte irgendetwas zu finden, was ihn zu Paula führte. Vielleicht hatte ein kleiner Teil von ihm sogar doch immer noch gehofft, dass sie lebte, dass sie ihn vielleicht nur verlassen hatte, um irgendwo anders neu anzufangen. Am Ende waren seine schlimmsten Befürchtungen wahr geworden. Er selbst würde sicher noch einige Zeit brauchen, um zu verstehen, was eigentlich passiert war. Wenn er daran dachte, was sie durchgemacht haben musste, zerriss es ihm das Herz. Doch nun konnte er wenigstens damit abschließen.

Der Priester hatte seinen Nachruf mittlerweile beendet. Begüm und Lukas traten ans Grab, um eine mitgebrachte Blume auf den Sarg zu werfen. Der Kleine, der bis hierhin zwar blass, aber irgendwie fast entrückt gewirkt hatte, weinte jetzt bitterlich.

Als die Reihe an Viktor war, musste er sich überwinden, etwas Erde in die offene Grube zu schütten. Für einen Moment sah er sich selbst am Grab seines Vaters stehen. Damals war es ihm vorgekommen, als ob er gerade dabei war, seinen Tod zu besiegeln. Doch dann blinzelte er kurz in die Sonne, holte tief Luft und senkte die Schaufel ein Stück. Es war ein wunderschöner Ort. Ein kleiner Hügel in dem sonst so flachen Berlin. Wenn

man hier oben war, konnte man über Teile von Kreuzberg schauen. Der Gedanke, dass Jennys Seele jetzt auf
irgendeine Art mit diesem Ort verbunden war, hatte
etwas Tröstliches.

Eine Weile verharrten sie alle vor dem Grab. Dann
drehte sich der Priester um und nickte ihnen freundlich
zu. Die Zeremonie war vorüber, seine Arbeit war getan.
Wahrscheinlich wartete bereits das nächste Begräbnis.

Richter ging ein paar Schritte, bis er vor Lukas stand.
Dann hockte er sich vor ihm hin.

»Mein herzliches Beileid, Lukas. Ich weiß, es ist kein
Trost, aber du kannst sehr stolz auf deine Schwester
sein«, sagte er mit einer fürsorglichen Freundlichkeit,
die Viktor ihm nie zugetraut hätte.

Der Kleine nickte stumm, während ihm die Tränen
über die Wangen liefen.

Richter stand wieder auf und wandte sich an Begüm.
»Wenn Sie bei den Ämtern irgendwelche Hilfe brauchen,
geben Sie mir bitte Bescheid, Frau Duran. Und nehmen
Sie sich ein paar Tage frei«, sagte er.

Begüm nickte. »Danke«, sagte sie fast unhörbar.

* * *

Einige Minuten später standen sie draußen vor der Fried-
hofsmauer. Nur Begüm war mit Lukas noch am Grab zu-
rückgeblieben.

Richter blieb unvermittelt stehen, zog eine Zigarettenschachtel aus seinem Mantel und zündete sich eine an.
Ken tat es ihm gleich.

»Immer dieses Gequalme«, beschwerte sich Richters
Begleitung. »Rauchen Sie auch, Herr Puppe?«

»Nein«, sagte Viktor.

»Dann lassen Sie uns ein paar Schritte um die Kapelle spazieren. Es ist so schön ruhig hier.«

»Gern«, sagte Viktor.

Sie traten durch den Eingang wieder auf den Friedhof.

»Mein Name ist übrigens Uwe Gerig. Wir wurden einander ja noch nicht vorgestellt.«

»Viktor Puppe.«

»Ja, Erich hat mir schon viel von Ihnen erzählt«, sagte Gerig.

»Tatsächlich?«, sagte Viktor ehrlich überrascht.

»Ja. Doch. Ich weiß, er ist im täglichen Umgang manchmal etwas … wie soll ich sagen, eigenwillig, aber glauben Sie mir. Eigentlich ist er der liebenswürdigste Mensch, den ich kenne, und«, er beugte sich zu Viktor hinunter und verfiel in Flüstern, so als verriete er ein Mysterium, »er kocht sensationell gut.«

Viktor betrachtete ihn aus den Augenwinkeln. Er hatte immer noch größte Schwierigkeiten, sich diesen sympathischen Riesen, der seiner Art nach vielleicht ein Künstler oder Galerist oder so etwas sein konnte, mit Richter in einem Haushalt vorzustellen.

»Übrigens, haben Sie das mit dem Justizsenator gehört?«, fragte Gerig.

»Nein«, sagte Viktor. »Was ist denn mit ihm?«

»Man hat ihn tot im Grunewald aufgefunden. Offensichtlich hat er sich dort an einem Baum selbst gerichtet, der arme Kerl. Es war wohl zuvor im Internet aus anonymer Quelle ein Video aufgetaucht, das ihn mit einem der Opfer in einer verfänglichen Situation zeigte. Angeblich seine tote Nichte.«

»Tatsächlich?«, fragte Viktor.

Futanaris Rache, dachte er im Stillen.

»Ja. Es gab einen ziemlichen Aufruhr«, fuhr Gerig fort. »Die Opposition fordert nun auch den Rücktritt des Innensenators. In den Zeitungen wird etwas von einem Sexvideoring gemunkelt, in den höchste Kreise verwickelt sein sollen, so wie damals in Belgien bei diesem… diesem…«

»Dutroux?«, half Viktor aus.

»Genau«, sagte Gerig. »Für morgen ist sogar eine Demonstration vor dem Roten Rathaus angemeldet worden.«

Mittlerweile hatten sie die Kapelle umrundet. Ken und Richter kamen wieder in den Blick. Begüm und Lukas standen nun ebenfalls bei ihnen.

»Herr Puppe, auf ein Wort«, rief Richter ihm zu, während er mit dem Fuß die Zigarette zerdrückte.

Gehorsam ging Viktor zu ihm herüber.

»So. Und jetzt machen wir zwei auch mal einen kleinen Spaziergang«, sagte Richter. Es klang wie eine Drohung aus dem Mund des Mannes, den seine bessere Hälfte eben noch als den »liebenswürdigsten Menschen« der Welt bezeichnet hatte.

Richter ging einfach geradeaus den Bürgersteig runter in Richtung Kirche am Südstern. Viktor folgte ihm mit einem zusehends komischen Gefühl im Magen. Abrupt blieb sein Chef stehen und schaute ihm in die Augen. Es war wieder mal dieser Blick, mit dem Richter vermutlich auch Stahl zerschneiden konnte, wenn es drauf ankam.

»Herr Puppe, könnte es sein, dass Sie mir was zu sagen haben?«, fragte er.

Viktor war ehrlich konsterniert. Tatsächlich gab es mindestens ein Dutzend Dinge, die ihm auf der Seele lagen, aber Richter schien es um etwas Bestimmtes zu gehen.

»Ich sehe, ich muss Ihnen auf die Sprünge helfen«, fuhr Richter fort. »Bei mir hat ein gewisser Hauptkommissar Bartkowiak vorgesprochen.«

»Oh, das kann ich erklären. Urzendowski hatte ein Glas, von dem ich getrunken hatte…«

Richter winkte ab. »Ich kenne die Berichte. Herr Urzendowski ist ohne Zweifel derjenige, der diese Frauen umgebracht hat. Aber ich meine etwas ganz anderes. Erinnern Sie sich noch an unser erstes Gespräch, das wir vor gut einer Woche in meinem Büro geführt haben?«

»Ja«, sagte Viktor, der langsam ahnte, worauf das hier hinauslief.

»Dann erinnern Sie sich sicher auch noch, dass ich Ihnen sagte, dass ich in Bezug auf Ihre Motive für die Versetzung ein komisches Bauchgefühl hatte.«

»Ja«, sagte Viktor, dem trotz der kalten Luft auf einmal sehr warm wurde.

»Und dann muss ich erfahren, dass eines der Mordopfer mit Ihnen liiert war.«

»Äh, Herr Direktor Richter…«

»Und nicht nur das«, fuhr Richter ungerührt fort. »Sie haben sich, ohne dass zu diesem Zeitpunkt irgendeine Verbindung zwischen den beiden Fällen zu ahnen war, die Vermisstenakte dieses Opfers geben lassen.«

»Ich kann das erklären«, sagte Viktor.

»Sparen Sie sich das«, sagte Richter eisig. »Es liegt bereits offen zutage. Es ging Ihnen nicht wirklich darum, Polizist zu sein. Sie hatten vor allem Ihre kleine Privatermittlung im Sinn.«

»Es tut mir wirklich leid, dass ich…«

»Das sollte es Ihnen auch. Sie haben nicht nur mich hintergangen, sondern zugleich Ihre Kollegen. Ich sollte Ihre Abordnung stante pede aufheben.«

Unwillkürlich fiel Viktors Blick auf Ken und Begüm, die fünfzig Meter weiter hinten immer noch vor der Kapelle standen. Uwe Gerig hatte jetzt den kleinen Lukas auf dem Arm. Irgendwie hatte er es sogar fertiggebracht, ihn zum Lachen zu bringen.

»Ich ... ich muss mich entschuldigen. Es war egoistisch von mir. Ich ...«, stammelte Viktor.

»Aber wenn ich Ihre Abordnung jetzt vorzeitig beende«, unterbrach Richter ihn erneut, »hieße das auch, dass ich Sie an diesen Hinterwäldler Schladming zurückgeben müsste, was zugegebenermaßen ziemlich demütigend wäre. Ich erwarte Sie also Montag in alter Frische. Und ab jetzt zähle ich auf Ihre un-be-ding-te Loyalität. Sollte mir je etwas anderes zu Ohren kommen, werde ich mich höchstpersönlich dafür verwenden, dass Sie Ihre nächste Stelle als deutscher Konsul in Nordkorea antreten.«

Damit drehte er sich um, ließ Viktor stehen und ging wieder zu den anderen.

Viktor brauchte ein paar Momente und ging, nachdem er sich einigermaßen gefangen hatte, mit immer noch weichen Knien zurück in Richtung Kapelle. Als er bei Ken, Begüm und dem kleinen Lukas ankam, hatten Richter und Gerig sich bereits auf den Weg zu ihrem Wagen gemacht. Sie stapften Hand in Hand und in ein angeregtes Gespräch vertieft durch den frischen Schnee, auf dem jetzt ein goldener Schimmer lag.

»Na, was hat er dir erzählt? Hat er dich fast rausgeschmissen?« Ken grinste von einem Ohr zum anderen.

»Mach dir nichts draus, das macht er bei uns mindestens einmal im Monat. Also willkommen im Klub«, fügte er an, noch bevor Viktor antworten konnte.

»Ihr könnt euch ja gern noch ein bisschen gegenseitig bemitleiden«, fiel Begüm ein. »Aber Lukas ist noch nicht wieder ganz gesund. Der muss zurück ins Bett.«

Sie zog den Jungen in Richtung Auto.

»Ist ja gut«, sagte Ken. Er warf seine Zigarette in den Schnee und folgte ihr. Als er bemerkte, dass Viktor nicht mehr neben ihm war, drehte er sich noch mal um.

»Kommst du nicht?«, fragte er.

»Nee, ich bleib noch ein bisschen hier. Zufällig liegt auch mein Vater hier begraben. Dem wollte ich bei der Gelegenheit mal wieder einen Besuch abstatten«, sagte Viktor.

Ken nickte. »Alles klar, Kollege. Dann Montag in alter Frische«, sagte er und ging weiter.

Viktor winkte den dreien hinterher.

Dann lenkte er seine Schritte zurück auf den Friedhof, dieses Mal wählte er einen etwas anderen Weg. Sein Vater lag in einem älteren Teil, weit hinten im Süden des Geländes. Dort an der Außenmauer hatten reiche Bürger und Adelige ihren Familien opulente Krypten errichtet. Heutzutage verfielen diese Gemäuer in Zeitlupe, waren so selbst ein Sinnbild der Vergänglichkeit und bildeten auf bezaubernde Art eine morbide Nekropole. Der vordere Teil des Friedhofs war an einem solchen Samstagmorgen recht belebt. Viele Menschen besuchten ihre Lieben. Hier hinten, in den alten Teil, verirrte sich kaum jemand.

Die Sonne hatte sich jetzt hinter Wolken versteckt, und der Wind frischte auf. Ein paar vereinzelte Schneeflocken fielen vom Himmel.

Das Grab seiner Familie war keine der üblichen Grab-kammern, sondern eine Art schlichter Tempel im Mini-aturformat. Offen für jeden, der sich auf eine der Bänke setzen wollte, so wie Viktor jetzt. Die Toten ruhten un-ter einer gewaltigen Steinplatte, auf der in schmuck-losen Lettern »von Puppe« eingraviert war und über der sich in einer Rotunde ein neoklassizistisches Mosaik spannte: eine allegorische Darstellung der vier Winde Euros, Notos, Zephyros und mit einem langen weißen Bart und Flügeln Boreas, der kalte Nordwind. Und in der Mitte ein Zitat des altgriechischen Dichters Menander:

»Hon hoi theoi philousin apothneskei neos.«

Er, den die Götter lieben, stirbt jung.

Er kam gern an diesen Ort, auch wenn er traurige Er-innerungen barg.

»Er hätte noch so viel erreichen können«, ertönte es hinter ihm.

Viktor fuhr herum.

»Großvater!«

ENDE

Nachwort und Danksagung

Liebe Leserin, lieber Leser,

dieses Buch wäre ohne das beharrliche Werben meines literarischen Agenten Bastian Schlück niemals entstanden. Bastian riet mir nach drei Ausflügen in die literarische Nische des Fantasy-Romans:

»Thomas, gehe hin und schreibe einen waschechten Krimi.«

»Okay, also zum Beispiel etwas, bei dem der Mörder am Ende ein Vampir ist?«

»Nein, Thomas, ich meine einen richtigen Krimi. Ohne Vampire, auch keine Werwölfe oder Zauberschüler.«

»Okay, also dann eine Serie von Mordfällen zu Zeiten Faximilian des Zweieinhalbten von Vorböhmen?!?«

»Nein, Thomas, ich meine einen richtigen Krimi, ganz normal. Heute, im Hier und Jetzt.«

Irgendwann hatte er mich so weit. Die Zeit der Ideensuche begann, die sich im Angesicht meiner Verantwortlichkeiten als Familienvater und Hochschullehrer über einen Zeitraum von zwei Jahren erstreckte. Dann aber konnte ich Bastian voller Stolz ein Exposé präsentieren, also eine Kostprobe nebst Inhaltsangabe.

Und das Wunder geschah. Kaum hatte Bastian das

Exposé anlässlich der Frankfurter Buchmesse angeboten, fand sich hierfür auch schon ein Verlag.

Und damit komme ich zu Frau Wiebke Rossa, ihres Zeichens Programmleiterin des Taschenbuchbereichs des Blanvalet-Verlags. Sie hat in dem in vielerlei Hinsicht noch ganz anders gestalteten Entwurf dieses Buches das Potenzial erkannt und unermüdlich inspirierende Anregungen zur Verbesserung des Rohmanuskripts gegeben. In einer Zeit, in der Verlagslektoren eigentlich fast nur noch Projektmanager sind, die kaum einmal zum Lesen der von ihnen verlegten Werke kommen, hat sie sich mein vollständiges Manuskript unter Aufopferung ihres Weihnachtsurlaubs sogar ein zweites Mal angetan und in diesem Zuge bei der Beseitigung einer Unmenge Logiklöcher, Spannungskiller und Stilblüten geholfen.

Großer Dank gebührt auch meinem Redakteur René Stein, der das Manuskript nicht nur mit großer Akribie, sondern auch unter extremem Zeitdruck durchgeackert hat. Ohne sein Sprachgefühl, sein kriminalistisches Faktenwissen und sein unbestechliches Auge für schriftstellerische Ausflüge ins Surreale wäre das Buch ein viel schlechteres geworden.

Mein größter Dank jedoch gilt meiner Frau, der unschätzbaren Ideengeberin, Verzweiflungsbesänftigerin und (jetzt nicht mehr so) geheimen Hoflektorin Chris, ohne deren unbedingte Unterstützung ich dieses Buch (oder irgendeines meiner Bücher) nie hätte schreiben können, denn Schriftsteller wie ich üben ihre Passion meist als Zweitberufler aus. Wenn andere Menschen die Freizeit, die sie neben ihrem Beruf hoffentlich haben, mit der Familie verbringen, dann sitzen wir Schriftsteller am Com-

puter, oftmals umgeben von einer Aura kreativer Unnah-
barkeit.

Danke auch an meine Söhne Jascha und Niklas, die so
oft auf Papa verzichten mussten.

Zu guter Letzt aber danke ich wie immer meinen geheimen Kollaborateuren, die dieses Buch, das ich nur geschrieben zu haben *glaube*, mit ihren warmen Bäuchen
direkt in meine Festplatte elektromagnetisiert haben:
unseren beiden Familiensiamkatern Quiqueg und Dagguh.

Berlin, den 14. Februar 2017

papego

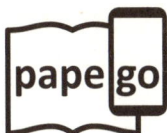

Kostenlos mobil weiterlesen! So einfach geht's:

1. Kostenlose App installieren

2. Zuletzt gelesene Buchseite scannen

3. 25% des Buchs ab gescannter Seite mobil weiterlesen

4. Bequem zurück zum Buch durch Druck-Seitenzahlen in der App

Hier geht's zur kostenlosen App:
www.papego.de

Erhältlich für Apple iOS und Android.
Papego ist ein Angebot der Briends
GmbH, Hamburg. www.papego.de

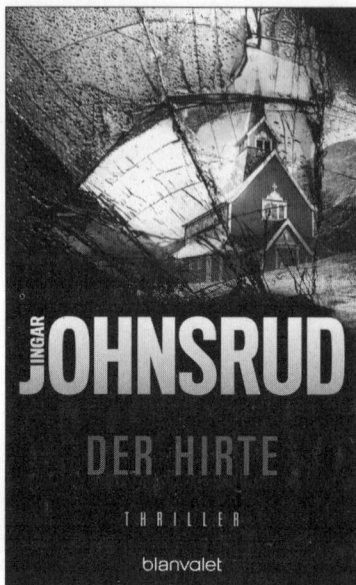